秋有木槿，冬开腊梅，真正的花开与节气无关；
人生百年，尘世丧气，勇敢的少年人不乏奇遇；
我走过四季轮转，看过日月交替，唯独没等来
属于自己的奇迹。后来花开了，我长大了，笨拙地
张开双臂想要保护身边的人。那一刻我才发
现，与其渴望奇迹，不如成为奇迹本身。

春风遥 ♡

KUWEI
酷威文化
图书 影视

七天七夜

Seven Days
Seven Nights

完结篇

春风遥 著

天地出版社 | TIANDI PRESS

CONTENTS

目录

10%

第一章

谜底之书

平安无事地过去两天。

其间苏尔专心上培训课，长生种异能是用来保别人的命的，魅魔的能力却是可以保自己的。他抓紧一切琐碎的时间针对魅魔异能做了训练。

心智不坚定的人不好下手，纪珩顺理成章地成了他的练习对象。

于是在纪珩眼里，苏尔化身二十四小时不间断开屏的孔雀，就差没直接扑上来。幸而这种日子只持续了一天半，参加林浅生日宴的前一晚，苏尔理智地停止了散发他的“魅力”。

这一晚苏尔睡得很不踏实。

苏尔本身是有睡意的，奈何体内的那只眼睛不断躁动，使他整个胸口都憋着一团灼热。

忍无可忍，他猛地睁开眼，考虑要不要先让眼珠从体内出来。

然而眼前的一幕却让苏尔暂时忘记了闹腾的眼珠。

对面床上，纪珩手上拿着一枚银色的铁球，铁球周身有九个孔，此刻每个孔里都探出一条小蛇，诡异地纠缠在一起。

眼珠活动的频率更甚，似乎想冲出去吞噬那个铁球。

苏尔神情一冷，威胁道：“敢横冲直撞，抽水马桶欢迎你。”

眼珠这才消停。

纪珩知道苏尔醒了，没有停下手上的事情，纠缠在一起的小蛇组成一个花苞形状，随着蛇的蠕动，花苞绽放。

欧石楠。

苏尔认出了这种花。

小蛇钻回了圆球里，纪珩沉思几秒，然后看向苏尔。

“吵醒你了？”

苏尔摇头：“是这只眼珠被激发了食欲。”

纪珩随口解释了一句：“魅物靠啖食同类强大自身。”

苏尔并不怕纪珩会对自己做什么，如果对方有想要吞噬神秘眼珠的想法，早在天机城就可以行动。

好半晌，他问出心底里的困惑：“预言的能力，你也有？”

“要看你怎么界定。我自身没有这种能力，不过是依靠某种特殊道具。”

不过道具能发挥的作用，远不如预知能力。

纪珩以方才的事情举例：“真正的预言家看到的会是未来的某个片段，而我不能。道具只能带给人某个很小的启示。”

苏尔若有所思，大约猜到纪珩不常使用这个道具的原因——稍有不慎，预测到未来的瞬间就很可能是误入歧途的开始。

作为游戏的重点关注对象，苏尔长叹一声后平躺在床上。

同人不同命，一样和预言有关，有的人就完全不会遭到针对。

仿佛看出他的郁闷，纪珩笑道：“我从来不利用这个道具打擦边球。”

苏尔斜眼望去：“难以想象。”

大佬的行事风格不该是以霸气为主？

纪珩淡淡道：“用游戏给的力量去对付游戏，成功率基本为零。”

苏尔反复琢磨了一下这句话，听上去纪珩是在承认游戏的权威，但好像又是在提醒自己：有朝一日对付游戏时，千万不要想着依靠道具。

至少不能依靠游戏给的道具。

翌日，天还没亮，楼道内就已经开始有了动静。

苏尔照旧起得很早，在和纪珩去食堂的路上被叫住。

“想不到啊……”赵半斤一脸复杂。

苏尔还没问怎么了，赵半斤就给他看了一段视频，和水幕上播放的画面一致。

“主持人凌晨发来的。”

不用想也知道所有玩家都收到了，苏尔早就有心理准备，并未表现得太意外。

宴会晚上才开始，黄昏快要降临时，三人搭车去了邀请函上的地址。

一场生日宴会，布置得并不是很隆重，林家的长辈也没有出现，不过林浅的姐姐林素在场。为了让妹妹能更高兴，她特地请来一支当红的乐队。

苏尔观察了一下，收到邀请函的玩家基本上都来了。

“欧石楠的花语好像……”

一阵起哄声打断了他。

做成公主形态的蛋糕被推到大厅中央，公主裙数下来一共有十层。林浅穿着一袭红裙，站在奶油蛋糕旁，与其颜色形成鲜明的对比。

“谢谢大家能来。”

有男生突然吼了声“最漂亮的小公主”，气氛瞬间就活络起来。

林浅亲自切了蛋糕。

她执刀时，苏尔屏住了几秒呼吸，脑海中浮现出悬疑电影里蛋糕藏人的场面。

然而蛋糕纯洁依旧，被完美地切成两部分，剩下的由女佣帮忙，切成大小相差不多的若干块，依次分给每个人。

这个副本不限制玩家互相淘汰，苏尔自然担心被投毒。

但林浅好像一直有意无意地盯着他，他一口不吃会显得太过格格不入。

想来想去，苏尔的视线最终定格在纪珩的脸上。

沉默了两秒，纪珩说："别抹进衣服里。"

苏尔在他脸上蹭了些奶油，就像同学间自然的嬉闹，接着说起适才被打断的话："欧石楠……"

"我知道。"纪珩顺手往他的脸上也抹了一道奶油。

蛋糕只是一个开场，激情的鼓点很快充斥整个别墅。

灯光忽明忽暗，在红、蓝、紫三色间跳动，大厅变成了舞池。

突然间，别墅陷入黑暗，乐队的演奏戛然而止。

"接下来让我们来做一个小小的游戏——捉迷藏，我来当鬼。"娇俏的声音响起，"万宝林最近收集了不少好东西，一个小时内没被发现的人都可以得到一件作为奖品。"

嘈杂的交流声响起，在场的都是喜欢追求刺激的年轻人，还有奖品拿，很快大家开始在黑暗中摸索，寻找藏身的地方。

当然，这场游戏对玩家来说意义截然不同。

他们明白，一旦藏不好，可能会被淘汰。

纪珩低声道："杀人不是对方的目的。"

苏尔点头表示同意，若非如此，那逐个下手最好，大费周章地把他们聚在一起，反而不利。

不过游戏已经开始，在对方目的不明的情况下，只能先配合着找地方躲起来。

离林浅越近的地方越不安全，苏尔从侧边绕过去准备上楼，和他打一样主意的人不少。

觉醒的长生种身份让苏尔在黑暗中的视力远超常人。他发现自己无论朝哪个方向迈步，最后都会像遭遇了鬼打墙，只不过不是回到原点，而是所有人在不知不觉中都来到了后院，周围的一切化为一面面镜子。

是似曾相识的镜子迷宫，可惜这次没有守墓忠仆指路。

"什么玩意儿？"有玩家不小心踩进水里，鞋立刻就湿了。

苏尔依次扫过每张脸，确定被困住的都是玩家。

一声惨叫传来。

随着这道声音消散，刚刚说话的玩家突然间消失了。

离那名玩家最近的几人连忙远离，片刻后，后退的人当中又有一人经历了相同的厄运。

"奉劝大家不要轻举妄动。"一道让苏尔无比耳熟的声音响起，"各位已经来到别墅后院，这里养着鳄鱼、狼狗，还有很多凶残的动物。"

"赵半斤。"苏尔眸光一动，循声望过去。

赵半斤笑了笑："抱歉。"

语气里却没有半分抱歉的意思。

苏尔下意识地看向纪珩，后者没有表现出多少惊讶，似乎早就察觉到了。

赵半斤重新强调了游戏的危险性，说明眼下大家所处的环境明面上是大型镜子迷宫，实际却是危险的后院，稍有不慎就可能误入致命动物的老巢。

“想活命只有一个法子：答应加入我们的队伍，共同对付游戏。”

黑暗中，有人出声：“抓了你进行逼问，一样能走出去。”

赵半斤微笑道：“你敢走过来吗？”

他站的位置离所有人都有一段距离，回想起先前消失的两名玩家，剩下的人根本不敢轻举妄动。

“原来这才是目的。”苏尔眯了眯眼，“比起杀人，你们要的是拉拢和臣服。”

一个人的力量有限，想要和游戏分庭抗礼，至少要先聚集一批有能力的玩家才行。

“只是我不明白为什么要这么做。”

“不止你一个人觉醒了双重身份。”赵半斤平静地回应，“我觉醒的另一重身份是预言家，只是测试仪没有收录这种身份，不进行显示罢了。”

“所以从那时起，你就开始打算和副本里有预知能力的人合作？”

赵半斤点了点头。

一直没怎么说话的纪珩忽然道：“同你合作的人都有谁？”

赵半斤叹了口气：“告诉你们，岂不是让你们完成了副本任务？”

这种蠢事谁会做？

纪珩换了个问题：“未来瞬息万变，怎么才能确保答应加入你们的玩家守诺？”

赵半斤露出诡异的笑容：“办法有，但我不能告诉你们。”

苏尔心中升起不好的预感。

果然下一刻赵半斤望向他，目光一凝：“游戏对你似乎格外关照，从你的成就点就可以看出。”

言下之意，变数必须提早扼杀在摇篮里。

“你是赵三两的堂兄，我们本可以是朋友。”

赵半斤说：“是朋友，但我还是要淘汰你。”

莫名其妙又成了活靶子，苏尔调整了一下情绪，无比真诚地道：“其实我是在对游戏虚与委蛇，我们可以展开愉快的合作。”

赵半斤摇头：“在我预知的未来里，你成功离开了副本，并且得到数个成就点。所以苏尔……”

他的口吻逐渐变得狠戾：“你才是破局的关键，只要你被淘汰，既定的未来就可以被改变！”

“……除此之外，你还预知到了什么？”

赵半斤倒是分外坦诚：“一个画面已经令我险些丧命，好在足够了。”

副本的任务是让玩家寻找真凶，苏尔离开副本，就意味着赵半斤的合作对象失败了。然而若是破局者提前被淘汰，一切就有回旋的余地。

四下皆静。

被困的玩家谁都没有当出头鸟，都在安静地关注形势的变化，权衡着要做何种选择。

良久，苏尔憋出几个字："其实……我也是预言家派来的。"

赵半斤愣了一下，过了会儿才道："为了赢，你还真是什么故事都能编出口。"顿了顿，他忍不住语带嘲讽地抬手指向纪珩，"你怎么不说他其实也是一名预知者？"

苏尔沉默了。

……他还真是。

见苏尔不说话，赵半斤当他是在示弱，转而看向其他玩家："只要让这个副本独立，大家就能脱离游戏的掌控。"

"成功的希望渺茫。"开口的是一个尚算冷静的女玩家，"何况按照你的计划，就算成功了，从今往后我们也只能生存在这个副本中。"

"那又如何？各位觉醒了身份，日后不愁吃穿，别说是因为舍不得亲戚朋友……"赵半斤眼神一冷，"在游戏的控制下，谁知道下一刻会不会折在副本里？"

女玩家摇头："人各有志。"

很明显，她的想法和赵半斤有分歧。

赵半斤也没指望说服所有人："愿意和我站在一条战线的，就拿出邀请函。"

陆续有四人拿出了邀请函。

"滚开！"适才持反对意见的女玩家脚下突然冒出两个人偶，把她往某个地方拉。人偶力大无穷，在被女玩家扯下胳膊后，很快又冒出另外几个。

"傀儡师。"苏尔认出这是林浅的手段。

赵半斤突然夸张地一拍手："差点忘了，各位有没有遇见过蛊惑你们推翻游戏的魅物？"

有几名玩家眼神闪烁。

"那不是我的安排。"赵半斤抿嘴笑道，"从第一次有蛊惑人推翻游戏的魅物出现，我就知道那是主持人用来试探的一个局。"

主持人的本性实则比魅物还凶残，面对立场不坚定的玩家，他们完全可以以此为由做些什么。

如他所料，听到这句话后又有几人拿出了邀请函。

赵半斤："很好……"

"砰——砰——"

两声枪响打断了他的发言。

被人偶用力拉扯的女玩家就快坚持不住时，脚边的几个人偶突然被打飞。

苏尔诧异地望过去，能在黑暗中开枪，说明纪珩也有夜视的能力。

再一想对方的狼人身份，他目中的惊异很快散去。

女玩家根本没时间庆幸劫后余生，冲纪珩吼道："瞄准他！"

失望的是，纪珩并没有将枪口对准赵半斤，反而很平静地开口道：“你暴露身份，想必是做好了万全的准备。”

“热武器是个伟大的发明。”赵半斤盯着他手上的枪，“我们也有准备。”

赵半斤敢说，哪怕自己失败，纪珩一走出这个院子，也会被守在别墅外的人用子弹射成筛子。

纪珩说：“你有信心可以成功？”

“一半概率都不到。”赵半斤张了张嘴，语气突然带上了几分迷茫，“两成？三成？”

未来哪有这么容易被改变！

纪珩轻轻叹了口气：“既然如此，何必走到这一步？”

“这是一个机会，永远不可能再有的机会。”赵半斤冷冷道，“哪怕只有很低的成功率，我也要试试。”

他的话里话外流露出一种消极的情绪。

苏尔眉头微紧。对于想让自己死的人，他绝对不会手下留情。只是赵半斤的选择给了他一个警醒——要想办法尽快脱离游戏，否则经历的副本越多，人越容易走极端。

“拖延时间也没用。”赵半斤望着纪珩，“主持人同时被三股势力的人拖着，来不了。”

成功与否甚至都不重要，赵半斤有一种荒谬的念头：只要苏尔被淘汰，这局他就不算输。

“最稳妥的法子，就是你站在一边什么也不做。”赵半斤说，“我只要苏尔出局。”

纪珩摇头：“这话你自己信吗？”

周围的玩家下意识呼吸一紧，尤其是还没做出选择的那些。以往他们只听过纪珩在游戏中的名气，如今却是第一次有机会真正见识两个厉害的人物火并。

纪珩的确没打算留手，洁白的掌心中出现一把匕首，锋利的刀刃处有黑气萦绕。

肉眼可见的一团黑气。

这镜子迷宫甚是古怪，哪怕是纪珩，也没有办法当即破除。但他胜在速度够快，在误入水塘后，赶在鳄鱼撕咬来的前一秒，他已经跳到了另外一处。

按兵不动的玩家们很快发现自己无法充当局外人。黑暗中有人的胳膊被利爪撕裂。

“狼人！”苏尔还未开口提醒，目中闪过凝重，险险避开了这一波攻击。

“长生种、狼人还有光明会都收了万宝林的好处。”赵半斤在和纪珩的交锋中处在下风，仍不忘出言奚落，“谁淘汰了苏尔，哪怕不站队我也允许他当渔翁，不参与这次的斗争！”

苏尔的反应再快，也快不过狼人。

他不得已使用了一次电击器，趁狼人浑身麻痹，接过纪珩扔过来的枪。

可是在他开枪的前一刻，狼人跳起来换了攻击目标。苏尔保持举枪的姿势，迟迟没有抠下扳机。

准头不行。

纪珩教过他开枪，但瞄准这件事，哪里是一时半会儿能练习好的？

突然被狼人攻击的玩家心生怒意，恨不得怒骂一声。不过他还算幸运，运气不好的在躲避过程中栽入池塘，当即被鳄鱼围攻。

“嗞——”

赵半斤的胳膊被匕首划了一道，他倒吸一口冷气，惊恐地发现用了治愈术伤口也不见好转。

纪珩勾起嘴角：“专心点。”

奈何他自己也控制不住地分出心神去关注苏尔那边，赵半斤嘲笑道：“连枪都不会开，这样的人凭什么能得到成就点？”

明知他这是在挑拨离间，可人性复杂，想到苏尔进游戏不到半年就拥有数个成就点，而他们在副本里九死一生，什么都没捞到，不少玩家难免有些心理不平衡。

脸颊上又被划了一道，赵半斤浑不在意，一字一顿地重复着问：“他——凭——什——么？”

一阵罡风突兀地从头顶扫过，让伤口的疼痛加剧，赵半斤却顾不得伤口，“嗡嗡嗡”的响动在耳边循环响起，他再一抬头，只见夜空中出现一个红点。

苏尔咬牙道：“大家再坚持一下，我请的直升机到了！”

众人：“……”

镜子迷宫再厉害，毕竟是地面上的玩意儿，直升机的救援梯一放下，就可以轻而易举地实施救援。

“你！”赵半斤一口气憋在胸口，还未来得及散开，又听到外面一阵噼里啪啦的枪响。

赵半斤心下一凛。

苏尔低吼道：“不要慌！我雇的保镖也来了！他们此刻应该已经包围了别墅！”

飞机下降过程中螺旋桨的声音越发明显，看到至少有十架直升机来援，赵半斤感觉自己喉咙一阵腥甜：“你哪里来的钱？”

“代言费，还有一部分是问邻班同学借的，我答应帮她重病的姐姐续命。”

这世上最不缺有钱人。

“欧石楠的花语是背叛。”这一句，声音轻得只有本人能听见，苏尔叹道，“我也只是以防万一。”

昨晚看到预言的结论后，他左思右想，最终还是决定氪金保平安。

三大势力的人都被叫去拖住主持人了，剩下的人数量和实力都有限。苏尔提高音量：“我叫来的保镖数量足够多！”

有了活命的希望，玩家下手开始变得狠辣，首先对付的就是适才拿出邀请函的那些。一旦解决了身边的隐患，他们就可以再无顾忌地被直升机拉走，离开危险的镜子迷宫。

可惜大家不敢离开现在的位置太远，解决了近处的麻烦后便各自守着自己那一亩三分地。

直升机已经降低到一定高度，救援人员放下绳梯。

苏尔说："你们先走，我殿后！"

"蠢货！"见真有玩家朝苏尔投去感激的目光，赵半斤不禁咒骂了一句。

苏尔留下来绝对不是为了殿后，而是想从赵半斤身上得到信息，成为这个副本的最大受益者。

作为破获真相的人，积分奖励绝对不会低。

似乎察觉到他的想法，苏尔朝着赵半斤的方向咧嘴一笑，对此并不否认。他自掏腰包救了玩家，不代表他要把利益也拱手相让。

眼看着玩家被陆续救走，赵半斤张口就想揭下苏尔这张伪善的面具，然而直升机的声音太大，想要让每个人都听到他的声音根本不可能。

"噗！"赵半斤硬生生被气得吐了口血。

"你刚刚问凭什么。"纪珩的笑容颇为玩味，回答了适才赵半斤的疑问，"就凭他有脑子。"

空气中血腥味弥漫，苏尔还是第一次看到玩家间斗个你死我活的场景。

黑气入侵身体，赵半斤已经构不成威胁，身体渐渐支撑不住，只能晃晃悠悠地保持平衡。

这时苏尔半跪在地，合上了一名玩家死不瞑目的双眼。

见状，赵半斤嗤笑一声，讽刺的话刚到嘴边，就看到苏尔目中的悲悯散去，开始在那玩家尸体上搜找什么，不多时就搜出几样道具。

赵半斤："……"

苏尔站起身，给还在半空中等待的一架直升机做了个手势。在救援人员的配合下，他被安全运送到另一个玩家的尸体旁边，继续搜找道具。

海选来的玩家实力不算太弱，大部分都有保命的道具，苏尔收获良多。

他毫不犹豫地将战利品全部捧到纪珩面前："收好。"

纪珩挑了下眉。

苏尔说："当初我变卖了周林均的财物，现在他一样可以用我的东西和荀宝菩做交易。"说着他冷笑一声，"现在他还不出手，恐怕就是想等我积累了足够多的东西，再展开报复。"

电击器和神秘的眼珠是绑定道具，谁也取不走，但其他的道具就不一样了。

"一旦成就点足够多，他再利用纸糊的结缘关系去找荀宝菩。"苏尔竟是露出了一个有些妖冶的笑容，"毕竟没什么比看到了希望却横生变故更令人绝望的。"

另一边，书海先生穿着长衣马褂，手中习惯性地拿着一卷书，站在棺材前。

对方说："听说他已经得到了十个成就点……"

"消耗灵气强行延长清醒时间，不陷入沉睡，这么做值得吗？"

“他是个小偷，再过一段时间，我要以其人之道还治其人之身。”焰罗沙哑的笑声传出，“好不容易积累下的宝物一瞬间易主，我迫不及待地想要看到苏尔崩溃的样子。”

书海先生摇了摇头：“冤冤相报何时了。”

与此同时，苏尔并不知晓另一个副本里发生的事情，还在催促纪珩收好道具。

“别耽误时间，资产转移搞起来！”

纪珩的装备袋被苏尔塞得很满，各种稀奇古怪的东西都有。

赵半斤眼红地望着这一幕，手指慢慢滑向裤兜，只差几厘米时，他的手腕被猛地一踹，留下一片瘀青。

“啪”！

随之掉落出来的还有一个小型遥控器。

苏尔不知道这玩意儿的用处，但直觉不是什么好东西，俯身小心地捞过来，做了最符合普罗大众的猜想：“他该不会是在别墅里安了炸弹？”

一旦失败就同归于尽。

苏尔的目光直视赵半斤，带着几分不解。哪怕立场不同，他其实也能理解对方的所作所为。早在新手场，苏尔就曾目睹过有玩家因为接受不了刺激，想要冲出安全区，跑到楼外的迷雾里找生路。

赵半斤经历了太多，孤注一掷地想要脱离游戏的掌控，不足为奇。

但想要拖别人下水，便显得太过低级。

赵半斤没有辩解，目中闪过一丝遗憾，不是遗憾没能改变未来，而是懊恼没有把苏尔淘汰出局。

知道得不到答案，苏尔轻轻叹了口气后冲直升机挥了挥手，示意飞行员带他们去安全区。

即便遥控器在手，他也不确定别墅里会不会还安了其他炸弹，早点离开为妙。

救援梯降下时，苏尔毫不犹豫地打晕了有伤在身的赵半斤，带着他一并被拉了上去。

价钱给得足够，救援人员笑容满面，其间还贴心地递过来一瓶矿泉水。

苏尔拧开瓶盖，却是微微恍了神。

“不能理解？”纪珩问。

苏尔点头。

纪珩瞥了眼昏迷的赵半斤：“好人作恶的手段有时会比坏人要绝。”

苏尔用一种古怪的眼神望着他，这是什么理论？

纪珩说：“经历过思想挣扎，当道德世界一瞬间崩塌，心会更狠。”

无心去探索赵半斤的心路历程，苏尔喝了口水平复心情，转而问救援人员：“都安排好没有？”

救援人员：“稍后我们会降落在医院上方，病人那边也都有准备。”

苏尔皱眉："刚刚有枪声，瞒不住的。"

救援人员："我们安排好了，可以把调查时限拖延到明天早上。你放心，今晚兄弟们就会出境，你想出去避风头也行，但得加钱。"

"不必了，"苏尔淡淡道，"我这里另有计划。对了，找个专业人员去把别墅的炸弹拆了。"

赵半斤悠悠转醒时，正好听到这段对话，脸上的肌肉跳动。谁能想到一个连枪都打不准的人竟然能想到雇用保镖？

这是人干的事情吗！

"醒了？"苏尔的神情一瞬间变了，笑眯眯地问，"主持人在哪里？"

赵半斤沉默，迅速思考着如何回答才能扭转这不利的局面："你得先答应我……"

"原来在万宝林附近。"

赵半斤惊愕地抬头。

苏尔盯着手机屏幕上移动的小黑点："那日长生种家族聚餐，我在三花身上放了跟踪器。"

他把手机倒扣着放在膝盖上，声音轻柔："之前我们不是探讨过吗？结论是这几个势力有问题，我留一手很正常。"

小广告不是白拍的，代言费到手，自然要把钱花在刀刃上。

赵半斤紧紧地盯着他，突然感觉到一阵发寒。其实苏尔的手段算不上太高明，但永远出人意料。

现在回想起来，自己从始至终未曾在对方眼里看到过分毫的惊恐。

苏尔的思维运转，更像是一台冰冷的机器。

不多时，飞机成功降落，屋顶两侧站着人，还有担架，仿佛真是来接危重伤患的。

救援人员强调："我们是专业的。"

每一个环节都有人接应。进入楼内，走到拐角处，擦身而过的护工利落地将一个手机塞进苏尔口袋："不记名的卡，以备不时之需。"

出门前，看似犯困的保安轻声道："监控那边不用担心。"说完继续假寐。

在挟持下被迫走在最前面的赵半斤忍不住回头："你究竟砸了多少钱？"

"一亿三千万。"

赵半斤："……"

不只赵半斤，连纪珩闻言都多看了苏尔一眼。

"拍广告时，有个导演想下药，被我用了些手段制止了。他很愧疚，便给了我一些补偿。"

赵半斤："……"

苏尔说："想潜规则我的不止一个人，我都一一用爱感化，劝他们改邪归正了。"

纪珩挑出关键词："感化？"

苏尔点了点头，真诚地说："魅魔的异能是激发和摧毁欲望。限制不轨之徒的行为能力后，我循环施展了数百次异能，让他们感受到了人生的大起大落。"

赵半斤脑补了一下那个画面，太可怕了。

纪珩说："你做得对。"

赵半斤："……"

纪珩递过去一把匕首，赵半斤认出正是之前划伤他的那把。

"防身。"

苏尔本来想接，手却在半道上缩了回来。这匕首一看就不是俗物，他摇头道："等我解决了转移资产的隐患再说。"

他们循着定位找过去，蒲柳先生正被数十人围攻。

拳影交错，打斗场面相当激烈。

苏尔站在远离打斗圈的位置，目光微凝："人力有穷，主持人又何尝不是一样？"

长生种对陌生气息尤为敏感，三花抬眸望过来，一双异瞳在月光下格外漂亮。

他按住了几个想杀人灭口的人，因弹跳力惊人，几乎是飞一样地来到苏尔面前。

苏尔镇定地问："万宝林究竟给了你们什么好处？"

三花缓缓吐出四个字："长远利益。"

万宝林如同一棵大树，搜罗了无数奇珍异宝，搭上这条线很有必要。

苏尔挑眉："知不知道他们这么做的缘由？"

三花："利益交换。我们帮他们行事，他们提供东西，仅此而已。"

这时苏尔的手机突然振动了一下，看到照片后他的嘴角微掀，将收到的内容大大方方地展示给三花看。

林素和林浅都已经被苏尔雇来的人抓住了。

三花面色一沉："你闯祸了。"

万宝林一旦追查，这件事不可能善了。

"让他们停手。"苏尔瞟了眼远处还在乱斗的人，微笑着道，"否则我现在就下令撕票，你猜万宝林的董事长会不会迁怒于你。"

沉默了片刻，三花深深地看了他一眼，走回去不知说了什么。

一位狼人身份的觉醒者冷笑，表示只要以最快的速度弄死这不知天高地厚的小子，威胁就能解除。

察觉到对方的杀意，纪珩没有一点预兆地从苏尔腰间拿过枪，装上那枚银色子弹，开了一枪。

一气呵成的动作，前后不过五秒。

狼人的反应速度也很快，子弹只是射进了他的胳膊，但他得意的笑容还没来得及扬起，整个身体便连同子弹一起化为一摊水。

“好厉害。”苏尔微微挑眉，心想邮票魅物的馈赠当真不错，可惜是个一次性的玩意儿。

纪珩说：“还有谁想试试？”

他手中又多出几枚子弹。因为无法辨别是不是具有相同效力的子弹，没人敢再轻举妄动。

苏尔晃晃手机，趁热打铁：“你们还有一分钟的时间撤离，否则林家这对姐妹花性命难保。”

“走吧。”僵持中，三花率先开口。

临走前，他看了苏尔一眼，眼神十分复杂。

夜晚重归于平静。

“他也算仁至义尽。”苏尔望着消失在夜色中的身影，开口道，“当时在长福楼，三花问过我要不要一道离开。”

那时候跟着对方，可以避免后来在酒楼内遇到镜子迷宫。

只是长远的利益和一个才加入家族的年轻人，那些长生种选择了前者。

几秒后，蒲柳先生瞬移到他们面前，冷冷注视着赵半斤：“你倒是机敏。”

打伤他派过去试探的魅物，暂时脱离嫌疑，却私下兴风作浪。

赵半斤咬紧了牙，决定哪怕受到非人的折磨也绝不张口，避免透露任何有用的信息。

蒲柳先生手指一动，带起一阵不亚于螺旋桨转动时产生的罡风的气流，而后形成压力球撞过来，赵半斤吃痛倒地，捂住腹部。

苏尔神情一变，看来这个副本非但不限制玩家互相淘汰，对主持人的限制也少了很多。

想到这里，他当即摆正自己的态度，变得十分谦恭。

见状，蒲柳先生摇头：“你一定是玩家里走得最远的。”

“审时度势”到了这种地步，实在罕见。

苏尔上前一步，突然把手伸进赵半斤的装备袋。

赵半斤怒道：“我还没死，现在就拿我的道具是不是太早了？”

然而苏尔只拿出一个手机。

赵半斤心中隐隐有不好的预感。

苏尔又拿出医院护工塞给他的手机，通讯录里保存了几个号码，他拨出去一个，没有客套，开口就道：“二十万。”

不到一刻钟，一个穿连帽衫戴口罩的青年出现，苏尔把赵半斤的手机交给了他。

青年取下双肩包里的电脑，同时操作手机和电脑。

“删得很彻底，一般的数据恢复软件不管用。”

苏尔笑了笑：“要不怎么会找你？”

青年道：“小儿科的操作，五分钟就好。”

大约四分三十秒之后，青年把手机递给苏尔："通话记录恢复了。"

他十指灵活地敲着笔记本电脑的键盘，最后一刻，按下回车："号码显示，和他联系最多的是林浅，林家二儿子也和他有过一通电话，不过时间很短。"

苏尔说："再加二十万，查一个月前林家两姐妹的通话，看看是谁联系了长生种和其他势力。"

"成交。"

青年收好电脑，骑着摩托车离开。苏尔则静静地在原地等待消息。

沉默中，赵半斤喉头干涩，好半晌才憋出一句话："你这是作弊！"

苏尔说："主持人才有资格评判玩家的行为是不是作弊。"

说罢他望向蒲柳先生。

哪怕双方没有统一战线，蒲柳先生也无法判定其违规，从古至今，雇佣关系始终存在于各种社会体系中。

赵半斤也知道不会等到主持人的回答，身子霎时脱力，跌坐在地，双目失神："我不甘心……"

他可以接受失败，甚至做这件事前他就知道成功的可能性渺茫，然而他渴望的是一场轰轰烈烈的结束。

如今却像是一记重拳打在了棉花上。

"抱歉，"苏尔沿用了赵半斤背叛时风轻云淡的口吻，耐心地补充说，"我从小到大没穷过，遇事首先想着拿钱解决。"

忍无可忍，赵半斤终于飙出一句脏话。

无视他的愤愤不平，苏尔在收到青年那边的回信后，神情一肃："有眉目了，我得过去一趟。"

纪珩没跟着，似乎同赵半斤之间还有其他事情要处理，不过他给了苏尔一件保命道具："焰罗一时半会儿不会采取行动，你放心收着。"

苏尔点头，到远一点的路口打车离开。

他走后不久，沉寂许久的蒲柳先生突然看向纪珩："你家境如何？"

纪珩冷淡地回应："还不错。"

蒲柳先生："那你怎么遇事没首先想着砸钱？"

纪珩："……"

别墅里一片狼藉。

留下的弹孔给印花壁纸增添了血的色泽。

一名壮硕的花臂男子在苏尔走进来时咧开嘴："你多虑了。"

苏尔挑眉。

花臂男子冷笑："说什么别伤害来赴宴的无辜的人，这里的人没一个无辜的。"

闻言，苏尔望向被逼到角落里正瑟瑟发抖的其他几名培训班学员。

"我们都是受林浅的唆使来帮忙的。"其中一人慌忙自证。

苏尔掀起唇角："帮什么忙？"

说话的人沉默了。刚觉醒身份时他总有自命不凡的感觉，所以才迫不及待傍上大势力，企图博得光明前途。

不再理会他，苏尔的视线环顾一圈，终于在飘窗处看到了雇来的黑客青年。

"同三大势力联系的不是林浅。"青年从飘窗上跳下来，"是万宝林董事长的二儿子林城和。"

林浅是明面上的幌子，这点苏尔并不奇怪，从她日常根本没想过低调，恨不得吸引所有人的注意就可以看出来。

他想了想，走过去，此刻林浅那张瓷娃娃一样的脸上全是强装的镇定。

苏尔开口戳破对方的打算："你想拖延时间，好等到营救。"

林浅下意识抿了抿发干的嘴唇。

苏尔的声音很轻柔："把知道的全部说出来，我放你离开。"

"小浅，他在骗你！"林素立时大喊道，"别上当！"

"逼供这种事我们擅长。"花臂男子道，"卸胳膊还是断腿？"

苏尔摇头："他们要除掉我，我找你们来只是为了自保。"

花臂男子不屑地"嘁"了一声："无聊的仁慈。"

苏尔半跪在林浅面前："这件事注定会上热点新闻，闹出这么大动静，不久后你们做的事也会曝光。"

林浅目光一颤。

苏尔说："你猜幕后操纵的人，会不会来个死无对证！"

万宝林董事长的大儿子是原配所生，其余三个孩子才是他现任妻子所生，两边的关系可谓是水火不容。林浅很清楚一旦继承权落在大哥手里，自己未来的日子会相当难过。所以她一向对二哥唯命是从。

"是二哥，"长久的沉默过后，林浅狠狠闭上眼，"是二哥让我这么做的。"

林素在一边想要阻止妹妹，几次试图冲过来，均以失败告终。

苏尔问："原因？"

林浅摇头："不知道，二哥只说是要保护万宝林的产业。"顿了顿，她又道，"不过他曾经提起会带领万宝林走向新的辉煌。"

苏尔拿出上一局中的玩家和主持人的资料，指着主持人的照片："这人是被谁所害？"

林浅小声道："我和姐姐只负责对付……"

"小浅！"林素呵斥，"你是疯了吗？"

惊恐过后，林浅的面上只剩下冷漠："他说得对，二哥会叫人趁机杀了我们。"

二哥把万宝林看得比什么都重，一定会想尽办法将绑匪和人质一网打尽。

"我们只负责对付学生，培训老师是二哥找人做的。"

仔细观察她每一次的神情变化，苏尔确定她说谎的可能性很小，于是站起身。

找到是谁杀了主持人，这是游戏给的任务，可是到现在也没有出现任务成功的提示音，只能说明他们还没有找到真正动手的那一拨人。

苏尔倾向的答案是，凶手类似今晚围攻蒲柳先生那拨人，当时是以长生种为首的几个势力联手攻击，遗憾的是在这个副本里他不敢再像胡乱猜测杀害邮票魅物的真凶时那样耍滑头。

游戏也是有底线的，都被警告过一次了，还是收敛点的好。

他沉吟几秒，走到门口给纪珩打了一通电话，说明情况。

那边有些吵，纪珩说话的声音听着有些模糊。

苏尔问："你在哪儿？"

"林城和家里。"纪珩说，"从赵半斤那里问来了一些有趣的信息。"

苏尔说："看来我晚了一步。"

纪珩说："你可以当作是雇我来办事的。"

苏尔"哦"了一声，心想以纪珩的手段，自己只要安心留在别墅等结果就好。

挂断电话前，纪珩问："其余玩家被送去了哪里？"

"另一座城市。"苏尔淡声道，"一时半会儿回不来。"

从雇用直升机救援时他的目的就很明确：积分结算时最大的好处，必须掌握在自己和纪珩手里。

有好处大家分，在副本里可不兴这套。

挂断电话，纪珩脸上的笑容在转身的一瞬间消失殆尽："还不准备说？"

林城和为人心狠手辣，哪里会轻易被吓到！

纪珩不是一个人来的，林城和住的地方固若金汤，独身闯入必然会困难重重，见对方准备往死里耗，他索性将发挥的空间让给蒲柳先生。

蒲柳先生同样对审讯没多大兴趣，看向窗外的一片阴影。

似悲似喜的笑声响起。

守墓忠仆凭空出现在别墅中，睁着发红的眼睛，兴奋地道："我擅长！"

他的手指化为枯瘦的藤蔓，顺着筋脉钻入，林城和发出一声悲号，只觉得哪怕千刀万剐都比这滋味好受。

凄厉的惨叫声不断，守墓忠仆目中的兴味却渐渐消失。想当初帮苏尔取体内的眼珠，他故意让藤蔓在苏尔心脏周围游走，苏尔痛晕过去了都没叫上一声。那才叫有意思！

面前这个……实在是太不中用了。

"我说。"养尊处优的公子哥心再狠，也受不了这种折磨，咬着牙虚弱地憋出两个字。

守墓忠仆收回蔓延的藤蔓。

林城和面色惨白，大滴的冷汗顺着脸侧滑落："长生种家族的三花和七叶，狼人组织中的程裹，光明会的王樱、钱小虎，都参与了那次行动。"

守墓忠仆悲苦的面容上露出诡异的笑："确定没有遗漏？"

林城和虚脱地摇头，忽然讥讽道："我有什么错？在原本的预言里，万宝林的宝物会被偷走，股价因此大跌，公司会经历一次前所未有的危机。"

在他所预见的断断续续的画面中，他依稀听到一些人在讨论"任务""虎口夺食"等词……一群奇怪的外来者，以盗窃为目的造成他人的财务危机，难道不该死？

被强行带来，也经历了折磨的赵半斤此刻像烂泥一样倒在角落里，闻言嗤笑一声："老子莫名其妙被拉入游戏，为了得到自由，同你合作对抗'恶势力'，有错？"

他明明才是吹响自由号角的第一人！

林城和果然沉默了。

和赵半斤搭上线后，他多少了解了一些关于游戏的秘密，成王败寇，如今他确实再没有什么好说的。

从进入副本的第一天起，纪珩就压根儿不会花费时间纠结于对错和输赢，他看重的是既得利益。默不作声地听完这二人的感慨，纪珩锐利的视线突然看向赵半斤："你们是怎么联系上的？"

赵半斤沉默半晌，深吸一口气说："我预见的未来里能看到我和他在谈合作，虽然当时只看到一个片段，但得知万宝林的信息后，上网一搜就知道他是谁了。"

其实赵半斤心底一直存有疑虑，除了最后苏尔离开游戏的画面是他依靠自身能力预知到的，另外几个片段均是在梦中瞧见的。

梦里他先是看见一个女魅，紧接着才发现了更多有用的信息。

有没有可能，梦里的那些场景是有人故意让他看到，好坚定他合作的信念？可对方这么做的目的是什么？

赵半斤瞳孔猛地一颤，突然想到苏尔的那句话——"我也是预言家派来的。"

自己自寻死路，反而无形中显得苏尔和游戏是统一战线的，一旦自己失败，意味着其实预言的能力对游戏产生不了太大影响。

"原来如此……"想通后赵半斤身体一颤，张口就想点破一切。

"作为背叛者，游戏一定会让你消失。"就在这时，纪珩不轻不重的声音传来，"不过多半是在下一次副本里。你还有机会回到现实世界安排好之后的事。"

他拍了拍对方的肩膀，难得体贴地宽慰了一句："趁这段时间，多陪陪家人。"

赵半斤心底发寒。他知道这句话是在暗示什么：这个副本不限制玩家互相淘汰，现在说出一切，他必定会死在纪珩手里，但如果他保持缄默，便可以再见家人一面。

指甲几乎陷入皮肤里，赵半斤攥紧拳头，终是选择了沉默。

守墓忠仆嗅到猫腻，凑过来问："你刚刚想说什么？"

发现赵半斤无意识地瞥了眼纪珩，他连忙道："说出来，我可以保你平安。"

"真说了，你只会让我出局，然后笑眯眯地说主持人的话我竟然也信。"

被当场揭穿，守墓忠仆丝毫不尴尬，迅速想着用其他法子让他开口。

纪珩没给守墓忠仆这个机会，复述了林城和先前交代出的围杀名单。

游戏提示音很快传来："《是谁杀了主持人？》主线任务完成，感谢各位对游戏的支持。十秒后将自动进行传送，十、九……"

伴随着倒计时，赵半斤抬眼望向纪珩：“难怪刚刚你没跟苏尔一同去别墅。”

他怕是早就知道自己有可能会泄露不利于苏尔的消息。

“可惜看不到了，你们这样的人，最后又会是什么结局。”

正如纪珩所说，他在下个副本里绝对不可能成功通关。

中转站有时候会带给人救赎的错觉。

从副本里出来，重新站在中转站，苏尔的心情微微松动。

然而持续不过三秒，他就发现四周站着不少人，皆是目光不善，有人直接冷嘲热讽：“不愧是游戏的狗腿子，永远能平安无事地走出副本。”

苏尔看了一眼，确定不认识这人。

开口的人越说越义愤填膺：“你知不知道，这种行为只会让更多人为了利益对游戏唯命是从？长此以往，会是什么结果？”

没有人会想着反抗，如同被恶人拐卖的孩子，为了混一口好饭，出卖想要逃跑的其他孩子。

苏尔挑了挑眉，正欲开口，有人却先他一步。

“方戎之。”不远处传来一道声音，“名字不错。”

纪珩由远及近走来。

方戎之的眼神有些发虚，但还是坚持质问：“归焚为什么要收留一匹害群之马？”

纪珩没回答，看了众人一圈，笑了笑说：“各位都是来‘伸张正义’的？”

都是人精，没人立刻跳出来回答。

“那就是来围观的了。”纪珩自顾自下了定义，微笑道，“正好现在人多。我出一个道具，谁能在副本里想办法解决这位方先生，就可以来领取。”

再垃圾的道具，用好了都能在副本里保命。

一瞬间众人神色各异，刚才的义正词严统统带上了一抹复杂的意味，不少人已经开始对方戎之虎视眈眈。方戎之则面色一变：“你……”

纪珩打断他，收敛笑容：“只会把屠刀举向自己人的，留着才是个祸害。”

副本里有竞争，甚至有时候存在名额限制，你死我活的关系注定让玩家不可能团结一心。但若出现了一位可以和游戏对抗的真正的强者，玩家自然会有新的权衡。

至于行为是否狗腿子，根本不影响。

说句不好听的，假设跪下磕头可以得到一件道具，所有玩家都会抢着跪。生存才是第一目的。

气氛太僵，终于有人出来打圆场，笑呵呵道：“他也只是一时愤慨，年轻人嘛，火气比较大。”

“愤慨？”纪珩瞟了眼方戎之。

后者接触到纪珩的目光，有些瑟缩。

“我看是被嫉妒蒙了心。”

出来打圆场的人尴尬地退到一旁，对这种说法无从辩驳。

作为一个新人，苏尔得到这么多成就点，怎么能不令人忌恨？

特别是一些还在副本里痛苦挣扎的玩家，难免心态失衡。

纪珩转过身，语气风轻云淡："我给出的承诺长期有效。"

方戎之愤怒地大喊大叫，一个劲地指责水幕里苏尔对游戏表忠心的话，然而这次所有人不约而同离远了他一些。

"不需要同情，"纪珩走到苏尔身边，"这人是想让你在副本里成为被玩家攻击的活靶子。"

他只不过是把目标对象换了一下。

"我也有道具。"另一边，面对那些算计的目光，方戎之急急忙忙说。

语毕，他马上意识到自己说错话了。这不是引人在游戏里为了道具对他下手吗？为什么会这样？按照他的想法，应该是苏尔说这些才对！

然而，苏尔没空关注方戎之那边，几分钟前他突然捂住了胸口。

纪珩皱眉问："不舒服？"

苏尔摇头，却明显感觉心跳频率过快。

若是在往常，他绝对不会在意这种小细节，偏偏那句"无心插柳柳成荫"一直在他脑海中挥散不去。

蒲柳先生建议游戏把他的忠诚发言当作宣传片播放，导致他被针对，关键时刻纪珩出现帮他解了围……

仿佛一切都应验了。

苏尔来回深呼吸了几次，告诫自己这一切都是阴谋，千万要控制住。

纪珩见他神情变幻莫测，问："到底怎么了？"

苏尔拉他到一边，原原本本说出了自己的担心。

纪珩听后先是一怔，而后忍不住轻笑道："原来你还会有这么无厘头的想法。"

两人四目相对，苏尔连忙死死攥紧对方的手腕："把持住！我们千万不能中了蒲柳先生的奸计！"

这话掷地有声，像是识破了一个惊天阴谋。

纪珩抬头望天……

这人怎么回事？

天空顷刻间变色，乌云聚拢的那一刻纪珩的面色恢复如常，他眯了眯眼，开口："或许游戏会把上个副本欠下的成就点一并给了。"

"……我可以拒绝吗？"

大部分成就点和主持人有关，然而无论是举报还是被人从局子里捞出来，都不是什么光荣的事迹。

残酷的现实再一次证实物质不能以意志为转移。

冰冷而又熟悉的机械音在天空彻底被积云覆盖的刹那响起："恭喜玩家苏尔获

得成就‘实名举报周扒皮’。”

眼看乌云并未散去，苏尔心里“咯噔”一下，果然，下一刻提示音继续响起：“恭喜玩家苏尔获得成就‘只管生不管养’。恭喜玩家苏尔获得成就‘土豪交际花’。”

有了方戎之这个前车之鉴，公布成就点的时候从四面八方投来的目光虽然复杂，但没人再敢公然挑衅。

“超过一半了。”赵三两竟然也在中转站，他笑眯眯地出现，“集齐成就点指日可待。”

苏尔有心想和他说赵半斤的事情，又不知该如何开口。

赵三两还在傻乐：“对了，刚听人说我堂哥和你们进了同一个副本。”

没第一时间等到回答，赵三两脸上的笑容消失。

有玩家说见到了赵半斤，证明人还活着，而苏尔闭口不谈，就只剩一种可能。

“是不是发生了不愉快的事情？”

苏尔有所顾忌，纪珩却直言道：“游戏不会让他通过下个副本。”

赵三两闭了闭眼，似乎明白了什么。过了许久，他沙哑着嗓音说：“其实我早就有感觉，他厌倦了进游戏。”

赶在话题变得更加严肃前，苏尔打岔道：“饿了，谁请客？”

纪珩要去检测道具：“稍等几分钟。”

他转身离开后，赵三两勉强扯了下嘴角：“看来你们这次收获颇丰。”

“如果你觉得难受……可以不笑。”

赵三两沉默了几秒：“我刚到归焚时，想拉着堂哥一起，被老大拒绝了。”

“为什么？”

论实力，赵半斤其实比赵三两强一些。

“老大说他太平凡了。”

苏尔听得一脸问号。

赵三两说：“我胜在心态好。”

苏尔：“……”

赵三两说：“在这点上，你也很棒。”

苏尔干笑一声。

纪珩去的时间略长，等他回来，三人陆续按下胸牌上的凹陷处，离开了游戏。

这次是被强行拽入副本，苏尔回来时仍旧在自己家里。电视上的娱乐新闻停留在离开前的播报。手机振动了一下，是赵三两发来的吃饭地点定位。

苏尔想了想，先给纪珩打了一通电话：“森缓缓的父母那里，要不要抽空去拜访一趟？”

纪珩回复：“我会安排好。”

聚餐地点在咖啡厅。

赵三两做东：“本来想叫上姚知的，可惜他在忙。”

几人前不久才聚过餐，赵三两叹道：“没女朋友就是可怜，三个单身汉聚在一起吃西餐。”他像是在自说自话，“有传言说问世的万亿也弄到了一张通往《弄虚》的卡片。”

“万亿？”苏尔有点印象，两人曾在《罪恶的小镇》里打过交道。

纪珩站起身给每人倒了杯柠檬水：“什么时候的事？”

“几天前？”赵三两有些不确定，抿了下杯沿，皱着眉说，“我有种不太好的感觉。”

频繁有玩家拿到卡片，代表着《弄虚》副本可能随时会开启。

想到这里，赵三两突然看向苏尔：“你有更稳妥的路子，最好不要轻易冒险。”

知道他是一番好意，苏尔却摇了摇头，目光晦涩难懂：“月季绅士说过，没有人能依靠成就点离开游戏。”

赵三两好笑道：“那是因为在你之前，从未有过玩家接二连三地得到成就点。”

苏尔捏着杯垫一角，垂眸，让人看不透他在想什么，良久才缓缓道：“月季绅士从不说谎。”

服务生端来意面和炒饭，打断了他们的交流。

苏尔点了面，似乎嫌味道太淡，又加了点胡椒。

“三个月。”纪珩开口，分散了苏尔对食物的注意力。

“最多三个月，《弄虚》一定会开。”

赵三两惊讶地瞪圆眼睛：“你怎么知道？”

纪珩没回答：“抓紧时间下副本磨炼，提升武力值。”

苏尔也知道这是自己的弱项，点了点头。

接下来这句纪珩是单独对赵三两说的：“我走前会给你和姚知留下一部分道具，实力够才守得住。”

沉默了有半分钟，赵三两略带干涩地开口：“好。”

一顿饭吃得食不知味，纪珩这次一反常态地替苏尔做了选择，他看了下日历：“五天后下副本。”

苏尔记下了日子。

不知是天意还是巧合，纪珩选的那天苏尔正好有一场测验。

而赴约时，纪珩拿出的组队道具竟然是一本习题册。

苏尔：“……”

“别多想，只是一次女子高中副本的奖励。”

苏尔虚弱地笑了笑。

组队道具都是一次性的，习题册的使用方法相当简单粗暴，纪珩直接从中间将习题册撕开。

传送过程相当平稳。

苏尔隐约看到一道黑影从习题册里逸散出来，包裹住两人的身体。眼前的世界从黑暗到明亮，到能彻底看清时，天地万物似乎都变了。

头顶是过于明亮的白炽灯，苏尔很快确定了自己所处之地是一间教室。

纪珩就坐在他前面，苏尔一时有些哭笑不得：“这算是乱撕习题册的报应吗？”

副本直接将背景设在了学校里。

当前教室里坐着的，除了主持人，都是玩家，有十来人。

通常玩家进入游戏的第一件事就是记住其他玩家胸牌上的数值，不过这次大家的注意力不约而同都放在了主持人身上。

讲台上的男人看着三十出头，眼角有细细的鱼尾纹，实际年龄可能要更大一些。

令人惊异的是，主持人竟然坐在轮椅上，他双手搭在膝盖处，神情格外平静。

“欢迎各位来到《七天七夜》，我是本场主持人东风居士。”

这是一个单从外表很难判断性格的人，苏尔只能提起十二万分的警惕应对。

“武力、头脑、外貌……各个副本考核的侧重点不同。”东风居士淡淡道，“相信过去的一段时间你们已经有所体会。”

有几名玩家配合着微微颔首。

“本场考核的侧重点是运气。”

他话音落下的刹那，苏尔感觉到周围的人都向他散发出浓重的恶意。

论运气，他就没赢过谁。

“任务是什么？”有人直截了当地问。

“找到被藏起来的毕业证书。”东风居士说，“各位的抽屉里，放着一本书。”

苏尔低头，果然抽屉里有一本很厚的书，卡得太紧，拿出来的时候还费了些力气。

看周围人都按兵不动，他也忍住了翻阅的冲动。

《谜底之书》。

看到封面上的书名时，苏尔目中闪过几分错愕，想起有段时间他们班还挺流行看这东西的。

说是书，实则每一页只有简短的一行字，甚至只是一个词。使用者心里想着一个问题，随便翻开一页，看到的就是答案，不过准不准可不好说。

东风居士：“每个人的毕业证书藏在不一样的地方，但都在书中的某一页。”

苏尔的手指顺着书边角比画了一下，切实感受到书的厚度，他垂了垂眼。

东风居士没有故弄玄虚，亲自做了示范。他也有一本书，随手一翻，页面中央印着一行黑字：一起来玩捉迷藏吧！

“类似这种，就是要陪贪玩的魅物做游戏。”

说完他又再次翻阅，这一次的答案很莫名其妙：静静等待。

“这种没有意义的答案也不少，如果翻到就相当于进入了安全区，可以平安无事地继续翻阅。”

“一共有多少页？”苏尔抬眼望过去。

东风居士合上《谜底之书》，缓缓道：“三百六十七页。”

一道声音从后排传来，说出了大部分人的心声："这么玩，没人能通关。"

东风居士摇头："书是副本为你们每个人量身定制的，哪怕最危险的一页，也不会超出你们个人的能力范畴。"

游戏的计算无比精确，不过是以玩家能发挥的最高水准为核算前提，至于心理因素的影响，不在游戏的考虑范围内。

接下来又有人提了两个问题，东风居士没解答，只一板一眼地介绍完流程，最后做了规则讲解："不允许玩家间互相淘汰；每个人只能翻看自己的书；不能以任何形式偷窃或破坏他人的书籍。"

说完这些，东风居士似乎有些困倦了，双目微合，坐姿规矩地靠在椅背上开始休息。

离得近的中间一排玩家面面相觑，从彼此的眼神中确认了一件事：这次的副本游戏开始了。

从当前的规则来看，运气逆天的人或许一次就能翻到藏毕业证书的位置；而运气不好的，翻一页直接把自己送走都有可能。

苏尔抱着书坐到纪珩身边，将头枕在书上，深深一叹。

纪珩一时也找不到宽慰的言辞，只能感叹对方是真的一年到头都在水逆。

暂时还没有人去翻书，是打算先看看其他人的情况。

纪珩望向假寐的东风居士："已经翻过的书页能否留下折痕？"

"每翻过一页，那一页就会消失。"

这点还算人性化，避免了重复翻阅到同一页的可能性。

"看门口。"忽然有人低声道。

楼道里的光一闪一闪的，门外出现了一个年纪不大的小男孩。

东风居士睁开眼："你想和我玩捉迷藏？"

虽然看不出小男孩的表情，但仍能感觉到小男孩唯唯诺诺地把身子转向东风居士手边的书，又畏惧对方身上散发的气息，原地踱步片刻后委屈地离开了。

走廊的灯重归正常。

这一幕看在众玩家眼里，就是一场危险预告。

几分钟前东风居士做示范翻到玩捉迷藏，魅物就立马找上了门。

苏尔心下一动，有心要用体内那只神秘的眼睛去窥测这本书。

讲台上的东风居士目光深邃，带着警告意味朝他看来，同一时间苏尔手中的书表面闪了一下金光，他体内那只眼睛看到的画面被糊了马赛克。

作弊计划宣告失败。

苏尔本身就没抱多大希望，计划失败也没有什么可遗憾的，他偏过头看了纪珩一眼："我准备翻了。"

在没有更好选择的情况下，明知山有虎，也只能硬着头皮行。

指尖接触到又厚又硬的封皮，苏尔支着脑袋沉思。

他明明坐在最后面靠窗户的一排，却瞬间接收到其余所有玩家的瞩目。

其中有几人的目光比当事人还要焦灼，明晃晃写着“快翻”。

苏尔嘴角翘起，抬眸注视着纪珩：“接下来，请欣赏我的表演……大变活魅。”

话音落下的瞬间，他干净利落地一翻，第一百三十页，书页正中央的词格外醒目——

唤灵。

规范的白纸黑字，这字却像是有生命一样跃起，直冲人的眼底。

教室里的呼吸声在这一刻减弱。

合上书，苏尔安静地坐在原地，等待未知的挑战降临。

人在保持缄默的情况下，五感会变得比平时敏锐，此刻一众玩家仿佛连外面一片叶子落下的动静都能捕捉到。

“嗒、嗒、嗒”。

走廊的幽静被打破，缓慢而沉重的脚步声逐渐变得清晰，外面有东西正在靠近。

“三只……”

纪珩突然开口，苏尔带着疑惑“嗯？”了一声。

“至少来了三只魅物。”

他的声音不大，但在落针可闻的情况下谁都能听见。

有个年纪比较小的女生朝苏尔投来同情的目光，但很快又发现在对方眼中根本看不到怨天尤人，似乎他早有预料。

苏尔甚至没有叹息，第一时间开始寻思如何在多只魅物的包围下幸存。

自身武力值不高，暴力破局没可能，既然游戏是在衡量玩家实力后定制的这本书，那他目前所能够依靠的恐怕只有魅力值了。

不，凭借魅力值也无法抗衡多只魅物。

苏尔缓缓垂眸，迅速想到了可行性最高的一种方式：在魅物和魅物之间的关系上做文章。

下一刻，门开了！

首先映入眼帘的是一双软底布鞋，一个四十多岁的中年女人走进来，圆脸，颈部线条很好看，给人的感觉很和善。

在她之后的男人五官端正，不苟言笑。

最后是个老者，穿着朴素，一直低着头。

中年女人和男人都戴着一枚戒指，可以推测出他们是夫妻。

随着他们走近，教室的地面结了一层薄薄的冰霜，温度低得吓人。

先前担心苏尔的那名女生武力值同样不太高，所以一开始就有同病相怜的微妙感觉。此刻她觉得整个身子被定住了，形如木雕一样，只能等着刀子落在身上。

然而刺骨的痛感只是从她身上一晃而过，魅物没有在女生旁边停留，径直走到苏尔面前。

中年女人神情悲伤，哑着嗓子开口：“大师，快救救我的孩子！”

苏尔皱眉，这几只魅物竟看不到其他玩家，记忆似乎也有问题，类似游戏里的NPC（非玩家角色），任凭万物如何变化，永远重复着同样的台词。

“魅物因执念而生，并不是所有的魅物都能保持完整的神智。”纪珩的声音飘过来，“言语上的挑拨对他们不起作用。”

苏尔听明白了，这种类型的魅物，只会认准一个死理。

中年女人催促苏尔：“我家孩子还等着救命呢！”

苏尔站起身：“带我去看看。”

中年女人自动放缓步伐，走在最后面，苏尔无奈地被夹在几人中间，被身后的冷气推着前进。

三只魅物离开后，教室里的温度才渐渐恢复正常。有了苏尔这个前车之鉴，余下的玩家在翻书之前又多了一层考量。

副本留下的生路往往不止一条，或许除了翻书，还有其他方法。

坐在纪珩前排的人曾和他在另外一个副本中有过一面之缘，转身说：“听说你们关系不错？”

“是不错。”纪珩不知为何嘴角微掀。

前排的人说：“刚才那些魅物明显是一家子，不好对付。”

家族魅物很难挑拨，通常打伤一个，另外一个会因为愤怒而产生更大的破坏力。然而方才在苏尔离开之前，他并没有看到纪珩给苏尔防身道具。

他倒不是担心苏尔，而是想要学习经验，万一自己也翻到了类似的答案，也好有个参考。

“一家人才好。”纪珩的话让前排的人摸不着头脑。

“好？”前排的人愣住，“好在哪里？”

“整整齐齐。”

“……”无言以对，前排的人悻悻一笑，转过身去。

纪珩则反应过来书页上“唤灵”二字的意思，摇了摇头。

厉魅所经之处，气温降低是最常见的表现。

走廊里，苏尔的身子微微发抖，倒没有多少畏惧，主要是冷。这三只魅物如同自由行走的冷柜，他清楚地看见墙壁上趴着的一只苍蝇在厉魅经过后，虚弱地扑扇一下翅膀，掉在了地上，不知生死。

他们一路畅通无阻地走到天台。

“大师，到了。”

中年女人指着前方站在围栏旁的女生：“都三天了。我家孩子一口饭不吃，跟她说话她也不回应，就跟丢了魂一样。”

苏尔不说话，走近看了看，女生在原地站着，一动不动。

沉默寡言的男人安慰啜泣的妻子：“等大师看过，娃就可以回来了。”

夜空突然变得明亮。

周遭飘浮着不少灵魅，像是孔明灯一样，散发着微弱的荧光。它们都在盯着苏尔，目中充斥着幸灾乐祸——又有一个倒霉鬼要加入它们了！

“先前遇到过不少骗子大师，”中年女人完全没有注意到周围的异常，因为哭泣，她的声音断断续续，“好在他们都遭报应了。这位大师一看就没问题。”

苏尔嘴角一抽，心想对方这高帽子扣得真是猝不及防。

而灵魅却咧开嘴笑：“来陪我们。”

面对周围闪烁的荧光，苏尔忽然乐了：“出现得正是时候，省得我再翻一次书了。”

苏尔面上带笑，却毫不犹豫拿出电击器，对准离得近的一个灵魅按下电源键。

适才还幸灾乐祸的灵魅很快化成一阵烟，其他的也慌忙逃窜。然而它们的活动范围离不开天台，实力又弱，否则早就向这对夫妻报仇了。

就这样，苏尔手持电击器，如同刽子手，一连除掉了数只灵魅。

中年女人甚至忘了哭泣，有些忌惮地望着苏尔手中的电击器。

一旁最没存在感的老人涣散的目光突然凝聚，五指成爪，瞬间摸向电击器的边缘，然而在接触到的一刹那，老人突然叫了一声，手部皮肤散发出一阵焦味。

苏尔冷笑一声，光明正大地拿出电击器。他就料到了魅物会来抢夺，不过这玩意儿天生是魅物的克星，就连月季绅士当初想抢夺，耳边的花都因此黯淡了不少，更何况区区一只厉魅。

唯一的法子就是他们先除掉苏尔。

可惜副本里厉魅杀玩家也是要走流程的，在唤灵失败前，苏尔确信自己是安全的。

“该叫她了。”老人受伤，中年女人的声音变得尖锐。

苏尔没有拖延时间：“你女儿叫什么名字？”

“陈晨。”

苏尔用指关节在围栏上叩了两下，发出沉闷的轻响，然后他张了张口：“陈晨——”

他的语调拖得格外长。女生当然毫无反应。

苏尔靠近女生，暗地里用电击器朝她注入灵气。

灵魅散开后的能量太少，苏尔胜在收割的数量多，应该勉强够用。

不多时，女生的指尖颤抖了一下。

随着最后一丝灵气注入，女生慢慢抬起头，半晌后迟疑地叫了声“妈”。

“回来了！”中年女人泪水涟涟，激动地抱住她，“真的回来了！你看看你，都瘦了，为什么不听话……”

“听话？”

女生不知哪里受到了刺激，突然挣脱中年女人：“一次成绩失利你就在家长会上甩脸走人，还逼着我改报考志愿，凭什么让我听话？”

中年女人一改适才的和善：“为了生你，我有了妊娠纹，不能上舞台表演，我的青春、我的梦想……你必须给我继承下去！”

女生恢复意识后的力量要比她妈妈强，她一把甩开中年女人，冷冷地望着另外两只魅物。

老头却是看着地上的儿媳，喋喋不休：“早就说了女娃没良心，让你们送人，再要一个，你看看现在！”

沉默寡言的男人想开口，又插不上话。

苏尔尽量降低自己的存在感，屏住呼吸，退到一旁。

对亲近之人的爱恨，往往更加极端，四只魅物陷入混战。

纪珩说过，无限放大的执念就是恶意，苏尔今天算是真正见识了。

他冷眼旁观着，突然感觉到心脏剧烈跳动，眼前的画面仿佛似曾相识。

“大家都用右手，为什么你要用左手？”

记忆中突然出现的声音压抑到极致，明明轻声细语，却像是在咆哮。模糊的画面一闪而过，他想要再去捕捉，却以失败告终。

好不容易挨到剧烈的心悸过去，天台上的场面不知何时得到了控制。

鹬蚌相争，渔翁得利。苏尔回过神，走近几步。

这一家子魅物无视他的存在，在脱力的情况下仍旧苟延残喘地妄图继续互相攻击，根本不在乎会不会遭到偷袭。

苏尔轻咳一声。

中年女人总算搭理了他一下，满是怨毒地质问：“为什么要救这个没良心的小孽障？”

苏尔挑眉：“不是你们请我来的？”

闻言，中年女人的眼神又变得迷茫，骤然间目中又露出庆幸：“对，女儿不能出事！她死了没人给我养老。”

苏尔摇了摇头，对这一家子的三观不再抱任何期望。他拿出空瓶，对着已经没有战斗力的几只魅物露出森然的微笑，一字一顿道：“给、我、哭。”

一百滴眼泪的交易，终于有了门路。

感恩。

教室里，正合眼休息的东风居士突然睁开眼。

正当玩家以为他要说什么，忽然有人竖起耳朵：“听。”

呼啸而过的风声中，隐约夹杂着呜咽。

又过去几分钟，呜咽逐渐沦为哀号，尖厉刺耳的哭号声在黑夜中被无限放大。

“魅物好像在哭。”那声音似老猫受到惊吓后的惨叫，越来越响。一名女玩家抿了一下发干的嘴唇：“你们说……魅物为什么会哭？”

苏尔对魅物向来敢下狠手。

电击器吸收着老者魅物体内的灵气，苏尔面带微笑：“光是干号可不行，您老这么久一滴眼泪都没有。”

魅物没了灵气支撑，消失不过是一瞬间的事情，老人愤怒：“为什么从我开始？”

长久以来的副本生活教会了苏尔柿子要拣软的捏。

“不为什么，十秒钟，哭不出来有你好看。”

一滴泪水终于落下。老人是被气哭的。

苏尔转移了目标，顺利拿到中年女人和女孩的眼泪，也没再过多地为难她们。

女人的丈夫沉默地交出眼泪，直到苏尔要离开天台时，他依旧是一言不发。

苏尔抱着书回到教室，进去的一瞬间他感觉自己化身成了移动的活靶子，无论走到哪里身上都会有视线聚焦。

“厉害！”他刚一坐下，就有人移动到他身边，“你是怎么从魅物的掌中逃脱的？”

为了不暴露电击器的存在，苏尔半真半假地说：“这一家子魅物，关系不是很好。”

“可我们还听到了哭声。”

苏尔一本正经：“后来他们和好了，喜极而泣。”

众人：“……”

瞎话也不是这么编的。

苏尔倒也没有得罪人的想法，一脸认真地说道：“目前看来，副本设定的游戏难度确实不会超过个人能力范畴。”

来打听消息的玩家若有所思，道了声“谢谢”，重新坐回原位。

苏尔活着回来，让不少人松了口气。单论实力，他并不拔尖，他都能从三只魅物的包围中活下来，证明生还概率还是很大的。

很快有第二个人开始翻书，这人的运气不是很好，页面上写着：猜谜语。

教室的灯一瞬间灭了。

没人大呼小叫，随着最开始的惊愕过去，有道具的拿出道具，没有道具的则悄悄朝较为隐蔽的角落移动。

谁也不敢轻易发出声音。

“是红色，不，是绿色！”突然一道声音打破了沉默。

三秒钟后，灯重新亮了。一股难闻的味道在教室中溢散开来。

刚刚翻书的玩家却不见了。“猜谜语”的正下方多出一行小字：回答错误。

好不容易才缓和一些的气氛重新变得紧张。

先前关心过苏尔去向的女玩家叫高芮，她紧张地道：“我什么都没听到。”

纸上写着“猜谜语”，然而除了那声呼喊，他们全程都没有听到有魅物说话。

魅物是何时出现，何时离开的，都是一个谜。

“说这些没用，”一位名叫单蒙的玩家冷静地分析道，“还是想想有什么其他方法能找到毕业证书吧。”

大家集思广益，未必就找不到法子。

高芮下意识看了眼讲台上的主持人，发现对方一直在闭目养神，胆子便稍稍大了些："要不……我们四处看看？"

有人当即反驳："随意流窜可能会遇到魅物。"

"进了游戏，做什么都有风险。"高芮说着，突然看向苏尔，"先前出去时，你还记不记得一层楼有多少间教室？"

"三间。"苏尔说，"一共五层楼，从天台上看，东面是操场，旁边还有一栋楼。"

"几十年前这里是工厂为工人子女办的学校。"东风居士一开口，玩家立时全部朝他望过去。

"只有小学，面积不大，在废弃前，这栋楼供三年级以上的孩子使用。"东风居士睁开眼，"一、二年级的学生被安排在另一栋三层矮楼里，校长室也在那里。"

他介绍得可谓是相当详细。玩家捕捉到了关键词：面积不大。这意味着的确有找到毕业证书的可能。

单蒙说："我看还是别想得太简单，万一东西被藏在地底下……"

"证书是我亲手放的。"东风居士缓缓道，"纸质的东西在地下不好保存，它们就藏在两栋教学楼中。"

来了。

主持人开口的刹那，苏尔脑海中绷着的弦颤动了一下……

坑来了。

通常主持人温柔地对玩家进行某种诱导时，意味着他已经高举屠刀，就等着玩家的脑袋自己凑过来。

苏尔有顾虑，其他人也有。

但东风居士开口的时间节点选得实在太好。一名玩家眨眼间神秘失踪，甚至来不及拿出道具自救，随便翻书的危险性可见一斑。

楼内就算有魅物，也不会比刚刚那种情况更加危险。

"分组吧。"纪珩前排的男人开口，"遇到危险也好有个照应。"

这句话水分很大，说句不好听的，打不过又跑得慢的就得留下充当替死鬼。

不过他的提议还是得到了大部分人的赞同，至少比较稳妥。

"大家正好分坐成四组，"那人继续道，"也免了专门分组的麻烦。"

"呵。"单蒙冷笑。

那人这么做的用意很明显，和实力强的人一组总归危险系数要低一些。

他那一组纪珩实力强，苏尔脑子活络，剩下一个灵值挺高。

"不合适。"单蒙没给他面子，"有的组才两个人。"

总共才十来个玩家。

前排的人正欲反驳，一直没怎么说话的纪珩突然抱着书站起来，笑了笑："我和苏尔单独成组。"

苏尔还没反应过来，纪珩已先开口道："走吧。"

空荡荡的走廊上，两个人漫无目的地前行。

苏尔询问：“去哪里？”

纪珩说：“你想去哪儿？”

“往下走。”

纪珩点头：“那就先去顶楼看看。”

苏尔：“……”

事实证明利用苏尔排除错误选项的方法没错，连着上了两层楼，都未遇到异常。

顶楼是广播室和活动室。

纪珩说：“你想进哪间？”

苏尔迟疑了一瞬。

纪珩摆摆手，表示犹豫后的答案可能不准，而后果断推开了广播室的门。

器材上落着厚厚一层灰，苏尔用袖子掩住口鼻，拂去麦克风上的灰尘。

教学楼内供电正常，按下开关，麦克风旁边的红按钮灯闪了一下。苏尔看向纪珩：“好像还能用。”

说完他开始翻看放在一边的记录册。

“想问天问大地——”音乐猝不及防响起，又戛然而止。

苏尔一扭头，就看见纪珩在折腾设备。

“音乐配得挺应景。”纪珩随口说了句。

苏尔的视线重新移回记录册，从日期来看，上面的播音员是每周一换，名单没有规律可循。

纪珩从柜子里翻出一个抽签桶，有一根签子上刻着“今日小播音员”。

“是靠运气选取的。”

苏尔评价：“方式很新颖。”

过往的副本里，规矩、命运、恋爱……有各种千奇百怪的故事核心，如今他又成功集到了一种。

他们一边寻找线索，苏尔一边说起在天台上的经历：“当时一段记忆毫无预兆地浮现。”

他把自己因为是左撇子而被收拾的事情交代得清清楚楚，甚至连女人说话的语气都详细说了。

纪珩因为他的过分坦白怔了一下。

苏尔不以为意，认为有些未知的事情还是分享出来的好。

“除非是过于古板严厉的家庭，一般人很少会因为孩子是左撇子而进行责骂。”纪珩稍稍分析了一下，“出现在你记忆里的人……”

“很模糊，但感觉是亲妈。”

纪珩的眉头微紧，琐碎的细节联系在一起，隐隐在说，苏尔的过去或许并不像他记忆里的那般安稳。

对此苏尔倒是心态平稳：“只希望别和游戏扯上关系。”

纪珩好不容易想出来几句安慰的话，还未开口就被堵了回去，他试探地问：“你不难过？”

苏尔说：“还好。”

他一直想探究的是，自己为何不能对父母离世感到悲伤。如果责任不在他本人身上，他那也没必要为别人的过错买单。

何况那段记忆不知为何已经被清除。

皆大欢喜。

恰在这时，楼道内传来轻微的响动。

纪珩走到门边，一把打开门，倒是把外面的小男孩吓了一跳，直接跳了起来。

“不在这里。”小男孩进来绕了一圈，抱着小皮球自言自语着离开了。

苏尔就站在纪珩斜侧方，没有视觉死角，清楚地看到了这一幕：“估计谁又不走运地翻到玩捉迷藏的书页了。”

手上沉甸甸的书时刻提醒着他还有三百多页等着被翻。

“其实能找到些规律。”

纪珩把书放在桌面上，闭眼十秒后翻开，内容是：天气不错。

明显属于安全的答案。

紧接着他又翻了一次，页面中间只有一个字：是。

连续五次，纪珩都避开了风险选项。

苏尔“嚯”了一声，这种概率必然不是源自运气，而是因他掌握了某种诀窍。

“翻书时不要只想着问毕业证书在哪里。”

苏尔明白过来。

纪珩说：“五分钟后的天气如何……这类问题是安全的。”

越是简单的问题，越容易从书里得到针对性高的答案。

苏尔挑眉：“回答高难度问题的准确率可能是百分之一，但低难度问题几乎是百分之百？”

纪珩瞥了眼自己手里的书：“可以逐步进行试探，询问和毕业证书擦边的问题。”

苏尔思索片刻，颔首道：“三百六十七这个数字就很妙。”

如果副本足够公平，安全答案的页数应该和会招来魅物的页数对半开，剩下的一页正好就是藏毕业证书的位置。

想到这里，苏尔闭上眼睛，准备亲自测试。

即将翻页的时候他忽然睁开眼：“里面的答案是不是会随时改变？”

纪珩点头，他之前问的几个问题已经证实了这一点。

游戏为玩家量身定制的书籍，自然不普通。

苏尔原本准备提个浅显的问题试试，临时又改了主意。

自从在上个副本收到“无心插柳柳成荫”的心理暗示，加之纪珩为他说话时他有过瞬间的心悸，这多少让他有些惴惴不安。

他将掌心覆在硬壳书皮上，考虑到如果直接问和某个人有关的问题，书中给出准确结论的可能性很小，所以他尽量放大并模糊了概念——

求问我的感情生活会是什么样？

默念完，他随手一翻，白纸黑字写得明明白白：

出书吧。

尽管视力很好，苏尔还是盯着那几个字看了好几秒，确定是这三个字没错。

“问了什么问题？”

纪珩明明就站在他身边，声音却像是隔着很远的空间传来。

苏尔从容地答道：“关于未来的职业规划。”

“哦？”纪珩似笑非笑。

第一个谎言被戳破，意味着接下来的谎言编撰得再精妙，都会失去可信度。

苏尔及时止损，坦白道：“实际是咨询情感问题。”

就是不知道答案为什么是让他出书。

苏尔甚至没有谈过一次恋爱，零经验，何谈出书？

佯装没有看到他的自欺欺人，纪珩问：“继续吗？”

苏尔很愿意赶紧翻过刚刚那页，重新想了个问题，内心默念——

这里死过人吗？

书翻开的那页写着：很多。

苏尔目光一动，抬头对纪珩原原本本复述了一遍问题。他正要趁热打铁，手腕突然被抓住。

纪珩说：“先等等。”

听了他的劝告，苏尔暂时没有动自己的书。

“按照我们的推算，有一百八十三页是安全区。”

苏尔点头，至少目前符合这种规律。然而不等对方再说话，他先摸了摸鼻尖，意识到了不对劲：如果真是这样，游戏是不是有些太仁慈了？

一百多个问题，再蠢笨也能串联出线索。

纪珩沉吟片刻，突然说：“你继续问。”

接下来的时间，苏尔的提问围绕着学校本身展开，得到的线索有：竞赛，狐狸大人，误杀，牛奶。

可以说，只要不涉及毕业证书，这书还算厚道。

即将问出下一个问题时，纪珩摇头：“我来。”

他问的是教学楼内有没有能使用的电子产品，答案是没有。

然而纪珩又提出下一个问题时，答案终于变了画风：一起来玩捉迷藏吧！

苏尔迟疑了一下：“东风居士翻到过这个答案，刚刚有一名玩家应该也翻到了，它出现的频次很高。”

“还有一种可能，”纪珩给出一个不太美妙的推测，“至今为止没有人赢过它。”

主持人是用实力逼得小男孩离开的，而另一名玩家……

门外传来响动。

适才离开的魅物去而复返："来陪我玩捉迷藏。"

小男孩稚嫩的小手抱着一个球状物。

"新玩具……"他炫耀着自己的战利品，转过身子对着纪珩，"我倒数一百个数，然后去找你。"

苏尔瞬间明白了纪珩先前举动的用意，他是在怀疑副本会设定询问安全问题的数量，他曾连续六次提简单问题而没有出现意外，证明"六"是安全数字。

而这之后，纪珩选择亲自涉险做尝试。

"你拿捏好分寸，最多再问一个问题。"

小男孩已经数了十个数字，见他们还在说废话，生出一种被无视的愤怒。

苏尔用手指在纪珩掌心写字，给他出主意：可以用能隐身的道具藏在主持人身后。

纪珩觉得这个套路似曾相识，再一回想，当初苏尔可不就是用同样的方式，跑去书海先生的房间躲避焰罗的吗？

纪珩深深地看了他一眼，摇了摇头走出广播室。

苏尔眼神闪烁，难道这主意不好？

"三、二、一！"越到后面，小男孩的耐心越差，恨不得瞬间数完。终于念完最后一个数字，小男孩激动地离开了。

只剩苏尔一个人留在广播室。

他没有一味干等，准备去其他教室里转转。

下楼前他留意到旁边的活动室，犹豫了几秒，没进去。

这一层楼只有广播室和活动室，如果是他独自来的，很有可能会选择先进入活动室。因为门上贴着可爱的小树图片，更抓人眼球。

但适才纪珩直接推门进了广播室，没有遇到魅物，这就让他对活动室提起了几分警惕。

二选一，剩下的选项遇到魅物的可能性太大。

苏尔转身下楼的一刹那，不知是风吹的还是其他原因，活动室的门突然开了。

他连忙加快步伐，去到下一层楼，直接拐进四楼第一间教室。

六年级一班。

这个年纪的孩子已经具有一定的判断力和逻辑思维能力，在这里找到有用线索的可能性比较大。

然而几乎就在苏尔进门的瞬间，乍然响起两声巨响，教室的前门和后门猛地关上了。

苏尔走过去，伸手拉，没拉开。

苏尔："……"

躲得过初一，躲不过十五。

一直揣在兜里的另一只手没离开过电击器，苏尔在原地站了几秒，并未遭遇魅物的攻击，索性继续在教室内寻找线索。
苏尔打开灯，光芒笼罩下来的瞬间，他心中的畏惧跟着消散了不少。
教室的抽屉里散落着一些杂物，有课本，还有吃完的零食袋。
苏尔逐个翻找，刚拿出一本皱巴巴的习题册，手上动作一滞，猛地朝后望过去。
后门窗外好像有人影。
“高芮？”苏尔对这个女生的印象挺深，本次来的玩家中只有她和自己的武力值低得不分高下。
高芮推门而入。
“等……”苏尔第一个字音刚蹦出来，门再次自动关上了。
高芮被声音吓了一跳，捂着胸口往前小跑了几步。
苏尔叹了口气：“我刚想说，这间教室似乎只能进不能出。”
闻言，高芮瞪大了眼睛。
大约因为教室里还有一个人，她的恐惧尚在可控范围内。
苏尔一边留意她的动作，一边微微侧过身，避免背对着人，问道：“和你一组的人呢？”
高芮带着后怕说：“淘汰了一个，然后大家就分散了。”
苏尔挑眉：“捉迷藏？”
高芮惊讶：“你怎么知道？”
苏尔说：“纪珩也翻到了那页。”
高芮蹙了蹙眉，注意力还是放在面前的人身上，询问他在找什么。
苏尔说：“想知道这所学校从前发生过什么事。”
“啊？”高芮惊愕，“这和找毕业证书有什么关系？”
“副本的故事背景有时候挺重要。”
高芮觉得这有些浪费时间，但看苏尔没有找出路的想法，从众心理让她弯下腰加入了搜寻。
女生的心思果然比较细腻，连续翻了三个抽屉，她发现了被苏尔忽略的细节：“都有狐狸，是巧合吗？”
苏尔一怔，抬眸望过来。
高芮展示手上的东西：尺子，作业本的封面，还有书皮，都在不同地方有着狐狸图案。有的是可爱的火狐，有的是憨态可掬的胖狐狸，形象上倒是没有相似处。
苏尔盯着狐狸图案，第一时间想到书中给出的线索之一，依稀记得当时他的问题是学校里流行过什么。
他又看了眼自己之前翻出来的东西，也都能发现狐狸图案。
高芮这时也意识到不对了，她平时是挺喜欢小动物的一个人，此刻身上却不受控制地起了层鸡皮疙瘩。
留意到高芮手腕上戴着猫舍手链，苏尔问：“你了解狐狸大人的传说吗？”
高芮对这些确实有些了解，忙点头。

“最流行的几种说法有狐狸能让人变美、招桃花、生财，我老家那边还有一种传言，说狐狸大人能提供庇佑。”

苏尔的目光流连在文具上的狐狸图案上：“这种东西竟然能在这里流行开。”

“大概狐狸这种动物比较特殊，”高芮说，“不少地方的传说历史悠久，很多老一辈人称它狐狸大人，对它很尊重的。”

说完她小心观察着苏尔的神情：“你不信这个？”

进副本久了，玩家多少会偏信一些传说。

苏尔说：“狐狸大人能帮我升职加薪？”

高芮被问住，半晌才道：“这个可能得靠你自己的时运和能力。”

苏尔冷淡地“哦”了一声：“那我不信它。”

骗人的。

高芮：“……”

苏尔好心提醒：“你也别信。”

“……”高芮的嘴唇哆嗦了一下，“有没有觉得教室里变冷了？”

而且温度降低的节骨眼儿正好是对方吐槽狐狸大人的瞬间。

高芮走到门口：“我们得想办法出去。”

她铆足了力气用凳子砸门，这种力道下，门就算砸不开，也该出现裂缝。然而这扇门固若金汤，依旧纹丝不动。

“响动太大，会把其他玩家吓跑。”

高芮高举凳子的手停在半空中。

适才她轻而易举推门进来，如果能再有人路过，只需对方在门外轻轻一推，他们就有逃生之机。

不过刚才她那一通砸，叫其他玩家听见了，估计他们都会躲着走。

窗户倒是开着。

高芮的目光落在窗帘上，权衡着从窗户爬下去是否可行。

苏尔站起身，提了口气，毫无预兆地开始对着门缝放声大喊：“在吗，喜欢玩捉迷藏的小宝贝？你在吗？！”

高芮目瞪口呆：“你做什么？”

“召唤魅物。”

高芮哑然，如果时光能够倒流，她发誓绝对不会走进这间教室来，她宁愿独自在阴森的走廊里谨慎逡巡。

许久没有回音。

苏尔皱眉，似乎除非翻到那一页，否则小男孩不会主动过来，何况他现在应该还在同纪珩周旋。

苏尔清清嗓子，不死心地继续大喊：“我想和你玩捉迷藏，我们这边有两个人，都是送上门的！要吗？”

寂静的夜晚，大家都在小心翼翼地隐匿踪迹，唯独他这声音飘荡在走廊里，立马产生了回音。

“要——吗——吗——吗——”

原本在教室里耷拉着眼皮休息的东风居士被这一嗓子活生生叫醒，揉了揉太阳穴。

另一边，纪珩就站在教学楼后面的花坛后，倒没刻意躲，而是寻了个开阔的地方，心想一旦交起手来也方便他活动。

他的运气相当不错，即便翻到了危险答案，招来的小魅物实力也并不是很强，所以他目前的想法是以暴制暴。

远处隐约能听见液体滴落在地上的声音。

魅物没有影子，但在摇曳的树影间，可以看到被拉长的球形的影子。纪珩用余光留意着逐渐靠近的虚影，略微扭动了一下手腕。

魅物当自己是捕食者，玩家同样扮演着猎人的角色，然而就在两方要交手的前一刻，从教学楼内传来的声音划破了寂静的夜空。

“送上门的！要吗？”

小男孩收到邀请，脚步一顿，犹豫起来。

现在藏着的这个玩家，他还真不一定打得过，可是楼上叫喊的蠢货，好像很容易对付！

小男孩迟疑不定，最后还是受到声音的引诱，放弃眼前的猎物，转身上了楼。

二大于一。这波赚大了。

没有等来预料中的厮杀，纪珩从花坛后走出，抬头看向声源处。

距离自己从广播室出来大约有十分钟了，苏尔这时候故意发出声音，是不是因为在担心自己的安危？

纪珩很少自作多情，但他想了无数种可能，也实在想不出对方刻意引走小男孩的其他理由。

声音可以靠空气传播，思想不能。

苏尔哪里知道纪珩用强悍的逻辑推导出了他舍己救人的感人场面，此刻窗外阴风阵阵，帘子被吹得鼓起，呼呼作响。

头顶上的白炽灯闪了一下，高芮下意识后退一步，苏尔拉住她：“一会儿魅物进来，我们就往外冲。”

小男孩的笑声在走廊里响起。

苏尔生怕对方找错地儿，还拍了两下门：“这里！”

高芮：“……”

小男孩停下脚步，轻轻一推。

“吱呀——”

陈旧的木门似是没有重量，轻飘飘地被推开了。

苏尔如同一阵急流，拽着高芮就猛地冲了出去。

小男孩愣了一下。

几乎就在二人跑出来的瞬间，门再一次重重关上。

高芮心有余悸，再晚一步自己可能就出不来了。

“谢……谢了。”她感激地看了一眼最后关头拉了她一把的苏尔。

苏尔喘着气，没有揽功，指了指教室门：“有他的功劳。”

那小男孩和高芮：“……”

虽然不知道发生了什么，但小男孩知道自己被利用了。

他不悦地把手里的球往墙上砸了两下，皮球发出了西瓜碎裂一样的脆响。

“玩具该换了。”小男孩幽幽道，“你们躲，倒数一百个数后我去找你们。”

他自说自话，开始趴在门上数数。

清脆的声音令人毛骨悚然。

苏尔对有些惊慌的高芮低声嘱咐：“你先跑。”

高芮一脸错愕。

苏尔慷慨道：“我殿后。”

高芮心中过意不去，但又想活下去，于是陷入纠结。

苏尔说：“再不走，就来不及了。”

“你小心！”高芮抹了下眼泪，最后回头看了一眼苏尔，“你真是个好人！”

苏尔点了点头。

等人跑远了，苏尔才面无表情地掏出电击器，摇了摇头：“终于走了。”

有不熟悉的人在身边，他就算有手段也不敢用。

“三十、二十九……”

小男孩闻到了有人靠近的气息，还没做出判断，腰上传来一阵灼痛。

他猛地转过身，力道奇大。

苏尔使用电击器的同时，另一只手还拿出了会哭的娃娃，准备情况稍有不对，立刻使用。

“可惜你不能哭……”苏尔嫌弃道，“否则我还能再集到一滴魅物的眼泪。”

听不懂他在说什么，小男孩用力把手上的球砸了过去。

苏尔侧身躲避，球撞在墙上，反弹了一下，掉在地上滚出好远。危急时刻他也不再吝惜道具，正要动手，小男孩的身体突然转向另一个方向。

“纪珩。”苏尔跟着看去，目中一亮。

纪珩走路速度不快，但有一种天然强大的气场，甚至比魅物更像个正在寻找猎物的猎手。

他冲苏尔微微颔首，想了想，又说：“顾好自己，别再为我做危险的事情。”

“……”苏尔听得一头雾水，心道：我做什么了？

两人中间隔着一只魅物，目前不是交谈的好时机。

苏尔现实地提议:“联手，对付他。”

小男孩“……”

小男孩以前就喜欢调皮捣蛋，还为自己强大的破坏力感到沾沾自喜。时至今日遭遇这对暴脾气玩家，他气愤地跑到前面，捡起球又是重重一砸，以此发泄心中不满。

苏尔摇头，好歹是第二次和“熊孩子”打交道了，有了先前遇到的小女孩主持人的经验，他也算是有点心得。

他神情一肃，语气严厉:“两条路，坐下来聊聊，或者我们现在就让你在游戏里消失。”

小男孩受不得刺激，本来想朝苏尔冲过来，又畏惧他手上的电击器，中途掉转方向，重新视纪珩为猎物。

见状，苏尔在胸前画了个十字，用口型无声地道:一路走好。

还没来得及看清发生了什么，下一刻小男孩就跟皮球一样被踹到了墙角。灵气才是魅物的能量来源，挨了一脚虽然有些狼狈，但他本身受伤不重。

碰到了硬茬儿，小男孩开始重新审时度势。

纪珩走到苏尔身边:“他还小，欺负一下脾气就软了。”

如果是成年厉魅，不可能轻易低头。

苏尔任由小男孩爬起来，口头说着狠话，内心却没准备下死手。魅物再弱那也是魅物，真要撕破脸皮，他们少不得也要付出一些代价。

小男孩盘腿坐在地上，沉默地玩着破碎的球，用行动表示要走苏尔之前给他的第一条路:坐下来聊。

见时机差不多了，苏尔开口问:“你以前是这里的学生?”

小男孩拿起球又放下，表示在点头。

苏尔嘴角一抽:“说人话。”

小男孩闷闷地“嗯”了一声。

苏尔说:“这里出过什么事?”

小男孩痛苦地掐着自己的脖子:“喝完牛奶，大家都喊着喉咙很疼，再醒来就被困在这里了。”

结合之前得到的线索，苏尔迅速推测出当时可能发生的事情:有人在餐食里面投毒。

“其他人呢?”

小男孩指了指他手上的书。

魅物也好，玩家也罢，说白了都是被游戏困在了牢笼里。

“知不知道是谁害的你们?”

小男孩摆手。

被困了太久，他已经记不清当初的很多细节，面对接下来的数个问题都很迷茫，直到听到“狐狸大人”几个字，他才特别开心地手舞足蹈起来。

“相信狐狸大人，运气会变好。”

苏尔详细询问，然而小男孩来来回回只重复这句话，仿佛就认这一个死理。

纪珩在一旁说：“之前得到的四个线索，还有一个。”

经他提醒，苏尔又提到了“竞赛”。

这一次小男孩不再配合，僵硬地站起来，动了动手指，肢体动作很不自然。没过一会儿，他突然大喊大叫冲进教室，躲在里面不肯出来了。

苏尔没有追，遗憾地说：“这教室好进不好出。”

良久没有听到纪珩回应。

“……所以你刚刚是出不来才想到叫魅物的？”

苏尔面不改色：“主要还是想帮你分担压力。”

纪珩合理怀疑这句话掺有水分，但看苏尔一本正经，神情仿佛透露着一丝郑重，他又有些不确定了。

看到纪珩的目光从自己身上移开，苏尔松了一口气。

两人决定去校长室转转。

校长室位于另一栋三层矮楼中，想要过去首先要穿过一个小操场。路上他们意外地在篮球架下碰到几名玩家，其中一人正准备翻书，看到他们又暂时停下了动作。

苏尔加快步伐走过，避免打扰到别人。

越临近目的地，他的速度越快。

纪珩能明显感觉出苏尔对探究这个副本故事背景的过度热忱。

“上个副本重点在‘命’，这次又正巧涉及‘运’，”留意到身边人投来的视线，苏尔主动解释道，“难免上心了些。”

因为祝芸的事情，他现在对预言、运气一类的东西很敏感。

纪珩点头表示理解。

“不是坏事。”

单纯把重点放在书上，当然也可以离开副本，不过仅此而已。对副本的探究程度可以提高游戏结算时的积分。

苏尔的武力值低，每下一次副本自然都要把收益最大化。

他们一路顺遂地到了另一栋教学楼。

进去后的第一件事便是开灯。

他们边走边开，一直到二楼和三楼的转角处，纪珩突然停下脚步。

正前方的墙上镶着一面巨大的镜子。

苏尔惊讶地发现这面镜子没有反射功能。

一个眼睛很大的小男孩就站在镜子里，一动不动。就在他想走近一步观察时，小男孩冷不丁将手握成拳，开始上下晃动。

仿佛是要捶镜子，细看又不太像。

纪珩上前一步，同样握拳举手，晃动到第三下时，他手指舒展。

他出的是布，小男孩出的是石头。

明明是赢了，纪珩却退回来，摇了摇头。

苏尔在原地站了几秒，忽然明白了，如主持人所说，这个副本是在赌运，在这里被淘汰的人都属于运气不好的。

所以他们赌的是自己的优势：霉运。

想通了这点，苏尔很自信地站上前，接替纪珩跟小男孩玩石头剪刀布，第一把就输了。

小男孩睁大眼睛，似乎不敢置信。

接下来苏尔越挫越勇，一举创下十连败的“佳绩”。

这下小男孩彻底被刷新了三观，第一次发现有人比自己还倒霉。

苏尔得意地仰起头，问：“我是不是很厉害？”

小男孩崇拜地小鸡啄米式点头。

“……”眼睁睁瞧着苏尔一副骄傲大公鸡的样子，纪珩只觉得又心酸又好笑。

“我……”

苏尔才开口，镜子突然出现了弯曲，首先伸出来的是一只小手。

他不会傻到跟一只魅物惺惺相惜，握住电击器，往后退着保持安全距离。

先是手，再是半边身子，直到最后一根头发丝顺利地从镜面中出来，小男孩又恢复了阴郁的表情。

“跟我走。”

太久没有说话，他的发音有些奇怪。

说完，小男孩又用手在空气中画了一道线，警告纪珩：“雷池，不可越。”

意思表达得很明确，只有苏尔能跟他上到顶楼。

三楼还没有亮灯，走廊漆黑深邃望不到底，纪珩一反常态地没有使用武力逼迫。

“想好再决定要不要上去，”他瞥了眼小孩，“这孩子是焰罗。”

苏尔一怔，忍不住重新打量这孩子。单从外表看，这个小男孩甚至没有之前玩球的小男孩可怕。

纪珩说：“焰罗受游戏庇护，一般很难对付。”

言下之意，他不能靠威逼的方式陪同上楼。

苏尔认真思索了片刻：“我要去。”

一旦错过这个机会，线索就断了。

一旁的小男孩听到回答，咧嘴露出笑容。

纪珩没有丝毫意外，叹道：“很危险。”

苏尔强调：“我一定会回来。”

两人四目相对，纪珩尊重他的选择：“那就听天由命。”

苏尔点了点头。

临别前，纪珩在他头上别了对兽耳：“这东西可以助你听到暗处魅物的细小动静。”

又给他戴上一副奇怪的眼镜：“它能让你看清魅物的虚影。”

随后又给他挂了面护心境：“这东西有百分之八十的概率能成功阻挡一次厉魅的袭击。”

还有护腕、武器、隐身符……十分钟后，苏尔全副武装。

小男孩面色难看……说好的听天由命呢？！

一张脸被道具遮得严严实实，偏偏苏尔还一副视死如归的模样，他挥了挥手决绝地转过身，像是要奔赴战场。

小男孩恨得咬牙，沉着脸往上走。

“你知道毕业证书吗？毕业证书都藏在哪里？”

苏尔总结出的经验是，对付焰罗，一定要比他更横，主动掌握话语权。

“这栋楼里就有。”小男孩骤然发声，目光充满期待，“我可以带你去找。”

苏尔没有接话。

校长室位于楼道的尽头。

苏尔顺手按了墙上的开关，微弱的灯光刚一闪，就灭了。

猜到是小男孩的恶作剧，苏尔不再做无谓的尝试。进入校长室后，小男孩却主动开了灯。

办公桌的玻璃垫下压着几张照片，苏尔看到上面的男人时眸光一沉——这人正是唤灵时一家三口中沉默寡言的丈夫。

小男孩拍着手，一副特别开心的样子，主动做介绍：“当时发生了一件大事，校长的家人到学校骂他无用。因为精神压力过大，他患上了梦游的毛病，结果……全家人都被他搞得快精神崩溃，最后引发了悲剧。”

“大事？牛奶投毒？”苏尔试着猜测。

小男孩恢复了之前的阴郁：“那天过后，好多同学再也没有拿到毕业证书的机会了。”

说完用阴沉沉的目光注视着苏尔，问：“你觉得自己能拿到吗？”

苏尔摸了摸手上的书，直白得可怕：“这本书可以帮我。”

小男孩也很直白：“理论上是这样，但你翻不到。”

因为他倒霉。

苏尔也不气恼，拉开办公室的椅子坐在校长的位子上，双手交叉放在桌上，等着对方出招。

魅物给出好处，玩家拿命搏，这是副本运行的规律之一。

哪怕这魅物是焰罗也不例外。

正如他所料，小男孩不再拖沓：“闭眼。”

有一身道具武装，苏尔挺放心地依言闭上眼睛。

面前响起纸张被翻动的声音，冰冷的手掰开他的掌心，苏尔强忍住了抽回胳膊的冲动。

“卷子上有一百道单项选择题，选项是A、B、C、D，一道题计一分，”小男孩抓着他的手腕放到纸张左上角，“这里是空白处，填你蒙的答案就行。”

游戏系统的提示音同时传来：“焰罗的考验，实际分数低于五十，出局；实际分数等于高于五十低于八十，书中的错误页自动减少十页；实际分数等于高于八十，获得神秘道具一个。”

苏尔皮笑肉不笑：“刚刚我们不是还在比运气差？”

小男孩诚实地说：“可我想让你出局。”

苏尔说：“规则允许？”

这种不动脑子完全碰运气的游戏，明显更有利于魅物。

小男孩说：“抽屉里有一把钥匙，可以打开保存狐狸大人雕像的小柜子，如果你拜了狐狸大人，短时间内会增加运气。原本你有五分钟的时间去发现，可惜超时了。”

苏尔：“……”

进门时他的注意力完全被那几张照片吸引了，更关注“大事”本身，哪里能想到还有这么一个坑在背后等着。

他转了圈笔，问：“顺序怎么算？”

小男孩：“从左往右，每行写十个答案。”

苏尔面色发白，紧张地握住笔，暗自不动声色地打开了体内的神秘眼睛。被主持人限制后，这只眼睛虽然透视不了手里的书，看一张卷子还是绰绰有余。

题目很简单，都是最基础的小学数学题。

看到他第一个答案就写错，小男孩激动地舔了舔嘴唇。

苏尔勾了勾嘴角，接下来几乎是一目十行地审完题，一次性填出数个答案。

连续填对四十八道题后，小男孩双目赤红。

苏尔放慢速度，写下第五十个答案时，故意一个字母费时好几秒。

小男孩咬着牙说：“不可能。”

不可能有人能连续蒙对这么多道题。

“你作弊！”他指责道。

苏尔十分平静：“证据呢？你是焰罗，总不至于连我有没有作弊都判断不出。”

就是判断不出才分外焦虑，到手的鸭子就要飞了！

这还不是最令焰罗绝望的，接下来苏尔一路有如神助，最终竟然取得九十的高分。

其实想拿满分很容易，只是苏尔刻意控制了一下。在收到系统的完成任务提示音后，苏尔连续和小魅物打交道的阴霾一扫而空，他慢悠悠睁开眼，伸出手：“道具。”

小男孩的目光很冷，试图看破对方作弊的套路。

苏尔乐道：“幸运女神这次眷顾了我。”

“明明你的运气更差……”反悔的念头刚一滋生，小男孩立刻感觉到心脏处有东西在灼烧，知道这是来自游戏的警告，他不得不拿出一块破旧的怀表。

“神秘怀表，使用后完成任务的时限可从七天延长至四十九天。特别注明：不可转借，只能在本副本中使用。”

几乎是听完介绍的瞬间，苏尔眼中的喜悦消失，手僵在半空中。

再看一眼自己厚厚的书，不祥的预感加深。

为什么道具的作用刚好是增加时长？该不会真的要他翻到最后一页？

小男孩不耐烦道：“你到底要不要？”

苏尔目光闪烁，考虑到神秘怀表总归是个保障，万一真的无法在七天内完成任务，这块怀表可以让他超长待机。想到这里，他强压住不好的预感，从小男孩掌中取走怀表，紧紧攥住。

原本唯一有点人气的教室，在玩家分组离开后，变得相当冷清。

楼道内先是传来奔跑的脚步声，随后变为惊恐的呼救声。

东风居士保持着先前的姿势，靠在轮椅上小憩，又一次被吵醒后，他略微皱了下眉，嫌弃道：“闹腾大半宿，竟然一个出去的都没有。”

他摇了摇头，重新合眼，自我安慰道，随着被淘汰的玩家人数增多，就不会这么吵闹了。

反正他再坚持上六天班就好。

二楼和三楼仅仅隔着十几道阶梯，温度却是一高一低。

正如小男孩所说，除非他亲自带人上去，否则三楼便是雷池，任何人都不可以轻易越过。

纪珩靠镜子站着，闭目养神。

苏尔下来时，正好看到这一幕，感慨对方胆子大。这面镜子可谓是焰罗的巢穴，他居然敢大咧咧地倚在上面休息，也不怕里面突然再蹿出一只魅物。

听到脚步声，纪珩第一时间睁开眼。

小男孩脸色阴沉，苏尔神情复杂，这点倒是出乎他的意料。人魅交锋少有平局，至少有一方占上风。

可现在瞧着，仿佛谁都没有占到便宜。

小男孩一言不发，先一步走下楼梯，一点点地重新融入镜子，雕塑般站在里面，冷冷注视着外界的一切。

纪珩看了苏尔一眼，后者发出一声喟叹：“得到了一件道具。”

悠长的叹息还未完全散去，他便大大方方展示得到的怀表，并说明用途。

“四十九天，游戏待我‘不薄’。”

纪珩沉默片刻，问：“为什么不选择第二种方案？”

“当时交易只说是神秘道具，我想赌一把。”

可惜现实是，只要他敢赌，游戏就绝对会让他输。

如果再给一次机会，苏尔会理智地把成绩控制在五十以上八十以下，减少十页错误答案才是实际的好处。

调整了一下心情，苏尔轻轻敲了敲镜子："聊聊。"

小男孩抿着嘴，阴郁的气质更加明显，却在暗暗挖空心思思索有没有其他方法能把面前这人淘汰。

"从哪里谈起？"苏尔自问自答，"不如就从竞赛开始。"

小男孩无动于衷。

苏尔再接再厉："正常人都有倾诉欲，来，说出你的故事。"

"三个。"这一次小男孩回应了他，"带三个人到这里来，我告诉你学校发生了什么。"

苏尔挑了下眉，转过身耸耸肩，对纪珩说："谈判破裂。"

纪珩比他还要果断："既然道具已拿到手，这里就没有再探索的价值了。"

苏尔点头，随即准备离开。

"蠢！"冷冰冰的声音从身后传来，"反正还会有人来，这件事你们不做也有别人做。"

苏尔承认小男孩说得没错，就算他现在跑到外面广而告之，一般玩家听到非但不会躲避，兴许还会认为这里藏了什么大机缘，主动跑过来。

"我确实不是救世主，但也不是恶魔。"

撂下这句话，他们离开了二楼。

"学校发生牛奶投毒事件后，校长的妻女和父亲跑过来指责他无用，校长一怒之下做了错事。"

把已经得到的线索全盘想来，苏尔回忆起天台唤灵时，妻子抓丈夫的脸时说的那些怨恨的话——受害者家属天天来闹，都是你害的。

当时他们可能只是在宣泄情绪上的不满，不料沉默寡言的男人会做得那么极端。

"至于竞赛和狐狸大人……"苏尔皱了皱眉，"暂时串联不进去。"

纪珩说："有因才有果，也许竞赛就是投毒事件的因。"

他没说得太过肯定，只是提出了一种可能。

苏尔将视线放在书上，心里默念和竞赛有关的问题。

翻开书，得到的答案是：今天天气不错。

苏尔微微有些失望，这一轮安全问题已经用完，下一次询问必定会翻到有魅物的页面。

"我来吧。"

适才破过捉迷藏的厄难，纪珩现下可以重新询问安全问题。

不过不似先前顺利，三次提问得到的都是无效信息。

又一次翻开书时，尽管已经将问题范畴放得很广，依旧无用。

纪珩摇头："恐怕副本不会再给出线索。"

现有的几个词语应该是它能提供的极限，一旦超出，玩家或许可以不费吹灰之力推断出完整的故事线。

苏尔听后觉得遗憾，却没多少诧异。

这样的经历在小女孩主持的副本里也有过一次，那时他想逼清洁工说出真相，却被主持人阻止，主持人难得严厉地警告了自己一次。

“不要放弃探索背景线，”自从苏尔选择探究副本故事脉络，纪珩首次给出明确的支持，“焰罗出现，意味着这个副本一定有稀有道具。”

怀表只是一次性道具，还有更厉害的没有被挖掘出来。

“好。”

苏尔也是个不见兔子不撒鹰的，逮到了羊就一定要薅到羊毛。

如今线索断在了焰罗这里，书中再也提供不了有用信息，两人对视一眼，各自沉默，开始思考下一步要从哪里入手。

苏尔刚有些思绪，便被一阵凌乱的脚步声打断。

他和纪珩快速闪身找了个角落藏身。跑进来的女生气喘吁吁，背靠着墙坐在地上。

“高芮？”确定她身后没有魅物，苏尔走了出来。

高芮瞪圆的眼睛里先是惊愕，而后全是惊喜：“你还活着！”

她还以为对方帮忙引走玩捉迷藏的小男孩，已经凶多吉少。再看到不远处的纪珩，她愣了下，没忍住说出了内心的真实想法：“大佬求带！”

见她一脸狼狈，纪珩问：“外面出什么事了？”

“不幸翻到了龟兔赛跑的页面。”高芮一副不想多提的样子，“好在是我赢了。”

苏尔下意识重新看了眼她的胸牌，确定她的武力值和自己一样低，并且另外两个数值也很一般。能在和魅物的较量中活下来，证明她有别的手段。

纪珩一针见血：“你实力不强，却敢贸然翻书？”

苏尔没插话，任由高芮被质问，这的确是一个绕不过去的疑点。

“不是我要翻，是它逼的。”

高芮苦笑着说出跟苏尔分开后的遭遇。

自从见到那个玩球的小魅物，她变得更加胆怯，想学苏尔的套路，探索一下周围，看能不能有其他发现。

“谁知路上书里突然生出一股强大的吸力，像是要把我拉进去。”高芮心有余悸道，“没办法，我只能随便翻了一页。”

一面之词不好判断，毕竟先前苏尔和纪珩已经翻阅过各自的书很多次，无法证伪高芮的话。但如果她说的是真话，那就意味着玩家每隔一定时间必须翻一次。

没有钟表不好判断时间，高芮给出相当不确定的说法：“这是我第一次翻书，距离进副本大约两个小时。”

闻言，苏尔神情冰冷，不知在琢磨些什么，高芮都不太敢说话。

良久，他抬头对纪珩说：“情况对我越来越不利了。”

纪珩颔首。

苏尔在游戏中运气极差，每次都会成为魅物攻击的活靶子，那块怀表仿佛是为他量身打造的，一旦真的要到最后才能翻到毕业证书藏匿的位置，那他在那之前大概得对付近两百只魅物。

再厉害的玩家，也不能保证每一次都能从厉魅手中逃脱。

苏尔在台阶上坐下："目前已知这本书里面的魅物只会针对翻书的人。"

这不是什么秘密，除非像先前那样作死主动喊魅物来玩捉迷藏，否则任何时候魅物都会无视其他玩家，只单单对付召唤它们出来的人。

"我有一个想法……"

"我知道……"

两道声音同一时间响起。

两人对望一眼，苏尔有些迟疑："不一定能成功，就算成功了也很危险。"

而且这和他们原先探究副本故事主线的想法背道而驰。

纪珩说："想做就做。"

在他的支持下，苏尔很快做了决定。

以防万一，他事先给高芮做了提醒："你最好换个地方待着。"

高芮更是果决："给我五分钟。"

说罢竟直接跳窗从楼后面跑走了。

苏尔的惹事能力她曾有所耳闻，他是个命硬主意又多的，跟着他或许能躺赢，但时刻有被克死的风险。

确定人已经跑出一段距离，苏尔把手放在书的封面上，用无比虔诚的态度在心中询问："请告诉我，如何才能让书里封印的魅物得到自由！"

几乎是话音落下的瞬间，书开始疯狂地震动，响动非常大。

二楼的焰罗忍不住从镜子里走出来，想看看是怎么回事。

纪珩离苏尔很近，手中已经拿出可以隐身的道具，等书震动的频率减缓时，他才点了点头："差不多了。"

苏尔尝试去翻书，没有成功，书里似乎有不同的力量在对抗。

他只得继续等待。

他的想法简单粗暴到令人发指：与其一次次和不同的魅物碰撞消耗，倒不如一次性放出所有魅物。

隐身道具可以帮他们坚持一段时间，魅物都出来后，剩下的自然都是安全页。

到时便无须再战战兢兢，可以随意翻看，只要赶在道具的能力消失前，找到毕业证书就好。

"不知道能不能行。"苏尔注视着剧烈震动的书，目光幽深。

魅物想要自由，书是封印它们的容器，二者间存在天然的矛盾。

从书的角度出发，它肯定是想要提供一个无关紧要的答案。

但魅物绝对不允许它那么做。

一旦所有魅物的力量拧成一条绳，发生僵持甚至冲突是必然的。

纪珩说：“成功的可能性很大。”

“嗯？”

“玩家提问，书给出回应，是这个副本运行的基本规则。”

说白了都是在打游戏的擦边球，不过此刻书处在劣势。

苏尔支着脑袋，看热闹不嫌事大，给魅物们加油打气：“不自由毋宁死，这可是你们唯一的机会。”

他相信不会再有哪个玩家会向书抛出这个问题。

他清了清嗓子，当场念出一篇八百字小作文，还是议论文。苏尔还给作文起了个标题：《自由万岁》。

原本震动已经减缓的书爆发了新一轮的剧烈抖动，隐隐能听到里面传来“砰砰”的声音，这让苏尔脑海中自动浮现出棺材板子压不住了的画面。

激烈的交锋中，《谜底之书》突然飞了出去，撞上了墙上的镜子。

“砰”的一声巨响，镜面不幸被砸出数道裂痕。

出来看热闹的焰罗愣了几秒，“啊啊啊”叫了几声，愤怒地抓起书本往地上重重一摔。

遭遇焰罗的一击，本就不占上风的书彻底失去胜算。

苏尔适时走上前，手指轻轻拨动，翻到的页面上不再是简单的词汇。

而是——

请将书放在狐狸大人雕像的下方，诚心许愿：赐予里面所有的魅物福运。

“‘请’字都用上了，”苏尔感叹，“果然是求人办事的态度。”

可惜他相信魅物出来的瞬间，会立刻恩将仇报，分食给予它们自由的人。

苏尔看向焰罗：“我们要去三楼。”

焰罗站在原地不动了，似乎在思考。

纪珩突然说：“越热闹越好。”

热闹？

焰罗不知想象出了什么画面，竟被这种说法取悦了，咧开嘴欣然同意。

魅物喜欢混乱，这是它们的本性，自古本性难移。

焰罗这次很大方地请纪珩一并来到校长室。

因为先前做题时焰罗已经透露了信息，这回苏尔轻易找到钥匙，打开柜门，发现了狐狸大人。

长久无人，雕像上却没有一丝灰尘。

狐狸大人并不貌美，体态丰腴，眉心处有一个红点，乍一看很端庄，看第二眼时苏尔恍惚间对上一双狐媚的眼睛，生出跪拜的冲动。

他强忍住这种冲动，和纪珩先后把书放在狐狸大人面前。

两人默契地退到门口，按照书中给出的方法开始祈愿。

这一次的诚心不是装出来的，苏尔本就有放魅物出来的想法，也算是十分虔诚。

书表面金光闪闪，纪珩拉着他后退了一步，同一时间，前方出现好几个魅物虚影，在封面上排排坐。

“精彩。”焰罗冷眼旁观，颇为欣赏苏尔这种近乎作死的举动。

随着虚影一点点增多，直至快要堆成小山的形状，纪珩快速上前抽回两本书，毫不犹豫地使用了隐身道具。

眼看人突然消失不见，焰罗眉峰一挑，皱了皱鼻子，企图嗅到猎物的味道。

校长室的温度急速降低，苏尔恍惚间觉得睫毛都覆盖了一层冰霜。

“跑！”

纪珩把苏尔的书塞给他，拉着他以最快速度往外冲。

在使用了隐身道具的情况下，纪珩却如此小心，想也知道此刻的危险程度。

冲出去前苏尔忍不住回头看了一眼，张了张口，发不出一个音节。

从书里跑出来的几乎全部是小孩形态的魅物。

魅物能感觉到他们的气息，却无法准确锁定他们的具体位置。

小魅物的破坏力超乎想象，食物从眼皮底下逃跑让他们十分暴躁，上百只魅物开始朝着感知到的大致方向移动，沿路冻死了不少在墙角安家的蜘蛛。

逃跑的过程中苏尔没有再回头看，直到体力渐渐不支，确定跑出足够长的一段距离，才捏了下纪珩的手腕，示意他停下。

他抓住短暂的休息间隙，准备翻他的书。

然而就在这时，一只手掌悄无声息地覆上他的肩头。

冰冷，瘦削。

这只手微微用力，骨头也发生了响动。

苏尔浑身一僵，扭过近乎僵硬的脖颈，对上了一张在月色下发白的面庞。

认出主持人的刹那，他从险些窒息的状态过渡到心头微微松动。

出现在他身后的竟然是主持人。

东风居士靠在轮椅上，静静地注视着苏尔和纪珩，略宽的袖子被风吹得呼呼作响。

良久，东风居士终于开口，问出的却是一个令人意想不到的问题。

“今天是副本开始的第几天？”

苏尔怔道：“第一天。”

“本场游戏开始了多久？”

苏尔不太确定：“大约……两个多小时？”

作为一个佛系主持人，东风居士喜好睡觉养生，平时不过多干涉副本和玩家。

闻言，他垂下眼皮：“这么说，我没睡过头……”

重新抬眼时他的眼神变得无比锐利：“那能不能请你们解释一下，为什么我眼一闭一睁，外面就开始了百魅夜行？”

出师不利，苏尔目光微变，寻思着要找什么理由搪塞。

纪珩直白得可怕：“我们没有违规。”

六个字轻飘飘落下，仿佛那些魅物就像是乌云凝聚后落下的雨滴，都属于自然现象。

说话的同时他给苏尔使眼色，后者抓紧时间翻书。

东风居士耷拉着的眼皮一跳："给我停下。"

苏尔有样学样，边翻边学习纪珩的言辞，一口咬定自己没违规。

东风居士不得不承认这两名玩家对规则的了解和利用程度甚至超过了主持人。

他抬起胳膊，扔过去一个黑色的小圆球。

主持人不能直接淘汰玩家，苏尔心念一动，没有避闪，直接接住。

"你们适可而止。"东风居士道，"规则漏洞很快会被修补好。"

游戏不可能放任百只魅物夜行。

主持人的话音落下不久，半空中浮现出一张小卡片，摇摇晃晃落在他的膝盖上。

东风居士看完卡片，声音平静得可怕："书。"

猜到那张卡片可能是游戏的交代，苏尔主动递交自己的书，纪珩没犹豫，也直接给了出去。

"我现在去捉魅物。"东风居士调整了一下轮椅的方向，微微侧过脸，原本柔和的脸部线条此时显得格外冷硬，"这是副本的漏洞，那个小玩意儿就当是补偿。"

说完，他便消失得无影无踪。

苏尔叹道："可惜了。"

哪怕再给一分钟，他就能翻完整本书。

纪珩说："主持人出现的时机很凑巧，多半代表了游戏的意志。"

游戏不允许玩家利用这种破坏性方式通关，数百只魅物恢复自由，是对它权威的一种挑衅。

没太多时间遗憾，苏尔转而研究起手上的黑色小圆球，这似乎是个活物，在掌心中滚动一圈，还会掉灰渣。

他嘴角一抽："好像就是个煤球。"

当然，主持人给的东西不会是俗物，小黑球具体有什么作用，只能等回中转站利用仪器鉴定了。

眼下两人的书暂时被带走，计划被打乱，二人不得不重新开始探究副本故事线。

"兜兜转转，像是遭遇了鬼打墙。"苏尔顿了顿，忍不住问，"会不会是游戏故意在玩我们？"

纪珩摇头："不，游戏也是受害者。"

苏尔："……"

"焰罗提到了毕业证书。"纪珩着眼当下，"从外貌上看，那小孩差不多是上六年级。"

苏尔捂住胸口："我先前搜查过六年级的教室，是六年级一班。"

那一层只有两间教室，当然，也不是没可能正好错过了焰罗曾经待过的教室，前面一些的六年级二班才是正确目标。

想想都扎心。

听完前因后果，纪珩没有附和苏尔，静静看了他一会儿，才道：“你的运气是在一点点变差。”

有的人天生运气不佳，苏尔却不同，自两人认识以来，纪珩亲眼见证了他运气降低的过程。

“真要追溯起来……”仔细回想，苏尔眉头紧蹙，“好像是从天机城副本出来后，我就一直比较倒霉了。”

尤其是在那个副本收尾的时候，他竟然阴差阳错地制造出了异人。

这种概率低得说是亿万分之一都不为过。

纪珩沉吟道：“但魅力值的用途正巧是在那个副本里开发出来的，同时你还得到了一颗神秘的眼珠。”

苏尔产生不妙的猜想：“该不会眼睛的使用是以消耗运气为代价的吧？”

魅力值大家都有，高低不同罢了，也没见谁运气猛降的。

纪珩说：“最近尽量减少使用吧。”

这只是安慰的说法，苏尔总共也没动用过眼珠几次。

可惜眼下最重要的还是安全过副本，纪珩想寻找解决办法也不能在这个节骨眼儿上做文章。

二人折返回教学楼时，操场上正在上演一场生死追杀，一名高个子的玩家被小魅物用弹弓追着打。倘若只是弹弓也就罢了，可弹射出的珠子居然能引爆。

“救命！”

看到有人，他毫不犹豫地朝这里跑来。

纪珩面色一沉，从书里出来的魅物虽然只针对持书人，但弹珠胡乱飞，免不了会波及其他人。

他做得也挺绝，没有任何要帮忙的意思，拉着苏尔就跑。

高个子玩家没料到会这样，愣了一下后咒骂着追在他们后面。

听到后面急促的脚步声，苏尔挑眉：“这是图什么？”

“直接出手杀他是违规，只要人跟得紧，你我也有危险。”

换句话说，想要不被拖累，就得帮忙。

苏尔回头警告：“再跟着，你会后悔。”

高个子玩家无动于衷。

苏尔眼神一变，跑进教学楼的瞬间低声道：“关门！”

说罢和纪珩一左一右把门紧紧关上。

外面传来一声咒骂，迟来一步的玩家撞了两下门无果后，不得不从装备袋里掏出一个毛线团朝后面的小魅物丢过去。

毛线团在半空中自动展开，线条缠住小魅物，高个子玩家得以逃脱。

苏尔被气笑了：“有道具还赖着我们。”

纪珩冷声道：“估计不舍得用，想借一借东风。”

小魅物消失后，高个子玩家踹了两下门：“别让我……”

狠话还没撂完，纪珩主动打开门，示意他继续说。

一对二不占优势，高个子玩家碎碎念了几句，又朝地上吐了口痰，离开了。

苏尔望着他离开的背影，调侃道：“看来你在游戏里还没那么威名赫赫。”

纪珩说：“姚知说过……”

“尊重物种多样性。”

异口同声说完，他们各自笑了笑，走上楼。

到了四楼，苏尔故意朝前多走了几步，玩球的小魅物竟然还在教室里，这会儿工夫，他又拿了个新的玩具，当皮球扔来扔去玩。

苏尔说：“这教室困不住他。”

纪珩说：“有的魅物只针对人。”

汲取之前的教训，这次小孩放弃了主动挑衅，背对着他们表达不满。

苏尔也不会去主动招惹，拐去了旁边的六年级二班。

“小学生大多按身高排座位，”回忆了一下焰罗的身高，苏尔建议，“可以从最后两排找起。”

好几个柜子里书包都还在，纪珩找到一张信纸，停下动作。

苏尔凑过去，只见上面的字迹很稚嫩，是一篇优秀学生发言稿。

内容大致是说一名叫陈子文的学生获得了数学竞赛一等奖，被一中录取。他十分感激校方的培养，号召大家奋发向上。

从字里行间流露出的骄傲中，不难判断这所学校很有名。

“小学升初中不是按学区划分的？”

纪珩说：“我小时候，好的中学有招生考试。”

苏尔表示理解地点了点头：“原来这就是代沟。”

“……”纪珩十分年轻，但这要看和谁比，如果比较对象是苏尔，那他们还是有那么几岁的年纪差。

“是时代变化太快。”他强调。

苏尔敷衍地点了点头。

“可惜……”苏尔合上信纸，“这孩子没机会继续求学了。”

很明显，陈子文也是牛奶投毒案的受害者之一。

纪珩在柜子里翻到几张试卷，基本都是满分。

“平时学习不错，又在全国竞赛中获奖，在成绩上弄虚作假的可能性不大。”

苏尔说：“书中既然给出竞赛的信息，中间一定还有什么猫腻。”

正说着，却见纪珩的目光掠过他，望向门外。

首先映入眼帘的就是熟悉的轮椅，东风居士从容地把两本书放在桌子上，让他们自取。

封面右下方印有玩家的名字，不用担心会拿错。

做完这一切，东风居士坐着轮椅离开，回到最开始待的那间教室，闭眼休息。

这次他是真的有些困倦了，捉魅物毕竟是个体力活儿。

随着主持人消失，教室里的低气压跟着散去。

纪珩让苏尔把书收好，拿着那张演讲稿走到隔壁教室。

玩球的小魅物朝里面挪了几个座位，一副不愿意和他接触的样子。

纪珩站在门口，浑然不在乎对方的态度，一字不差地读完演讲稿，问："当年竞赛时发生了什么事？"

小男孩说："很快你就会知道。"

小男孩手抓着球朝他转过身来："因为你们也会亲身经历。"说完他便离开了教室。

"听他的意思，是历史会重演？"苏尔不知何时出现在纪珩身后，顺便摇了摇手里的语文课本。

他打开课本后发现除了笔记，很多空白处写着伤感的文字，从成年人的角度看，苏尔忍不住替课本的主人尴尬了两秒。

他指着其中一首小诗——《竞争》。

魔鬼同时跟两个富豪做生意。
他诱惑第一个富豪：
给我一年寿命，
你的竞争对手会破产。
富豪开心地同意了。
魔鬼又悄悄告诉第二个富豪：
只要给我一年零一天的寿命，
我帮你让那个富豪破产。
一年后，两个富豪都死了。

纪珩更感兴趣的是这么隐蔽的几行字，苏尔是怎么发现的。

"只有这孩子的抽屉里，找不到任何同狐狸相关的东西。"

这个班里还是有清醒的人在，没有去相信所谓的狐狸大人。

纪珩说："在竞赛中获奖就能拥有上好学校的资格，恐怕有不少人因此信了狐狸大人。"

苏尔的笑容凝固："一群人为了同一件事求狐狸大人，可获奖名额只有一个。"

很难想象这种情况下，会发生什么。

下一秒，耳畔突然响起"叮"的一声："触发任务'张小花的心愿'。张小花是班上最聪明、成绩最好的孩子，她不相信狐狸大人，只相信通过努力能获得一切。她的人生结束于一瓶毒牛奶。找出牛奶投毒案的凶手，可获得张小花亲手制作的平安符。"

苏尔说："没白费功夫。"

纪珩点了点头。

苏尔隐隐察觉到对方的心思并没有完全放在任务上，说明他是有什么顾虑。

这时纪珩走到窗边，隔着月色看向另一栋教学楼："时间有限。"

三百多页的书，想要找到毕业证书所在的那一页，谈何容易。

听他一说，再结合玩球的孩子离开前说过的话，苏尔沉声道："玩家中有人会寄希望于狐狸大人？"

可若仅仅是这样，就谈不上历史重演，当初是因为获奖名额有限而存在竞争，如今的矛盾点又在哪里？

毕竟副本并没有设置通关人数的限制。

纪珩目光一冷，缓缓吐出两个字："借运。"

苏尔怔了一下，心中升起一股恶寒。

"校长室有焰罗守着，一般人进不去。"他抿了下唇说，"如果副本想利用这一点给玩家下套，保存狐狸大人雕像的地方就不会只有一处。"

纪珩说："找找看。"

苏尔点头。

平白无故被借走运气，相当致命。

纪珩说："找到雕像后想办法毁了，毁不掉也要弄清楚它的运行套路。"

运也不是随便能借的，中间少不得需要进行某种操作。

苏尔边走边说："现在你成了活靶子。"

一旦有玩家试图借运，肯定是选最厉害的人借，纪珩首当其冲。

上楼梯时他脚步突然顿住："我有预感，刚才那个玩家紧跟着我们，恐怕不只舍不得道具那么简单。"

教学楼本就不大，雕像不可能放在教室、办公室等地方。两人重新回到广播室，仔仔细细找了一遍，还是一无所获。

"隔壁那屋好像有魅物。"苏尔犹豫着要不要去冒个险，却见纪珩突然瞟向天花板。

"最适合藏东西的地方往往在高处。"

苏尔眉梢一动，主动把凳子搬到桌上，让纪珩扶着桌腿，自己开始在天花板上摸索。

"吱吱！"一块松动的吊顶后，一只老鼠快速跑了过去。

苏尔被突如其来的响动惊了一下，重心一下不稳。

纪珩赶紧扶住他："小心些。"

苏尔的手指抓着吊顶边缘，沾了一层厚厚的灰尘，他眯着眼睛朝吊顶上方看过去，发现其中一处格外干净，连老鼠都避着走。

"找到了。"

纪珩给他递了个支架，苏尔将东西一点点钩出来。先前在校长室看到的那双狐媚眼睛再次出现在眼前，苏尔屏住呼吸，竭力保持清醒，蹲下身从椅子上跳到桌面上。

狐狸大人的雕像被放在桌子上，并没有出现口吐人言诱惑人做交易的场面。

“拜拜就知道了。”纪珩走上前，准备亲自试验。

苏尔制止道：“我来。”

明白过来他的意思，纪珩失笑：“你确定？”

苏尔点了点头，假模假样地双手合十：“狐狸大人，请保佑我的运气变好。”

依照书中提示的方法为魅物祈福时，苏尔的身体完全没感觉，这次他单纯为了个人利益祈福，话音落下的瞬间，苏尔明显感觉到身子被一股异样的力量包围。

柔媚的声音萦绕在他耳边：“一根头发和生辰八字，我可以帮你借运。”

苏尔说：“我的？”

对方的声音里含着些许笑意，听得人心尖酥麻：“自然是你想要借运的人的。”

这声音只有当事人能听见，苏尔偏过头望着一言不发的纪珩，说出了狐狸大人的要求。

“给她。”

纪珩把生辰八字告诉苏尔，又取下自己的一根头发。

重新和狐狸大人对视时，苏尔默默睁开了体内那只神秘的眼睛。

如果正如先前的推测，使用这只眼睛会让运气无限降低，那他倒是想看看，狐狸大人带来的运气能不能压制住这只眼睛。

纪珩抱臂在一旁，低着头，看不出情绪。他深知苏尔的运气和眼睛的作用叠加，效果绝对不会是一加一这么简单。

此时狐狸大人雕像上的眼睛仿佛更弯了些。

苏尔的视线变得模糊，他隐约看到一位体态丰腴的女子手持柳条，在自己肩上轻轻一点，半晌，她红唇轻启：“过运。”

混沌的光团停留在苏尔的肩膀处，刚渗入就又被排斥了出来。

狐狸大人愣了一下。

又用柳条在他肩上点了点：“过运。”

依旧没有成功。

第三次尝试后，非但失败，柳条的一段竟然被吸收进了苏尔的皮肤。

苏尔痛得低呼一声。

纪珩抬手想要阻止，苏尔摇了摇头，哑着嗓子说：“痛并快乐着。”

他能感觉到神秘之眼正在吸收着什么。

狐狸大人不再淡定，她体内残留的福运正在被不断吸取。她尝试收回柳条，却收不回来。

“天杀的！哪里来的丧门星！”

柳条本就是她凝聚出实体的一部分力量，竟然被疯狂吞食，狐狸大人的雕像出现一丝裂痕。

与此同时，藏在学校里的九尊狐狸大人的雕像全部开始出现碎裂的征兆。

其中一名正在悄悄跪拜的玩家吓了一跳。

“警告，预计一分钟后狐狸大人的雕像会全部损毁，任务支线三、支线六将遭受影响，同时关闭，副本有崩溃征兆，请尽快处理——”

东风居士正在小憩，游戏提示音传来的瞬间，他猛地睁开眼。

20%

第二章

毕业证

广播室里。

苏尔眼睁睁看着雕像表面如墙皮脱落般不停掉漆，冷不丁被身后的一道力量推开，好在纪珩及时扶住，他才没摔倒。

顾不得质问罪魁祸首，东风居士将手掌覆在雕像的头顶，许久，雕像才渐渐停止破碎。

做完这一切，他面无表情地转过身。

因为他动作幅度太大，轮椅的轮子和地面摩擦时发出尖锐刺耳的声音。

“今天是游戏开始的第几天？”

似曾相识的问题。

苏尔冷静地回答：“第一天。”

东风居士闭了闭眼：“距离我们上次分别过去了多久？”

“大约……”苏尔凭感觉猜测，“二十分钟？”

“很好。”

苏尔纳闷：“好在哪里？”

东风居士反问：“你说呢？”

这三个字东风居士说得很重，重到傻子都能听出其中的讽刺。

苏尔瞥了眼因为掉了层皮而变得格外丑陋的雕像，冲纪珩挑了一下一边的眉毛。

“不是你的错。”纪珩一本正经地说，“是这雕像的业务能力不行。”

东风居士：“……”

苏尔也很委屈，他觉得自己背了黑锅，理智地分析说：“我只是拜了拜雕像，礼尚往来，她承诺会过运给我。”

多么顺理成章的操作！

东风居士眉头紧锁，苏尔这话确实说得不假，引诱玩家相信狐狸大人是副本设计好的套路，想要他们在恶性竞争中互相消磨彼此的运气。

“你用了谁的八字？”

苏尔瞥了眼纪珩，答案不言而喻。

“为此我差点和最好的朋友反目，这难道不是副本乐见其成的事？”

前一刻百魅夜行共患难，后一刻独自美丽借同伴的运，简直堪称丧心病狂。

东风居士顺着他的逻辑思考，发现的确是这样。

他这番操作没问题。

找不到可以迁怒的对象，最后东风居士将视线转向狐狸大人，斥责道："没用的东西。"

过个运都过不好。

"……"雕像颤动了一下，表面肉眼可见地又脱了点漆，也不知它是在害怕，还是在气得发抖。

"从现在起，离狐狸大人远点。"东风居士双目一眯，各打一棒，杀意虽散去，冰冷还凝在瞳孔中。

苏尔义愤填膺："凭什么？别人能拜我不能，那我岂不是成了砧板上的鱼肉！"

"活该。"纪珩配合着冷嘲热讽。

苏尔冲到东风居士面前，险些撞到轮椅，低吼道："为了增加运势，我出卖了朋友！你的决定不公平！我要举报！"

说罢他打开窗户，夜风呼啸而入的瞬间，他开始朝苍茫夜空控诉："玩家本应享有同样的权利，我，苏尔，实名举报……"

"闭嘴！"

弄得副本再换一个主持人对自身也没好处，苏尔也就是做个样子，闻言识相地抿了抿唇，转过身来时变成一副小可怜样。

没多久，熟悉的黑色小煤球被扔过来，落入他的掌心。

东风居士头疼地道："如果你能成功通关，这东西会很有用。"

苏尔试探："有什么用？"

东风居士冷冷地看着他，一言不发。

纪珩却在这时伸手："给我。"

苏尔说："凭什么？"

两人言语争锋，险些出手，而后纪珩寸步不离地跟在他身后。

苏尔怒目而视。

纪珩一脸平静："等你被淘汰了，我就捡尸。"

东风居士最讨厌吵闹，见他们没有丧失理智立刻出手互相淘汰，也懒得继续看闹剧，回到了原来的教室去休息。

他一消失，苏尔的目光重新落到狐狸大人的雕像上，略带遗憾。

若是主持人不出现，其实他大可以利用雕像破裂这点要挟狐狸大人说出当年的真相。

如今好处也收了，再去激怒主持人就是自找没趣。

纪珩褪去适才表演时的浮夸："不亏就行。"

苏尔点头："但愿小煤球有这个价值。"

广播室彻底失去了探索的必要，临走前苏尔又看了一眼雕像："得防着点别人借我们的运。"

纪珩纠正：“是借我的运。”

除非有人活腻歪了，才会借苏尔的运，就算借到了，大抵也是滔天霉运。

苏尔轻咳一声：“借运需要头发和生辰八字，生辰八字并不易得。”

纪珩知道他想说什么，摇头：“有些人会在现实里专门收集其他玩家的生辰八字，以备不时之需。”

头回听说有这种操作，苏尔惊讶地挑眉，很快又自己想通了。游戏里的魅物不少，生辰八字的用处只会比想象中要多。

譬如……结缘。

纪珩的眼神令人捉摸不透：“目前不确定这批玩家里有没有心术不正的，真要有，会很麻烦。”

苏尔没有接话，再开口时他的神情复杂：“其实我很欣赏你这一点。”

突然的转折令纪珩怔了一下。

苏尔认真地道：“实力强也不会大言不惭地说‘有本事就来借’这种霸气但无脑的宣言。”

言下之意，在审时度势上，他做得比自己还好。

陡然被赞美了一下，纪珩难得有些不好意思。

苏尔垂眼：“只有千日做贼，没有千日防贼。”

想要借运，总能想出千万种法子。

他冷不丁抓住纪珩的手腕：“一直都是你保护我，给我道具，这次换我来保护你。”

说罢苏尔按着对方的肩头示意他坐下。

“我现在去找刀，你留在这里。”

“刀？”

“对，剃度！”苏尔说，“剃干净，再把剃下来的头发烧了。放心，有我在，谁都别想拿到你的一根头发丝。”

既然生辰八字是不可控因素，那就在头发上做文章。

“等等。”纪珩刚要站起来，又被苏尔按了下去。

苏尔语重心长：“出副本后头发又会原封不动地回来，没影响，别舍不得。”

理是这个理，但纪珩并不想顶个光头在副本里游荡。

纪珩传达出强烈拒绝的意思，苏尔只得放弃。

半晌，苏尔叹了口气：“果然，年纪大了就会把头发看得很重。”

“……”纪珩转过身，正好对上他似笑非笑的表情，忍不住笑了，“亏你想得出来。”缓了缓又开口，“不过你这想法不错，我们可以高价转卖。”

“单蒙、李自在、金丽雅。”纪珩一连点出三个人名。

“这是这批玩家里实力最强的几个，也是最容易被借运的对象。”

苏尔并不乐观：“万一他们已经做了交易，计划不是要泡汤？”

纪珩说：“有实力又稍微有点脑子的，都不会这么做。”

弱者需要借势，强者则不同，实力足以自保的情况下，肯定会再三衡量。

苏尔想了想："也对，真要借肯定要借更强实力的。"

可一旦被借运的人成功通关，就等于招惹了一个大敌。

"这里总共就两栋教学楼，会有碰头的时候。"纪珩多提了一句，"目前来说任务更重要。"

捡了芝麻，丢了西瓜，不明智。

"好。"

他们并肩往外走，苏尔恢复正经："张小花的心愿是找到牛奶投毒案的真凶，倒是和我们的目标一致。"

探究这个副本的故事主线，寻凶是必不可少的一环。

纪珩说："狐狸大人要害人用不着下毒，最大的嫌疑人是受害者身边的人。"

当然，现实里不乏某人无差别报复社会的可能，可副本里讲究因果，这种可能性微乎其微。

因为在思考，苏尔的脚步下意识放慢："牛奶分袋装、盒装还有瓶装，前两种下毒需要用到针头。假设是同龄人作案，那他父母的工作应该比较特殊。不过还有最重要的一点……"

他顿了顿，目光越发幽深："毒药的来源。"

老鼠药学校里处处都是，但溶于液体会改变牛奶的味道甚至是颜色，减少剂量又不足以致死。

凶手肯定用了另外一种药剂。

两人心照不宣地开始寻找教师办公室，想通过学生档案了解学生的家庭背景。

苏尔重新加快脚步："惨剧发生后，学校荒废得突然，运气好的话我们可以找到不少残留的资料。"

"运气好"这个前提从他口中说出，就很微妙。

他本人似乎也察觉到了这点，微微撇了撇嘴，不再说话。

楼道一两分钟就能走到头，教师办公室很好找。

办公室窗户紧闭，推开门的刹那有股刺鼻的霉味冲出。

桌上搁置着几张因为年限太长而发脆的试卷，苏尔小心翼翼地拿起，确定是六年级的试卷。

抽屉和柜门都是上了锁的，他正准备和纪珩探讨一下开锁分工，一扭头突然看到一旁有一双鞋，鞋尖直直对着自己。

他眨了眨眼，确定自己没看错。

只有鞋，看不见魅物。他往旁边挪动一下，鞋就跟着动一下。

纪珩在这时主动上前一步，鞋子反而后退了。

苏尔说："魅物附身在鞋上面啦？"

"灵气不重，不好判断。"

苏尔眼前一亮，拿出电击器。

多储存点灵气总能有备无患，兴许下一个副本就有需要开发人造魅物的工程。

“疼。”

电击器才开始对着鞋面放电，一道细弱的声音就传了过来。

身后上锁的柜门被从里面暴力打开，首先探出来的是一只苍白的手掌，随着她整个身子钻出，终于可以看清全貌。

是一个扎马尾的圆脸小女孩，头上别着蝴蝶发卡，她每动一下，蝴蝶翅膀便跟着颤动。

小女孩没有主动攻击的意思，光着脚走到鞋子旁边，抱起小红鞋，用失去焦点的双目注视着苏尔。

苏尔恶人先告状：“为什么要吓人？”

小女孩幽幽地开口：“你们接了我的任务。”

苏尔愣了下：“张小花？”

小女孩迟钝地点了一下头。

找到了关键人物，苏尔立马询问起当年案发的经过。可惜张小花毫无所动，只一个劲重复：“我饿了。”

她黑沉沉的眼珠转了转，语气含着幽怨：“接了任务，你们……暂时不能吃。”

说完她朝外面移动，准备寻找新的“食物”。

苏尔看了一眼纪珩，用眼神询问要不要阻止她。

“跟上去看看。”

魅物找人有他们自己的方式，或是依靠磁场，或是依靠味道。

张小花并不是在毫无头绪地往前走，渐渐地，已经能听到有人在低声说话。

她加快速度，冲向一间教室，然而进去后不到三十秒，她又被丢了出来。

小女孩根本没受伤，捡起鞋子迅速爬起来，喃喃自语：“打得过但打不死，所以动不了……”

她摇摇头，又去其他地方找“食物”。

这次纪珩没有继续跟着，反而走进教室。

听到不同于魅童的更为沉重的脚步声，教室里的单蒙和金丽雅一脸防备。

看清来人，最初的惊讶过去，单蒙的警惕心更重了：“是你引来的魅物？”

纪珩摇头：“是魅物引来的我们。”

这时苏尔也走进教室，气氛顿时更加压抑而紧张。

单蒙作势要离开。

“做交易吗？”纪珩叫住他。

单蒙下意识地拒绝道：“去年和你下同一个副本的张数，听说出来后差点连裤子都拿去抵押了。”

虽然只是夸张的传言，但也值得借鉴。

纪珩并未一次性抛出所有信息，而是先放鱼饵：“狐狸大人害人的手段……”

"借运。"一旁的金丽雅用手指卷着头发，气质妩媚，"我们已经知道了。"

"可我有办法让你们不被借运。"

此话一出，两道锐利的视线齐齐落在纪珩身上。

纪珩的语气神秘而郑重。预料到接下来会发生什么，苏尔默默看着"奸商"开始做生意。

单蒙和金丽雅刚刚便是在为借运的事情担忧，听说有解决之道，不由得对视一眼。很快，金丽雅散开缠绕在指尖的头发，认真地加入谈判："条件。"

"两件防身用的道具。"

金丽雅蹙了下眉，道具分很多种类，防身类型的称不上稀有，不过实用性很高。

"给你们十秒钟考虑，"纪珩看了一眼窗外面的夜色，"我们赶时间。"

金丽雅也是个果断的，拿出一件道具扔过来，算是表达了诚意。

"另一件等你说完再付。"

不怕她赖账，纪珩缓缓吐出两个字："剃头。"

说完他手上多出一把小刀，还有个挺鸡肋的生火道具："如果你们需要，我可以送佛送到西。"

单蒙和金丽雅："……"

十分钟后，两颗光滑的卤蛋头出现在楼道里，灯光打在上面都能被反射。

"纪珩……"金丽雅的脸色由红转青，嘴角不停抽搐。

居然用这种手段骗了他们两件道具。

单蒙同样无语。一是为安全起见，二是确实也不愿意让两件道具就这样打水漂，适才两人最终还是选择剃了头发。

"我不甘心。"金丽雅越想越气，要折回去。

单蒙拉住她。

"我不是要打架。"就算再气，她也没有失去理智，"就是想打声招呼，让纪珩见好就收。我们戴个帽子遮掩下就行，但好歹利用这点去捞一笔。"

单蒙松开手，摸摸下巴："有道理。"

好处总不能让一个人全占了。

头也不能只有他们剃。

顶着锃亮的光头，金丽雅走路都有些轻飘飘的错觉。

教室里传来人说话的声音，她下意识放轻脚步，竖起耳朵偷听。

"两件道具容易把人得罪狠了。"苏尔的声音隐隐带着一丝担忧。

纪珩却是一贯的淡然："不碍事。"

苏尔说："剃头的主意是我出的，拉仇恨的事情却是你来做的。"

"别计较这些。"纪珩把道具交过去，"这个副本里魅物的数量超标了，你拿着防身。"

沉默了两秒后，苏尔的声音才重新响起："谢谢你。"

门外，金丽雅捂住胸口……
那明明是她的道具！
后面的对话她已经听不下去，扶着墙走了回来。
在原地等待的单蒙看她面色不好，皱眉道：“你们交手了？”
“骗子啊！”金丽雅一脸愤慨，“那孙子用苏尔想出的点子套路我们，再拿我们的道具去讨好苏尔。”
借花献佛玩到这种程度，她就没见过比纪珩更不要脸的！

教室里的气氛分外和谐。
苏尔把骗来的道具之一的挂坠戴在脖子上，再三强调：“出去前我会把剩下的道具还你。”
谁知道周林均什么时候会暗戳戳坑他一笔，资产转移计划是一项长久的工程。
听出他语气中透露的谋算，纪珩忽然觉得这两人的故事适合单独编写一个副本背景，大约可以“战胜”其他所有副本的三观。
防止焰罗和荀宝菩做交易只是未雨绸缪，这件事没占苏尔多少思考空间，他走到窗边，视线一扫，在操场周围看见了几名玩家。
“不知道那只魅物跑去了哪里。”
纪珩说：“她会回来的。”
苏尔挑眉，这么肯定？
纪珩重复之前小女孩的话：“接了任务，她暂时不能吃我们。”
“暂时”两个字就很微妙。
苏尔耸耸肩：“这是要把我们当储备粮存起来。”
过了几分钟，纪珩重新来到教师办公室，翻找起东西来可以说是毫无顾忌。没多久他便在抽屉最底层发现一套学生档案，可惜上面只登记了学生们的紧急联系人的姓名和电话，不涉及职业。
他眯着眼睛在适才小女孩钻出的柜子里找了一遍，有了些别的收获。
眼看纪珩抱出一厚沓红色小本子，出于好奇，苏尔探头看了一眼。
“小学生素质发展报告册？”苏尔随意翻开一本，“看上去好有年代感。”
他下意识地去看教师评语。
见状，纪珩提醒：“看成绩就行。”
苏尔首先找到了属于张小花的那一份，看完后才开始翻看剩下的报告册。
等合上最后一本，他轻轻地“嚯”了一声。
“各科成绩都排在全班第二。”
这绝对不单单是巧合。
他摇了摇头，偏过脸问：“猜猜第一是谁！”
“陈子文。”纪珩甚至没有思考。
苏尔说：“陈子文在演讲稿里说过，因为学校栽培和个人努力，他才摘得竞赛头奖。恐怕这里面还有别的因素。”

对比陈子文和张小花的报告册，每一门成绩，前者都比后者只高出一分。

说到这里，苏尔不解：“生辰八字要具体到出生时间，利用八字做文章，本身也不容易。”

况且只要一个人和狐狸大人做了交易，他就该知道保管好自己八字的重要性，为什么一个班级里还会出现这么多相信狐狸大人的人？

纪珩没说话，突然看向门外。

苏尔也听到了动静，本以为是张小花觅食回来了，不料推开门的是一名玩家。

不知是不是他多心，四目相对的那一刹那，他似乎在对方的眼中看到了一丝惊喜。

“还以为是魅物，吓了我一跳。”玩家拍了拍胸口。

苏尔瞥了一眼他的胸牌，刘长相。没什么印象。

“翻出有魅物的页面后，大家都走散了。”刘长相随口解释了一句独自一人的原因，朝他们走过来，“既然碰到了，要不要一起行动？”

纪珩没说话，刘长相自动当他同意自己加入。他再三保证不会拖后腿，并且主动说出发现的几条线索：“我在图书室找到了几张报纸，原来这里每年都有学生遭遇事故死亡。不过之前都是死在校外，火灾、溺水，什么都有。”

纪珩点了点头，反应不大。

建立共同话题失败，知道这人性子比较冷，刘长相没有计较，转而和看上去比较面善的苏尔说话：“你们在找什么？”

“学生的成绩单。”苏尔不打算隐瞒，“现在准备找照片。”

他怀疑陈子文就是之前打过交道的焰罗，但缺一张可以确认的照片。

刘长相帮着一起找。

办公室里一时只剩哗啦哗啦翻找文件的声音。

为保险起见，苏尔偶尔会朝刘长相的方向看上一眼，收回视线前他无意间在纪珩的肩膀上瞧见了一只酷似螳螂的小虫子，它耐心潜伏着，镰刀一样的前爪每隔几秒钟就缓缓向上抬一点。

苏尔抬起手正准备拿掉虫子，纪珩微侧过身，小幅度地摇了下头。

因为这份有意的放纵，一分钟后，“螳螂”轻松收割到了纪珩的半根头发丝。

刘长相松了口气，嘴角勾起很浅的弧度。

他并没有急着离开，反而贪心不足地指挥“螳螂”又移动到苏尔身上。

“不快点就来不及了。”

纪珩突然开口，吓得刘长相打了一个哆嗦，但他很快又镇定下来。

玩家间不准互相淘汰的规则有时会成为副本里最大的保护伞。

“我……”

刘长相正要说话，纪珩佯装没看见他的反应，走到苏尔身边：“一共就七天时间，我们的《谜底之书》还有很多页没翻。”

刘长相愣了愣，然后心中一喜，原来那句话不是在对他说。

这份暗暗自得没维持多久，“螳螂”收割完头发，慢慢爬回主人的兜里，刘长相准备找借口溜走，抬头的瞬间瞳孔猛地一颤——

门外不知何时多出一个提着小红鞋的小女孩，无声无息地站在那里。那双不带任何人类情感的眼睛正注视着他，小女孩的喉咙动了动，做出吞咽口水的动作。

刘长相忍不住后退一步，第一反应是办公室里有三个人，还有周旋的余地。

苏尔若无其事地继续手头上的事情，其间被册子上扬起的灰尘呛到，揉了揉鼻子说：“他不是提醒过吗，不走就来不及了。”

说完，他神情中的温和完全消散，唇角翘起，道：“我和纪珩的八字你都知道，对不对？”

虽是问句，口吻却很笃定。

另一边，小女孩光着脚一步步靠近，刘长相试图拿苏尔当挡箭牌。

“我们触发了支线任务。”面对他的执迷不悟，苏尔叹了口气，“她只会对你下手。”

闻言，刘长相面色大变，快速运转思维，见风使舵道：“我是从别人那里买的信息，只要你们救……”

苏尔懒得听他说下去，望向纪珩。

纪珩笑了笑，看着刘长相：“计划这么顺利，你就没怀疑过？”

他大大方方地开着灯站在窗前找东西，办公室对面就是操场，任操场上的谁抬头看一眼，都能轻松锁定他的位置。

刘长相如今才考虑到这一点，还没来得及问原因，小女孩已经来到面前。

他身上的道具都是些不入流的，就一只“螳螂”勉强有些偷鸡摸狗的用处，遇到弱一些的魅物还好，而这个小女孩明显不是善茬。

“食物”自动送上门，张小花是真的很开心，这时刘长相哪怕拔腿就跑，也已经来不及了。

纪珩及时拉着苏尔走到门口，靠墙站立，等里面的一切完结。

惨叫声中，苏尔却在思索纪珩最后对刘长相说的话。

刘长相费心接近他们，怕是有十足的把握能够借运。而自他进门起，他并没有特意打听过他们的生辰，侧面说明他已经得到了两人的生辰八字。

这么说纪珩是为了确定是否有人掌握了他的八字，才故意暴露行踪的？

苏尔皱眉，如果目的仅仅是这样，该让刘长相供出幕后之人才对。

他冷不丁想起玩球的孩子临走前说的话：“因为你们也会亲身经历。”

历史的确在重演，有玩家试图相信狐狸大人，借运翻出毕业证书。

良久，苏尔轻轻呼出一口气。

纪珩说：“想明白了？”

苏尔点头：“刘长相说信息是有人卖给他的。”

这句话才是重点。

哪里有那么凑巧，现实里喜欢收集八字的玩家，正好来到一个需要提供八字才能借运的副本。

只能说，游戏是有选择性地在挑人，故意让有某些条件或特质的玩家进入某些副本。

“所谓的历史在重演，证明当年惨案发生前，这里同样有人在兜售学生的生辰八字。”

一阵寒意没来由地顺着胳膊往上爬，苏尔感觉到异常，偏过头，瞳孔中倒映出一张面孔。

“是你……”

张小花不知何时出现在二人旁边，似乎听到了他们刚刚的对话。

纪珩毫无畏惧地走过去，半蹲在她面前：“除了焰罗，其他厉害点的魅物都被困在了《谜底之书》当中。”

只有苏尔碰见过不让人走出教室的魅物，可那魅物根本没有杀伤力。

“你呢？”纪珩帮她重新别了一下头上歪掉的发卡，“你为什么不跟大家在一起？”

眼中的木讷消失了，张小花用袖子蹭了蹭嘴角，半是抱怨半是撒娇地道：“同学们不愿意和我一起玩。”

“哦？”

“他们嫌弃我一年四季穿着一双烂球鞋，用来扎头发的绳子是用毛线做的……”张小花扁着嘴说，“还给我起了好多外号，经常藏我的东西。”

纪珩语气温柔：“是你最先发现狐狸大人的，对不对？”

不像先前问到竞赛时的无动于衷，张小花像是终于找到了一件可以用来炫耀的事情，迫不及待地点了点头。

“那天下了好大的雨，我的伞不知道被谁剪了一道口子，只能在教室里等雨停。”说到这里，她眸光闪动，“狐狸大人就在这个时候出现了，她说能让我运气变好，中大奖，改变一家人的命运。”

纪珩沉声道：“可你并没有答应。”

“不能和恶魔做交易。”张小花回答得斩钉截铁，“我拒绝了狐狸大人，每天帮欺负我的同学做作业跑腿，又骗他们说我会占卜，很快就有人上钩去问了他们父母具体的出生时间。”

“下半学期我陆续透露给他们狐狸大人存在的事情，并开始转卖生辰八字。”说着，她不忘展示她的红色小鞋，还有蝴蝶发卡，“我用赚来的钱，买了好多漂亮的东西。”

她不停抚摸着蝴蝶发卡上的翅膀，咧了咧嘴。

“和恶魔交易的人不会有好下场，只有靠努力获得的东西才是真实的。”

她打听过，学校历年都有学生出意外，那些人在死前都会莫名走一阵好运。

肯定是因为相信了狐狸大人。

苏尔在一旁全程没插话，回想起在课本上看到的小诗《竞争》，有些感慨。

“但你还是死了。”

纪珩轻飘飘的一句话，让小女孩的嗓音陡然变得尖锐：“找到凶手，不然我吃了你们！”

苏尔和纪珩对视一眼，想法一致……这小女孩绝对是颗定时炸弹。

苏尔把声音压得极低：“跟我做过交易的一个婆婆曾说，一个副本里只能有一个焰罗。”

纪珩点头。

苏尔眼珠一转，一时间笑得像是一个狼外婆。

“你怎么不对同类动手？”

张小花露出憋屈的神情：“有强大的力量限制，不让我吸收同类。”

苏尔拿出电击器，在小女孩防备的神情中解释道：“对你有好处。”

说罢他向她注入灵气。

张小花露出享受的神情。

苏尔突然停止，在对方不满的视线中摊手：“只剩这么点了。”

张小花不信，伸手抢夺，但手刚一挨到电击器边缘就被灼伤，她“哇”地叫了一声，跳到半米开外。

“这东西只有我能用。”苏尔指了指书，“不如我放魅物出来，你打怪，留下最后一丝血条再给我。”

说罢他扬了扬手中的电击器：“我用它来吸走灵气，再转给你。”

天大的好处就在眼前，张小花心动了，却没有立即答应。

苏尔诱惑道：“和恶魔做交易不得善终，但我只是一个平平无奇的弱小人类。”

食物链顶端是魅物，然后才是玩家，张小花斟酌一番，最终点头同意。

目睹交易全程的纪珩神情复杂，心道：这傻孩子还不如去和恶魔做交易。

表面上看苏尔是在为她服务，实则一来可以减少《谜底之书》里的魅物数量，再者小女孩强大之后少不了和焰罗有交锋，他们两败俱伤对玩家有利。然而即便她聪明，懂得蛰伏，游戏也不会允许一个副本中出现两个焰罗。

无论走向哪一种结局，苏尔都是受益人。

唯恐夜长梦多，苏尔把手放在《谜底之书》上，开门见山地询问毕业证书的位置。

打开后，果不其然，页面上出现的不是正确答案，白纸黑字写着“童谣”二字。

“剪刀手，好裁缝……”稚嫩又诡异的歌声由远及近传来。

雾气不知从何处升起，逐渐笼罩住整个办公室，遮挡了视线。

张小花的眼珠瞪得很大，判断好方位，猛地朝雾气中的某处跳去。

歌声戛然而止，没过多久，张小花单手拎着战利品回来了。

雾气随着女魅变得虚弱，逐渐出现消散的迹象。

苏尔皱眉，这小女孩居然如此强悍。

纪珩说："其他魅物跟狐狸大人做过交易，运气被耗完了，厉害不到哪里去。"

"敢骗我我就吃了你。"像丢破烂一样，小女孩把女魅甩到他们面前，警告道。

有交易在，短时间内不用担心对方变强后会反噬。苏尔老老实实用电击器结束了女魅的性命，并守诺地将灵气注入小女孩体内。

"换着来。"他对纪珩说，"你也还剩不少页数。"

就这样，二人的《谜底之书》以肉眼可见的速度变薄。

旭日东升，朝阳格外炽烈，阳光照到的地方，仿佛驱散了一切魑魅魍魉。

不少疲于奔命的玩家停下脚步，感受着太阳的温度。

教室里。

东风居士坐着轮椅来到窗边，他微微仰着脸，眯着双目，任由阳光照在脸上，发出满足的喟叹："天亮了。"

天终于亮了。

这漫长的一夜总算是熬过去了！

然而感慨才发出不过半分钟，天边忽然有乌云滚滚而来，遮天蔽日，压住了轻薄的光线。东风居士神情中的惬意跟着烟消云散。

有魅物在进阶，而且就在附近。

他的手指发力，攥住轮椅扶手，下一刻就现身在灵气最浓郁的地方。

教师办公室里，苏尔依旧在做免费苦力，听到动静，抬头朝门口看去。

东风居士面色沉得和窗外的乌云有得一拼，他闭了闭眼，一字一顿道："又——是——你。"

为什么又是他？

苏尔也很委屈。看着还剩下一半页数的《谜底之书》，他心中只有一个字：亏。

为了抓紧时间迅速消耗自己和纪珩的书页，他直接放弃收集魅物眼泪了，眼看成功的旅途走了一半，半路杀出个程咬金，他怎么能不憋屈？

想到这里，他忍不住看了纪珩一眼。

"不是你的错。"

对方的回答一如往常，像是一个无底线纵容孩子犯错的家长。

有人站在同一阵营，苏尔的声音不重，却很有底气："我没有破坏规则。"

东风居士望着苏尔，突然明白了他和其他玩家的不同在哪里。别人是在副本里战战兢兢遵守规则，而这人成天想方设法玩弄规则。

可惜眼下有更重要的事情得先处理。

东风居士斜眼留意着张小花。

直接被危险的气息锁定，张小花咬着牙坚持站稳。

东风居士一点点朝她靠近，正如不久前张小花一步步朝刘长相逼近一般，强势到骇人。

"我要抽走你体内的一部分灵气。"

张小花哪里能愿意，咬牙决意做困兽之斗。

“这不公平。”苏尔竟在这个节骨眼上为她发声，“凭什么无缘无故剥夺她的实力？焰罗该能者居之，而非先来后到。”

一个玩家竟然帮她说话，张小花有点惊讶。

“请给她一个机会，”苏尔的睫毛微微颤抖着，仿佛他正顶着巨大的压力，“至少让这个小姑娘和焰罗正面一战，定下胜负。”

张小花附和着重重点头，她只是需要一个机会。

看着不知不觉要和苏尔同仇敌忾的小女孩，东风居士怒极反笑。

让一只刚刚进阶的魅物和焰罗对打，玩家坐山观虎斗？

他的目光沉了沉，抬掌随意一扫，张小花被一股巨大的吸力带过来，体内的灵气犹如被抽丝剥茧般一点点散去。

其间东风居士还分出心神看了一眼苏尔手上的电击器……游戏居然没有禁止这个玩意儿？！

但不多时他便想通了。

杀魅物谈何容易，积累灵气要用性命当保证金，并且其他副本也没有这么多魅物供这人使用。

东风居士怅然一叹，这就是会出现眼下意外的原因。

他专门挑了个魅物多的副本，以为自己能偷懒，同时还容易得到玩家团灭的结局，结果正中他人下怀。

没做得太绝，最终东风居士只抽走了苏尔为小女孩注入的灵气的一半，张小花的整体实力依旧比之前强。

纪珩发现了这点，眼神阴晦。如此一来，苏尔一开始想要达到的平衡就不可能实现了。张小花实力暴增，但对焰罗造不成影响，到头来吃亏的自然是玩家。

“少惹事。”解决完隐患，东风居士给出警告，原地消失。

苏尔面上浮现出些许错愕，他本以为经过这次意外，对方会寸步不离地跟着。

纪珩说：“主持人无法轻易干涉玩家。”

苏尔行为再跳脱，仍处在游戏的规则中。

既然跟着也阻止不了，不如眼不见为净。

苏尔沉声道：“无为而治，有大智慧。”

闻言，纪珩深深地看了他一眼，不做评价。

几乎同一时间，苏尔做出关怀之态，主动扶起小女孩，一脸愧疚：“抱歉，没帮到你。”

他低声下气，反而让想迁怒于他的张小花不好无理取闹。

“这次就算了。”张小花阴沉沉地回应，用袖子擦干净小红鞋上沾到的灰，又恢复了之前天真无害的模样。

“希望你能尽快帮我找到牛奶投毒案的凶手。”

虽然语气听起来像是在请求，但她看苏尔的眼神却像是在盯着食物。

苏尔态度很好："可能需要你描述一下案发时的经过。"

张小花拒绝回忆。

当年她以为她做得很好，算计到了每一个人，不料人生毫无防备地结束在一瓶毒牛奶上。

她刻意淡忘那段失败的经历，导致如今已经记不清当时的细节。

"就一个问题。"苏尔不死心，"当时你们班的第一是不是个子挺高？寸头，眼角有颗红色小痣……"顿了顿，他正色道，"叫陈子文。"

"是他。"张小花露出得意的微笑，"为了成绩能超过我，陈子文不止一次求助于狐狸大人。后来他终于消停了一段时间，也不知道是不是拜狐狸大人拜得神志不清了，他脾气好像都变了很多。"

苏尔面色微变。在校长室碰见的焰罗果然是陈子文。

"我去找东西吃了。"张小花伸出两根指头，"后天太阳升起的时候，必须告诉我牛奶投毒案的真相。"说完她提着小红鞋，光着脚踏在地上，没发出一点声音，如幽灵般离开了。

她的背影渐渐消失，苏尔的目光依旧凝视着她的方向。

"张小花没理由说谎。"回过神来，他的口吻中带了疑虑，"但陈子文那么相信狐狸大人，为什么还能成为焰罗？"

其他魅物运气耗尽，小女孩杀起他们来跟杀鸡一样容易，唯独陈子文不同，竟然成了副本里实力最强的那个。

纪珩问："想再接触一下？"

苏尔露出抗拒的神情。

他还不至于真把自己当成了不起的人物，论实力，陈子文似乎比他之前碰到的其他焰罗弱一些，但再弱那也是焰罗。不到万不得已，交道打得越少越好。

面对苏尔的一脸拒绝，纪珩心头微松。原本他还有些担心苏尔会因为数次的化险为夷，开始热衷于挑战危险，现在看来是白操心一场。

苏尔掂量着《谜底之书》："我们翻了一百多次，还是没得到毕业证书的位置。"

纪珩算是运气不错的，更何况其他玩家。不出三天，不少人便会陆续开始相信狐狸大人。

"要不……再试着翻一次，召只魅物来问问？"苏尔停顿了一下，有点迟疑。

《谜底之书》里的魅物，牛奶投毒案受害者只占了其中很小的一部分，另外还有历年因为意外离开的学生，他就怕一番折腾却做了无用功。

纪珩说："可以先拣更重要的事情做。"

"比如？"

"吃早饭。"

苏尔："……"

他一说，苏尔才感觉到口干舌燥。

他们下楼转了一圈，因为焰罗进阶流程被打断，如今曙光重现，带来宝贵的温暖。

操场上能看到有几名玩家在走动交流，高芮也在其中。

她眼尖，瞧见苏尔，主动走了过来，苦笑一声："学校里连个小卖部都没有。"

她话里话外的担忧完全掩饰不住。

这才只过了不到一天。人在极度饥饿的情况下，甚至可以像魅物一样同类相食。

苏尔想了想："游戏如此设定或许是想让我们尽快翻书。"

高芮摸了下肚子："刚喝了两口生水，还是好饿。"

副本没做得太绝，水电是通的。

说话的工夫高芮的肚子又叫了一声，她无奈道："再这样下去，得考虑吃树皮了。"

"不妨再等等。"纪珩声音不大，却引来几道视线。

立马有人接过话茬儿，像是找到了主心骨，充满希冀地问："你觉得我们会等来食物？"

纪珩没回应，而是对站在阴影处裹得严严实实的金丽雅开口："光喝水确实也能坚持几天，但身体各项机能下降的情况下，翻书也是死路一条。"

游戏还不至于用这种方式把人逼死。

就在他话音落下没多久，真有一辆小推车朝众人缓缓驶来。推车的是个小男孩，起初只能隐隐看到他的半个脑袋，当瞧见他脸上的表情后，不少人刚放下的心又提了起来。

一阵阴风刮来，削弱了阳光带来的暖意。昨夜不只苏尔和纪珩同他打过交道，站在金丽雅旁边的单蒙眉头皱成"川"字形，防备地后退一步："焰罗！"

小男孩佯装看不见他们的反应，扯去小推车最上面的白布。推车总共有三层，从上到下陈列的东西依次是：面包、牛奶、矿泉水。

不管从哪栋教学楼上，都能看到操场上的情形。见到有食物，隐蔽在暗处的玩家逐渐出现。苏尔数了一下，算上他们目前剩余八人。而这些人中，必定有一个在私下偷偷贩卖其他玩家的生辰八字。

金丽雅和单蒙的嫌疑可以排除，两件道具加剃光头，哪怕是反向自证，付出的代价也未免太大。

"一问一答。"小男孩终于开口说话，"回答正确就能得到食物。"

他让所有人按照身高从矮到高排好队，并补充规则："一天只提供一餐；禁止交头接耳；禁止分享食物；禁止抢夺他人食物。"

现下苏尔站在靠后的地方，纪珩则直接成了最后一个。

小男孩停在高芮面前："我最擅长哪一门学科？"

高芮张了张口，迟迟说不出答案，在对方冰冷的目光的注视下无奈地蒙了一个："数学。"

小男孩点了点头，从每一层各取出一份食物给她。高芮接过的同时不由得感叹苏尔明智，在副本刚开始时就想到了要探究故事主线。她不知道的是，苏尔也只是瞎猫撞上了死耗子。

第二个玩家可就没那么幸运了，当小男孩问班级里他最讨厌谁时，他编都没办法编，只能选择放弃。

焰罗提问完全是随心所欲，正当第三个玩家以为自己的食物也会彻底泡汤时，小男孩竟然问自己是什么性别。玩家大喜，回答完侥幸得到一份食物。

问答总共只持续了几分钟，有人迫不及待地开始啃面包充饥，有人却只能眼巴巴看别人吃。

不知是不是焰罗故意的，在询问到苏尔和纪珩时，给出的问题很简单。

结束后，小男孩重新用白布盖好餐车，临走前神神秘秘地道："别觉得不公平，运气很重要。"

大部分玩家早就在副本里混成了老油条，听到这话不少人脸色微变，特别是已经了解到狐狸大人存在的人。

苏尔和纪珩对视一眼，叹道："这下麻烦了。"

"拿到早餐的人中，一定有人相信狐狸大人。"一名叫姜毅的玩家毫不顾忌地捅破了窗户纸。

因为他这话没一竿子把所有人打死，所以还真没有人反驳他，有些事情大家心照不宣，区别只在于要不要摆到明面上来讲。没有确凿的证据，最后的结果就是大家各自心存怀疑，不悦地散开。

操场上只剩下苏尔和纪珩两人。

"焰罗在怂恿玩家相信狐狸大人。"苏尔闭目，捏了捏眉心，一晚上没睡，他现在也有些疲惫。

玩家内部无法团结，暗处还有一个实力激增的张小花时刻准备狩猎，情况相当不乐观。

再睁开眼时，苏尔看向纪珩："有没有办法找到张小花？"

纪珩瞥了一眼一旁的隐蔽处，示意去那里说。有花坛做遮挡，纪珩点燃一支香，插在土里。香冒出的烟呈青紫色，绵延不断，他解释道："专门引魅物用的。"

"还有这种道具？"

纪珩说："道具不只能保命，有的也有攻击和伤害的作用。"

苏尔明悟地点点头："会不会引来其他魅物？"

焰罗刚走不久。

玩家才聚过头，张小花也应该就在附近。

不过，纪珩口中的碰运气往往比苏尔的碰运气要靠谱许多，没多久，一楼的教室里便探出一个脑袋。小女孩发现是他们时，露出失望的表情。

伤人是魅物骨子里的欲望，张小花有一瞬间险些要克制不住。不想刺激到她，苏尔特意背起拿着牛奶的手，而后才开口："有个成为焰罗的机会近在眼前。"

张小花注意到他的小动作，没说话。

苏尔自顾自道：“你一个人不是焰罗的对手，可如果大家联手呢？”

张小花是个很冷静的小女孩，一般魅物不屑于和玩家有过多联系，她却耐心地听了下去。

“我们这些人里得到食物的也才一半，如果你能拿到吃食，完全可以引诱没拿到食物的那些玩家建立统一战线。”苏尔幽幽道，“饥饿的滋味可不好受。”

张小花毫无所动：“只怕你们会临时反水。”

苏尔反问：“就算反水，焰罗能放过我们？”

张小花怔了一下，表情总算有点松动。

苏尔微微一笑：“失败了，你跑得最快，不受影响；成功了，你便会成为新的焰罗。”

听他分析完利弊，张小花有些意动。

苏尔就像是伊甸园的毒蛇，不断引诱道：“这对你而言可是零投资。”

张小花的眼珠转了好几下，终于拿定主意：“好。”

苏尔悬着的心放下：“你去找食物，我去联系人，稍后广播室见。”

待张小花从原地消失，他偏过脸，用口型问：确定走了？

纪珩点了点头。

苏尔这才出声：“聚在一起，也好防止她反悔出手。”

纪珩挑眉：“你才是那个零投资的人。”

苏尔弯了弯唇角。

无论如何，一个焰罗，一个进阶魅物，必须让他们消磨彼此的实力。苏尔毫不怀疑，无论能不能找到牛奶投毒案的凶手，张小花最后都会对他们下手。

苏尔收敛笑容：“只怕玩家不一定会全都答应。”

向焰罗出手，风险也不小。

纪珩说：“不合作他们就挨不过今天。”

《谜底之书》每隔一段时间会强制玩家翻书，没食物补充体力，运气又被借走，生存希望渺茫。

教学楼内白天也有种不自然的阴凉。两人一进去便开始寻找其他玩家，最终在二楼卫生间发现喝自来水差点被呛死的姜毅。

苏尔简单介绍了他们的计划：帮一只进阶的魅物去打焰罗。

正如纪珩的判断，对方没考虑多久就点头同意了。在副本里得过且过是一种惯例，横竖先吃上东西才是正理。

“不要让老子知道是谁借了我的运！”姜毅用冷水冲了把脸，咒骂了一声。他敢肯定自己是被借运了，上楼脚滑，喝水也能被呛到。

苏尔提醒：“到时候务必要全力出手，让那只魅物看到成功的可能。”否则张小花落下风跑路，倒霉的就是他们。

“我清楚。”姜毅冷冷打断。

老虎吃人也是先吃跑在最后的，真要有个万一，死的肯定不是面前这两个。

苏尔脸上重新出现笑容：“如果他们两败俱伤，抓住机会都弄死；假设一方惨胜，也要趁他病要他命。”这语气平常得就像在说今天天气不错。

看着这个年纪不大的年轻人，姜毅忍不住喉头一动，只觉得对方这份“心狠手辣”不亚于魅物。

他们约好十分钟后准时在广播室见，苏尔和纪珩又去寻找其他玩家。上楼前，苏尔望了眼窗外照在操场上的阳光：“等会儿打起来，不知又是怎样的天翻地覆。”

希望东风居士这次不要再“多管闲事”。

见他开始祈祷，纪珩唇角勾起若有若无的弧度。

祈祷完，苏尔忽然问：“记不记得当初天一卦给我的建议？”

纪珩颔首：“不忘初心，方得始终。”

“不错。张小花会被算计，归根到底是因为她没有坚持初心。”纪珩上楼的脚步微微慢了半拍。

苏尔突发感慨：“曾经的她，拒绝和狐狸大人做交易，认为靠努力获得的东西才是真实的……可现在呢？她堕落了！”

他这番义正词严让纪珩也有些听不下去，不由得轻咳了两声。

“张小花不止一次和我做交易，想空手套白狼，然而这世间没有付出哪里来的回报？”苏尔深吸一口气，长叹道，“真是作死啊！”

纪珩：“……”

感慨结束，苏尔又总结道：“我要以她为戒，坚守住本心。”

纪珩沉思了几秒。

苏尔的本心是什么来着？

还没思出个结论来，苏尔竟然开始了新一轮演讲。

听着他一路振振有词，纪珩在看到又一位没得到食物的玩家时，莫名松了口气。

现下苏尔正说到兴头上，大有要找人分享的意思。纪珩留他在原地，单独去找那个玩家交涉。

其实苏尔平时并不是一个太爱说话的人，不过是如今灵感来了，正好借机锻炼一下表达能力。

待他一口气编完八百字小作文，抬头发现纪珩居然已经找齐了玩家。单蒙和金丽雅都在其中，这两人未被借运，被问到的问题都不简单，因此没答上来。除此之外，还有一名叫刘文的男玩家。

所有人站在上一层阶梯，用一种复杂的目光盯着苏尔。

苏尔主动打破僵局，视线锁定单蒙，说着只有他们才懂的话：“怎么没把生意做下去？”

剃头可是稳赚不赔的买卖。

单蒙说：“后半夜碰到焰罗，差点交待在那里。”

“焰罗”两个字一出，众人的呼吸多少紧促了一瞬。

刘文声音苦涩："我前后下过二十个副本，第一次听说魅物要去打焰罗。"

只是现在没有更好的选择，翻书是一场和魅物的消耗战，体力不足相当致命。退一步讲，谁能保证明天就一定能回答对问题？

结束沉重的话题，众人沉默地朝广播室走去。

"好慢。"姜毅已经等在那里，传来的却是一道稚嫩的嗓音。

张小花坐在窗台边，发卡上颤动的蝴蝶翅膀很显眼。

见人都到了，姜毅松了口气，天知道他上来时看到只厉魅差点拔腿就跑的情形有多么尴尬。

张小花对牛奶没有好感，因此只带来了面包，很有礼貌地一一递到玩家手里。刘文接过时，颇有种受宠若惊之感。很快这种感觉转变成担忧，魅物太理智绝非好事。他先咬了一口，隔了好几分钟确定没有不舒服的感觉，才敢开始大口啃食。

"没毒。"张小花对他表现出的不信任很宽容。

这些人目前还派得上用场，事成后再抓几个来吃也不迟。

趁他们吃东西的工夫，苏尔缓缓开口："已经谈妥了。"

"好。"张小花笑了笑，"一会儿我先出手，你们找地方躲着，搞偷袭。"

吃东西的玩家下意识抬起头。

"焰罗绝对想不到有玩家敢出手，这样才出其不意。"

真打不过，她还可以随时抓一个玩家来当挡箭牌，独自逃命。

苏尔瞬间看穿对方在打什么主意，他得承认，这小女孩如果顺利长大，一定是个狠角色。

十分钟后，一支临时打焰罗小队匆匆成立，分批朝另外一栋矮楼移动。焰罗的老巢在二、三楼的转角处，苏尔等人潜伏在一楼。小女孩已经消失不见，余下众人面面相觑，只能靠声音揣测楼上的状况。

"什么时候上去？"刘文特别小声地问。

就在他刚问完不久，整栋楼猛地一颤，两边斑驳的墙皮开始脱落。

金丽雅此刻最果决："走！"说完带头往楼上冲。

都知道没有其他出路，此刻谁也不藏拙，纷纷朝楼上跑。

两个魅物打斗的场面相当粗暴，张小花受伤了，焰罗的状态则要好很多。他活动了一下脖子，眼看就要凶残地朝她扑过去。

金丽雅的道具是三把很小的桃木小剑，人未到，剑先至。焰罗毫无防备地被摆了一道，目中几乎要燃起实质化的怒火，张小花抓紧时间进行反击。混乱的交战中，张小花和焰罗被一股强大的力道分开，溢散出的气流同时也将周围的玩家甩向墙面。

预想中的疼痛没有传来，耳边响起一道闷哼声。

苏尔一回头，发现是纪珩给自己做了气垫。

"没事吧？"苏尔连忙站直身体。

纪珩摇头，抬头时不出意外地看到了东风居士。

苏尔和主持人，真说不出谁更倒霉。东风居士屡屡破坏苏尔的计划，当然苏尔也没少给东风居士找麻烦。

又一次出师未捷，面对一片狼藉的“战场”，苏尔心中的失望倒没有前几次那么强烈了。

他们的目的勉强算达到一半，焰罗和张小花都受伤不轻，主持人又不是慈善家，同时帮他们恢复实力的可能性微乎其微。

不涉及运气的理论推测苏尔很少出错，果然，东风居士神情冷淡，未多看那两只魅物一眼，反而把关注点放在幕后推手身上：“你跟我来。”

苏尔抿了抿嘴：“就我一个？”

这话一问出口，除了纪珩，其余玩家齐齐后退了一步。

金丽雅轻声道：“都到这个时候了，就别共沉沦了。”

苏尔仰头，明明他最多只能算是一个策划者。

关键时候，就纪珩还说了句人话：“你没违规，主持人不好过多苛责你的。”

他如果真丧失理智要淘汰玩家，不可能多此一举把人叫过去。

眼见苏尔被单独叫走，焰罗只当这件事里少不了他的手笔，语气满含嘲讽：“一群蠢货，居然真敢浪费时间来对付我。”

他目光怨毒地逐一扫过每一张玩家的脸，指着苏尔离去的背影说：“他从我这里拿走一块怀表，可以在这个副本中逗留四十九天，所以才会毫无顾忌地造作！”

玩家尚未表态，前方东风居士的轮椅猛地停下，发出刺耳的摩擦声：“你——说——什——么？”

猝不及防遭到质问，焰罗原封不动又说了一遍。

“四十九天……”东风居士喃喃重复了一遍这个数字，转过头，目光阴鸷，“我真应该让你被打死。”

焰罗被怼得莫名其妙。

东风居士改变了主意，冷冷地对苏尔说：“你不用来了。”

苏尔微微蹙眉。

“现在我怕忍不住杀了你。”东风居士语毕，眯了眯眼，看苏尔的目光像在看一个仇人。

主持人一走，场面瞬间变得有些僵硬。

张小花寻思着要不要淘汰一名玩家泄愤，玩家则迅速抱团，不让她有可乘之机。

“和以前一样，只会耍些小手段。”焰罗审慎地望着比之前更加狼狈的张小花。

东风居士没有明说，但走前分别传音给两只魅物，明令禁止他们三个月内互相残杀。

姜毅没心情关注魅物之间的交锋，单纯出于好奇而问苏尔：“真有那么久？”

苏尔点头，顺带扬了扬手中只剩一半书页的《谜底之书》：“时间对我没影响。”

事实胜于雄辩。就算有什么不是滋味的，在看到他已经排除了一半答案后，也无话可说。苏尔恢复正色，面对焰罗恨不得将自己千刀万剐的注视，直勾勾回看过去。

“陈子文？”

见他能叫出这个名字，焰罗并不感觉奇怪，毕竟这些可恶的玩家和张小花有合作。

“为什么你的实力比张小花还强？”

苏尔很会揣摩他的心理，知道直接问必然得不到答案，但拿张小花做参照物就有希望，二者之间过去必定存在激烈的竞争关系。

张小花也忍不住心绪起伏，这件事同样困扰了她许久。

陈子文这会儿奇怪地平静了下来，一字一顿道：“第一名永远属于我。”

说完他便走入了镜中。

心知得不到更多有用的信息，苏尔暗道可惜。

纪珩说：“出去说。”

在苏尔应声前，刘文先一步重重点头附和。直面两只厉魅，他的腿都在颤抖。

重新沐浴到阳光，仿佛成了一件奢侈的事。姜毅和刘文混了顿饱饭，也不觉得亏。不过两人深感苏尔和纪珩的做事风格过分夸张，决定单独行动。短暂的利益联盟就此瓦解。

金丽雅和单蒙艺高人胆大，金丽雅眨了眨眼：“一起？”

苏尔望向纪珩：“随他们。”

纪珩表态后，作为暂时的合作伙伴，苏尔厚道地分享了目前获得的线索。收获了不少有效信息，金丽雅和单蒙被捞走道具后最后那点芥蒂也没了。

单蒙经验丰富：“纯碰运气很难拿到毕业证书。”

副本里一定隐藏着某种方案，即便不相信狐狸大人，也能增强运气。

纪珩同他观点一致。借运是恶性循环，最终留不下几个人，游戏虽有恶趣味，不过一定隐藏着能让大部分玩家通关的暗线，只是一般玩家很难发现。

苏尔说：“可惜，之前想出来的路子都被堵死了。”

缓了片刻，他忽然道：“我有一个想法。”

他说出这句话的刹那，金丽雅和单蒙同时有种想与他们分道扬镳的感觉。

苏尔沉浸在自己的推理中：“也许重点不该只放在学生身上。”

年纪小的孩子，又不是人人都有张小花那种脑子，一个班级有这么多相信狐狸大人的学生，老师能不知道？

金丽雅试探地问：“你想说的就是这个？”

“不然呢？”

金丽雅被问住，悻悻地笑了一下。

实践和理论同样重要。有了疑点，几人又去了一趟教学楼。苏尔和纪珩昨晚就翻找过一遍办公室，只发现了一些学生的资料，如今看待事物的角度不同，关注点自然有了改变。

桌面上除了教案，还有不少荣誉证书。苏尔回忆了一下报告册上学生的分数，后知后觉地发现这个班级的整体成绩优异过头了，哪怕是最后一名，单科成绩也在九十分以上。

金丽雅走过来看了会儿教案："……咦？"

中间一页夹着一张皱巴巴的纸，上面的字迹很稚嫩。

"被没收的小字条。"单蒙隔着桌子看了一眼，给出判断。

当年上课传字条这种事情他也没少干。

字条上写着：放学后叫上陈子文，老地方见。

最后还画了个笑脸。

金丽雅看了一眼字条背面，又抖了抖教案，确定就这么一张："没说老地方具体指哪里。"

"活动室？广播室？"最后她竟然开起玩笑，"学校后面的小树林？"

纪珩从进办公室后就一直沉默，难得开口："学校没废弃时，进前两个地方需要钥匙。"

苏尔回过神，说："校外应该不太可能。"

这所学校就是副本的主场，游戏不会怂恿玩家到校外去探索。说着，他无意间想到了某个副本里的航海行动，不由得瞥了眼纪珩。

金丽雅抬头望天花板："会不会是操场？"

她和单蒙开始就此事进行讨论，几乎学校里的每个地方都被提到了。

纪珩突然问："为什么不考虑厕所？"

其余几人："……"

确定他没有任何开玩笑的意思，金丽雅正经起来："仔细想想，厕所确实是个好地方。"

学生想做一些隐蔽的事情时，往往会首选这里。

每两层楼有一间厕所，不确定他们的目标是哪一处，纪珩和苏尔去了五楼，另外两人则下到三楼。

"有没有听到什么声音？"距离厕所还有几步时，苏尔停下脚步。

有点像老鼠叫声，但要更尖锐一些。纪珩让他站在身后，伸手推开最外面的一扇隔间门。

就算前面有人挡着，也无法阻挡隔间里面的味道钻入口鼻。苏尔皱了皱眉，猜测可能有玩家出事了。

纪珩的脚步没有停下，反而快步朝最里面的隔间走去。最里面一间是用来堆放清洁杂物的储物间，拖把和扫帚凌乱地扔在一边，正中央一个人正背对着他们，一动不动地跪着，头埋在水桶里。

纪珩一把抓住那人的衣服往外一拉。

对方面容受损严重，苏尔盯着桶子看了片刻，说："溺死？"

纪珩点头，突然眼一眯，弯腰从夹缝里捡出一枚胸牌。

看清上面的名字，苏尔一愣："姜毅？"

单从身高体形上看，是挺像。

"可我记得他穿的是黑衫。"

分开不过二十分钟，姜毅就换了件衣服，实在匪夷所思。

奇怪的叫声再次出现。纪珩拉着苏尔后退几步，只见尸体的肚子里像是有人在敲锣打鼓似的，鼓起来又扁下去。

苏尔说："好像有什么东西要钻出来。"

短短几个呼吸间，姜毅的肚皮便从内部被抓破，开膛破肚后钻出来的竟是一只狐狸。因为浑身上下都是血，它原本的毛色被遮掩。它亮出锋利的爪子，用力蹬了两下腿，准备从窗户跳出去。

纪珩没给它这个机会，稳准狠地拽住了它的尾巴。狐狸凶悍异常，它的眼睛里看不出灵动，反而透露出残暴和野性。

纪珩感觉到苏尔在朝前靠近，正准备开口让他后退两步，余光瞟见他怀里抱着的《谜底之书》，直接闭上了嘴。

"杀人的孽畜！"苏尔看起来很愤慨，还做出要抬腿踢它的动作。

动物和人虽然不能用语言交流，但再愚笨的动物也能感觉到挑衅。

纪珩的手适时松开一些，狐狸猛地蹿出去一截，爪子朝苏尔抓去。

苏尔躲闪的同时，故意把《谜底之书》对准狐狸攻击来的方向。

"刺啦"一声，书页被划开的声音相当动听。

苏尔愉悦地弯了弯唇角，东风居士只说不让玩家破坏《谜底之书》，而眼下的情况是一只发了疯的狐狸想要伤害自己，导致《谜底之书》被损坏。这狐狸是游戏的一部分，毁书之责自然是游戏的锅。

秉着"苟富贵，勿相忘"的理念，苏尔冲纪珩挑挑眉：大好的机会，快上！碰瓷走一波！

然而不等纪珩有所动作，原本就不宽敞的厕所里凭空多出一道身影。

轮椅，冷淡的男人，杀意凛冽的眼神，熟悉的一幕重现了。

再次看到东风居士，苏尔竟已心如止水，立时变了副面孔，装出狼狈之相："不……"

"不是你的错。"东风居士淡淡道，"怪我。"

这话说得猝不及防，别说苏尔，纪珩都不由得多投来一抹注视。

东风居士双手交叉，随意地搭在胸前，每一句话都是在做自我批判："怪我没有说清楚规则，身为主持人，接手副本前只想着摸鱼睡觉，不去认真检查，导致出现众多漏洞。"

他垂眼瞥了一下被狐狸爪子破坏了一部分的《谜底之书》，只见坚硬的书皮中间裂了道口子，狐狸爪子上面还沾着些纸质碎末，乍一看竟有几分可怜。

再抬头，东风居士的笑容不达眼底：“举报我。”

苏尔喉头一动：“……啊？”

“现在，立刻，马上……”他的每一个字都说得风轻云淡，神情中却出现一丝狰狞，“不举报，我就弄死你！”

相比和这种惹祸精共处四十九天，他宁愿被举报停职！

面对这种咄咄逼人的气势，苏尔一刹那想了很多。

守墓忠仆的先例就在那里，东风居士一走，来接手的主持人说不好就是月季绅士。

“快去举报。”东风居士冷冷地重复。

苏尔喉头一动，黑玫瑰和黑月光究竟要选哪一个？

小孩才做选择，成年人哪个都不想要！

“给你三秒钟。”随着耐心告罄，东风居士显得无比强势，“三、二……”

他眯眼的瞬间，苏尔知道主动权不在自己手里，很识时务地选择了举报。

他斟酌了一下措辞，缓缓道：“我，苏尔，实名举报！自进入副本，主持人三番五次对游戏进行干扰……”一席话几乎是将对方适才的自我批判照搬了一遍。

可惜话音落下，游戏没给出一点反应。面对东风居士不善的神色，苏尔讪笑一声：“上次也是过了一天，主持人才被遣返的。”

“上次？”

这人究竟还有多少他不知道的秘密？

苏尔生硬地扭转话题：“放宽心，兴许明天副本就会换主持人来。”

无意间瞥到《谜底之书》竟然在愈合，他脸上的假笑消失。

“这东西本质上就是个困住魅物用的容器，有自愈能力。”面对他投来的质问的眼神，东风居士寒声道，“你的想法很好，毁书让游戏妥协，但危险也不小。”

一旦书被毁坏，一部分魅物会随着《谜底之书》共同灭亡，但还有一部分强悍的或许能侥幸重获自由。

苏尔自然也考虑到了这点，说白了就是百魅夜行会重现。

到时候他和纪珩用个隐身道具，魅物又只针对召唤人行动，最后锅还是主持人背。

“你的依仗不过是主持人必须维护副本稳定。”东风居士转动轮椅往前移动了几步，来到他面前，“可如果我的能力不够呢？”

四目相对，苏尔手指攥紧。

“死不可怕。游戏是最公平的，假设你们因为副本崩溃而死亡，它会让你们死而复生。”

苏尔眸光一闪。

和情绪无关，东风居士说话天然带着慵懒的腔调：“不过在游戏里，复活过来的是人是魅，谁知道呢？”

闻言，苏尔用余光瞟向纪珩，后者微微颔首，跟他想法一致：适可而止。

几个月前在新手场，苏尔就险些造成副本坍塌，按照月季绅士的说法，副本崩溃时大家都有生命危险。虽然游戏一般能及时修补，但真要作死了，也就死了。

姜还是老的辣。

就在苏尔被稍稍唬住时，纪珩突然开口："他的方法本质上没违规，你或者副本都不能因为游戏漏洞而损害玩家的利益。"

东风居士预感到自己又要被吸血。

话说多了容易把人得罪狠了，纪珩点到即止，平静地伸出手。

苏尔有样学样，只不过伸出来的是两只手。

东风居士眼皮一跳："……你们是要饭的吗？"

两人无动于衷。

眼不见为净，东风居士用力一按轮椅扶手，原地消失。同一时间，苏尔发现掌中又多了一个小煤球，纪珩也是一样。

煤球微微颤动了一下，苏尔握住，塞进装备袋："希望这东西真能有大用……"

他斜眼瞟着还在奋力挣扎的狐狸："杀还是留？"

纪珩单手抓着狐狸，拎着它走到已出局的姜毅面前。

无视狐狸的反抗，他回头看了一眼苏尔："衣服。"

苏尔走过来脱去姜毅的上衣，对方肩膀上残留着两个乌黑的孩童手掌印。

"张小花的手比同龄人要纤细，对不上。"动物的爪子更不可能。

言下之意，之前得出的死因不用推翻。

苏尔更加疑惑狐狸是怎么进到他的身体里的——这只狐狸更像是原本就寄居在这具身体里。

隐约听见有人在叫自己的名字，苏尔应了一声，单蒙和金丽雅这才进来。

他们先前察觉到异样，没敢直接推门而入，警惕地在厕所外徘徊。一进来便看到这一幕，金丽雅心里有些不适，强压着反胃的冲动，说："三楼什么都没有。"

单蒙扫到之前被纪珩捡起放在一边的胸牌，愣道："姜毅？"

金丽雅更是惊讶："淘汰的是他？"

不久前大家才在操场上分别，谁知转眼他竟然就被淘汰了。

最初的惊愕过去，单蒙走近检查了一遍，他是个行家，很快开始分析姜毅身上有几处外伤，几处骨折。金丽雅也没闲着，从垃圾桶后面找到一件黑衫，是姜毅原本穿的那件衣服。

闻了闻，她露出嫌弃的眼神，再结合墙上新出现的痕迹，她推测道："估计是上厕所的时候不小心摔倒了，便脱了脏衣服。"

苏尔说："姜毅说过自己被借了运。"

组织打焰罗前，他们找到姜毅时，他喝凉水都差点被呛死。上个厕所摔倒听着滑稽，也不是没可能。说完他重新看了一眼刚从尸体上扒下来的上衣，好像也有味道和水印，纳闷道："他穿两件衣服？"

“正常。”金丽雅掀起自己的T恤，“我也喜欢多穿一件短袖，可以用来包扎伤口，晚上还能御寒。”

学到了新的经验，苏尔反思自己怎么就没考虑过这个问题。

纪珩淡淡道：“有你在，受伤的都是别人。”

苏尔：“……”

金丽雅想上前再看看尸体，谁知狐狸突然亮出利爪，差点抓破她的衣服。

她撇了撇嘴，正准备给这只恶狐狸一点教训，纪珩突然说：“重点在于是谁淘汰了姜毅。”

苏尔抿了抿唇：“从手印看不是张小花，也不是狐狸。”顿了顿，他疑惑地眨眨眼，“对了，姜毅的《谜底之书》呢？”

话一问出，几道目光齐齐落在他身上。

金丽雅一时语塞，然后道：“玩家被淘汰后不久，书会被副本收回。”

苏尔想了想还是觉得不可思议，正常人都会先关注这个问题。

苏尔一直只想着怎么破坏《谜底之书》，他看向纪珩：“你也知道？”

纪珩说：“刘长相被淘汰的时候我观察过。”

苏尔摸摸鼻子，不说话了。

细思纪珩刚刚提出的问题，金丽雅面色微变：“当时姜毅应该是才上完厕所，他不会选在这个节骨眼翻《谜底之书》。”也不排除人倒霉，摔了一跤，不小心翻开了《谜底之书》。

但这《谜底之书》又厚又硬，跟块砖头似的，不刻意翻的话很难“不小心”打开。

“不是《谜底之书》里的魅物，也不是小女孩……”后面的话金丽雅没有继续说下去，恰逢窗外吹来一阵风，刮得人头皮发凉。

她咽了下口水：“该不会，这里还隐藏着一只魅物？”

姜毅的武力值不算低，能淘汰他的必然是厉魅。

想到这里，金丽雅的手有意无意摸着藏在袖间的道具。

“哧”！

趁着众人还在发愁，狐狸发了狠，竟直接用爪子割断尾巴，从窗户跳了出去。它落地后非但没有摔死，还轻轻松松跑向远处，隐约可以看见操场上残留着一串星星点点的血迹。

苏尔说：“跟上去看看？”

“不急。”纪珩重新打量了一遍厕所。

看到他这一动作，众人才想起他们找来这里的初衷。

单蒙说：“如果字条上的老地方指的是这里，那他们放学不回家聚在厕所做什么？”

说话间他丝毫不避讳，首先从放杂物的地方开始搜索。苏尔的目光则停留在窗台上早就枯死的植物上，他定定看了几秒，突然开始刨花盆里的土。手指穿过干巴巴的土块，冷不丁触碰到一小片冰凉。

随着土一点点被扒去，半个狐狸大人雕像的脑袋露了出来。它就这么插在土里，一动不动地面朝着众人。

金丽雅感慨："果然是有想法。"居然能想到把雕像藏在这里。

苏尔考虑问题相当现实："姜毅的出局方式也许影射着什么。"

过去的种种，譬如竞争、借运，正以另外一种方式在玩家身上重复上演，而姜毅这种奇怪的出局方式很值得探究。

纪珩走过来将雕像挖出来："等我一会儿。"而后他离开了厕所。

再出现时，他的手中又多出一尊雕像。

苏尔说："这是……"

"广播室的那个。"纪珩说，"接下来我们尽可能收集更多的狐狸雕像。"

金丽雅黛眉一扬："妙！这样就能阻止有人借运。"

纪珩摇头，表示目的不是这个："有狐狸出现，说明隐藏着的魅物和狐狸大人有联系。"

他们用姜毅的上衣打了几个结，做成临时包裹，然后像扔废品般把雕像扔了进去。

"等我们把雕像都拿走，那只魅物说不定会主动找上门来要。"

众人："……"

苏尔赞同："没被《谜底之书》收录的魅物，肯定有特殊之处。"

也许一切的源头就在这只魅物身上。

金丽雅笑容勉强："是不是……太危险了？"

"风险我担。"纪珩表示自己可以负责保管雕像，"谁能找来雕像，事后我会同他分享线索。"找雕像可比对付魅物容易多了，金丽雅和单蒙不约而同选择了更划算的买卖。

几人约定有线索就在二楼教室碰面。

能力强的玩家，都有各自的手段，就看他们愿不愿意耗费代价施展。

金丽雅耐心跟踪一名吃到了早餐的玩家，轻而易举地在对方拜狐狸大人时人赃并获。

单蒙运气差些，跟踪的玩家并没有可疑举动，他无奈只能使用了一件寻宝鼠道具。寻宝鼠原本像是没有灵魂的木雕，一动不动地站在那里。被激活后，它飞速奔跑起来，一路引着单蒙从操场跑回了教学楼。

当发现寻宝鼠要去的地方就是最开始进入副本时的教室时，他不禁有些迟疑，一旦进去少不得要跟主持人打照面。

任何玩家都不太会想接触到主持人。奈何寻宝鼠的存活时间只有五分钟，再让它转过头去寻找其他雕像，可能功亏一篑。

单蒙咬了咬牙，硬着头皮走进教室。寻宝鼠跳到图书角，用头顶了顶堆放在上面的书籍。

忘记主持人带来的恐惧，单蒙连忙走过去，看到是雕像时，嘴角一勾……灯下黑，游戏百玩不腻的手段。

讲台边，东风居士罕见地没有在睡觉。

过去的半个小时，每一次即将入眠时，他都会被噩梦惊醒，仿佛下一刻就要被叫去收拾残局。

看到单蒙把雕像抱在怀里准备带时走，东风居士轻飘飘地道："拜就行了，拿来拿去也不嫌麻烦。"

单蒙欣喜于顺利找到了雕像，说话忘了顾忌："不拜，做交易用。"

东风居士没有继续听下去的兴趣，摆了摆手示意他赶紧走。

"等等。"

单蒙刚要离开，东风居士忽然警惕："交易给谁？"

单蒙一脸狐疑，没说话。

东风居士做出最不妙的猜想："苏尔？"

虽然没有得到回应，但一瞬间流露出的惊讶神情出卖了单蒙。

东风居士闭了闭眼："我跟你一块儿去。"

单蒙皱眉，停在原地不动。

东风居士淡淡道："我要确保苏尔不生事。"

僵持着也没用，单蒙最终还是迈开了脚步。一路上东风居士都跟在他后面，让他觉得如芒在背。一层层楼往下走，四五楼因为出过事，空气中残留着难闻的味道，到二楼时空气才算清新了许多。按照约定，单蒙径直走向楼道尽头的教室。

窗户全部开着，外面的阳光温度适宜，晒进来也不觉得热。几张桌子被并在一起，苏尔和纪珩躺在上面，一个微微侧身，蜷着身体，另一个躺得很舒展。偶尔有风吹过，两人额前的碎发被轻轻撩起。

阳光，小风，教室。一眼看去，岁月静好。这两人都很懂得劳逸结合，和魅物斗智斗勇一夜，长期处在情绪亢奋状态容易导致心脏出问题。何况接下来还有几天要熬，是以纪珩给出好处让金丽雅和单蒙去找雕像，自己则带着苏尔抓紧时间休息。

此刻苏尔似乎做了什么香甜的美梦，脸颊蹭着垫在下面的衣服，唇角微微翘起。

画面美好，单蒙松了口气："他们这次是真没惹事。"

一回头，他却被东风居士近乎扭曲的面孔吓到了。

"你……"单蒙的嘴唇动了一下，却说不出话。

东风居士几乎要捏碎轮椅的扶手，他宁肯看到副本被搅得天翻地覆，也不愿瞧见这番惬意的场景。从昨晚到今早，罪魁祸首毁了他向往的安逸后，居然还替他实现了他的这份梦想……在副本里摸鱼休息！

单蒙想说点什么缓和气氛，就见苏尔咂吧了一下嘴，翻了个身，睡得更香了。

"……"东风居士闭了闭眼，平息了沸腾的情绪，再开口时声音阴沉得可怕。他死死盯着教室里的一切，咬牙问："你说……他们怎么还能睡得着？"

很多玩家在副本里待久了，逐渐形成稍有风吹草动便会立刻清醒的条件反射。早在单蒙走到拐角处时纪珩就醒了，半眯着眼看了一下来人，没有起身，重新合眼。苏尔则纯属因为有个可靠的队友，确实睡得很沉。

玩家的《谜底之书》要求每隔几个小时必须翻阅一次，纪珩估计着时间差不多了，叫醒了旁边的人。

苏尔左右晃动了一下脖子，又伸了伸懒腰，睡眼惺忪，下一秒，在看到门外的主持人时，睡意顷刻间消散。

“我又做了什么？”他试探着问。

莫非不知不觉练就了梦游惹事的能力？

东风居士一言不发地离开，如来时一样，背影显得幽深邪异。

苏尔自认是个受害者，不过是靠睡眠补充一下体力，竟还要遭主持人白眼。

他转过头问：“你有没有觉得我……”

“你是。”

纪珩比他还斩钉截铁。

单蒙可没他们这份闲情逸致，损失一个寻宝鼠已经让他足够心痛，他抓紧时间走进来交出雕像。

“是个宝贝。”他顺便评价了一句。

能被寻宝鼠当作主要目标，狐狸大人的雕像价值不低。苏尔没否认，这东西能够过运，能力确实很惊人。

还没来得及讨论两句，金丽雅也到了。原本她比单蒙要快，但路上她顺着狐狸离开时留下的血迹去看了看，可惜血迹消失在一片草丛里。

“有人抱走了那只狐狸。”金丽雅没吝啬分享这个情报。

苏尔更关心她手上的雕像。

“还有一件事。”金丽雅递过去的同时蹙了下眉，“小心点高芮，她不知道借了谁的运。”

副本限制玩家互相淘汰的规则偶尔也是个束缚，否则适才她绝对能从高芮那里问出更多有用的信息。

苏尔的目光闪动了一下，其实他早就有些猜测，高芮能赢过《谜底之书》里的魅物，多半是有猫腻。

金丽雅说：“你们之前打过交道，会不会……”

苏尔摆手：“她借的不是我的运。”

否则她早就被淘汰了。

高芮借运的事情没给大家带来多少惊讶，倒是单蒙说在教室图书角发现了狐狸大人的雕像让苏尔觉得奇怪。就算再崇拜，哪有人敢明目张胆在公共场合摆这种东西？

单蒙表示同意：“学校废弃后才被挪去那里的可能性比较大。”

侧面证明这附近一直游荡着某只还没有被发现的魅物。

他说完看向纪珩，略带迟疑地问：“真要用雕像做鱼饵？”

如果失败，竹篮打水一场空；如果成功……也很惊悚。

纪珩随意地“嗯”了一声，看不出太多情绪起伏。

金丽雅和单蒙达不到无畏作死的境界，按照约定找到雕像后，决定暂时和他们分开行动。他们走后，苏尔检查了一下雕像。每次看到狐狸大人那双过于勾人的细长眼睛，他都会不太舒服。因为狐狸大人的眼睛无法模仿，苏尔确认是正品，而后把所有雕像打包放在一处。

“应该还有没找到的。”

“这些就够了。”纪珩说，“今晚我们带着它们过夜。”

白天魅物的力量会被不同程度地削弱，只有到晚上它们才会更肆无忌惮。

苏尔看了眼窗外才升到最高处的太阳：“还要好久。”

一只魅物，不值得浪费时间等待。

明白了他的意思，纪珩不由得笑了下。

苏尔低头沉思了几秒，忽然问：“为什么狐狸大人不是焰罗？”

实力强不说，迄今为止他们在这个副本中遇到的大部分魅物对狐狸大人都很狂热。

纪珩打了个比方：“你可以把它看作蛊母。”

苏尔若有所思：“那过到身体里的运就像是蛊虫，让借运者受它操控。”

纪珩颔首，说出一个人名：“张小花。”

苏尔揉揉眉心，自己居然把她给忘了。

荀宝菩在那个小女孩面前，都未必有资格自称是最强中间商。张小花没有借运，不受狐狸大人操控，而作为雕像，狐狸大人在行动能力上也受限制。

想通了这点，苏尔露出一个和善的微笑：“不过暗中藏着的那只魅物，和狐狸大人的关系挺密切。”

狐狸的出现绝非巧合。

“主辱臣死，如果狐狸大人蒙难，这个魅物没理由不现身。”说完苏尔解开包裹取出一个雕像，别过脸避免和雕像的眼睛对视，真诚地问，“我们把它丢进马桶好不好？”

“……”纪珩平静地回应，“你开心就好。”

去厕所的路上，苏尔在宽敞无阻的走道里绊了一下，站稳后意外地发现面前多了一个风情万种的大美人。

“到我面前来。”

温柔的声音轻轻在他耳边呼唤，带着十足的诱惑力。

生死面前美色不值一提，但苏尔不知为何控制不住自己，想要回应。

真走过去就完了，这点常识他还是有的。现下苏尔的一部分意识还在，他试图用电击器让自己清醒，胳膊却不受控制地往上抬，想要向美人伸出手去。

目睹自己一点点响应狐狸大人的蛊惑，苏尔心中生出无能为力的愤怒和无奈。

他竭力定了定心神，转换思路后他闭上眼睛，随意想了个问题。

我要翻书，我要翻书……脑海里来来回回重复着同一个念头。

身体被支配的感觉逐渐消失，手在一点点下沉，苏尔无意识中做出了翻页的动作。面前美人的幻象破碎，愣怔中他发现自己还站在楼道内，《谜底之书》被翻开的页面上印着一个无关紧要的句子：以后我会对你好一点。

苏尔摸着书页，自言自语了一句："没料到这东西竟然还有这种妙用。"

"副本用各种方式去推动玩家翻书。"淡淡的声音自身边传来，"说明翻书才是第一要义。"

玩家要翻书，狐狸大人不让，这就违背了游戏的意志。

苏尔看向纪珩："狐狸大人用幻觉迷惑我时，你知道？"

纪珩点头，顺便解释了一句："除非使用特殊道具，否则精神上的攻击我们没办法抵挡。"

苏尔好奇："把雕像包在衣服里，不跟她对视也没用？"

"效果微乎其微。"

苏尔下意识看了一眼手中提着的包裹，神情中带上了几分警惕。

"不用太担心，"纪珩说，"真到要对付不过来时，我会打晕你。"

苏尔："……"

所以如果刚刚自己晚几秒钟清醒，等待自己的就是一记闷棍？

险些被狐狸大人坑了。

苏尔进到厕所后，就像个心狠手辣的刽子手，站在台阶上发出最后的警告："一分钟时间，魅物不来，我就把你丢进去。"

谁都没怀疑这句话的真实性，纪珩不会，狐狸大人更不会。狐狸大人意图故技重施，苏尔故意松了手，在雕像即将掉进马桶时才接住。

一分钟的时间在他们二者身上仿佛有不同的流速，苏尔用数数字的方法计时，快数到三十时感觉像是过去了三分钟。狐狸大人却敢肯定，他每数两个数中间最多只间隔了 0.3 秒。

就在苏尔即将真正松手的一刹那，窗外突然跳进来一只狐狸，凶狠地朝他扑来，打断了苏尔接下来的动作。

"小心点。"纪珩低声说了句。

实力不够，人质来凑，苏尔退后一步举起雕像，准备一旦形势有变，就把它丢进马桶里。

"大哥哥，这样不太好。"

背后传来抱怨声，紧接着是风声。

苏尔一惊，想弯腰避开那阵风，人先一步被纪珩拉到了一边。

再看隔板的最上方，不知何时坐了个小男孩，手里拿着半个胳膊长的砍刀。回想适才从头顶扫过的阴风，苏尔皱了皱眉。

小男孩的刘海儿很长，快要遮到鼻子，狐狸跳到他的肩膀上，动静引得刘海儿跟着颤动了一下。

看到那双眼睛的一瞬间，苏尔心下一动，猛地作势要丢雕像，小男孩挥刀砍来。

这一次苏尔真切地看到了对方的脸，惊愕道："陈子文？"

话一出口，理智先在脑海中反驳了这个答案。早上他才碰见过焰罗，焰罗的头发很短，也不喜欢用刀。

厕所的空间太狭小，敌人又在上方，对他们不利。苏尔和纪珩几乎是同一时间跑向水池边。电击器只适合近身攻击的弊端在这时显现出来，苏尔一时还真想不到该怎么对付这小魅物。

用魅力值吸食灵气？对方不是善茬儿，万一撑死了自己才滑稽。他用余光瞥了一眼纪珩，残酷的现实一再提醒他有个强大可靠的队友的重要性。

纪珩扔过去一张篆纸，追逐的脚步声猛地顿住。在一处宽敞的地方停下，苏尔凝视着阳光下几乎在发亮的锋刃，暗叹可惜，心想这才是碰瓷的上好人选。那一刀下去，《谜底之书》绝对要被劈成两半。

"相见恨晚。"

小男孩听不明白他的嘀咕，转着手里的刀："交出雕像，人可以走。"

苏尔瞟了眼自己手里的东西，抬头问："你是谁？"

狐狸乖乖趴在小男孩肩膀上，后者没有回答，反而拨弄了一下额前的头发，咧了咧嘴。

一直没怎么说话的纪珩突然开口："双胞胎？"

小男孩没了笑容，似乎对这个词有抵触心理。

纪珩看了一眼苏尔："你不是好奇过为什么'陈子文'相信狐狸大人，还能成为焰罗吗？"

苏尔抿了一下唇，没想到会有这个意外收获。焰罗不是陈子文，而是他的双胞胎兄弟。

难怪张小花会提起有一段时间陈子文的脾气很怪，原来他们压根儿不是一个人。

纪珩说："一个雕像换一个问题。"

真正的陈子文不喜欢被人威胁，要是平常他早就拼个你死我活了，可他担心会对雕像造成损害，只能摸着狐狸的断尾说："只能问两个。"

纪珩同意了他的讨价还价，第一个询问的是关于家庭的问题。

"他是我哥，不过我们俩没多少感情。"陈子文语气鄙夷，"我哥从小就爱闯祸，爸妈离婚时我妈只要了我的抚养权，他只能跟着酒鬼老爹一起生活。"

"你变成魅物的原因？"

陈子文脸上的那种鄙夷不在了，转而变成了怨恨："听说我成绩突飞猛进后，他私下跟踪我，最后也拜了狐狸大人，想要和我互换身份。"

陈子文的哥哥初衷是拥有弟弟那样的生活，但还是孩子的他无法考虑太多，没想到狐狸大人会直接让陈子文消失。

眼看他隐隐有暴走的迹象，纪珩把雕像扔了过去：“这么说来，你该找这只狐狸报仇才是。”

“我还会来找你们。”陈子文撂下一句话，抱着狐狸和雕像消失了。

副本下多了，纪珩对各种奇怪的事情早就习以为常，他站到窗边呼吸着新鲜空气：“按照陈子文的说法，真正喝了毒牛奶的是他哥哥。”

苏尔沉吟道：“所以死亡顺序是先陈子文，再是他哥哥和张小花。”

这样一来，双胞胎兄弟都不可能是牛奶投毒案的凶手。

迷雾重重，突然苏尔眼前一亮：“张小花还不知道这件事，或许可以做文章。”

总不能眼巴巴等着真正的陈子文晚上来找他们。

“我有一个想……”

最后一个字还没说出口，冰冷的提示音在他耳边响起：“举报成立。”

苏尔怔了一下，想起上次守墓忠仆被停职时，游戏并没有特地通知自己。

“怎么了？”看他突然愣住，纪珩问了一句。

苏尔实话实说。

纪珩说：“大概是为了给你添堵。”

曾经苏尔是满怀期待举报成功，这次则不然，纯属被逼无奈。

不知道是不是因为厕所里的空气不好，苏尔觉得呼吸不是太顺畅，快速用冷水洗了把脸，迈步朝外走。

在空荡荡的楼道驻足，他突然有些迷惘。

纪珩叹了口气：“先去看看，主持人应该还在。”

教室。

东风居士半眯着眼，他向来不喜阳光，这会儿却尽情沐浴着，感受光的温度。

他白皙的脸上，有种罕见的朝气蓬勃。

苏尔进门时，正好看到这一幕。

“来得很及时。”东风居士身子微微朝前倾，十指交叉抵在下巴上，慵懒的腔调里居然透着一股子温柔。

苏尔的第一反应是：瞧把人都开心坏了。

他向来能屈能伸，同样露出笑容：“我来是想问问，负责接替你的主持人是谁。”

东风居士心情是真的不错，往常他懒得多说一句话，现在面对苏尔他也能耐心解答：“听说是以前给你主持过的。”

更精准的信息却没有透露。不过这些对苏尔来说已经足够。他头疼地闭上眼，脑海中浮现出一个名字——月季绅士。

“对方主持的副本还有一小时才能结束，”东风居士温和地建议，“你可以先睡一会儿，新主持人来了我再叫你。”

就差没明着说，这一个小时你千万不要再给我搞事。

苏尔喉头一动：“为什么没有派空闲的主持人来？”

“大概这位是最合适的。”

苏尔：“……”

“好了，去睡吧。”东风居士像是个哄孩子睡觉的狼外婆，“我给你守着，不会让魅物进来的。”

拒绝了休息的提议，苏尔轻吸一口气：“如果你能给我一些月季花，我发誓在你离开前绝对不生事。”

东风居士深深地看了他一眼，推算了各种可能，确定鲜花对副本没有影响，便从原地消失不见。再回来时，他腿上放着一塑料袋月季花。苏尔沉默地提起袋子，去楼下找土捏泥人。

纪珩被他的举动逗笑：“这是做什么？”

“办欢迎仪式。”苏尔捏出的小人很像月季绅士，“见面三分情，这泥娃娃说不准能唤醒他为数不多的慈悲心。”

不过这次他没有往泥人里面注入灵气。

做完这一切，他又开始挨个儿在教室寻找，功夫不负苦心人，终于让他找到了能用的纸和笔，供他制作简易横幅。

揣着成品重新走进主持人所在的教室，苏尔无视东风居士，开始进行布置。

实在没搞懂这一番操作有什么用，东风居士摇了摇头：“无用功。”

苏尔说：“可以转移注意力。”

否则他怕对视的第一眼对方就想打死自己。

说完他把小泥人掏出来放在讲台上，就在这时，突然听到东风居士微微松了一口气的声音，苏尔回过头，发现主持人已经消失不见。他连忙抓紧时间用两根树枝固定住横幅，最后不忘在泥人耳边各戴了一朵月季花。

几乎是在他布置完的刹那，周围的空间似乎扭曲了一瞬，虚影中走出一人。

很瘦，穿着宽大的破旧衣服，一双琥珀色的眼睛透露出主人的冷淡。

苏尔诧异：“神算子？”

教室里的应援纯属匆忙布置的豆腐渣工程，灯上挂着的月季花颤颤巍巍，最终还是掉下来一朵，正好砸到神算子的肩膀。眼看月季花就要坠落到地面，后者面无表情地接住，紧接着视线一扫，最后停留在讲台上。

两个戴花小泥人拉着横幅，上面的字迹用黑笔描了好几遍，显得潦草又生动——热烈欢迎月季绅士。

“……”神算子望向苏尔。

苏尔的嘴角勉强扯出一个弧度，他避开和神算子的对视，心里只有一个想法：应援白做了。

“收拾干净。”

面对对方冷淡的态度，苏尔识趣地开始认真打扫卫生，顺便开始思索上一任主持人离开时说的“最合适”到底是什么意思。仔细想想，神算子确实算是处理漏洞的小能手。

他用余光留意着那边，发现和上次见面时一样，不但是装扮，对方喜欢随身携带小马扎的爱好也没有改变。

确定最后一片花瓣被扫进簸箕，苏尔又洒了点清水压灰尘。纪珩都有些佩服他的这份能屈能伸。

大扫除结束，苏尔试探道："没什么事的话，我先走了。"

神算子无动于衷，坐在小马扎上，随手把袖子里的好几片碎龟壳扔在地上，开始玩排列组合。

苏尔默默退出去，最后回头看了一眼，不知道是不是巧合，神算子正好坐在东风居士喜欢的那个位置，既可以避光又能吹到风。曾经，东风居士也是这样岁月静好。

纪珩说："算是不幸中的万幸。"

苏尔想了想，点头说："祝芸以前说过，女人擅长用谎言骗人，男人擅长说实话骗人。"

月季绅士那种从不说谎的人，就很可怕。当然，最令人满意的一点莫过于神算子主持副本时神出鬼没，先前的副本里，他们总共也没打过几次照面。

两人随意找了间空教室坐下，苏尔不再想和主持人有关的事情，说："陈子文放狠话说晚上要来。"他的指关节无意识地在桌面上有节奏地轻轻敲击，"双胞胎之间嫌隙很深，我们得站队。"

他们和兄弟俩都有仇怨，要想办法和其中一方化解。

纪珩看了他一眼："你想选谁？"

苏尔毫不犹豫："焰罗。"

张小花打不过焰罗，陈子文也曾被焰罗坑过。魅物没有善恶可言，既然如此，当然要选最强的那个。

纪珩不说话就代表认同他的见解。达成一致后，苏尔望着手里还剩下一半书页的《谜底之书》，低头琢磨片刻，话锋一转："一直以来，你对我都采取放养的方式。"

"咳……"纪珩刚拧开早晨没喝完的矿泉水的瓶盖，乍一听到"放养"二字，表情有些微妙。

苏尔冷静地说："分析不足有时候比自我磨炼还有用。"

他现在的感觉是手上有很多零散的线索，但缺乏某个关键的东西把它们串联在一起。会有这种感受一定是他某些方面没有做好。

纪珩重新拧紧瓶盖："真想听？"

苏尔认真点了点头。

"时间。"纪珩侧过脸望向窗外，"现在是几月份？"

单看花草树木，都很繁盛，天气只能算是闷热。

"六月底或者七月初？"苏尔不太确定。

回答完不过几秒，他先是惊愕，随后明悟："学生毕业差不多就是这个时间。"

纪珩说："玩球的小魅物提到过，我们会亲身经历当时的一切，可你只想到玩家中有人效仿张小花卖生辰八字。"

苏尔沉默半晌，喉头干涩："确实疏忽了。"

"这只是第一点。"纪珩失笑，问他要不要继续听下去。

苏尔迟疑后点头。

"学生抽屉里有很多没来得及整理的东西，这样的桌子有多少张？"

苏尔回忆了一下："大概十几张。"

纪珩说："玩家正好也有十来人。"

苏尔秒懂："所以我们要找的毕业证书，其实是那些孩子的？"

"对。"

苏尔思索："如果卖生辰八字的玩家代表张小花，那谁又能代表双胞胎兄弟？不对……"

他自己否认了这点，玩家中一旦出现双胞胎，肯定会引起注意，副本剧情将被轻易推导出来。

纪珩领他来到办公室，指着那晚翻出来的报告册："人类的思维有筛选能力。"

苏尔像小学生一样，乖乖站在一旁，手背在后面听他讲。

纪珩说："当时你的本能反应是去看成绩，这没有错，但有遗漏。"

苏尔皱了皱眉，随手拿起一本报告册重新翻阅，手指才拨了一下，便堪堪停住。第一页只有两行线，是让学生填姓名和生日的两条下划线。就在他准备多翻几本时，纪珩把学生名册递过来，上面每一行罗列得很清楚。

苏尔直接看出生年月，找到一名叫蔡虎的学生，和自己的出生日期正好是同月同日。

他下意识抬起头看纪珩。

纪珩说："八月一号。"

苏尔往下看，不多时又发现一名八月一号生的学生。按照这种规律，一名玩家正好对应着一名副本里的学生。

"原来如此……"苏尔皱眉低喃，"所以翻《谜底之书》时，不能有'我的毕业证书'这种念头。"

纪珩颔首："你代表的是蔡虎，正确的问法应该是蔡虎的毕业证书在哪里。"

"假设我知晓其他玩家代表的学生……"苏尔话没说完，先排除了这个念头。

每个玩家的书里正确的答案只有一页。

纪珩提醒："该问什么已经知道，但仅凭这点还不足以通关。"

苏尔的眉眼间多了一分惆怅，感觉自己像是匆匆一游的观光游客，沿路风景都白看了。

"接下来，你是不是还要说已经知道牛奶投毒案的凶手是谁了？"

纪珩说："我不是《谜底之书》。"

尽管如此，也已经很厉害了。苏尔垂头丧气，表情是难得地生动，看起来和斗败的大公鸡有点神似。纪珩唇角勾起一点弧度，又快速压下，安慰道："直接从《谜底之书》里入手，暴力破局的法子也没错。"

苏尔还不至于因为这点挫败就自暴自弃，他打起精神，顺着对方的思路分析："目前的时间接近牛奶投毒案案发时间了，所以我们需要留心焰罗提供的早餐。"

纪珩说："准确来说是后天。"

苏尔："……"

"张小花要求在后天太阳升起前找到牛奶投毒案的凶手，证明那一天是个特殊的日子。"

苏尔才恢复一点的精神再次萎靡。

纪珩说："循序渐进，不急，思维固化也不是好事。"

苏尔略作沉吟："我知道。"

自己没有注意到这些，正如纪珩同样没想到利用毁坏《谜底之书》的方式破局。

如果双方都想到了一起去，反倒不利于收集线索。

纪珩说："先去找焰罗谈合作，躲过今晚。"

苏尔严重同意。对于他这种擅长用逻辑思维和魅物交锋的人来说，遇上拿砍刀的暴力攻击怪会很吃亏。

矮楼。

焰罗正待在镜子里养伤，冷冷注视着走上前来的两人。

苏尔的手一直没离开电击器，他做好了随时被攻击的准备，焰罗却是一反常态地安静。

经历了被玩家和张小花联手攻击，这次他难免顾虑多一些。

苏尔叫了声"陈子文"，又问："狐狸大人灵吗？"

焰罗的目光中露出一丝狂热："当然。"

苏尔定定地看了他几秒，拍手道："演技派。"随后他笑容消失，"你不是陈子文，更不崇拜狐狸大人。"

陈子文拜了狐狸大人太多次，早就在无形之中和狐狸大人建立了精神上的联系，但焰罗不一样，他只拜了一次，却付出了高昂的代价。

焰罗从镜中走出来。

苏尔不紧不慢道："淘汰我们，你肯定要付出一些代价，伤上加伤，你就不怕真正的陈子文乘虚而入？"

咫尺之遥，焰罗停下脚步，表情不屑："他不过是靠着狐狸大人庇佑。"

苏尔开门见山："合作吗？"

焰罗阴狠狡诈，惊叹于面前这人的脸皮如此之厚，早晨才和张小花合作来打他，下午又来跟他谈合作。

苏尔友善地微笑："重新认识一下，我是苏尔。"

焰罗勉强压抑住澎湃而出的怒意，冷冷地道："陈子武。"

算是默认了合作一事。

接下来的时间，苏尔和纪珩没有再离开这里。中途刘文和一名叫李自在的玩家结伴过来，一上楼就看见站在镜子正中央的焰罗。镜外，纪珩和苏尔一左一右坐在两侧，活生生的门神样。

这画面视觉震撼太大，刘文忍不住盯着他们的胸牌看了好久，想确定他们是人是魅。是人的话，为什么能和魅物和谐相处？

苏尔说："一场交易罢了，要来吗？"

若不是李自在执意要到矮楼来找线索，刘文根本不愿意踏足这里，毕竟早上打焰罗他也出了一份力。被邀请后，他果断摇头。

倒是李自在多问了一句："什么交易？"

排除掉没吃到早餐的人，贩卖生辰八字的玩家不是李自在，便是高芮，前者的可能性更大。如今刘文居然和李自在混到了一块儿，苏尔的笑容略带玩味，果然副本里没有永远的敌人。

"杀魅物的交易。"苏尔一字一顿说完，闭眼休息。

李自在心机深沉，真就没有离开，抱臂在一旁等着。刘文举棋不定，最后还是留了下来，准备看看情况再说。

时间流逝中，苏尔睁开眼朝楼下望去："难道不来了？"

他们人在矮楼，一猜便知是和焰罗有合作，陈子文或许会退缩。

"他会来。"陈子武十分笃定，"又不是只有你会找帮手。"

还没琢磨透这句话的意思，外面突然刮起了大风，待在楼内都能听到呼呼的响动。

"哧哧"，奇怪的狐狸叫声替代狂风呼啸，出现在楼道内。

苏尔刚站起身，便被数十只眼睛盯住，下意识后退了一小步，他终于明白所谓的"帮手"是指什么了。陈子文来了，不但来了，身后还跟着一群狐狸。

"这是愿狐。"陈子武露出一丝忌惮，"在游戏里可以增强运势。"

一只愿狐作用不大，一群却可以成为完美的辅助。

刘文后悔没有早走，打魅物也就算了，这魅物竟自带运势加持。他忍不住看向身边的李自在，李自在的关注点则在纪珩身上，看对方完全没有要逃走的意思，他怀疑帮助焰罗会有额外的奖励。

这时苏尔突然拉纪珩到一边，低声问："有没有办法送我出去和泥巴？"

"……泥人不是愿狐的对手。"

苏尔摇头，声音细若蚊吟："我想出书。"

纪珩深深地看了他一眼。

苏尔不好意思地说："最好能把这些愿狐打得半死不活，我用泥巴做成书页，注入灵气，再威逼利诱这些愿狐寄居在上面。"

运气不好的时候，只要一翻开书，他会成为副本里最幸运的崽！

他们说话时，刘文同样在和李自在讨论："我们得想办法走。"

李自在摇头："代价太大。"

瞥见纪珩给苏尔塞篆纸的画面，他莫名有些嫉妒，不是谁都有道具烧的。

陈子文和陈子武见面的刹那，眼睛里都要喷出火来。

陈子武骂了对方一句："狐狸大人是想借你的手对付我，成为新的焰罗。"

"那又如何？"

陈子武从镜中走出来，没多说，直接动手。

纪珩瞥了一眼李自在："不想死的话，就帮焰罗。"

权衡中，白狐扑过来，李自在知道没有退路了，他们被自动归为和焰罗一伙的。

狭窄的楼道内厮杀激烈，苏尔画风不同，一路烧着篆纸冲下楼，脱离包围圈。

刘文愣了一下，差点被愿狐咬下一口肉。苏尔这是要当逃兵？

顾不上吐槽，他连忙打起精神专心应付周围的愿狐。

若在平时，焰罗的能力对付陈子文绰绰有余，可惜今早的伤让他目前只能进行缠斗。在场其他人，除了刘文比较费力，纪珩和李自在还算游刃有余。

玩家只需要对付愿狐，而愿狐和陈子文相辅相成。少了幸运回馈，陈子文渐渐吃力了许多。

纪珩单独开辟出一片战场，李自在机敏地发现倒在他周围的愿狐，全都留着一口气。

就在愿狐的数量减少了三分之一时，苏尔回来了。

刘文是第一个发现的，更重要的是，他还注意到苏尔手中拿着一个奇怪的泥巴盒子。

纪珩挑眉，苏尔说要出书时，他也就是付之一笑任其造作，并不认为苏尔能成功。书不同于泥人，页面合在一起，岂不是要糊成一团？

可再看现下苏尔手中类似盒子的书，从侧面能瞧出书页之间有分明的界限，这就有点意思了。

苏尔从侧面突击上去，最终一脚踹开一只愿狐，奔到安全区域，才长松了一口气。

纪珩："没必要在这种时候节省道具。"

苏尔说话有些喘，瞥了一眼怀里的书，笑问："如何？"

纪珩看出一点门道，用只有两个人能听见的声音说："电击器？"

苏尔点了下头。

注入灵气后，书页有了微弱的生命力，方便成形不说，还容易做出改动。

现下他侧过身子，遮住了书的大半部分，倘若适才刘文再看仔细些，就会发现那泥盒子能产生轻微的动静，就像一只受伤的菜虫，不时扭动一下。

书已经注入好灵气，现在只剩最后一个问题：如何让愿狐寄居在里面？

坦白讲，苏尔的把握并不大。

首先，书页未必能承载愿狐的能量而不崩坏；其次，愿狐也未必能像《谜底之书》里的那些魅物那样附在里面。

“抓紧时间。”纪珩提醒。

苏尔稍稍抬起下巴，斜眼瞟向李自在的方向。

纪珩说：“不用管。”

只要不在他们面前动用电击器，任凭李自在想破脑袋也琢磨不出原因。纪珩提示：“换主持人了。”

事后随便编个故事，往东风居士身上一推就行。

苏尔半蹲下身。

愿狐的爪子相当锋利，但这会儿它们仅剩下一口气，只能虚无地在半空中一抓。

他把泥巴书放在一只愿狐面前，里面的灵气浓郁，吸引着愿狐钻进去。

苏尔语气很轻，细听却有些让人毛骨悚然：“想活命就进去，记得老实点，抽筋扒皮我挺擅长。”

说完他松开手，下一刻愿狐跟着消失，泥巴书颤动了一下。

目睹这神奇的一幕，李自在一个没留神，被反扑的一只愿狐挠了一爪子。

泥巴书一共只有十几页，有纪珩在旁边扫除障碍，苏尔很快集齐了愿狐。他嘴角的弧度还没完全勾起，剩下的愿狐忽然朝四面八方散去，而陈子文不知何时受了伤，也逃跑了。

别人打架苏尔出去玩泥巴，现在赢了他第一个出来彩虹吹。

“焰罗实力第一。”

陈子武不怎么开心，盯着陈子文落荒而逃的方向，他目中的暴戾还未完全散开：“不像是他的风格。”

明明还有一战之力，却没有选择鱼死网破。

苏尔认为这就是一次性利益结盟，如今陈子文重伤，即便晚上动手也占不上便宜，他还白得了愿狐，足够了。

他没跟陈子武打招呼，同纪珩对视一眼，朝楼外走。

刘文催促李自在：“我们也赶紧离开吧。”

老虎受伤也不会变成猫，再迟一点，指不定焰罗就会对他们下手。

“魅物动手也要满足条件。”李自在看不上他的胆小，望向陈子武，笑了笑说，“没想到我们会并肩战斗。”

焰罗上下挥了挥手，做出猜拳的姿势，面无表情地问：“要玩游戏吗？”

李自在的脸色难看，对方问出这句话就代表情况和之前没区别，自己得赢了焰罗才能获得奖励。

那自己岂不是白忙活一场？

他狠狠一闭眼：“那两人为什么要帮忙？”

焰罗巴不得这些人起内讧，恶劣地回答：“当然是为了活命。”

这下连刘文都听懂了，八成是苏尔和纪珩招惹到魅物，那只魅物又恰好和焰罗有仇，双方才一拍即合。

他忍不住看了李自在一眼，这厮明显被苏尔坑了。之前苏尔故意把话说得半遮半掩，利用李自在的贪心留他下来打白工。

想明白后李自在的神情越发复杂，不管谁是谁非，他愤怒的神情已经表明他和苏尔这梁子是彻底结下了。

夜长梦多。

操场上目前没其他玩家，苏尔在篮球架旁停下，左手边放着《谜底之书》，右手边是他亲手捏的泥巴书。

“我试试再翻一次。”

纪珩点头。

苏尔先打开泥巴书，十几只愿狐的虚影浮现在上面，因为重伤，它们没有显出实体，不过多少有些作用。

有了幸运加持，他在心中快速默念了一遍问题。

《谜底之书》开始颤动，比百魅夜行时的反应还要剧烈。苏尔有一种奇妙的感觉：体内那只眼睛在试图汲取愿狐带来的运气，但因为不是直接过运，它吸收得很慢。

唯恐事情有变，不等《谜底之书》停止躁动他就想要翻开。下一刻，他感受到一片冰凉。

凭空冒出来的一个人，牢牢抓住了他的手腕，苏尔抬眼，对上一双琥珀色的瞳孔。

“几个月不见，本事见长啊。”神算子松开手，目光落在泥巴书上，淡然的神情有一瞬间的紧绷，“都学会自己给自己开外挂了。”

“……”苏尔的手离《谜底之书》只有几厘米的距离，但他还是歇了直接翻开的心思，他动作再快也快不过主持人。

纪珩用口型说：想翻就翻。

苏尔摇头。

诚然，他能靠纪珩拖住神算子一小会儿，但翻到正确答案后，纪珩的麻烦才刚刚开始。

苏尔轻哼道：“我没违规。”

只要不违规，就能站在道德的制高点上。

神算子：“天一卦给你的眼珠是以消耗运气为代价来使用的。”

尽管之前已经有所猜测，真正听他说出来，苏尔的眉头还是不经意间皱了一下。

面对面站着，神算子同样微蹙着眉头：“游戏能允许你做眼睛的持有者，也是因为有这种耗损存在。”

而现在苏尔手工开挂，平衡就会被打破。

“坏了平衡，副本迟早要想办法毁了那只眼睛。”神算子说，“你自己想想划不划算。”

苏尔沉默了一秒："我放弃的话，有好处吗？"

神算子无情地摇头。

而后他利落地一转身，丝毫不见要回头的迹象。

苏尔嗤笑道："他是料定我不敢用眼睛的使用权去赌。"

不得不说，神算子的羊毛是真的难薅。

他看了眼泥巴书，转头望向纪珩："你应该没有使用限制。"

纪珩摇头，目光直视前方，半晌他忽然一笑："买家来了。"

不远处的教学楼，走廊窗户上趴着两个人，是单蒙和金丽雅。现在已经是傍晚，隔着一段距离他们看不清对方的表情。纪珩做了个手势，示意他们在那里等着。

路上，苏尔问："卖给他们？"

纪珩说："这书不可能带出副本，留在手里也没价值。"

泥人都离不开，更何况是十几只愿狐。

走廊内凉风习习，苏尔和纪珩上楼时，单蒙有些惊讶，没想到这么快就有了结果。按照交换雕像时的约定，再次碰面时纪珩要分享出他手上的信息。

"之前路过篮球场，听到了矮楼里的打斗声。"单蒙先开口，"不想卷入风波，我们就躲进了教学楼。"

纪珩表示理解，然后开始推销苏尔的手工产品："增强运气，提升翻书正确性，现在想拥有只需三个道具。"

单蒙和金丽雅："……"

至少有三十秒，横亘在双方之间的是一片沉默。

就在苏尔以为没有下文时，一个压抑的"买"字响起。

单蒙脸部肌肉抽搐了一下，俊朗的五官因为剃了个光头而显得有些扭曲，他勉强憋出一句话："可以使用几次？"

金丽雅在旁边没有吱声，她出不起三个道具，寄希望于单蒙用完后自己再付出一个道具，二次利用一下。

"不确定，不过带不出副本。"

单蒙挣扎了几秒钟，交出道具。

没有想象中的讨价还价，甚至都没有质疑产品真实性的环节，买卖便达成了。

苏尔若有所思，难怪纪珩会选单蒙做交易对象：道具多，问题少，最重要的是很果决。

对于贴心的买家，纪珩很负责任，主动告诉他们可以按照生日找到自己对应的学生的事。

"原来是生日。"金丽雅在一旁喃喃自语，显然早就有所猜测，只是还差一小片拼图。

犹豫再三，单蒙还是问了一句："东西卖了，你们怎么办？"

苏尔仰着脸望天，感到扎心了。

纪珩平静地回应：“我们有支线任务要做。”

他一句话便打消了单蒙仅存的怀疑，后者不再耽搁，抓紧时间去办公室找学生资料。

等到走廊只剩纪珩和苏尔两个人时，苏尔叹道：“希望帮张小花找出真凶后，得到的酬劳足够丰厚。”

这次亏了，电击器里好不容易积攒下的灵气因为做泥巴书就快要耗尽了。

苏尔想起纪珩提过已经有牛奶投毒案凶手的怀疑目标，开始分析是不是自己又遗漏了什么信息。他们不知不觉上到四楼，纪珩也没打扰他的思考，苏尔回过神来：“我想去趟洗手间。”

纪珩点了点头。

苏尔正准备再上一楼，余光瞥到拐角处的教室，鬼使神差地推门走了进去。

冷凄凄的月光下，神算子正坐在小马扎上摆弄龟壳，抬头看到苏尔，突然吐出一口血。

苏尔：“……”

这没技术含量的碰瓷他不接受！

只看了苏尔一眼，神算子继续低头研究龟壳，然后突然一挥袖子，窗户被击碎。神算子移动的速度相当快，旁人只来得及看到一截扬起的衣角，再次坐回小马扎上时，他把愿狐丢到一边，又吐了口血。

这一幕看得苏尔眉头一皱，愿狐不强，为什么杀它会受伤？

“反噬。”神算子琥珀色的眼睛仿佛具有读心的能力，竟然主动开口解惑，“这只愿狐比较特殊，是被狐狸大人派来监视你的，未来你们可能会有不好的交集。”

苏尔愣了一下，下意识望向旁边的人，用目光询问这是不是幻境。

纪珩说：“不是幻境。”

苏尔撇了撇嘴，更加不解，心道：总不能是主持人疯了，竟然帮忙解决隐藏在暗处的麻烦吧？

神算子打断两人的眼神交流，非常淡定地说：“提前扼杀一些不安定的因素，有利于保持副本稳定。”

苏尔：“……”

纪珩沉默片刻，说：“他在卜算你有可能造成的影响，先一步消除隐患。”

主持人不能过多干预副本，这样的举动少不得会对自身造成一定伤害。

恰在这时，神算子又吐了口血。

苏尔眉心一跳，后退一步，躲过溅在空气中的血点。

“你不怕因公殉职？”

神算子冷静地道：“我在违规操作，很快游戏会降下处罚，再派新的主持人来。”

“你图什么？”

苏尔费解，提前把漏洞补上只会便宜了后来人，自身还得付出代价。

“维护副本稳定是主持人的责任。”

神算子一板一眼地回答。他和东风居士是两个极端，他凡事力求尽职尽责。

盯着死去的愿狐看了几秒，苏尔一言不发地走出教室。快要到楼道口的时候，他轻喘了一口气。

纪珩说："往好处想，和主持人的交集越深，越容易拿到成就点。"

苏尔摇头："这其实是一个阴谋。"

纪珩停步，耐心听下去。

"玩家在游戏中大致分为三个阶段：精力充沛，高度警惕，疲于奔命。"苏尔眉头一蹙，"而东风居士是咸鱼体质，自我们跟他打交道起他便一直落下风；神算子恰恰相反，他是个工作狂，自损一千也要断我机缘。他走后，接手的主持人肯定会更加厉害。"

纪珩不明白他想表达什么。

"主持人由弱到强，分别对应了我的三个阶段，说明什么？"

纪珩试着回答："一鼓作气，再而衰，三而竭？"

苏尔一字一顿地控诉："不，这是田——忌——赛——马！"

纪珩"……"

身为一个阵营的队友，纪珩也做不到昧着良心去赞同这番狗血发言，这次他回答得较为含蓄："你可能是想多了。"

苏尔反问："是吗？"

"游戏不会大费周章去算计一个玩家。"

它就像是高度精密的机器，没有个人情感。倘若换成人来操作，早就会在一开始就加大副本难度，让苏尔折在里面。

听完分析，苏尔的视线飘忽不定，最后他说："我去趟厕所。"

厕所的灯不是很亮，他进去时余光瞥见右边的单间，突然想起姜毅。

洗完手和镜子里的自己对视，苏尔陷入沉思。

厂商、卸货人员……有机会接触到牛奶的人很多，这所学校的安保也不是很严格，外人想要进入不难。

副本既然同意张小花发布任务，证明真凶一定是可以通过当前的线索推断出来的，但这线索未免太少了。

"张小花。"

苏尔忽然瞳孔一缩，冲出厕所找到纪珩："会不会张小花本身就是最大的线索？"

纪珩左边眉毛一挑，沉思片刻后好像也想到了什么："如果说……"

"呼呼……"有人在试麦克风，打断了他的话，"下面宣告一则喜讯。"

"是神算子。"苏尔愣了一下，"他去广播室做什么？"

从广播里传来的声音有些不清楚："恭喜玩家单蒙、玩家金丽雅成功找到毕业证书，目前剩余玩家人数，五人。"

纪珩朝外面看了一眼："愿狐的效果不错。"

苏尔想的是另一方面：“特地播报出来，会增加其他玩家的紧迫感。”

心态不稳，人就容易走极端。

他在时间上的压力其实并不大，万不得已还有神秘怀表能救场，何况现在线索已经渐渐明朗。

“我想去找陈子文确认点事情。”

“好。”

随着玩家越来越少，走廊内更是安静得没有一点声响。

平时想方设法躲着魅物，如今正儿八经去找反而寻不到他们的踪迹了。

苏尔的鼻尖不时动一下。

纪珩说：“闻什么呢？”

“狐狸味。”

别说，他的鼻子是挺灵，虽然愿狐身上没多少味，但就是凭着那么点残留的味道，真就被苏尔闻出来了。

一路走到五楼厕所。陈子文正坐在隔间的木板上给怀里的愿狐顺毛。不速之客的出现打断了他的愉悦，他停下抚摸狐狸的动作。

苏尔在安全距离外开口：“之前你逃走时，焰罗对于你没有鱼死网破的做法感到很惊讶。”

陈子文不说话，神情阴郁。

苏尔说：“为什么不跟他同归于尽？”

他就像是狐狸大人养的蛊，毫无成为新焰罗的潜力和能力，执念便是报仇。可这次机会难得，他却放弃了。

陈子文从隔板上跳下来：“你体会过溺死的感觉吗？那一天我原本和往常一样来拜狐狸大人，地上有水，我滑了一跤，正巧栽进了水桶。”

苏尔试探地问：“然后？”

陈子文：“溺死了。”

“……”要不是对方是魅物，苏尔都怀疑他在跟自己开玩笑。

“那段时间我在忙竞赛，天天刷题，睡眠不足，加上我本身就贫血，摔倒的时候人已经晕了。”

苏尔眼皮一跳：“桶子没翻？”

“我的身体刚好卡在了杂物和隔间门之间。”

苏尔脑补了一下，很难想象那是怎样刁钻的角度，出于礼貌又不好让对方演示一遍，最后只能咳嗽两声：“那还真是……够倒霉的。”

陈子文冷笑一声。

他们彼此心中都清楚这份倒霉的源头是什么，不外乎是有人拜了狐狸大人，想跟他交换人生。

苏尔看着陈子文的眼睛，缓缓道：“你消失了，你的母亲不可能毫无察觉。”

就连张小花都察觉到了陈子文脾气的变化，为人父母怎么可能没有关注到？

这句话一问出口，陈子文无神的瞳孔突然多出异样的色彩。就像是触发了剧情的NPC，他一反常态地转换态度，说的话都比平时多了不少。

“我在黑暗中沉睡了不知多久。”陈子文温柔地摸着怀里的狐狸，“后来，我又醒了，然而谁都看不见我。再后来，有一天我发现，我的哥哥竟然用我的身份在这里上学。”

他问：“你觉得为什么会这样？”

苏尔沉默了一下，没有立刻开口。

反而是纪珩回答了这个问题，他意外地平静：“有时候人是不讲理智的，何况只要‘陈子文’这个身份还在，被保送去好学校的名额就在。”

纪珩静静看了陈子文一会儿。

就在这时，苏尔和纪珩的耳畔同时响起提示音：“触发任务‘陈子文的心愿’。帮助陈子文保护他想要保护的人，他将为你消除《谜底之书》中一半错误的页数。”

苏尔眼前一亮。陈子文可比他哥慷慨多了，当初焰罗的任务，也只承诺消除十张错误页。只是为什么是“保护”，而不是“报复”？

“受害者的家属每年都会来校外烧纸祭拜。”陈子文冷冷地道。

苏尔和纪珩对视一眼，有了一个大胆的推测：“所以是她下的毒，对吗？”

不过很快他们就推翻了这个结论，如果是这样，陈子文不会要求他们保护她。

陈子文露出一个令人不寒而栗的笑容。

“有一点得承认，张小花的确聪明，她怀疑陈子武的身份，私下开始调查。陈子武发现后，吓了个半死，他又来拜了狐狸大人，希望张小花能消失，狐狸大人却让他回去后主动承认一切。刚开始我也想不明白，直到……那天来的送货员是我熟识的一位叔叔，也是我母亲后来的男朋友，他对我们很好。”

陈子文闭了闭眼：“他们每年会轮流在这个月底来烧纸，也就是明天。阻止他们进校门。希望你们不会让我失望。”

说完他带着愿狐想要离开。

“等等。”苏尔叫住他，“陈子武为什么会中毒？”

如果凶手下毒的初衷是封张小花的口，应该会提前告知陈子武才对。

“我哥哥乳糖不耐受，从不喝牛奶。”

讽刺的是，面对暗中观察的张小花，因为担心冒牌货的身份被发现，那天陈子武硬是把牛奶喝下了肚。

夹杂着轻嘲的话语消散在空气中，陈子文已经消失不见。苏尔站在原地许久，神情有些复杂。

半晌，他才重新开口：“我以为他会选择报复。”

陈子文话里话外分明还流露着怨恨。

纪珩：“这也是他力量远不如陈子武的原因之一，他心中还有温情。”

虽然“温情”一词用在魅物身上显得有些可笑，但这一丝温情的的确确是存在的。

苏尔皱了皱眉："先把张小花的任务交了，但愿她信这套说辞。"

纪珩说："任务是以游戏为交易平台，只要结论正确，副本会自动认可交易完成。"

他走到窗边，把那根能引魅物的香插在花盆里，再次点燃。

大约过了五分钟，张小花现身，适才她原本在蹲守一个玩家，突然被打断令她十分不悦。

事不过三，苏尔在张小花这里作的妖何止三次，他识相地迅速切入正题："一切要从一个下雨天说起。"

张小花扫了他一眼。

"你知道了狐狸大人的存在，拒绝合作，暗地里却引诱别人去拜，靠卖生辰八字敛财。"外面似乎下起了小雨，潮湿的雾气飘了进来，苏尔的眼睛被雨雾蒙住，张小花看不真切里面的光。

"因为你的设计，陈子文成了狐狸大人的信徒。"

张小花打断道："这些我都知道。"

苏尔用一种极为复杂的语调说出了接下来发生的事情，当听到陈子武那一段，张小花控制不住地张大了嘴巴。

"不可能。"张小花下意识地反驳。

"你很早之前就有所怀疑，还调查过，只不过你忘了。"苏尔沉声道，"如果只在一瓶牛奶里投毒，目的性太强，集体中毒才是最好的掩饰。"

张小花内心震动，惨白的小脸不停抽搐着："不可能，我……"

质疑的话语戛然而止，她的肩头重重一颤。

苏尔猜测是任务已经被判定完成，那股冥冥中无形的力量认同了他的说法。

横亘在双方之间的沉默格外漫长。不知过去了多久，张小花取下蝴蝶发卡的时候依旧是在恍惚的状态，她很努力地想要回忆，头却疼得像是要炸开一般。

苏尔接过发卡，询问用处，张小花却一个字也不透露。然后她突然如梦初醒般，盯着苏尔的《谜底之书》说："要不要做个交易？"

几乎是在同一瞬间，提示音出现："触发任务'张小花的复仇'，张小花要向真凶进行复仇。因为她极其憎恨陈子文，想要一并伤害对方关心的长辈，达成心愿后，她将帮你消除《谜底之书》中一半错误的页数。"

苏尔："……"

这个任务跟陈子文那个是矛盾的，奖励一样，且哪一方都不好得罪。

"我最讨厌的就是陈子文。"张小花一字一顿地道，"他天天骂我，因为我穿着有破洞的鞋，他就骂我'破鞋'。没想到他身边的人更过分……"她话语中的恨意没有因为记忆不全而有丝毫减少。

"希望你们不会让我失望。"离开前，她竟是撂下了跟陈子文一样的话。

苏尔揉揉眉心："无论帮谁，结果都不会好。"

帮陈子文，张小花一定和他们不死不休，反之亦然。

纪珩说：“明天见机行事。”

后半夜，雨势变大，直到第二天接近傍晚时才放晴。

单蒙和金丽雅的通关无形中给其他玩家增添了压力，苏尔在教室里，第三次看见了操场上刘文被魅物追逐。随着时间的流逝，大家都不约而同加快了翻书速度。

黄昏时分，苏尔和纪珩悄悄潜伏在大门附近。当苏尔被雨后迫不及待营业的蚊子咬了第三口时，终于看到远处出现一道身影。

两鬓花白，透过五官依稀可以看出女人年轻时相貌不错，但她衰老得太快，目光涣散，在路上行走时还被石子绊了一下，显然是心不在焉。

阴天容易引人伤感，林君珍回忆过往，打心底里发出疑问……后悔吗？说不上来。

她那时的工资只够抚养一个孩子，她选择了将更乖巧一些的那个带走。天下没有一个人比母亲更了解孩子，在察觉到异常后，她第一时间去了前夫家，从醉酒的男人口中得知陈子武已经有些日子没有回家了。

“小畜生，还学会离家出走了。走了也好，给老子省事……”男人骂骂咧咧的声音入耳，林君珍只觉得通体发寒，不是因为这些话，而是心知本来失踪的孩子现在正用弟弟的身份和她生活在一起。这说明了什么？更深层次的原因她不敢细想，只能自我欺骗一切和从前一样。

纸包不住火，终于有一天，陈子武回家后主动坦白了一切。他哭着发誓说弟弟是溺死的，不关他的事情，但他确实隐瞒了这件事。

“班上已经有同学开始怀疑我了……”

陈子武哭号着，林君珍的脑袋嗡嗡地响，整个人呆若木鸡，一直站在她身边的男人沉默许久后，突然开口，只问了一句：“是谁？”

是谁在怀疑？

她跪下，烧着纸，后面的事情已经不想再去回忆。

她没有想到那么老实的男人竟然会做出那件事，案发后他跪在自己面前，无比痛苦地道：“我只想保护你们，小武乳糖不耐受，我没想到那天他会喝牛奶！对不起，对不起……”

林君珍手上的动作不断加快，像是要把过往统统燃烧殆尽。

暗处，纪珩看了苏尔一眼，用眼神询问他想怎么选。

陈子文的任务其实更好完成，只要他们什么都不做，放任女人离开就行。

苏尔抿了抿唇：“还有一个办法。”

说完他径直朝女人走过去。

模糊的火光中，林君珍看到有人走过来，吓了一跳。

毕竟进了游戏这么久，苏尔的敏捷程度自然不是她能比的，他猛地拽住女人的手腕往前一拉，另一只手伸向对方的口袋。

"警告！副本参数错误！错误代码0012，0019，5387……请迅速进行修复。警告！副本参数错误！新增错误代码402，653……请迅速进行修复。"

神算子几乎是一瞬间出现在校门口，见到苏尔直接开口："你做了什么！"

苏尔手里还拿着从女人那里抢来的手机，对神算子猝不及防的质问有些不解："报案。"他顿了顿，说，"牛奶投毒案发生时，技术手段还不先进……"

打晕女人前，他已经逼问到毒药来源，如今有了关键性的口供，顺藤摸瓜查下去，大概率能找出凶手。

最重要的是，这样既算帮助张小花复了仇，也算完成了陈子文的心愿。

神算子面色阴沉："警察来了你准备怎么交代你的来历？"

苏尔早就想好说辞："我们是来废弃学校寻求刺激的网络主播，正好听见这女人一边烧纸一边忏悔罪行，还说希望那些受害者原谅她。"

作案后精神不稳定是常有的事情，即便女人清醒后不承认，也无法证明苏尔在说谎。

听完，神算子面无表情地鼓掌："报案人需要留个人信息，请问你的身份证呢？"

一些特殊副本里，游戏会给玩家提供角色身份，提前告知他们需要扮演的角色。

这个副本明显不是。

苏尔："……"

神算子："学校里还有被淘汰玩家的'尸体'，不止一具，请问要怎么处理？"

"……"苏尔迟疑了一下，"不能够一键回收吗？"

说完这句话，许久没听见主持人的回应。

苏尔感觉到，那股定格在自己脸上的目光，仿佛要将他灼穿了一样。

"很有想法。"神算子冷冷地道。

"我也没想到会报警成功。"苏尔低下头，笑容发虚。

再抬头时，对上不善的眼神，他突然生出一种奇异的感觉：神算子方才那句话似乎是对纪珩说的。再一细想，自己报警时纪珩没有做丝毫提醒，以他的判断力，不可能想不到这一系列问题。

有出海事件这个前车之鉴，苏尔立时明悟，每当处于一个相对密闭的空间，纪珩便会想办法去探究这个空间之外的世界。

可以打通电话，接线员也做出了回应，证明在这所学校外存在一个相对完整的世界。

想到这里，苏尔不由得睫毛一颤。上个副本里，万宝林的人对玩家深恶痛绝，那种从骨子里散发出来的怨念，不像是一个NPC所能拥有的情感。

会不会……这些副本世界都是真实的，里面的NPC也都是真实存在的原住民？

夜风刮过，雨后刚回温一些的天重新冷了下来。

他吸了口气，暂时压下那些琐碎的揣测。

神算子说话很有礼貌，每个问句前都用了“请”字。苏尔面带微笑，回应得也相当谦卑：“虽然我没违规，但该怎么处理，您说了算。”

前面一句，字字重音，后半句话却轻飘飘带过。

神算子眯了眯眼。遗憾的是对方确实没有违规，他不能实施惩戒。

“教学楼内的你不用管，去把操场上已经淘汰出局的玩家的痕迹清理干净。”他恢复平静，交代了一句。

苏尔还没放肆到在这个时候继续挑衅，很乖巧地去完成主持人交代的事情。

完成了任务，苏尔和纪珩坐在阶梯上休息。

“警察来了神算子会怎么应对？”

“不是我们该操心的事。”

折服于他的现实，苏尔点头附和：“那是不是该要账了？”

可能因为女人还未被警方带走，任务完成的提示音迟迟没有传来。苏尔也不急，起身走到窗户边，远眺校门外。

矮楼里。

为了尽快通过副本，李自在正同焰罗玩猜拳，脸色十分难看。

因为向狐狸大人借过运，每次他都能取得胜利，偏偏焰罗的要求相反，比的是谁更倒霉。他知道这又是副本埋下的坑，一旦借了运，就不可能再从焰罗这里得到好处。

焰罗恶意满满地说：“你还有最后一次机会。”

一阵急促的警笛声划破夜晚的寂静，李自在愣了一下，第一反应是焰罗在制造幻觉戏耍自己。但很快他发现焰罗的脸上也浮现出诧异的神色。

一旁焦急等待的刘文愣愣地道：“我好像听到了法治社会的声音。”

校门外。

神算子正跟穿制服的警员交谈，地上躺着一名陌生女子。没过多久女子被抬上车，神算子也坐了上去，警车重新鸣笛。

跟焰罗对峙，李自在不敢分出太多心神，侧过脸，问：“出什么事了？”

“主持人……”站在窗边的刘文搜索着自己贫乏的词汇库，“主持人被警车带走了。”

刘自在：“……”

这两人均是一头雾水，殊不知有人更迷茫。

正独自一人行动的高芮听到声音，连忙在附近寻找熟悉的面孔。

终于，她在教学楼看到苏尔，大步走上去：“我看到一男一女被警车带走了，是副本来了新玩家？”

虽然隔着很远一段距离，但从穿着和体形来看，不难判断不是跟他们一批进副本的玩家。

苏尔淡定地答："一个主持人，一个 NPC。"

高芮琢磨着难道是自己看花了眼，很快觉出不对劲："主持人不是坐轮椅的吗？"

"换了。"

说话的人风轻云淡，听者心中却掀起惊涛骇浪。高芮惊讶得合不拢嘴，许久才找回自己的声音："麻烦告诉我，今天是进入副本的第几天。"

"第三天。"

见她还没回过神，苏尔蹙眉："别想太多，是游戏做得不到位，换主持人居然没有通知大家。"

感觉到苏尔的态度比之前冷淡了不少，高芮大约猜到了原因。对方先前和金丽雅有过交集，而自己相信狐狸大人的事情被金丽雅发现了。

"我没借你的运。"她有些底气不足，"刘长相负责偷头发，李自在卖八字……我也是为了活命。"

她小心看了一眼苏尔的脸色："刘长相被淘汰后，李自在拿不到头发，只能一直借姜毅的运。他本来想让我接近你，但你救过我……"

后面的话她没有说，不过苏尔的表情依旧很淡漠。

高芮勉强笑了一下，转身离开。

苏尔留意到她的《谜底之书》变薄不少，可见借运虽然是损人利己的法子，但的确有效。

夜晚的每一分钟都被拉长，不好判断时间的流逝，苏尔和纪珩便坐在原地干等。久了人难免有点困倦，苏尔揉了揉眼："幸亏警察没有进学校搜查。"

纪珩说："只有三个人出警。"

事情不明朗的情况下，这所废弃已久的学校也没有搜查的必要。

刚想就此事探讨一下，身子便被一股湿冷的阴寒包围，苏尔抬眼望去，陈子文抱着狐狸站在楼梯口，目光像是要把人凌迟了一样。

巨大的敌意袭来，苏尔保持坐在原地不动的姿势，手悄无声息地探进口袋，接触到电击器的边缘时，他才心神微微一定。

"人呢？"

苏尔说："被带走去接受法律的制裁了。"

"我说过，让你保护她。"

苏尔沉声道："你只说了不要让她进学校。"

陈子文的忍耐到了极限，抚摸狐狸的手微微用力，显露出不死不休的先兆。

纪珩用胳膊肘轻轻碰了一下苏尔，他瞥见了藏在上一层楼的张小花。张小花没有任何要帮忙的意思，反而露出和年龄不符的笑容。

明显她眼下就等着陈子文出手，而自己，鹬蚌相争，渔翁得利。

放在平时，苏尔会和陈子文分析利弊，在三方对峙中维持平衡，不过现在这法子他知道不会有用。

陈子文是张小花的仇人，张小花应该也很愤怒于不能亲手报仇，但看到陈子文歇斯底里，她得到了另一种快乐。只是在面对苏尔时，她那双眼睛又渗透出毒蛇一样的光芒。

这人已经不是第一次要自己了，必须让他付出代价。

苏尔直面被怒火燃烧完理智的陈子文，轻咳一声，用一种温和的语气再次开口：“我这都是为了你好。”

陈子文无动于衷，一步步走来。

“这样的大案一旦有了突破口，警方会顺藤摸瓜查个清楚。以毒药来源为切入点，很快就会真相大白。”就在双方的距离仅剩半米时，苏尔平静地说，“一旦她认罪，根据流程，犯罪嫌疑人需要来指认现场。”

陈子文的脚步猛地一顿。

苏尔说：“她最终还是会重新走进这所学校。”

身旁的纪珩眉头一挑，完全找不到逻辑漏洞。空气出现些微波动，是苏尔突然起身带来的：“你和我两败俱伤，那张小花会成为最大赢家。只有在全盛状态下，你才有机会保护那个女人。”

安静了几秒钟，陈子文咬牙切齿地问：“你这任务做了和没做有什么区别？”

一切不是又回到了最初的起点？

苏尔咳嗽了一声：“有没有区别不是你判断的，也不是我。”

他指了指头顶，暗示游戏自有判断。

连楼上的张小花都惊呆了。

苏尔忽然睁大了眼睛。

就在刚刚，没有一点预兆，任务完成的提示音传来。

照正常情况，林君珍和她男友认罪还要一段时间，为什么会这么快？他忍不住偏头看了一眼纪珩。

“估计是主持人在警局里做了什么。”

放任事态发展，警方迟早会查到学校来，副本还有好几天才结束，神算子必然要想办法进行漏洞修补。

下一刻，两人同时把《谜底之书》递到陈子文面前，讨要实际的好处。

苏尔收起嘴角的一丝痞气，认真地道：“想必往年你为了阻止她进学校，费了不少力气，现在她去坐牢，能赎罪又安全。”

就是不知道这个世界有没有死刑，如果有，只能说她咎由自取了。

不过陈子文好像没有考虑到这点，他的思路已经被苏尔彻底带偏了。

陈子文不能违背交易的规则，他吹了声口哨，愿狐从四面八方拥来，其中一只足足有半人高，趴在两人的《谜底之书》上叫了几声。

等这只体形格外大的愿狐从《谜底之书》上离开，书本再次薄了一半。不像刚开始的砖头，如今拿在手里有一种轻盈的感觉。

陈子文和愿狐都不愿意继续和苏尔打交道，此刻愿狐也消耗很大，他们选择暂时去一处安全的地方休养。

苏尔在原地站了一会儿，没等来张小花的任务完成提示音。

过了许久，张小花才在他们面前现身，一口咬定他们算失约。

苏尔说："法网恢恢，疏而不漏。你的结论不成立。"

委托人的意愿很重要，不过最后做判定的是游戏。双方正在对峙中，结果终于出现，副本判定任务完成，但注明完成度不足，小女孩许诺的报酬折半。

本来能再减少一半页数，如今变成了只减少四分之一，苏尔把书递过去，轻叹了一声。

张小花脸色难看——他还委屈上了？

她先后消除两人的页数，还书时的态度不大好，冷哼一声，提着小红鞋消失了。

除去先前毁坏和消除的页数，如今苏尔的《谜底之书》仅剩二十多页，纪珩因为没有暴力破坏过书籍，还剩四十页左右。

"是不是可以直接翻了？"苏尔问。

纪珩点头，把手放在自己的《谜底之书》上，按照自己代表的学生身份问出正确的问题。随后轻轻一翻，一行灿烂的金色字猝不及防映入眼帘——五楼厕所镜子后面。

一次就翻到答案，纪珩也有些惊讶。短暂的错愕过去，他对苏尔说："不急，我等你翻完再去。"

苏尔神情古怪："想什么呢？"

意外常有，万一去晚了，毕业证书正好被心态扭曲的玩家无意中发现，毁了怎么办？

说完他以最快的速度冲上楼，卸开镜子，然而一无所获，想了想，又用手摸了一下墙皮，发现有一块微微鼓起的地方。

他转身，对随后走来的纪珩说："不知道有没有必须玩家亲手拿的设定，还是你来。"

说罢他走到门外警惕地望风，防止有人从背后敲闷棍。

纪珩因为他的过度小心而忍不住勾了下嘴角，顺利划开鼓起的墙皮，取出毕业证书。

另一边，为了修补游戏漏洞，路上吐了好几口血的神算子刚沐浴着月光走进校园，就收到了有玩家找到毕业证书的提醒。

他身心疲惫地进行定位，迅速出现在惹事精二人组面前："我现在送你离开。"

纪珩皱起眉头："我用了组队道具。"

只要同组成员活着，就必须同进同出。

"道具的使用要求排在副本规则之后，拿到毕业证书就得离开。"

纪珩自然不放心把苏尔独自留下，闪电般找出漏洞："在中转站滞留时间过长会被自动传入高难度副本。"

神算子一脸淡然："不用担心，特殊副本游戏会做特殊安排。"

苏尔忍不住问："这么看来，游戏不是挺智能的？"

为什么每次到了自己这里，就不会灵活变通了？

神算子眼神冰冷地望过来，无声中传达出三个字：想——死——吗？

他根本不给二人告别的机会，一挥袖子，以最快的速度让纪珩离开了。

传送结束，神算子拖着疲惫的步伐去广播站播报成功离开的玩家名单，而后回到教室坐在小马扎上休养生息。

苏尔则抓紧时间翻书。

第一翻，安全页。

第二翻，遇魅物。

在和魅物的追逐战中，他正好撞到李自在。对方看到他只剩薄薄的一本书时，目中流露出嫉恨。

苏尔没有搭理他，既然遇见了魅物又有时间，自然要以收集眼泪为主。

半路他成功挑拨了狐狸大人和焰罗的关系，险些又引发一次打斗。

神算子赶来处理完，寒声质问："你还有多少页？"

"二十二。"苏尔诚实地回答。

又过了一小时，他突发奇想，打算培养愿狐，用灵气投喂，怂恿它们推翻狐狸大人的统治。

神算子再次赶来收拾残局，已经被气得没了脾气："还有多少页？"

"二十一。"

天蒙蒙亮时。

"还有多少页？"

"十九。"

第二天中午。

"还有多少页？"

"十七。"

中午，高芮运气爆发，竟然找到了毕业证书。

看到苏尔手上薄薄的《谜底之书》，她安慰说："你很快就可以离开的。"

下午，刘文被淘汰了。尽管格外小心，刘文却不知道刘长相还在时，李自在就得到了他的头发。李自在一点点借完了刘文的运，也顺利完成了任务。

送走了所有同期玩家，教室里，苏尔正在休息，补充体力。

神算子的唇瓣动了动。

苏尔也很累，有气无力地抬起手，分别比画出两个数字：十、三。

这一刻，神算子突然理解了苏尔为什么要手动开幸运光环外挂，要不是规则不允许，他都想给苏尔开一个。

苏尔的《谜底之书》安全页已全部消耗完，如今只要翻开，必遇魅物，而且是相当难缠的魅物。

苏尔的进度越发缓慢，有时候为了得到一滴眼泪，他会跟魅物耗上好几天。

渐渐地，他已经感觉不到时间的流逝。

超过七天后，怀表自动续时。

每隔几天苏尔就会在规则允许的范围内制造出事端，终于有一天，神算子也感觉不到时间的流逝了。

“今天是第几天？”龟壳被当作垃圾一样扔在一边，神算子背靠着讲台，无精打采地问。

“第……第十几天？”苏尔双眼无神，趴在桌子上休息，“你不是说过，会有新主持人来接班吗？”

神算子连隐瞒的心气都没有了：“月季在带新手场，《弄虚》快开了，有点资历的主持人都在加班发入场券。”

“《弄虚》？”

再说就涉及机密了，神算子摆摆手，示意苏尔不用费心思套话。

太阳再次升起。

迈着沉重的步伐，苏尔去操场上领早餐。焰罗推着餐车过来，机械化地走完流程，忍不住心累地提问：“你怎么还在？”

苏尔啃着面包，同样心累地转过身：“明天见。”

陈子武：“……”

教学楼里空荡得没有一点声响。

《谜底之书》的硬壳封面比剩下的书页都要厚，苏尔一步踏进教室，四目相对，不等神算子开口便主动说：“九页。”

他算是看透了，寻找到自己对应的学生身份，对一个倒霉透顶的人来讲没有丝毫用处。

听到沉重的叹息声，神算子淡然道：“拿了多少好处，就得从另一方面加倍还回来。”

苏尔咽下最后一口面包，垂下眼，自我安慰：至少这能间接证明那颗神秘的眼珠相当有价值。

拍掉面包渣，他把手放在《谜底之书》上，翻开书前他有片刻的恍神。

通过多日接触，神算子对苏尔了解颇深，这个表情对苏尔来说是表示他在开动脑筋，对神算子而言却是副本出现漏洞的前兆。

“你……”神算子揉了揉眉心，警告道，“安分点。”

苏尔放弃翻书，反而把胳膊压在上面，身子前倾，用一种征询的口吻说：“我想去看场电影。”

目中的疲惫散去，神算子的眼神瞬间冷了下来，直接戳破了那层窗户纸："别妄想去探究这个世界。"

苏尔撇了撇嘴，知道这是连商量的余地都没有了。纪珩不在，他还没有胆大包天到违逆主持人直接走出这所学校，无奈之下，他翻开了《谜底之书》。

得到的回复是：跳舞的精灵。

神算子瞥了他一眼："恭喜。"

暗示这次会遇到相当难缠的魅物。

一道女声凭空出现，不断在苏尔耳边萦绕："为了新年晚会，我每天练舞到好晚。为什么老天要让这么努力的我下楼时踩空？"

她一遍又一遍地重复着质问。苏尔皱眉捂住耳朵，看见面前出现了一个穿校服的女孩。

她微微歪着脑袋，语气忽然放柔："你说……这是为什么？"

苏尔一动不动地坐着，本来想用电击器，却忽然看向《谜底之书》。

女孩跟着望过去，愤懑的神情有一瞬间的卡壳。

苏尔心平气和，微微一笑说："正好我也有一个问题，为什么我的书变得这么薄？"

女孩："……"

沉睡了有一段时间，再清醒时世界好像都变了。女孩认真审视着苏尔，确定从他身上感觉不到太强大的气息。但作为给魅物提供栖息之处的容器，《谜底之书》明显遭到了虐待。

"需要我陪你做游戏吗？"

苏尔身上的这份淡定反而令准备出手偷袭的女孩再度生出几分不确定。

凝视着"薄如蝉翼"的《谜底之书》，女孩的手指蜷了一下，如果《谜底之书》没有自残，那就代表着……面前这个人搞掉了半本书的魅物。

女孩深吸一口气——

"打扰了。"

说完身影变淡，逐渐消失。

苏尔有一颗求知欲旺盛的心，抬头看向主持人："消失的魅物会去哪里？"

原先他认为书页消失代表魅物消亡，但刚刚女魅走得干净利落，显然不是去赴死。

"弱的会死，强的会有新去处。"神算子拾起龟壳，擦去上面的灰尘，知道自己失算了。

他满目遗憾："可惜了。"

中转站。

纪珩吸引了不少人的注意力，有玩家进副本前他在，出来后依然看到他在。起初那些玩家以为他是中途又进了一次副本刚刚回来，跟同组织的成员交流完，整理了一下时间线，发现他居然是一直在这里。

终于有人克制不住好奇心，走过去搭话："好像每天都能在这里见到你？"

纪珩言简意赅："用了组队道具，队友还没出来。"在对方想要继续提问前，他又补充道，"特殊副本，不需要同进同出。"

听到这个答案，这人有些失望。

天边毫无预兆地涌来滚滚乌云，打断了他接下来想问的话。

自从苏尔被拉入游戏，这种场景每个月总会有这么几次。近处的人下意识地看向纪珩，并未发现苏尔的踪迹，再朝四周探望，确定暂时也没有玩家出副本。

相熟的人聚在一起讨论起来。

"怎么回事？"

"黑云压顶，分明是公布成就点前才有的异象。"

然而除了滚动的乌云，游戏提示音迟迟没有传来。

有玩家仰望着积云，不知是谁为了缓和紧张感而开了一句玩笑："说不定是哪个天才即将修成得道，老天在让他渡劫呢？"

不少人捧场地笑了笑，纪珩却是皱了一下眉。按照剩下的页数推断，苏尔也该出来了。

想来他不在的这段时间，苏尔在副本里没少放飞自我。

如果玩家不成功通关，成就点不可能提前公布。

他凝视着一眼望不到尽头的乌云……游戏这是连公布成就点的准备工作都提前做好了？

三页，最后三页！

连续送走几只魅物后，望着堪比指甲盖厚度的书页，苏尔松了一口气。

神算子的眼睛也同样有了光，不过说话的语气略显刻薄："还以为要等看完四十九天的日出，你才肯走。"

苏尔的嘴角勉强勾了一下，太上老君炼丹也不过就是这个时长。

"三分之一的概率……"苏尔再次把手放在封面上时，隐约觉得上面的字都被他磨掉了层皮。

闭眼屏住呼吸轻轻一拨，他都没敢第一时间去看书页上写了什么，几秒钟后，他将左眼慢慢睁开一条小缝，唇瓣颤抖了一下。

"我做到了！"苏尔猛地站起身，语气充满着不可置信，"我竟然做到了！"

跟他同一时间站起来的还有神算子，对视间，他从对方的眉目间读出了"解脱"。

曙光出现，苏尔离开教室前突然问："怎么警方没带凶手来指认现场？"

"别瞎操心。"神算子按着太阳穴，只希望他赶紧走，"我那几口血不是白吐的。"

苏尔也就是随口一问，他更关心的还是通关。

根据《谜底之书》的提示，毕业证书藏在三年级一班的投影仪幕布里。他到了地方，盯着卷起来的幕布看了几秒，开始四处翻找遥控器。一无所获后又改用手拉的方式，灰尘簌簌落下，呛得他连打了好几个喷嚏。

随着幕布被拉下，一张纸轻飘飘地飞了出来，苏尔连忙跳下凳子捡起来，确定是毕业证书。还没看清具体内容，毕业证书便连同他的身体一起溶解了。

猜到是主持人在送他离开，苏尔试图回头说句话，然而身体溶解的速度相当快，根本没给他扭头的机会。

神算子面无表情地目睹钉子户消失，转而看向窗外，金色的阳光透窗而入，他的内心感受到了久违的平静。

30%

第三章

走出迷宫

苏尔离开副本的时间正好是白天，阳光明媚。失重感消失，成功回到中转站，天地间却是一片阴沉沉的。

还没反应过来，游戏提示音便如当头棒喝：“恭喜玩家苏尔获得成就‘超强续航’。恭喜玩家苏尔获得成就‘换人如换衣’。恭喜玩家苏尔获得成就‘人知鬼恐怖，鬼晓人心毒’。”

苏尔：“……”

当事人的状态有些蒙，加之在副本里好多天没有休息好，他昏沉沉的目光也有些不能聚焦。

“兄弟，”有人咳嗽了一声，“你的胸牌变大了。”

苏尔后知后觉地低下头，发现果然因为成就点增多，他的胸牌变大了，上面多了些空间。他顾不得这些，视线开始在人群中搜寻，少顷，精准定格在了一道熟悉的身影上。

活动了一下僵硬的肩膀，他迈步走过去。

“我回来了。”

苏尔黑眼圈明显，衣服破破烂烂，头发也长了一些，浑身上下散发出颓废感。

能平安出来是喜事，纪珩知道苏尔受了不少苦，应该好好安慰，但亲眼看到他满眼幽怨的模样，纪珩的嘴角实在抑制不住上扬。

“抱歉。”他压抑住笑容，使得声音略微沉闷。

苏尔摇了摇头，无奈道：“我是伤敌一千，自损八百。”

人多眼杂，说起话来有顾忌，他们索性朝鉴宝点的方向走去。

路上有几名玩家不远不近跟着，偶尔有人擦肩而过，看他的眼神也十分复杂。苏尔猜到可能和成就点有关，前两个还好说，那一句“鬼晓人心毒”才是最阴的。

日后下副本，估计没人敢和他过多接触。

快到鉴宝点时，纪珩先一步停下，转过身，注视着身后的玩家，双目一眯。

“我们也是来鉴宝的。”那人举起双手。

纪珩沉声道：“中转站有中转站的规矩。”

确定纪珩无意让步，身后的几条尾巴这才消失。

纪珩弯腰捡起一颗石子，突然砸向前面的灌木丛，吃痛声传来，一个瘦小的男子捂着额头逃跑了。

苏尔若有所思："声东击西？一批人光明正大地跟着，转移我们的注意力，再派一人悄悄潜伏？"

纪珩点头："公布成就点前的动静不小，大家都以为你在里面得了好东西。"

"明抢？"

"不至于，这些人实力不强，最多就是转卖消息。"

他说话的工夫，苏尔已经把小煤球放到凹槽里，显示屏闪烁了好几下，才缓缓出现一行字迹：煤脸见人。涂抹在脸上，五分钟内无限降低个人存在感，咸鱼偷懒神器。

苏尔低叹一声："很有东风居士的个人风格。"

然后他又把张小花的蝴蝶发卡放在鉴宝仪器上，这次结论出得很快：蝴蝶发卡，一次性消耗品。中间商张小花心爱的头饰，使用后将提高中间商 10% 的收益。

"有条件限制，"苏尔皱眉，"必须是利用中间商的方式获利才行。"

纪珩说："很适合你。"

就如同为苏尔量身打造的一般。

苏尔："……"

继续留在中转站太过引人注目，收好道具后苏尔冲纪珩点了一下头，示意可以离开了。

回到现实世界不过喘几口气的工夫，一滴雨珠砸在睫毛上，苏尔抬头看了看天空中浮动的乌云，心道以后再进副本前看看天气预报很有必要。

他依旧穿着进游戏时的衣服，衣服完好无损，头发长长的一截，还有身上的瘀青统统消失不见，只有眼底的疲惫遮掩不住。

纪珩说："早点回去休息。"

说完走到马路边准备帮忙拦辆出租车。

"我要先去吃顿饭。"拒绝了他的好意，苏尔拿出手机搜索附近的餐馆。

连续啃了十几天的面包，味觉都快麻木了。

对上他目光中的无奈，纪珩好笑道："别搜了，我带你去。"

路上，苏尔在车上眯了一会儿，再睁眼就看到一栋豪华高层建筑。作为全市有名的富豪聚集地，这座城市的人对这栋楼多少都有所耳闻。

纪珩结了车钱，苏尔下车仰头看楼，问："你家？"

纪珩点头："既然不着急回去，正好我有点资料要给你看。"

房子是一层一户的设计，室内面积很大，从阳台可以很好地俯瞰城市夜景。

眼睁睁看他从柜子里取出挂面，苏尔诚实地说："通关之前，我天天吃面包。"

纪珩随后从冰箱取出鲍鱼、生蚝、大虾。

苏尔喉头一动："其实也还行。"

汤汁的香味隔着一间房都能闻见，使人食欲大增。上桌后，苏尔耐心等面稍微凉了一些，才惬意地享受起来。

“味道如何？”

苏尔认真地回答：“这些食材就算放在锅里随便煮两下，蘸着酱料都不会难吃。”

纪珩坐在沙发上，笑出声来。等苏尔吃得差不多了，他才起身去书房取来一个文件袋。

苏尔擦了擦嘴，边拆文件袋边问：“什么东西？”

“你的资料。”

短短四个字，让苏尔的手一顿，他指了指自己：“我？”

纪珩说：“上次你拜托我查你父母的事，没太多有用的信息，我索性从你身上入手。”

把文件袋里的东西倒在桌上，看之前苏尔决定做个心理准备：“我是不是他们亲生的？”

没料到他会问这个问题，纪珩挑了一下眉：“当然。”

资料很详细，连小学时作文获奖都有记录，苏尔一目十行地看完，没发现特别的地方。

“仔细看照片。”

苏尔上的小学春季有组织学生郊游的传统，这就跟集体去观影一样，观影后会要求写观后感，郊游则会要求写游记。语文老师会专门留出二十分钟，让他们对着景物练习场景描写，郊游结束前收走打分。

望着这些年代久远的记忆，苏尔“嚯”了一声：“这都能找来？”

纪珩说：“有几张做成了宣传板，现在还在。”

苏尔的目光无意间捕捉到一张照片，笑容渐渐变淡。当年镜头下的小孩脸上还有些婴儿肥，笔袋随意地放在脚边，肉乎乎的小手拿着涂改液，正在修正错误。

纪珩单独拿出一张照片：“放大后的。”

放大后图像模糊了不少，但比刚刚要好辨认一些，这下苏尔可以确定小孩正在涂改的是作业纸右上角的空白处。

交成品时，他习惯把姓名写在那里。

孩提时写错名字不奇怪，苏尔把照片放在一边，心中却有些不安。因为尘封的记忆被旧物唤醒了一部分，他的眉头不自觉地蹙紧：“三年级之前，我好像有时会写错自己的姓。”

纪珩问：“写成什么？”

苏尔的眼珠一动不动，陷入思考后整个人僵硬得像是一尊雕像。

“是……”他停顿了几秒，脑海中出现一个模糊的轮廓，只差一点就清晰了，可就是看不真切。

“周。”纪珩毫无预兆地说出一个字。

苏尔失笑，突然想起周林均来，耸耸肩：“冷笑话？”

然而纪珩的脸上没有一丝笑意。

看他这样，苏尔好不容易得来的放松感顷刻间烟消云散。不知道是不是因对方突兀插话激发了自己的潜意识，苏尔再次绞尽脑汁回想时，觉得还真是这个字。

他试着用手指在桌上写了一遍，莫名打了个寒战。

纪珩泡了杯能安神的茶放到他面前，又去房间拿来一件干净的宽大短袖。

苏尔这才察觉到自己的衣服不知何时被冷汗浸透了，跟情绪无关，这仿佛只是身体的一种本能反应。

“你是不是发现了什么？”他抬起头，声音暗哑。

纪珩不可能无缘无故提起这件事。

纪珩说：“我说过，不要忽视一些摆在面前的东西。”

有些东西因为离得太近，反而容易看不到。

苏尔喝了口茶，柠檬草香顺着喉咙流淌，紧绷的身体重新放松。

“成就点。”

这三个字从纪珩口中说出的时候，苏尔快速回忆自己已有的成就点，沉默了片刻，说：“实名举报周扒皮？”

纪珩起身走到窗边：“周扒皮是文学作品里有名的反派形象，乍一听很正常，但如今‘扒皮’一词已经有了‘剥削’的含义，用你本人的姓氏反而会更加合适。”

苏尔心头一跳，忽然问起他有没有写错名字的经历。

“没有。”纪珩凝视着无边夜色，“不过我小时候写名字前，经常会先发呆几秒钟。”

他印象很深，考试时老师还专门点名提醒过他不要走神。

苏尔眼中残余的复杂神色消散，秉持着不浪费的原则，他走去厨房舀锅里剩下的几根面条和鲍鱼。看他前后情绪变化极大，纪珩问：“你不担心？”

这事放在任何一个玩家身上，怕是都会感觉到惊惧。

我究竟是谁？我的身份是不是真实的？类似的困惑会像潮水一般，压得人喘不过气来。

而苏尔……

此刻他正用勺子在锅里边搅边捞，试图找到“漏网之鱼”。

“你怕吗？”厨房传来声音。

纪珩在苏尔转过身的一刹那摇头。恐惧会消磨人的意志力，第二次下副本时，他便开始刻意去无视这种感觉。

“那我也没什么好怕的。”苏尔走过来，嘴角还沾着汤汁。

一个月要下两次副本，如果再因为这些事忧惧，会降低生活质量。

聊完天已经很晚，外面的夜空暗得连颗星星都瞧不见。苏尔顺其自然地借住在纪珩家。

纪珩给他找来一次性洗漱用品，苏尔刷完牙又快速冲了个澡，积压的疲惫一瞬间袭来。等纪珩换完家居服，准备领他去客房时，见他已经倒在沙发床上，沉沉地睡了过去。

毯子被他压在身下，纪珩无奈，只好又去取了张薄毛毯来给他盖上。

而后纪珩没有立即休息，却是坐在沙发上，开始看其他玩家的资料。其中有曲清明的，还有一些早已被淘汰的玩家。

其间苏尔翻了个身，睡得似乎并不安稳。

纪珩隔着薄毯拍了拍他，轻叹一声："睡吧。"

天塌下来还有个儿高的挡在前面呢。

第二天是周末，生物钟却让苏尔七点准时起了床。纪珩比他还要再早半小时，见他睡眼惺忪，问："怎么不多睡一会儿？"

"回家。"

附近没有公交车，纪珩拿起一串钥匙："我送你，正好去趟超市。"

车速不是太快，风从窗外吹进来，脸颊没有刺痛感，反而很舒服。苏尔惬意地眯了眯眼，享受的同时却谈起了扫兴的话题："神算子提到过，《弄虚》快开了，主持人正在抓紧时间发入场券。"

纪珩用余光留意着他："近期特殊副本应该不少。"

苏尔的视线被风吹得有些模糊，他想起自己的那张入场券也是从特殊副本得来的。

"苟宝菩手里……"

话只说了一半，车子突然加速，苏尔下意识看向后视镜，以为有人在跟踪他们，然而只看到后面的车被拉出一大段距离。周围没有停车的位置，纪珩一路开到商场外。

苏尔也感到了异常，胸口的位置在发烫，他当即面色一变："好像是游戏在强行让我们进副本。"

进出游戏的瞬间人可能会出现恍惚状态，开车绝对不是个安全选择。纪珩踩刹车停下的时候，苏尔跟着松了口气。

窗外大街小巷的声音交织混杂，五脏六腑灼热无比，这比任何一次传送的滋味都要难受。渐渐地，什么也听不清了。有那么几秒他们是没有知觉的，清醒过来后世界已天翻地覆。

人已经不在狭小的车内，天地间笼罩着淡淡的雾气。苏尔觉得掌心有些硌，低头发现手里有一张入场券。

"这里是……《弄虚》？"一道陌生的女声响起，问出了他心底里的疑惑。

左右环顾，纪珩就站在自己身边，另外还有数十人，比以往任何一个副本的人数都要多。

"欢迎各位来到《七天七夜》的世界。"循着声音望去，半空中一条黑蛇在口吐人言，"我是本场的主持人，螣蛇洞主。"

这位主持人给人的感觉相当不舒服，黑色的鳞片遍布全身，蛇瞳里的光像是淬了毒一样。

站在这里的全部都是拥有入场券的玩家，各有依仗，对主持人不像一般玩家那样畏惧。适才开口的女人又重复了一遍刚刚的问题。

“通过迷宫，你们就能进入《弄虚》。”膛蛇洞主的尾巴在半空中勾了勾，得意扬扬地展示自己最伟大的杰作。

这会儿雾气散去了一些，众人定下心来再去看前面的东西，或多或少都朝后退了一些。

迷宫宛若一条蜿蜒不绝的山脉，单从左右两侧来看，都能想到内部构造是何等复杂，面积是何等巨大！

最令人惊恐的莫过于迷宫门口的拱形牌坊，那是由上百条细小的蛇纠缠组成的，五彩斑斓的花纹刚好组合成三个字：鬼门关。

蛇都是活的，吐着红色的芯子，仿佛下一刻就会闪电般给人致命一击。从它们口中滴落的毒液，汇聚在地上，地面遭到轻微的腐蚀。

膛蛇洞主满意地凝视着一众玩家发白的面庞：“不致死，最多伤筋动骨。”

造这牌坊可费了大功夫，利用花纹排字不是个简单的活计，既能让玩家受伤却不致死，又能起到震慑的作用。不少玩家目中浮现愠色，却也无可奈何。

“可以飞到半空中找出口。”膛蛇洞主耐心地叮嘱，“不过我不建议这么做。”

它手上凭空多出一只老鼠，随即将其呈抛物线状扔到迷宫上空，下一刻临近的墙突然延伸成一道红色的薄膜，被包裹住的老鼠瞬间化为一摊水。

“活的！迷宫是活的！”

伴随着一声低呼，苏尔的呼吸也跟着加重。

膛蛇洞主：“进去前我会为你们每人准备一根蜡烛、一盒火柴，只要是蜡烛照亮的区域，就不会被迷宫吞食。你们还有一分钟的时间做准备。”

众玩家各自陷入沉思。苏尔扫了一眼他们的胸牌，数值都相当高。到现在也没有玩家打退堂鼓，也没有玩家询问强制召进游戏的情况下能不能退出，足以证明他们的心理素质都十分强。

“不知道里面是什么情况，最好先多人成组活动。”

“我赞成，可以节省蜡烛。”

“没有提到食物补给问题，我们必须考虑饥饿状态下可能出现的突发状况。”

…………

这时，一名长头发的玩家突然抬头，看向苏尔：“你有什么想法？”

被突然问到，苏尔有些蒙。

“能得到这么多成就点，你肯定有过人之处。”长发玩家温柔地笑了一下，“至少很会变通。”

别人主动释放善意，苏尔的态度自然也很好，回答说：“迷宫很大，光是能看到的外围就不止千米。主持人说得很模糊，虽说穿过迷宫就能抵达《弄虚》，但偌大的迷宫，还不乏走错的时候，再省蜡烛也可能不够用。”

长发玩家立时理解了他的想法：“你认为迷宫的出口在中央？”

苏尔点了点头。

“游戏不会刻意置人于死地，”旁边的人若有所思，“这种可能性确实很大。”

“每个副本都有单独的世界，《弄虚》不会就在中央那么一小片区域。”苏尔淡淡道，“如果出口在迷宫中央，有两种可能：一是那里是个传送台，可以直接把我们送进《弄虚》；还有一种，这纯属恶作剧。”

众玩家：“……”

“蛇类狡猾，从迷宫的设计来看恶趣味就很重。”苏尔说着轻轻拍了一下手，唇畔浮现出笑容，“说不准千辛万苦走到出口，会有一个意想不到的答案等着大家——”

半空中，螣蛇洞主的表情十分阴沉，颇显着急地打断了苏尔：“交流时间结束。”

每个人手中多出一支蜡烛和一盒火柴。

苏尔看了纪珩一眼，后者微微颔首，上前一步，开口道：“——路在身后。”

螣蛇洞主的尾巴尖一抖。

苏尔说：“我猜迷宫出口处便留的是《弄虚》的相关信息。”

如果真是这样，螣蛇洞主可谓是相当阴险，玩家千辛万苦走到出口，发现《弄虚》的入口实则在另一个方向，然后又得想办法重新走回来。想到这里苏尔眸光一沉，扬声道：“我，苏尔，实名举报螣蛇洞主透题！”

“胡说八道！”

苏尔义正词严：“古往今来，进入鬼门关都是死路一条，你这牌坊不就是在暗示我们，回头才是生路？”

停顿了一下，他望向螣蛇洞主：“你说对吧，主持人？”

螣蛇洞主：“……”

你说对吧？

四个字掷地有声，隐隐在天地间引起一些回音。苏尔抬头看向天边稍稍变化了形状的云彩，给自己脸上贴金——那都是被他的浩然正气激荡而起的涟漪！

苏尔没指望靠这个理由举报成功，当初守墓忠仆给了他辨别魅物的瓶子，东风居士确实三番五次干预了游戏，但螣蛇洞主不同，真要举报成功，那就不符合逻辑了。

长发玩家靠近他，低声道：“没必要点明的。大家默默往回走就行。”

苏尔摇头，上个副本证明，有些念头根本无法付诸实践。在有顾虑的情况下，适才开口前他还特意看了纪珩一眼，后者点了一下头，意味着赞同他当场拆穿。

有玩家试图倒退几步，螣蛇洞主飞到众人的侧后方，不耐烦地甩着尾巴尖，似乎有阻挡的意思。

玩家挑眉质问：“主持人什么时候有权阻止玩家正常活动了？”

气氛陷入僵持。苏尔打破沉寂：“不知道要走多远的路才能抵达入口，继续站在这里是浪费体力。”

刀子嘴！不少玩家的脑海里下意识浮现出这三个字。

关键时刻，游戏提示音响起：“特殊副本通道入口即将关闭，所有玩家将获得补偿。武力值 +10，灵值 +10，魅力值 +7。通道将于近日内重新开启。”

众人面面相觑，下意识地要开口讨论，螣蛇洞主的尾巴一动，以最快速度将所有玩家传送了出去。

一恍神的工夫，苏尔就看见好几个人正提着购物袋从商场旋转门内出来。

他解开安全带，完全打开车窗，让风最大限度吹进来，无奈地感叹：“感觉很虚无。”

莫名其妙地进去，又猝不及防地被驱赶出来。

纪珩强调了他们此行收获的切实的利益：“补偿足够你下两次副本。”

“游戏宁可发放奖励，都要让玩家出来，”苏尔心里不踏实，“有点逻辑不通。”

如果当时直接走到《弄虚》入口，对副本也造不成影响，游戏为什么要多此一举进行干预？思考了一会儿，他盯着来往行人，皱眉：“莫非有人数限制？”

纪珩的手指在方向盘上点了点：“迷宫像不像个守门人？”

苏尔琢磨了一下，觉得这个比喻还挺贴切。

“如果游戏必须以某种方式来满足守门人呢？”

苏尔收回视线，神情中的松弛感逐渐消失，淡淡地说：“这就有些不厚道了。”

被传送离开前，他似乎看到了迷宫的外壁在迎风鼓动，就像一种不满的发泄。

苏尔歪头靠在一边：“假使现在进一个副本，进度走到一半，《弄虚》的入口突然开了，副本会不会紧急让我们离开？”

在这种情况下强制召唤，起码得给点补偿。

对于这种不遗余力研究规则漏洞的行为，纪珩本以为自己见怪不怪，却总能被苏尔开拓的新想法惊到。

他摇头：“既然说了通道会在近日内开启，目前持有《弄虚》入场券的人下副本应该会受到限制。”

苏尔撇了撇嘴，暗叹一声“可惜”。

“商场下面就是超市。”他看了眼时间，手放在车门上，“我直接坐公交回去就行。”

“不用。去超市本来就是个借口。”

苏尔：“……”

纪珩十分平静：“否则我提出要送你时，得到的答案肯定是‘不用麻烦了’，来回客套很浪费时间。”

闻言，苏尔安静地系上了安全带。

到楼下后苏尔邀请纪珩上去喝杯茶，说：“你可以随便参观，翻东西也行。”

住了这么多年也没有感觉到异常，第三方的视角或许会有新的发现。

纪珩没有推辞，从桌上摆放的全家福开始，审慎地打量起苏尔生活了十几年的地方。

至于苏尔，独自走进房间开始忙自己的事，只是没过多久，胸前便再一次传来熟悉的滚烫感。

苏尔眉心一跳：“又来？”

这才过去了多久？

有了不久前的经验，他紧紧攥着笔，等待那股灼浪从身体里散开。

事情没有一点转机，意识丧失的感觉瞬间袭来，等到头脑恢复清醒，他眨巴了几下眼睛，确定自己再次进入了游戏。

“欢迎各位来到《七天七夜》的世界……”跟之前不一样，主持人现在完全是一副公事公办的语气。

螣蛇洞主依旧飞在半空中，只不过尾巴尖是垂着的，它麻木地把规则重复了一遍，并进行补充：“全新的迷宫正等着大家来挑战。”

苏尔发现周围的环境有了变化，第一次来这里时还能看到几棵树，现在却连棵野草都瞧不见。迷宫还是那个迷宫，只是牌坊没了，替代品是门口挂着的一个木牌，用红笔潦草地写了“入口”两个字。

“好像就是换了个位置。”他就事论事，“把迷宫往后移动了一些。”

螣蛇洞主冷冷道：“时间有限，来不及做更多调整了，这次出口就在对面。”

从迷宫左右两侧的长度来看，整体面积是缩水了。

玩家的表情说不上有多轻松，螣蛇洞主的话无疑佐证了一个事实：迷宫不但是活物，还能自主移动。

“往好处想，我们算白捡了数值。”不知是谁低叹一声，“何况这次的设计比先前要强一点。”

分完蜡烛，螣蛇洞主的口吻变得又阴又柔：“祝你们度过一个愉快的夜晚。”

天色在这时彻底暗下来，在薄雾的笼罩中，迷宫给人的感觉类似于地下管道系统，玩家则是阴沟里的老鼠，在湿冷阴暗的世界求生。因为不了解内部构造，刚开始所有人共走一路，每隔七人点燃一支蜡烛。

到狭窄的拐弯处，苏尔不小心碰到了墙壁。柔软，冰冷。

接触到迷宫墙壁的不止他一个人，长发玩家紧握住手中的蜡烛：“有点像肠道。”

纪珩轻声说：“蟒蛇吃东西，不都是整体吞入的吗？”

长发玩家喉头一动：“还是先想想怎么离开吧。”

纪珩侧过脸，苏尔替他把话说了出来：“离开不是难事。”

所有人的脚步同时停下。然而他的话说到这里，却没有后文了。

无人开口催促，既然进来了，再厉害的人想要破局，也需要付出代价。纪珩的意思很明显，这份代价要众人平摊。

“开价。”

纪珩说：“三个道具。”

众人：“……”

妥妥的白菜价。

“你确定？”

纪珩说：“不一定能成，但失败了你们也都有好处。”

有人会意：“有漏洞可钻？”

纪珩点了点头。

那人立刻看向苏尔：“这次你要举报什么？”

苏尔语塞了几秒，反问：“好端端的我为什么要举报？”

他的三次举报，一次是守墓忠仆暗地里发难，一次是被东风居士用性命胁迫，最后一次还没成功。

总而言之他就是一个大写的无辜。

“三个道具，我出一个。”长发玩家打断没营养的交流，完全不拖泥带水，“但如果失败，继续以小组形式行动，我要最后点蜡烛。”

迷宫内没有食物补给，时间很宝贵，众人很快商议好，达成交易。

苏尔仰着头：“还好迷宫不是太高。”

大概魅物足够自信不会有玩家从通道上方做突破。

这句自言自语传到一名玩家耳朵里，对方顿时神情紧绷：“你不会是想从高处突围吧？”

老鼠化水的一幕众人还历历在目。

“先把我抬起来，”苏尔没直接回答，而是说，“默数三十秒后再举高。”

说着他开始往脸上抹东西。

“他在干……”长发玩家突然卡住，惊恐地发现每当自己朝苏尔的方向望去时，脑海中就是一片空白。

“别发呆，也别看他。”纪珩低喝道，“只有五分钟的时间。”

平衡感最好的人组成人梯，举着苏尔往上。当重量压下来时，他们却都一直忍不住恍神，只能不断告诫自己保持托举的动作。

“往左！”

苏尔说出一句话，发现无人搭理他，忍不住咒骂了一声，不承想道具居然神奇到了这种地步。他心一横，脱下外衣咬破指尖迅速画出迷宫平面图，可惜高度有限，他只能看到附近的一部分。

估摸着时间差不多了，苏尔从人梯上跳了下来。纪珩看着他手上的伤口，皱了皱眉。

“小伤。”苏尔说，“等走到图上的分岔口，我再来继续探路。”

“你用的什么道具？”有玩家忍不住问。

苏尔笑了笑：“秘密。”

迷宫外。半空中的螣蛇洞主本来正准备欣赏玩家从疲惫走向被淘汰，冷不丁一个黑色的脑袋冒了出来，下一秒苏尔开始若无其事地画图，就这样迷宫居然都没有吃了他。

静静看了几秒，朧蛇洞主突然拔高声音：“煤脸见人？！”

这东西它有印象，东风是出了名的爱摸鱼，研究出这玩意儿时，还被其他主持人嘲笑了许久。

再说苏尔等人，他们正跟着平面图前进，突然出现在了迷宫外围。

苏尔并没有惊讶，摸了摸指尖的伤口，漫不经心道：“是不是干预太多了？”

游戏提示音在主持人开口前传来：“入口将在三天后改版重启，所有玩家将获得补偿——天泉水一瓶。”

听上去像是治愈型道具。

一位名叫李子仓的玩家有些激动地说：“没有违规的情况下，凭什么不让我们通过？”

朧蛇洞主沉默了片刻，从半空中降下一截来：“迷宫是进入《弄虚》的关键，开启的先决条件是必须吸收到足够的恐惧、惊慌，还有鲜血。”

“难怪……”李子仓没了刚刚的激动，反而若有所思，“要一次性聚集大量玩家。”

苏尔说：“所以进入迷宫，一定要有伤亡？”

朧蛇洞主道：“流血并不代表死亡。”

但按照常规通关方法，行进过程中一定会诞生恐惧等负面情绪。

苏尔还想说什么，一张卡片凭空出现，轻飘飘地从他头顶坠落。他迟疑了一瞬，伸手接住，见上面画着蛇形迷宫的图案：“这是……”

“游戏的安排，下次入口开启后，你不能进迷宫。”

“进迷宫是我的权利，游戏讲究公平，没理由……”

朧蛇洞主化身一名模样阴柔的男子，站在他面前，打断道：“只是不让你进迷宫，不是剥夺你入《弄虚》的资格。”

苏尔愣了一下：“什么意思？”

朧蛇洞主面无表情：“意思是，你被保送了。”

苏尔的神情中透露出迷茫：“这……不合适吧？”随后他的目光顷刻间恢复明朗，指着迷宫开口道，“不是说它要吸纳足够的恐慌吗？少我一个……”

“你是多余的。”朧蛇洞主没有再给他说话的机会，一挥袖子首先将苏尔传送了出去。

“《弄虚》在三天后会重开，其间不要尝试下副本。”

接连两次意外，让众玩家脑海中绷着的弦松了一些。确切地说，是因为大家的注意力被苏尔吸引了过去。有人嘴角抽搐了一下，看向纪珩：“他以前，也是这么过关的？”

纪珩没有正面回答：“墨守成规不见得是件好事。”

意外频生，短时间内朧蛇洞主不想再听到这些玩家交流，他变回蛇形，喉咙里发出“嗞嗞”的警告声，闪电般地一甩尾巴，四周重新恢复安静。

而在另外一处空间夹缝里，苏尔在混沌的黑暗中上下沉浮，他在这片奇妙的区域里已经待了好一会儿，思考着自己迟迟没有回到现实世界的原因。

或许所有这批玩家要在同一时间抵达现实世界，他又是最先出发的？

浑浑噩噩的状态并未持续太久，渴望的光明便重新归来。身体的反应较意识慢了半拍，苏尔低下头，后知后觉地发现自己手里还握着笔。

“回来了。”他低叹一声，语气中却没有多少轻松。

脚步声传来，纪珩站在门口，在开着的门上象征性地敲了两下。

苏尔转过身，无奈地耸肩：“表面上看我捡了个大便宜。”

用掉一个道具，按照正常情况，过迷宫肯定是可以，既然是特殊副本，通关后也应该会有奖励。

不过事无绝对，哪怕走正确的路，也有可能碰见危险因素。

忽然想到什么，苏尔扬眉：“你手上也有个煤球。”

“迷宫升级，下次进去这东西就用不上了。”纪珩的语气很随意。

苏尔不免觉得遗憾，眼神闪烁：“事无绝对。”

一番折腾，他才想起来问：“有没有什么发现？”他指的是这间屋子。

“大致瞧着很正常。”纪珩说，“只有两点，其一，你应该也有所察觉，照片上的人的笑容不自然。”

苏尔点了点头。

全家福上，每个人唇角都有弧度，细看却都带着说不出的冰冷和违和感，仿佛一家三口都是在走程序。

“再者就是你的屋子，”纪珩左右环视一圈，“布置得挺随意。”

苏尔低咳一声：“最近没时间整理房间。”是有些凌乱了。

纪珩没再开玩笑，留意到苏尔的笔放在左手边，目光稍稍一顿，想起上个副本里，他曾说过脑海中存在的一段奇妙的记忆，记忆里他因为是左撇子而被责骂抽打。

“我记得大部分时间你喜欢用右手。”

苏尔失笑：“两只手都行，我还能左右手各拿一支笔，抄写不同的课文。”

纪珩面色有些凝重，问出一个令人意想不到的问题：“你最讨厌什么？”

“束缚。”苏尔想了想，“像现在这样，莫名其妙被游戏规则摆弄。”

“你憎恶游戏本身吗？”

苏尔沉默了，发现自己竟然无法直接回答这个问题。

“想不通就算了，别在一个问题上钻牛角尖。”

苏尔含糊不清地“嗯”了一声。

临走前，纪珩给他叫了份外卖，有鸡有鱼，苏尔美美地吃了一顿。

晚饭后苏尔在楼下走了一圈，回来时，天彻底黑了。洗漱完，苏尔怀着对未来的无限憧憬入眠。

因为前一天才下过雨，天气有些凉，睡前他还特地关了窗。

半夜，耳边有一股痒意，像是有什么虫子在爬。苏尔用手拨了一下耳朵翻了个身，异样感依然在，他下意识用力一拍，指缝间有细长的东西划过。

因为进过几次副本，身体形成了基本的条件反射。这时周围温度骤降，苏尔第一时间睁开眼睛。只一眼，险些心搏骤停。

“祝……咳咳……”他的脖子被狠狠掐着，声音变得沉闷而沙哑。

“控制不住。”祝芸语气中透露出抱歉，手下的动作却没丝毫放松。

苏尔用力抓住她的手腕，试图减轻令自己窒息的力道，另外一只手伸到枕头下面摸索到什么尖锐的东西，狠狠朝她瘦弱的肩头扎去。

被扎了一下，祝芸的动作才停，苏尔趁机推开她，大口呼吸喘气。

“原本的位置……”祝芸很努力地想说出什么，又好像被某种力量限制了。

苏尔迅速朝安全区域退去，确定自己安全了才问：“集齐成就点真的能离开游戏？”

“打乱，打乱顺序……”

最后又强调了“顺序”一词，祝芸的身影才渐渐消散。

苏尔被噩梦惊醒，四肢僵硬，手里还握着一把剪刀。清醒的瞬间他肌肉放松，剪刀掉在地上发出“啪”的一声。

他睁着无神的双眼，直勾勾盯着天花板。

祝芸怎么能够通过梦境来见他呢？似乎想到什么，苏尔爬起身打开灯，凝视着黑漆漆的电击器。

“和它有关吗……”

可惜没有人能回答这个疑问。

后半夜苏尔没有再睡，天一亮就穿好衣服，打车到了纪珩家楼下。

高档小区安保方面做得很好，在保安开口询问前，提前接到电话的纪珩已经走了出来。

苏尔登记完信息，跟着他上楼，进门后才开始谈论昨晚发生的事情。

“祝芸是想提醒我什么，但她又控制不住自己。”苏尔道，“我得找地方借住两天。”

否则指不定睡梦中会发生什么。

“不请自来”很失礼，不过纪珩显然不会介意。

“第一时间求助是明智的决定。”纪珩沉吟道，“如果电击器是媒介，你那同学或许能短暂地往返于两个空间之间。”

想到这里，纪珩微微皱眉。祝芸现在到底在哪里呢？

苏尔琢磨着祝芸留下的“顺序”二字，没注意到他的表情。

“打乱什么东西的顺序，还是个谜。”

“既然她特地来提醒，证明这事很重要。”纪珩淡淡道，“可以记下来，会有起到作用的一天。”

时间一晃而逝，第三次被强制召唤进副本时，苏尔和纪珩的心情几乎都没有波动。

同样的规则，朧蛇洞主开始冷淡地重复第三遍。迷宫的高度没变，上空却多了一层密密麻麻的飞虫组成的网，想要复制苏尔上次的方法，肯定行不通。

连续两次没有吃到食物，迷宫似乎有些躁动，偶尔还会吸食这些飞虫。若是真能彻底消灭飞虫倒是好事，然而迷宫对这种没有什么血肉的东西兴趣不大，吞食了两次后便不再继续。

“别再妄想从高空突围。”朧蛇洞主扫了一圈面色各异的玩家，把头扭向苏尔，“副本结束，我会亲自送你去《弄虚》。”

因为这句话，苏尔瞬间成为众多目光聚焦的中心。有几个人心态似乎不太平衡，投过来的眼神里带着复杂的情绪。

苏尔无视这些视线，望向纪珩，唇瓣动了一下：“万事小心。”

后者不动声色地点了点头。

随着一道又一道身影走进迷宫，不多时，外面只剩下苏尔和朧蛇洞主。将心比心，苏尔觉得自己至少要被怼上几句，然而主持人纹丝不动地盘在一边。这种相安无事的状态太过反常，很快他有了猜测：“你向其他主持人打听过我？”

朧蛇洞主：“聒噪。”

事实和苏尔说的差不多，不久前朧蛇洞主去找东风居士算账，质问对方为什么要把那种作弊神器送给玩家。

东风居士心力交瘁，复述了一遍苏尔在副本里的所作所为，朧蛇洞主听完，一腔愤懑就那么堵在了胸口。

为保险起见朧蛇洞主又去向其他主持人打听，得知苏尔往日的种种作为，深感不妙。

为避免重蹈覆辙，现下苏尔一有动作，朧蛇洞主便会第一时间警惕，并做出诸多推论，力求防患于未然。

大约过去了一小时，迷宫内传来一声惨叫。

苏尔皱了一下眉，突然上前几步，试图招来一部分飞虫。按照他的盘算，用电击器吸收灵气，一方面可以帮迷宫里面的玩家减轻压力，再者上次副本之后电击器里的灵气存量已经用得差不多了，《弄虚》一开，起码要有些资本。

有一部分飞虫确实循着血腥味飞来。

但在苏尔掏出电击器前，朧蛇洞主一尾巴抽过去，飞虫四散。

苏尔冷冷道：“你这是做什么？”

“说了保送，就要确保你的人身安全。”朧蛇洞主打得一手好算盘，“万一你被虫子咬到就不好了。”

之后苏尔为了打发时间，开始在地上搓泥巴，朧蛇洞主便搬来几块石头把土压严实。苏尔站起身说要走路活动一下，螣蛇洞主便寸步不离地跟着。

苏尔也不恼，反而详细讲述了自己先前下副本的经历。

“其实我还有一个很有趣的道具。”

螣蛇洞主越发警惕。

苏尔却没有更多动作，只是偶尔低头，或是突然弯腰抓一把地上的土，行为举止很是诡异。

螣蛇洞主光顾着注意他的离奇举动了，冷不丁发现他已经挪动到了迷宫入口处，当即阴笑：“原来如此，游戏说要保送你，你如果在迷宫里出事，就是我的失职。你大可以试试，看你能不能进去。”

苏尔没有妄动，反而停在原地笑了笑：“从刚刚到现在，每当我有异动，你就会很紧张。这种情绪可以概括为忧虑和惊惧。先前你说过，迷宫要吸收足够的恐慌、惊惧，还有鲜血，才能辅助《弄虚》开启，如今你也是恐惧的来源。”

螣蛇洞主的蛇瞳一缩。

苏尔说：“代替玩家给迷宫提供养料……如果被举报会怎么样？”

螣蛇洞主原本还算淡定，听到这句话终于不受控制地抖了抖鳞片。

苏尔认真地望着它：“好像比刚刚的情绪更强烈了。”他的手摸向迷宫外围，“也不知迷宫有没有吸收你的负面情绪，如果有，那它也是帮凶。”

话音刚落，掌心的接触面突然变成了空气。迷宫猛地开始后退，天空中的飞虫被巨大的动静惊走，迷宫里的玩家被迫开始跟着滚动。一阵尘土飞扬，迷宫停在数丈外，用实际行动传达了四个字：莫——挨——老——子！

苏尔满意地望着溃不成军的飞虫，眯了眯眼。

这样一来，只要纪珩想，随时可以利用煤脸见人逃出生天。

飞虫朝四面八方散去，像无头苍蝇一样乱转。突然移动的迷宫让它们感觉到不安，一时不敢靠近。

苏尔退回去安静地坐在一边，螣蛇洞主至此才彻底看穿这个局，苏尔前面的行为都是假动作，自始至终他针对的只是这些飞虫。

煤脸见人……可以肯定，拥有这个道具的不止苏尔一个人。

五分钟时间过去，迷宫内暂时看不出异常，也没有脑袋探出，螣蛇洞主在空中扭动了一下：“看来你的好意被当作多此一举了。”

苏尔看起来并不意外：“留条退路罢了。”

螣蛇洞主突然一个俯冲来到他面前：“在你身上，我闻见了蛇的味道。”

苏尔体内本就寄居着一只蛇眼，闻言面无异色。

螣蛇洞主似乎也能感觉到那只眼睛，半勾着尾巴，喉咙里发出奇异的腔调：“第一声惨叫出现后，你才开始行动，是因为你知道迷宫必须用鲜血才能开启。”

苏尔眯了眯眼。

“诚然，流血不代表死亡，但《弄虚》和迷宫无缝衔接，如果每个人都割伤自己放血，一进去便会是十分虚弱的状态。”朧蛇洞主轻声吐出四个字，“冷血动物。”

苏尔安安静静坐着，等到迷宫内传来第二声惨叫时，他依旧没改变姿势。

朧蛇洞主“啧啧”两声：“靠自身实力通过迷宫，结算时数值也会给得多，你想帮的人倒是和你一个性格。”

“我走捷径是因为实力不够，”苏尔终于开口，“他不同。”

《弄虚》就要开了，不遗余力提升实力才是通关的资本，驱散飞虫不过是他能为纪珩留的一条退路。何况过副本不害人是底线，有余力时帮一把，其他就是各凭本事了。

苏尔的双目一直盯着迷宫，仿佛要穿过厚重的几十层壁垒，看向那之后的世界。

不知道过去了多久，朧蛇洞主飞到半空中：“有人出来了。”语毕，它朝前猛地飞去，黑色的尾巴尖用力一甩，卷着一名玩家回到原地。

看到入口处挂着的牌子，玩家以为中途出了幺蛾子，要从头再来。

“最后一个人通过迷宫，《弄虚》才会开。”朧蛇洞主用一句话打消了他的疑虑。

苏尔偏过头，发现这位玩家居然是个熟人——问世的万亿。上次吃饭时听赵三两提起过，他也得到了一张入场券。不过因为前两次被强行召唤进副本，时间短又意外颇多，苏尔没留意到对方。

“好久不见。”他主动打了声招呼。

万亿点了点头：“上次遇到你还是你和焰罗结缘那次。”

“……”苏尔咳嗽一声，“有没有看到纪珩？”

“刷怪呢。”

苏尔“哦”了声，安心坐着等人出来。

纪珩出来得不算太早，朧蛇洞主第七次飞起时，才把他带回来。主持人十分不满，长达一分钟的时间毒牙都没收回去。

“你在里面做了什么？”苏尔小声问。

纪珩说：“在死路或者分岔路口，会有规律地遇到魅物，我试着碰运气，问一下有没有知道《弄虚》消息的。”

苏尔眼前一亮：“问到了吗？”

“碰了十多次，没用。”

苏尔哑然，直视前方，不再议论这件事。

天色变得暗沉前，朧蛇洞主放下刚刚走出迷宫的长发玩家：“人齐了。”

苏尔数了一遍，至少有七名玩家折在了迷宫里。

“实力不够是好事。”朧蛇洞主说。

迷宫伸展着身体，地表因为它的动作而产生剧烈的晃动。在玩家彻底失去重心前，迷宫终于停下，此刻的它早已不是建筑形态，而是一条盘着的足足有数十丈长的蟒蛇。山一样高大的冷血动物，庞大的身躯在地面投出一片阴影，仿佛预示着夜晚提前到来。

“排队，坐到它的尾巴上。”螣蛇洞主把苏尔单独剔除在外，亲自护送，“这一次你没进过迷宫，它不承认你。”

从外表形态上看，蟒蛇全身被锋利的鳞片覆盖，看着莫名惊悚，但在之前迷宫魅物的对比下，它勉强称得上是小巧。玩家没有退路，按照走出迷宫的顺序依次坐上蛇尾。

苏尔则被主持人的尾巴尖勾住，粗暴地一甩，要不是他抓住了螣蛇的翼骨，险些就要从半空中滑落。飞了一段距离，耀目的亮芒涌来，那感觉就像直视太阳的瞬间。

“不想瞎就闭眼。”

不用螣蛇洞主警告，苏尔已经先一步合上眼。闭着眼都能感觉到的刺目感消失后，蹭过脸颊的风渐渐变得柔和。

“到了。”

关于《弄虚》，人人都想象过它的样子，甚至不止一次在脑海中构造出蓝图，然而现实跟想象依旧有很大出入。这是一座城市，准确地说是空城。

高楼大厦，充满艺术气息的雕塑，正在运行的音乐喷泉……所有的一切充满着生活气息，唯独看不到活动的生命，整座城市的居民像在一瞬间蒸发了。

螣蛇洞主早已消失不见，巨蟒亦是踪迹全无。

“看那里。”万亿突然指了个方向。

喷泉旁边，不知何时冒出一个人，很瘦很白，眉清目秀。

“非常高兴各位能平安抵达《弄虚》。”瘦高的男子走过来，温和地开口，“我是本场的主持人青莲智者。”

用一个毫不夸张的比喻：玩家看到的是一个相当纯净的灵魂。

突然，一道声音响起：“通关要求。”

纪珩的注意力从一开始便不在主持人身上，他只关心怎么离开副本。

“找到‘希望’，时限是七天。”青莲智者伸出一根指头，很有耐心地补充道，“提示一，没有一个‘希望’是重复的。”紧接着又伸出一根指头，“提示二，《弄虚》的通过率很高。”

前一句话令人迷茫，不过众人反应不大，反倒是后一句……

“通过率很高？”长发玩家重复一遍，带着几分讥嘲。

青莲智者不恼，反而温柔地回应：“主持人不能说谎。”

大家都在杠，为了显得合群，苏尔跟着杠了一句：“根据外界的消息，进来的玩家没一个成功出去的。”

青莲智者摇头：“很多玩家成功通关了，这一点我可以保证。”

他看上去平易近人，更多的信息却无意透露。

在众人突如其来的沉默中，青莲智者切入正题：“我会定时发放任务，完成者将得到一个提示。”他停顿了一下，“下面发放第一个任务：找兔子。要求各位在天黑前抓到一只兔子送来我面前。”

这里的时间和玩迷宫时不同，还是白天。
万亿说：“死活、大小、毛色有没有具体要求？”
青莲智者摇头：“活着就行，抢来的兔子也算，但禁止玩家互相攻击。”
玩家带着疑虑各自散开，为了防止被抢夺，一开始大家基本在附近区域活动，方便找到兔子后能在第一时间交给主持人。
万亿走到苏尔和纪珩面前：“暂时组个队？”
有之前合作的经验，纪珩点了点头。
苏尔提议：“先去公园看看。”
涉及能跑的动物，大家下意识都会想到公园、草地等区域。不只他们有此想法，已经有几人爬上高楼，观望绿化面积比较大的地方。
半路看到竖立的宣传牌，苏尔停下脚步。
宣传牌上是穿着职业装的一男一女，他们笑容满面，旁边写着“欢迎来到希望之城”，上面还有一家医院，上方是几个大字：“希望之城第三人民医院”。
苏尔：“看来这座城市就叫希望之城。”
万亿冷笑：“怕就怕最后带来的是绝望。”
纪珩没加入讨论，他将视线转向马路对面的房产销售中心，迈步走了过去。
轻轻一推，玻璃门就开了。他转了一圈，找到一张宣传单。根据介绍，新楼盘的卖点之一便是离森林公园很近。
他浏览了一下平面图，大致知道该往哪里走。
刚开始行动时，大家都提起了十二万分的警惕。但希望之城跟青莲智者带给人的感觉一致，完全无害，一路走过去畅通无阻。超市的门大开，随时可以做食物补给。在安静又压抑的气氛中，他们终于看到了公园的大门。
苏尔等人到达时，已经有人先他们一步到了。不多时，又来了两个队伍，一个五人团，一个七人团。
“竞争很激烈啊。”穿花衬衫的男人双手插在裤兜里，吹了一声口哨。
最先来的玩家叫赵汀，闻言居然抬头回了一句：“兔子不少，但不好抓。”他拎着一只死兔子，“力道稍微大些就死了，偏偏这兔子的弹跳力极强，不用劲根本抓不住。”
苏尔走到一棵柳树下，摘下柳条做成简易的箩筐。他拿成品去套路了一下藏在灌木丛中的兔子，箩筐竟直接被撞出一个大洞，兔子叼着柳条跑走了。
失败后他眼尖地看到一旁有苜蓿草，低声说：“我去摘点苜蓿做陷阱。”
纪珩全程目睹了对方跟兔子斗智斗勇的画面，无奈地摇了摇头。
穿花衬衫的男人原本是一副吊儿郎当的样子，见状皱眉走过来，拍了下纪珩的肩膀：“我说兄弟，你们中是不是混入了一个奸细？”
纪珩没回答，反而是万亿轻“嘁”一声：“长眼睛的都能看出来。”
另一边，草坪上正追逐兔子的赵汀看到苏尔耐心布置的陷阱，生生停下了脚步。
虽然没打过交道，但从迷宫事件可以确定，苏尔绝对不是个按常理出牌的，如今却乖乖听主持人的话，开始抓兔子了？

赵汀倒吸一口冷气，这绝对是个假苏尔！

他忍不住回头看向正在商量怎么才能不失手弄死兔子的同伴，暗自思忖自己的队伍里有没有人被冒牌货顶替。

注意到苏尔异常的不止他一个，不远处同样有玩家骂了一句什么。

这苏尔，假到没边了！

逼得主持人两次把玩家撤出副本，苏尔这样的人，会安安分分走流程不搞骚操作？

骗鬼，鬼都不信！

纪珩一直和苏尔保持着不远不近的距离。穿花衬衫的男人见他没有开口的意思，露出一个耐人寻味的微笑，转身朝长椅的方向走去。待人走远后，万亿才说话：“为保险起见，最好再确定一下。”

误伤就麻烦了。

纪珩凝视着那个努力做陷阱的背影：“是他提议来的森林公园。”

万亿摇头：“还是太武断了。”

“依照苏尔的个性，绝对不可能一开始就迅速投入抓兔子的任务。”

万亿带着疑惑地“哦”了一声。

纪珩十分笃定：“他会先找地图，了解完城市后再一点点儿把主动权掌握在自己手里。”

苏尔的一些手段其实不算太高明，但屡试不爽，究其根本是他从不按照主持人的节奏来。

队友之间自然更加了解，对于这份说辞，万亿并不怀疑。他留意周围，发现穿花衬衫的男人自从坐在长椅上后便没有离开过，近处还有几个玩家，发现异常不去检查同伴反而按兵不动，这就有些耐人寻味了。

纪珩忽然问：“你在迷宫里遇到的魅物都是什么样的？”

万亿回想后说：“形容不出，我觉得他们的身体像是东拼西凑出来的。”

纪珩看了他一眼：“上一场的主持人是螣蛇，迷宫里的魅物在形象上也都参考了一些志怪古籍。”

万亿明显一愣：“这谁能认出来？”

纪珩没打哑谜，直接说了出来：“民间传说里有一种讹兽，形似兔，常变成人形，以欺骗为乐。”

“像兔子？”万亿摸着下巴，“那我们要抓的岂不是……”

“讹兽。”纪珩望着周围，神情一冷。

万亿瞬间意识到他的顾虑——知道了这一点的玩家也不好确定自己的搭档有没有问题。青莲智者那句轻飘飘的“禁止玩家互相攻击”，乍一听是毫无必要的叮嘱，但放在眼下，则是在提醒一旦判断失误攻击了真同伴，就和自寻死路没区别。

纪珩扯了一下嘴角："如今一个现成的目标出现了。"

说白了，谁都想对假苏尔下手。

万亿说："但只要你不出手，他们不敢轻举妄动。"

毕竟这些人对苏尔了解不深，只是存疑。

灌木丛后，"苏尔"正在卖力地布置陷阱，一股强烈的危机感促使他回头。附近区域的玩家都在忙活着，但兽类独有的感觉让它觉得自己一瞬间像是误入了狼群的肥羊。

或许是自己多心了……它的身体不受控制地抖了一抖。

另一边，万亿岔开话题："你不担心苏尔的处境？"

纪珩说："被替换的不止他一个。"

一群人争抢一只讹兽不切实际，玩家多半被分成了两组，另一组有另外的任务。

歪七扭八的树木迎风招展，脚下全是碎石子。

真正的苏尔被遗弃在废弃的铁道上，和他一道的还有十几名玩家。

"其他人呢？"

在内部掀起讨论前，青莲智者现身站台，几乎原封不动地照搬了先前对城内玩家的那套说辞。不过对待这一组，他要更坦诚一些："剩下的人正在进行其他任务。"

苏尔说："接下来我们都是分组行动？"

青莲智者摇头："只限半天。"

一个女生低声跟身边的人道："大费周章就为了分开半天？"

这里的一切都瞒不过青莲智者，他朝说话女生的方向微微一笑："我做事喜欢细致点。"

介绍完基本事项，青莲智者交代需要注意的地方："大家暂时只能在城外活动，禁止和城内玩家联系。"

在某方面，苏尔和纪珩出奇地一致：只关注当前利益。他第一时间询问任务。

"一个很可爱的小游戏。"青莲智者的话音一落，每个人的怀里突然多出一只兔子，毛茸茸的，乖乖任由人抱着。苏尔举起兔子看了看，根本没在它身上瞧见任何恐怖元素。若说唯一的异常，是在场玩家怀里的兔子眼睛颜色都不一样。

"时限一小时，把兔子藏起来，到时我会亲自来抓。"青莲智者说，"最晚让我抓到他兔子的五人可以得到提示。"

他体贴地给每个人发了手机，苏尔打开通讯录，里面所有玩家的联系方式都已经提前存好，最下面竟然还有主持人的。

他倒是很想给纪珩打个电话，询问城里的状况，可惜规则不允许。

青莲智者取出口袋里的怀表看了一眼时间："游戏开始。"

余音尚在，人已经看不到踪影。

大部分玩家在他走后立刻关机拔出手机卡，看样子是准备处理掉手机，防止自己被定位。十几人一言不发朝各个方向散开，苏尔就迟疑了一瞬，发现众人已经开始各觅藏匿兔子的位置。

他抱着兔子坐在站台上，开始思索藏在哪里好。他摸了摸自己的肚子，兔子似乎感觉到什么，耳朵抖了抖。苏尔摸了摸它的脑袋："不吃你，一小时时间太短了，都还没炖好呢。"

苏尔站起身，抱着兔子沿着路边走，渐渐有了主意。

没什么好藏的，一路往前就是，照流程主持人抓兔子应该是从近处入手，走的距离越远，拖延的时间也就越长。再者，受纪珩影响，他想试试探究城市之外的情况。

苏尔沿着一条铁轨一路向西，步行速度相当快。路上他碰到一名玩家，对方多少猜到了他的想法，好心提醒了一句："主持人有瞬移能力。"

走远用处不大。

苏尔说："暂时想不到好法子，我就试试。"

有了手机，能明确知晓时间的流逝，一路边走边看，苏尔不时还拍上两张照片做记录，准备和纪珩碰面时跟他介绍自己的见闻。

越往前走，手机信号越差，一直安静乖巧的兔子突然开始不安地躁动。

他无视这一切，坚定地继续前行。当最后一格信号消失的时候，他才有停步的心思，然而迈在前面的那只腿直接踩空，眼前看着坚实的地面，一步踏出，却像是踩进了万丈深渊。强烈的失重感传来，苏尔的身体紧绷得厉害，甚至可以清楚地听到心脏跳动的声音。

他努力保持眼睛睁开，试图去看清自己正在往什么地方坠落。等到失重感终于消失，他惊讶地发现自己居然还站在原地。不同的是，一直延伸的铁轨突然断裂，前方变为平地，天也变黑了。

在一种鬼迷心窍的状态下，他再次朝前迈了一步。

苏尔仰头望着天空，一步之差，前方黑夜，后方白日，实在是神奇。

他加大力道抱住想往外跳的兔子，靠着夜幕下仅存的一点光芒辨认方向往前走，突然，脚步猛地一顿。

危险！莫名的危机感让他单手把兔子固定在胸口，另一只手死死捏紧了电击器。他认真考虑着要不要回头，恰在这时，天空中厚重的积云散开一部分，月亮探出一半来，视野瞬间清晰了不少。

惨淡的月光下，苏尔看清了前面，而前方的生物也在同一时间瞧见了他。

苏尔这次是真的有被惊到，好半晌才叫出口："……螣蛇洞主？"

螣蛇洞主也被他吓得不轻，迷宫化成的巨蟒在旁边发出"咝咝"的声音，摆出攻击的姿态。

短暂的愣怔过后，苏尔迅速掏出手机看了下时间，他才走了不到四十分钟，怎么可能轻易到达另外一个副本？

而且不同副本应该在不同的空间维度，如何靠步行到达？

螣蛇洞主飞过来，停在半空中，质问他出现在这里的原因。

苏尔诚实地说：“迈开腿走过来的。”

顿了顿，他又问：“我看这里没信号，你有没有办法帮我联系到青莲智者？”

螣蛇洞主盯着这张可恶的面容看了许久，突然对巨蟒交代：“看好他。”

说完它化身夜空中游走的闪电，消失不见了。

苏尔还惦记着任务，走到一边把兔子放下，兔子一接触到地面就飞快地溜走了。巨蟒浑浊的蛇目一动不动地凝视着自己，苏尔不认为自己有能力对付它，盘腿坐在地上，耐心等消息。

螣蛇洞主回来得很快，一同跟过来的还有青莲智者。

苏尔先发制人：“我是无辜的。”

青莲智者居然挺通情达理，点了点头：“玩家不可能擅自走出《弄虚》。”

开口的瞬间青莲智者已经站在苏尔面前，眯起双目：“还请说出你的故事。”

苏尔：“……”

情况不明，苏尔自然不可能老实回答。

倒是螣蛇洞主，看热闹不嫌事大，将之前苏尔设计它的事迹一一道来，青莲智者的视线落在苏尔胸牌上的成就点上，蹙起眉头：“擅长靠逆向思维通关。”然后他就不说话了。

苏尔能感觉到对方身上原本散发着的无害气息正在消逝，取而代之的是一种深不可测之感。

不知道过去了多久，青莲智者脸色稍霁：“顺序被打乱了。”

打乱……顺序？

苏尔心下一惊，祝芸留下过这句话。他不敢表现得太过好奇，装作随意地问：“什么顺序？话说得神神道道的。”

青莲智者没有搭理他，对螣蛇洞主说：“《弄虚》的壁垒对他而言没用，人我带走了。”

不等螣蛇洞主反应过来，转眼间他已经带着苏尔回到铁轨上。

“这么快？”感受到头顶上的阳光，苏尔挑了挑眉。

“本来就是一步之距。”

苏尔回头，只见铁路的轨道被截断，似乎有一道无形的屏障将前后隔绝成两个不同的世界。

他低叹一声，心道不虚此行，至少主持人临走前没有抓兔子，这把自己稳赢。

“你讨厌什么？”

被主持人冷不丁问了一句，苏尔下意识地回答：“数学。”

再一想，进《弄虚》前，纪珩也问过同样的问题，如今倒是情景重演。

“除此之外呢？”青莲智者的语气一直相当温和。

苏尔更加警惕了：“被束缚。”

青莲智者原本还想说什么，一看怀表，时间差不多了，便道：“在城门口等着。”

话到关键处不说完，苏尔撇了撇嘴，也不好直接表达不满，默默往前走。等他到城门外时，青莲智者早到了，手上提着好几只兔子，旁边还有几个愁眉紧锁的玩家。

来不及搭话，众人往城内走，苏尔跟了上去。

青莲智者一路来到喷泉旁，前方站着两道熟悉的身影。苏尔看见了纪珩，然后发现地上还躺着一个跟自己长相一模一样的人。

纪珩先看了一眼苏尔，然后对主持人说："你要的兔子。"

在他身旁，万亿嘴角一抽。适才他以为纪珩有什么万全之策，结果纪珩只是当着众人的面揍晕了假苏尔，有人想抢夺战利品时，他又一一揍趴那些人。

当时他的原话是"我这人没什么优点，只是比较能打"。想到这里他忍不住盯着对方胸牌上被问号替代的武力值，揣测那个数值究竟是多少。

"疼……"

被揍得鼻青脸肿的冒牌货在地上来回滚动。

青莲智者手一挥，将冒牌货变成了兔子，转而又对已经完成任务的玩家说："你们可以自由活动，天黑前在这里会合。"

万亿说："说好的会给提示呢。"

青莲智者说："晚上公布。"

苏尔走到纪珩身边，因为万亿也在场，他便瞒去了走出《弄虚》的那一段，挑挑拣拣说了一些自己的遭遇。

太阳落山前的最后一刻，所有玩家聚齐。

青莲智者带领他们进入酒店。酒店内部很宽敞，灯光很亮，圆桌上甚至备好了热茶。

玩家共二十二人，分三个桌子坐。

青莲智者首先公布了城外玩家的优胜者，苏尔为第一名，紧接着宣读城内顺利抓到兔子的玩家名单，最后才说："每个人要找的'希望'不同，获得的提示也不同。"

万亿说："所以共享线索无用？"

青莲智者点头："提示只针对个人。"说完他抬头看向坐在最远那一桌的苏尔，"属于你的提示不能发放，你可以考虑转给别人。"

苏尔眼皮一跳："……原因？"

"你不需要找'希望'。"青莲智者淡淡地道，"不过流程还是要走的，你就安心在这里待上几天。"

从来只有苏尔震撼别人，今天他被震撼了！

一位玩家在他发怔时，忍不住问："凭什么？"

青莲智者一眼瞥过去："就凭他关系到位，有人提前帮他走好了后门。"

苏尔喝了一口水压惊，回过神来自言自语："果然，我有一个了不得的身世。"

青莲智者一句话打破了他不切实际的幻想："不，你没有。"

苏尔："……"

他悻悻然一笑。

青莲智者拍了一下手，清一色长着兔子耳朵的侍者端着圆盘上桌，他们面部覆盖着白色的绒毛，使得明明很精致的五官在微笑时透出说不出的诡异。

摆上桌的全是新鲜的蔬菜，颜色很鲜亮，可以闻到清淡的香味。主食是粥，配有一盘很薄的芝麻小饼。

玩家们的脸色更加严肃，自进入《弄虚》以来，一切都是无比平淡。随时散发善意的主持人，更是令人捉摸不透。正当苏尔犹豫着要不要动筷时，其中几名兔耳侍者化身最原始的兔子模样，分别朝在场几人的怀里跳去。

“不要动手。”青莲智者在玩家下意识要抵挡前开口，“优胜者可以获得养兔子一晚的资格。”

兔子仅在玩家怀里待了一瞬间，而后跳下地，几个呼吸的工夫，竟然幻化成和玩家一模一样的人。

青莲智者望向苏尔。

“我的提示转给他。”苏尔指了一下纪珩。

青莲智者：“想好了？”

苏尔点了点头。

青莲智者盯着纪珩看了几秒，突然说：“原本我该让你比别人多养一晚兔子，不过你似乎并不需要。”他打了个响指，纪珩面前多出一张纸条。纪珩并未刻意回避在场众人，直接展开，却见纸条上一片空白。

“这可是一个无比宝贵的道具，能救命的那种。”青莲智者微笑着说，“不过使用方法得在这座城市里寻找。”

纪珩用手指摸了一下纸张边缘，什么都没说，把东西收好。

主持人没有强迫众人吃晚饭，体贴地表示如果他们吃不惯青菜，可以去超市随便拿些东西。

苏尔注意到所有人都选择了动筷，论游戏经验，他没有这些人丰富，便也跟着随便挑了两筷子。

“餐厅上面就是客房，门卡自己在前台找。”等最后一名玩家放下筷子，青莲智者才重新开口，“住哪间，和谁住……你们自己决定，有急事可以打电话给我。”

说完，他率先离席。

不多时，外面传来“嗖——嗖——”的声音，紧接着一声巨响，天空中绽放出耀眼的烟花。留在酒店里的玩家不由得都嘴角抽搐了一下。

“还不如玩夺命逃杀类的副本。”说话的是李子仓，他走到饮料区，倒了杯橙汁，回头问，“谁要？”

仅有几人回应，均摇了摇头。

李子仓坐回原位：“这个副本平静得让人不安。”

一句话说出了所有人的心声。没有剧情爆发点，甚至第一轮游戏失败的人也没受到任何惩处，这种平静更像是暴风雨来临的前奏，压抑得人几近窒息。

他刚把杯子送到唇边，突然被人一把夺走，果汁溅在了手背上。

李子仓眉头拧了一下，把要骂人的话憋了回去。

抢他杯子的正是兔子化身的人，后者一把夺过杯子，喝掉橙汁，然后又平静地站在一边。

兔子和玩家长得一模一样，但眼睛的颜色不同，可以很好地区分。

一名叫依珠的女玩家站起身，同样倒了杯果汁，身边的兔子却没有来抢。似乎只有化身成李子仓模样的那只兔子有抢夺食物的爱好。

纪珩一言不发走去前台。

所有的门卡都摆放在一个筐子里，方便玩家拿取。四楼及以上都是客房，纪珩就选在了四楼，回过头看了一眼苏尔，用眼神暗示。苏尔跟了上去，同样跟着的还有兔子变的纪珩。

“等等。”依珠走过来，用极轻的声音说，“明天天气繁花盛开。”

乍一听，这句话根本没逻辑。

依珠开口时特意背对着兔子纪珩，苏尔瞬间就明白了她的用意，她这是在和拥有兔子的玩家建个暗号，防止第二天有人真的被兔子替代了。

电梯门开了，纪珩微微颔首，率先走了进去。

苏尔认真观察着兔子纪珩，从它的眼睛中看不出任何情感，他刻意讲了两个笑话，那双眼睛依旧毫无波动，仿佛这些事并不搞笑，却也没有斥责说无聊。

他伸出一根指头蠢蠢欲动，想戳一下看着还挺柔软的脸蛋。

苏尔突然问：“它会不会咬人？”

纪珩深深地看了他一眼。

就在这时，电梯门开了。走廊铺着十几米长的红毯，每隔一段距离就放有绿色盆栽，灯也很亮。纪珩刷门卡的时候，苏尔往四处张望：“一点奇怪之处也看不出来，还真挺像来度假的。”

这间房正好是标准的双人间配置。苏尔最感兴趣的还是那张纸条，他询问纪珩有什么特别之处。

“就是一张普通的纸。”

纪珩没理由骗他，苏尔皱了一下眉：“那我们不是被主持人诓了？”

逻辑上站不住脚，拿一张破纸故弄玄虚说能救命，一般主持人不会这么低级。

纪珩笑了一下，没说话。

《弄虚》里天黑得要晚一些，苏尔洗漱完夜幕才彻底降临。他抱臂站在兔子纪珩面前沉思，双方都一动不动，宛如僵硬的木头人。

现在没有外人，短暂的沉默后，苏尔开始详细讲述自己白天走出《弄虚》的过程。语毕，他双臂张开朝后倒在床上：“想不通。”

冰冷的天花板没有给他带来灵感，他偏头望向纪珩。

“你不需要找‘希望’……”纪珩站在窗边，重复了一遍青莲智者说过的话，眼神晦涩不明，“我大概知道打乱的是什么顺序了。”

苏尔眨了眨眼睛，一个鲤鱼打挺弹坐起来，直勾勾盯着他。

“还需要确认一下。”纪珩说，“先去找到存放监控录像的地方。”

这是一个不大不小的工程，从前台的电脑开始，一层层往上找，中途他们数次碰到其他玩家，但因为各自在忙着不同的事情，谁也没有多问。苏尔不喜欢打哑谜，用胳膊肘轻轻碰了一下纪珩：“就不能边走边说？”

纪珩说：“这段时间是用来给你做心理准备的。”

兔子纪珩一直默默走在后面，似乎也有点儿受不了苏尔的聒噪，步伐慢了半拍。

逐楼层搜索爬楼梯比较方便，上到九楼时，苏尔有些口渴。幸运女神终于眷顾了他们，在倒数第二间屋子，他们发现了数台电脑。房间里面已经有一男一女两个玩家在，男的是万亿，女的苏尔没什么印象，看了一眼胸牌，居然和他一个姓，叫苏糖衣。

苏糖衣笑着说：“我是假苏，你才是真苏。”

有主角光环的那种苏。

苏尔实话实说：“如果你和我同时进入一个叫《谜底之书》的副本，你一定会推翻这个结论。”

除了他，其他人身边都跟着兔子变的仿真人，本就不大的空间显得更加拥挤。苏糖衣的兔人很爱恶作剧，如果谁从它身边路过，它就会伸出脚想把人绊倒。

这时万亿主动让出位子，纪珩坐在椅子上，一点点看今晚的监控回放，包括玩家在进入电梯后的场景。

已经看完一遍的苏糖衣适时开口：“每一个兔人性格都不同。”

李子仓的那只表现得最为明显，爱好争抢食物，不放过任何一点残渣。

“《弄虚》处处透露着古怪。”万亿摊了摊手。

纪珩的手没离开过鼠标，头也不抬地道：“《弄虚》只是副本的名字，这座城叫‘希望之城’。”

他突然强调城市名字，让万亿愣了一下，倒是苏糖衣似乎想到了什么不太好的事情，嘴角的笑容渐渐淡了下去。

“我先回房间了。”半晌，她的面色越发难看，匆匆走出门。

苏尔注意到对方转身时扶了一下墙，像是受到了不小的刺激。纪珩城府太深，万亿想了想，从后面追上苏糖衣，似乎想从她那里打开缺口。

有些细节纪珩几乎是在一帧一帧地看，二十分钟后他才站起身：“走吧。”

路上苏尔琢磨着他们专门来监控室的用意，心想当时纪珩的目光不仅聚焦在屏幕里的兔人身上，还有对应的玩家，大约是在做某种对比。

苏尔一路低着头，不知不觉间就已经站在房间外。

纪珩刷门卡的同时说：“很久之前，各大组织就统计过进入《弄虚》的人员名单，试图从他们身上找到共同点。”

苏尔进门后的第一件事是喝水，缓解爬楼梯带来的痛苦，问：“有什么发现？”

“但重点不在于这些人，而是数量。”纪珩接过他递过来的水，说，“近三年的名单加起来，也才不到三十人。”

苏尔愣了一下，单是这次进入《弄虚》的玩家就有二十二人，快赶上以往几年的总和了。

“先前神算子说过，《弄虚》快开了，主持人都在忙着发放入场券。”他心里沉了沉，“按照这种说法，往年进入《弄虚》的人其实也很多。”

说话的同时他渐渐察觉出蹊跷，青莲智者坦言这里存活率高，证实的确有不少玩家走出了《弄虚》。

“造成这种情况的原因只有一个：游戏篡改了玩家的部分记忆。”纪珩背靠着桌沿微微垂眼，“让玩家忘了那些拿到入场券并且后来走出了《弄虚》的人。”

按照美好一点的剧本来说，这就意味着离开《弄虚》的玩家彻底摆脱了游戏掌控，从此过上了正常人的生活。

但一股寒意慢慢爬上苏尔的心头，那是一种说不清的复杂感觉，他感到自己仿佛陷入了柔软黏腻的蜘蛛密网，不得不暴露在猎食者的面前还动弹不得。

纪珩突然问：“还记得许鹤吗？”

苏尔点头，他对许鹤记忆犹新，对方曾贴着自己的耳朵说了些奇怪的话——

“总有一天你会遇到，属于你的必死局。”

回忆戛然而止，苏尔猛地从床边站起来：“希望之城……之所以叫这个名字……”

纪珩点头：“在这里，可以找到关于最终局的线索。”他沉思了一阵，又说，“我调查过许鹤，他在现实里是一名很有正义感的人，但在副本里，却是无恶不作的贩毒者。至于曲清明，现实里她的身份是模特，副本里你用神秘眼珠看到的却是一个相貌十分丑陋的女人。”

副本和现实世界，是两种截然不同的人生。于副本里的玩家而言，现实里的他们就像是一个失败的人在平行世界投射出的美好妄想。

苏尔睫毛一颤。

沉默开始在房间中蔓延。良久，纪珩意味深长地说了一句：“副本世界，真实得可怕。”

所谓属于玩家的必死局，也许只是一种回归，回归到他们真实生活过的世界。

总有一天，当他们再以玩家的身份回到那个世界做任务时，便会迎来所谓的必死局。

苏尔很快镇定下来：“《弄虚》里藏着可以离开必死局的……”

话说到一半他突然顿住。

顺序。

这两个字突兀地浮现在脑海中，苏尔第一次完全无法掩饰自己的神情。

“必死局无疑是最高难度的副本。”纪珩说出了苏尔因为震惊而一时无法说出口的话，“正常顺序是玩家不断过副本，总有一天会进入《弄虚》，再迎来必死局。”

苏尔张了张口，很想让他不要继续说下去，最终却选择了静默。

纪珩叹道：“姓周，讨厌规矩，没有办法对父母的死亡感到悲伤……”

“《无渡》。”苏尔闭了闭眼，主动说出了这两个字。

在那个副本里，人们亲情淡薄，处处讲究规矩，要求人人在言行举止上达到某种统一。

而“周”，正好是镇子上的大姓之一。想到这里，苏尔深吸一口气。

同许鹤和曲清明一样，他在现实世界也有着相反的人生。高二之前父母疼爱，家庭美满，也不用受烦琐规矩的束缚。

“你的那位同学不知用了什么法子，竟然打乱了顺序，在新手场后直接送你进入了必死局。”纪珩说，“当时你只是新人，各项数值都很低。”

按照副本运行的规则，游戏会根据玩家的实力调整副本难度。如果用十分作为评判标准，进入《弄虚》的玩家至少在七分以上，而必死局的难度可能是七的数倍。苏尔不同，刚出新手场时他差不多就是一张白纸，实力最多是一分，他的必死局以这一分为基础设置难度，因此他从一开始就拥有天然的优势。

“副本讲规矩，偏偏你擅长钻漏洞，身上又有电击器作为保命道具。”

苏尔笑了一下：“何况当时你还是被我组队带进去的。”

严肃的气氛散去不少，纪珩嘴角微掀：“天时地利人和，全占尽了。”

苏尔用手指摩挲了一下自己的胸牌边缘，轻叹一声：“所以游戏才会毫不吝惜地给我发成就点，希望之城也没有我要找的‘希望’。”

因为属于他的必死局，早在游戏开场不久，他便已经平安通过了。

纪珩说：“不要放松警惕。”

即便过了必死局，想离开游戏也需要达成条件——集齐成就点或者攒够积分。在这个过程中，一旦折在某个副本里，便是功亏一篑。

苏尔面色有些复杂：“在天机城，我碰到过一次祝芸。”

当时祝芸特地告知留了东西给他，他也因此得到了那颗神秘的眼珠。

“天机城会不会就是她的必死局？天一卦擅长预测，神算子也是。假设祝芸是那个世界的原住民，她拥有预言术便说得过去。”

纪珩点头，认同这种说法。

苏尔静默垂首，良久后才开口：“天机城的百姓几乎都变成了蛇人，她能幸免吗？”

纪珩没有回答，转移话题道：“那颗神秘的眼珠是蛇目，恐怕原本就是天机城的东西。”

真假，虚实。偏偏神秘眼珠能看穿事物的真实面目。

赶在思绪更加凌乱前，苏尔缓过劲来，意识到自己要着眼于“近忧”。纪珩的必死局还没有过，目前不能浪费任何在《弄虚》里的时间。

他强行把注意力转移到纪珩的兔人身上，试图寻找隐藏信息。然而无论他做什么，兔人都无动于衷。

“冷漠，不近人情……”快速总结出兔人的性格特点，苏尔若有所思，“每个兔人性格不同，或许一定程度上影射出了原本的人物性格。”

不过这并不能代表什么。他们以为的“现实世界”蕴藏着某种来自他们内心深处的渴望，比如苏尔渴求有法可依、不讲私刑的生活，许鹤梦想的是有一个光明、正派的身份。

苏尔转而去看纪珩：“你的情感诉求是什么？”

纪珩笑了一笑，坐在床边，居然在这个节骨眼上说起了玩笑话：“有钱有颜？”他瞄了一眼兔人，“或者拥有七情六欲。”

苏尔一本正经：“想要盛世美颜的人是曲清明，没有感情的人是我，你撞人设了。”

他们四目相对，不约而同笑了一声。至此，压抑的气氛彻底消失。

“只能等明天的任务了。”纪珩恢复正色，“范围太大，仅靠推测远远不够。”

也许和个人无关，而是和生活环境有关，说不定真正的他还生活在战乱年代呢，内心的希望是得享太平盛世。

一夜很快过去，什么奇怪的事都没有发生。夜风温柔，万籁俱静，十分适合睡眠。

翌日，大家聚在大厅吃饭，玩家的精神状态却都算不上太好。

苏尔注意到苏糖衣原本娇俏的脸蛋上基本看不到血色，万亿的脸色也不大好，目中泛有血丝。

保险起见，大家还是对了一遍昨天定下的暗号，以确定有没有玩家被兔人替代。

对过之后，有异样表现的玩家大约占了三分之一。

兔人在主持人出现的一刹那重新变成了兔子侍者。

“早上好。”青莲智者亲切地打了声招呼。

兔子侍者工作很到位，细心地帮每一位玩家盛好粥，而后站成一排在旁边候着。

从昨晚的聚餐就可以看出，主持人不喜欢在用餐时间说正事，会等到最后一名玩家放下筷子再开口。

因此所有人都一言不发地吃饭，以最快速度填饱肚子。

青莲智者不赞同地摇头：“细嚼慢咽对身体比较好。”

他似乎还真挺讲究养生的，饭后带领众人慢慢往外走，方便消食。散步到森林公园，青莲智者给每位玩家发了一份地图，地图上城市被分成四块区域，每块区域上方标注着字母和不同的颜色。

他没有直接解释，站在最前面做了个手势：“一日之计在于晨，来，跟着我打一套太极拳。”

众玩家：“……”

苏糖衣面色一沉，忍不住开口：“这样耽误时间，是不是不大合适？”

青莲智者耐心地解释：“游戏需要众多守关者，它们要跨越不同维度才能来到《弄虚》，此刻还在路上。关于你所担心的问题……”他微笑道，“时间绰绰有余。”

抬掌，推，蹬腿——

他的动作行云流水，可惜跟着做的玩家寥寥无几。

青莲智者眯着眼，仿佛在推着风走，状似不经意地道：“说不定下一刻就会被淘汰，为什么不好好享受当下？”

一套太极拳打完，他再度开口：“线索的价值和区域难度有关。A 代表特危；B 是危险；C 为普通；最简单的是 D 区域，失败也不会出局。”

苏尔忽然问：“如何确保进去后找到的不是他人的信息？”

青莲智者拿出早就准备好的纸笔扬了扬：“所以才要提前统计名单，召集魅物工作人员。”说着，他目中的笑意消散了一些，“选定难度等级后，游戏会再细分区域，每个人只能在自己的那个区域行动。”

苏尔说：“如果原本在特危区域，中途想去……”

青莲智者打断道：“任何一个分界点都有工作人员守着。”

意思很明确：想换区域，就得先过工作人员这一关。

玩家眼神闪烁，都知道这不可能容易。

大家稍稍犹豫后，很快各有选择。包括纪珩在内，选择特危区域的玩家共有五人，大部分玩家聚在危险区域，只有三名玩家选择了普通难度的区域。

苏尔最后开口：“我选……”

青莲智者：“你不能参赛。”

苏尔还想再争取一下，纪珩看着他，微微摇头。

“十二点游戏准时开始。”青莲智者发放手表让玩家校对好时间，然后带着他们离开公园，依次分配活动区域。

完全成为透明人的苏尔无奈地表示：“酒店也在区域范围内，我怎么办？”

青莲智者脚步一顿。十二点后，希望之城会变成魅物的乐园，的确没地方安置他。

苏尔试探着说：“要不我去废铁轨上待着？”

青莲智者摇头：“城外也有魅物守着，防止靠近火车站的玩家钻漏洞。”

柳絮飞过来，苏尔蹭了蹭鼻尖：“规则太不健全了。”

副本就没有想过，万一遇到走后门的玩家怎么办？

青莲智者：“……”

低叹一声，青莲智者递过去一枚胸针，和兔子侍者制服上的是同款。

“工作人员专用胸针，根据员工保护制度，那些魅物不能伤害你。”

“难怪……”

苏尔注视着掌中亮晶晶的胸针，一次性召集大量魅物入城而不造成混乱，肯定是有什么默认准则的存在。

“别去招惹它们。”青莲智者提点道，“真惹急了，它们虽然不能打死你，但打得半死也顶多算一般违规。还有，胸针只能自用。”

苏尔看了一下表，十点四十三分。他没有继续跟着主持人，转身往另一个地方走去。

这一举动倒是出乎不少玩家的意料，他们还以为苏尔会和纪珩去同一片区域，没想到他走得这么干脆利落。

万亿面色复杂地望向纪珩，后者似乎并不惊讶。

因为选择的是跟纪珩截然相反的方向，身后的声音逐渐不可闻，四周一片寂静，仿佛天地间只有苏尔一人。

苏尔有着相当拎得清的性格，从《谜底之书》的副本就可以看出。纪珩很早就掌握了破局的关键，而在通关过程中，他却选择了迁就对方，刻意放缓节奏。苏尔判断，自己和他一起去特危区，不一定能起到什么作用。

想到这里，苏尔的眉头不经意间蹙起。游戏中从来不缺大佬。纪珩实力很强，相应的，针对他的必死局必然是地狱级难度。

“线索……”如今只有找到更多关于必死局的信息，才能最大程度帮到忙。

苏尔站在站台上眺望前方，咬了咬牙：“赌一把，大不了被打个半死。”

做好决定，他快速折回到火车站外的超市，拿了两个水桶，临走前又往里面塞了数个塑料袋。

玩家对《弄虚》几乎是谈虎色变，但对于魅物来说，去《弄虚》却是一场盛事。

运气好了能吃到玩家，关键还有灵气赚，何乐而不为？

十一点三十一分，第一只魅物迫不及待地横穿迷宫进入《弄虚》。

刚挤破屏障探入半边身子，居然发现一个玩家，还没来得及兴奋，就看见对方佩戴着工作人员的专属胸针。

苏尔坐在地上，靠着水桶，像个无赖似的伸出腿拦路：“先把过路费交了。”

魅物愣了一下，赤着大脚在地上用力一踩，铁轨都被震断了两根。

苏尔无奈，指了指旁边插着的牌子。只见一根粗壮的树枝斜插在土里，上面挂了张纸，纸上写着“收费站”。

魅物怒目而视：“从来没听说过进《弄虚》要收费的！”

苏尔松了口气。会说人话就好，方便交流。

“几个月前，大量副本关闭，上千魅物失业……”从一开始他便把胸针别在另一边，抱臂小心地遮掩着胸牌，以免暴露自己罪魁祸首的身份，“现在大家都争抢着来《弄虚》。”

多说多错，苏尔点到即止。

魅物记得确实曾听到过播报，据说这一系列事件的起因是某个玩家能识破“魅物 NPC 假扮玩家”的陷阱。

“名额有限，青莲智者说了，想进去就得交纳上次来《弄虚》获得的好处的十分之一，还有一滴眼泪。”

“眼泪？”

“这是我和其他工作人员的一场交易。”苏尔正色道，“青莲智者忙着主持，没时间收过路费，我放弃收集线索的机会临时充当收费人员，他才特意加上这条当作报酬的。”

魅物哪里能想到一个玩家居然这么有胆量，但又觉得哪里不对劲。

苏尔轻咳一声，在魅物思考时突然一步踏出，熟悉的失重感传来，他抵达另外一边的世界后又迅速走回来：“壁垒对我无用。”

魅物愣了，《弄虚》和外界之间的屏障不是一般的厚，它挤进来都费了不少功夫。

“怕你们不信，主持人给我开了后门，他说这叫‘临时界管员’。”苏尔佯装不耐烦，伸出手，“麻烦快点决定。”

被一个玩家催促，魅物条件反射就想一拳打过去。

苏尔也不躲，大声道：“我是员工！工伤鉴定后你要赔偿的！”

对方的拳头收住，拳风还在，苏尔一个趔趄，倒退了一小步。

魅物掰下一片指甲扔过去：“灵气我不想给，这个东西跟灵气价值相等。”

苏尔面无表情地收好：“稍后青莲智者会亲自核实。”

说着他瞟了眼放在一旁的瓶子：“眼泪。”

魅物流泪不需要情感加持，它直接把瓶口对准眼睛，很快瓶子里面就多了一滴泪。

游戏十二点开始，差二十分钟时，进来的魅物越来越多。

“咋还排队呢？”

“前段时间关副本导致的，为了防止过量魅物拥入。”

“十分之一！够黑的。”

“青莲不是个好东西，乖乖交吧，别在这上面耍滑头。”

队伍一排起来，苏尔这边反而轻松不少，从众心理让质疑的声音少了许多。谁耽误了时间，后面的还会不耐烦。

十一点五十三分，最后一只魅物完成交易。

苏尔走出《弄虚》，迷宫副本此刻是黄昏，他的额头全是冷汗，心里不禁涌上一阵后怕。他深呼吸了好几次，加快步伐往前走。

螣蛇洞主看到熟悉的身影，瞳仁里的光都冷了。苏尔直接给出一部分刚收来的好处，哑着嗓子说：“带我去找荷宝菩。”

螣蛇洞主原本还思索对方是从哪里收来的黑钱，一眼瞧见满桶子都是宝贝，立时又开始思索打劫的可能。

苏尔指了指胸针：“员工。”同时又道，“你若抢，我就跟你拼命，不死不休的那种。我死了无所谓，反正你会被规则惩戒。”

螣蛇洞主盯着他看了半晌，突然从嗓子里挤出怪异的笑声："我说过，你身上有我的同类的气息。"

黑色的尾巴一甩，苏尔被它卷到背上。

疾速飞行，罡风强烈，苏尔低着头避风，顺便提前准备起和苟宝菩见面时要用的话术。

古堡里，苟宝菩一如既往地坐在主位上，一旁传来主持人的声音："本场为特殊福利场，叫作'有借必有贷'。"英俊的笑脸商人扶了扶小礼帽，详细地介绍完规则，又说，"请各位努力创造财富，有结余就可以参加三天后的拍卖会。"

玩家们面面相觑。

"拍卖会上应有尽有，包括道具。"

无论何时，这句话都能最大程度激发玩家心中的贪欲，这次也不例外。

苟宝菩起身举杯，将众人眼中的贪婪尽收眼底，微笑着说："祝愿各位能……"

话说到一半顿住，窗外突然飞进来一个黑影。苏尔坐在黑色的长蛇上，降落在众人面前。

苟宝菩："……"

空气安静了下来。

几秒钟后有玩家回过神来，讨论的声音瞬间炸开——

"有胸牌，这人好像也是玩家。"

"苏尔？！"一名男子认出他来。

"真是他！苏尔什么时候有了坐骑！"

坐骑？

螣蛇洞主被这两个字砸得头晕，瞳孔一缩，没忍住露出了毒牙。

短暂的沉默中，苟宝菩依旧是一副笑眯眯的模样，语气却暗含警告："擅自闯入我的地盘，是不是不太礼貌？"

作为主持人，在玩家不违规和触碰淘汰条件的前提下，他有责任在突如其来的变故中为玩家提供庇护。

螣蛇洞主懒得理他，没好气地对苏尔说："给你二十分钟时间，否则我就先回了。"

苏尔点了点头，走到苟宝菩面前，展示收来的过路费。

"我还有很多。"

看到满满一桶的东西，苟宝菩第一时间动了动鼻子。

那么问题来了，这些东西他是从哪里打劫来的？

作为一名合格的商人，苟宝菩很快放下了疑虑和成见。他慢悠悠地转动着手腕上的红色珠子，嘴角笑容的弧度放大："麻烦领这位尊贵的客人去 VIP（贵宾）间。"

VIP 间，说白了就是苟宝菩的办公室，苏尔再熟悉不过。

“故地重游，滋味如何？”

苏尔始终慢笑脸商人半步，瞟着对方的背影说：“还行。”

这间特殊的办公室比之前奢华了不少，笑脸商人把他送到后便离开，只剩苏尔一人坐在椅子上。五六分钟后，苟宝菩堆着笑容走进来。他没有盘问这些东西的来历，只是熟练地开始估价，因为数量太多，他还随手拿起一支笔在白纸上做记录。

苏尔说：“我要买关于队友必死局的消息，队友叫纪珩。”

苟宝菩的笔尖一顿，又开始流畅地记录，头也不抬地道：“怎么不先去和其他玩家交易？”

如果能把存在必死局的这个秘密卖出去，成为游戏第一富豪都有可能。

苏尔说：“我不想挑战游戏的底线。”

自从知道游戏能修改玩家的记忆后，苏尔知道了学乖点很有必要。

苟宝菩：“全部换必死局的线索？”

苏尔点头。

“两种方案：一种是兑换三个琐碎的信息；另一种则是选择一个主要线索来兑换。”

前者涵盖范围广，却不好串联；后者固然重要，但或许也可以靠自身努力探索出来。再三权衡之后，苏尔做出决定：“主要线索。”

苟宝菩似乎并不惊讶于他的选择，开口说：“眼睛是心灵的窗户。”

简短有力的八个字，不带任何解释。

苏尔轻蹙了一下眉头。来之前他已经有心理准备，预测到必死局的消息可能价值连城，却没想到会这么模糊。

他想了想，拿出一枚蝴蝶发卡放在桌子上。苟宝菩的眼睛微微一亮，明显比看到那桶稀奇古怪的东西要感兴趣很多。

“一个小魅物给的道具，据说使用后可以提高中间商 10% 的收益。”

苏尔动过自用的念头，但想到它是一次性消耗品，便没有使用。不过这玩意儿到了苟宝菩手里，鉴于苟宝菩巨额的财富基数，能给他带来的收益提升绝对不小，对他会非常有吸引力。

“张小花的宝贝发卡。”苟宝菩竟然了解道具的来历，搓了搓手说，“我打她那双鞋和这个发卡的主意好久了。”

苏尔怔了一下：“鞋子也是道具？”

苟宝菩：“要触及支线任务才有机会获得。”

苏尔的目中闪过几丝惋惜，很明显他当时没有触发这个特殊剧情。

他问：“再加上这个发卡，能换什么？”

苟宝菩眼珠一转，耷拉下眼皮遮挡住奸诈的视线：“关于一个针对你的陷阱的信息，如何？”

苏尔面无表情：“如果是有人试图转移我的财产，就不用了，我已经提前把手上的道具都交给队友保管了。”

“……”荀宝菩干巴巴地赞扬了一句，“有先见之明。”

苏尔看了看手表，还有八分钟，他毫不怀疑一旦超时螣蛇洞主会直接抛下自己。

“麻烦快点开价。”

荀宝菩说：“必死局的消息不能再卖了，否则我会被游戏制裁。”他习惯性地摩挲着手腕上的红色珠子，突然问，“这次《弄虚》的主持人是谁？”

苏尔说：“青莲智者。”

荀宝菩岔开话题：“你的文科成绩怎么样？”

“还行。”

话题跳跃度实在太大，接下来他又问：“你准备在《弄虚》待几天？”

苏尔说：“这个要问主持人。”

总共问了七八个问题，甚至还聊了聊人生观、价值观，终于在谈论完《弄虚》的天气后，荀宝菩站起身：“时间差不多了。”

这是在暗示苏尔可以离开了。

他走到窗边，从花瓶中取出一根桃枝：“多看看。”

诚信是商人立世的原则，荀宝菩会尽最大可能赚取差价，但不会拿无用的东西来敷衍顾客。苏尔什么都没说，带着桃枝离开了。

螣蛇洞主很喜欢盘着，现下正盘在水晶灯上，可惜水晶灯的温度它不是很喜欢。

苏尔走出来的瞬间，许多玩家不约而同地松了口气，就差没明着说让他赶紧带着这条蛇离开。

“坐骑”的称呼给螣蛇洞主留下了不小的心理阴影，这次它直接用尾巴卷住苏尔，飞向无边的黑夜。因为重量都压在后方，螣蛇洞主飞得比平常吃力，苏尔也不舒服，叹了口气：“现在没外人，我们别互相折磨。”

最终他还是骑在了蛇的身上，试探着把桃枝靠近蛇脑袋：“这是我刚换来的宝贝，十分厉害。”

“不用套我的话。”螣蛇洞主冷冷地道，“这就是一截再普通不过的桃枝。”

苏尔没完全相信它的说辞，但内心也十分疑惑。适才荀宝菩折桃枝时，花瓶里的桃花有的含苞待放，有的已经开始蔫了，这都是正常的鲜切花的状态，实在看不出有什么特别的。

《弄虚》入口，巨蟒正在打瞌睡，听到声音警惕地抬起头。

螣蛇洞主落地前没有减速，苏尔跳下地面时，脚下一个趔趄。他快速把桃枝塞进袖子里，自言自语：“希望魅物也知道打人不打脸。”

他全程没有回头，一路脚步不停，直至重新进入《弄虚》。

预想中的毒打没有到来，苏尔诧异地朝上方望去。负责在这里看守的红色魅物看见他，“呸”了一声：“青莲的狗腿子。”

想到被掳去了去年十分之一的收获，这个魅物就十分不爽。苏尔掩饰住惊讶，心中暗自琢磨：莫非青莲智者没让自己“现出原形”？

每隔几百米就能碰见一只魅物，好在它们暂时没有要攻击苏尔的意图。苏尔爬上站台，穿过火车站，终于进入城市内部。站在十几层的台阶上，他冷冷地眺望着前方。天空，大地，草坪……整座城市几乎变成了魅物的天堂。

苏尔摊开主持人发的地图，发现火车站附近属于低难度区，没有玩家选择。再往前看，便是普通区域，遇上的魅物大多体形巨大，但行动有些笨拙。

苏尔终于迈步走下台阶，边走边回顾和荀宝菩之间的对话。那几个莫名其妙的问题，仿佛是朋友间随意的交流。但这种日常交流绝对不可能发生在焰罗和玩家之间，其中必然隐藏着关键信息。

他做着不同推论，逐渐朝着特危区域靠近。转过一条街道，前方井洞中突然伸出来一只手，一时分不清属于人还是魅物。

苏尔小心地走上前，惊讶地发现是万亿。他下意识地弯腰想要拉对方一把，很快手在半空中僵住，只见万亿全身上下都是伤，一拉他绝对会给他带来撕心裂肺的疼痛。

万亿用尽力气支撑住上半身，虚弱地道："口袋……水……"

苏尔伸长胳膊在他身上摸索，找到一个装有液体的小瓶子，给他灌了一口。

"省着点。"大一点的伤口肉眼可见地在愈合，剩下的显然万亿准备让它们自己恢复。

苏尔这才拉万亿出来。

"药水挺管用，对了，还得谢谢你。"万亿不顾形象地躺在地上休息。

要不是苏尔在迷宫里的骚操作，游戏不会补发天泉水给玩家。

治疗类道具有时候能救命。

万亿是选择特危难度的五人之一，等他稍缓过来一些，苏尔连忙问："纪珩呢？"

"选这个难度的最后才划分具体活动区域，你要见他应该还得再往前走。"

苏尔站在原地望着万亿。

"不用管我。"万亿摆摆手，"今天的这一关我已经算过了。"

苏尔环顾周围，果然附近没什么魅物。正准备去找人，万亿有气无力地道："就算去了你也帮不上什么忙。"其中还有不少曲折，只是他现在已经没力气详细说明。

苏尔想了想，转身朝另一边走去。万亿没料到苏尔竟然听进去了劝告，缓缓吐出一口浊气。这片天空的魅物都游移到了其他区域，回想九死一生通关特危难度后获得的信息，万亿紧紧闭上了眼。

损失太大了。

为了通关，他不得不使用了一次替死道具，那本来是他用来保命的底牌。但等他再次睁开眼，惋惜的情绪荡然无存，无论如何，这次他得到的信息很值得。

"咚"！"咚咚"！

地面在剧烈地震动，万亿闪电般跳起来。

不远处天上飞舞的怪鸟，地上庞大的蜥蜴，还有半空中游动的古怪的红鱼……

刚刚才折磨过他的魅物去而复返，数量还多出来好几倍！怎么会这样？

主持人说过，通过考核任务后，只要不离开自己所在的区域，一天之内就不会再遭遇攻击。

玩家是跑不过魅物的，正当万亿考虑要不要重新钻入井里，忽然看到了站在魅物大军最前面的小黑点。黑点慢慢靠近，显示出清晰的轮廓。

“苏尔？”

在魅物的衬托下，对方就像是一只微不足道的小蚂蚱。

望着迎面走来的人，万亿的喉头动了动，问：“这些是……”

“雇佣军。”

万亿：“……”

事实上，是苏尔用新储藏在电击器中的灵气为诱饵，承诺救出人后给它们来一次灵气大保健。羊毛出在羊身上，这些灵气还是在收过路费时攒的。

“我们可以帮忙拦住其他魅物，但不能拼死搏杀。”蜥蜴瞟了眼苏尔那碍眼的员工胸针，它的爪子上有一片焦黑的皮肤，这是之前抢夺电击器时留下的。

苏尔微笑道：“足够了。”

若不是考虑到纪珩所在的特危区域魅物不能违背规则放水，他哪里用得着这般迂回。

他清清嗓子，潇洒地一挥手：“早点结束，早点给大家做大保健！”

魅物组成的雇佣军浩浩荡荡前进。

万亿惊讶得合不拢嘴。还能这样玩！

苏尔带着雇佣军，偶尔路过公交车站或者某一处宣传栏，都能看见“希望之城”这四个字，耀眼夺目。

他并不如表面上看上去那么镇定，身边环绕着一群魅物，他免不了一直保持着防备。步行速度太慢，他便找了辆电动三轮车代步。根据地图，再往前就是最后一处特危区域，纪珩只可能在那里。

前方天空的颜色变了，云层间布满暗红的斑块，苏尔适时停下。

“怎么停下来了？”魅物可没那么好的耐心，游动在半空中的古怪小红鱼声音尖锐，开口问道。

苏尔打开手机地图，循着就近的一家文具店走去，找到马克笔，又扯下隔壁蛋糕店的窗帘，迅速在上面写下一行字，走出来交给会飞的魅物。

“请带着这个飞到空中展示，顺便播报一下上面的内容。”

一旁的巨蜥不屑：“我嗓门儿大，喊上一声就行。”

苏尔笑道：“排场要足，光靠喊不顶用。”

魅物已经表现出不耐烦，苏尔补充道：“为了一次大保健和特危区域的守关者逞凶斗恶，万一伤到了不划算。”

这话说得仿佛是在担心这些魅物的安危，虽然魅物们知道他假得没边，但他的话听着舒心，因此也就都没有再太计较，按他的要求做了。

纪珩拿到的通关要求是保护怪鱼卵三小时。

因此纪珩首先要找到卵，再带着它们四处躲藏，避免它们被这片区域的其他魅物吞吃。其次卵的成长速度极快，在一小时后会长成幼鱼，幼鱼被玩家身上的气味吸引，哪怕是保护者，它们也会毫不犹豫地进行攻击。

要确保自己不被幼鱼吃掉，又得躲避区域内搜寻幼鱼的魅物，不是一件容易的事情。

纪珩在一只幼鱼试图偷袭时，毫不犹豫地捏伤了它的鱼鳍。

他看了一眼时间，还有二十分钟结束。

这片区域一共有三只魅物，如果遇上一只，逃脱难度不大，就怕打斗的动静引来另外两只。纪珩瞄准对面的一栋高楼，又看了看地下停靠的车辆，开始估算制造一个爆炸机关需要多久。

被捏伤的幼鱼恶劣地道：“你可得保护好我们。”

其他幼鱼同样幸灾乐祸地开始闹腾，其中一只还想趁乱咬伤纪珩的手指。

这些幼鱼就像是完全没有脑子的熊孩子，丝毫不担心保护者被攻击后它们也会葬送在魅物口中。

就在它们努力拖慢纪珩的步伐时，天空传来一道浑厚的声音：“纪珩勇敢闯，靠山永不倒，求救请喊‘1’……”声音由远及近又飘远，随后纪珩看到天空中飘着一截红色的绸缎，隐约能看见上面嚣张地写着“靠山”二字。

纪珩眼皮一跳。这一看便是苏尔的手笔。

原本游走在商场附近的一个石人发现有工作人员捣乱，朝半空中投出石子驱赶。可惜后者仗着能飞，硬生生无视了这一幕，躲开石子之后继续新一轮的广播。

没有人知道这个工作人员的肺活量到底有多大，在这座空城里，它的声音穿过高楼大厦，甚至连危险区域的一些玩家都能听到。

魅物之间发生摩擦，有利于纪珩藏身，现下距离游戏结束只剩一刻钟。

“纪珩勇敢闯，靠山永不倒……”又传来一道完全不同的声音，内容却是一样的。

纪珩低叹一声，可以肯定，苏尔不止派了一只魅物来“应援”。

四周乱哄哄的，以防万一，他趁机去到对面楼设下陷阱。

眨眼间仅剩三分钟。按照纪珩往常为人处事的风格，少不得要冒险引一只魅物过来炸个半死，也算是给对方追杀自己几小时一个小小的回报。

不过和苏尔认识久了，他难免受了些影响，后者的风格是能稳绝对不作，即便他看上去夸张的操作层出不穷，实际上却是最谨慎的。因此纪珩最终没把魅物引来，安静地靠在墙上等着最后一段时间的流逝。

他抬头看了看天空中来来去去的魅物，不禁失笑：“算了。”

能拿到信息就成，没必要惹事。

周边有数条街道，为了防止错过，苏尔特地派魅物贴满告示，注明在某家超市外见面。

然后他开始履行约定，用电击器给魅物们做大保健。这绝对不是个令人愉悦的过程，有魅物故意闹事，说自己的时间比其他同类短，后面排队的又嫌弃它废话多，大大小小打起来好几次。

若非苏尔躲闪及时，绝对要被到处乱飞的碎片划上一道。

纪珩出现时，苏尔身边还剩下最后三只魅物。

他眼睁睁看着苏尔轻车熟路地把小红鱼放在膝盖上，然后面无表情地使用起电击器来，小红鱼嗷嗷叫个不停，鱼鳞都甩飞了几片，事后又一脸喝醉酒的表情离开了。

纪珩："……"

苏尔淡定地道："生活所迫。"

纪珩记得先前电击器里储藏的灵气已经消耗得差不多了，显然苏尔是又发了笔横财。他忍不住笑了笑，上前伸手拉了苏尔一把。坐在台阶上的时间太长，加上长时间使用电击器，站起身时苏尔的腿和虎口处都有些发麻。

"信息拿到了吗？"苏尔首先问出最关心的问题。

纪珩点头："警惕寄生。"算是很明显的一条线索。

苏尔说："特危区域，果然提示更加明朗。"

纪珩大致介绍了自己遇到的游戏内容，而后道："有一条怪鱼幼崽一直试图给我制造伤口。"

苏尔停下脚步："你怀疑它是想寄生？"

纪珩说："《弄虚》里处处有玄机，游戏内容不会是完全凭空设计出来的。"

苏尔稍一寻思："所以在必死局里，你要尽量避免受伤。"

但要做到一点伤口也没有，还是在地狱难度级别的副本里，基本不可能。没继续往悲观的层面想，苏尔从袖子里掏出一截桃枝。

"我去了趟荷宝菩那里，这是用过路费换回来的提示。除此之外，'眼睛是心灵的窗户'这句话也是线索。"

过路费？纪珩立刻猜到苏尔都做了什么，知道其中的风险，他的视线上下一晃，确定没看到苏尔身上有伤口。

"用了道具恢复？"

苏尔摇头："这就是最奇怪的一点——青莲智者没有戳穿我的骗局。"

说话时，他的眉头不禁微微一皱。其实最好的情况就是自己被魅物打个半死，这说明一切都在意料之中，现在这样，反而叫人惴惴不安。

纪珩说："详细说说。"

苏尔重新讲了一遍过程，加上了所有被省略的细节，从如何收过路费到和荷宝菩的对话，甚至连与魅物的对话也一字不落地复述了。

纪珩听完没发表什么意见，两人已经进入危险区域，一只巨耳兔看到有玩家踏足自己的边界，正准备加个餐。

只是才靠近几步，它注意到苏尔的胸针，只能歇了这个心思，再看向纪珩的胸牌，问：“你就是那个背后有靠山的纪珩？”

“……”纪珩默默看了一眼苏尔，后者侧过脸，呈四十五度角望天。

巨耳兔像个复读机：“你就是那个……”

“是我。”纪珩定定地望着它，“打一架？”

巨耳兔拒绝，指着苏尔说：“我出手，万一他用身体护着你，我就违背了员工准则。”

苏尔觉得新奇：“这座城市里的兔子倒都挺聪明，还罕见地和善。”

巨耳兔很满意苏尔这种非常自然的溜须拍马，便多说了一句：“我们是固定员工，职业操守高。”

快走到酒店门口时，全城的喇叭都在进行播报：“区域难度探索环节结束，特危区域淘汰人数二，危险区域淘汰人数三，存活玩家可自由活动。”

除了万亿和纪珩，特危区域只有苏糖衣活了下来。

二十二名玩家转眼只剩十七个，再次聚在酒店时，众人面色都不大好看。他们已经摸清了一些规律，《弄虚》里所有的危险都来自玩家个人的选择，如果一直按照最低标准来，活着走出去不难，但出去后可能会面临更大的麻烦。

纪珩和苏尔推门而入的瞬间，这些担忧的眼神瞬间变得古怪。

一个走后门，一个据传有靠山，这对组合绝了！

“叮”。电梯门开的声音让众人收回视线。

青莲智者打了个哈欠，满脸懊恼地说：“午睡过头了，这样对身体不好。”看到聚集而来的玩家，他强忍着困倦说，“我让员工提前准备好了下午茶。”

外面的魅物还没有全部离开，这会儿大家更愿意留在酒店，没人有异议。苏尔注意到主持人的动作，看似慵懒，实则每一步迈开的距离都一样，甚至连眼睛眨动的频率都没变。

纪珩用吃甜点的动作打掩护，低声道：“《弄虚》的主持人应该一直没变过。”

苏尔点头。收过路费时，从魅物们对青莲智者的评价就可以看出，他们很早之前就打过交道。

“荀宝菩连必死局的消息都有，为什么多此一举问你《弄虚》的主持人是谁？”

苏尔同样困惑，《弄虚》算是游戏里的重要副本，作为奸商，荀宝菩不可能连基本的消息都没有。

他这一问，很可能是在提醒自己什么。苏尔喝了一口奶咖，被腻到了，放下杯子，大胆猜测道：“主持人被魅物附身了？”

纪珩说：“想事情要往最糟糕的一面考虑。”

苏尔本想说主持人被干掉了，站在面前的其实是个未知生物，余光瞟到青莲智者恒定不变的笑容。青莲智者宛如一台精密的仪器，苏尔嘴角一抽："不会是游戏亲自下场来试探我吧？"

纪珩："……"

苏尔说完这句话后视线片刻不离青莲智者，后者毫无所动，依旧站在不远不近的地方笑着看玩家们用下午茶。

"大约是我多虑了。"苏尔皱了一下眉，可这主持人确实不对劲，哪怕是魅物，也不可能做到眨眼睛的频率都不变。

纪珩说："的确是数据，但不是游戏的数据。"

因为私下总喜欢把游戏比作精密的仪器，苏尔稍稍展开了联想："人工智能？"

纪珩颔首："我曾经去过一个副本，里面有很多智能人。对比人类，他们有一个很显著的特征——没有愤怒的情绪。"

苏尔微怔。

"发明人工智能的初衷是为人类提供服务，"纪珩说，"让他们学会愤怒会埋下隐患。"

然而人工智能发展到一定程度，又没有多余的情绪，反而能帮助他们很好地掩饰。谁也不会知道笑容背后隐藏的真实念头。

苏尔若有所思："难怪我做什么他都不生气。"

"不过这些只是猜测，"纪珩笑了笑，"还得验证。"

苏尔眨了眨眼："是用我想的那种验证方法？"

纪珩点头："越简单越好。"

苏尔随即面朝主持人，举手起立："请问，你是智能人吗？"

青莲智者："……"

有玩家吃糕点的动作微微一顿，然后佯装什么都没听见地继续吃，还有玩家直接认为苏尔是疯了，就算有什么猜测，哪有这样堂而皇之质问的？

大厅陷入死寂，青莲智者缓缓偏过脸，点了点头："是。"

苏尔拍了拍胸口："吓死我了，我还以为是游戏下场来撕我。"

坐在他右侧的女生默默把凳子往旁边移动了一下，试图远离他。她还是第一次知道，人可以口无遮拦到这种地步。

青莲智者脸上挂着笑："玩家只是一粒石子，游戏是巍峨的山川。"

一粒石子就算滚错了方向，哪怕顺着河流逃离，于山川也无损。

苏尔忙说："我刚刚因为恐惧，骂了游戏，会被报复吗？"

四周传来倒吸冷气的声音，对面的玩家人还不错，给纪珩使了个眼色，示意他制止苏尔继续说下去。纪珩摇了摇头，表示没事。

副本里最忌讳用玩家的思维来揣度游戏，游戏没有喜怒哀乐，若是有，苏尔早就被淘汰了。对它而言，只有有威胁和没威胁两种情况。

果不其然，青莲智者也传达了类似的意思："游戏会选择性倾听，辱骂性词语不在它的关注范围内。"

苏尔扯了扯嘴角，心想：这相当于关键字检索功能？

“我吃饱了。”万亿忽然站起身，看样子是准备回客房去休息。

他这一带头，其余玩家也陆陆续续离开。外面的魅物此刻已散得差不多，胆子大点的玩家准备去超市转转，拿点日用品。

万亿离开是给苏尔一个台阶下，但苏尔没有跟着离开，他端着含糖量过高的热奶咖，小口喝着。

“喝完这杯，去商场找些换洗的衣服。”纪珩说。

苏尔这才点了点头准备走。快到旋转门时他回头看了一眼，主持人面上依旧是熟悉的弧度。

40%

第四章

故事里的人

冲完澡换了身干净的衣服，一转眼已经是晚上七点。苏尔坐在床上总结现有的信息，遇到疑惑的点刚准备和纪珩交流，门外突然传来异动。

一张薄薄的卡片被人从门缝塞进来，苏尔捡起来，从猫眼望去，还能看到兔子侍者的背影。卡片做得挺复古，正面印着“希望之城”几个字，背后则是一个小故事：

> 年轻的旅人在沙漠里快要渴死了，他绝望地祈祷，只要能找到绿洲，他愿意付出一切代价。
>
> 神听到了他的呼唤，降临人间：“哪怕是生命？”
>
> 旅人的喉头像是着了火，他忍着灼痛回答：“反正我要死了，能喝上一口水再死，死而无憾。”
>
> 神带他找到了绿洲。旅人喝了水，重新找到了活着的滋味，他忘记了和神的约定，怒骂着神的丑恶，指责神是恶魔……

故事到这里戛然而止，最底下用红笔写着一行字：游戏《故事里的人》将于今晚十点开始，请想要参加的玩家准时到大厅集合。

念完卡片上的内容，苏尔失笑：“这算不算在洗脑？”怎么看上面的故事都有讽刺玩家和游戏的关系的意思。

“不过想想倒也没错。”他随手把卡片扔在一边，倒了杯水，“我这样的性子，生活在《无渡》里那样的镇子，肯定生不如死。”

这时候，如果耳边突然传来一道声音，说可以帮助他脱离这一切，代价是往后要经历数不清的生死考验，他多半会选择同意。人到末路，难免会生出和命运搏一搏的心思。

纪珩的眸光越发深刻，只说：“活下去，谁也不欠谁的。”

游戏帮他们逃脱原本生活的世界，肯定也有所图，而他们要做的，就是在游戏制定的规则下拼尽全力，直到有一天获得自由。

苏尔也不是喜欢伤春悲秋的人，眼看离游戏开始还有两个多小时，他抓紧时间补眠。

卡片上并未明确说明这个游戏的难度等级，可既然游戏时间那么晚，想来不会太容易。

晚上十点，大厅里人到得很齐。望着面色各异的玩家，青莲智者首先开口说明游戏奖励。

“本轮游戏旨在帮助各位探究本我。”

结合必死局的存在，苏尔很快推断出，所谓的“本我”，指的是玩家们在那段被遗忘的过去里真正的自己。

有几名一头雾水的玩家询问这句话的意思。可惜不在规定范围内的问题，青莲智者一律笑着无视。

“过去几年，这个游戏的淘汰率很高。”青莲智者的视线从每个人面上扫过，“现在还有退出的机会。”

沉默中，苏糖衣问：“有多高？”

青莲智者：“最差的一次，只有一个人通关了。”

苏糖衣攥紧衣袖：“你说过，《弄虚》的通过率很高。”

青莲智者点头：“那一次虽然淘汰了不少人，但有十个人没有选择参加这个游戏。”

话音落下没多久，一名玩家率先做出决定：“我退出。”

有了第一个打退堂鼓的，很快出现第二个、第三个。十七名玩家，最后决定留下的竟然只有六名，连一半都不到。留得青山在，不愁没柴烧，这是大部分人心中的想法。

苏尔忽然开口：“我可以参加吗？”

青莲智者点头：“每个人都有权利来这里进行自我剖析。”

确定没有人再退出，他满意地点了点头，给留下来的玩家依次发了巴掌大小的镜子。

“因为是高难度小游戏，奖励将会阶段式发放。”

以往只有在通关后才能拿到奖励，这种方式明显要更加人性化。

苏尔研究着小镜子，镜子右上角有一颗红色的桃心，颜色很鲜艳。

“这颗桃心代表你们的生命。”青莲智者微笑道，“每当它开始跳动，就证明你们处在生死关头。如果能成功活下来，镜子会给出关于本我的一段文字提示，也就是你们曾经真实的内心独白。”

一阵风吹进来，苏尔的身体像是被抽掉水分，一点点地被吸收入镜。跟他有一样遭遇的还有其他几名玩家，这让那些临阵退缩的人生出一些庆幸。

被困在镜中，苏尔轻轻敲了一下，发现还能听见清脆的声音：“怎么才能出来？”

“逃出生天三次。”

苏尔还未细细思考，就发现自己所处的环境又换了。

头顶是炙热的骄阳，身下的沙子烫得皮肤又疼又痒。苏尔依稀看到身边还躺着一些人，大家的状态差不多，连张口说话的力气都没有。

他试着调整呼吸，勉强支撑起身子，手中镜子上的红心正在疯狂闪烁。按照主持人的说法，这代表着他快要死了。

不清楚这具脱水的身体还能支撑多久，现下只有一条路可走。苏尔思考的工夫，已经有人赶在他之前开始虔诚地祈祷。天空中多出一小片乌云，难得的阴凉下，众人稍稍恢复了一点力气。

“神”出现了，飘浮在半空中，耀眼夺目，依稀能窥见几分悲苦的面容。

“我可以送你去绿洲，但三天后，你要向我献出生命。”

祈祷的玩家说出了和小卡片上旅人所说一样的话，同意了这场交易。点头的瞬间，他就从沙漠中消失了。

黄沙浩瀚无边，日头正烈，继续挣扎下去就是在赌命。大家选择了相同的做法：向“神’”祈祷。其中包括苏尔和纪珩。

在“神”的帮助下，苏尔被顺利送到一片草地上，痛痛快快喝了好几口水。红色的桃心暂时停止跳动，意味着他第一次逃出生天成功。

“很容易的开局，却是以生命做交易。”沙哑的声音传来，苏尔侧过脸，看到了李子仓。

后者正在处理身上的晒伤，笑容苦涩。

苏尔对李子仓的印象莫过于他那只喜欢抢食物的兔子。李子仓走过来，大方展示了自己镜子上的文字：好饿，我想吃一顿饱饭。

苏尔也没有隐藏自己的信息：被陈规禁锢的世界，什么时候才能毁灭？

“这是某个阶段我们内心真实的想法。”李子仓垂眼说。

苏尔微感诧异，对方很可能也推测出了玩家原本是生活在副本世界里的人。

李子仓沉沉一叹：“我和别人不一样，从小到大都有控制不住的食物和武器收藏癖。”

开始玩这个游戏后，这种欲望更加强烈。

“机缘巧合之下我得到过零散的线索，加上白天玩游戏通关后得到的奖励，足够证明一些事情。”所以他才会坚定不移地参加晚上的这场游戏。

苏尔开玩笑问：“你该不会是饿死鬼投胎吧？”

李子仓好笑道：“我在第一轮探索游戏中得到的线索是‘灾害’。”

每个人的“希望”不同，自然不必做多余的遮掩。

“灾害，饥饿，收藏癖……”苏尔挑眉，“末世？”

李子仓摊手：“谁知道呢？”

说话的工夫，苏尔依稀看到河对岸的林木间有两个人，准备过去瞧瞧有没有纪珩的踪影。李子仓暂时和他一道，指着前方挺远的地方说：“那里有桥。”

待他们快走到时，才发现桥上站着一道熟悉的身影。苏尔松了一口气，挥了挥手。纪珩朝这边走来，走近了苏尔才发现他的眉头始终没有舒展开。

“提示……不太好吗？”

纪珩直接把镜子递给苏尔，上面的字有些密集：

一切都令人感到厌倦，我在那些人眼中看到了理所当然，他们享受庇佑，却从不试图分担。黑暗即将到来，我渴望看到一个年轻生动的灵魂，他可以弱小、无能，甚至拖后腿，但他的眼中会有永不寂灭的鲜活，他懂得感恩，积极进取，可以和我并肩前进。如今院子里的桃树就要枯萎了，我知道这代表着……

“代表着什么？”苏尔和李子仓几乎异口同声。

怎么到了关键处没了！

苏尔嘴角一抽：“该不会镜子给出的提示有字数限制吧？”

他和李子仓得到的都是一句话的自我剖析，哪里知道纪珩会得到大段的内心独白。这下两人抬眼时的目光都有些古怪。

“年轻，感恩，并肩前进……”苏尔摘取关键词，神情里满是说不出的复杂，“大哥，你进游戏就为了打个交友广告？”

空气陷入安静。

李子仓也是无语，虽然不知道纪珩过去的经历，但自己拼命也要逃开的是一个连饭都吃不上的残酷世界，从苏尔的提示中也可以猜测，对方原本应该生活在一个奉行严苛规矩的地方。他们就像故事里年轻的旅人，陷入绝境，愿意和“神”做一场交换。

一个为吃顿饱饭，享受和平；一个想摆脱束缚，人性得到尊重。

而纪珩，他的初衷，总结下来就是孤单久了，要找个志同道合的伙伴一起走下去。

想到这里，李子仓不由得感慨：“多么朴素的梦想！”

纪珩的目光扫过来的时候，李子仓乖乖闭了嘴。感觉到这视线停留的时间过长，他讪讪一笑：“开个玩笑，活跃一下气氛。”

苏尔重新细读一遍纪珩的自白，直至一长段文字快要消失时才说：“你这不就是故事里的‘神’？”

提供庇佑，却被千夫所指。

他望着纪珩：“你就是故事里的‘神’，生来强大，然而绝对的光明就是……”

话还未说完，他便被对方在额间一敲：“别给自己人洗脑。”

苏尔不再妄言，正色道：“这段话里能够提取的信息倒也不少。”

“黑暗即将到来”或许预示着一场危机；至于“院子里的桃树就要枯萎”，和荀宝菩给的桃枝似乎有联系。

李子仓想了想：“从前的我们和现在的我们性格相差不会太大。”

苏尔颔首赞同，许鹤就是最好的例子，哪怕在现实里拥有了正派的身份，他的行事风格依旧是利己主义。但纪珩有责任心，懂得尊重生命的意义，和故事里的“神”天差地别。

游戏可以改变生存环境以及一个人的外貌气质，却改变不了他的本质。

这时河对岸有两人过桥而来，苏尔抬头望过去，发现是熟人——万亿和苏糖衣。

万亿打了声招呼，说：“应该还有一个玩家。”

河里突然钻出一个黑色的脑袋，吓得几人倒退一步。

依珠顶着湿漉漉的脑袋，爬上岸大口喘着气：“石头太滑，我摔进河里了。”

天气很热，她的衣服上岸没多久便开始迅速蒸发水分。

即便如此，白衬衣过度贴合曲线，还是让众人不约而同地偏过头。依珠自己倒是满不在乎，无所谓地靠在树上。

“还有两次劫难要过。”李子仓轻咳一声，用大拇指蹭了蹭下巴，“按照交易内容，三天后‘神’就要来收我们的性命。”

交易成立的那一刻，双方的立场便是对立的。

纪珩沉吟道：“尝试找一下，有没有玩家聚集的地方。”

李子仓徒手爬上一棵高树，像只猴子似的四下眺望。

唯一不在状态的要数苏尔。他有一种超乎寻常的第六感，总觉得依珠看似在若无其事地踢着脚下的石子，实际上一直在透过河中的倒影观察他。

他回忆进入《弄虚》后与她的接触，不记得有得罪过对方。

就在这时，依珠突然走到他面前，手中多出一支喷雾：“使用它，可以冻结一般厉魅十秒钟。”

别小瞧十秒钟，有时候能保命。

苏尔试探地问：“卖给我？”

依珠摇头：“我听过你的理论，觉得有些道理。想通关，就得浪。”

她的尾音拖得很长。

苏尔总觉得这姑娘说话神经兮兮的，揣摩不透对方的心思，他只能静候下文。

依珠说：“这个喷雾，买你一夜。”

苏尔：“……”

“假设我怀孕了，‘神’就不能带走我。”

一旦“神”带走她，就等于间接害死了一条无辜的生命。

苏尔微微直起身子，面色变得严肃：“孩子不是用来利用的。”

依珠露出几分迷惘的神色：“不懂。”随即增加筹码，“两个道具。”

苏尔十分不齿她的想法，讥讽的话到了嘴边又咽了下去。

他叹了口气：“只有三天时间，你的想法不成立。”

苏糖衣颇为尴尬地把依珠拉到一边，小声说：“发生关系后一周左右才会……”

后面几个字她的声音低得彻底听不见。

闻言依珠失望地收起了喷雾。

同为女性，苏糖衣皱着眉说：“何况利用孩子逃出火坑的想法，很不负责任。”她迟疑地问，“是不是你父母对你不好？”

依珠摇头：“很好，好到没有真实感。”

但她依旧无法理解亲情的纽带。

这句话一出，气氛瞬间沉寂了不少。

苏尔不禁想起自己的那张全家福。事实证明假的就是假的，永远不可能做到真正意义上的以假乱真。

地面小幅度地颤了一下，尘土扬起，十分呛人。

李子仓从树上跳下来，腿被震得发麻："西北方向，好像有人烟。"

尴尬的氛围被打破，众人多少松了口气。

继续前进时，苏尔不露痕迹地和依珠保持着距离，似乎怕她霸王硬上弓。

纪珩觉得好笑，用余光瞟着一直凝视苏尔的依珠，问了一句："为什么要选他？"

依珠："年轻，有活力。"

走在最前面的李子仓嘴角一抽。

依珠指了指自己的脑袋："我脑子有问题，不适合养孩子。"

见过正常父母和孩子之间的相处，她也知道自己的想法不太对劲。再者其他人都是老油条了，看不太透，只有苏尔，她可以确定他是外冷内热的性子。

无端被发了张好人卡，苏尔勉强扯了一下嘴角。

河流的声音被抛在身后，周围不缺植被，空气湿度却还是远低于正常地方。

前方是一个村庄，李子仓放缓脚步："有些地方的人很排外，先观察一下为好。"

话说得有些晚，村口拴着的大黑狗冲这边叫了几声，立马引起了不少村民的注意。

李子仓回头征求意见："进村还是离开？"

一滴冰凉的水珠毫无预兆地坠落在睫毛上，李子仓愣了一下，伸出手："下雨了？"

闷雷在天边炸开，雨珠噼里啪啦地砸下来。不远处的村民手舞足蹈地欢呼着，突然有人对着这边高喊："是神使，他们一定是神使！"

干瘦的村民跑步速度极快，冲上来将几名玩家团团围住。

激动的场面直到一位留着山羊胡子的老者出现，才得以遏制。

"尊贵的使者——"村长张开双臂，仰着头任由雨水浇在脸上，而后双手绕过头顶，俯首叩拜。

所有的村民都在做一样的动作，男女老少跪了一地。

对比这些虔诚的村民，玩家显得十分冷漠，没有任何人伸手去扶上一把。

村长足足磕了九次头才起身，扯着嗓子大喊："迎使者！"

玩家在村民的带领下走进村子。

纪珩和苏尔并肩走着，低声道："感觉到了吗？"

苏尔点头，表面上这些村民毕恭毕敬，实则前后包抄，把他们围了起来，像是怕他们跑了一样。

纪珩勾起嘴角，笑容颇有些玩味："这里有一套固定的迎接礼节，说明在我们之前，也有'神使'出现过。"

而那些人最终去了哪里，才是值得深究的问题。

村子不大，一共有三口井，村东口就占了两个。

村长微微弓着腰，十分谦卑地说："村东口的屋子住起来最舒服。"

正如他所说，这几间房里面都格外凉爽，床单被套都有一股淡淡的皂液味儿，似乎才换过。

苏尔敛了敛眸光："男女各一屋就行。"

"没错，"苏糖衣笑着附和，"一人占一间屋子，太添麻烦了。"

村长摆手："这里是专门为神使提供的休息地。"

"没错！"一个小孩心直口快地说，"每年七月份神使就会降临，我们都会提前打扫干净的。"

盛情难却，玩家也只能点头同意。

村民视这场雨为珍宝，苏尔却没有淋雨的癖好，指着最边上的屋子："我就住那间好了。"

说完就要进去休息。

手腕突然被一只力道很大的手掌抓住，村长一双眼睛冒着金光："神使不喜欢雨吗？"

苏尔瞥了一眼抓着自己的枯黄干瘪的手，平静地道："很喜欢。"

村长的笑容有些阴沉："那为什么不留下来一起沐浴神的恩赐？"

苏尔抽回手，冷冷道："我下凡太辛苦了。"

村长："……"

"天上人间何止万丈，好不容易才坠入凡间……算了，尔等凡人，必然不知其中艰辛。"

说罢，苏尔头也不回地进了屋子休息。

村长脱皮的嘴唇动了两下，被怼得哑口无言。少顷，他脸色有些难看地望向其他玩家："还有谁要去休息？"

继续淋着万一病了多不划算，剩下的五人也没有多待，各自匆匆进屋。

纪珩去的是苏尔的屋子，正准备敲门，发现门没锁。

推门进去，苏尔坐在凳子上冲他扬眉："村长什么反应？"

纪珩说实话："估计想活剐了你。"

苏尔反而笑了起来。

村子古怪是必然的，不过既然认同他们"神使"的身份，就不可能因为这点小冲突而动手。

不知是为了庆祝这场雨，还是为了迎接外来的客人，今晚村子里要设宴。

苏尔去得比较晚，李子仓看见他来，努了努嘴，示意他看前面：长桌上摆着六个未经烹饪的猪头。

村长让人准备好碗筷："快请坐。"

苏尔依言坐下。

村民则坐在圆桌上，不过他们的饭菜就要正常很多，至少是熟食。村长没入座，亲自切下一块猪头肉，第一个送到苏尔面前："神使请用。"

沉默了几秒，苏尔一甩胳膊，将盘子打翻在地。盘子碎裂的声音在雨中格外清脆。

瞬间，原本和睦的村民全部站了起来，个个面色不善。

村长还保持着端盘子的姿势，眼神已经透露出几分阴鸷。

苏尔毫不畏惧，反而呵斥道："民间供神多用猪头，神才能吃这些！你给我，我配吗？"

"……"村长愣了愣，发现竟无从反驳。

苏尔冷笑一声："一点规矩都不懂，还好意思接待'神使'。"说着看向纪珩，"告诉他，我们'神使'该吃什么。"

纪珩淡淡道："自然是清晨五点从山上采集的蜂蜜。食用前，还要先用太阳初升时收集到的露水漱口。"

李子仓曾经饿怕了，闻言赶忙加了一句："新鲜的瓜果蔬菜也不能少。"

雨水冲刷着地上的肉，腥味弥漫在鼻间，极大地影响了食欲。

村长的双目露出凶光，不过当他再抬起头时，又是一副恭敬的样子："各位说笑了，这里炎热干旱，没有蜜蜂。"

苏尔："'神使'善解人意，实在麻烦的话，我们不会强求。"

李子仓再次强调："不过瓜果蔬菜必须给够。"

打一棒子给一颗枣，虽然村民对他们没有吃猪头肉的行为十分不满，但比起蜂蜜、露水等刁钻的要求，蔬菜便跻身到了能接受的范围当中。

苏尔转而望向万亿，颐指气使。

万亿会意，推了一下苏糖衣，语气不善："你，去做饭！"

村长连忙道："这种粗活交给我们来做就好。"

万亿说："我们吃的食物要清洗九九八十一遍，调料更得分毫不差，一般人做不来。"

"……"村长嘴角抽搐，注意力转移到苏糖衣身上，看她娇小单薄，仿佛一阵风都能吹跑。

对比其他人，这个女孩看着无害又容易欺负，村长犹豫了一下，对一位年轻小伙儿说："领这位神使去厨房。"

足足过去一小时，雨快停了，苏糖衣才回来。

村长瞪了一眼年轻小伙儿，不满他去了这么久。

小伙十分无奈。谁能想到这姑娘真的把几片菜叶洗了八十一遍，每次清洗只用指腹轻轻抚摸一下，美其名曰担心破坏了营养。有几次他险些忍不住要破口大骂：既然怕洗坏，就不能少洗几遍？！

青菜上桌，和猪头放在一起，简直是"赏心悦目"。

苏尔慢悠悠叼着一片菜叶吃，还给纪珩夹了一片：“这里跟天上待遇不一样，将就点。”

纪珩的动作更加优雅，一边吃一边轻声道：“村长刚想骂你，忍住了。”

苏尔说：“骂我？”

“从口型上看，似乎想痛斥你是‘刁民’。”

苏尔微微一撇嘴，十分不满，自己分明是“神使”。

见他已经完全代入角色，纪珩不免有些好笑。

深感继续相处会被气得折寿，村长的语气微微发冷：“吃饱了吗？”

苏尔放弃挑衅，点了点头。

“村子民风淳朴，夜不闭户，希望各位能入乡随俗。”

村长说完这句话，村民开始撤桌。

小孩帮不上忙，追逐着嬉笑打闹。大人呵斥了几句，他们才噘着嘴不情不愿地回家。

苏尔留意了一会儿这些小孩的动静，无视忙碌的村民，大有一副甩手掌柜的架势，背着手回了房间。

外面收拾东西的响动不时传来，玩家聚在同一间屋子里讨论事情。

李子仓拿出镜子，手放在此时很平静的桃心处：“每当遭遇生死危机，桃心就会跳动。它相当于一个危机预警器。”

经历过三次生死危机便能成功离开，除去沙漠里的那一次，现在还有两次。

“照这种推断，村子的危机应该不是很多。”

然而众人总觉得哪里不对劲。哪怕是个新手来这里，也能感觉到村子的古怪。

万亿看向苏糖衣：“你去厨房时，有没有什么发现？”

苏糖衣摇头：“一切正常。”

信息量太少，商讨不出结果，大家各自散开。依珠走在最后面，出门前视线在苏尔身上流连，她笑着说：“村长特意提示夜不闭户，你不要轻易触犯规矩哦。”

苏尔打了个寒战，僵硬地转过头：“‘神’说三天后来接我们，我得抓紧时间出门搜集线索。”

纪珩笑着不说话。

想到临走前依珠的那一道眼神，苏尔捏着眉心，十分不解：“女生不都喜欢能带来安全感的类型？”

几个男玩家里，唯独他完全不满足这一点。

“共鸣。”纪珩淡淡开口，“依珠讨厌世俗礼教的束缚，更无法体会父母子女间的羁绊。”

苏尔怔了一下，这方面两人的确有相似处。

外头喧闹的动静渐渐消停下来，他出门看了一趟，宴席的桌椅已经全部被搬走。回来时他低头思索：“村子并不是特别缺水。”

村民穿着朴素，但很整洁，身上没有异味，证明日常有正常洗漱。

“可白日下雨时，他们一个比一个激动。”

纪珩讽刺道：“也许他们真正欣喜的是‘神使’的到来。”

瞥了一眼窗外的天色，耐心等了一会儿，天地间彻底万籁俱静时，纪珩才站起身：“出去看看。”

夜不闭户并非村长故意说的胡话，两人站在暗处观察了一会儿，视线所及，的确家家大门敞开，连基本的虚掩都没有。

苏尔小声说：“那几个小孩不正常。”

纪珩不知道他是从哪里得来的判断。

苏尔说：“夜里家家的门都大大方方开着，村民们肯定没有夜生活，试问没有夜生活，哪里来的孩子？”

纪珩：“……”

乍一听荒唐可笑，细想也有道理。纪珩轻叹道：“你考虑得很全面。”

苏尔角度清奇：“所以我们要先从有小孩的那几家查起。”

下午吃饭时，他就觉得奇怪。他一共只看见了七八个孩子，村子人口不多，却也不可能只有这么几个小孩。

苏尔特地关注过小孩的动向，他指了指西侧，说：“最里面的两排房子，有一户是有孩子的人家。”

他迈开步伐的瞬间，被纪珩拉住，依稀听到有动静从身后传来，连忙屏住呼吸。

纪珩示意过去看看。

从隐蔽的地方一路朝后走，与对方狭路相逢，发现来人居然是苏糖衣和依珠。

苏糖衣小声道：“我们准备去村口。”

白天村民还团团包围，晚上便放松监管，像是笃定了他们跑不掉。

苏尔也明说了自己的计划，听完后苏糖衣看他的眼神十分微妙，一旁的依珠撩了撩头发，道：“知音难觅。”

苏尔僵笑了一下，岔开话题：“万亿呢？”

苏糖衣：“和李子仓去了水井那边。”

“嗬——”

正要各走各路，突如其来的声音让几人同时停下。

可竖起耳朵仔细听时，只有风声不时飘过。谁都没有擅自行动，足足有五分钟的时间，大家如同雕塑一样静立在原地。

耐心告罄前，奇怪的声音再次出现了，喑哑干涩，让人听着心里跟被猫抓了似的。

纪珩和苏尔对视一眼，苏尔弯腰溜到近处一户人家，从窗户往里窥视，苏糖衣和依珠负责望风。

屋子里的人蜷缩着身体痛苦地打着滚儿，床板太窄，他的动作幅度又很大，导致他直接摔在了坚硬的地板上。

“水！”重重一摔，男人没喊疼，只是一个劲儿地叫嚣着要喝水。

他爬到桌边，努力支撑起身子，咬着壶嘴往喉咙里灌水。一壶水眨眼间就被喝完了，然而男人的口渴丝毫没有得到缓解。

借着月色，苏尔看见他的皮肤皱缩得相当严重。

长时间躬着身体很难受，看了一阵男人痛苦的挣扎，苏尔朝左侧迈了一步，直起身轻轻捶了捶腰。不知想到什么，他突然跑到斜对面的一户人家。

屋内正在上演同样的一幕，一对夫妻叫嚷着要喝水。

大约过去半小时，前一户屋主皱巴巴的皮肤才恢复如初，他从地上爬起来拍了拍身上的土，双手垂在两侧，低头站着。苏尔定定看了几秒，发现对方的肩膀动了一下，立时闪身到一旁紧贴着墙。

几乎在他闪避的同一时间，另一户的丈夫猛地转过头来，窗外空荡荡的，只有摇曳的树影。

“你在看什么？”妻子问。

丈夫说：“好像有人。”

妻子说：“可能是老鼠。快去换身干净的衣服，祷告要开始了。”

苏尔不敢再逗留，极其小心地退了出去。

先前几个玩家待的地方空荡荡的。他环顾四周，最终在墙上发现一个箭头，跟着走过去，看见纪珩等人正等在不远处的古树下。

“不是偶然现象。”苏尔边走边说，“这里的人好像一到夜晚，就会渴到几乎脱水的地步，还说要祷告。”

纪珩眼神微变：“那就再等等。”

这一等又是二十分钟。月亮一点点爬到更高处，一片乌云飘了过来，遮住了大半月光。

夜半三更，每户人家都有人走出来，互相之间没有交流，默不作声朝着一个方向而去。

苏尔发现这村子里没有胖子，村民个个瘦小。白天还不显眼，现下夜风嗖嗖钻进村民宽大的衣服，他们宛如游走在夜间的幽灵。

“要不要跟过去？”他一时也有些拿不定主意。

对方人多势众，一旦被发现撕破脸，己方吃亏的可能性比较大。

纪珩说：“去看看吧。”

不远不近地尾随，众人谨慎地观察着。

“这些人里没有小孩。”跟了一段距离，纪珩看了一眼苏尔，“你的推论多半是正确的。”

缺口要从村里的孩子身上打开。

很多古老的村镇都有延续下来的传统，譬如祭祀、祷告。

有段时间苏尔对这些还挺感兴趣，恰巧当时有个电视频道在播放相关的纪录片，他看了不少。

眼下这些村民聚在村西口，跪在井边念念有词，语速很快，听不清在说什么。

村长俯身跪地，手放在身前，重重叩头，终于吐字清晰地说了一句话："请宽恕我等的罪孽。"

苏尔皱眉。和纪录片完全不同，这种祷告一看就不正常。

"他们是朝着一个方向磕头的。"纪珩压低声音道。

苏尔顺着他说的方向望去，发现所有村民在跪拜时，都会看向水井右侧。

村长被搀扶着站起身，再开口时语气暗含警告："后天就是祭祀礼，你们都注意点，不要说错了话。"

听到祭祀礼，不少村民的眼中泛出激动的光芒，肩膀微微颤抖着，似乎迫不及待想要看到那一天的来临。

村长推开扶他的人，淡声道："散了吧。"

村民逐一起身，苏尔指了指后面，用眼神询问是走还是留。

纪珩说："一会儿去井边看看。"

苏糖衣另有担忧："万一这些村民发现我们不在屋中，不好解释。"

纪珩镇定自若："'神使'不需要解释。"

苏尔点头附和："没错，我们每晚都会梦游祷告。"

苏糖衣讪讪道："是吗？"

在要事上，依珠十分正经："只剩一层窗户纸没有被捅破，明面上的功夫没必要做得太好。"

村民心怀鬼胎，他们也是带着目的而来，只不过现在还不是撕破脸的时候。

苏尔小心地躲在墙后，看着大多数村民直接进了各自的宅院，并没有要去夜访"神使"的意思。但他也彻底打消了回屋的想法，等到人都散了，才鬼鬼祟祟地钻出来，准备研究一下水井。

他还没胆大包天到直接伸头探望，谁知道井里会不会钻出什么东西。

纪珩的关注点似乎不在井上，他折了一截粗壮的树枝，开始松土。见状，几人合力在土松后用手刨。

苏尔碰到了什么东西，手上的动作微微一僵，其他人顺势也都停下动作。

"怎么了？"纪珩问。

苏尔瞟了一眼埋在土里的东西："好像是根骨头。"

说着用力往外一拽，几粒石子蹦到半空中，苏尔手中的东西也呈现在众人面前：一截烧焦发黑的骨头。

苏糖衣："这些骸骨是村民的还是外乡人的？"

没人回答，但他们都知道后者的可能性要更大。

苏尔做了个很寻常的推论："祭祀礼，估计就不是什么好事。"

说得有几分道理。

苏尔转而开始打量水井，很有礼貌地敲了敲井壁，压低嗓子："请问里面有人吗？"

他快速探了一下头，又以迅雷不及掩耳之势缩回来。

他的动作幅度太大，纪珩无奈：“你也不怕闪到腰？”

苏尔耸耸肩，表示不怕，这点自信他还是有的。

依珠嘴角一抽：“直接查看就行了，何必多此一问？”

苏尔说：“如果有魅物，肯定也会因为我的礼貌询问而愣一下，我就是要抓紧这几秒。”

依珠不抱期望地问：“那你看出什么了？”

一共才不到三秒的时间，最多就是看了个黑漆漆的井底。

然而苏尔的笑意变淡，目光仿佛穿透什么无形的屏障在看这口井，许久才缓缓吐出一个字：“画。”

“画？”

苏尔颔首：“井内壁上有刻痕，连起来看像是一幅画。”

依珠的表情有些微妙。假使他没看错，这便是一条很重要的线索，不过下井的危险程度有些高。她不愿意轻易涉险，又不想白占别人便宜，便看向苏尔：“你要下去的话，我愿意给你一个治疗道具。”

这类型的道具抵得上两三个普通道具。

“……”苏尔讪讪，白天还要和他在一起呢，晚上就抛弃了？

不厚道的轻笑声从旁边传来。苏尔偏过头，虽然纪珩抿着嘴，但他可以肯定那道声音是他发出来的。

这不过是个小插曲，纪珩走到井边，倒没有苏尔那般小心翼翼，挽起袖子伸手在内壁上摸索。

片刻后，他说：“取一盏灯和一根粗绳来，我要下井。”

苏尔的唇瓣动了动，最终没有阻止。既然他做了决定，那不说十成，至少有七八成把握。

依珠和苏糖衣去找东西，苏尔提议：“用道具武装一下吧。”

纪珩灵值不低，井底就算有魅物，也不会太强，他其实并不担心。不过看苏尔一脸认真，他还是取出一块八卦镜挂在胸前。

八卦镜配着现代装，模样有些滑稽。

绳子取来后，纪珩熟练地绑在腰间。

为保险起见，苏尔又帮忙给他绑了一道，欲加第三道时，苏糖衣赶忙制止：“五花大绑的，又不是捆猪。”

话糙理不糙，苏尔朝纪珩看去，后者腰上勒着两圈粗绳，正冲他露出一个颇为无奈的微笑。

苏尔轻咳一声，摆了摆手，示意他可以下井了。

井里湿气很重，纪珩眯着眼扫过壁画，因为还要辨别，下移的速度很慢，也亏得他臂力好。

就这样边观察边下降，快到井底时，已经花费了近一刻钟时间。

苏尔趴在井边，画于他而言是倒着的，他看不出内容，不过却注意到纪珩渐渐皱起了眉头。

“一位旅人在沙漠中晕倒，和‘神’交易，后来到达绿洲后却反悔，结婚生子……”声音从井底传来，空荡，有回音，别说多阴森了。

纪珩看图说故事的时候，一只手从水中升起，他面无表情地打落，似乎早就发现有水魅存在，无视后继续看画：“‘神’被触怒，绿洲连年干旱，快要成为一片沙地。”

苏尔皱眉：“逻辑不对啊。”

既然是“神”，一怒之下取走凡人性命就好，何必要迁怒一整个绿洲？

“就画到了这里。”纪珩说，“还有另外两口水井，或许能找到其他线索。”

他准备上去时，临时改了心思，拽住水魅的头发往上拖。

绳子在半空中晃晃悠悠，好在魅物本身不重，一人一魅平安上来。

水魅被甩在地上，凭着本能伸手想要抓个玩家拽回水井去。纪珩望着苏糖衣和依珠：“麻烦去找一下万亿他们，对一下壁画上的内容。”

都是人精，知道这是在故意支开人，不过万亿和李子仓早就开始检查水井了，确实有必要去一趟。

她们走后，纪珩拎着水魅到苏尔面前。

“是个玩家。”纪珩说，“胸牌在上来的过程中掉了。”

苏尔几次试着和水魅对话，均以失败告终，最后确定对方已经完全没有神智了。

水魅只剩下兽性，奋力挣扎想要扑食。苏尔忽然明白纪珩在井内皱眉的原因，不是因为壁画，而是因为发现了水魅的身份。

纪珩说：“抓紧时间。”

苏尔抬起头，低叹一声，终究选择动手。眼睁睁看着狰狞的水魅快要断绝生机，最后一刻，水魅目中似乎恢复了清明，尽是解脱之意。

“谢……”水魅的喉咙里刚挤出一个字，倏地又变得暴躁，仅有的清明荡然无存。

水魅的身体重重抽搐了几下后，挣扎无果，彻底消失了。

苏尔没来得及感慨太久，纪珩便道：“井里画像上塑造的旅人形象是个女人。”

苏尔怔了一下，完全没料到有这个转折。

回想当时酒店卡片上的故事，说的是“年轻的旅人”出现在沙漠里，加上卡片上用的是“他”字，他的第一反应是主角是男性。

事实上，“他”字在很久以前用法很广，判断旅人为男性不过是惯性思维使然。

“依珠竟然是最早猜到真相的……”

正说着，万亿等人从黑暗中走来，这下所有玩家算是聚齐了。

路上依珠早就和他们交流过，此刻她玩着头发说：“生死关头谁还会去谈责任感？”

这会儿不是互相争执价值观的时候，万亿大致说了另外两口井里的画的内容：

“人算不如天算，‘神’本想在女人生产后取走她的性命，不承想女人惊惧过度，竟然难产而亡。”

苏尔垂眸：“难怪‘神’只能迁怒村子。”他缓了缓又问，“孩子呢？”

万亿摇头：“没提，不过井里刻着一行字——每年七月十五，‘神’会来村子接走他挑中的‘神使’。”

七月十五正好是后天。

万亿神情凝重：“时间有限，线索又少，必须确定一个调查方向……故事里没提到的孩子，村子本身，或是那位年轻的旅人，你们看要从哪一个入手？”

话音落下许久，也没有人接。纪珩在开口前看了一眼苏尔，意思要听他的看法。

苏尔实话实说：“我对搜集信息不是特别擅长。”

纪珩说：“说你目前能想到的，不是线索也行。”

苏尔说：“一、毁了村子。那行字里提到，‘神’会来村子进行接引，村子没了，这句话也许就不成立了。”

他停顿了一下，又伸出一根指头：“二、自我淘汰。让‘神’空手而归。”

李子仓“……”

绝世狠人！

一直没怎么说话的李子仓目光颤动：“你这是对别人狠，对自己更狠。”

苏尔说：“‘毁’不代表杀戮，可以想办法让村民暂时丧失行动力，分批转移到各个不同的地方；再者，假设我们现在没了，那‘神’岂不是白忙活一场？可知村民绝对不会希望我们出事。”

苏糖衣提出盲点：“可井里刚才还出现了水魅，假设不幸被拽进去，就真完了。”

苏尔笑了笑：“那是因为还有其他备选项。”

淘汰了一个，还有其他五名玩家。

苏糖衣刚要张口，看见苏尔的笑容，莫名打了个寒战。

“能进入《弄虚》的玩家不会弱，折在了村子里证明这些村民个个不是善茬儿。”苏尔微笑道，“所以我们一定要占据主动权。”

“你是想要……”

纪珩淡淡道：“他是想从明天起在村子里大摇大摆地进行探查询问，而且要集体活动，如果村民阻拦，一言不合我们就做出要死的样子。”

神使死了，拿什么来祭天？

一阵夜风呼啸而过。万亿发现，自从和苏尔组了队，大家就会时不时陷入沉默。唯独当事人十分严肃认真，没事人一样询问大家意下如何。

万亿的面色从凝重变为复杂：“我没意见。”

依珠完全不觉得这种提议有问题。众人先后点头，最终全票通过。

眼看气氛还在往尴尬的方向发展，苏糖衣重提之前没来得及执行的计划：“我想去村口看看。”

夜深人静，白日里冲人吠叫不止的大黑狗趴在杆子下面，睡得挺沉。

苏糖衣试探着靠近一小步，狗只是动了动脑袋，然后继续睡。她即将跨出一条腿时，苏尔忽然拉了她一下："等等。"

苏糖衣迈步前已经用石子试验过，见石子掉在地上后没有反常现象出现才要落步，这会儿被制止，疑惑地眨眨眼。

苏尔半蹲在地，不时扒开一块石头，连续三四次后终于发现一只蜈蚣。似乎并不担心吵醒黑狗，他后退三步，把蜈蚣裹在外套里用力甩了出去。

苏糖衣被他的谨慎震惊……他这是连村外面的空气都防。

衣服落地发出"啪嗒"一声，黑狗睁开眼睛时，众人心头微紧。好在它的眼皮又耷拉了下来，谁也不搭理。

很快玩家便顾不得黑狗，视线被蜈蚣那边的画面吸引。

只见蜈蚣在衣服上不安地躁动，没过多久爬行速度越来越慢，直至彻底停下来，整个身体缩水不少。

风一吹，尸体竟是轻飘飘地滚到了一边。

"外壳干了。"见状苏糖衣一阵后怕，"地表温度好像很高。"

真要出去了，一时半会儿估计死不了，不过脚可能会被灼伤。

苏尔说："从山脚到村子有一段距离，却连一棵野草都没有，这不正常。"

闻言苏糖衣下意识眺望，远处山上一片青绿，近处村里的林木也不少，她不禁蹙眉。以村子为轴心，方圆几里地的温度都不正常，杜绝了晚上有人逃跑的可能。

她偏过头再去看苏尔，由衷地感叹："终于明白你能活到现在的秘诀了。"

如此长命，和极度的谨慎脱不开干系。

出不了村，众人只能暂时回屋休息。天微微亮时，玩家便醒了，以最快的速度洗漱完聚在一起。

鸡叫三声，村子重新恢复生机。

夜晚惫懒的黑狗白日时不时就会叫上一声。众人循着小孩嬉闹的声音找去，最后在井边发现了一个啃鸡爪的小孩。

苏尔冲小孩招了招手："玩游戏吗？"

小孩不像成人那么会做表面功夫，这会儿没大人看着，他有点不耐烦："不玩。"他嘴里吐出鸡爪的残渣，"不过如果你们肯吃供奉的猪头，我可以考虑。"

没再坚持，一行人转身回了院子。

凳子、白绫、菜刀……大家进入屋子的第一件事便是找工具。

准备工作完成，苏尔故意制造出特别大的动静，路过的村民随意扫了他们一眼，脸色倏地大变："你们在做什么？"

"别过来！"举着火把的苏尔低吼道。

"千万别冲动。"村民生怕火把点燃，跑过去找村长。

村长乍一见到这阵仗，也惊呆了。

“我们想去见‘神’，一刻也等不了。”苏尔先发制人。

村长差点连脏话都骂出来了，以往的外来客被困在这里时是何等绝望，现在竟然还有人上赶着去见神的！

“不能现在……”险些说出关键点，村长咬了下舌尖，改口道，“好端端的，怎么想去寻死？”

他们的动静太大，引来不少村民围观，苏尔看见人群中那个啃鸡爪的小孩，顿时一脸悲怆：“就是他，不跟我们玩。”

小孩：“……”

苏尔说：“孩子是最纯洁的，被他们嫌弃的‘神使’，不配活着。”

语毕他一挥手，屋内，纪珩的脖子立刻卡在了白绫上，随时准备蹬凳子，李子仓作势切腹，其他几人更是花样百出。

“等等！”村长冲两个壮汉使了个眼色，慢慢朝他们靠近。

苏尔哪里看不出他在打什么主意，便退到屋门口，对着试图悄悄翻墙而入的壮汉扬起火把。

村长不敢赌，勉强扯了扯嘴角：“有话好好说。”

苏尔犹豫了一下。

发现有转圜的余地，村长松了口气，再三保证没有人敢嫌弃神使。

苏尔瞥向啃鸡爪的小孩。

小孩：“……”

“啪”，小孩手里的鸡爪掉了。

村长轻轻推了他一把，咬牙切齿地道：“去和这些哥哥姐姐们说说话。”

他算是彻底看明白了，这次来的人脑子没一个正常的。

苏尔无视村民异样的眼光，特别开心：“快来，一起玩老鹰捉小鸡。”

等抬头看村长时，他的语气就冷了很多：“一起玩？”

村长刚想说话，苏尔没给机会：“可惜我们人够了。”

村长：“……”

人聚在一起，村长恨得牙痒却无可奈何，只能让村民先散了，临走前抓着小孩的手，交代说：“乖一点，别惹他们不快。”

小孩点点头，慢慢走到苏尔面前，似乎被鸡爪噎着了，他突然说：“我想喝水。”

说着他打了个饱嗝。

苏尔让他进屋，给他倒了杯水。

杯子快要送到嘴边，小孩又递回，讨好地说：“神使先喝。”

瞥见他指甲缝里的粉末，苏尔笑了笑：“你再不喝，我们死给你看。”

小孩的手在发抖，苏尔到底没为难他，接过杯子放在桌子上：“熊孩子我见多了，上一个比你还厉害。”

小孩的心跳个不停，村长伯伯偷偷塞药给他时说，最好能除掉一个以制造混乱，他会趁机带人冲进来制服其他几个。可惜计划失败了。

苏尔斜眼望向门口，扬声道："说了我们人够了，想玩游戏的下次提早报名。"

藏在门后的村长骂了句脏话。

一名壮汉问："还等吗？"

村长眼珠一转："回去吧。"

人一走，玩家暂时恢复了正常。苏尔拉过一把凳子坐下："让我们继续早上的话题。"

小孩现在是真的害怕他："老鹰捉小鸡？"

苏尔摇头："这个游戏叫'我问你答'。"

人在屋檐下，小孩僵硬地点了点头。

苏尔说："以前的'神使'去了哪里？"

小孩的眼神飘忽不定："没见过。"

苏尔笑了笑，开始发挥想象力，描述起各种自己猜测的场景："被烈火焚烧？"

小孩的双手不自觉地握紧。

"那是欺骗神明的惩罚。"小孩认准一个死理，说出从小到大被灌输的理论，"是神使最大的荣幸！"

"说得好！"苏尔的语气比他还激动，"我现在就想去见'神'，你跟我一起。"

望着熊熊燃烧的火把，小孩吓得跑到了角落。苏尔神情一冷，走过去："这是荣幸。"

眼看火把朝自己靠近，小孩尖叫一声。苏尔收回手："不愿意？"

苏尔确定这孩子被吓怕了，冷声问："七月十五那天，如果'神使'没走，会发生什么？"

小孩不敢再隐瞒："村子会遭到天罚。"至于具体的情况，他不清楚。

"附近的孩子就你们几个？"

小孩点头："神使献祭后的一个月，神会暂时宽恕村子，允许新生儿出现。"

苏尔回头望向其他玩家，示意可以随时提问。

李子仓率先开口："有人离开过村子吗？"

小孩一脸惊惧："想逃走的人都会死在沙漠里。"

年龄小好套话，但很多事情他一问三不知。当这场问答即将结束时，纪珩忽然提起村民夜间极度口渴的事情："你也会这样？"

小孩犹豫了片刻，回答道："十四岁之前，不会有这样的困扰。"

"原因？"

小孩不知为何挺怕他的，咽了一下口水，说："据说是有婴的保佑。"

这句话让不少人眼前微亮。天无绝人之路，这明显是至关重要的信息。

纪珩继续询问婴的来历。

小孩："我只听村长提起过一次，婴是一位罪孽深重的先祖诞下的。神本来要毁灭这片土地，婴每夜泣血啼哭，神心软了，才以献祭神使作为条件放过了村子。"知道的几乎都说了，小孩小心翼翼地问，"我能走了吗？"

纪珩没有表示，最终苏尔还是点了点头。在小孩跑出门前，苏尔格外平静地道：“村长要是知道你说了这么多，会生气的。”

小孩猛地转过头来。苏尔做了个噤声的动作，温和地做保证：“我不会告诉他的。”

小孩转了转眼珠，跑走了。

依珠舔了下唇：“故事对上了，婴就是水井壁画上的孩子。不过‘神’心软这种说法分明是在鬼扯。”

在这一点上所有人看法一致。

“与其说‘神’是心软，不如说是一种妥协。”苏尔抿了抿唇，“找到婴，或许能帮助我们从‘神’手中逃脱。”说完他抬起头问，“你们昨晚有没有听到哭声？”

前半夜众人在村子里游荡，并未听闻哭声，后半夜倒是休息了一小会儿，但没几个睡得安稳的，如果有人啼哭，他们肯定能听见。众人均是摇头。

万亿想了想：“婴能护着小孩，不会在深山老林里。”

这个判断多少让人松了一口气，白天外面温度是正常的，不过出去少不得要和村民发生冲突。

万亿说：“要尽快确定搜索范围。”

沉默中，苏尔不紧不慢地分析：“地底，村民家，村子外……我倾向第一个。”

他才刚开口，纪珩便一言不发走到外面，回来时手中握着不少黑色的种子。看出他在打什么主意，大家默默找到铁锹和水桶，开始新一轮的行动。

距门口三尺开始，大家依次挖坑。

村长派了个女人故意在附近游走，留意他们的动静，女人见此连忙去通风报信。很快村长便带着几位村民过来，望见这一幕眼皮猛跳。

苏尔假模假样地抹了一下额头的汗，似笑非笑地说：“我们想在离开前为这个村子做点事。”

村长只想抢过铁锹，把这些不省心的家伙埋到坑里去，可惜他一前进，这些人便后退，最终只能假笑着问：“挖坑是为了……”

“种鲜花。”苏尔一脸神往，“我要让芬芳飘在这片土地。”

村长：“……”

无论村长怎么劝说，苏尔打定主意要种花。当然，他主要是耍耍嘴皮子，其他人可是实打实地趁着他说话的工夫，认真挖坑。

村长阻止道：“小事而已，不敢麻烦神使，我这就叫人来帮忙。”

他的号召力很强，不多时十几名壮硕的男子便带着铁锹走来，苏尔隔着一段距离把种子抛给村长，示意他依次分发。

体格健壮的村民开始刨坑，依珠娇滴滴来了一句：“那我们去西边种，这样快一些。”

“不用。那边很快就会有人去。”村长冲着通风报信的女人没好气地道，“去取些新鲜的瓜果来慰劳神使。”

李子仓对食物有执念，要了个筐子背着瓜果就走。一行人如同项目巡察组，啃着西瓜看人挖坑。

“太浅了！坑要一米深。”

正在挖坑的男人皮笑肉不笑：“种子不宜埋得太深。”

李子仓瞬间变脸，吐出几颗西瓜籽在手心，似乎一会儿还准备种西瓜。

“必须一米，这是神界的规矩。”

村长：“……”

大家一路慢悠悠地晃着，表面上看玩家占尽上风，实则他们如履薄冰。众人心底跟明镜似的，他们如今只是纸老虎，就算村民真冲上来，他们也不可能真的怎么样。好在在不触碰底线的情况下，村民不敢轻易拿他们的性命开玩笑。

纪珩说：“仔细留意着这些村民挖坑时都避开了哪里。”

三个瓜都啃完了，总结下来除了水井和宅院，这些村民指哪儿挖哪儿。

万亿皱眉：“昨晚几口井全探过了，没什么发现。”

纪珩停步侧身，忽然看向村口那只熟睡的黑狗。万亿也发现了不对，这只狗一天到晚都被拴在村口，从没见人带着它出去遛一遛。一个村民注意到有人在观察村口，手臂上的肌肉绷紧。

纪珩目不斜视地望向远处，不再刻意压着声音，道：“山林里的空气应该不错。”

村民吐出一口浊气，在他们出村前说：“后天是村里的大日子，按照习俗，提前两天要封村。”

纪珩迈步朝村口走去，村民都准备要叫人了，却见他转过身道：“算了，正午太热。”

村民不放心，叫来几个人守住村口。

心急吃不了热豆腐，这个道理玩家很明白。既然确定黑狗身下的土地有古怪，白天人来人往，想要探究只能等晚上。

另一边，村长实在不放心这群人，尤其是在听说他们想出村后，一直没撤回盯梢的人，要求每小时汇报一次情况。

“全部在屋子里避暑吃瓜。”

“午睡。”

“醒来了，在吃西红柿。”

“祷告，有一个疯疯癫癫喊着要见神。”

“继续吃瓜，祷告，闹腾着要见神。”

“闹完开始煮面吃，吃完睡了。”

…………

千篇一律的内容，到最后村长实在听不下去，打断道：“别说了。”

猪都没他们吃得多！他深吸一口气：“有没有落单的？”

汇报的人摇头。

村长皱眉："去茅厕……"

"也是一同去。"汇报的人同样十分无语，"他们还在院子里拜把子，说是农家乐六结义。"

村长："……"

院子里，李子仓在树上摘果子，跳下来说："门外好像没人了。"

万亿望着惬意地靠在躺椅上，像提前开始了养老生活的苏尔，摇了摇头。换位思考，倘若他是村长，恐怕会被气得不轻。

苏尔此刻正在翻来覆去地研究小镜子。三次生死劫，一次是沙漠求生，一次将来自"神"，剩下的一次会是什么？

他伸手轻轻戳了戳镜子上的桃心："当时我们是被强行吸入镜子里的，不知能不能用它和外界取得联系。"

苏尔敲了敲镜子，除了冷淡的脆响，什么也没有。

"主持人？"他试着叫了一声。

"游戏？"不管换成叫什么，都是一场空。

苏尔打了个哈欠，正要收起镜子睡一觉，静候夜晚的来临，一张放大的俊脸猝不及防出现在镜子里。

他手一抖，镜子摔下地。

"嚯！"离他最近的是李子仓，瞥到这一幕也吓了一跳，原来真能用镜子"视频通话"。

最初的诧异散去，苏尔很快恢复镇定。想来也不足为奇，毕竟进入沙漠前，还能隔着镜子看到酒店里的一切。

李子仓帮他捡起镜子，青莲智者的视角跟着转换，发现玩家人数没怎么减少时，神情也依旧平静。直至最后瞧见苏尔，他的面色终于出现细微的变化："……胖了。"

作为高端的智能人，他的视力远超人类肉眼的极限。他自信不可能判断错误，对方确实圆润了一点。没记错的话，这应该才是玩家进入镜子世界的第二天。

苏尔慢悠悠揉着肚子消食："村民把我们照顾得很好，我一天吃六顿。"

智能人不具备普通人类那么多复杂的情绪，青莲智者没有因为苏尔的惬意感到愤怒，反而说了句"原来如此"。见他若有所思的模样，苏尔问："这里面的时间流速和外界一样吗？"

青莲智者很坦诚："一样。"

这个回答出乎大多数人的预料。

李子仓插话："我们做任务时，其他的玩家在干什么？"

青莲智者微笑着道："我特意仔细检查过希望之城，防止有不自觉的魅物留下来闹事，排除隐患后，让玩家自由活动。"

没有魅物的《弄虚》，就是一座空城。

苏尔的睫毛微微抖动了一下：“所以他们正无所事事？”

青莲智者含笑点头：“吃饱了睡，睡饱了吃，不过反而都变瘦了。”

说完，他主动掐断了通话。

院子内余音尚在，众人的表情有些难看。苏尔从躺椅上起身，说了句“够狠”。

那些没有选择进入游戏的玩家，如今只能眼巴巴看着别人做任务。

“‘神’给出的时间是三天，换言之，外面的玩家起码会浪费一半光阴。”

这段时间内，他们会是何等煎熬，不言而喻。

李子仓“啧”了一声：“我们进入《弄虚》已经两天，这三天再一过，只剩下最后两天供他们寻找‘希望’了。”

比起痛苦地等待，在任务里搏命好歹有点盼头。李子仓心中得到一丝慰藉，啃着酸果子说：“现在我们是不是该讨论一下晚上的分工？”

依珠举手做投降状：“我特别招狗，从小到大狗见到我都喜欢追着咬。”

最近表现格外活跃的苏尔也默默站在一边。

纪珩好笑：“你也怕狗？”

谈不上怕，但对于大点的狗，苏尔是有些畏惧的。碍于面子不愿意承认，他便蹙眉道：“我做人是真的‘狗’，同性相斥，那狗肯定不待见我。”

纪珩：“……”

话都说到这份儿上，谁也不好拿这件事打趣。

最终万亿揽下这活儿：“到时候我牵狗离开，如果有特殊情况，就弄晕它。”

夜色在大家商讨的过程中一点点降临。天黑后，守在村口的村民也陆续回了家，苏尔等人找准时间出去。大黑狗正趴在杆子下，一身精肉如今贴在地面，带来的威胁感似乎减少了几分。万亿绕到杆子后解下绳索攥紧在手里，同时扔过去一块从厨房找来的肉。

黑狗睁开眼，没有立即表现出攻击性，闻了闻肉块，舔了两下，兴趣寥寥。

万亿试着牵它往一边走，黑狗出奇地配合。

“先等等。”纪珩说，“别牵太远。”

万亿跟他想法一致，黑狗一直被圈养在村口，说明地底下的东西没那么简单。

一铲子下去，依珠有随时照镜子的习惯，怀疑脸上沾到了土，掏出镜子，却首先看到的是在黑暗中微微开始闪动的红心。而后，他们每挖一铲子，红心跳动的频率就会加快，众人不约而同停下动作。

依珠捏了捏自己的长指甲：“麻烦了。”

地底下埋着的怕是很凶猛的魅物。

苏糖衣开始打退堂鼓：“要不再重新想想办法？”

眼下只剩两天时间，重新找线索谈何容易。

纪珩淡淡道：“死路就是生路，经历过三次生死劫才能离开这里，下面的东西就代表一次劫。”前提是挖出来后他们能幸存。

说归说，没人敢贸然行动。

“至少现在解决了一个疑惑——”苏尔面色微凝，“为什么会有这么多玩家在这里被淘汰。”

婴能够为玩家提供庇护，但它的本质还是厉魅。这就陷入了一个死循环，放出婴能对抗“神”，不过婴也想要他们付出代价。

万亿说：“现在放出婴，我们要被追杀一天一夜；明晚再放出来，生存概率会大一些……”

话说到一半，他突然顿住——他们能想到的，先前那些玩家肯定也能想到，但最终生存下来的玩家依旧寥寥无几。

苏尔说：“往好处想，至少可以确定村民的战斗力一般。”

但凡村民实力足够强，白天哪能任由他们作威作福！

“汪”！黑狗突然叫了一声，像是在嘲笑他们的无能。

苏尔蹲在离狗三米远的地方，一动不动地盯着它看。

万亿以为他这是要迁怒到狗身上，正准备劝两句，苏尔忽然说：“我记得婴会保护村里十四岁以下的孩子，让他们免遭夜晚焦渴的痛苦。”

下午小孩说出这个线索时，大家都在场，是以听到苏尔这么说，都只是可有可无地“嗯”了一声。只有纪珩朝苏尔这里看了一眼。万亿注意到这一幕，忍不住问：“他是想做什么？”

纪珩说：“阅读理解。”

万亿：“……”

这不是玩笑话，别人探索副本剧情的时候，苏尔是真的在逐字逐句分析之前得到的线索。果不其然，他存疑的点与众不同：“婴是怎么区分小孩和大人的？”

正常人根本不会去考虑这个问题，婴可以看作是守护村子的灵，村子里的一举一动自然瞒不过它。

苏尔捧起一抔土：“如果婴能在村子里自由行动，我自然不会问这个问题。”

万亿眯了眯眼，明白了苏尔想表达的意思：“可它在地底，还被黑狗压着。”

说明实际上村民对婴很是畏惧。

他们来之前，必然有玩家把婴放出来过，然而婴最终又被关回了地底，其中少不了有村民和“神”的合作。

万亿摸了摸下巴：“可它没有伤害村民，还帮忙守护小孩，这又是为什么？”

简直是以德报怨。

“小孩的想法要简单很多，而且相对更执着。”苏尔说，“婴在乎的是孩子本身，同病相怜，它愿意守护孩子。”

不过孩子一旦满了十四岁，这份怜悯之心瞬间消失，它便任由这些被自己守护长大的孩子饱受和他们父母一样的痛苦。

苏尔站起身：“言归正传，还是回到最初的问题——婴如何识别小孩？”

依珠最先回答了他的问题：“判断一个人是谁，最直接的方法是通过外貌和声音，进一步熟悉后或许能从习惯、性格、眼神等细节中辨别。”但其中任何一个因素套在婴身上都显得勉强。

在地底它看不见，单靠声音的话，万一新生儿是个哑巴呢？

“你落了一种可能。”

依珠抬起头，正好看见苏尔往前走了一点，缓缓说出两个字：“气味。”

停步后他再度开口：“就像狗一样。狗的嗅觉超出人类千倍，甚至有不少科学家提出狗能闻出绝症的理论，为此专门培养嗅癌犬。”

依珠倒吸一口气：“不过狗能闻出人的年龄吗？”

苏尔说：“我们探讨的是婴。”

“……”依珠顺着他的思路往下分析，“假设婴有这种能力，一定比狗厉害，只不过我们站在它的老巢外面讨论，是不是不大好？”

一时间，没有人再说话，周围瞬间安静下来。

声音、性格，哪怕字迹都能模仿，但气味这种东西，根本没有样本，如何模仿？孩子长年累月地和父母生活在一起，气味混杂，都没有让婴混淆，那他们即使去偷件孩子的衣服来披在身上，估计也是无用。

玩家习惯快走到死胡同时立即折返，这是一种条件反射，也是优势。毕竟婴靠气味辨别孩子只是一种假设，没必要硬钻这个牛角尖。看出这个提议要被排除，苏尔看向纪珩，无奈地耸了耸肩。

纪珩仿佛料到会如此，轻声说：“人的潜力是无限的，只是没有被激发罢了。”

“所以……”

“所以要给足动力。”纪珩冲他笑了一下，而后望向其他人，道：“谁能想出法子，我来做苦力，把下面的东西挖出来。”

四周再度沉默，只不过这次大家的状态和之前完全不同，每个人都在绞尽脑汁，仿佛打了鸡血一样。

苏尔试探着说：“想不出就算了，换条路走。”

“一定有办法！”李子仓咬着自己的手指头，大有一条道走到黑的架势。

苏尔：“……”

依珠：“婴会下意识地保护小孩，我们可以拿小孩做筹码。”

李子仓也提出一个想法：“改不了我们自己的气味，可以试着改变那几个小孩的。”

苏尔的眼神微亮：“可行性很高。”

这时，万亿拿出一瓶药剂：“吞服这个东西可以让人散发出腐肉的气味。”

李子仓一脸嫌恶。

万亿说：“对付低等魅物很有用，他们会避开这种味道。”说白了这就是个鸡肋道具。

依珠靠谱得多，拿出一瓶香水：“普通人闻不到的香味，能持续很久。”

万亿皱眉：“有这种道具？”

依珠手中多出一只甲壳虫："可配套使用的追踪定位道具。"她还挺心疼的，一旦香水用完，这甲壳虫就废了。

"好东西啊！"李子仓凑上来，"事先用了，哪怕队伍里有人被调换，我们也能第一时间知道。"

依珠点头："不仅如此，我曾经遇到有双胞胎的副本，就是靠它辨别兄弟俩的。"

短短几分钟的工夫便柳暗花明，苏尔不禁感叹重赏之下必有勇夫。他心中倒没因此产生隔阂，人之常情，总得给自己留点底牌。他自己就是最好的例子，毕竟真要到了绝境，他还可以和纪珩使用煤脸见人。

为了防止遗漏，依珠挨家挨户转了一圈，给熟睡的小孩都喷了几下香水。这个时间段，村民正忍受焦渴的痛苦，加之夜不闭户，大大方便了他们的行动。确保每个孩子的身上都沾染了这种味道，依珠又开始对着玩家喷。

她还算厚道，给纪珩和苏尔多喷了两下，直到瓶子见底。

纪珩同样守诺，让其余人退到很远处，开始挖地下的东西。

苏尔跟他一起，给他塞过去一个小煤球。

纪珩挑眉。

苏尔低声道："如果推测失误，你用煤球，我用会哭的娃娃。"

这样可以节省一个煤脸见人，足够他们在最后关头保命。

他顺手把镜子拿出来，观察上面的红心。此刻那颗红色的心十分古怪，一会儿疯狂跳动，一会儿重归寂静，就跟变幻莫测的天气一般。

地底七尺处，婴感到十分困惑，它发现自己庇护的孩子的气味突然消失了，被其他味道覆盖，不久后，它又闻到了好几个个体散发出一模一样的味道。

正如苏尔所料，婴没有接受过教育，无法思考复杂的事情。正当脑子都快想破时，它被人从阴暗潮湿的泥土里挖了出来。

婴丝毫不觉得奇怪，每隔一段时间就会有人挖它出来。

婴睁开一只眼睛。面前的人很高，很大。这人到底是不是它庇护的孩子之一？他为什么长得这么高大？

苏尔故意"咿咿呀呀"了几声。

良久，婴给出判断——原来是个巨婴。

除了纪珩和苏尔，其余玩家在最后一铁锹下去前，又撤退了数十米，生怕出了突发情况跑不掉。这会儿见苏尔和婴大眼瞪小眼，他们同样是面面相觑。

"成……成功了？"李子仓不敢置信。

他真的没抱多大希望。

万亿扬了扬眉："细想倒也不是不可能。"

婴具有特殊性，首先它被埋在地底，其次它没文化。当然，更为特殊的是苏尔，他敢想，背后又有纪珩撑腰，才能把这种离谱的计划付诸实践。

大家都想近距离观摩一下，不过迟迟不敢靠近，生怕婴下一刻发难。就在他们选择观望时，纪珩单手抱起婴，朝这边走来。

万亿的位置比较靠前，他咽了咽口水，到底没有后退，小声问依珠："你这药水可以持续多久？"

依珠："放心好了，一点点就能维持两日，更何况我给每人都多喷了几下。"

万亿说："如果那些小孩洗个澡……"

嫌他聒噪，依珠不耐烦地说："要是气味这么容易消散，哪有资格称作道具。"

万亿悻悻然摸摸鼻子，心里奇怪，明明她面对苏尔时态度就挺好。

被怼了几句话的工夫，纪珩已单臂抱着婴走来。万亿屏住呼吸去看，只见婴全身上下缠着白布，只露出一双眼睛，此刻那双玛瑙一样的眼睛正直勾勾地盯着他看。

好多巨婴。婴满心疑惑，村里的孩子为什么突然增加了？新出生的？外面来的？无法解答的问题太多，最终它只能放弃思考。

苏尔跟在纪珩身后，留意着镜子的动静。婴沉思的时候，桃心便开始跳动，中间疯狂跳动了一段时间，苏尔的心都快提到嗓子眼儿时，桃心才归于平静。镜子上一行小字渐显：卫长选举即将开始，自我毁灭还是毁灭镇子，这是一个问题。

第二轮的本我答案显现。苏尔目光幽深，青莲智者没有骗人，来这里探险的确收益巨大。

单凭前两次得到的信息，便可以推测出一个必死局的大概，可惜放在他身上已经无用。他探出半个脑袋去看纪珩的，对比之前，这次纪珩得到的提示竟然很简洁：这个世界还有存在的必要吗？

苏尔看后久久沉默，当初他激动地拉着对方的手说"原来你也不是什么好人"，本是调侃，现在看来真没说错。

李子仓那厢欲哭无泪，他的提示是对于资源紧缺吃不上饭的吐槽，就差没明着说末世要来了。

玩家各有收获，大家强压下心中的波澜，将注意力集中在当下。婴重新闭上眼，纪珩停步微侧过身，瞟了眼身后。万亿把坑填上，重新拴好黑狗，确保看不出端倪。

他们暂时把婴安置在屋中，现下聚在院子里，一时间谁也不知该说些什么。

"我们……算不算安全了？"半晌，苏糖衣打破沉默，不等人回答又开始自我否定，"还是不够安全。"

婴能提供庇佑，但未必护得住这么多人。

她长叹一声："可惜这婴没有兄弟姐妹。"

听着她遗憾地嘀咕，苏尔忽然觉得在这些人的衬托下，自己挺正常的。他开口说："要不去找一下它妈？"

"……"精神上受到冲击，苏糖衣下意识望向纪珩，意思是：不劝一下？

"目前没有更好的法子，"谁知纪珩竟然淡声道，"只剩一天，总不能闭门不出等着'神'降临。"

……好像是这个理。

苏糖衣平复心跳后凝神道："婴的母亲也不一定就化成了魅物，何况她畏惧神明，生产时惊惧而亡，说明她成不了大事，就算她还在，也起不到多大作用。"

苏尔稍一沉吟："那就再去找它爸。"

苏糖衣语塞，片刻后说："你赢了。"

先不谈对这个法子是否认可，有一点纪珩适才说到了众人心坎上——最后一天总得做些事情，留在屋子里会有一种坐以待毙的感觉。

玩家们紧张，村民也紧张，天刚亮便在村口守着，祭祀礼将至，他们生怕在最后关头出幺蛾子。玩家抓住了村长的心理，声称要找个人在一旁帮忙剥瓜子。村长进来时，他们有的趴在石桌上，有的靠着躺椅假寐，还有坐在树上吹风的……乍一看完全是过着土皇帝的生活。

剥瓜子？村长眼皮一跳，怎么不再找两个漂亮姑娘来给扇风？转念一想，这个节骨眼儿上，能安插个人看着他们也是好事。他刚准备应承下来，李子仓故意一脸痞气地说："必须是细腰小尖脸，年纪不能超过十八。"

村长嘴角抽搐："村里没那样的姑娘。"

李子仓哈哈大笑："徐娘半老，风韵犹存的也行。"

村长的脸色又黑了一个度，苏尔适时开口："我还挺喜欢昨天那个小孩的。"

李子仓戗声："小孩……"

村长插话："正好那孩子也在念叨着你们，我这就叫他来。"

说完根本不给他们任何反悔的余地，立刻去叫人。

李子仓冲苏尔挑眉："成了。"

一刻钟后，小孩被赶鸭子上架。路上村长交代了不少，还塞给了他一只哨子，让他负责监督，一旦有人要跑，立马吹响哨子。

从前顺风顺水的熊孩子遭遇了苏尔他们那次的教育后，就像是淋了雨的纸老虎，㞞得不行。再度面对苏尔等人时，他表现得相当服帖，生怕一言不合最疯的那个就要和自己"同归于尽"。

苏尔单刀直入："讲一下婴的父母的故事。"

小孩口述的内容和水井壁画上的故事相差不大，不过多了个结尾："她的贪生怕死引来祸患，当时震怒的村民把她的遗体摆成跪拜的姿势塞进树洞里，让她永世向神忏悔。"

苏尔皱眉："为什么是树洞？"

小孩："据说树是神在沙漠里的化身，很久以前村子执行树刑，把犯了大罪的人塞进树洞，以此减轻其罪孽。"

听完苏尔轻叹一声："那棵树现在在哪里？"

小孩往旁边一指，数道目光汇聚在院子里的古树上。

"神使也是罪徒，所以历年来的神使才被安排在这里居住。"

李子仓想到昨天摘的那几个酸果子，吃得渣都不剩，干呕几声，强撑着走到大树下。他伸手在树干上敲了几下，可没听到回音。

这时纪珩走过来，拿出匕首用力一划，中间有一块树皮直接裂了开来。众人这才发现，外面的一层树皮是粘上去的，内里用水泥封上了。

李子仓惊奇道："这么大一个洞，这树还能活？"

苏尔很认真地道："导管和筛管能供应水分和养料。"

李子仓："……优秀。"

水泥封得不是太厚，被强行破开后，一股气味钻了出来。纪珩眉头一紧，换了个逆风的方向站着。他一让开，树洞里的一切便呈现在众人目中。

苏尔盯着骨魅看了几秒，缓缓开口："为了活下去，竟敢放'神'的鸽子，这样的人真的愿意尘归尘，土归土吗？"

树叶沙沙作响，和他清澈的声音交叠在一起，天地间竟一时听不到第三种声音。

和纪珩对视一眼，苏尔轻点了一下头，开口对其他人说："进屋，不要偷听，不要偷看。"

他这话比较有震慑力。每个人都有不想展示的秘密，即便再好奇，也没有人想因此生出事端。玩家很快退回屋中，关上门窗。

苏尔随后用电击器给骨魅输了点灵气。

没多久，头颅缓缓转过来，苏尔恭敬地道了一声"您好"。

骨魅的胳膊从树洞中伸出，苏尔早有准备，一步跨到纪珩身后。然而它毕竟太久没有活动，有些僵硬了，苏尔根本就没有闪躲的必要。

看到电击器，骨魅起了夺宝的念头，然而在那之前，苏尔主动把东西扔给了它。毫无意外，骨魅被灼伤了，不得不把电击器当作烫手山芋扔了回来。

苏尔捡起电击器，叹道："为什么所有魅物在这方面都格外蠢？"

已经记不清有多少魅物试图抢走电击器了，事实上，再蠢的人也不会拿一个谁都能用的东西做诱饵钓鱼。

"还有一日，神就要降临。"竟然是娇俏少女的声音。

倘若不是这骨魅已经结婚生子，苏尔都想把她介绍给周林均。

他定了定心神，指着电击器，言简意赅："灵气换庇护。"

骨魅摇头："太危险了。"

苏尔不死心，继续试探着问："您爱人呢？"

"他是自然老死的，且生性懦弱，死后无法成为魅物。"这应该是副本里的设定。

苏尔讪讪道："亲戚总该有几个，我看您家的血脉，骨子里就带着我命由我不由天的反抗精神。"

"我太姥姥倒是升级成了魅物，成日在对面山头乱晃。"

苏尔忙问："假设用灵气做报酬，能不能说动老人家拉几个朋友来帮忙？"

贪生怕死的人这个骨魅见多了，它自己生前就是，但求生欲强烈到这个境界的，世所罕见。

"不要白费心思。"骨魅道出冰冷的现实，"集合此地所有魅物的力量，也撼动不了神。"

苏尔蹙了一下眉，他从不把村民口中的“神”当真正的神看，所以难免会低估对方的强悍实力。

见他苦思冥想，骨魅指出一条明路：“有那孩子护着，你们有五成的生存概率。”

五成。

作为从来不赌概率的倒霉蛋，苏尔改口说：“不需要撼动‘神’的地位，制衡一下就行。”说着他比画了一下，“届时让山头上的魅物组成一个阵形……十八罗汉那种，而我们这些‘神使’守在最里面。”

关键时刻再用出各种道具。

“……”骨魅脑补了一下那个画面——众多厉魅做门神同“神”对峙，凡人拿婴充当最后一道防线，蜷缩在中心抱头一动不动。那场景，那对比，“神”都要被这种前所未有的操作震惊！

苏尔以一种谦逊温和的姿态在一旁等待。骨魅大概是被圈在树洞里太久，沉思时间过长，似乎再次僵化。苏尔无奈，咳嗽了一声，趁热打铁：“您带领厉魅得到了灵气，我带着朋友逃离危险，何乐而不为？”

舍弃了脸面，换来大团圆结局，划算！

骨魅本身就是极端的利己主义者，否则当初也不会迅速找个没感情的人结婚生子以逃脱“神”的死亡制裁。

它静默半晌，说：“好。”

苏尔很会做人，先给它提供了一部分灵气，美其名曰是额外的馈赠。骨魅很满意。

苏尔问：“您要见婴吗？”

骨魅生冷地拒绝：“那孩子并不知道我是他母亲。”

说完直接钻入地底。苏尔顺着地表颤动的方向看去，判断它是去了对面山头。

纪珩这时拍了几下手，玩家陆续从房间中出来。

“谢天谢地，再多待一分钟人都得崩溃。成功没？”抱怨完，李子仓问出众人关心的重点。

苏尔省去灵气交易的部分，大致讲了次日的计划，最后说：“对魅物不能交托信任，现在谈得很好，保不齐它们会反水。”言下之意，还是多留个心眼好。

李子仓按捺住好奇心，没去探究苏尔拿什么说服了对方，只憨笑着说：“村民也是个变数。”

苏尔说：“有婴和骨魅在，造不成太大威胁。”

最终，纪珩开口说：“村民死后或许能升级成魅物，我们还是别自找麻烦的好。”

李子仓只好打消了这个念头。

这注定是一个不同寻常的夜晚。

村民每晚会饱受濒临渴死的痛苦，然而今夜，大家俱是手持钢叉，团团围在院子周围。

祭祀礼开启的前一天，所谓的“神”会大发慈悲减轻他们体内的痛苦。外面是此起彼伏的祷告声，如同海水一浪接着一浪拍到岸边。

李子仓爬到树上，冷冷望着墙外的村民，恰在这时地下传来一些动静，有什么东西破土而出。

苏尔殷勤地迎上去，微笑道：“您回来了。”

骨魅：“……”

现在的小年轻为了活命，脸都不要了。

依珠隔着一段距离望着这一幕，不禁摇头。

“呵。”

骨魅不是独自回来的，土里又钻出了几只魅物。

苏尔清点了一遍，共有十三只。离十八罗汉还差一些。他掩住目中淡淡的失望，偏过头低声问纪珩：“为什么魅物的形态各不一样？”

纪珩照搬姚知的口头禅：“物种多样性。”

倒是依珠说了句：“有实体的往往要强上一些。”

苏尔若有所思：“比如主持人？”

依珠：“……”

联想能力太强，依珠突然就理解纪珩为什么没有正面回答他了。

魅物军团不是好相与的，一到院子里，首先就要好处。开空头支票没用，苏尔冲在场玩家笑了一下。看懂他的眼神示意，其余人各自回屋。

苏尔这才走上前，给领头的魅物输送了一点灵气。对方颤抖了一下，下一刻便向苏尔发起攻击。

白日情景重现，好在苏尔躲在纪珩身后，顺手就把电击器扔了出去，动作熟练得让人又心疼又好笑。

那个魅物刚一触碰到电击器，强烈的灼烧感传来。带领同类来的骨魅此时竟然感受到了苏尔的无奈，毕竟似曾相识的画面几个小时前才发生过。

插曲过后，再为其他魅物输送灵气时，顺利很多。

骨魅开始介绍：“这位是我太姥姥。”

“老人家好。”

“这位是孙叔叔。”

“孙叔好。”

…………

苏尔记忆力奇佳，对方就介绍了一遍，他便能分辨出谁是谁。

后半夜，大家强忍着困意。在游戏里，玩家对魅物来说是食物，苏尔生怕打个盹儿的工夫就被加餐吃掉。

纪珩说：“睡一会儿，到时间我叫你。”

苏尔迟疑了几秒，放下无用的矫情，靠在躺椅上休息。

村民祷告的声音久久不散，半梦半醒间他觉得自己宛如海面上摇晃的孤舟，努力寻找平衡。不知过去多久，他被轻轻一推，瞬间清醒。

天亮了。叩门声响起，没人去开，声音越来越强烈，直至演变成撞门声。

村长破门而入的瞬间，一改往日的卑微，阴森森地道："不是交代过，村里夜不闭户？"

气势刚起来，看到苏尔身后的魅物，村长猛地开始喘着气后退。苏尔笑了笑，进屋抱起婴，在魅物的包围下慢慢朝外走。方才还气势汹汹的村民不停后退。

"怕什么？"苏尔微微一凝目，"宁愿站着死，也不跪着生。"

说来讽刺，恶人看到魅物，表现得比普通人还不如。不少村民腿软了，连走路都困难。

金色的光芒刹那间突破云雾，苏尔停下步伐，大喊一声"保护"，然后拿出道具蹲在地上。其他玩家也是一样，甚至动作比他还快。

村长被这猝不及防的变化惊到了，一分钟前还信誓旦旦地说绝不跪着生的人，如今畏畏缩缩躲在包围中，脑袋都看不见了。

脸皮哪有命重要，苏尔现下把婴抱得很紧，就差没喊爸爸。

灿烂的金光中，游戏里面容悲苦的"神"拨开云雾，俯视下方。看到这一幕，"神"的唇瓣动了一下，竟是忘词了。

沉默片刻，他的声音将朝霞震荡出涟漪："兑现你们的承诺。"

苏尔的耳膜似乎都要被刺穿了，他安静地做着缩头乌龟，偷偷拿出镜子查看，红色的桃心正在以前所未有的强度颤动着。一只大手从天空中探下，朝着其中一名玩家抓来。

李子仓感受到强烈的危机感，事实上他的预感没错。对这些魅物来说，苏尔相当于雇主，后续的好处还得从他这里拿，至于其他人，它们保护得就很敷衍。

李子仓深吸一口气，随时准备用道具。然而大手距离他们还有半丈时，婴突然睁开眼，双目泣血，血丝化为烟雾，包裹住李子仓的全身。

"神"冷冽的声音从云霄传来："为何要护着成人？"

婴没有回答，缠在白布下的手掌伸出一小截，如竹笋般蹿出老长，大有要把"神"拉下云端的意思。一时间"神"的金光居然被打退几分。

苏尔亲眼见识到了魅物的强大。

"神"被顶撞，十分不豫，再次发问："何故？"

音浪较之前更加震撼。

苏尔捂着耳朵，实在受不了："它听不懂的，别问了。"

对牛弹琴有意思吗？

"神"："……"

谁都不肯后退一步，全都死磕在这里。

苏尔一直盯着小镜子上的桃心，哪怕一直僵持下去，只要挨过今天就能离开。

“神”的视线转移到了村民身上。作为凡夫俗子，他们谁都不敢得罪“神”，村长带头跪在一边，垂着脑袋不停念着祷告词。一个婴已经很麻烦，如今还有那么多魅物护持，想要一起带走并不可能。

“神”改了主意：“交出四名神使。”

婴听不懂，玩家装听不见，魅物只惦记着灵气，以至于一时间没人理会“神”。

“好，好极了。”威严的声音中夹杂着一丝怒气。

苏尔的腿蹲得有些麻，他无奈地看了一眼纪珩：“什么时候才能天黑？”

纪珩相当冷静，微微直起身子，嘲弄地说道：“与其干耗着，不如做点好事。”他正视着“神”，“教会这孩子常识，不至于来年继续被蒙骗，坏了你的计划。”

闻言，“神”的目光定格在婴身上，静默许久，他终于选择暂时收手。

苏尔换了条腿，半跪着减轻压力，心里由衷地感叹，论厉害还是纪珩，一句话便让这孩子从此踏入知识的海洋。

气氛陷入一片死寂，村民的祷告声也渐渐低不可闻。

苏尔用唇型问纪珩：有几成概率劝退？

纪珩神情莫测：“这要看他是不是‘神’。”

苏尔目光一滞。

纪珩失笑：“你不是从一开始就没把他当神看？”

苏尔并不否认，轻声说：“我只听说过恶魔喜欢做交易。”

“神”依旧高高在上，却下了最后通牒：“交出两人，既往不咎。”

从他压抑的语气中可以感知到他的忍耐已经到了极限，然而苏尔听后反倒唇角有了弧度。他故意提高音量，让其他人也能听见：“伟大的‘神’可不会讨价还价。”

李子仓最擅长阴阳怪气，插刀说：“该不会你是魅物伪装的？”

依珠娇媚地笑了笑：“听说吞噬强大的魅物能壮大自身，你说，吃了他，你会不会变漂亮？”

“……”

说者有心，听者更是有意，骨魅和自己的太姥姥交换了一下眼神。如果真能把这邪恶的“神”当作养分，说不定它们能进一步升级。

但骨魅不蠢，现阶段它只是有这个想法，除非疯了它才会冒险去主动攻击“神”。这么多年过去，有些畏惧早已刻在了它的骨子里。

女人最了解女人，依珠完全能理解骨魅这种自私自利的心情，蛊惑道：“现在就是一个最好的试探机会。”

只要“神”不强势地拼个你死我活，便证明他有顾忌。

魅物们岿然不动，玩家自然成了受益者。天地间的空气受到挤压，苏尔知道“神”真正出手了，却并没有想象中的那样惊天动地。

苏尔故意扬声道：“跟他拼了！”

眼看这边气势高涨，“神”金身黯淡，消失前寒声道：“三日之内，我必来取你们性命。”

苏尔嗤之以鼻，别说三天，今天他就可以离开这个鬼地方。

骨魅准备走了，突然发现脚腕被抓住。

“再等等。”苏尔镜子上的桃心还在跳动，他猜测“神”肯定躲在暗处。

骨魅叹气：“你好歹是个男人，有点骨气！”

苏尔说：“好处我会给够。”

利益驱使，骨魅又在原地守了足足有半小时。当魅物皆有些不耐烦时，镜面终于恢复平静，跳出一行小字。关于苏尔的自我剖析无非就是厌恶陈规陋矩，他匆匆一瞥便抬起头。

另一边，纪珩垂眼，敛去的眸光令人捉摸不透。察觉到苏尔的担忧，他一言不发地收起镜子，笑了笑说：“不是什么要紧的。”

这还是对方第一次有意隐瞒什么，苏尔皱眉道：“很严重？”

“具有误导性，一时也不好判断。”纪珩顿了顿说，“或许还不如不知道的好。”

苏尔听出他话中深意，放弃追问，垂首不知在想些什么，良久后才开口说：“我先回趟院子。”他还有欠的账没还。

村民避之如蛇蝎，自动让开一条道。为了掩人耳目，苏尔在屋中输送灵气，魅物都是贪心不足的，他只能尽量拖着时间。快要周旋不下去时，熟悉的牵引感传来，他的手脚开始不受控制。

苏尔眼前一亮，在心里给了青莲智者一个“及时雨”的评价。

像来时一样，他的半个身子很快被吸入镜子中。

离开诡异的村子，再看《弄虚》，突然发现了这座城市的可爱之处。

苏尔微松一口气，望见聚在酒店内的几位玩家，眉梢一动。

选择打安全牌的玩家此刻心中十分不是滋味，主持人分明把那小游戏说得像是一场死局，然而去的人全部安然无恙归来，早知如此，他们何必留下虚度光阴。

有几人很快调整好心态，但还有两三人，眼神里掺了些敌意，暗暗瞥向苏尔。

苏尔莫名膝盖中箭，还挺纳闷，难道真的是自己体质问题？

纪珩淡淡道：“总有些庸人心想武力值这么低的你都能活下来，他们肯定也能。”

他没有刻意压低声音，一时间酒店的人都听见了。

青莲智者稳坐钓鱼台，欣赏这场好戏。

纪珩问：“面对这种人，该说什么？”

苏尔接得从善如流：“你行你上。”

他其实不大喜欢这句话，不过面对个别人，这话还是很应景。至少当下不再有玩家用那种酸涩嫉妒的眼神注视自己。

主持人的工作做得很到位，让兔子侍者提前准备好饭食，给回来的人接风洗尘。视线一扫，青莲智者面上浮现出淡淡的笑意：“收获不小，你们几个就快要找到完整的‘希望’了。”

他说话有种四两拨千斤的味道，看似轻飘飘的一句话，却陡然又让气氛紧张起来。

留守的玩家再次懊悔没有参与到游戏当中。

“既然人齐了，现在又是上午……”

青莲智者没有给这人说下去的机会，不容置喙道：“新的任务明天会发放。”

同样的一顿饭，有的人享受美食，有的人食难下咽。

青莲智者忽然开口：“只剩下最后一个任务。”

苏尔停下啃鸡腿的动作：“还有两天时间。”

“第七日是纯粹的观光游览。”青莲智者慢悠悠道，“所以希望各位能在明天有所得，那是一个……很有趣的小游戏。”

他停顿了一下，嘴角微微上翘：“相信你们会喜欢。”

50%

第五章

朋友一生一起走

在副本里，很多话都需要反过来听，比如主持人口中的“有趣”往往意味着危险系数大。

青莲智者是个很懂养生的人，饭后小坐片刻，便去外面的林荫小道散步消食。见他外出，苏尔放下手中的筷子跟了上去。

万亿问：“不过去瞧瞧？”

纪珩的神情没什么变化，只说：“约莫是去问关于组队的事情了。”

青莲智者自然能听见身后的脚步声，笑吟吟等人走过来。

生活中最需要防范的便是笑面虎类型的人，苏尔同样带着笑，直入主题：“请教一个问题，必死局中能不能用组队道具？”

“出了《弄虚》，玩家会被直接投放进各自的必死局，一般就算用组队道具也组不到队员。”

苏尔清楚这点，但他走了后门，想来不受约束。

正如他所料，青莲智者又道：“但你的顺序被打乱了，自然可以用。”

闻言，苏尔微松了口气，能跟纪珩一起下副本，总比在外界干巴巴地等消息好。以游戏的作风，出了《弄虚》必定要修改他的记忆，让他忘记前因后果。

青莲智者捕捉到他的微表情，笑意未减：“你是个聪明人，可惜我不喜欢。”

这种时候闭上嘴不接话就对了。苏尔慢慢踱步，仿佛真的只是在散步。

风吹叶落，青莲智者避开落叶，淡淡道：“主持人喜欢看的是人性挣扎……”

苏尔其实有些困倦了，左耳进右耳出。

快要走到这条路的尽头，青莲智者停下脚步：“为了追求戏剧性的冲突，我留了一条生路……同样是一条绝路给你们。”

酒店里的玩家多数已经回到房间里，无视剩下那些玩家投来的古怪的注视，苏尔目不斜视地坐电梯上楼。

纪珩才洗漱完不久，靠坐在窗边，难得地带着些懒散。

苏尔拿了两瓶咖啡回来提神，顺便复述了适才跟青莲智者的对话：“主持人故作神秘，也不知是要表达些什么。”

纪珩手中多出一张空白的纸条：“可能和它有关。”

这是来《弄虚》的第一天青莲智者下发的奖励，当时他用了各种方式甄别，得出的结论是这只是普通纸张。

苏尔说："青莲智者说过，在《弄虚》可以找到使用方法。"

纪珩嘴角微掀："有些话听听就行了。"

苏尔细品了一下这句话，觉出纪珩是在打太极，主持人也在希望之城，答案说不准只能从他身上找。他在脑海中思索着很多问题，直至带着困惑入睡。

新一天的朝阳初升之时，苏尔醒来，在床上静坐了半分钟，大脑处于完全放空状态。所有人都起得很早，他和纪珩来到餐厅时，已经有不少人开始用餐。早餐的形式换了，是自助餐。

青莲智者只取了馒头和一碟小菜，动筷前先说："选择很重要。"

不少玩家面色难看，再度想起他们白白浪费了三天时间的事实。

依珠用手指卷着头发，冲苏尔招手，示意他到她旁边坐。

苏尔和纪珩坐下后，她软绵绵地说："主持人这张嘴可比我的还毒。"

苏尔笑了笑，安静吃早餐。

照旧等众人吃得差不多了，青莲智者才缓缓开口："今天的游戏叫《龙凤呈祥》。"

苏尔昨晚没睡好，一不留神把心底话说了出来："听上去还挺喜庆。"

青莲智者没有责怪他插话，继续说："规则很简单，黄昏时城东吃月饼，城西嫁女儿，城南放河灯，城北插茱萸。你们挑个感兴趣的参与一下。"

他说得很模糊，有玩家不得不开口提问："每人只能参与一个？"

"不限制。"

见他们若有所思，青莲智者笑了下："量力而行，风险与收益是成正比的。"

游戏开始得晚，白日里新一批的魅物拥进《弄虚》，苏尔没再去收过路费，踏实待在酒店。

日落西山，天边一片赤红。苏尔提前吃了晚饭，临走时换了件外套，便和纪珩出发。

酒店门口停着四辆大巴，苏尔踌躇片刻，低声和纪珩交流了几句，上了去往城西的那辆。

后面几排已经坐满，似乎大家都倾向于坐靠后面的位子。巧合的是选择参加上一轮游戏的玩家，除了李子仓，都在这里了。

他刚一坐下，外面便有人敲玻璃，偏头一看竟是李子仓。

"我去城东了。"他说，"那里有月饼吃。"

"……"看他一脸馋样，苏尔突然觉得和末世比，《无渡》里的小镇其实还算不错了。他摆摆手祝李子仓好运，靠在椅背上轻轻一叹。

万亿就坐在他后面一排："我还以为你会去城南或者城北。"

苏尔带着疑惑"嗯"了一声，旁边纪珩竟然笑了一下，说："因为你总不按常理出牌。”

龙凤呈祥原指喜事、吉利事，放河灯自古有悼念亲人之意，甚至有超度亡魂之说，插茱萸则是重阳节的习俗，意为驱邪治病，放在副本里多少让人觉得有点奇怪。

这二者和“喜”都扯不上太大关系。

既然这游戏名为《龙凤呈祥》，往喜事上靠好处大约能多一点。

苏尔认为他对自己有误会：“我求的是稳。”

万亿扯扯嘴角，意味深长地反问一句“是吗”，便不再说话。

似乎是为了应景，开车的司机一张惨白的脸上打着两坨腮红，一路将车开得飞快，中间没有停下过。司机模样怪异，不过身经百战的玩家顶多也就多看他两眼，他们真正的战场在城西。

一下车便看到街道两旁高挂着大红灯笼，红彤彤的一片，不知道的还以为是在过年。路口站着一位四十多岁的中年人，视线扫到其中一名玩家时，他脸上的笑容变淡了一些：“穿着一身黑来，也不嫌晦气。”

被点名的玩家叫乔月，心中暗道不好，再看其他人，果然穿得都很鲜艳。包括苏尔。苏尔临出门前特地换了件浅蓝色的外衣，不扎眼，看着还很有活力。

中年人似乎没有追究的意思，过了片刻，他便十分热情地说：“婚礼上还缺几个人手，愿意兼职的可以报名。”

说着依次给众玩家发了一张岗位列表。苏尔粗略一扫，有服务生，有收份子钱的，连宾客都有。

中年人解释：“新娘家没什么亲戚，为了不显得寒酸，还得雇几个群演来演亲戚。”

表格背面一面空白，苏尔皱眉：“怎么没有新郎的角色？”

问的人真心实意，中年人的神情却不大好看：“大喜的日子，你掂量着点开玩笑。”

苏尔十分认真：“你仔细想想，新娘或许是故意让人来假扮亲戚的，方便逃婚。”他还分析了几个热点案例，然后说，“就算新娘不跑，万一新郎悔婚怎么办？留着我好歹是个备选。”

中年人嘴角抽搐，咬牙切齿地说：“不会有这种情况发生。”

苏尔无奈：“那我就去收份子钱好了。”

中年人犹豫了一下：“这种事适合稳重的人。”

“我收钱的经验特足。”苏尔拍胸脯保证。

中年人暂且信了。万亿觉得稀奇，但看苏尔信誓旦旦的样子又不像在说谎，便问纪珩：“他还有这种经验？”

纪珩想了想，微微颔首。前不久苏尔才收了一大笔过路费，经验肯定是有的。

每种职业在人数上不存在限制，十一名玩家，最终有四人选择收份子钱，一人当服务员，剩下的则尽数当宾客。宾客自由度要高一些，苏尔本来也想选这个，耐不住收钱对他的诱惑更大。

万亿刚和纪珩说完话，余光扫到苏尔的表情，愣住了……

怎么他看着有要卷款跑路的征兆？

不止万亿一个注意到了这一点，依珠也说了一句：“别一个人跑。”

苏尔点头，然后看向纪珩：“我会带上你的。”

纪珩：“……”

一个无关紧要的小插曲，笑笑也就过去了，身在副本，谁也别想跑掉。

酒店门口站着迎宾人员，红毯长达十几米，但踩在上面让人觉得凉飕飕的。人来人往，乍一看就是世俗的热闹。宴会大厅门口支着一张长桌，苏尔和纪珩被安排收女方家的份子钱，依珠和万亿则负责收男方家的。

中年人交代了一句，说婚礼会在七点半开始，便去忙内场事宜了。

七点刚过，第一批客人来了。苏尔前面立着一个粉色的牌子，上面注明“女方”，宾客看了一眼，其中有六人走到了他这边。三人在苏尔面前排队，另外三人在纪珩那里，倒是格外有秩序。

苏尔原本还维持着淡淡的笑意，但在看到放在自己面前的“份子钱”时，嘴角弧度渐平。

第一人送的是一只鸡，白毛红眼，爪子十分锋利，说是削铁如泥也不为过。送礼的人十分“贴心”，还交代了相关事宜：“白兽，每隔十五分钟要饮一大海碗的血。”

苏尔面不改色地收下，送礼的人阴阳怪气道：“喝不到血，它会扑腾捣乱。”

苏尔眯了眯眼，心想万不得已时只能把这只鸡杀了，不过后续会有麻烦，毕竟他这算是损害了主家的利益。

他让后面的人稍等一下，看向纪珩那边：“你去上厕所，我先帮你收着。”

两个人都身陷囹圄明显不智，出去一个，通关的概率才更大。

纪珩没有拒绝，说了句“暂停服务”，便起身走到一边，研究这些宾客的规律。

无一人送钱，给的全是活物。毒蟾蜍、食人鱼，各种类型应有尽有。还有人送了一只尖头鸟，据说每隔半小时下一次蛋，不过须臾间便能孵化。

这么多奇怪魅物，一起发难的话，哪怕有道具傍身，也吃不消。

苏尔站起身，带着其中几只魅物找到中年人：“这些东西比较好动，我怕跑丢了，是不是集中关着比较好？”

中年人笑眯眯地说：“既然交由你保管，现在它们就是属于你的。”

苏尔皮笑肉不笑，强调：“这是送给新娘的东西。”

中年人坚持让他保管，寸步不让。

后面等着送礼的人不耐烦，叫了他一声，苏尔只得回去继续干活儿。

白兽顶着鸡脑袋，不时把爪子朝后拨拉一下，做出随时要攻击的样子。苏尔内心的弦不得不一直紧绷着，即便如此，还要登记下一位来客的礼品。

就在他低头的一瞬间，那只鸡猛扑而来。为了避开锋利的鸡爪，苏尔侧过身时摔在了地上，但他连迟疑都不曾有，直接举起凳子挡在面前。

白兽的爪子何其锋利，瞬间破开木头的阻挡。

电光石火之间，纪珩出现在苏尔身侧，匕首猛地朝前扎去。白兽即将血溅当场，一个眨眼的工夫，竟然消失不见。

纪珩也是没料到会发生这样的变故，低声道："朝后退。"

为防止有魅物从背后偷袭，苏尔一路退到死角。

动静很大，不少厅内的宾客幸灾乐祸地朝这里看来，准备欣赏一场好戏。选择当服务员的玩家则是无比庆幸，主持人说得果然不错，量力而行，份子钱不是那么好收的。

这一秒心思各异，下一刻众人却是全部呆住了。

继那只白兽消失后，桌上的魅物顷刻间一个接着一个都消失了。

作为受害者，苏尔正无比狼狈地靠在墙角，也是愣住了：发生了什么？

眼看最后一只尖头鸟也要消失，苏尔目光突然一动，跑到万亿和依珠那边，单手拎起桌上的一只魅物："送我了。"

万亿喉头一动，点了点头。

几个呼吸间，魅物消失了。

苏尔伸手，另一只被他碰到的乌鸦尖叫一声，也凭空不见。

他低头看了看自己的手，又看向厅里原本幸灾乐祸的宾客，不禁笑了。他当着他们的面去捕捉附近的魅物，原本捣乱的魅物这时一个个像是亡命之徒，疯狂逃散。

宾客缓过神来，立时开始担心自身安危。

理论上魅物不该惧怕一个玩家，然而区区凡躯，为什么会有这么可怕的力量？

一刻钟后，苏尔终究是朝着内厅的方向走去，冲中年人张开臂膀，微笑着说："相逢是缘，来，抱一下。"

中年人打了个哆嗦。在场的谁没看见，凡是被他触碰的生物统统会消失。

苏尔大约知道是怎么回事，预测自己这一招对中年人不管用，眼下他不过是有意恐吓罢了。

五分钟前，奢华的古堡。

"听说他在《弄虚》？"周林均惨白的手骨在凳子上敲了敲，"我终于等到这一天了。"

荀宝菩笑容玩味，转着手上的珠子："你确定要这么做？"

周林均拿出一沓红色的纸："报酬。"

苏尔早前透露过他进行了财产转移，荀宝菩本不欲费这个力气，但看到红纸时他还是眼神暗了暗，决定揽下这件事。反正他只负责出手，其余的他何必多管。

他收下红纸，伸手念道："隔空取物。"

一如意料没有取来东西，不过荀宝菩却是挑了下眉，心道：有点意思。之前苏尔说东西都转移了，但他能感觉到对方手上还是有一些玩意儿的。

周林均等得不耐烦。

荀宝菩说："东西还挺多，不过很多东西苏尔只有保管权。"

周林均嗓音沙哑："想办法全弄过来。"

"可以。"荀宝菩十指交叉，"但那会多费我一番功夫。"

桌上又多出一沓红纸。

荀宝菩满意地笑笑，手腕上的红珠微微闪烁，他再次低喃了一声"隔空取物"。

话音落下的瞬间，一只白兽凭空出现。

这仅仅是个开始，没过一会儿，乌鸦、蟾蜍……各种类型的魅物齐聚，荀宝菩眼睁睁看着墙壁上的一块宝石被尖头鸟啄下，气得心口疼。

"怎么回事……"

周林均话还没问完，被召唤来的白兽受到惊吓在半空中胡乱扑腾，一坨秽物稳稳地掉落在了它的头顶。

白兽的排泄物臭味远胜于寻常鸟类，作为一名合格的商人，荀宝菩第一时间递过去纸巾，帮周林均擦了擦。

然而这一抹，秽物反而散开了，刺鼻的味道一时间充斥着整间办公室。

周林均只是半具骨架，看不出表情，荀宝菩却能从他压抑到极致的声音中听出暴风雨来临的征兆："解释。"

变故来得太快，荀宝菩低叹一声，随手一抓，白兽便被捏在掌心："说说你们和苏尔的关系。"

白兽凶猛好战，不肯配合，荀宝菩也是狠辣，面带笑容直接吸收了它的灵气。

有了前车之鉴，尖头鸟被抓住时，表现得十分乖巧，主动说明了情况，当然也省略了很多。虽然《弄虚》每年都在更新，但从它口中说出全部，还是有透题之嫌。

听完，周林均冷笑一声："天底下哪有这么凑巧的事情？"

自己刚想转移财产，那厢苏尔便在保管这些魅物。

荀宝菩旧事重提，面色平静地解释："结缘的后果是苏尔得了克亲命。"

克的可不就是你？

周林均："如此荒谬，规则竟然允许？"

荀宝菩笑笑不说话，突然转过椅子望向窗外。

室内气味太难闻，他不再偷懒，起身打开窗透气。

"自古还有跟公鸡拜堂的，何况是结缘？没那么多讲究。"

周林均："……"

婚礼现场，苏尔伴装底气很足地进入内场。

猜到魅物的消失可能和财产转移有关，他不敢太过放肆，径直朝中年人走去。

"份子钱没了。"苏尔猫哭耗子，"我是不是要赔很多？"

眼看魔爪就要朝自己伸来，中年人后退一步，冷声道："不需要。"

见好就收，苏尔垂下胳膊，松了口气，转身准备继续去干活儿。

中年人叫住他："收份子钱不需要那么多人，你换个活儿。"

苏尔掩住唇角的弧度，作势要去端餐盘。

中年人嘴角一抽，嘱咐其安静坐在一边就好，警告说：“我仔细想了想，你之前的提议不无道理，万一新娘逃婚……有必要先选好一个备胎。”

苏尔双手放在膝盖上，乖巧地点头。

距离婚礼开始还剩五分钟，表面上一切重归平静。

来宾差不多都到齐了，依珠神采飞扬：“白捡了个便宜。”

苏尔还挺够意思，把他们这桌的魅物一并处理掉了。

万亿眯着眼寻思适才那一幕发生的缘由，苏尔本身不可能具备这种力量，莫非是用了什么道具？

瞟见他拧着眉，依珠打了个哈欠：“别瞎琢磨。”

万亿收起纷乱的思绪，心知就算想明白了，东西也跑不到自己口袋里，又何必绞尽脑汁。

灯光瞬间变暗，司仪登场，开始说千篇一律的开场词。

苏尔坐在不起眼的角落，被单独隔开，朝左边一看，不禁摇了摇头。

前一刻还笑容满面相互交谈的宾客，现下一张张脸泛着青紫色，夹坐在他们之间的玩家的煎熬可想而知。

苏尔闻见了淡淡的血腥味。灯光虽暗，勉强还能视物，他余光扫到一名玩家腿上受了伤，不知道用了什么治疗道具，很快恢复，不过痛楚该是实打实的，那个玩家额头上还能看见冷汗。

他喝了口水，心道：没一份工作是简单的。

现下灯光聚集在中央的走道，新娘新郎入场后，气氛被推到高潮。

厅内恢复明亮，收份子钱的几人结束工作，被中年人领着入席。纪珩直接走到苏尔这边，万亿和依珠也是如此，借口说都是认识的，没必要分两桌。

中年人没斤斤计较，只是在他们落座时意味深长地说了句“聚在一起也好”。

新娘化着浓妆，苏尔支着脑袋看新娘新郎二人秀恩爱，不时配合地鼓掌。

“捧花传递的是幸福，美丽的新娘希望把这份浪漫带给一个善良的人，有想要接住幸福的未婚人士请上台！”

没有回应的人，连伴娘都一动不动站着。

司仪打趣：“看来大家都很害羞，不如就把这一切交给天意？”

他让新娘背对众人，随机点在座的人，如果是已婚就跳过。

新娘害羞地说：“五号桌逆时针方向数第三个，八号桌的所有女生，十号桌的全部未婚人士……”

一连串点下来，好巧不巧，玩家几乎都包括在内，唯一幸免的只有服务生。

“捧花多是给女孩子的，而且我结婚了。”一位男玩家站起身婉拒。

“结婚了？”新娘转过身，捂住嘴惊呼一声，“真的吗？”

玩家正准备点头，常年养成的第六感突然让他把要说的话咽回了肚子里。如果能这么容易推拒，那就不是副本游戏了，现在上台被捧花砸到的概率不过十分之一，没必要在这上面死磕。

他调整了一下表情，笑着走上台：“刚刚我是开玩笑的。”

新娘见他这般做派，眉目间露出惋惜之情。其余人看见这一幕，自然也都知道该怎么做，全部上了台。

“人人有资格获得幸福。”新娘重新背过身，“今天的捧花男女都可以抢。”

苏尔和纪珩对视一眼，眉毛一扬，不约而同地抓到了重点：抢？

是机会还是危机，现在还说不好。

不过疑问很快有了解答，新娘故意高举着捧花，众人看清那并不是传统的玫瑰，而是燃烧的蜡烛。那蜡烛甚是怪异，顶端冒出滋滋的声音，烛芯似乎是以爆炸的方式在燃烧。苏尔彻底没了争抢的心思。

新娘没给太多时间让他们反应，省去了倒数计时的流程，直接朝后抛出。

以她抛出捧花的姿势，原本捧花应该直接砸到天花板，然而在捧花飞出的刹那，从烛火中冒出数条拇指粗的蛇，控制住了捧花的走向。

捧花绕过最前面的人，直冲乔月而来。

自打被中年人指责穿得晦气，乔月便一直提心吊胆，这会儿确定自己是被针对后，绕了几下绕不开，不由得对其他人也起了些暗恼的心思。

当时跟她一起的一车人，没有一个提醒她，不都是想拿她做探路石？

苏尔斜眼瞟见这姑娘的神态就知道自己要遭殃，论倒霉程度，他认第二，没人敢称第一。

不出所料，乔月躲避时扫了一眼周围，迅速把目标瞄准了苏尔。

一是离得近，再者苏尔综合实力并不强，凭什么主持人都对他高看一眼？微妙的嫉妒心理下，她用了一个加速道具，准备闪避到苏尔身后。

有了先兆，早在乔月拿出道具时，苏尔便闪电般躲到了纪珩身后。待到乔月到达他后方，纪珩偏过身，一脚把她踹下了台。

“动作还挺快。”纪珩似笑非笑。

万亿也是惊讶，苏尔看着和纪珩的关系挺铁，拿纪珩当挡箭牌的时候却也是毫不犹豫。

对此苏尔很淡定：“他顶得住。”

纪珩武力值高，足够应付一个乔月，自己想要对抗乔月，则需要在大庭广众下动用电击器。

万亿心想这大约也算一种默契，收份子钱时，纪珩也是毫不犹豫地出去救了苏尔。他下意识脑补了一下，如果他也拿自己组织的首领当挡箭牌会如何。不出意外的话，他估计会被打个半死。

捧花最终还是落在了乔月怀里，火蛇朝她身上钻，她连忙洒了些银色的粉末，蜡烛顷刻间丧失活力，火蛇跟着湮灭。

这粉末比加速道具珍贵了不止一星半点，乔月平安无事，但暗里十分心疼。

见状苏尔摇了摇头，他一直弄不懂这种不舍得用稀有道具，拿别人的命来自救的人是什么心态。

乔月没准备解释什么，重新站上台时突然感觉到一股凉意，再一抬头，对上一双幽寒的眸子。她咽了咽口水，离纪珩远了一些，适才只有几秒钟的思考时间，她忘了苏尔和纪珩还有交情。

依珠笑靥如花：“打狗也要看主人，人家有靠山。”

苏尔咳嗽一声。

依珠后知后觉地发现自己好像连受害者一并骂了进去。

此刻新娘才慢半拍地走到乔月面前，一脸担忧：“没摔着吧？”

乔月皮笑肉不笑，避开她的搀扶：“没事。”

司仪适时打圆场：“为了接住幸福的捧花，大家都使出了真功夫。”

这句话听得所有玩家嘴角一抽。

司仪给每人发了一枝玫瑰花，请他们下台。

坐到位子上休息没多久，旁边便堆起了香槟塔，新郎握着新娘的手准备倒香槟。与此同时，进来了好几位穿着演出服的表演人员，预示接下来有不少节目要看。

适才当服务生的玩家躲过一劫，这次却轮到他倒霉。

演出人员把他拽到身边，中年人交代稍后的节目需要人配合，是个魔术，叫《大变活人》。

苏尔竖起耳朵，听到这句话不禁感慨：什么“大变活人”，说白了就是“送你上路”。

纪珩忽然说：“这场婚礼环节很多。”

这话有故意施加压力的嫌疑，纪珩当然不会这么无聊。万亿眯了眯眼，思索他话中的深意，转眼就见苏尔拿起酒杯起身，跑到另外一桌去和宾客套近乎了。

他似乎也明白了什么，不过是去了中年人那边。

那边乔月见他们都有动作，也准备过去探听一下。

苏尔和一桌子魅物打交道，纪珩多少要盯着些，暂时没空管闲事，对依珠说：“麻烦挡一下。”

依珠：“我去拉仇恨，有什么好处？”

纪珩慢悠悠道：“城西嫁女儿。”

依珠是个聪明人，很快反应过来，游戏里既然提到了这句话，证明“嫁女儿”才是关键，然而观察完全场，竟然看不到新娘的父母。

得了好处，自然得用心办事，依珠扭着腰走到乔月那边，硬是拉着她的手不让她离开，说是要叙旧。

乔月只能干着急，嗔怒道：“你干什么？”

依珠云淡风轻：“你实力不如我，还是乖乖坐下的好。”

苏尔并不知道那边的争执，还在打听女方父母的消息。

来宾都是些人面兽心的魅物，扮演起宾客角色倒是格外认真，毕竟是拿了工钱的，从前也不是没有消极怠工被主持人追责的先例。

不过若是以往，他们少不得要刁难一二才肯配合。但苏尔先前收份子钱时的表现多少给了他们一些震慑，这会儿他们干脆利落地说出两条信息。

其一，新娘和父母关系不好，所以老人家没来参加婚礼。

其二，新娘有个双胞胎姐姐，听说暗恋妹夫。

苏尔深深地感叹："多么狗血的剧情！"

扮成宾客的魅物表示同意，游戏里的剧本确实一年比一年狗血。

当然他们只能心里想想，不敢真的出声抱怨。

苏尔带着打听到的消息走到纪珩那边，总结道："姐妹间有嫌隙。"

万亿这时也回来了，费了一番波折，打听到的消息和苏尔差不多。

"正常情况下，要先寻找新娘的父母和双胞胎姐姐，一层层抽丝剥茧。"苏尔斜靠着椅背，"但这又不是一个副本，可能没有完整的主线剧情。"

仅仅是一个小游戏，魅物也只是兼职来走个过场，不会搞得太麻烦。

万亿说："我倒有个想法，游戏名字。"

他没详细说出来，不过纪珩立刻明白了，微微点了下头。

不管是替嫁还是双胞胎姐姐想要搞破坏，龙凤呈祥是喜事，所以他们绝对不能让这场喜事办不好。

有了思路再去看周围，很快就有了不一样的发现—— 一名服务生从开场起便一直蹲在角落里整理花篮，苏尔眼尖，瞧见篮中好像有什么别的东西。

纪珩和万亿同时走了过去。

女服务生低着头，感觉到有人走来，冷不丁发难，手里的纸刀砍过来时变成了真刀。纪珩和她周旋，万亿则负责把花篮拿到一边，拨开一看，里面的瓶子装着些浑浊的液体。

他拧开瓶盖往地上倒了些液体，发现有腐蚀性。

女服务生怒了，不承想还没轮到自己开演，就被拆穿了。事已至此，她决心先动手再说。

可惜她碰见的不是软柿子，几个回合下来，纪珩踢到她的腹部又贴了张篆纸，直接把她拖去了外面。

没过多久，纪珩回来，似乎才洗过手，正用纸巾擦拭。

"走吧。"他对苏尔说，"说不定还能赶上城东吃月饼的活动。"

苏尔问："拿到提示了？"

刚问完便看到适才司仪给的那枝玫瑰花上浮现出字迹。

他的玫瑰花上浮现的是"无解"，环顾四周，除乔月外所有人都有一行小字。

苏尔过了必死局，没得到信息在意料之中，看到乔月也没有，他好笑道："什么情况？"

纪珩说："服务生最后问'你是怎么知道的'，我说了一串玩家的名字，说是大家合作发现的。"当然他省略了乔月的名字。

苏尔竖起大拇指："够狠。"然后问，"服务生怎么样了？"

纪珩点头：“半条命。”

说白了就是一群游戏雇来演戏的魅物，不值得费大力气。

下楼时，纪珩没主动提起他得到的线索，苏尔发现自打从镜子里的世界回来，对方便在有意隐瞒一些东西。

他忍不住停下脚步：“你不准备带我一起进必死局。”

相当笃定的口吻。纪珩眸色一沉。

苏尔问：“为什么？”

不等纪珩回应，苏尔便自己开口回答：“因为不想让我涉险？你是不是觉得自己很伟大？”

“情况很复杂。”纪珩面容冷峻，“至少从目前得到的消息看，必死局里我会自顾不暇。”

苏尔正欲争辩，纪珩沉声道：“以你现在的实力，落单会格外麻烦。”

争吵无济于事。

如果对方坚持不使用组队道具，苏尔也没辙。

他心思一动：“打个赌，如果我能大幅度提升自保的能力，你就得同意带我一起入必死局。”

纪珩说：“这么短的时间内……”

苏尔打断：“你就说同不同意！”

纪珩望着他，最终还是点了点头。

“很好。”苏尔撂下一句话，“相信你会守诺。”

说罢，转身就走。

纪珩跟在他后面，苏尔转过身，面无表情道：“你去城东做任务，我另有谋算。”

纪珩好笑道：“别意气用事。”

这会儿万亿和依珠等人也从厅内走了出来，看到他们似在门口争吵，隐隐也听到了些内容，走过来打圆场。

万亿说：“他也是为你着想。”

苏尔抱臂，刻意抬高下巴：“等着看，今晚以后，我就是他高攀不起的样子。”

“……”万亿回过神来，苏尔已经走远了，他没忍住笑了笑，“好像只奓了毛的老虎。”

纪珩叹了口气，不得不说，万亿形容得挺贴切。

回到酒店，苏尔在兔子侍者的带领下找到青莲智者。

“我要去见苟宝菩。”

青莲智者沉迷养生，刚打完一套太极，笑眯眯地说：“你之前不都是直接去的吗？”

苏尔说：“上次我是迫不得已。这次我再一声不响离开副本，就是对你的不尊重。”

青莲智者慢条斯理地开始泡茶：“难道你不是在担心会碰见不想碰见的人？”

苏尔讪讪笑了下，真相被揭穿了。

他，担心撞见周林均。

青莲智者泡好茶，帮他也倒了一杯，爽朗地答应了。

整个过程顺利得让苏尔略感不可思议。

青莲智者心平气和道：“其他玩家是来找‘希望’的，你却相当于来度假，合理的要求我没理由不满足。”他边说边走到前面，打开房间里的投影仪，竟是要直接和苟宝菩进行视频通话。

苏尔深吸一口气，暂时压下心底的困惑。

视频那头，豪华的办公室内有数人在来回忙活，苟宝菩笑意不达眼底：“见笑了，正在重新装修。”

苏尔猜到原因，试探着问：“周林……”

“走了。”苟宝菩并未探究青莲智者帮忙通话的原因，看了一眼表，“我的时间很宝贵。”

苏尔开门见山：“有笔大生意谈，好处你八我二。”

苟宝菩从容地坐直身体：“说说看。”

苏尔指着青莲智者：“我想请他做见证。”

“怕我不讲信用？”

苏尔说：“我卖的是点子，不是普通交易。”

苟宝菩看向青莲智者：“你也愿意？”

后者乐得看好戏，点了点头。

“好。”苟宝菩淡淡道，“如果你能令我大赚一笔，八二分成。”

横竖他占了大头。

苏尔松了口气，缓缓道：“众所周知，我每去一个副本便要糟蹋一个副本，所到之处主持人和魅物无一幸免。”

苟宝菩嘴角微抽……这是实话。

苏尔轻声问：“你有兴趣做保险吗？”

苟宝菩先是一怔，而后目中迸发出金光，一点即通：“用你做噱头，提前投保的魅物或是主持人一旦在副本里受灾受害，可以获得赔偿？”

苏尔颔首：“前段时间上千魅物因我失业，假设它们投保，这时候就不用为找工作发愁了。”

沉默片刻，苟宝菩击掌赞叹：“好算计！如此一来，厉魅为了获得赔偿，碰到了你估计还会主动让你揍。未来岂不是会有很多骗保的？”

苏尔微微一笑：“你就让它们骗，还一定要给出巨额赔偿。”

游戏中有数不清的魅物，每只羊身上薅一点毛，合起来绝对是一笔天文数字。赔偿金不过九牛一毛，有了第一个获得赔付的，反而打响了广告。

苏尔能想到的，荀宝菩想得更深，如今苏尔在主持人中“臭名昭著”，可以设置不同等级的赔偿，主持人作为高危人群，投保金必须比魅物高。

即便如此，也会有不少人投保。

青莲智者原本在一旁悠哉地喝茶，听到这番言论险些一口茶喷出来。

依照游戏中现有的魅物和主持人数目来算……真要开展这项业务，这两人未来绝对会成为首富和第二富。

他的目光开始变得复杂，想想那么多魅物还在兢兢业业打工，主持人辛苦努力地工作，转眼间竟混得不如一个玩家。

真是一个闻者伤心，听者落泪的悲伤故事！

苏尔说：“对了，请帮我联系一下周林均。就说我愿意配合解除结缘关系，只要他付出两个道具。”

辛辛苦苦赚来的钱，未来可不能给别人做了嫁衣。

荀宝菩真切见识到玩家心黑起来是何等的恐怖！

“你就不怕把周林均得罪狠了？”

苏尔摇头：“日后我发达了，会无条件送过去一大笔灵气，毕竟他今早阴差阳错帮了我的忙。”

打一棒子给一颗枣，容易招来愤恨；但打十棒子给一颗枣，对方保不齐要受宠若惊。

彼此相谈甚欢，若不是了解些内情，荀宝菩真的要怀疑苏尔其实姓荀，是自己流落在外的分支。

苏尔比荀宝菩要急，过了明天，玩家就要被投放进各自的必死局，他必须尽快拿到好处。

他的眸光闪烁，克制着不表现出操之过急的态度。

荀宝菩却一眼看穿了，习惯性转着红珠问：“你希望我尽快宣扬这件事？”

赶在八二的好处被瓜分成九一前，苏尔沉声道：“副本里情况瞬息万变，假设我在下个副本被淘汰，这计划无疑要打水漂。”

荀宝菩没说话，却也不否认。

苏尔说：“赶在我进下个副本前卖出第一批保险，哪怕我出意外你也能小赚一笔。”留意着对方的神情，他又说，“听上去像天方夜谭，不过凭你的能力，一夜时间拟好合同进行宣传绝对游刃有余。”

荀宝菩伸出一根肉乎乎的手指晃了晃：“半个晚上足矣，明早等着拿好处就是。”

苏尔微怔，这算是意外之喜。

“魅物间的交易，多以物品为主。”荀宝菩淡淡道，“这些东西对你无用，我会折合成道具。”

闻言，苏尔第一时间朝青莲智者的方向瞟过去。

荀宝菩说：“就算没见证人，也不会存在克扣。”

焰罗都是坑死人不偿命的。苏尔比任何人都清楚这一点，当即冷笑一声：“一次性送来大量道具，恐怕会成为催命符。”

荀宝菩面色不变，他不认为对方会死在玩家手中，只是不喜被对方牵着鼻子走，他想顺便找些麻烦。

这时苏尔的手中突然多出一块乳白色的小石头。

“需要时滴上一滴血，会有搬运工随时为你派送道具，并且说明用法。”荀宝菩笑了笑，“不过要重新利益分成，我九你一。”

奸商。苏尔眼皮一跳。

不得不承认，他心动了，出《弄虚》根本没时间进中转站，哪怕手里有大量道具也无法鉴定用处，多是些一次性物品，真要到了危急时刻，不可能挨个儿试验。

“行。”他一咬牙同意了，补充说，“派送数量和性能我自己定。”

荀宝菩摇头：“那会破坏游戏平衡。”

换言之，送过去的道具可能会相当鸡肋。

苏尔尚在迟疑，青莲智者事不关己地道：“任何一方好处太多，规则就不会认可这桩买卖。”

说白了，无论选哪一种方案，都有不可忽视的弊端。

苏尔很快接受现实，指着青莲智者：“是不是该给他封口费？”

这次换荀宝菩头疼了，不承想这人竟然有主动为别人争取利益的一天。

没仔细关注他们之间的交谈，令苏尔意外的是，最后连酒店里的兔子侍者竟然都跟着得了些好处，主持人还特地说明是苏尔争取来的，未来一日别找碴儿。

至此他舒服了。

瞧瞧，同样是咸鱼，青莲智者就比东风居士通透得多。

他叫来几个兔子侍者，手一挥：“去城东。”

城市四角，各有一派气象。

不少商贩推着小车卖月饼，瞧着很和善，但细看会发现这些人全都没有心跳。

苏尔坐在三轮车上，身下垫着柔软的毛毯，一名兔子侍者在旁扇扇子，另外一名随时端茶送水。

本准备迎上来的小贩不由得迟疑。

作为魅物，自然要尽全力确保每一个玩家有去无回。然而现在进来的这个玩家……怎么居然有魅物保驾护航？

他人是过客，苏尔在《弄虚》最多算个游客。只要不主动参与游戏，青莲智者可以在最大程度上为他提供便利。

出酒店前，主持人新给出一枚员工胸针和街道管理员的身份，前提是苏尔不能干预任何玩家，否则会受到规则的惩戒。

一眼望去全是魅物扮的人，苏尔也不急，车子慢悠悠晃着，朝着最密集的区域过去。

副本里和吃食挂钩的东西，往往是意想不到的恶心。这次也不例外，街角一名玩家正在进行素月饼、荤月饼的试吃游戏，脸都快绿了。三轮车从他身边路过，他也毫无反应。

一路前行，很快苏尔便瞧见几道熟悉的身影……其中纪珩因为个头最高，他看得最真切，只见对方袖子上沾着些黑到发紫的血点，也不知是哪个倒霉的魅物被干掉了。

似乎感觉到什么，纪珩突然抬起头，两人的视线在半空中撞了个正着。

苏尔大大方方坐着三轮车过去，目光睥睨："三十年河东，三十年河西。"

纪珩平静地回应："距离我们分开还不到一小时。"

苏尔微微坐直身子，接过兔子侍者递过来的茶饮。

万亿和纪珩在做同一个任务，目睹这一幕，他神情复杂，心道：就这一会儿工夫收了两个兔小弟，也是本事。

苏尔指挥兔子侍者把车停靠在前方树荫下，闭目养神等着这一轮小游戏结束。

合眼后，听觉无限放大。脚步声，吆喝声……周遭的响动串联在一起，让人仿佛回到了现实世界。不知道过去了多久，苏尔耳畔捕捉到熟悉的呼吸声，猛地睁开眼。

纪珩跳上车，全程没说话。

三轮车回到酒店，兔子侍者结束工作离开。苏尔用眼神暗示纪珩开始提问，让他有机会诉说"丰功伟绩"。

纪珩配合地开了口："请开始你的表演。"

"……"苏尔咳嗽一声，恢复往日正常的状态，完整道出和荀宝菩的交易。

纪珩听后皱眉："长远来讲，你这次可能埋下了祸根。"

苏尔清楚这点，不过眼下他只能看短期的利益："等你过了必死局，未来的事慢慢盘算也来得及。"

木已成舟，纪珩没再多说，只问："主持人全程没有阻止？"

"很配合。"

说这句话的时候苏尔声音发沉，显然是心有忌惮。

纪珩皱了下眉："智能人虽没有正常的愤怒情绪，但也要提防着。"

苏尔点头。何止是提防，面对青莲智者时，他片刻都不敢放松。

纪珩尚在沉思，苏尔直奔主题："别忘了先前的赌约。"

承诺好的事情自然不能失信，否则彼此之间会生出隔阂，因此纪珩格外严肃："你可要想好了。"

明明苏尔有另外一条更加轻松的路子可以走，只要他按部就班刷副本，成功离开游戏的可能性很大。

苏尔在这方面看得很开，递过去一张纸。

纪珩打开一看，八百字议论文，标题是《朋友一生一起走》。苏尔在这篇文章中引经据典，旨在说明做人要问心无愧。阅读完纪珩彻底熄了规劝的心思。

这人的洗脑水平一流，小作文都写好了，可见已经自我洗脑完毕。

终于达成一致，天色早已浓稠如墨。当晚苏尔彻夜难眠，隐约间听到纪珩也翻了好几次身。

清晨太阳照进来的刹那，苏尔立时坐起身，竟然有种解脱之感。一整晚都在强迫自己入眠的滋味并不好受。

两人往餐厅走，路上碰见依珠。后者顶着明显的黑眼圈，看到苏尔眼睑下方也有些泛青，她愣了一下："我还以为你不会紧张。"

苏尔扯了扯嘴角："在想线索。"

通过现有信息，一整晚他都在琢磨纪珩的必死局究竟是什么，相较于李子仓等人的，纪珩的线索要模糊很多。

今天用餐的玩家要比平时沉默很多。青莲智者最后走进来，瞟见埋头吃饭的李子仓，缓缓道："可以慢点吃，稍后是游览参观环节。"

尽管大家事先早已得知最后一日没有任务做，真正听见时仍不免遗憾。

"相信各位都已经找到了自己专属的'希望'。"青莲智者做了个举杯祝贺的姿势。

这话倒也没说错，如今还没有被淘汰的玩家，多少都得到了一些线索。

苏尔用手指摩挲着荀宝菩给的那块小石头，低声问："现在联系他送道具来？"

纪珩摇头："游戏的难度会根据玩家的综合实力做细微调整，进副本后再说。"

饭后，青莲智者带着众人在街道上散步。魅物散去，城市竟然显得有些荒凉。

"《弄虚》成立至今已有九十年……"青莲智者领口别着麦克风，做起了临时导游。

"要么我想办法多弄几个隐身道具来，藏在这里一段时间……"

尽管这道声音很轻，青莲智者却能清楚地听到，声音卡了一下。

苏尔正天马行空地乱打主意，忽然浑身发冷，抬眼便看到主持人朝自己眯了下眼睛。

"玩笑而已。"他用唇语说。

青莲智者面带微笑地停下脚步。

短短几秒钟，他脑海中的数据库已经开始输入各种条件，很快得出结论：有一半可能性对方会在离开前整出一场闹剧。

青莲智者瞬间做出决定："早死早超生，你们先走。"

苏尔说："可我还想再看……"

青莲智者扔过去一粒莲子："组队道具我出了。"

苏尔看向纪珩。

"可以。"纪珩点头。

见有好处，李子仓忙道："给我一个，我也愿意直接下副本。"

青莲智者平静地道出残酷的现实："给你十个道具，你也没人组。"

李子仓："……"

戳心窝子了。

苏尔攥紧莲花种子，准备离开前忽然说："游戏是不是还欠我成就点？"

在迷宫那场和膛蛇洞主有过几次交手，来了《弄虚》也没少挣钱，怎么说也该有几个。

"都两个副本了，好歹该有点利息。"苏尔一脸腼腆，"比如说多赠送一个。"

青莲智者过滤了一遍他的话，从规则角度判断这是合理要求。

沉默片刻，青莲智者说："稍等，我已经帮你传达诉求。"

这时苏尔切实体会到了智能人的美好，搁在其他主持人身上，别说代为传达，早就无视他的说法强行送他进必死局了。

还没乐呵两分钟，耳边骤然响起一道闷雷，苏尔的身子条件反射地一颤。

"恭喜玩家苏尔获得成就'保送生'。恭喜玩家苏尔获得成就'富甲一方'。恭喜玩家苏尔获得成就'儿大不中留，留下结冤仇'。"

前两个可以理解，苏尔不懂就问："最后一个是……"

"游戏送你的。"

送成就点什么的他也就是随口一提，不承想成真了，只是这个成就点的意思令人捉摸不透。

青莲智者温柔地道："亲，这是在暗示你赶紧滚呢。"

苏尔："……"

主持人这个"滚"说得漫不经心，神情却格外认真。

成就点来得猝不及防，苏尔低下头，发现胸牌好像又比之前大了一些，不禁叹了口气……这胸牌是在进化成盾的路上一去不复返了。

青莲智者已经表明态度，继续留下来无非是招人烦厌。多得一个组队道具，自问不亏，苏尔很现实地开口询问："用法？"

"掰开，各自拿一半。"

莲子表面光滑，徒手掰开听着就不现实，但苏尔带着不确定尝试了一下，不料轻而易举便成功了。

他给了纪珩半颗莲子，并未实现实时传送。

这会儿所有人的注意力都在他们二人身上，想知道接下来会发生什么。

青莲智者继续往前走，苏尔犹豫了一下，跟在后头。

一行人停在一座森林公园前。清晨连微风的味道都带着淡淡的馨香，使人的心态随之变得平和许多。

青莲智者看着人工湖，轻声道："跳下去。"

苏尔眉心一跳。

青莲智者说完这句话便没有再出声，等着他们自己斟酌。

风来回游走了三次，只听先后两下"扑通"的声音，除了开始的一刹那，湖面没有丝毫涟漪。

苏尔眼中最后倒映出的是湖岸对面的松柏，他耳边依稀传来一道声音："生死抉择时，可以使用那张纸条，心中默念'三次花开'。"

说话的人语调带着奇妙的情绪，有揶揄，似乎还夹杂着看客般的嘲讽。

来不及思考更多，苏尔彻底坠入黑暗。

主持人给的组队道具质量很高，这算是最舒服的一次传送，混沌中身体被一股柔和的力量包围，仿佛在云端起起伏伏。

苏尔还挺享受，有打五星好评的冲动。

60%

第六章

寻找入侵者

远处是立交桥，霓虹灯显现出艳丽的色彩。车水马龙，处处能看到夜归人。

纪珩站在广场上，身后是跳广场舞的中老年人。他绕着广场外围走了一圈，视线快速扫过每一个角落，确定没有苏尔的身影。

“大哥哥。”前方一个小男孩走过来，“有人让我把这个给你。”

说着转过身，正准备指着树下，小男孩突然“咦”了一声：“不见了，是个拄拐杖的叔叔。”

纪珩轻轻摸了下他的脑袋：“去玩吧。”

小男孩走远后他打开平板电脑，屏幕上自动跳出来一个弹窗：

请玩家选择队友会合（最多两名，天亮前务必组队成功）：
朱语（3分）
徐洋洋（1分）
纪珩（1分）
徐蕃（4分）
苏尔（5分）
伍百克（2分）
贾看花（1分）
刘朗（3分）

纪珩迅速点了苏尔，对方的具体位置浮现在弹窗下方。紧接着他又点了几个玩家，同样能显示出地址，可见在组队前，能随时更改组队对象。

他摸了下口袋，确定游戏给他们配了钱包。

快步走到马路边招了辆出租车，纪珩说：“去新华南路236号名家园小区。”

出租车上了立交桥，窗外高楼大厦一晃而过。

纪珩目光晦暗，他被传送来的位置在广场，很好找且没有危险。那么很有可能，初始分数越高的玩家，越容易处于险境，苏尔无疑是其中的“佼佼者”。

想到这里，他不禁摇了摇头：“这倒霉孩子。”

司机开着广播，没听到他的嘀咕，带着些地方口音说：“都在传名家园这两天闹鬼，是真的吗？”

纪珩淡声道："我是去见朋友的，不太了解。"

车速很快，二十分钟后车停在了名家园小区外，纪珩结了车费下车，隔着夜幕凝视前方。

老小区，没有保安，入口是一扇破旧的小铁门，此刻马路对面正走来一位刚下夜班的职工。

纪珩叫住他："麻烦问一下，三号楼怎么走？"

工人打着哈欠指了个方向。

单元楼门前种着一排树，常年无人修剪，有几根低垂下来的粗壮树枝逼得人要弯腰走路。

纪珩一路脚步很轻，这会儿看到前方有两道不时左顾右盼的身影，他侧身躲在一棵老树后。谁承想树后竟还藏着两人，一个蹲着，一个紧贴树干站立。

借着月色勉强看清彼此胸牌上的名字，全是 1 分的玩家。

谁都没开口提组队，他们加在一起，也就 3 分。

互相嫌弃的同时，夜晚的寂静被打破——

"消息准不准？快到时间了。"

"离零点还差十分钟，再等等。"

前方鬼鬼祟祟的身影低声交流着，徘徊在一单元门口。

纪珩皱眉，苏尔所在的位置同样显示在一单元的 101。

二十三点五十六分，出租房内。

面容清丽的女人关上冰箱门，转身时脚下猛地一滑，幸亏及时扶住了桌子才没摔倒。

她没时间思考为什么明明几天没有拖的地上会有水，第一时间护住肚子，弯着腰，大汗淋漓。

还有一个月才到预产期，但女人感觉到自己的身体不太对劲。她想要呼救，却疼得根本没有力气，勉强撑着桌子往房间走去拿手机。

匪夷所思的事情发生了，下一秒孩子竟直接从她体内掉了出来。

女人愣了一下，像是一瞬间被抽空了力气，当场晕了过去。

单元门外。

"差不多了。"左右看了一眼，两个男人走进单元门。其中一人拿着提前配好的钥匙顺利打开门。

婴儿的啼哭声传来。

"那老道士神了！"瘦高一些的男人惊了一下，连忙走过去剪断新生儿的脐带，他抱起孩子催促同伴，"快！"

无视昏迷的女人，同伴快速拎出袋子里的狸猫，放在女人身边。

玩家暗地里尾随，看到这一幕时感到不可思议："什么年代了，竟然还玩狸猫换太子？"

做贼心虚的人格外敏感，瘦高个儿男人转身时看到门外有几道身影，恍神了一瞬间，忙吼道：“我带着孩子跑，你殿后！”

同伴骂骂咧咧抽出一把小刀，胡乱朝空气挥舞着，然后跳窗。

十几平方米的房子一目了然，确定没有其他人，徐洋洋眼皮猛地一跳，立马去抢婴儿。

另一名玩家明显也想到了什么，把目标放在婴儿身上，跳窗追出去时心里一万条弹幕在刷屏……敢情在这副本里还能重新投胎?

纪珩没有参与追逐战，先拨打了急救电话，随后仔细在屋内检视了一圈，不知想到什么，他弯腰抱起地上的小动物，拨开它胸前的一片茸毛。

指甲盖大小的胸牌露出一角。

“果然是你……”

苏尔睁大猫瞳，感觉到禁锢着自己的那股力量正在消失。他试着发了个音：“啊——”

确定能口吐人言，他理了理胸前被弄乱的茸毛。因为口干舌燥，他暗示性地伸了伸舌头。

纪珩喂了他一口水。

口渴得到缓解，苏尔无奈：“狸猫换太子的故事里，太子还活着，有生命危险的是那只狸猫。”

纪珩给他顺了顺毛：“怎么会弄成这副模样？”

“谁知道呢？我一睁眼就在黑布袋里，说不了话，力量也用不上。现在才渐渐好转。”

纪珩问：“道具呢？”

苏尔说：“如果我想，可以召唤出来，但用不了。”

主要是爪子没有手指灵活。

“怪事。”纪珩皱了下眉，走过去给地上的女人披了件衣服，也不敢随意乱动她。

等救护车来的工夫，纪珩的平板电脑屏幕正中央出现一行小字：是否与玩家苏尔组队?

纪珩按下“确定”键，系统提示组队成功。

苏尔垂着脑袋：“我连平板电脑都没有。”

“有了你也用不成。”

残酷的现实面前，苏尔选择看开些，指出眼下的问题：“后续警方少不得要询问你。”

钱包里有身份证，避免了黑户的尴尬，纪珩没有离开的意思：“这女人的情况很古怪，可以试着从她身上找突破口。”

现在离开反而容易被认为是嫌犯。

救护车到得很快，女人被抬上车，一人一狸猫跟着一起坐到车里。

夜晚车辆不多，救护车一路顺畅抵达医院。

女人被拉去急救室，因为情况特殊，纪珩先垫了一部分费用，然后安静地坐在长椅上等着警察来。

为避免被监控拍到口型，其间他刻意低着头说话。

回想先前那两个抢走孩子的人在单元门外的对话，纪珩沉吟道：“他们知道这孩子的具体出生时辰。”

能够做到这点，证明有古怪。

狸猫苏尔枕着他的胳膊：“根本不用推敲，我就是古怪最好的例子。”

纪珩摇头：“照常理，组队积分越高越有利，不出意外，天亮前你应该可以恢复。”

苏尔抖了抖毛：“所以我变成猫只是为了完成一次考验？”

纪珩颔首，打开平板电脑。

苏尔把爪子按在屏幕上：“这个叫徐蕃的有 4 分，要去找他吗？”

纪珩摇头，点了下自己的名字，地点依旧显示在广场。

“平板只给出了我们进入副本时的初始定位。”苏尔思索后说，“耽误了这么久，现在过去可能会扑空。”

纪珩说：“初始选择很重要，分高的玩家在险境里出不来，分低的除了留在原地等同等级的人来找，就只能主动出击。”

低分组队没意义，不一定有人会来，但凡有点阅历的玩家必然会选择主动出击。

苏尔换了个斜靠的姿势：“组队失败会是什么结果？”

纪珩：“淘汰。”

苏尔的瞳孔倏地收缩，抬头看他。

“主持人不现身，大费周章地安排组队游戏，不闹出点动静岂不是白费力气？”纪珩平静地道，“分数太低的，估计也讨不了好。”

苏尔化猫后嗓音没太大变化，只不过声线弱了几分，免不了有些萌。

夜间医院人不多，鞋和地面接触的声音很响，纪珩停止逗猫，抬头看到迎面走来了一老一少两名警员。

纪珩将整件事描述成人贩子抢孩子的恶劣事件。在警方追问他的住址前，他先一步交代了自己为什么会在那里：“听说名家园这两天闹鬼，我就想去搞直播。”

顿了下，他故意问：“请问能把这件事公布到网上吗？”

“暂时还不行。”

纪珩这才引入听着有些像天方夜谭的消息：“抢孩子的那两个人好像提前知道了这位女士会在家中出意外，有个还提到了什么老道士。”

年长一些的警员做记录的笔尖停顿了一下。

纪珩佯装成喋喋不休的性格：“这要公布到网上，我就火了。”

警员连忙进行规劝。

纪珩最后说：“留个联系方式吧，我帮那位女士垫了钱，等她醒了你们再找我。”

这点正合警员心意，后续还有不少细节需要询问排查，因此他们不但留了派出所的电话，还留了私人手机号，嘱咐纪珩一旦想起更多的细节随时联系。

过犹不及，纪珩点了点头，抱着苏尔离开。

身后传来年轻警员的嘀咕声："最近怎么奇怪的事情越来越多？"

年纪大的那个严肃提醒他："不该说的话别说。"

医院周边有通宵营业的商店，纪珩买了不少零食，把苏尔塞进塑料袋，用零食盖住他身体的大部分，又找了家酒店开了间房。

进到客房，苏尔钻出来透气。

"抱歉。"纪珩淡淡解释，"一般酒店不让带宠物进来。"

苏尔跳到窗台上透气，突然体会到猫咪身体的敏捷性带来的好处，他俯瞰窗外景色，颇有种豪气万丈之感。

"下来。"纪珩说。

苏尔摇摇尾巴："每只宠物都有任性的权利。"

他重点强调了"宠物"二字。

还没晃悠够，身体突然僵住，奇异的冰凉感传来，苏尔首先摸了摸手，发现自己正赤着身子贴在玻璃上。

这一刻，他总算知道纪珩为什么要来开房了。

天还没亮，附近找不到服装店。他讪笑了一下，把被子披在了身上。

"你的推测很正确。"

他化身成狸猫，主要是为组队游戏服务——迷惑其他玩家，使他们无法与之顺利组队。换言之，高分玩家苏尔现在恢复了人身，是不是说明大部分人已经组队成功？

敲门声打断了思路。

走廊空荡荡的，地上放着一个平板电脑，纪珩拾起来递给苏尔："你的。"

苏尔皱眉，这次的主持人未免太故弄玄虚。

平板上有新消息提示：看早间新闻。

为避免错过，他及时设置了闹铃，然后抓紧时间补眠。

纪珩在窗边站了一会儿，快天亮时才睡。

六点半，早间新闻准时开始。

起先播放的几则是关于民生的新闻，在即将播下一条新闻时，主持人的面色多了几分严肃："昨日夜间，我市发生一起骇人听闻的凶案。一女子颈部被插入花枝，被残忍杀害……"

苏尔忙用平板电脑搜索相关消息，论坛上有现场照片。

一条评论引起了他的注意——

网友001：我住在附近，吓死了！而且就在离案发地不远的地方，昨晚有人被车撞死了。

翻页时，网页卡了一下，刷新后帖子已经被删除。

退出浏览器，苏尔发现桌面上多出一个程序，叫“玩家小分队”。

点进去后，“徐蕾”“伍百克”两个名字呈灰色，后面备注了淘汰时间，其余所有人的名字都是红色。

苏尔眼神微变：“如果昨晚你没有及时赶到，我恐怕凶多吉少。”

这时屏幕右上角的信封图标闪烁了一下，消息发布于两分钟前，通知玩家十点钟在宏泉商场集合。

苏尔偏过头准备和纪珩说话，看到对方正在一个聊天群里。

他下意识看了一眼手上的平板电脑，发现也有一个聊天软件。进去后有个拉他入群的验证消息，苏尔想了想，点了“同意”。

群主的头像是一只瘸腿拄拐杖的鸭子，网名“茶花殿下”。

苏尔点进对方的个人资料，性别一栏是男，个性签名只有三个字：主持人。

他忍不住嘴角微抽，开始看自己的账号资料。这些信息多半是游戏设置好的，姓名、年龄全部是真实的，他试着改动，清一色灰框，点不动。

他不再白费力气，发了一条消息：为什么就三个人？

茶花殿下：实力太低的玩家正疲于奔命，还没注意到这里。

后面还接了个微笑的表情。紧接着又弹出一条消息。

茶花殿下：听说你擅长阅读理解，苏尔，表演一个给我看好不好？

盯着这条消息，苏尔挑了挑眉。现下群里就自己、纪珩、主持人，说话反而少了很多顾虑。

他抬头看纪珩：“有人在挑衅我。”

纪珩嘴角微掀：“杠回去。”

为了确认主持人不是假冒的，苏尔试探：你知不知道 bsj 是什么？

茶花殿下：不就是你身边人的必死局？为了看你们表演，我特地争取了来当本场的主持人。

说完又跟了个微笑的表情。苏尔决定满足他的要求。

苏尔：《弄虚》里得到的信息中，有一段很有意思的内心独白——黑暗即将到来，我渴望看到一个年轻生动的灵魂……那么问题来了，这是纪珩进入游戏前的自我剖析，时光飞逝岁月如梭，现如今，黑暗是不是早已到来？

略一沉吟，他继续发消息：假设所谓的黑暗已经降临，为什么副本世界还没有被毁灭？我不由得对眼前这个世界的真实性产生了怀疑。

再想发消息时，失败了。

系统提示：你已被管理员禁言一小时。

“……”苏尔眉心一跳，发私信给茶花殿下：你是不是玩不起？

喝了口水，禁言依旧没解除，他面无表情地连发过去一串微笑的表情。

批发市场开始营业时间比服装店早，纪珩搜索地址，打车去给苏尔买来一套衣服。

苏尔在酒店裹着床单靠着窗吹风，适才的消息看似是发给茶花殿下的，实则是侧面询问纪珩隐瞒自己的那部分线索。

在《弄虚》，对方一系列的心理剖析多得连镜子都装不下，当时他觉得好笑，后来却有了隐忧。

假设曾经的纪珩真的选择了甩手走人，那如今的副本是否为黑暗降临后的世界？

望着渐渐热闹起来的街道，苏尔试图在路人身上发现一星半点的异状，甚至动用了体内的那只眼睛。然而人来人往，完全是世俗景象。

不知道瞎琢磨了多久，房门被打开，还未转身，豆浆的香味便随着走廊里的风一并飘了进来。

纪珩提着早餐和衣服进来。

吃早饭时双方没有多余交流，饭后纪珩看了下表："才八点半，可以先去医院一趟。"

昨晚被送去急救的女人醒了，从警察口中了解到情况后，想要当面向救命恩人致谢。

酒店离医院本就不远，步行过去的路上苏尔道出心中疑惑："孩子丢了，正常情况下一位母亲很难先想到感激救命恩人这些细节吧？"

他们到的时候警察已经离开，护士刚从病房中出来，看到陌生人，简单询问了几句，才让两人进去。

女人的面容有些憔悴，正在输液，不确定地问："是你们送我来的医院？"

纪珩点头。

女人连说了好几声谢谢，起身就要给他转医药费。

纪珩摆手表示不用，问起昨晚的事来："人贩子似乎是有备而来。"

刚听了个开头，女人突然掩面哭泣："是我错了，我应该听他的话。"啜泣声很快停止，她抹了下泪珠摇头，"这种事说出来也没人信。"

就像适才的警察，虽然没有明说，但眼神传达着一个讯息：怀疑她受打击过大，精神有些失常。

苏尔凑上前，年轻柔和的面容很容易让人放下戒备。

他轻声道："我们是专门做节目的，昨天听说闹鬼才特地去取材。"

闻言女人蹙起眉头。

苏尔适时道："媒体的影响力很大，说不定能很快帮你找到孩子。"

女人愣了下，不安地绞着手指，终于缓缓说出一个故事。

她叫陆兰欣，之前因为工作不顺经常去寺庙上香，意外发现庙里做斋饭的人是自己的小学同学。两人相谈甚欢，一来二去发展成男女朋友关系。

"后来我怀孕了，他也准备换份工作。"陆兰欣双目渐渐无神，"然而没过多久他便杳无音信。那段时间，我经常做梦，梦中他说这孩子不能要，会带来祸患。”

苏尔和纪珩对视一眼，任谁听都觉得她是因为被渣男抛弃而精神恍惚。

“没报警吗？”

“他失联前曾说让我等消息。”陆兰欣苦笑，“他在这座城市没有亲戚朋友，庙里的住持又说他是走正规程序辞职的。”

不能定性为失踪案件，警方调查起来自然也不会太上心。

苏尔记下寺庙的地址和陆兰欣男朋友的姓名，然后问：“照片有吗？我可以托人找找。”

陆兰欣给他看了手机里的一张合照，苏尔转发给了自己。

“该走了。”纪珩提醒。

导航上显示从这里到宏泉商场打车也要近一个小时。

从医院离开时，两人都没有说话，直到上了出租车苏尔才问：“她的话可信吗？”

纪珩摇头：“不一定。”

苏尔放大照片，里面的男女笑容满面，他的目光却不由得定格在背景上。

“这是……桃树？”

纪珩瞟了一眼：“看着挺像。”

主持人没说具体位置，他们便在宏泉商场门口等着。商场才开门，客流量不大，站在这里可以清楚地看到进出的人。

“有玩家。”

苏尔顺着纪珩的视线望过去，迎面走来的一男一女皆戴着胸牌。

“刘朗，朱语……”他念出名字，“我记得都是 3 分的。”

纪珩点头。苏尔笑了笑：“挺厉害的。”

分数高代表两人各有麻烦，最终能成功组队不容易。见面后刚打了招呼，一道气喘吁吁的声音插入：“赶上了。”

跑过来的人叫徐洋洋，和他组队的玩家名字很有意思——贾看花。

昨晚两人追到一半，忽然反应过来现场的狸猫才是值得关注的目标。这会儿看到和纪珩并肩站着的苏尔，贾看花有种莫名的猜测，迟疑地问：“你化成人了？”

拒绝面对不堪回首的往事，苏尔问出自己更关心的问题：“孩子呢？”

“没追上。”知道这句话可信度不高，贾看花又解释了一句，“有人接应人贩子，身上还带着枪。”

能在城市中这么嚣张，背后肯定有张厉害的关系网，贸然招惹没好处。

“不如交换一下信息？”徐蕃被淘汰后，朱语成了这个副本里唯一的女玩家，她给人的感觉很精明，“我这里有一条不错的线索。”

苏尔想了想，讲了关于陆兰欣的故事。

贾看花紧接着说：“味道……追逐中我嗅到了婴儿身上有淡淡的桃花香。”

朱语的眼神闪烁了一下，最后开口：“我离徐蕃不远，本来是想去找她组队的，但是她被淘汰了。”

苏尔说：“我看过网友贴的现场照片，好像有花枝插入了她的脖子。”

“倘若是那样就好了。”朱语神色复杂，“不是插进去的，是自然生长出来的。”

这句话就像一个重磅炸弹，徐洋洋表现得最为激动：“真事？”

无端被怀疑，朱语不悦地冷笑了一声：“我亲自检查过。”

纪珩忽然问：“什么花？”

网上的图片不清楚。

朱语沉声道：“桃花。”

空气顷刻间安静下来。

想到荀宝菩给自己的桃枝，苏尔垂了垂眸，没说话。

似乎察觉到他的情绪，朱语探究的目光望过来，苏尔从容地看了眼时间：“还差一分钟。”

十点整，主持人依旧没有现身。苏尔在群里问了一句。

徐洋洋面色古怪：“还有群？”

因为分数低，他和贾看花来的路上十分不顺，还卷入了当地的争斗，险些被干掉。他们连忙打开各自的平板电脑，加入群聊。

纪珩轻声提醒：“看路口。”

一辆房车正停在那里，格外显眼。

同一时间，群里发来一个车的表情符号。众人朝房车走去，车门没锁，走在最前面的玩家试探着敲了两下门。

“上车。”里面传来一道声音。

车内的空间很宽敞，坐在桌前的男人双手搭在拐杖上，他戴着眼镜，身材异常纤细，像是从漫画中走出来的“斯文败类”。他的左手边立着一个小旗子，上面用粗体写着“欢迎”二字。

作为最后上来的，苏尔顺手关上了车门。

男人似笑非笑：“我是本场主持人茶花殿下，欢迎各位进入副本《黑暗复苏》。”说着，他锐利的视线扫过在场每一位玩家，“能被选进这个副本，你们还真是倒霉。”

一句话让不少人心里一沉，苏尔举手：“不，我是主动进来的，靠组队道具。”

茶花殿下微笑：“请安静，杠精。”

暂时没听到过关任务是什么，苏尔识相地闭嘴。

“你们需要在七天内找到最初的入侵者，对它进行销毁。”

“入侵者”一词不由得让人联想到徐蕾脖子中生长出的花枝，可知玩家需要应对的，好像是某种能寄生的魅物。

茶花殿下很喜欢利用电子产品做解说，他打开投影仪，扶了扶眼镜：“图书馆、天伽寺、出租屋……在这三个地方可以更好地了解到真相。”

资料被传送到群里，包括具体方位和内部平面图。

贾看花：“自由活动？”

茶花殿下摇头：“去哪里由总分最高的队伍来决定，一天只能去一个地方。”

因为有两组总分相同，茶花殿下用了最原始的方式——抓阄。最终纪珩拿到了决定权。

朱语略带无奈地叹了口气，运气这种事谁也没法说什么。

纪珩迅速做出决定：“去天伽寺。”

苏尔对他的选择并不感到意外，陆兰欣的男友失踪前便在天伽寺工作，是有必要亲自去一趟。

茶花殿下以身子不便为借口，让玩家开车。徐洋洋自告奋勇，跟着导航顺利开到山下，一行人换乘缆车上山。

远远地就能看到天伽寺的牌匾，然而今天院门紧闭，不接待香客。

茶花殿下亲自去叩门，开门的是住持，对方似乎早就在等着他们了，双手合十，微微颔首。

茶花殿下回礼。

大家跨过门槛，厚重的门重新合上。

整座寺庙的占地面积相当大，住持介绍道：

“天伽寺最早是以温泉得名，被当地人叫作温泉寺，香客来此既能拜佛，又可以泡温泉养生，所以寺内一直香火鼎盛。

“……不过近来发生了怪事，每隔几日便有香客在泡温泉时昏睡而险些溺亡，寺内弟子的睡眠时间也越发长，年纪大一些的早晨甚至叫不醒。”

茶花殿下问：“您呢？”

“实不相瞒，也是一样。”住持苦笑，“若非如此，我早就让他们去医院检查了。”

茶花殿下：“您放心，接下来交给我们。”

住持：“劳烦各位了，按照之前谈好的，寺里的弟子这几天去民家借宿，方便你们行事。”

茶花殿下点了点头。住持又交代了几句，便回屋打坐。

亲眼看人回了屋子，苏尔才问：“我们是以什么身份进来的？”

“寺庙闹鬼，大家是被请来的道士。”

苏尔：“……”

茶花殿下淡定地道：“在捉妖方面，道士经验丰富。”

主持人表示今晚所有人都要住在禅房，说完便示意大家可以自由行动了。

纪珩望着刚刚住持走进的那间屋子：“我去和他聊聊。”

苏尔点头，决定去检查温泉。

然而纪珩摇头：“那里危险系数大，晚点我跟你一起去。”

苏尔从善如流：“那我试着找一下陆兰欣和她男友拍合照的地方。”

“能在寺庙里作恶的东西，不可小觑。”纪珩提醒道，“多注意些。”

玩家各自有安排，基本是单独活动，普遍来讲，青天白日出事的概率不大。

寺庙周围植被覆盖率很高，苏尔对着合照里建筑的一角，不停和周围佛堂做对比，他走走停停，直至从文成堂穿出，看到前方树林里的一块巨石时眼神倏地一亮。

陆兰欣和男友便是站在石头上扶着树比画剪刀手的，巨石旁正巧也有几棵桃树。

他刚大步流星走过去几步，突然枝蔓摇曳，掉下来几朵桃花。

苏尔忽然产生一种荒唐的错觉，感觉这桃树迫不及待地想让他过去。他踌躇了几秒，慢慢后退。

又一朵桃花被风吹来，悄无声息掉落在他肩膀上。感觉到身后有一股无形的阻力，苏尔心一横，手插进兜里握紧电击器，索性往前走。

离桃树尚有一段距离，他的余光隐约间瞟见了一道白色的影子。

苏尔愣了一下，闪电般掏出电击器，下一秒凭空出现的白绫紧紧缠住了他的脖颈儿。苏尔整张脸涨得通红，费力地抬起头，好几米高的古树上，一个红衣女子正抓着白绫两端，不停收紧往上拽。

远程攻击就很过分，电击器根本派不上用场。缺氧还不是最痛苦的，再继续下去苏尔感觉自己颈部的骨头肯定都要断了。

苏尔不再迟疑，用了道具。

幽幽的哭声响起，树上的女子有瞬间的愣怔，他趁机挣脱了脖子上的束缚。

他再次感叹当初交易做得划算，会哭的娃娃大约是仅次于电击器的最好用的道具。

可惜只有三分钟时间能让对方产生无限怜爱。苏尔决定先跑。

意想不到的情况发生了，红衣女子被突然出现的粉衣女子掐住了脖子。粉衣女子大骂："贱人，敢阻挡我的发财大计！"

她们之间的搏命相当可怕，苏尔眼睁睁望着那棵挂着"百年古树"牌子的大树倒下，精准地朝他这里砸来。

他拔腿就往另一个方向跑。

这种时候根本不能回头，苏尔疯狂朝前冲出去老远，预想中的巨响没有传来。他转过身看了一眼，大树正来回晃悠，像是被什么东西接住了。

才松了一口气没多久，一抬眼便看见前方木牌上刻着的"温泉"二字，他不禁愣了一下。

兜兜转转，还是来到了温泉。

平静的水面"咕噜"一声，让他想到适才摇曳的桃花枝，仿佛都是在引诱他过去。

树叶摇动发出的沙沙的声音自打苏尔来后一刻也没有停止过。

"我的。"阴冷的气息出现在背后，想要拖他走。

温泉冒着泡，一条水流仿佛化成了一只手，自动上岸缠住了苏尔的双足。

"是我的。"

四面八方的力量像在做某种较量。

苏尔眼一眯，决定先用电击器解决眼下的困境。

被猝不及防地一电，背后的力量松动，缠在苏尔脚上的水流试图直接拖他进入温泉。

他也不惧，至少入水后他只用面对一只魅物。

千钧一发之际，水流被切断。茶花殿下不知何时出现，一拐杖打过去，厉魅暂时退散。苏尔面色微微发白，累得急促地喘气。

茶花殿下原本是来看好戏的，结果自打进入副本，他就没消停过。

苏尔爬起来告状："光天化日的，这些魅物太奔放了。"

茶花殿下冷声提醒："保险业务。"

苏尔语塞。

买了保险的魅物想恶意碰瓷，没买的则出于嫉妒开始捣乱。短短一天时间，主持人忙着打魅物，扛巨树，为了维护秩序继续打魅物……半条命都快累没了。

想到这里，他恶狠狠剜了苏尔一眼。眼不见为净，茶花殿下决定解决隐患后好好宅两天，日常就靠软件和玩家交流。

纪珩和住持说完话，神情略微凝重，身边突然一阵风扫过，是主持人风风火火走路带起的气流。

擦肩而过的瞬间，茶花殿下猛地停下脚步，用拐杖重重敲了两下地："这究竟是谁的必死局？"

他看是自己的才对！

目睹主持人带着怨气离去，纪珩一脸莫名其妙。

没过多久，苏尔狼狈地现身，衣服又破又湿，脖子上还有一道勒痕。他像是幽灵一样飘浮而来，鼻尖动了动，闻到了沁人心脾的茶香。

纪珩解释说："不久前住持在和我煮茶论道。"

闻言苏尔仰脸长叹一声，发出和茶花殿下一样的灵魂拷问："这究竟是谁的必死局？"

从昨天变狸猫起，他已经记不清自己差点死几次了。

纪珩掏出一张纸巾帮他擦了下额头上的水，认真地道："去换身衣服，小心着凉。"

苏尔换好衣服，耸了耸肩："来之前，我想的是一定要保护好你。"

纪珩不由得失笑："现在改主意了？"

"那倒没有。"苏尔说，"只是情况和我预想的不太一样。"

纪珩递过去一杯热水，配合地问："哪里不一样？"

苏尔掰着手指头认真地道："你的一天……撸猫，喝茶，岁月静好。"语毕他指了指自己，"我的一天……打架，斗殴，变猫被撸。"

纪珩凝神看了他几秒，说出的话让苏尔感觉到几分宽慰："魅物不能无缘无故针对玩家。"

所有的险境，背后都有一场交易在支持，也就是说，苏尔必定也得了某种好处。

苏尔沉思几秒，捡起换下的旧衣仔细查看，最终在衣肩处发现一片桃花花瓣。用力抖了抖衣服，很神奇，桃花花瓣像是粘在了上面一般岿然不动。他又试着用手指去触碰，倒是轻而易举地摘取了下来。

苏尔说："自从进入副本，桩桩事情似乎都与桃花有关。"

纪珩重新提到了《弄虚》。苏尔看了他一眼，沉声道："当初有一条线索是小心寄生。"

结合徐蕃被淘汰的原因，苏尔隐隐想到了什么。他的手指轻轻在桃花花瓣上揉捏，他敛了敛神："会和这东西有关吗？"

纪珩没回答，只说："抽空去泡个温泉吧。"

苏尔颔首。

庙里的弟子暂时被打发出去，没人做饭，中午大家只能吃方便面将就。

茶花殿下在群里发消息说要午睡，让大家不用等自己。

"多大脸。"苏尔摇头，"好像有谁关心他一样。"

他只是随口一说，下一刻平板电脑上弹出群消息：杠精闭麦。

苏尔愣了一下，不只是他，其他玩家也在左顾右盼，可惜没有发现主持人的身影。

苏尔喉头一动："他在我身上装了监控？"

纪珩说："也许他只是做了一种合理的推测。"

苏尔："……"

吃饭时说话影响效率，这会儿工夫唯一没受干扰的玩家便是朱语，别人还在吃，她已经在用纸巾擦嘴角："信息交换？"

贾看花挑眉："又来？"

朱语："一个人的力量终归有限。"她看了一眼窗外，"何况今晚谁都跑不了。"

黑夜一旦降临，恐怕寺庙会成为群魔乱舞之地。

贾看花的视线扫过其他人。

苏尔说："我没意见。"

纪珩同样点头。

徐洋洋略微尴尬地说："我没什么发现。"

朱语说："先欠着。"

徐洋洋愣了一下，没想到朱语这么大度。

朱语的语气风轻云淡："两天内不提供一条有用的线索，我们孤立你就是了。"

徐洋洋："……"

没等他尴尬多久，众人已经开始抱团讨论。

苏尔打开合照："从文成堂侧门出去就是拍照地，那里至少有两只女魅。温泉里的魅物会操控水流，一旦被缠上，溺亡的可能性很大；还有温泉外的木牌，上面也附着个小魅物，本事一般，喜欢从背后偷袭……”

一次性说完一长串关于魅物的情报，苏尔口中有些发干。

再一抬头，除纪珩外，大家看过来的眼神都很微妙。

徐洋洋：“没记错的话，我们才分别一个多小时。”

苏尔看了下表，给出精准回答：“一小时二十分。”

徐洋洋目露同情，所以这段时间他什么都没干，光撞魅物了？

朱语扔了一个祈愿木牌在桌上，打破突然安静下来的气氛，木牌上面写着陆兰欣和赵薄的名字，中间还画了一个桃心。

“我和刘朗找到的，已经和住持确认过，从前在这里做斋饭的人就叫赵薄。”

贾看花：“这点我们早上不就知道了？”

第一轮交换信息时，苏尔便说过关于陆兰欣和她男友的故事。

朱语：“两个人的说法能对上才说明这个故事是真的。”

贾看花以为苏尔会不悦，一偏头竟然在对方眼中看到了赞同。

“陆兰欣可能会编造故事。”苏尔瞥了一眼木牌，“有这个至少可以确定他们男女朋友的关系是真实的。”

贾看花想想觉得有道理，接着说：“我去了赵薄以前住的屋子，发现几本海外明星的写真杂志。”

说着他给了一个“你们都懂”的眼神。

朱语听后拧紧眉头：“如果辞职，他应该会把这些东西带走才对。”

徐洋洋赞同：“不错，自打进入游戏，我连硬盘里几百 G 的片子都删了。”防的就是有一天家人报失踪警方来查他的电脑。

众人：“……”

等他们都说完，纪珩才缓缓开口：“赵薄是主动辞职的，住持说他辞职时正在找下一份工作。”

贾看花摸了摸下巴：“会不会是辞职过程中出了意外？”

可惜除了当事人谁都无法给出明确说法。

心急吃不了热豆腐，估摸着今晚不会容易度过，午饭后众人各自回屋休息。

半梦半醒间苏尔脑海中突然捕捉到某个念头，一睁开眼便看见纪珩正盯着墙上挂着的“静”字看。

“没睡？”

“刚吃完饭，睡不着。”

苏尔侧过身：“偷袭我的那只魅物的穿着和发型都是几十年前的风格。”

纪珩转过头看他：“你想撬开女魅的嘴？”

“她知道的恐怕不少。”

纪珩想了想：“等你睡起来，我们去看看。”

苏尔很快睡了过去。

一小时后闹铃响起，因为在梦中老被人追逐，醒来的刹那他竟然有种解脱之感。

在去小树林的路上，古怪的气氛还没来得及凝聚，空气中突然传来轻微的声响。纪珩目光一冷，停下脚步用匕首在半空中一划，白色的绸缎轻飘飘落地。

树上的红衣女子愣了一下，想不通为什么有人能割裂她织造的白绫。

纪珩根本没往上看，问了一句："就是她？"

苏尔冷笑："对。"

趋利避害是本能，万一老对头暗中煽风点火，再加上这两人，自己讨不了好……

红衣女子转换态度，挥了挥手上剩下的半截白绫，做投降状。

苏尔打开手机里的合照："见过这两人吗？"

拍合照的地点一看就是桃树下，否认就是明着说谎，红衣女子眼珠一转，点了点头。

苏尔指了指照片中的男人，询问赵薄的下落。

红衣女子做了个"嘘"的手势："不能说。"

正准备逼供，幽幽的叹息声传来，桃树下出现一个粉衣女子："说了会被惩罚。"

纪珩轻声提醒："规则。"

苏尔略带遗憾。

纪珩望着粉衣女子，问："在我们之前，还有没有人来打听过他的下落？"

粉衣女子面色有些僵。

苏尔假意低声说："反正你们有两个人，可以拿捏一个恐吓另一个。"

两个女子脸色瞬间难看，最终粉衣女子开口吐出几个字："相关部门。"

红衣女子骂了句"可恶，居然抢答"，于是也说了句："还有一个民间组织，带头的是个老道士。"

苏尔拿出桃花花瓣："这东西有什么用？"

两人同时道："不能说。"

转身准备离开，纪珩忽然道："永远别卸下防备。"

话音未落，拳头先朝后方扫去，远超临界点的武力值令空间发生轻微扭曲，想要从背后偷袭的红衣女子惨叫了一声。

粉衣女子抖了一下，无比庆幸自己没有在第一时间出手。

路过一处亭子，纪珩和苏尔一前一后进去坐下。

群里来了新消息。

茶花殿下：距离天黑还剩两小时。

后面跟着三个点蜡的表情。

苏尔眼神一暗。

纪珩温声道："感觉出不对了？"

苏尔说："很闹腾。"

上一个这么活跃的主持人还是那个孩子。

他停顿了一下，又说："你的必死局不会简单，他既然被游戏选定为本场主持人，不该这么沉不住气。”

纪珩笑容玩味：“主持人的名字都影射着他们自身的某种特质。”

这点苏尔相当有体会，譬如月季绅士厌恶谎言，书海先生沉迷读书，等等。

“茶花殿下……”他默念了几遍这个名字，品不出什么东西。

纪珩只道：“情况不明朗的情况下尽量少跟他打交道。”

微风吹拂，不远处树叶、花瓣和柳絮糅杂在一起，打着旋儿从地面晃过。

两人在凉亭说了会儿话，其间纪珩起身离开了片刻，再出现时手上拿着浴袍和毛巾。

苏尔说：“泡温泉？”

“白天比晚上要安全一些。”

兴许因为先前茶花殿下的威慑，再次进入温泉区，二人没有遭遇厉魅攻击。

身子慢慢沉入水中，苏尔发出一声满足的喟叹。

水很清澈，现在对外开放的温泉多是后来建造的人工泉，温度倒是最合适的。

泡了有一会儿，温泉魅物也没有来找麻烦，苏尔思索是不是纪珩暗中将麻烦剔除了……心中闪过诸多念头，却没有深究的力气，浓浓的疲惫感席卷了全身。

他还保留着最后的理智，心道：原来那些险些溺亡的人就是这种感觉。

溺亡？这两个字相当提神醒脑。

他微微挣扎了一下，无果，于是换了种方式，动用魅力值开始漫无目的地乱吸。几缕灵气被捕捉到，刺骨的寒冷让他心下凛然，他瞬间便清醒了。

苏尔长吁一口气，后知后觉地感到腰部发紧。一低头，只见几根连在一起的浴袍带子一头系在他腰上，另一头绑在温泉旁边的大树上，即便他真睡了过去，也不会有性命之忧。

不用想也知道是谁的手笔，苏尔环顾四周搜寻熟悉的身影，最终将目光定格在树上。

纪珩跳下来，手中握着白絮状的东西。

“这是……”

纪珩在他面前摊开手掌，提醒道：“别离得太近，容易吹进眼睛。”

苏尔轻轻用手指拨动了一下，发现“白絮”其实全是白色的圆粒，内部能看见黑色斑块。

他很快做出判断：“风干后的虫卵。”

回想一路走来，空气中偶尔会飘浮着这种东西，乍一看还以为是柳絮。他的表情有些难看：“该不会它能在人体寄生？”

“刚找了只鸟试验了一下，它们进入活物的伤口后存活时间很短，会被黏膜融化。”纪珩将白絮埋进土里，“不过鸟的精神会有短暂的萎靡。”

苏尔说：“神经麻痹？”

纪珩点头，凝视不远处的密林，随着太阳向西移动，西边的白絮越来越多。

“今晚会相当危险。”他的神情有几分严肃，“避无可避时，这东西会影响我们基本的肢体动作。”

就在这时，群消息再次弹出。

茶花殿下：距离天黑只剩最后一小时。

后面的蜡烛表情多出一倍。

苏尔原是眉头微微拧紧，此刻莞尔：“要不我们换个地方做客？”

四目相对，纪珩站在岸边：“随你。”

苏尔打开平板电脑的时候，胳膊肘顶了他一下：“有难同当。”

纪珩如他所愿，在网上不停发布帖子，将那晚人贩子抢孩子的事情描述得玄之又玄，还加了不少渲染。

“网民肯定当你在编造故事。”苏尔侧头欣赏远处风景。

接下来的一段时间，两人疯狂在网上发帖，苏尔直怼网友，声称有惊天猛料爆出，还配了张温泉一角的照片。

做完这一切，他比了个“OK”（可以）的手势：“妥了。”

黄昏，夜幕降临前最后的余晖洒在天地间，绿荫掩盖下的寺庙，相当具有禅意。

敲门声打破了寺庙的宁静。

住持疑惑地开门，看到外面穿制服的人，将“今日闭客”几个字吞了回去。

十分钟后，穿着浴袍的纪珩和苏尔被押走。

茶花殿下站在门口，沉声道：“这是不是有什么误会？”

走在最前面的男子说：“他们二人涉嫌故意编造、故意传播虚假信息。”

茶花殿下露出一个善意的微笑：“一定是搞错了，他们都是我朋友，专门来庙里修身养性的。”

男子冷笑：“我们赶到时，这两人还在发帖，人赃俱获。”

茶花殿下：“……”

下一刻，茶花殿下的视线像刀子一样落在苏尔身上。

苏尔假惺惺做出抹泪的姿势：“虽然约好了要住禅房，但没想到现实如此残酷……我们今晚怕是要在看守所度过了。”

被推搡着出门，即将跨出门槛的瞬间，他猛地回头：“茶茶，你就眼睁睁地看着我们被强行带走吗？”

语气悲痛，眼角却憋出了褶子，每一条细纹都在质问：“身为主持人，你为何不说到做到？拿出白天的气势来啊。”

总之，连闻讯而来的玩家都能从他的面部表情中看出千言万语。

徐洋洋内心惊讶，一不小心说出了实话：“我也想被带走。”

哥哥们，求带！

庙里太不安全，留下来今晚很可能要完蛋。

茶花殿下：“……”

场面一度尴尬到死寂。

朱语小声提醒："少说两句。"

没看主持人快要原地爆炸了吗！

徐洋洋小心翼翼地朝茶花殿下瞥了一眼，果然看到后者脸黑得要滴出墨来，立时默默后退两步，不说话了。

坐上车被带离寺庙，纪珩说："睡一会儿，到了我叫你。"

苏尔点了点头，朝后靠了靠，调整到一个舒服的姿势，合眼休息。

旁边负责看守的警员皱了皱眉头："态度端正些。"

苏尔没睁眼，纪珩缓缓道："我们昨晚亲历过那件事，和我们发布到网上的言论虽然有出入，不过核心差别不大。"

警员下意识看向副驾驶座，可惜只能瞧见一个后脑勺，他无法从表情判断出队长的心思。

副驾驶座上的男子偏过头："我姓李。"

苏尔这时睁开眼："李队好。"

李烁倒有一些意外，他原以为这年轻人是个刺头，没想到还挺有礼貌的。他让司机开慢点："说说吧，你们有什么目的？"

苏尔挑了挑眉。

"我看过你们的笔录。"李烁说，"编得不错，但还差点火候。"

摸不准的情况下，苏尔一般会选择闭嘴，暗示纪珩把话头接过去。

"我们是道士。"纪珩语出惊人，"偶然间发现了一些不好的事情，有责任除魔卫道。"

公然谈论这些，显得滑稽可笑。但纪珩大大方方掏出身份证："你们可以去打听一下，我在业界还是有点名气的。"

李烁接过证件拍了张照片，也不知发送给了谁，没过多久，那边有了回复。

李烁用了防窥屏，苏尔看不见具体内容，不过猜测多半已经核实好了。

他抱臂重新开始闭目养神，没多担心。

主持人做事一般比较靠谱，茶花殿下既然让他们以道士的身份去庙里探查，还说服了住持，在玩家的身份上应该会提前安排妥当。

事实和苏尔推测的差不多，在李烁收到的履历中，纪珩确实是一位有名的道士。至于苏尔，也在李烁的潜意识里被归类为道士，没有进一步核查身份。

纪珩淡声道："孕妇会早产不是意外，肯定有人在背后作恶。"

闻言，苏尔的眼睛睁开一条缝，可以看见纪珩目若寒潭，仿佛天生运筹帷幄。

苏尔从很早以前便知道，纪珩比自己能装，能力似乎还在与日俱增。连苏尔这种常常面不改色说瞎话的都有一瞬间被震慑住了，更何况其他人。

李烁："寺庙里的那些人也是跟你们一起的？"

"一个圈子的罢了。"纪珩的语气微微透露出不耐烦，"我不要钱，只是想清理门户。"

李烁对他的话只信四分，不过有一点可以成为双方合作的前提，整体来看，他们的确不亏。

稍一权衡，他直接把话挑明了：“我们可以合作，会有保密协议，并且这段时间你们的生活会受到我们的监控。”

纪珩说：“就这些？”

李烁：“核心的事情也不会让你们接触。”

“可以。”

他们被带去了一家酒店，有专人负责接待。

“队长。”等人走远后年轻人忙道，“让来路不明的两个人加入是不是太草率了？”

“只是当打手用。”李烁很冷静，“我自有章法。”

酒店的床褥比庙里的要软和许多。苏尔仔细检查了一遍，确保房间中没有窃听器。

他舒服地伸了个懒腰：“真被你赌对了。”

纪珩说：“无论是主持人提到的‘黑暗复苏’，还是《弄虚》线索里的‘灾难降临’，都预示着这是一场波及范围极广的祸事。”

灾难来临前，一些部门不可能一点感觉都没有。

顺手拉上窗帘，苏尔分析说：“从目前的信息看，和寄生物有关。”他沉思片刻，又问，“这个副本的任务是消灭最初的入侵者，难道要找到寄生物的母体？”

证据不充分，纪珩没下结论，摇了摇头：“早点休息，明天看能不能从那些人口中套出些信息来。”

凌晨四点半，消息提示音响了一下。

苏尔如今睡眠很轻，当时就清醒过来，发现是徐洋洋上传的一张照片。

照片里青年的身体里长出树枝。勉强辨认出胸牌上的名字，苏尔皱眉：“是刘朗。”

徐洋洋专门@了纪珩和苏尔：哥们儿跑得及时！

消息刚发出不到三十秒，系统提示就来了：徐洋洋已被管理员禁言三小时。

苏尔失笑：“是个人才。”

徐洋洋表面上是在调侃，实则是让他们了解那边的信息，变相送出一个人情。

黑暗里电子屏发出的亮光太过刺眼，苏尔打开床头灯：“刘朗实力不错，竟然被淘汰了。”

同样的事纪珩见多了，只说：“变通能力有时候很重要。”

苏尔重新躺下，才过去一天就淘汰了三名玩家，这是他遇见过的初始淘汰率最高的副本。他双目无神地凝视天花板：“虫卵不是会被黏膜融化吗？为什么他们体内还能长出树枝来？”

“可能性很多。”纪珩随口便道出几个，“或许夜间虫卵能力会增强，又或者……”

话没说完，他突然私信徐洋洋，让他帮忙检查一下刘朗被淘汰前有没有发生过性行为。

半小时后，徐洋洋才回复：刚忙着逃命呢，我去看了，好像有过。

苏尔立时在网上搜索徐蕃的照片，费了好大的功夫，才找到一张。

衣服过于凌乱，牛仔裤的拉链也只拉了一半。距离事发才过去一天，警方还未公布事发原因。

除非疯魔了，玩家才会在副本里发泄欲望，可被强迫的可能性也不大。

苏尔静默少顷，做出不大好的判断：“淘汰他们的东西有蛊惑人心的能力。”

这东西在人体内产卵，导致玩家被淘汰，这种手段倒是头一次见。

纪珩说：“或许产卵才是他们的目的。”

这一天苏尔睡得都不怎么踏实。午觉时做梦被厉魅追，夜间又梦见被虫子压，翌日醒来他精神有些萎靡。苏尔下意识先看了眼平板电脑，一分钟前荼花殿下发来消息，内容言简意赅：滚回来。

苏尔用受害者的口吻回复：捞我们。

七点钟有人按响客房门铃，没多久两人再次上了昨天的那辆车。

李烁眼睛里有红血丝，显然昨晚忙了很久。

为防止被套话，李烁坦然地问：“你们都了解多少？”

纪珩说出昨晚推断出的信息，自然地把话题引到了陆兰欣身上：“她怕是为数不多的成功受孕者。”

李烁目光闪动。

苏尔顺利捕捉到李烁的神情变化，唇角弯了弯。这个细节足以证明自己跟纪珩的推断正确。

“外来物种入侵后第一件事就是繁殖。”过了片刻，李烁沉声道，“这是一种本能。有关入侵物种的调查已经持续数年，天伽寺是近期的重点观察区域。”

纪珩说：“为什么不提早封寺？”

李烁的语气有些无奈：“目前仍是猜想，还要进一步调查。”

一直没说话的苏尔突然问：“你们任由入侵者产卵？”

“当然不可能。”李烁道，“事实上这种东西无法把人体当作温床，这也是长久以来没出事的原因。但是不久前，有科研人员通过虫卵发现它们在进化，有可能通过食人脑寄生。为防万一我们立马进行了排查，最终把目标锁定在新入职的赵薄身上。”

他的余光扫到便利店，念及此番匆匆把人叫出来，估计两人没吃早餐，便把车子停在路边，下车去买东西。

苏尔说：“果然还是要和正规部门合作。”

信息可靠又全面，工作人员还挺贴心。

相较而言，玩家拿性命和魅物做游戏一点点套信息，简直是黑心小作坊模式。

想到这里，他面色凝重，在群里发消息 @ 茶花殿下：大人，时代变了。

没有一点意外，他再次被禁言。

刚想吐槽两句，余光瞟见外面的身影，苏尔把话咽了回去。

李烁系好安全带，递过来水和面包。

“可惜打草惊蛇，赵薄偷偷跑了。”他继续之前未说完的话题，“上头的意思是有其他势力也在暗中观察，一旦对陆兰欣进行隔离，容易引起注意。而关于入侵者的伪装活动能力，这是最新发现，不能泄露。”

纪珩淡淡道：“所以你们假装无事发生，准备等孩子出生再行动？”

李烁点头：“早产打乱了我们的部署。不过你们的笔录足以证明这不是意外。”

螳螂捕蝉，黄雀在后。

重新把线索串联一遍，苏尔不禁摇了摇头，谁能想到这些人竟是被摆了一道？

“抢走孩子的势力已经调查清楚，届时少不了需要你们出手。”李烁刻意略过关键信息，只说，“我们这边也有高人会出手。”

纪珩平静地点头，提出要去陆兰欣的住处一趟：“有高人就好，带上几个，那里另有乾坤。”

当着他们的面李烁立刻打电话派人去出租屋附近查看，防止他们被暗袭。

纪珩没再说什么，将怀疑摆在明面上其实对双方都好。

旁观一切的苏尔眼皮一跳。出租屋是主持人给定的三个地方之一，魅物肯定少不了。他暗忖：纪珩这一招也是够绝。

纪珩忽然侧过脸看他，用口型道：背靠组织好办事。

作为一个破旧的老小区，名家园里住户寥寥无几，因为近期的传言和人贩子事件，一时间人人自危，李烁乐得顺水推舟，请相关部门将周围住户暂时安置在了其他地方。

单元门外停着一辆车，正有人搬运仪器进去。苏尔快步走上前一探究竟。

“这是什么？”

李烁：“我们称之为某种可以扭曲磁场的仪器。”

负责检测的男子按了下“定位”键，机器上的指针开始不停颤动，最终停在冰箱附近。男子顺手在地上撒了些奇怪的粉末，整个过程游刃有余。

屏息以待几分钟，地上凭空多出一摊奇怪的物质，有流动性，像透明的黏泥。

突然出现的生物在粉末画成的圆圈中挣扎，像是被困住了，无法脱身。

见时机差不多，男子打开一个四四方方的匣子，将那生物收了进去。

这时指针突然剧烈地颤抖了一下，他皱了下眉：“还有一个，跑了。”

“没事，辛苦了。”李烁道。

检测人员和器材都撤走后，纪珩开始在出租屋内转悠，巴掌大的空间里他几乎没放过任何一个细节。

苏尔猜测李烁适才让人在他们面前做这些事是一种威慑，暗示他们不要仗着有些本领便自视甚高。毕竟团队里最害怕出现一两个不服从命令，过于有主意的人。

他佯装若无其事，走到纪珩身边，低声说："你猜那只逃跑的魅物去了哪里。"

"告状去了。"

苏尔："……"

天伽寺。

逃亡一夜，脱力感在天亮的瞬间加倍侵袭而来。

贾看花靠在树下，等待身体里的麻痹感散去，空气中肉眼可见的白絮渐渐少了，他勉力支撑起身子，准备去找点东西填肚子。

因为侥幸活了下来，一包泡面此刻都显得格外美味。

茶花殿下打着哈欠走到玩家中间："吵了一晚上，影响我的睡眠质量。"

说着假惺惺拿着镜子照了一下："皱纹都出来了。"

朱语苦笑一声，游戏还真是残酷，玩家一整晚疲于奔命，主持人却只关心自己的美容觉。

眼中的苦涩还未散去，拿筷子的手一顿，她猛地从怀中掏出道具，警惕地望着门口。

徐洋洋虽然武力值一般，胜在灵值高，也察觉到有东西入侵，闪身躲到安全地带。

茶花殿下放下手中的镜子，眯起的双目中透露着不易察觉的危险："旷工？"

水魅开口便号："被抓了！队友被人抓走了！"

众玩家："……"

茶花殿下面无表情："说详细点。"

水魅将苏尔和纪珩带人来出租屋扫荡之事全部抖了出来，带着最后的希望问："您会去捞它的，对吗？"

被抓的魅物何其无辜！

似曾相识的话，茶花殿下昨天才听过。

徐洋洋离得近，可以看清主持人眼底的风暴，并且确定对方眼角真的多了一丝细纹。

他默默把泡面端到角落里去吃，暗自寻思那两个能搞事的人正在干什么，有没有办法从他们口中打听到线索。

城市的另一个角落里，苏尔并不知道有人正在疯狂"想念"自己，抓紧时间搜索。

李烁站在一边，问："你们想找什么？"

他原本另有安排，并不想在这里耽搁太久。

纪珩拿起桌上的相框："新生命即将到来，这个家里却找不到多少婴儿用品。"

李烁的神情有瞬间错愕，很快变得无比严肃，鹰一样的眸子扫过四周——确实，屋里不但没有婴儿车，连基本的尿不湿等物都没有。

“为什么一开始把目标锁定赵薄？”

李烁说：“发现了一些痕迹。”

至于具体的探测手段，他没有说。

纪珩忽然笑了：“当初你们的注意力全放在赵薄身上，现在又全在丢失的婴孩身上，有趣。”

李烁明白纪珩这是在暗指什么：整个过程中他们唯独没有将陆兰欣纳入怀疑范围，而是将她当作受害者关注。

“陆兰欣的嫌疑……谁？”单元门外站着的女人面色惨白，手里提着的东西掉落在地。

苏尔望过去，轻轻“嚯”了一声：“出院了？”

陆兰欣拾起地上的东西：“住院费太贵。”她的手指攥紧塑料袋的边缘，想来是听到了他们之前的对话，“没买婴儿用品是因为钱不够。”

似乎压抑到了极致，她缓缓站起身，面上没有一点血色：“我不知道你们在说什么，听意思似乎是赵薄和孩子的失踪都和我有关。”

李烁确实产生了这种怀疑，但女人眼中噙着泪花，嘴唇都在颤抖，他不好多问。

纪珩则一脸平静：“其实你早就察觉到自己可能暴露了，幸运的是他们只研究出你们在进化，具体目标还在排查。”

陆兰欣疑惑又愤怒，似乎听不明白纪珩话里的意思。

“先用男友吸引注意力，再拿孩子当诱饵让众多势力争相研究，大家对你的关注反而少了。”

这句话如同压死骆驼的最后一根稻草。

“把孩子当筹码，在他出生前就想好用处，任由不知底细的人把他抱走……”陆兰欣彻底爆发，哑声吼道，“这世上会有这样的母亲存在吗？”

声嘶力竭的质问让李烁这样心如钢铁的人也是心弦一颤。

沉默中，纪珩看了一眼苏尔，回答她：“有。”

陆兰欣：“……”

一个斩钉截铁的“有”字，彻底打破了压抑的氛围。

女人的撕心裂肺和男人的冷漠无情形成鲜明对比，纪珩理智地道：“线索就在眼前，带她去检查一下。”

李烁只心软了一瞬，很快又恢复成工作状态。寄生绝非小事，自然不能轻易放过任何一个嫌疑目标。

“麻烦配合。”他说，“否则我们只能采取强制措施了。”

陆兰欣后退一步，再次强调自己根本听不明白他们的意思。

李烁保证：“检查不会对你的身体造成伤害。”

他只说了这么一句，便走到一边打电话准备叫女检测人员来接手。

陆兰欣低着头，浑身颤抖得厉害，任谁看了都能感觉到她的无助。

苏尔却暗叹了一声。普通人在这种情况下，大吵大闹要逃走才是正常表现。

“我……”

刚想和纪珩通个气，就见陆兰欣的睫毛停止颤抖，眼下多出一片阴霾，抬眼的瞬间瞳孔似乎全黑了。

和她的目光撞上，苏尔心下一个激灵：该不会自己也被选为攻击对象了？

空气中渐渐多出不少白絮。它们太过细小，在阴暗的出租屋内很难被注意到。

苏尔察觉到不对劲，直至眼睛余光瞟见冰箱附近，才惊觉适才检测员留下的粉末中，多出了蠕动的白色生物。

他闭上眼缓缓伸出手，全神贯注地去感受。掌心处仿佛有极轻的重量落下，轻到仿若最柔软的羽毛。

“小心，有……”

“啪”！

关门声打断了他的话。陆兰欣背靠着门板，顺手反锁了门，阻断了去往外界的通道。

苏尔下意识睁眼去看窗户，那里多了一层类似蜘蛛网的东西。

飘浮在空中的白色颗粒将房间中的三人隔开，唯独他和陆兰欣被划分在一个空间里。

“……为什么选我？”

脸上泪痕犹在，陆兰欣嘴角的笑容却多了一丝魅惑：“年轻，鲜活。”

年轻有错吗？苏尔神情复杂。但很快他便没了感慨的心思，欲望的火焰几乎要焚烧他的整个身子，在冲动战胜理智前，苏尔条件反射地用电击器电了一下自己。

半边胳膊都麻了，人获得了短暂的清醒。

陆兰欣不知何时贴了过来，苏尔毫不犹豫地给她也来了一下。

“矜持……”顾不得被解开的扣子，苏尔不准备给敌人任何喘息的机会。

然而老天这次没站在他这边，白絮进入呼吸道，产生了麻痹作用，他手上的动作随之慢了半拍。

强烈的冲动再次席卷而来，苏尔的视线有些模糊，蒙眬间口齿不清地道：“纪珩……救……”

他宁愿被淘汰。

陆兰欣认准了苏尔，带着志在必得的笑意朝前迈了一步，素白的手却霎时甩出一片血迹。

她一受伤，苏尔这边受到的蛊惑立刻减少，恢复清醒的刹那，他一脚踹了过去。

纪珩转了下匕首，侧过脸：“还好吗？”

苏尔整理衣衫，摇头：“恐怕留下阴影了。”

纪珩明显也受到了白絮影响，只想速战速决，在陆兰欣被踹倒后，毫不怜惜地划伤她的另一只手，防止她再次行动。

苏尔跑去开门，站在透气的地方，望向脸色格外冷厉的李烁：“准备怎么做？”

李烁冷笑：“我收回五分钟前的话，她的体检不用做了，直接切片。”

空气中的白絮并未减少。

纪珩眉头一紧：“防着她来一招金蝉脱壳。”

李烁拖着暂时丧失战斗力的陆兰欣走到角落：“如果你再不老实，我就一把火把这屋子烧了。”

这句话似乎起了作用，恼人的白絮逐渐消散。

陆兰欣的楚楚可怜荡然无存，目光仿佛要将他们剥皮拆骨。

有了收获，却无一人眉间有喜色。入侵生物能寄居在人体，进一步接收整副躯壳，这无疑是一件可怕的事情。但更令人担忧的是入侵生物本身具备智慧。

预感到有危险，陆兰欣第一时间栽赃给他人，继而又用孩子吸引众人注意力。如果计划成功，各大势力都会争抢刚出生的婴孩回去做研究，她便能光明正大地活着。

李烁面色凝重：“但愿她是个例。”

苏尔看了他一眼，没说话，内心很清楚这大约只是个开始。

“我要亲自押人回去。”因为突发情况，李烁改变原计划，说，“有事电联。”

纪珩说：“检查结果出来后，希望能给我们一份简易版本。”

李烁没有权力答应，只说：“我会向上级汇报。”

陆兰欣被带走，纪珩找了个玻璃瓶走到冰箱边，把正在粉末里挣扎的幼虫夹入瓶中。

可惜窗户上的密网随着陆兰欣的离去失去了活性，很快被吹散在风里，纪珩没能取到样。

苏尔凝视瓶中的虫子。

纪珩突然收起玻璃瓶，苏尔意识到什么，转过身。没过多久，楼道中出现一道纤细的身影。

苏尔勉强挤出一个微笑：“早上好。”

茶花殿下似乎相当嫌弃屋内污浊的空气，站在原地给了个眼神让他们自己体会。

苏尔识趣地走出单元门口，纪珩亦然。

一路默不作声地走到马路边，熟悉的房车正停靠在一棵大树下，来往的行人都会多看一眼。

随着他们上车，所有还未被淘汰的玩家到齐。主持人最后进来，关门的动静很好地反映了他此刻的情绪。

苏尔尽量维持住嘴角的弧度：“特意来接我们的？”

茶花殿下无视了他。

徐洋洋主动坐过来，小声道：“今天该换地方了。”

原本主持人定下的三个点是天伽寺、出租屋、图书馆。出租屋这个点已经被苏尔和纪珩打掉，眼下能去的地方只剩图书馆。

“接下来的行程我会重新安排。”茶花殿下终于开口，“从下午两点到明早，所有人必须待在图书馆。”

苏尔主动提醒，他们目前的行动受人监视。

“我会处理妥当。”

还想说什么，茶花殿下递来一个严肃的凝视，苏尔便悻悻然闭嘴。

图书馆今日闭馆，馆长亲手把钥匙交给茶花殿下，其交代的图书馆遇到的异常现象几乎和寺庙住持说的差不多。

“最近经常有顾客看书时昏睡，一直睡到闭馆，要费很大的力气才能叫醒。”馆长相当头疼，“已经有人在网上说起这件事，还归类为都市传说。”

茶花殿下给出与之前一样的承诺，表示他们能搞定。

苏尔转而打量起面前的图书馆，顺便在网上搜索了相关信息。

这是全市最有名的图书馆，外观设计也很独特，其中以复古塔钟最为有名。因为太有质感，甚至很多影视剧组会专门到这里取景。

现下刚好是中午一点整，塔钟报时，敲击的声音悠远古朴，让人不禁心生虔诚。

发现苏尔看得近乎失神，纪珩失笑：“很喜欢？”

收回目光，苏尔勾起唇角：“谈不上喜欢，只是有种在倒计时的荒谬感。”

纪珩没接话，却是多看了一眼塔钟。时间绰绰有余，茶花殿下表示他们可以先去吃顿午饭，或是在附近转转，只有一个要求：务必在下午两点前进入图书馆。新的危机来临前，没人特立独行，众人不约而同选中了最近的一家小餐馆。

苏尔快速扫荡完食物，跑去商店买了些巧克力和小瓶装的能量饮料，和老板一番讨价还价后，又买下了对方的黑色双肩包。

过马路时纪珩从后面掂了下这个包，发现挺沉，拉开拉链，竟然在里面看到一包泥土。几乎一瞬间他便知道苏尔这是在打什么主意了：“捏小泥人？”

苏尔点头：“虫卵可以用来做实验。”

泥人也算另一种意义上的魅物。他想看看，虫子的破坏力究竟能达到什么程度。

三个指定的地方中，图书馆其实是苏尔最想来的。如果能在这里发现相关的文献记载，会有助于了解这个副本世界。

下午一点五十左右，所有人在馆内会合。茶花殿下似乎已经从昨日的挫败中恢复，面带微笑：“希望大家尽可能避免破坏书籍，逃命时也请脚步轻一些，不要影响我的睡眠。”

苏尔忽然想起东风居士，心道：爱睡觉的主持人通常运气都不会太好。主持人交代了两句之后便放任他们自由活动，自己消失不见。

花费一刻钟的时间转悠完一圈，苏尔基本了解了图书馆内部的整体布局。图书馆总共有四层楼：一楼只摆放着些著名文学典籍，大部分区域用来卖纪念品；二楼书籍最多；三楼有历年的报纸杂志；四楼是陶艺馆和休息交流区，墙上还贴着读书会活动的照片。

夜晚来临前，每隔很远的距离才能在空气中看见一小团白絮。

苏尔停步看向纪珩：“想先去哪里？”

“三楼。”

转角处飘过来一小簇白絮，苏尔准备侧过身躲开，白絮却先一步绕道折返。他愣了下：“这虫卵有意识？”

早在天伽寺，纪珩便注意到了这一点，颔首道：“有，但智商不高。”

带着悲观情绪的声音响起：“我觉得这世界要完。”

苏尔回头，发现是徐洋洋。这人是个自来熟的性格，凑过来说：“兄弟，都找到什么线索了？”

先前他们承了对方一个人情，这会儿苏尔也不吝惜，原原本本说出陆兰欣事件的原委。徐洋洋愣住，没想到苏尔会这么大方。

眼看苏尔转身要走，他犹豫了一下，开口叫住苏尔：“等等。”

“还有事？”

徐洋洋：“我也不白得信息。昨晚我吸入太多白絮，反应速度变慢，本以为必死无疑，没想到靠庙里的桃花树躲过一劫。”

苏尔诧异：“女魅没为难你？”

徐洋洋：“事实上她根本没现身。”

苏尔：“……”

徐洋洋：“还有，口罩没有抵御作用，我们昨天自制了几个，但这玩意儿无孔不入。”

苏尔点了点头表示知道了，笑容在转身的一刹那消失。等走到另外一边，他无比萎靡地开口：“所以粉衣女魅白日里伤人，夜晚却能庇护人？”

偏偏自己是在夜里被伤的那个。

纪珩说：“你得了一片桃花花瓣。”

苏尔也只能借此自我安慰，还不算血亏。

三楼报纸陈列架排列得相当整齐，一进去便有厚重的历史沧桑感迎面扑来。一瞬间，苏尔明白了纪珩先来这层楼的原因。适才来的路上，他特意留神，确定街道上很少能看见白絮，迄今为止只在主持人给定的三个地点碰到了。

它们聚集在这几个地方，肯定有某种目的。而整个图书馆中，三楼的白絮最多。

两人分工明确，苏尔翻杂志，纪珩找报纸。

因为庙里粉衣女魅的穿着风格像几十年前的，两人也就从更久远以前的资料开始看。

一一看完不切实际，苏尔索性先过了一遍目录，不承想真有所得。他的目光很快被“桃花宴”三个字吸引，连忙阅读完整篇文章。

原来很久以前，桃花宴类似一个节日，每年都会举办。当日众人载歌载舞，共赏桃花，直到二十多年前，这项活动突然被叫停。

合上杂志，苏尔突然问：“你今年多少岁？”

纪珩说：“二十七。”

苏尔垂眸，都说七年是一个节点，对方刚好年长自己七岁。

纪珩走过来：“有发现？”

苏尔回过神，重新打开杂志，道：“二十七年前，桃花宴突然被取消。”

和纪珩对视一眼，苏尔开始在网上搜索桃花宴的相关信息，可信息似乎被刻意限制了，现在能搜到的词条连一页都不到。

“官方给出的原因是桃花宴和之后的一个节日临近，便把假期挪到后面凑成了长假。”

调假期的做法在各地都早有先例，听着很合理。

至于桃花宴的由来，据说是为了赏花而专门设置的，相传拜桃花能获得好姻缘。

纪珩沉吟道：“搜一下二十七年前的电影和书籍。”

苏尔试着查找，发现还真有网友统计的历年流行文艺作品名录。在小说里，有一本叫《桃》。

然而无论苏尔怎么搜，都找不到原作。他想了想，进入一个叫“民间故事”的贴吧，发帖子找书，悬赏金额五十元。

纪珩的声音带着笑意：“可真是斥巨资了。”

苏尔耸了耸肩：“金额太高了会引人怀疑。”

这一招果真有效，很快就有人私信他，对方还附带发来了一套文集。

《桃》的故事带着些魔幻色彩，在作者笔下，就像鱼为了生存在水里进化出了鱼鳍，这个世界的人体内都隐藏着一粒桃花种子，能抵抗一种叫作虫毒的病菌，故事便讲述主角的种子发生了异变，使他成了一代传奇。

苏尔说：“这个故事为什么在网上找不到？”

主线脉络明显没太大问题，那么有问题的可能是故事背景。

纪珩说：“也许我们陷入了某种思维误区。”

苏尔也意识到了这点：“虫卵无论如何也不可能发芽成为桃花，按照故事逻辑，这二者还是相克的。”或许当一方克制不了另一方的时候，便会采用一种极端的方式：直接毁灭载体。

作为实践派，苏尔走到不受干扰的隐蔽角落，取出双肩包里的泥土开始捏小泥人。

这活儿如今他做起来得心应手，一个惟妙惟肖的泥人很快成形。他小心翼翼地夹了只幼虫埋入泥人体内，几乎是一瞬间，泥人的身体开始左右摇摆，它看苏尔的表情都有了些变化。

见状苏尔陷入沉思：“徐蕃和刘朗体内都长出了桃花，游戏也许在副本里对玩家的体质做了改变。”

纪珩说：“如果真的存在虫毒，那不足为奇。”

不改变体质，就无法在这个世界生存，更何谈做任务。

在苏尔采取行动前，纪珩先一步拿出匕首：“我来吧。”

把血滴在埋虫的地方，泥人挣扎了一下，眼神依旧骇人。

苏尔皱眉：“还是虫子占了上风。”说着他拿出那片桃花花瓣，然而还没等他有所动作，花瓣便自动贴到了泥人身上，逐渐与泥人融为一体。泥人的神情变得正常，没一会儿便“呸”了一声，吐出一只死了的小虫子。

确定花瓣能克制虫卵，苏尔准备将它取出。

小泥人断断续续开口：“融……合了一半。”

苏尔：“……”

纪珩说：“花瓣是女魅给你的，带着灵气，所以格外适应泥人的体质。”

拿命换来的好东西就这么没了。苏尔双目空洞，许久后收起小泥人，脚步虚浮地往下走：“我去二楼，看能不能找到关于桃花宴的典籍。”

玩家都聚在二楼，这会儿看苏尔像幽灵一样“飘”过来，离门最近的贾看花伸手在他面前晃了晃：“出什么事了？跟丢了魂一样。”

苏尔扯了扯嘴角，靠看书转移注意力。这个方法很奏效，认真找起来，真能从一些历史典籍中发现只言片语。苏尔聚精会神做记录，忽然感觉胳膊有些痒。

旁边的贾看花早就开始抓挠，皮肤都被挠出了血，还是朱语反应最快：“撤。”

整个阅读室聚起越来越多的白絮，那些隐藏在犄角旮旯的白絮倾巢而出。苏尔毫不犹豫地往外跑，来自四面八方的虫卵飘浮在半空中，远超白天在出租屋内的数量。

不知道是不是错觉，飘动的白絮似乎都在冲苏尔涌来，整个二楼似下了一场鹅毛大雪，遮挡住人们的视线。突然感觉到口袋里有动静，苏尔摸了下，泥人不知何时不见了。

“该死。”他这才明白过来这些白絮是冲着泥人来的。

轻飘飘的虫卵拥聚在一起，他被纠缠得寸步难行。

三楼，原本白絮最多的地方，空气开始变得清新。纪珩像是感觉到了什么，放下报纸，走到扶梯口，很快瞧见了被白絮包围的苏尔。一步跨出，同一时间冷冽的声音自身后传来。

“那个小泥人快要实现完全融合了，顺利的话，能从它体内提取出抗体。”茶花殿下不知何时出现，斜倚在扶梯上笑眯了眼，“救泥人还是救苏尔，你可要好好斟酌。”

纪珩连一个眼神都没施舍给主持人，径直朝苏尔的方向走去。

茶花殿下扬声道：“别怪我没提醒你，救下小泥人可以增加你活命的概率。”

这次纪珩终于停下脚步，回头看了他一眼。

茶花殿下面带笑容：“改主意……”

话未说完，便被强行打断。

纪珩面无表情地一字一顿说：“我——救——同——伴。”

茶花殿下："……"

苏尔的脊梁像是被压弯了，就差没匍匐在地。纪珩不再理会茶花殿下的阴阳怪气，正准备赶过去施以援手，便听苏尔道："救……小泥人。"

因为被虫卵环绕，苏尔周围像是竖起了一面高墙，声音传过来时有些失真。纪珩依稀在白团中看到红色的火光，下一刻便见苏尔铆足了力气扔出一小串东西。噼里啪啦的响声在空旷的图书馆回荡，难闻的硫黄味也一并涌了出来。

鞭炮？纪珩怔了下，思索对方是从哪里买来的。

似乎能隔空感知到他的心思，苏尔在身上的压力减缓后主动开口："这个副本不实行烟火管制。"

空气中传来虫子被烧焦的味道，有些像刚晒完的被子的味道。最后一声鞭炮声落下，苏尔迅速思索还有什么办法能拖延一时半刻，愁眉紧锁之际，围攻的虫子骤然散去大部分。苏尔惊讶，抬头望去，竟是纪珩从外围杀出一条路。

"不是说好去救小泥人吗？"

"先救你。"纪珩用手指夹着一张篆纸，朝空中一挥，类似糖炒栗子的噼啪声接替了鞭炮声，紧接着他补充一句，"人命关天。"

苏尔爬起来，来不及拍打身上的灰尘，快速加入战斗。

随着白絮越来越稀薄，剩下的虫卵怯战，开始分散飘往各个方向。微小的生物聚在一起可以食野兽，分散开却不好追，相当麻烦。

安全后苏尔立马朝适才另一拨白絮涌动的方向追去。顺着走廊一路向前，发现地面残留着泥土渣，他叹了口气："泥人怕是没了。"

纪珩扫了眼周围："虫卵只是分散了，没有隐匿。"

凝视白絮几秒，苏尔突然看向主持人的方向，在离主持人不远的地方，小泥人用仅剩的一条腿颤颤巍巍做着金鸡独立。虫卵畏惧主持人，只敢在周围窥视，而不是像对待苏尔一样一窝蜂往前冲。

"竟然知道狐假虎威。"

话虽如此，苏尔皱了皱眉，心道：以茶花殿下的作风，小泥人凶多吉少。

正当他思索还有没有拯救方案时，意料之外的事情发生了……茶花殿下像是没有注意到周围的情况，微微一笑，打了个响指从原地消失了。

没了主持人的震慑，白絮疯狂地朝小泥人扑去。纪珩手中的篆纸飞得更快，抵御了第一波攻击。他们跑上楼时，篆纸的效用已经被抵消，好在半空中洒来一小片水花，虫子纷纷坠地。有几滴溅到了泥人身上，留下坑坑洼洼的痕迹，总体而言还是比被白絮围攻撕咬好很多。

苏尔放缓脚步："朱语？"

朱语点了点头，看向小泥人。苏尔走过来给它重新捏好手脚，碍于有第三人在，他没有给它补充灵气。

"道具？"朱语的语气带着疑惑。

副本里确实有玩家能在大幅度提升灵值的同时，偶尔和魅物合作，不过这类玩家基本是以坑害队友为前提来行动的。还有一种可能便是这泥人是稀有道具，譬如奇妙的玩偶等。

“是道具。”苏尔说得很模糊。

朱语的目光锁定在他胸牌上的“一人得道”上，紧接着又看向纪珩的“鸡犬升天”，定了定神，她道：“我相信你。”

“……”苏尔尴尬地笑了下，岔开话题，“刚刚多谢了。”

朱语摇头：“我是看白絮的攻击目标是它，才选择出手的。”

根据游戏设定，一般魅物喜欢在夜间出手，白日里突然集合，围攻的还是一个“道具”，说明这个“道具”的存在极大地妨碍了它们。

苏尔看了纪珩一眼，后者微微颔首，他便酝酿了一下措辞，说：“你应该已经知道白絮是虫卵了？”

朱语说：“没错。”

“泥人是被召唤来的道具，如今它融合了庙里女魅给的一片桃花花瓣。”

“抗体？”不等说完，朱语就反应过来了，不过再看一眼苏尔口袋中的小泥人，她的眼神里全是一言难尽，“这东西有细胞吗？”分明身体里全是泥。

苏尔只是给出一个猜想：“或许在和桃花融合后，产生了异变。”

“无济于事。”短暂的激动后，朱语头疼，“总不能直接把它上交。”

届时说不准他们会被一并当作可疑人员拉去做“体检”。

苏尔赞同她的说法：“所以眼下只能再观察看看。”

一场猝不及防的风波暂时画上句号。朱语独自返回二楼阅览室，似乎在那边有未完成的事情。苏尔后知后觉地发现胳膊又痒又疼，一看是破了皮，伤口处还有残留的白絮。

纪珩说：“去清洗一下。”

苏尔一边找洗手间，一边狐疑地问：“茶花殿下为什么对泥人视而不见？”

当时小泥人就在主持人身边，又不是属于副本里的魅物，主持人完全有理由出手销毁，借此消磨玩家的希望。甚至根本不用他出手，他只要再快一点离开，泥人便会被虫卵吞没。

纪珩看到提示牌，指了个方向。顺利找到洗手间，流动的清水一冲刷，伤口处的疼痛感令苏尔倒吸一口冷气。

“魅物之间只会同类相残，他这么做不可能是出于怜悯心。”苏尔甩了甩手上的水珠，还在惦记着这件事。

纪珩见他眉心都快拧成结了，好笑道：“想不通就别想了，专注于做任务就好。”

至少要完成的通关目标只有一个。

苏尔沉思几秒，决定接受建议，拿出小泥人开始“充电”。

“再……来点。”准备收手时，小泥人含糊不清地要求道。

电击器内储备的灵气不多，苏尔一向以节约为主，但看着泥人还不太协调的手脚，无奈又给充了一点。这时，小泥人眼中突然掉下一颗透明的珠子。因为太小，苏尔没留意，还是纪珩眼疾手快地接了起来。

小泥人："敷。"

纪珩看了它一眼，突然在自己手上割开一道口子，抓了团白絮放在伤口周围，伤口处立马红肿，直到捏碎了透明的珠子，将珠子里的液体洒在上面它才停止了恶化。

确定这东西有效且无毒，纪珩要求："继续哭，别停。"

小泥人还挺配合，憋了好久又掉落一滴眼泪。

纪珩接过眼泪，递过去让苏尔涂抹在伤处。清凉的感觉压盖住疼痛感，苏尔眼前一亮。他得了好处，又给小泥人输送了些灵气。

瞥见纪珩指腹间的口子，苏尔有些迟疑地说："其实你不用专门试验。"

自己胳膊上就有现成的伤口。

"你武力值太低。"纪珩如实回答，"如果是毒素，我或许能挺过来，你大约就直接被淘汰了。"

苏尔："……"这话扎心又现实。

他把视线重新定格在小泥人身上，惊讶于融合成功后它还有这种妙用，当即扯下袖子上的一块布料塞进泥人手里："你没事多哭会儿。"

先存上一波，关键时刻能救命。

泥人幽幽地望着他。

苏尔平静地道："我被淘汰了，对你没好处。"

泥人僵硬地低头望着自己手上的布料，选择屈从。

谈妥后，苏尔准备回去看书，这次纪珩没有分开行动，和他一道下楼。阅读室内很安静，仿佛适才的逃亡只是幻觉，徐洋洋盘腿坐在阳光能照到一半身子的地方，看着还挺安逸。

苏尔拿起之前未看完的书，靠在一边阅读。时间一分一秒过去，感到颈椎有些不适，他抬头活动了一下。就在这时，朱语合书的声音有些大，打破了一室寂静："谁找到了三百多年前的大事件记录？"

徐洋洋头也不抬地道："我这里有一个，当时暴发了一场可怕的传染性疾病，全世界范围内都有被波及的地方。"

"我指的是具体描述。"

徐洋洋一愣，摇头："这上面就写了这么一段文字。"

苏尔不知想到了什么，打开浏览器，搜索后说："没有相关电影。"

空气瞬间安静。

灾难发生后，照常理绝对少不了相关纪录片或文艺作品。他好不容易找到一个有同样困惑的吧友，这人几年前发布了问题，后面有网友跟帖：小学就普及过的知识你还在问，有是有，但因为拍得不够客观，诋毁了救助者，争议太大，下架了。

纪录片的标题和灾难本身无关，是一串数字。

苏尔去搜了一下，词条上果然有相关信息，但只介绍了导演的名字，再一搜，这个导演生前没几部作品，本人在这部片子上映前一个月游泳溺亡。念完资料，众人的表情都有些不对。

朱语："感觉是在刻意隐瞒这场灾难。"

徐洋洋与她想法一致："纪录片有宣传警示作用，就算不合格也会有人重拍。"

"为什么是隐瞒，而不是伪造？"纪珩是唯一一个还在继续翻书的，轻描淡写的一句话就掀起了众玩家心里的惊涛骇浪。

众人沉默半晌，朱语一脸严肃："你是说这场灾难是假的？"

荒唐到了极致，有时候反而会让人生出几分真实感。他这么一提，大家突然觉得也不是没有可能。

"无论死了多少人，对后人来说也不过是一串冰冷的数字，没必要隐瞒。"

疑问堆积在一起，却缺少关键的那把"钥匙"。阅读室的气氛一时有些压抑，苏尔去自助饮料机买来两瓶啤酒，冲纪珩扬了扬眉："透透气？"

纪珩点了点头，放下书走出来。

贾看花感叹："第一次在副本里见到这么悠闲的玩家。"

什么时候了，还出去透气？

徐洋洋撇撇嘴说："大概想养精蓄锐，晚上好接着搞事。"

说完他自己先愣住了，等等，他为什么说"接着搞事"？再一想，也没说错，那两人确实没有消停过。

坐在天台上，边俯瞰这座城市边吹着小风喝啤酒是件挺享受的事。

纪珩的那瓶很快空了，苏尔适时提问："在《弄虚》里，那三条我不知道的线索是什么？"

明白了对方的用心，纪珩晃了晃啤酒瓶："想让我酒后吐真言？就凭它？"

"至少可以增加一些吐真言的冲动。"

"……"纪珩把身子朝后靠了靠，问，"真想知道？"

苏尔差点怼了句"废话"，考虑到是在求人回答问题，他保持了一个机械化的笑容。

仰头看了会儿蓝天，纪珩忽然站起身："这次的任务是消灭最初的入侵者。"

苏尔支着脑袋说道："提到'入侵者'，第一反应肯定是虫卵……"

话说到一半，他突然愣住。

望着远处热闹的街道，纪珩嘴角的弧度略带讥嘲："一定是外来生物入侵人类的栖息地吗？"

这个副本里三百多年前有近半个世纪的历史是空白的，书上只记载了那一年发生了可怕的传染病，然后一翻就是另一个时代。

苏尔心下一震，这个副本叫《黑暗复苏》，他还记得主持人念出这几个字时，脸上流露出一丝复杂的神情。

偶尔会有一小簇白絮从门外的夹缝里飘上天台，苏尔伸手接住，如果不凑近仔细观察，这些虫卵漂亮得就像是蒲公英。

白絮接触到皮肤，第一时间朝他愈合的伤口处移动。拍掉白絮，苏尔垂了垂眼。有些事即便没有大肆宣扬，大家也都心知肚明——人类从未放弃过寻找另一个适合生存的栖息地。

想到这里，他不禁产生困惑：在三百多年前，这颗星球究竟是属于谁的家园？

70%

第七章

原住民

最糟糕的设想是：三百多年前这颗星球是虫子的家园，人类在落脚于这里前进行了一次大扫荡。然而虫子的生命力超乎想象，任何一个缝隙，只要有虫卵留下，便能进行繁殖。

苏尔说："在人类反客为主的前提下，任务目标总不至于是消灭全人类吧？"

纪珩侧目而视，没有回答。

苏尔开始咬文嚼字。通关任务强调"最初的"，换言之玩家需要消灭的只是单个个体。想到这里他忍不住斜瞟了纪珩一眼："说起来，这是你的必死局。"

纪珩忽然很感兴趣他自己在对方眼中究竟是个什么形象，活了几百年的老妖怪？

苏尔双目中透露出一丝迷茫："三百年前，你带领人类闯入了未知星球，时光飞逝，岁月如梭，你累了……"

在苏尔做出更不靠谱的猜测之前，纪珩无奈地打断："冷静点。"

苏尔挑眉："要大胆假设。"

"故事精彩绝伦。"纪珩笑道，"但不大可能，游戏发布的任务不会明确让某个玩家成为死亡目标。"

苏尔眼珠转了转，第一次没附和。他一口干完剩下的半瓶啤酒，脑海中浮现出多个狗血剧本，最后甚至为自己编的故事感到难过。

纪珩从他手中拿过空瓶，回到室内扔进垃圾桶，语重心长道："这便是我一开始不愿意告知你的原因。"

苏尔认同，他试图克制，然而这并不能阻挡他脑海中不断自动生成故事。

纪珩试图分散他的注意力，主动切换到另一个话题："稍后我们重点找三百多年前的资料。"

苏尔点了点头。

进阅读室时苏尔不由得脚步一滞，这么会儿工夫里面只剩下一个玩家了。

徐洋洋见他左顾右盼，开口说："贾看花上厕所去了，朱语……"顿了下，他问，"你有没有觉得朱语这人有点神神道道？"

苏尔愣了下。坦白讲，他认为朱语是这批玩家里仅次于纪珩的实力担当。

"昨天晚上我去检查刘朗被淘汰的情况，她也在。"徐洋洋回忆道，"但她的眼神里除了兔死狐悲的难过，还有几分让人难以察觉的激动。"

苏尔眨了眨眼："你确定？"

在夜色中，分辨出一个人目中的多种细微情绪是高难度工作。

徐洋洋摆了下手："信不信由你，反正我从小就特别会看人眼神。"

苏尔："……"

徐洋洋说朱语神神道道，其实这个词更适合形容他自己，不过苏尔到底留了个警醒。

从第一排的书架开始，差不多每本书苏尔都会拿下来翻阅。

徐洋洋问："在找那段缺失的历史？"

苏尔点了点头。

徐洋洋指了指自己旁边堆着的十几本书，摊手："这些我差不多都看了，内容全都跟疾病有关。"

故事读起来十分空洞，真就如纪珩所说，有被篡改的嫌疑。

他边说边忍不住揉了揉太阳穴："近半个世纪的时间，不是在和病毒做斗争，还能在做什么？"

苏尔考虑要不要说出自己的推测来。真正站在纪珩的位置上，才知道其中的为难。推测太过离奇，一旦弄错会让所有人走弯路。

"迟疑，无奈，不自信……"徐洋洋凝视着他的双目，"你有了重大发现，正在犹豫是否要说，因为你不确定真假。"

这话一出，连纪珩都多看了他一眼。

苏尔诧异：他真能读懂眼神？

徐洋洋："类似第六感，偶尔有那么一个瞬间会自动生成一个印象。"

祝芸便是天生的预言家，证明副本中是有玩家自带特殊能力的。苏尔走过来重新用审慎的目光打量徐洋洋，思虑再三后，坐在了徐洋洋对面。省去因，他直接开口说出结论："所谓的入侵者，身份可以很多样，别轻易把人类剔除。"

徐洋洋张了张嘴，良久后才从失声的状态中恢复："这游戏绝了！"

苏尔："……"

不等苏尔赞他一句够胆，徐洋洋的手"啪"的一下用力扣住嘴，然后他闭上眼虔诚地对游戏认错。他默念了三十句"我错了"才道："过去三百年，那批人早死绝了。"

这个副本里人类的平均寿命也就是八十左右，长寿的不过一百三十岁。

"况且我们这次是以团体活动为主，接触到的 NPC 很少，总不至于入侵者是住持或馆长吧。

"……做个最离谱的推测：那个入侵者就在玩家当中。但游戏禁止玩家互相攻击，却让我们摧毁入侵者，所以最初的入侵者可能不是人。"

苏尔摸摸鼻尖，心道：说得好有道理。

门口传来些奇怪的声音。

一回头，发现贾看花站在那里，手上的纸巾袋握得吱吱作响。他缓缓吐出一口浊气："吓我一跳，突然做这么恐怖的推论。"

苏尔站起身，心中十分沉重。

《弄虚》的线索不会无的放矢，惯性思维最直接影响的便是对入侵者的身份判断。他踱步靠近纪珩，轻声道："我还是倾向于人类是入侵者。"

另一边，徐洋洋虽然用缜密的分析推翻了这个结论，但目光有些闪烁。

过了片刻，几人面面相觑，最后苏尔仰天长叹："人与人之间最基本的信任呢？"

明明从惯性思维来看，虫子更符合入侵者的形象，眼下却无法盖棺论定。

贾看花抿了抿唇："这事……的确像是人能做出来的。"

侵略，战争，寻找新的生存地……太正常了。这点自信他还是有的。

眼看在一个话题上会纠缠许久，苏尔脸上露出前所未有的严肃："明早前，我们必须确定目标。"

这次任务可以拆解成确认目标、搜寻目标、摧毁目标三个阶段，如今已经过去两天，他们还停留在第一阶段。

想了想，他说："不如用假设法？"

见目光都汇聚在自己身上，苏尔从容地道："先假设人类为入侵者……"

徐洋洋："为什么不是虫子？"

后者更好验证。

苏尔说："你是杠精吗？"

话一出口，忽感神清气爽。

徐洋洋心情很微妙，不知道为什么，唯独从苏尔口中听见"杠精"这两个字，他觉得自己被侮辱了。正准备辩驳，纪珩的声音传来："继续说。"

苏尔点了点头，接着开口。

徐洋洋拍了拍胸口，胸闷！气短！

"探索外星球并不是什么隐秘之事，真找到了，称之为里程碑事件也不为过，为什么要隐瞒？"

徐洋洋摇头表示想不出原因，贾看花亦然，苏尔下意识看向纪珩。

后者这个关头居然还手不释卷地在看史书。

徐洋洋咳嗽一声："有什么高见？"

纪珩说："虫子。"

"什么意思？"

纪珩抬起头："自以为已把虫子赶尽杀绝，高兴地乔迁后发现还留有隐患，但又不能对外公布。"

一旦说了，便会人心惶惶，社会动荡。

"……隐瞒的过程中，必然发生了某种惨剧。"他双目一眯，"甚至违背了人道主义。"

周遭是落针可闻的沉默。

过了一会儿，徐洋洋忍不住问：“怎么不说了？”

纪珩说：“猜测而已，当不得真。”

“……”徐洋洋咽了下口水，“眼下线索乱成一团，你不紧张？”

纪珩一边心平气和地继续看书，一边说：“晚上和魅物做做游戏，就捋顺了。”

苏尔颔首赞同：“刷副本的标准流程，要在和魅物的激烈斗争中获得有效信息。”

徐洋洋：“……”

讨论完不到半个小时，外面突然刮起一阵狂风，灰尘和土粒一并被卷入阅读室，呛得人直打喷嚏。不得已，大家各自把就近的窗户关上，没多久便感觉到又湿又闷热。

先前窗户大开可以起到一定的心理安慰作用，假装白絮能随着空气流通被吹走，此刻阅读室彻底成了一个密封的空间。狂风过后紧接着是瓢泼大雨，天空灰蒙蒙的一片，似乎宣告着黑夜提前降临。

苏尔一看表，才下午五点。

徐洋洋闷声道：“苍天助你。玩魅物的时间估计提前到了。”

苏尔：“……”

没得到回应，徐洋洋偏过头，只见苏尔凑过去假装和纪珩一起看书，明显心不在焉。

不久前苏尔也就是顺着纪珩的话接了一句，图个心里爽快，这会儿突然天昏地暗，简直是不祥的征兆，他心里也有些没底。

徐洋洋本想调侃几句，忽然愣了下：“你们有没有看到一道影子？”

在副本里随便开这种玩笑是要被打的，没有人怀疑他这话的真实性，众人瞬间聚拢在一起。

“灵气变重了。”纪珩的视线在周遭快速一扫，突然脱离队伍走到门口。

徐洋洋叫了一声，贾看花打了个哆嗦：“别一惊一乍！”

“书。”徐洋洋提醒。

书籍两端开始溢散出白絮，远处的看不太清，手上拿着的却看得十分真切。虫卵从书页之间慢慢渗出，徐洋洋和贾看花第一时间把书扔到一边，苏尔扔之前用手摩擦了一下纸张，感到略有凹凸不平。

“原来如此。”

虫卵隐藏在纸张内，不易让人察觉。

想到早先翻了这么久的书，众人心中多少有些发麻。徐洋洋眼角抽搐：“我早就说过，这些东西无孔不入。”

口罩没用也就罢了，没想到连普通的纸张它们都能渗透。

苏尔瞥了眼自己的衣服，说了句：“还有纤维。”

他低头用力揉搓衣角，白色的粉末飘散在空中，进一步证明了他们已处于虫卵的包围中。

不知道也就罢了，现在看到这一幕，众人瞬间浑身发痒。徐洋洋面色难看地不停揉搓衣服，没多久便宣告放弃，虫卵避无可避，这不过是在做无用功。

其他人或多或少拍打了一下衣服，只有纪珩站在栏杆旁，望着一楼大厅。

苏尔说："在看什么？"

"至少进来了三只厉魅。"

他特地强调"厉魅"，证明来者实力不弱。

贾看花不理解为什么他要等到现在才说："有了预判，我们至少可以合力干掉一只。"

纪珩淡声问："杀了，线索从哪里找？"

说完他和苏尔下去一楼。

贾看花皱眉："在他眼里，找线索比取魅物命重要。"

徐洋洋点点头，抓着栏杆的手握紧，竟然还有心思调侃道："假如有选择，我希望你们全死了。"

贾看花："……"

徐洋洋："这样副本难度自动降级，我活命概率大。"

贾看花："……"

苏尔隐约捕捉到他们的一些声音，没有把徐洋洋的话放在心上："虫子是不是泛滥了？"

无数飞虫和厉魅联合出击，谁能有生路？

"不正常。"纪珩停下脚步，"魅物出现，虫子所起的作用应该主要是麻痹玩家，降低反应速度。"

但现下空气中浮动的白絮远超天伽寺数倍，有从辅助改为主攻的趋势。

苏尔凝视雪球一样滚动而来的虫卵团："是我的错觉吗？"

纪珩："自信点，就是冲你来的。"

苏尔："……"

先前吃了一亏，这次白絮团没有横冲直撞，似乎还在积蓄力量。苏尔后退了几步："怎么都盯着我不放？"

问出来的同时他心里其实已经有了回答，多半是为了泥人。

纪珩说："晚上要和魅物纠缠，现在得先解决掉一部分虫卵。"

苏尔和他看法一致，但没来得及有所动作，前方的白团突然变大，跟吹气鼓起的气球似的不断加速膨胀。

纪珩眼疾手快，拉着苏尔跑到侧面一根石柱后："捂耳朵。"

行动比嘴巴快，在发出疑问前，苏尔已经先一步用力堵住了自己的耳朵。

"砰"的一声巨响炸得人发蒙，等耳畔嗡嗡的声音淡去一些时，他才抬头去看发生了什么。一分钟前嚣张无比的虫团被炸开了花，纷纷扬扬的粉末满天飞，遇见明火保不齐会造成新一波爆炸。

苏尔侧目，用眼神说："你好厉害。"

纪珩："……"

这场小爆炸，获益最多的无非是苏尔。

自从知道使用体内寄居的神秘眼珠要消耗运气，转运这件事他根本不考虑了，立马开始从其他方面分析发生变故的原因。

“有因才有果。”

被拎出来的时候，小泥人打了个哆嗦。作为虫卵的首要目标，它安静地流着眼泪以彰显自己的价值，生怕被当成弃子。

“起因是桃花花瓣。”苏尔回忆起来，“桃花的价值很高，跟我受到的迫害不成正比。”

虽说当时险些丢掉性命，但有道具护身，整个过程有惊无险。

他越想越觉得不对劲：“白天便迫不及待现身，不符合常见魅物的套路。粉衣女魅是个导火索，她第一个动手，剩下的魅物才争先恐后地拥来。”

纪珩说：“你想怎么做？”

苏尔手中多出一块乳白色的石头：“先联系荀宝菩送来约定好的道具。”

他咬破手指，石头看着还是死气沉沉。不过几秒钟后，笑脸商人突然出现，把筐子往前一推：“请签收。”

对于他的现身，苏尔愣了一下：“主持人能自由穿梭去其他副本？”

笑脸商人微笑：“分情况，商人可以。”

荀宝菩送来的多是些鸡肋道具，苏尔本身也没抱太大期望，只从中拣了三样：“剩下的退回，换一个消息。”

笑脸商人玩着自己衣服上的宝石纽扣：“说来听听。”

苏尔道出在副本里的遭遇：“女魅似乎是受到教唆才出的手，桃花花瓣虽好，却让我成了虫子的必杀对象。有厉魅刚刚同虫卵撕了一场，恐怕正是因为买了保险才来碰瓷的……”

笑脸商人温声打断：“你想表达什么？”

“茶花殿下是不是买了保险？”

笑脸商人反问：“你觉得呢？”

苏尔面无表情：“我猜他不但买了，还和荀宝菩私下做了交易。他负责减少厉魅碰瓷次数，再拿走荀宝菩一部分提成。”

不杀小泥人，是因为它阴差阳错融合了桃花花瓣，但只要有泥人在，苏尔永远是虫子的目标。

厉魅为了拿赔偿，要确保苏尔在搞事前活着，如此一来，它难免和大批虫卵对上。一来二去，便形成了恶性循环。

笑脸商人笑了：“玩家钻规则的漏洞，主持人同样可以打规则的擦边球。”他顿了顿，问，“是不是很有趣？”

苏尔“呵呵”一笑。

……那个茶花殿下果然瞒着所有人偷偷买了保险！

“深究下去还会有很多更有意思的事情。”笑脸商人扫了眼空气中的白絮，嘴角弧度不变，“没事多让我来送送道具，我也好参观一下。”

苏尔眼前一亮：“没有次数限制？”

笑脸商人打消了他不切实际的幻想：“一个副本最多配送三次，否则会破坏平衡。”

余音尚在，笑脸商人已踪迹全无。

苏尔盯着笑脸商人消失的地方，摇了摇头，很快注意力回到道具上。适才他选的三个道具全部是用于治疗的，还只针对轻一些的皮外伤。

苏尔说：“利益就像一块肉，我连口汤都没喝上。”

纪珩说：“意料之中。”

游戏很狡诈，同时又很追求公平，退一万步讲，就算荀宝菩想给苏尔点好处，他也拿不到。

苏尔叹道：“茶花殿下打得一手好算盘，一般魅物都会想着骗保。”

茶花殿下却是反其道而行之，利用主持人的身份阻碍魅物骗保，再从荀宝菩那里拿好处。

即便最后没有成功被苏尔坑，他也能白拿收益。

纪珩打趣：“要不怎么叫茶花？”

苏尔抿了抿唇：“这绿茶喝得烫嘴。”

闻言纪珩嘴角微掀：“目前形势对你有利就行。”

不知想到了什么，下一刻他的笑容消失，眉头微微拧紧：“记得多防备着点，我总觉得他还另有谋划。”

死了不少虫卵，原本对小泥人紧追不放的白絮暂时消停了一段时间。苏尔的呼吸仿佛都顺畅了，准备抓紧这段时间推进任务。

纪珩说：“去四楼。”

适才魅物对虫子发起攻击，多少耗损了些虫子的力量，这会儿虫卵团正往四楼飘去。

见纪珩行动自如，仿佛能亲眼看见魅物的行动轨迹，苏尔不由得感叹灵值高的好处。上楼过程中，苏尔说：“我飘了。”

从前是躲闪不及，如今却是主动去追魅物。

话说得轻松，二人面上却一丝笑意也无，魅物不是好惹的，若非目前缺乏关键性线索，谁都不愿意冒这个险。

越往上走，冷寂感越强烈。就要迈过最后一层阶梯时，苏尔露出意外的神情：“朱语？”

朱语也没想到会突然有玩家上来，惊讶过后很快恢复平静：“是你们啊。”

她的衣服有几道破损，胳膊上也有好几处伤口。

苏尔扔过去刚从笑脸商人那里拿来的一个治疗道具，在被拒绝前开口：“我不喜欢欠人情。”

先前朱语也算为救小泥人出过力，还耗费了一个道具。

“谢了。”朱语没矫情，拿着道具下楼，临走前解释了一句，“我去趟洗手间。”

“我们……”苏尔注意到纪珩在用余光留意朱语的背影，未说完的话便咽了回去，改口问，“有什么不对？”

“伤口。”纪珩说，“她的伤全是划痕，干净利落，和虫子撕咬无关。从划伤的角度看，更像是自己所为。”

“她图什么？”

苏尔想起徐洋洋曾说朱语神神道道，这么看来好像是有一点。

“算了。”想不出原因，他决定见机行事，“朱语目前似乎不想和我们牵扯太多，不用管她。”

反正人情债已经还了，日后真走到针锋相对的一步也不用再手下留情。

四楼白絮很少，两人专挑阴暗狭窄的走廊去。

苏尔的语气带着不确定：“它们好像不太待见我们。”

“应该还有其他原因。”

依靠灵值，纪珩能感觉到有一股形容不出的冰凉气息游走在四楼。苏尔也渐渐意识到不对，他竖起耳朵仔细辨听，捕捉到轻微的声响。

“南边。”给出判断的刹那，他的脚步已经朝那个方向迈去。接近声源处时，步伐又开始放缓。声音好像更近了一些。

下一个转角，陡然和一张放大的脸对上，苏尔心里“咯噔”一下，没有朝后跌倒已经算是心理素质相当强。

那是一张苍老的面庞，脸上的皱纹如沟壑般纵横。老者头发花白，穿着相当朴素，老花镜的镜框松了，耷下来卡着鼻尖。即便衰老成这副模样，根据五官底子依旧可以看出，他年轻时是一位丰神俊朗的男子。

他先看了看苏尔，嫌弃地说了句“没脑子”，紧接着又踱步到纪珩身边，抻着脖子去仔细观察，眼睛瞪得十分恐怖。

纪珩任他打量。

“你，你是……”老者觉得纪珩眼熟，狠狠敲了敲头，就是想不起，最后说，“你好像有脑子。”

苏尔的怒气值噌噌地上来了，竭力用心平气和的语气说：“之前在另一个副本里，他还抄我作业来着。”

纪珩并不否认，他曾经是个学霸，但很多年没温习过功课，知识差不多全还给学校了。

老者不理苏尔，切换到另一个话题：“月亮出现前，我要得到盛有最完美智慧的容器，否则我就取走你们的……”后面的话没有说完，老者点了点自己的太阳穴。

像是发布完任务的NPC，老者不再搭理他们，佝偻着身体来回踱步，口中念叨着一些复杂的公式。

纪珩低声说了几句什么，苏尔摇头道：“不确定，好像是个‘马’字。”

老者胸前挂着一张工作证，上面的内容模糊不清。半晌，他见二人迟迟没有行动，身上的戾气一下子加重了：“去找吃的！”

纪珩用眼神提醒苏尔移步到安全区域。

他们朝下走了一层楼，确定离开了厉魅的视线范围，苏尔才开口：“那老头精神不正常。”

纪珩单纯从实力上评价：“一般的魅物避让他，说明他本身力量很强大。”

苏尔明白这是在暗指什么——哪怕他苏尔有三寸不烂之舌，也很难忽悠到一个厉害的疯子，做任务是眼下唯一的出路。

纪珩忽然问：“你觉得他以前是做什么职业的？”

苏尔沉思。

纪珩说：“从第一感觉判断。”

苏尔说：“搞研究的。”

老者话里话外都在强调智商，还不停念叨公式，这种癖好可不多见。

“还有……”苏尔犹豫一番后开口，“他看你的第一眼，满脸都写着‘这个人我在哪里见过’。”

纪珩找了个地方坐下，用平板电脑搜索马姓研究人员，跳出来的东西乱七八糟，什么都有。

“哪怕疯了，老头自以为是的霸道性格表现得依旧明显。”纪珩摇头说，“这样的人，不会甘于寂寂无闻。”他想了想，把搜索词条改为“三十年前学术界名人”。

信息太多，苏尔在一边帮着找，功夫不负有心人，终于让他看到一张老照片，那篇报道的标题是《见识真正的风采人物》。

苏尔指着站在前排的一个人，忙问：“是不是他？”

五官神似，不过照片里的人要更精神。最下面根据位置备注了人名——左三，冯鹏。

苏尔迅速搜索了冯鹏的生平。二十七年前桃花宴取消，冯鹏正好是那个时代的杰出研究人员，似乎又认识纪珩……双方会不会有什么关联？

纪珩神情不变，不停浏览平板电脑上的文字，视线停留在一篇报道的最后一段文字上。

冯鹏的结局有几分悲凉：因为口舌之争愤然离开科学院，没过多久便突发心脏病死亡。关于他的死因，坊间有不少说法，据说当年有人目睹冯鹏离职前和人吵架，他情绪激动地表示自己的成果无人能超越。

苏尔回过神，瞬间捕捉到重点，怔道：“冯鹏的死亡时间也是在二十七年前？”

纪珩说：“先别往复杂的方向想。”

假设爆料者说的是实话，冯鹏认为自身智力顶尖，那么他口中“拥有最完美智慧的容器”就是其本人，不，应该是二十七年前那个精神没出问题的冯鹏。

苏尔好笑：“所以我们要帮一只疯疯癫癫的魅物找回理智？”

纪珩收好平板电脑：“还记得你第一次翻《谜底之书》时需要做的任务吗？”

苏尔：“唤灵？”

纪珩点头：“在副本里，魅物的名字有着特殊的意义。”

“我懂。”苏尔说。

“……这魅物更像是一种虚影投射，我怀疑它的本体不在这里。”纪珩稍一沉吟，道，“得去试探一下。”

他看向苏尔：“唤灵并不是简单地喊名字，还需要满足一些客观条件。”

上次在东风居士的副本里，唤灵的条件NPC已经创造好，这次他们得靠自己。

纪珩拿出一张篆纸：“你的体质特殊，更能唤灵成功。一会儿找准时机燃烧这张纸，立刻喊对方的名字。记住，一定要大声喊。”

苏尔点头。

纪珩话锋一转：“荀宝菩还欠你多少道具？”

苏尔耸耸肩表示不清楚：“不会太多，保险生意的收益他九我一。”

纪珩说：“让他再送点来，魅物对‘唤灵’很敏感，容易被激怒。”

虽然苏尔没得到多少好处，但绝对享受到了最便捷的物流，召唤后笑脸商人很快出现。

“又见面了。”他微笑道。

在苏尔和纪珩为从老者口中获取信息做准备时，茶花殿下正在研究保险合同。

先前荀宝菩担心碰瓷的魅物太多，私下支给他一千缕灵气，用来阻止厉魅骗保。

可茶花殿下并未因此满足。受迫害程度越重，获得的赔偿越多，那如果这个世界毁灭了呢……想到这里，他的嘴角缓缓勾起，只要一步步引导，就能达到预想的效果。

但引导过程中必须拿捏好分寸，他得赶在副本崩塌前成功撤离。

“反正这个副本已经千疮百孔了……”还不如让它发挥最后的余热。

仔细把合同折好，下一秒茶花殿下现身阴暗的角落，满意地窥视笑脸商人和苏尔交易道具。

他的计划里需要一个目击者，证明世界毁灭的因在苏尔身上，笑脸商人就很合适。一切顺利的话，他茶花殿下将成为第一个拿到保险赔偿的，也是最后一个。

脑海中尚在构思宏图大业，喉咙突然涌上一股腥甜。茶花殿下面色骤变，吐血的同时灵魂像是遭到了凌迟。

规则反噬。

“为什么会这样？”茶花殿下竭尽全力思考哪个环节出了问题，自己明明没有直接违规。

很快剧烈的疼痛让他连基本的分析都做不到，同时，另一边，笑脸商人似乎也感觉到了异常。

一旦受伤的原因被扒出来，自己免不了成为主持界的笑柄，茶花殿下相当注重形象，绝对不允许这种情况发生。

该怎么办？

眼看笑脸商人就要转过身来，他咽下口中的鲜血，咬咬牙，下了狠心。

“苏尔！我不会放过你！”

悲愤的声音打破了图书馆的寂静。下一刻，笑脸商人出现。

“出什么事了？”

茶花殿下苦涩地笑道：“我还是低估了苏尔……”

笑脸商人有生以来第一次皱了下眉头。遭受苏尔迫害的主持人不少，但半条命都快没了的，茶花殿下还是头一个。

斟酌后他有了决定：消息得公开，要让大家知道——苏尔，已经成长到了一个可怕的境界！

察觉到笑脸商人在用十分复杂的目光凝视自己，远处的苏尔一脸莫名其妙。结合茶花殿下先前悲愤的咆哮，他愣了下，似乎想到了什么：“他该不会认为是我做的吧？”说着冷笑一声，面色格外难看，“但凡有点脑子，都该知道茶花这是在骗保。”

纪珩摇头：“他看样子受伤不轻，就算骗保也不用做到这种地步。”

鉴于自己以往骚操作太多，有时候牵连到主持人了也不自知，苏尔的语气渐渐变得不那么坚定：“难不成……真是我？”

唯一知晓真相的人还在吐血，一方面是因为遭受反噬，一方面是被气的。

偷鸡不成蚀把米，最终茶花殿下付出了远超一千缕灵气的代价从笑脸商人那里买来治疗特效药。

交易结束，笑脸商人立马将这件事通知了经常惠顾的几位同僚。作为商人，偶尔要免费附赠一些信息才能把生意更好地做大做开。

很快，消息闪电般地在主持人内部传开，并且越传越离谱——

茶花殿下被苏尔害得没了半条命，全身是血！

茶花殿下遭苏尔设计重伤毁容，生不如死！

茶花殿下快要不行了，苏尔此子恐怖如斯！

顾不得丢人现眼，茶花殿下恢复体力后，第一时间重新捋了一遍全过程，着实找不到自己违规的地方。

先前的一切发生得太过突然，静下心来想，倘若游戏认定他违规，应该第一时间给他停职再进行惩处。

但截止到目前，他没有收到任何停职通知。

茶花殿下眯了眯眼，主持人受罚不外乎几种原因，一是违规，再者便是本职工作没有做到位，又或者是造成了重大隐患。

惩罚同样是游戏的一种警示。几个月前一名据说拥有预言天赋的女玩家，不知在副本里做了什么，被游戏判定会带来不良影响，主持人由于没有及时制止，也遭到了严重惩戒。

如果没记错，那也是个必死局。

茶花殿下阴郁的眼神第一时间扫向纪珩。

苏尔看着纪珩说:“他好像在看你。”

纪珩不以为意:“受刺激影响到神志了，不用理他。”

无视茶花殿下仿佛要杀人的视线，纪珩继续分析和冯鹏有关的事情。

茶花殿下收回目光。自打进入这个副本，因为必死局的缘故，他便格外注意纪珩，但一番观察下来，对方私底下的小动作并不多。

像是感应到了什么，他突然侧身回望向下一层楼阅读室的门外，只看到了匆匆进去的人的一点衣角。

徐洋洋。

仅凭一点衣角，茶花殿下便立刻判断出是谁在偷窥。

下楼的脚步还没迈开，他忽然又抬头看向另一个方向，角落里露出摄像头，有人正躲在墙后借助平板电脑关注情况。

“你在干什么？”

朱语拿着平板电脑的手指发僵，面对瞬间移动到面前的主持人，她竭力平复着心跳:“刚刚听到惨叫声，我出来看看情况。”

说完她站起身，因为腿蹲得发麻，起来时她还扶了下墙。

茶花殿下下意识地生出些鄙夷，这就是普通人身体的脆弱之处，连一个姿势都不能维持太久。

“我……我先去忙了。”

朱语畏畏缩缩地抱着平板电脑跑开，转身的刹那嘴角却翘了起来。

她走后，茶花殿下的目光扫过周遭每一个角落……细想下来，除了贾看花，这些玩家各有各的可疑之处。

此刻他的眼神前所未有地冷，他不断盘算着究竟是谁在私下做了可能对游戏造成伤害的事情。

思索无果，他在心里骂了句脏话，连游戏一并骂了进去:什么破系统，既然发现可能存在威胁，直接淘汰不就一了百了了？非要一层层分配到底下人手里，真出了事谁负责？！

良久，茶花殿下无比悲哀地发现，要真出了事绝对是自己担责。

苏尔完全不知道主持人正在经历的煎熬，就算知道，估计也只会幸灾乐祸。

笑脸商人服务全面，走前不忘留下道具。一切准备就绪，苏尔便准备去找老者唤灵。

“我怀疑他是故意的。”苏尔轻声道。

老者改坐到靠门的位置，十分方便追“猎物”。

“最有智慧的容器找到没有？”

苏尔摇头:“还没。”

老者不再理人。

苏尔调整了一下呼吸，然后比了个“OK”的手势，表示自己准备好了。

他燃烧篆纸，看着前方，扬声道：“冯鹏？”

老者不为所动。

眼看篆纸快要燃烧殆尽，苏尔又喊了一遍，但老者就是不转过身来。

纪珩目光一沉，倏地开口：“你公式念错了。”

老者猛地回过身，咆哮道：“不可能！”

苏尔抓住机会，再次喊了一遍对方的名字。

这一次老者像是被施了咒语，整个人瞬间扭曲成奇怪的形状。

纪珩眯了下眼：“果然是投影。”

下一刻虚影狰狞地扑了上来。

魅物能瞬移，人却不行。苏尔一路跑一路丢道具，即便如此双方间的距离还是不断拉近。逃命途中纪珩出手拦过两次，可惜老者实力过于强大，不正面殊死搏斗，这种阻拦成效不大。

“往白絮密集的地方去。”纪珩其实可以跑得更快些，却始终落后苏尔一步。

手头现有的普通攻击道具基本扔得差不多了，苏尔想要回头确认一下老者的具体位置。

“别看！”纪珩制止道，“跑就行了！”

有几次，苏尔觉得脊背爬上一股瘆人的阴凉，脑子都是木的。无数次的经验形成强烈的第六感，他心知老者将攻击的重点放在了自己身上。哪怕有纪珩在他身后，老者也在执着地对准他输出。

一口气冲进阅读室，苏尔拿出小泥人。几乎就在一瞬间，那些藏身在书页中的白絮就涌了出来。

不确定老者会不会和白絮开撕，苏尔把小泥人捧在手上，深吸一口气，道：“愿主保佑你。”

说罢，他脱下外衣，裹着泥人连同道具一起砸了过去。

老者因为道具卡壳了一下，小泥人躲过当场粉身碎骨的宿命。

白絮飘过来，小泥人明显知道怎么做最有利，从外衣中爬出来，确保不离老头太远。白絮完全是在无差别攻击，老者恼怒地张嘴吸气，一口吞吃了数百虫卵。

这些虫卵十分骇人，竟透过虚影直接对不知身在何处的本体也造成了间接伤害，使得虚影发生了扭曲。

苏尔给小泥人扔过去两个治愈道具，然后迅速绕到后门，还不忘对附近一脸茫然的徐洋洋说：“还不快跑？”

徐洋洋反应过来，冲出去的速度比苏尔都快。

神仙打架，凡人遭殃，老者和虫卵厮杀的过程中小泥人不幸受到冲击，好不容易费力爬出来时，扭曲的身体仅剩下小半截。

门外，苏尔紧贴墙守着，一把将它捞了过来，犹豫了一瞬该往哪边跑。

纪珩说：“下楼。”

一鼓作气冲到大厅，苏尔低头大口呼吸，险些就要找不回正常的心跳频率，好不容易缓过来，立马准备开始修补小泥人。

小泥人全程幽怨地望着他。

苏尔一边搓泥巴，一边叹道："我已经给你做了好几道防护措施，挺不过那就是你的命了。"

"我……原谅你。"融合了桃花花瓣后，泥人的智商也有了显著提升，它搓了搓手，掉落下一些泥土渣，似乎在隐喻某人是渣男。

苏尔和泥的手一顿，给小泥人注入了一些灵气。

这手段相当奏效，小泥人重新用崇拜的眼神看他。

解决了泥人的怨念，苏尔朝纪珩望去。

宽敞的大厅里，只见后者正一点点地从外朝里地毯式检查，任何肉眼能看见的东西他都会去触摸一下。

苏尔开玩笑道："找机关吗？"

纪珩竟然真的点了点头。

苏尔怔了怔。

纪珩正在检查一个展示台，每一个细小的缝隙都不放过："老人不是从外面进来的三只魅物之一，或许他一直就在图书馆里。"

主持人专门提到明天之前玩家不能离开图书馆，而魅物发布的任务肯定是玩家能做到的。想通了这点，苏尔开口："所以他的本体很可能以某种方式得以保留完整，而且就在图书馆里？"

纪珩点头："四楼休息区一目了然，陶艺馆才十平方米的面积，不够躲的。"

馆内几乎全年都在营业，人来人往，二、三楼人流量最大，藏在那里不合理。大厅更不用说，没那个条件藏。

听他说完，苏尔低头："地下密室？"

纪珩若有若无地"嗯"了一声，走到一楼大厅门口重新观察起来，视线每掠过一处都会稍作停留，寻思哪里是绝对不会被误碰的。

"高的地方。"沉默中，苏尔突然出声。

正厅里灯具应该定期会有人来维护，不太能当作机关，纪珩直起身子朝侧门方向走，目光最终停留在临近出口的安全指示牌上。

苏尔仰着脸望去："需要一个安全梯。"

扶梯一时半会儿找不到，纪珩搬来几张桌子，苏尔帮忙稳着。

上去后纪珩慢慢用手摸索，安全指示牌上夜光小人的区域有一块硬币大小的凹陷。他试着按了下，没反应，加大力道再次尝试。

苏尔原本一直盯着墙，地面突然震动了一下，他连忙稳住桌子。待到一切恢复平静，临近小门的地方出现一条地道。

纪珩拍了拍手上的灰尘跳下来，拦下准备勇往直前的热血青年，先一步踏上石阶："你在后面打光。"

空气中能嗅到消毒药水的味道，地道两侧没有扶手，石阶呈螺旋状下沉，看得人一阵头晕目眩。
苏尔说：“这地方像是秘密基地，会不会设有安全警报？”
“石阶上落满了灰尘。”纪珩低头瞟了眼二人留下的脚印，“说明这里已废弃许久。”
苏尔看开了：“有警报也无所谓，大不了再被抓一次。”
纪珩：“……”
虽然有把握不会发生这类事情，但经过苏尔的嘴一说，纪珩突然就没那么笃定了。
好在苏尔只是倒霉，还没练就百分百乌鸦嘴的技能，他们下完最后一层阶梯，也没有任何警报响起。
常年无人来的密室里通常少不了密布的蜘蛛网，这里却只有灰尘，哪怕是墙缝里也没有任何小虫子。
最前方是一个椭圆形的冷冻舱，勉强能看见里面的一张脸。
惨白，皮肤底部渗出青紫色。
冷冻人睫毛上落了一层霜，偶尔会因为舱内气流变化而微微颤动一下，仿佛随时会睁开眼睛。
苏尔不由得喉头一动：“我以为只有电视剧里能看到这种东西。”
纪珩凝视冷冻人紧闭的双目，突然产生一阵剧烈的头痛，身体摇晃了一下，苏尔连忙扶了他一把。
“怎么了？”
纪珩说：“刚刚那个瞬间，脑子里突然出现了我和他争吵的画面。”
苏尔并不意外，在《谜底之书》的副本里他也有类似的经历。游戏不是万能的，随着他们入副本的时间渐长，一些尘封的记忆会渐渐冲破牢笼封锁。
他递过去一张纸巾：“擦擦汗。”
纪珩拿在手中却没有用，而是重新看向冷冻仓：“他选择冷冻自己并不是为了有朝一日可以用先进的科学技术复活。”
年纪太大，活过来也没几载光阴可活。
苏尔的口吻带着些小心：“记不记得具体是如何争吵的？”
纪珩说：“老头不停说只有他才适合做‘中枢’，希望我退让。”
“中枢”？纪珩看起来对这件事反而没有苏尔上心。
他说：“开舱吧。”
苏尔找到电源，按下去的同时后退数步，冷气四处溢散。冷冻人依旧在雾气缭绕中一动不动。
苏尔挥了挥胳膊，企图驱散冷气，然后走到老者身前。手指触碰到他的身体时，一种说不出的冰冷滑腻感传来，令人头皮发麻。
苏尔深吸一口气：“找到你了。”
雾气下的身躯微微颤动了一下，任务完成的提示音却迟迟没有传来，苏尔怀疑是因为老者投射的虚影受创严重，需要一定时间恢复。

“你先在这里等着。”他对纪珩说，“我去查找资料，联系李烁打听‘中枢’的事情。”

眼下没有多余的时间可以浪费。

茶花殿下如同幽灵般在图书馆内游荡，监控玩家。

苏尔、纪珩、徐洋洋、朱语，这四人是重点监控对象。

他首先从嫌疑最轻的朱语开始跟踪。起初他以为这姑娘是在发泄，但看到她在折腾些神秘的液体并试图将虫卵植入自己体内后，面色顿时变了。

又一次失败了。

朱语心生遗憾，无论自己如何小心，虫卵始终会融化。

“你想把自己培育成虫人？”

突如其来的声音让朱语打了个哆嗦，她怯懦地低下头。

茶花殿下冷冷地盯着她。

静默中，朱语缓缓抬起头，游戏不允许玩家把副本中的物品带出，但如果能让虫子在自己体内寄居，便有机会带走虫卵，进而在现实世界里传播。

她的情绪很快恢复如常，用很平常的语气说：“我就想做个实验。”

现实世界毁灭，就不再存在玩家，到那时游戏会做出什么选择？

短短几个字，茶花殿下差不多推测出了她的真实目的。他的眼皮止不住地跳动，难怪游戏会用惩罚示警，这东西要被带出去那还了得！

朱语笑着补充：“我没有违规。”

“你能不能活着离开副本还是未知数。”茶花殿下深深地看了她一眼，原地消失了。

活物被带离游戏的可能性微乎其微，茶花殿下很快想到了好几种应对方案，同时，为防万一，也没有放弃对其他人的关注。

他决定先去纪珩那边。

地底密室，纪珩满手是血。他的反应要比朱语快数倍，几乎是在主持人现身的一刹那他便抬起了头。

对待看似正人君子实则心思诡谲的人，打开天窗说亮话才是最实际的。

茶花殿下开门见山：“你有没有做过对游戏不利的事情？”

纪珩：“你猜。”

茶花殿下：“……”

“先前你不是还想着要毁灭世界来骗保吗？”

纪珩的一句话让茶花殿下变了脸色，他的手慢慢捏紧……他们知道，他们竟然都知道！

“打个赌。”

茶花殿下：“什么？”

“真到了危急关头，我有办法让苏尔出去，不过你绝对会留下来陪着副本一起毁灭。”

有生以来最憋屈的一次谈话结束。

茶花殿下离开密室，思索纪珩究竟有什么底牌。他深吸一口气，还是没忍住爆了粗口。

一群疯子，偏偏都让自己给赶上了。

进入正厅，不远处苏尔正靠着门用平板电脑看李烁发来的消息。消息说就在今早，有居民在家中离奇死亡，身上有大量插花。

看完消息，他的心情一时有些沉重。最不妙的事情还是发生了，虫卵已经开始扩散。

感觉身边出现一道气息，苏尔抬眸，发现茶花殿下就站在不远处，视线落在他手里的平板电脑上。

“幸灾乐祸的话大可不必说。”他起身，淡淡道，“无论三百年前的真相是什么，我永远不会对人类文明真正失望。只要有可能，我都会不惜一切代价去挽救。”

接下来的两分钟，没有等来预想中的讥讽，苏尔不禁有些纳闷。

茶花殿下闭了闭眼，心想在那些想要毁灭世界的玩家中间，面前这个家伙简直是一股清流。

如果所有人都这么“真善美”，他哪里会被规则判定为监督不力！

茶花殿下迈步走来，眼神中居然流露出一丝罕见的温和：“告诉我，你是什么人间小天使？”

“……”苏尔怀疑自己最近看人的眼光不准了，竟然从主持人的话语中听出了几分真诚。

他这是在真情实感地赞美自己？

苏尔倏地提高警惕，动用体内的那只眼睛去窥视对方，试图寻找到主持人不正常的证据。

然而呈现在神秘眼睛中的影像和实物一致。

苏尔对这个结果还挺惊讶。

茶花殿下仰了仰头，轻声道：“记得坚持你的初心。”

“……”苏尔沉思几秒，还是决定问个明白，下一刻，却听到了游戏提示音：“玩家纪珩成功找到‘最具智慧的容器’，开启支线任务‘中枢的钥匙’。零点前，玩家成功让钥匙归位，总生存概率可提高 50%。”

“好快。”苏尔发自肺腑地称赞了一句，纪珩的效率果然不是一般高。

余光扫到主持人的神情，苏尔的嘴很快抿成一条直线。

方才那一瞬间，茶花殿下的眼神似乎深有意味，但因为对方太擅长隐藏情绪，苏尔不确定自己有没有看错。

茶花殿下打了个响指，开口时声音传遍了图书馆的每一个角落。苏尔就站在他对面，不带偏见地去形容，这声音并不刺耳，甚至有些悦耳。

“支线任务开启，限制取消，半小时后，大家可以自由进出图书馆。”

恰巧塔钟整点报时，悠扬的钟声仿佛有净化心灵的作用。

茶花殿下露出诡异的微笑：“命运如同钟摆，由他亲自开启支线任务，实在是……太有趣了。”

眼看苏尔的唇瓣动了动，赶在他说话前，茶花殿下从原地消失，没有给他任何套话的机会。

“嘀嘀嘀”的群消息提示音不断传来。

徐洋洋：哥们儿酷炫！请求发定位会合。

朱语：+1。

贾看花：再加！

支线任务是纪珩开启的，其他人不了解具体情况，只能通过苏尔获取相关信息。

纪珩懒得来会合，直接在群里说了冯鹏的事情，当然隐去了涉及他自身的那一部分内容。

朱语：见一面吧。我在三楼阅读室，有重要线索分享。

苏尔：现在就去。你先在群里大概讲一下主要内容，防止我们赶过去前你出意外。

朱语最终未在群内分享，以一串省略号表达了自己无语的心情。

苏尔离三楼最远，是最后一个到的。

影视剧里的套路没有发生，朱语还没有被淘汰。人到齐了，朱语直接拿出一个残破的本子，里面记载着其主人一段匪夷所思的经历。

字迹的颜色在岁月的蹉跎中显得十分浅淡，内容和手账差不多，多数都在记录日程，每页有提到实验时间，可见原主人是一位科研人员。记录者生活规律，日常吃食堂。但在后半部分多了啤酒炸鸡等夜宵，还会在空白处画几个可爱的表情符号。

最后一篇的日期直接跳到前一篇的两个月后，内容画风突变，恢复了先前的古板严谨，而且记录的是看起来无关紧要的内容：

老婆说我睡觉时老傻笑，还说了梦话，不时便会提起中枢计划，可我不记得自己有做梦。更奇怪的事情发生了，老婆说连续一周我都在说同样的梦话。

询问同事，他们认为我是压力太大了。我无奈决定请假休息几天，就在这时，冯鹏找上门来，他说他知道什么是中枢计划。我激动坏了，正要详细询问，冯鹏却说一旦尝试传递相关信息，关于中枢计划的记忆就会加速变淡。

日记只写到这里。

徐洋洋：“哪里来的？”

朱语："在洗手间遇到了一只魅物，侥幸胜了它。"

说得轻松，过程绝对是搏命。自打副本开启，朱语便一直引导大家交换信息，如今更是免费送出玩命换来的线索，就很奇怪。

朱语诚恳地道："成功离开这次的副本，对我很重要。"

这次的副本？

苏尔挑眉，听上去似乎能不能通关以后的副本于她而言无关紧要。他想了想，发私信给纪珩："我觉得她出去后准备干件大事。"

纪珩看了朱语一眼，并未表态。

佯装不知道其他人对自己的怀疑，朱语低头看着日记本："你们怎么看？"

苏尔主动开口，指着最后一行小字："加速变淡，说明即便不开口，冯鹏关于中枢计划的记忆也在消退。"

朱语点头："似乎有一种莫名的力量冥冥之中在操控着他的记忆。"

对比其他玩家，苏尔和纪珩有个巨大的优势，就是他们知道这是必死局。这些人的记忆被消除，幕后操手必然是游戏，它在清除原住民关于纪珩的记忆。

所以当朱语准备死磕记忆操纵事件时，苏尔开始试图转移众人的注意力："日记最后记录的时间和冯鹏的死亡时间只间隔一天。"

贾看花："二者极大可能有关联，但我们已经没有时间去探究他们的关系。"

一直保持沉默的纪珩突然道："冯鹏死前委托了日记的主人帮忙冷冻自己的尸体。"

贾看花愣了愣。

苏尔靠在墙上说道："冯鹏让记忆永远停留在了那个瞬间。"

兜兜转转，关键点又回到了老者身上。

不久前冯鹏疯狂追逐苏尔到阅读室来的画面，徐洋洋还历历在目，他苦着脸说："完了，现在我们要对付的就是一个有理智的魅物。"

"还有个问题。"朱语冷不丁看向纪珩，"很少有支线任务会开启全员模式。"

根据任务提示，这次只要有一个玩家完成，全员都能受益。

"不难解释。"苏尔打开李烁传送来的信息。

"大街小巷都开始出现白絮，从早上起，已经有一百多例'插花死亡'案件。

"失控了。陆兰欣不是个例，各地陆续出现成功被寄生的人。如有线索，请及时联系。"

李烁的信息看似很冷静，但不难看出他目前承受着巨大压力。

苏尔走到靠窗的地方："这个世界要乱了。"

大部分人在被寄生后，体内的桃花种子会被激活，最终同归于尽，可凡事总有例外。根据李烁最开始的说法，这些年白絮只出现在几个固定的区域，现在看来这不过是虫卵为了让人类放松警惕营造出的假象。

顾不得继续感慨，苏尔回过头让所有人交出平板电脑："我去找店面充电。"

主持人没提供充电器，平板电脑玩家日常使用得也不多，几天过去，一半电都没用完。但这不代表平板电脑不重要，尤其是他们接下来要时刻关注新闻。

看了眼时间，确定半小时的限制过去，苏尔背着双肩包走出图书馆。

他离开后，剩余的玩家没有选择，只能以冯鹏作为突破点各自开始行动。

四楼，冯鹏的目光中多出一丝清明，他开口前视线在纪珩身上多停留了一下。

“中枢计划可以拯救世界。”

一句话便让人感到“振奋”。

“想要知道钥匙在哪里，先帮我找到一件东西。很多年前，有人在图书馆藏了一份手稿，我找了数年都没有找到。”说到这里，冯鹏的语气流露出烦躁，“他明明说过，就放在图书馆四楼，为什么找不到！”

朱语试探着问：“关于什么的手稿？”

如果不抠字眼，随便在墙上画几笔，也算手稿。

“我怎么知道？”冯鹏的情绪不大稳定，“当年我想成为中枢，三番四次去找那个人，他很不耐烦，最后说会在四楼藏一份手稿，如果我能找到他便让位。”

朱语：“这对您不太公平，一整层楼的面积也不小。”

冯鹏：“当时那人让我在原地闭眼数三百秒，没多久他便藏好回来了。”

朱语忙问：“对方的品格如何？”

不排除那人是在说谎，其实根本没有藏东西这回事。

知道她是什么意思，冯鹏冷笑：“放心，那个人向来言出必行。不过我劝你们快点，我能感觉到这些虫卵正在进化。每隔半小时，我会放松对四楼的控制，让虫卵进入。”

等他不再压制时，面对进化虫卵的包围，他们只有死路一条。

老者花了几十年都没有找到的东西，玩家需要在几小时内找到，听着就像是天方夜谭。

在展开地毯式搜索前，徐洋洋忽然道：“外面出事了。”

街道上的行人慌慌张张地朝不同的方向跑去，路边全是在招出租车的。

就在他猜测发生了什么事时，苏尔回来了。他的模样十分狼狈，衬衫几乎让汗水湿透，双肩包也不见了。

“附近死了人，居民收到短信后都回家了。”

他弯腰低低喘了好几声，缓过来一些才说：“我运气不好，遇到个寄生成功的人，差点性命不保。”

剧烈运动完苏尔不敢猛地坐下，过了一会儿他才找了个地方靠着：“你们呢？有什么发现？”

徐洋洋说了冯鹏的要求。苏尔若有所思。

因为时间紧迫，玩家各自负责一片区域，分头寻找，提升效率。

苏尔休息了片刻，等众人散了，他走去纪珩身边：“和冯鹏打赌的人应该就是你。”

纪珩颔首。

“赚到了。”苏尔擦了擦汗，微笑着说，“惊喜总是来得猝不及防。”

虽然没了原来的记忆，但人的行为逻辑很难发生太大变化。

他满怀期待地说：“快想想东西能藏在哪里！”

“女厕所。”纪珩毫不犹豫地道。

苏尔好笑地拍了下他的肩膀：“别闹。”

“五分钟的时间不可能走太远，如果是我，会找个女生帮忙把东西扔进女厕所的垃圾桶。”

既方便，又一了百了。

怔了几秒，苏尔的笑容发虚：“……你不是这么恶劣的性格。”

纪珩点了点头：“那老头应该也是这么想的。”

赌注是次要的，关键是不想和聒噪的人纠缠太多，一天找不到东西冯鹏就会一直纠缠，纪珩只想省点事。

“……这么多年过去……”

纪珩淡淡地接过话茬：“按照正常的清理频率，当天晚上垃圾就会被运送出去。”

良久，苏尔没有再开口。

沉默中，纪珩叫了他一声。

苏尔摆摆手示意他先不要说话，然后望着天花板，忽然长叹一声：“朋友，你顽皮了啊！”

纪珩：“如果知道会有今天，我当初会三思而后行。”

事已至此，苏尔尽可能先去思考解决之道：“现在我们唯一的优势就是你了。”

只要是纪珩拿出的东西，冯鹏不会怀疑。

他能想到的纪珩早就考虑过，直接指出问题核心：“二十多年前的手稿，伪造起来不容易。”

眼看其他玩家还在充满希冀地到处翻找，苏尔皱了下眉头。若是直接告知真相，得知被耍了几十年，老者一动怒，指不定得团灭他们。

纪珩说：“重要的是找到钥匙。冯鹏就算要出手，也得在完成交易之后。”

谁都不能跳出规则的束缚。

听出是要正面刚的意思，苏尔示意他少安毋躁：“没事，我来处理。”

纪珩目光一动：“你？”

并非他怀疑苏尔，而是事情确实相当棘手，一旦处理不好，冯鹏动手的瞬间他可能来不及扑救，届时苏尔会有性命之忧。

“哪怕不成功我也有把握全身而退。”

说完，苏尔径直走向冯鹏。

看到苏尔，冯鹏苍老的面容上出现一丝波动：“找到了？”

当年是一时意气，迫切想得到中枢的位置，时过境迁，如今他更关心手稿内容。

苏尔先朝纪珩那边扫了一眼，然后才开口：“他的记忆很零散，不过多少想起了一些。”

冯鹏信了，下意识也看了一下纪珩，后者正微微抬头看向高处，浑身充满了矛盾与悲伤的气质。

苏尔抓准时机轻声说了一句话。

几个字飘入耳，冯鹏张了张嘴，竟是一个音也再发不出。缓过神来，他双目瞪得滚圆，怒气让脸颊干瘪的肉不停颤动，像是下一刻就要扑过来生撕了眼前这人：“你如果再敢胡说一句……”

苏尔纹丝不动地站着，没有要躲的意思：“他不是个爱开玩笑的人。五分钟的时间，他怎么可能把一件东西藏得天衣无缝？”说着他环视四周，笑容有些嘲讽，“他不记得是在哪一面墙上，仔细找……”

冯鹏冷冷打断：“这里后来重新装修过。”

“可惜了。但您可以回想一下过去，很多东西藏在细节中。”

说完苏尔退回到纪珩身边。

从表情都能猜出冯鹏跌宕起伏的心情，纪珩挑眉：“你跟他说了什么？”

苏尔超小声道：“我讲你是在墙上留的言。”

“内容呢？”

苏尔用手指比了个心形。

“……”愣了三秒，纪珩好像反应过来了什么。

那边冯鹏回过神来，攥紧拳头：“简直是胡闹！”

苏尔高声道：“愚者才看皮相，人类最性感的部位是大脑！”

冯鹏嘴唇哆嗦了一下。

苏尔说：“试问当时所有科研人员中，谁的大脑能超过你？”

纪珩深深地看了他一眼，显然十分无语。

果然，冯鹏冷哼一声：“我居第二，没人敢称……”

话没说完，他的视线落在纪珩身上。当年这个人堪称惊才绝艳。他面色难看地改口说：“总之世上能超过我的人屈指可数。”

“所以一切情有可原。”苏尔冷笑，“真正的欣赏首先源于精神，他只欣赏你的脑子。”

冯鹏年轻时十分偏执，他能在几秒钟内推导出一个公式，但涉及情感方面的事，他真就被苏尔的话一时唬住了。

玩家原本在紧张地找东西，他们吵闹的声音断断续续传入耳，不由得都抬头看过来。

徐洋洋从侧面一点点绕到苏尔身边：“手稿找到了？”

苏尔垂下眼眸：“算是吧。”

语气中暗含惆怅。

“都过去了。”纪珩淡淡道。

他的语气不带一丝情感，演绎得恰到好处。

他问："钥匙在哪里？"

在苏尔的暗示下，冯鹏的神情变得复杂，往昔的情景重新浮现在脑海。

那时他为中枢的事大吵大闹，对方却从未泄私愤找上头的人免去自己的职务。

纪珩轻咳一声，唤回老者的注意力。

冯鹏面色变了又变，最终缓缓吐出一个字："你。"

游戏提示音响起："限制玩家互相淘汰模式解除。若零点前玩家纪珩同意作为钥匙归位，则支线任务完成。"

纪珩听到的提示音和其他人不同："请在零点前决定是否愿意作为钥匙归位。"

"钥匙怎么可能是玩家？"徐洋洋第一个发出质疑，不过很快就闭嘴了。

无论缘由是什么，事实不会发生改变。

一时间众人看纪珩的目光都变得有些不同。

诡异的气氛中，苏尔突然道："我想再去阅读室看看，说不定会有转机。"

纪珩任由他拉着自己下楼。

下到三楼，苏尔并未进入阅读室，而是拐去了洗手间："他们可能要联手逼迫你同意。"

随着虫卵进化速度加快，生存压力会不断增加。萍水相逢，提高 50% 的生存概率这个条件足以让人放手一搏。

"那三人实力不弱，底牌尽出的话我们也讨不了好。"

纪珩却相当冷静："选择同意不一定意味着被淘汰。"

这笔买卖其实很划算。倘若真如冯鹏所说，开启中枢计划能拯救这个副本世界，那么对完成任务大有裨益。

苏尔的神情一瞬间冷了："小时候我就知道一个道理，人会被自己作死。"

"……"纪珩愣了下，自己这是被教训了？

刚冒出这个想法，便迎来劈头盖脸的一顿骂，纪珩只得哭笑不得地打断："我错了。"

苏尔勉强停下，做出大度的样子原谅他。

纪珩笑着把主动权交出来："你想怎么脱困？"

苏尔踱步沉思，转过身的时候目光晦暗。纪珩的真实想法很难摸清，但有一点可以肯定，对方并没有完全放弃作为钥匙归位的心思。

"先前我们下楼时，后面紧跟着脚步声。"

且一直延续至正厅。

苏尔冷笑："想必这会儿大门已经有人守着了。"

直接离开图书馆找个地方避风头是最稳妥的方法，但现在门被守着，他们出不去，也没有窗帘、麻绳等物供他们翻窗。

"不一定会撕破脸。"他打散一些飘过来的白絮，"要看这些虫卵的进化程度。"

"游戏特意解禁互相淘汰模式，就不会让玩家太轻松。"

见苏尔眉头紧蹙，纪珩又摇头表示无须太担心："他们要的不过是我在权衡利弊后选择同意。”

“你会吗？”

纪珩笑了笑，没回答，谈起别的话题。

苏尔表面上在仔细聆听，实则不然。

作为钥匙归位不等于被淘汰，或许就算没有来自其他玩家的压力，纪珩最后也会同意，因为真正想破釜沉舟的正是他本人。

80%

第八章

中枢计划

随着时间的流逝，先前只在图书馆内飘浮的白絮开始往外散，如今街道上的人屈指可数。

行人匆匆往家赶的同时，几乎都会先进路边的小卖部囤物资，老板趁机提高了价格，美滋滋地守着铺子赚钱。

直到一位上班族模样的人走了进去，没多久，老板像是着了魔一样地关上了门。

过了一会儿，小卖部的门开了。老板趴在桌子上，上班族整理了一下领带，环顾四周，开始寻找下一个目标。

在行人不多，附近也没有居民楼的情况下，他将目光瞄准了图书馆。

此时，站在窗前的苏尔微微侧过身，避免被外面的人看到。

不知想到什么，他又改变主意，故意大大方方站在窗前。

和外面的人眼神在半空中交汇，上班族的态度立马变得坚定，直接朝图书馆的方向走来。

纪珩说："引他来对付玩家？"

苏尔点头："越混乱越好。"

至少不能给其他玩家拧成一股绳的机会。

同一时间，还存活的三个玩家聚在大厅。贾看花其实还有些迟疑，心想就这么闹翻是不是不大好。

朱语却很坚定，再次强调："我必须成功通过这次副本。"

她本就是医学院的高才生，已经渐渐摸索出让虫卵寄生在身体内的门道，只要把它们带到现实世界，便能给游戏狠狠一击。

看穿朱语目中的狠辣，徐洋洋出乎意料地诚实："我看情况。"

这意味着他会先配合向纪珩施压，但如果情况逆转，他也将第一个倒戈相向。

贾看花刚想开口，忽然警惕地抬起头："有人来了。"

上班族讥讽的目光穿过窗玻璃，虫卵自他的毛孔中渗出，以飞快的速度贴在窗玻璃上。还算坚硬的玻璃仿佛贴了小雪花，乍一看还挺美丽。

徐洋洋离得近，听到细微响动，面色一变："跑！"

话音落下后几秒钟，玻璃彻底粉碎。

上班族不紧不慢地走进来，视线在奔跑的三个人身上流连一圈，最终定格在相对较弱的贾看花身上。

下面的动静苏尔自然也听见了："我们去四楼。"

纪珩说："冯鹏在那里。"

苏尔说："他对你爱恨交织，不会过多为难。"

"……"坦白讲，纪珩始终没想明白这么拙劣的谎言冯鹏为何会相信。

"冯鹏生前视你为死对头，知道你比他厉害却不愿意承认，赢你一回是他毕生的心愿。真假不重要，他会更倾向于能让自己占据优势的答案。"

纪珩目光幽深："你很懂？"

苏尔喉头一动，讪笑了一阵。

四楼，冯鹏再见到这二人时果然目光复杂，很快摆出强硬的态度："我不会为你们出手压制虫卵。"

苏尔本来也没这个指望，单纯是来刷个脸，防止时间久了他恢复平静。等冯鹏的情感再发酵一次，便是打探中枢计划详细内容的最好时机。

图书馆里能藏身的地方不少，两人都不愿意待在死角，一经发现容易陷入被动。附近只有休息区是开放区域，他们便暂时躲在沙发后，纪珩用口型说了一个"等"字。至于等什么，他们彼此心知肚明。当一个玩家被攻击时，就是他们逃跑的绝佳时机。

这种漫长的等待持续了约一个小时，过分的安静让苏尔再次意识到这批玩家的不简单。

钟声响起，足足十一声，外面的天色一片漆黑。

虫卵越发肆虐。

又过去二十多分钟，在虫子环绕下，苏尔胳膊上一片红肿。轻轻往伤口处吹了口气，清凉感刚缓解了一点不适，楼下突然传来奔跑的声音。他微微直起身子去看，发现被追着跑的竟然是徐洋洋。

徐洋洋也很莫名其妙，先前他确定从上班族眼中看出对方的主要目标是贾看花，后来竟无端变成了自己。

"小看贾看花了。"疯狂逃窜中，徐洋洋暗恨自己太过轻易就看低了别人。

苏尔和纪珩对视一眼，抓紧时间悄悄朝楼下移步，一到二楼，开始加速往外冲。

朱语和贾看花也打着一样的主意，四人差不多同时到达大门口。

门外，电线杆下站着一位打扮时髦的女郎，周身萦绕着白絮，正咧着嘴冲他们笑。

贾看花骂道："怎么还有守株待兔的？"

苏尔当机立断："联手！"

此时谁也没藏拙，他武力值一般，只能砸道具，纪珩和朱语负责近身攻击，贾看花看似游离在外，但月光下可见他手上隐约缠着根银色的线，妨碍了女郎的行动。

战斗结束后，有好几分钟的时间谁都没说话。

朱语缓过劲来，第一时间望向塔钟，距离零点只剩十分钟。她看了眼苏尔，凝眸道：“不是我们在强迫纪珩做决定……是你。”

苏尔眼神一暗。他当然知道纪珩想破釜沉舟奋力一搏。现下纪珩还算配合只是在顾及他的情绪，从下午到现在，留出让他接受现实的时间，但他内心怕是早就做好了决定。

纪珩是要让自己亲眼看到，这个世界已经岌岌可危，不增加生存概率，他们会疲于奔命，无暇完成任务。

“纸条。”苏尔攥紧衣角，“别忘了青莲智者给的道具，他说过关键时刻可以使用，心中默念‘三次花开’。”

纪珩失笑：“那只是一张普通的纸。”

苏尔执意道：“先试一下，失败的话我会尊重你的选择。”

纪珩如他所愿，默念后打开掌心，那依旧是一张空白的纸条。他无奈笑道：“我说过没……”

“玩家纪珩未在限定时间内做出选择，支线任务‘中枢的钥匙’失败。”

所有人收到了同样的提示，震惊之中他们都像是被钉在了地上，全身肌肉紧绷，一动不动。片刻后，朱语勉强控制住目瞪口呆的表情，声音在嘶吼中略显沙哑：“不可能！离零点明明还有五分钟。”

下一秒，大脑像是放空了一般，她僵硬地扭过脖子望向苏尔：“是你，平板电脑也是你故意弄丢的……从那个时候起你就开始算计了！”

只是她想不通，苏尔究竟是怎么做到调慢塔钟的时间的，那塔钟可有几十米高的外墙！

纪珩也是一怔，罕见地没有掩饰住惊讶。蓦地，他想到了什么，视线朝苏尔的口袋扫去。

塔钟上，小泥人坐在指针上，适才它几乎是使出了吃奶的力气才逆向推动一格，此刻累得气喘吁吁。

时间仿佛在这一刻静止，窒息般的沉默中，不知何时多出一道身影。

茶花殿下凭空出现在苏尔面前，双目失神，喃喃控诉：“你骗我……”

说好的永远不会对人类文明失去信心呢？说好的要拯救世界呢？

苏尔额前的碎发被风撩起，他黑白分明的眼睛因为内含幽深的光芒而摄人心魄：“没后路了……”

说着他的视线逐一扫过每个人，其中也包括纪珩，最后他缓缓道：“先前忘了说，破釜沉舟的事情其实我也很喜欢做。”

谁能想到这样清俊温和的面容下，会隐藏着一个行事果断到狠辣的性格？

朱语等人颇有微词，又无可奈何，唯独纪珩，在这一瞬间，感受到一种无法言说的震撼。

在某些方面，纪珩和苏尔完全趋同又截然相反。

前者思维缜密，后者也讲逻辑，但这不影响苏尔对狗血剧情的脑补。是以支线任务开启的一刹那，苏尔的第一反应就是：万一纪珩就是钥匙，该如何？

谁能料到事情当真朝着最坏的方向发展，好在游戏限定需要在零点前做决定，混淆时间便是最好的方式。

苏尔以充电为名带走平板电脑，引导玩家以塔钟作为判断时间的唯一工具，又偷偷让小泥人去调慢指针，一切顺利到不可思议。

上一秒态度冷漠强硬，下一刻忽然笑靥如花，苏尔一脸和善地海豹式拍掌："太好了，没了后路，大家又能并肩作战了。"

夜色笼罩的寂静中，被调慢的塔钟开始整点报时，整整十二下，听着莫名讽刺。

朱语一语道破所有人的心声："他是恶魔转世吗！"

"还是先找个地方避避。"贾看花望着空气中越发放肆的虫卵，屈从现实。

外面没什么人，他们的位置又很显眼，万一再遇到寄生体，会相当麻烦。

苏尔说："回图书馆。"

贾看花提醒："里面全是虫子，还有一个在追杀徐洋洋的寄生体。"

苏尔却很坚定："躲不是办法，要从冯鹏嘴里套信息。"

贾看花用手指按住眼皮："白天大把的时间为什么不套？"

"不是要应付你们吗？"

苏尔用"忒不懂事"的目光望着他们几个。

众人："……"

无奈重新统一战线，合力对付一名寄生体不难，是以一行人重回图书馆。不过当他们进去时，徐洋洋已经解决了麻烦。上班族从高处摔落，白色的虫卵疯狂从他身体里往外钻，徐洋洋顺手把外衣点着，扔在了上面。

几分钟前，当游戏播报支线任务失败时，徐洋洋一口老血险些喷了出来，这会儿听到大家说要去找冯鹏，面色更加难看，他可是费了大功夫才从楼上跑下来的。

三楼是虫卵重灾区，苏尔也没把握能平安穿过，他清了清嗓子，扬声道："冯老师，可否见面一叙？"

一分钟后，什么也没出现。

苏尔并不懊恼，微微一笑，望着其他人说："接下来我要讲一个充满年代感的小故事。"

话音刚落，他就被一道气息逼得接连退后数步，眼看就要撞到柱子，幸亏纪珩及时扯了他一把。

冯鹏出现了，表情变化堪称丰富。

苏尔放低姿态，摆出虚心求教的样子："您还没告诉我们中枢计划的具体内容。"

游戏不会无端开启支线任务，能提高玩家 50% 的生存概率，足以证明这个计划能暂时保持副本秩序的稳定。

他在说话，冯鹏却在斜眼看纪珩，纪珩则侧过脸用余光瞟苏尔。不知何时出现的茶花殿下若有所思地望着这三人，品出一种奇怪的氛围。

“三百多年前，人类居住的星球被预测会在五十年内爆炸。”冯鹏终于开口，道出一段不怎么精彩的过往，“事实上，居安思危的意识让各个国家早在几个世纪前就已经开始筹备迁徙。漫长的探索中，我们只找到了一颗最适宜生存的星球，气候、水源、温度，一切都很完美，美中不足的是整颗星球几乎被虫子完全占据。”

毫不意外的事情发生了，在联手对虫子进行杀戮后，人类顺利有了新的家园。

徐洋洋忙道：“为什么这段历史是空白的？”

冯鹏冷笑：“虫子这种东西哪有杀干净的时候？迁徙前，科学家进行了最坏的预测，人类一旦被咬，可能会因感染死亡。”

人算不如天算，谁也想不到这虫子真正的能力是寄生。

徐洋洋嘴角扯了扯：“这判断做得……有些草率了啊！”

冯鹏：“时间不够了。”

爆炸随时可能发生，全人类迁徙更是一个需要时间的过程。

眼看冯鹏越发不耐烦，徐洋洋闭嘴，不好再打断。

“迁徙完没多久，人类便迎来近半个世纪的黑暗。后来经过不断研究，终于发现桃花对虫子有克制作用。”冯鹏叹道，“成功生产出疫苗后，原以为事情会告一段落。”

苏尔低声自言自语：“万物皆有进化的能力。”

冯鹏难得朝他投去赞赏的目光：“不错，虫子灭不完，且每次复苏时寄生的能力都会增强。直到几十年前……一个真正的天才出现了。”

苏尔注意到他说这句话的时候视线重新回到了纪珩身上。

“他得出结论，最多三十年，三十年后虫卵将会进化到无法克制的地步。”

苏尔的直觉告诉他接下来的话他不太想听到。

“可惜天才也免不了生老病死。”冯鹏缓缓道，“因为长时间的无规律作息，那人年纪轻轻便得了绝症。当时便有人提出……”

“提出什么？”

“给他换身体。”

面对不可思议的目光，冯鹏苦笑着说：“你们不明白，因为他以往的研究成果太出色，业内无形中把他当成了救世主。”说着，冯鹏摇了摇头，“……确切地说，是人脑移植技术，把他的大脑移植到一个年轻健康的身体里。”

听到这里，苏尔的心像是被揪了一下，语气罕见地刻薄：“也不怕遭天谴！”

朱语也是感慨：“一辈子为人类奋斗，临了却落得这么个下场。”

“可怜吗？未必！”冯鹏的语气恢复冷漠，“他更狠，在这之后提出了中枢计划，联合各国权威，出具一份证明虫卵无法攻克的报告，言明想要生存，中枢计划是唯一的出路。”

终于听到关键处，众人下意识屏住呼吸。

冯鹏的声音有些颤抖：“报告指出人类不可能终结虫卵，只能改变自身。虫子的破坏力在于寄生，只要没有了能被寄生到肉体，一切问题便迎刃而解。”

"……"徐洋洋神情怪异，"这不是扯淡吗？"

冯鹏说："恰恰相反，知道无法反抗上头的安排，他平静地接受了大脑移植计划，并说明正是因此有了灵感。接下来他又和一群疯子合作研究出了一种特殊仪器，能让人类以灵魂的形式活在虚拟世界。仪器运转的核心被称为'中枢'，相当于'钥匙'，他主动要求承担这个职责。"

众人的注意力全部集中在老者这里，苏尔垂眸深思的神情并未被注意到。

这一刻他想明白了不少事情，怪不得纪珩的回忆中冯鹏要争夺中枢位子，原因除了在于他自视甚高，更在于让纪珩做中枢，等于放了一颗不定时炸弹。

"后来呢？"见冯鹏似乎陷入久远的回忆，苏尔追问。

"中枢计划通过的第二天，相关人员的记忆便离奇消失了，他也消失了。"

之后的故事便跟他们从日记本上获得的信息一致。

"等等！"朱语瞳孔一颤，指着纪珩，"他是支线任务中的钥匙，岂不说明……"

后面的话还没说出，她颤抖着看向纪珩："你今年多少岁？"

作为归焚的首领，纪珩的个人基本信息不是秘密，朱语虽然知道，却忍不住再问了一次。

纪珩平静得让人害怕，开口回答："二十七。"

朱语瞬间狠狠闭了闭眼……二十七年前，中枢计划发起人消失，现实世界里却多了一个叫纪珩的新生儿。

如果对方本身是副本里的原住民，那自己是否也一样，是某个副本的原住民？

纪珩冷淡地道："多思无益，不如想想通关任务。"

闻言朱语死死地盯着他，试图从那张脸上看出些波澜，结果失败了。她不由得感觉到一阵恐惧。换作一般人，听到这些信息就算不崩溃，精神上一时也很难接受，纪珩却能这般毫无波动，着实可怕。

徐洋洋想得更远，虚笑一声："我们是不是知道得太多了？"

总有种要被游戏灭口的感觉。

苏尔轻轻挑了挑眉，支线任务极大可能会暴露纪珩曾是原住民的身份，游戏却堂而皇之地发布，的确不合情理。

这时冯鹏终于彻底挣脱回忆，笑容诡异："要是知道能接触到更高的奥妙，我会再早几年做出选择。"

魅物，规则……亲身经历过这些，方知当初自己不过是井底之蛙。

纪珩始终目标明确："最初侵略这个星球的是谁？"

冯鹏被问住了，支支吾吾地道："三百年前的历史早就被重新书写，因为搞研究我才知道个大概，还得遵守保密协议……不对，那个人应该知道，他对历史很感兴趣。"

接着低低笑道："可惜你们错过了。"

他话里话外都在暗示如果纪珩同意作为钥匙归位，就能知道最初的入侵者是谁。

苏尔突然对其他人使了个眼色，示意大家去外面，让他们单独交涉。

夜风很冷，人却还是浑浑噩噩的。一想到从前自己可能生活在另外一个世界，朱语便忍不住发抖。徐洋洋更担心被游戏灭口的问题，转移话题分散注意力："但愿纪珩能套出些有用的线索。"

玻璃窗早在上班族强行入馆时便碎了，站在远处也能比较清楚地看见一人一魅在对峙。只盼没有外人在场，冯鹏会因为当初的私人恩怨，在无意中泄露出一些关键信息。

图书馆内，先开口打破沉默的是茶花殿下，他的语气多少带着些幸灾乐祸："说实话，只有你知道最初的入侵者是谁。如果中枢任务完成，你会恢复记忆，重新以原住民的身份存活在这个世界，其他玩家也可以安全撤离……啧，多么划算的一笔买卖。"

"半小时前我也是这么想的。"纪珩淡淡道。

不过当看到苏尔费心谋划，想要破坏支线任务时，他便打消了这个念头。从来没有人能为自己做到这种程度，可以说对方赋予了他另一种活下去的意义。

茶花殿下过目不忘，当然记得那时候纪珩的表情，摆明了是十分感动，结合他现在这句话……真是好笑又讽刺。

"你动摇了。"茶花殿下的语气相当笃定。

纪珩并未否认，但眼中看不出悲喜："苏尔是不同的，他年轻，有活力……他做了决定的事情永远不会改变。"

他又问："如果现在要了解那段历史，从哪里能找到突破口？"

冯鹏再次强调："你错过了最佳时机。"

他是天才，却也疯，对于中枢计划他内心是赞同的，当初力挽狂澜不过是为了争夺中枢位子。但如今这种情况，他争了也无用。

然而从另一方面讲，死亡无法消磨好奇心。冯鹏迫不及待想看到计划启动后的世界会是什么样，但这份寄托在不久前没了。

得不到答案，纪珩看都不看他一眼，转身就走。

"等等！"

纪珩没有理会。

冯鹏："太城街 320 号的小屋子，你以前常去那里。"

纪珩停步侧过身："你想要什么？"

冯鹏："真相……或者说是真理。"

死后被游戏收编，受规则限制，完全丧失自由……他迫切想知道这一切的运转规则。

纪珩冷淡地表示自己并不知情。

冯鹏："说你知道的。"

纪珩倒也坦诚，告知了他自己这些年的经历和必死局的事。

冯鹏听后若有所思，刚想说什么，忽然感觉到一阵强烈的心悸，便知是规则在警告自己。他无奈地跳过这个话题，道："那间屋子有古怪，我以前去过一次。"

具体有什么古怪他却没明说。

纪珩知道他只能点到即止，于是这一次没有再停留，径直往外走。

冯鹏沧桑的声音从后面传来："生存面前，文明和野蛮不是完全对立的，我希望你能明白这点。"他们所做的一切，只是想在新世界扎根活下去。

纪珩当然明白，却觉得恶心，就拿人脑移植计划来说，他是会得到一副年轻健康的躯体，但身体原主人的结局却只能是大脑死亡。

今晚月亮很圆。

苏尔仰着头赏月许久，听到脚步声头也不回地说："再多看两分钟，我估计要化身狼人了。"

徐洋洋没任何开玩笑的心思，自打知道纪珩是副本里的原住民，他便有了轻微的游戏迫害妄想症，迫切地想要离开副本，急忙问："有什么线索？"

纪珩照念了一遍冯鹏给出的地址。

徐洋洋下意识准备定位，忽然想到所有人的平板电脑都被刻意弄丢了。

苏尔不紧不慢地绕到图书馆后方，找到做记号的地方挖出双肩包，依次把平板电脑还了回去。

徐洋洋无语："盘算得真好。"

"过奖。"苏尔随口应了一声。

冯鹏说的地点离图书馆不远不近，开车最多也就二十分钟。

现下路边没有停靠的车辆，只有树下锁了一排共享单车。按理他们是该争分夺秒，苏尔却站在自行车旁一直低头看平板电脑。纪珩瞥了一眼，是几条李烁发来的消息，询问他现在在哪里。

"把我们要去的地方发过去。"

苏尔出于危机意识，迟迟没有回复，思考李烁被寄生的可能。从早上到现在，寄生者的数量一直在增加。

"万一来的是寄生者……"

纪珩说："冯鹏说那地方有古怪，我们去有危险，寄生者也讨不了好。"

能多一股力量制衡，反而是好事。

苏尔依言照做，开启语音导航，重新背好双肩包。骑出去不到两米，他突然放缓速度："总感觉忘了什么。"

他回过身，最后看了一眼图书馆，陷入沉思。

黑暗中，一个巴掌大的泥人正疯狂迈腿朝这里跑来，苏尔心虚地往回骑，捞起它揣进兜里："等你好久了。"

早就见识过苏尔的不靠谱，小泥人默不作声地扒着苏尔衣服口袋边，没什么喜怒。

前方徐洋洋等人已经骑出去好一段距离，苏尔安抚好小泥人，迅速赶了上去。

空荡的街道，在夜风的吹拂下别有一番意境。倘若不是空中满是恼人的白絮，他们或许能认真地欣赏一下沿途风景。

必经的十字路口有一块虫卵密集的区域，众人却先后松了口气，对付虫卵要比对付寄生者容易许多。

苏尔看到，这些虫子或多或少会绕开朱语一些，几乎并排前行的徐洋洋也发现了。

朱语平静地道："我有办法让虫卵活体寄生在身体里一段时间，可能被误认为同类了。"

白絮太多，阻力增大，徐洋洋用力蹬脚踏，皱眉："你到底想干什么？"

哪有人好端端地用自身做实验的？

朱语神秘地笑了笑，没有回答。

就在这时，纪珩冰冷的声音从后面传来："她是想带出虫卵，在现实世界里培植，通过彻底毁灭玩家的做法来逼死游戏。"

刺耳的摩擦声响起，徐洋洋的身体失去平衡，险些从自行车上栽下来。

朱语紧皱眉头，大概也没料到自己会被轻而易举拆穿。怀疑的种子已经埋下，否认也无用，她的唇角弯出一个讥讽的弧度："没有人玩的游戏，就没有存在的价值了。"

徐洋洋沉声道："游戏可以再引入新的玩家。"

纪珩的存在说明现实世界可能比他们看到的样子丰富得多。

"那又如何？"朱语嘴边的弧度扩大，"我不信游戏接引玩家是件容易的事情。"

让一个副本世界的人丢失其中一位原住民的所有记忆，绝对不会轻松。

"话不投机半句多。"撂下这句话，其他人还在被虫子纠缠，朱语已经加快速度，将他们甩出一大截。

徐洋洋语气很冷："她活够了，我可没活够。"

游戏已经解除限制玩家互相淘汰模式，得找个机会下手。

苏尔不赞同道："大家并肩战斗过，别做得太绝。"

徐洋洋"嘁"了一声，心里骂了句"真会装好人"。心肠好不可怕，可怕的是用错了地方。

这时，一声轻轻的叹息飘散在夜空中。

"朱语的伤口集中在胳膊上，活体虫卵肯定被存放在那里。"苏尔认真回想后说，"游戏里再严重的伤势，回中转站的一刹那也能恢复。"

"……"徐洋洋和贾看花觉得三观被颠覆了，包括独自行走在夜色中的茶花殿下。

苏尔这人……如果说他狠毒，他却是唯一一个主张不要害人命的；可若说他善良，哪个善良的人能想出这种主意？

心绪翻涌中，一行人先后到达目的地。

“很诡异。”苏尔仅看了一眼便道。

纪珩颔首：“周围就这一间民居，瞧着长年无人居住，也没有被拆迁或强占。”

寸土寸金的城市里，空出这么一块地皮实在让人匪夷所思。大门的锁只是个幌子，没有真正扣上。朱语是第一个到的，轻轻一推，门应声而开，她事先做好后退的准备，门内却连一点白絮也看不见。在快被虫子彻底占据的世界，这里显出一种幽静平和。

朱语回头望着驻足在几步外的玩家，轻轻挑眉：“一起进？”

谁都知道越是平静之处越是诡异，她可没有做探路石的伟大精神。

苏尔主动上前：“我魅力值高，走前面，方便判定有没有魅物，遇到危险麻烦你打个掩护。”

看他言辞恳切，朱语的表情不由得柔和了一些。虽然先前被算计了一次，但追根溯源，苏尔是为了保护同伴，他本质上是难得的有情有义的一个人。如今更是武力值不高还愿意主动打头阵，心性真的很不错。

“好，”她犹豫了一下，温声叮嘱，“你小心些。”

这一幕被后面的人看在眼里，其中徐洋洋的表情最为精彩。他甚至怀疑，苏尔此举正是为了得到朱语的信任，好方便最后行事。

院子里种着一棵参天古树，苏尔动用魅力值轻轻吸了一下，没有感受到魅物的灵气。

“如何？”朱语问。

苏尔摇头：“只能确定那棵树没有问题。”

他也不敢胆大包天四处乱吸，被灵气撑爆出了事哭都来不及。

屋中存放着大量书籍，他随手拿起来一本，伴随而来的是能呛死人的灰尘。这会儿徐洋洋等人也全都进来开始翻找，接连找到十几本书，大多是高深的科技知识，讲历史的一本也没有。

苏尔移步到纪珩身侧：“对这里还有印象吗？”

纪珩摇头，随手抽出一本书，居然是心灵鸡汤类读物，放回去后他盯着徐洋洋那边，开口道：“那本书你先前拿过。”

徐洋洋愣了下，看了看自己手里的书，却发现自己完全没有印象。

他纳闷地盯着纪珩：“你站在那里已经好几分钟了。”

不过几本书，看名字都能知道内容，不该耽误这么久。

他猛地意识到是记忆出了问题，确切地说，他们像是遭遇了鬼打墙。

表情最难看的莫过于贾看花，他袖子上全部是斑驳的血迹，拉开一看，胳膊上被划了很长一道口子。可他绞尽脑汁也想不起来自己是什么时候受的伤，印象中自己才刚刚进来没多久。

十分钟后，熟悉的一幕重现。纪珩再度抽出了心灵鸡汤书籍，皱了皱眉，异样的感觉十分强烈。再看徐洋洋那边，他正用道具疗伤，却完全不知道伤口来源。

徐洋洋终于没忍住骂了句脏话。

未知最令人恐惧，门口的地板上血迹盖住了灰尘，可见先前有人试图跑出去，结果重伤。

众人面面相觑，苏尔沉声道："我有个'道具'，可以用来观测事物本质，不过使用后我会很倒霉。"

朱语第一个开口："你放心用，遇到危机大家都会出手护住你。"

苏尔尚在迟疑："我本来运气就不好，这个时候用……"

朱语好笑："运气有好坏，但谁也不会倒霉到不可挽救的境界。"

有点道理。

苏尔下定决心，朝门口走了两步，准备从那里进行观测。然而刚一迈步，他不禁发出"咝"的一声。

纪珩："怎么了？"

苏尔卷起裤边，只见他腿上有一大块瘀青，脚踝肿得挺厉害。可见莫名受伤的不仅仅是徐洋洋和贾看花。他想了想还是决定用道具治疗，行动不便不利于逃命。

他随便找了个地方坐下，才拿出道具，耳畔响起一道声音："玩家苏尔一屁股坐在了焰罗心爱的棺材板上。焰罗很生气，决定出来给他点颜色看看，其余玩家将得到十分钟的阅读时间。"

"……"朱语皱了下眉，"你用了你说的那个道具视物？"

苏尔摇头。

朱语神情复杂，没用能倒霉成这样？

"未必。"纪珩突然开口。

他们的记忆在不断清零，身上还有战斗过的痕迹，或许苏尔已经使用了神秘之眼，只是不记得了。

说话间，屋内阴风阵阵，瘆得人一身冷汗。

苏尔轻声道："……我该怎么办？"

纪珩凝视晃动的地板砖，微微挑眉："首先……把你的屁股从焰罗家门口挪开。"

苏尔感觉自己不像是坐在冰凉的水泥地上，而是坐在密集的针板上，闻言闪电般站起来，表情一言难尽："竟然有焰罗！"

朱语如今对他观感极好，开口解释："任何一个副本都有焰罗存在，而且受游戏支持。"

否则众魅争锋，迟早乱套！

苏尔明白过来："所以焰罗就是游戏扶持的傀儡皇帝？"

传得神乎其神，实则不过是镇压小魅物们的一个工具人。

朱语古怪地望着他，与此同时苏尔感觉身侧凉飕飕的，偏过头，旁边不知何时多了道清瘦的身影，是个和尚。

对方长相惊艳，瞳孔中印有桃花花瓣的形状。

现身后他第一时间锁定苏尔，面色不善地问：“你还有完没完？”

“我们……”喉头一动，苏尔忽略心中不祥的预感，冷静地问，“见过？”

他开始疯狂给其他人使眼色，示意他们抓紧时间看资料，同时自己也改变策略，眼中浮现极端震撼的神情：“君之容貌，如……雨后竹笋般清新，如高山积雪般圣洁，遗世独立，震撼我全家。”

和尚：“这句拖延时间的话，十几分钟前你就说过了。”

苏尔睫毛一颤，尽量不露出看二愣子的表情。

和尚发现不对，沉吟道：“我重复了一遍，变相为你拖延了时间。”

苏尔趁机稍稍向后挪了一步，焰罗现身肯定有时间限制，也不知道现在过去了多久。

注意到他的小动作，和尚笑了：“很害怕？”

清楚看到对方瞳孔中桃花花瓣下面隐藏的暴虐，苏尔料到接下来的时间恐怕不好熬。他条件反射般摸了下道具，发现少了瓶疗伤的，余光瞟见门槛处的血迹，结合方才的行动轨迹，基本确定那血迹就是他自己的。

看来在失去记忆的几回交锋中，自己混得很惨。

他还在想着怎么拖时间，和尚无奈叹道：“枉费心机。我若想淘汰你，几秒钟就够了。”

苏尔眼神一变，意识到自己想岔了。

魅物给出好处，他冒生命风险去拿，这才是交易。

和尚漫不经心地扫了眼正翻阅书籍的其他玩家：“你们想找到三百年前的历史，从而确定最初的入侵者的身份？”

苏尔坦然点头，完成任务最重要。

和尚指着一处地方：“坐下。”

离他脚下不远的地方，放置着蒲团，造型很独特，是由两个蒲团组成，中间仅用一根极细的丝线串联。

记忆没了，直觉还在，苏尔能感觉到身体在本能地抗拒着往下坐。他深吸一口气，咬牙坐了下去，肩上瞬间多出一份沉甸甸的重量，压得他不能起身。

重量每秒钟都在增加，苏尔快扛不住时，和尚才开口：“这不是普通的蒲团。”

苏尔咬牙：“你直接说我要怎么做！”

和尚的血肉突然变得透明。

一时间，苏尔甚至忘记了身上的压力。

“疫苗能消灭寄居在人体内的虫卵，不惜一切代价。”和尚说得别有深意。

说白了就是鱼死网破，消灭不了就开启自毁模式。这点苏尔早在几名玩家被淘汰时就已经清楚，不足为奇。但他看和尚的目光有些复杂：“你现在究竟算是虫……还是人？”

“虫。”和尚坐在蒲团的另一半上，“这副躯壳已经为我所用，我的真实身份是这座星球曾经的虫王。”

苏尔抿了下唇，短暂的震撼后迅速提取出关键信息：作为古老的虫王，对方必然知道最初的入侵者是谁。正想着如何套话，苏尔意外发现蒲团侧面绣着桃花花瓣，旁边有一行小字。

他费力歪着脖子去看，下意识念了出来：“桃花源记。”

和尚：“当年这座屋子的主人在外面亲手种植了一棵桃花树，在树干上刻下这几个字。”

可惜当时他受规则所迫，明知道那个年轻人的存在会限制虫族的发展，依旧没有办法除掉他。

屋子面积不大，双方的谈话清楚地传入其他人耳中，他不由得抬头看了眼纪珩。

“谁能想到他最后会是那个下场！”

被同族人强迫接受人脑移植，死生都做不了主。

和尚说话的时候，看纪珩的眼神带着讽刺和同情。

短短一分钟的交流，苏尔脊梁骨微微弯曲，无形的重量让他喘不过气。

和尚终于切入正题：“我给这蒲团就起名叫桃花源记，只要给出足够的时间，它能消灭一切虚妄。”

苏尔嘴角有一丝鲜血溢出，骨骼仿佛随时有被压碎的可能：“为什么我……”

话音未落，他腿上凭空出现一道血痕，若非鲜血渗透裤脚，他都不会注意到。

和尚佯装看不到他的伤口，继续介绍：“规则很简单，在蒲团上坚持七分钟，我会亲口公布最初的入侵者的身份。”

先前只是有外力施压，这会儿蒲团却主动发起攻击，关键是苏尔坐在上面，根本做不到避闪。

“消灭虚妄……”苏尔重复和尚先前说的话，似乎明白了什么，苦笑一声，“原来如此。”

游戏把他们接引到一个能满足所有人愿望，类似桃花源的世界，让他们有了全新的身份、家庭、姓名……可从某种意义上来说，这些不过是游戏重新生成的数据，难怪会遭遇攻击。

苏尔第一时间想到了电击器，很快摇头，这蒲团又不是魅物，自己如今坐在上面，真电了它说不定遭殃的还是自己。这么一会儿思考的工夫，腿上又多出一道口子，若是再往下延长几厘米，恐怕脚筋就断了。

“还有两分钟。”和尚好心鼓励。

一股强烈的危机感袭上心头，苏尔尚在犹豫，纪珩忽然喝道：“离开！”

身体反应快过思维，苏尔猛地侧过身在地上打了个滚儿，离开蒲团。

和尚一脸惋惜：“明明要成功了，为什么不再坚持一下？”

苏尔准备用治疗道具，发现仅剩最后一个。

这时和尚看向其他玩家：“还剩三次尝试机会，可以接着来。”

朱语小心翼翼道：“接着来是指……”

“把余下两分钟的时间坐完，可以是接力的形式。”

听着相当轻松，却无人上前，徐洋洋和贾看花瞬间清楚了自己身上伤口的来源——不久前他们必然已经做过尝试，并且失败了。

朱语：“只要挺过两分钟就行？”

那是不是可以随便放些花草上去？

和尚看出她的心思：“坐上蒲团的必须是远方来客，你们最好三思而后行。”

朱语想抓只鸟雀来试试，就怕不被蒲团认可，反而浪费一次机会。

徐洋洋犹豫了一下：“我还有个挺厉害的治疗道具，不如我再去试试？”

纪珩“啪”的一下合上书，双目一眯：“无用的消耗，我们中没有人符合条件。”

玩家现有的身份全部是游戏虚构的，对于蒲团来说，他们全都是要消灭的虚妄。

和尚说话自始至终都是心平气和的，声音传入耳却让人十分不舒服。

“抓紧时间，否则又要开启新的循环，那时我又得从头解释。”

众人皆是沉默。

茶花殿下站在阴影中轻笑道：“后悔吗？如果当初你们中的某人选择作为钥匙归位，这一关不攻自破。”

一旦纪珩成为中枢计划的钥匙，将重新得到原住民的身份，蒲团自然会把他归类为真实的存在。

“不对。”苏尔突然打断，“纪珩恢复原来的记忆立马能得知最初的入侵者的身份，如此一来焰罗这一关设立的意义在哪里？”

说到这里他恍然大悟：“重要的不是身份，而是位置！”

茶花殿下的脸色倏地一变。

苏尔心有余悸，主持人果然都是默默挖坑的能手。必死局里纪珩得到的提示是避免惯性思维，不仅在暗示入侵者为人类，还在暗示这条线索是贯通整局游戏的。

通关任务要求消灭最初的入侵者，正常人的第一反应便是去探究入侵者的身份，然后寻找到他并击杀。事实上，知道入侵者在哪里或许更加重要。

朱语蹙眉：“就算清楚位置也未必有用。”

同一时间处在那个地方的可能有很多东西，人、虫、魅物等等。

茶花殿下恢复平常的面色，讥讽地拍拍手：“这个关头，还敢浪费时间玩文字游戏，有趣。”

道具能量有限，苏尔的脚踝尚未彻底恢复，又被茶花殿下说是在浪费时间，不由得起了些火气，他对纪珩道：“他侮辱我。”

原本只是随口一说作为发泄，不料纪珩仿佛真的想到了什么，目光微动。他忽然看向主持人：“你曾经有毁灭这个副本骗保的念头。”

“骗保？”徐洋洋失声道，“什么意思？”

纪珩没理他，定定地望着茶花殿下。

后者大大方方摊手：“觉得有问题，欢迎随时举报。”

“你的本事再厉害，也不可能让整颗星球爆炸。”纪珩缓缓道，“可见这里的‘世界末日’是狭义上的，单纯针对某个种族，也就是人类和虫子。”

茶花殿下开始不耐烦：“那又如何？”

纪珩说：“最初的入侵者不是人类，也不是虫子。”

否则灭世计划成功，人类和虫子都没了，任务自动完成。

茶花殿下尽量控制住微表情，强颜欢笑：“我的计划建立在玩家都被淘汰的基础上。”

纪珩摇头：“你心思缜密，敢实施肯定是确保了自己不会违规的，毕竟哪怕有一名玩家存活，你这主持人也就做到头了。”

他叹了口气，沉声道：“是外星探测器，对不对？”

监测亿万光年外的星球是否有生命波动，了解那里的地质和气候，只有这些东西明朗了，人类才会开始征伐。而自己竟然聪明反被聪明误，一直纠结于这颗星球曾经属于谁，反而忽视了事物本质。

“……”茶花殿下的脸色彻底难看下来。

玩家和主持人的情绪波动相反。徐洋洋一连感叹数声，转念一想，星球是属于虫子的，人类又是以军队的形式降临，两边都不符合条件，这么一比较，外星探测器的可能性最大。

“厉害了，我的哥！”他忍不住上前一步，一脸崇拜地望着纪珩。

纪珩的关注点却完全不同。

“你该跟苏尔道歉。”他的话只针对主持人，“他不是在浪费时间。”

是不是在浪费时间茶花殿下不清楚，他快被气吐血了是真的……他后悔为什么没事干要去嘲讽苏尔。这下好了，隔山打牛失败，反而打通了纪珩的任督二脉。茶花殿下气急败坏地望向和尚：“时间是不是到了？该记忆清零了！”

和尚平静地道：“还有三分四十秒。能坚持到最后，我就告诉你们入侵者的位置。”

苏尔心情沉重，暗骂游戏够坑的，若是玩家没有意识到这点，拼命坚持，好不容易换来侵略者是探测器的消息，却只是开始，再之后又要为了知道东西在哪里，和焰罗进行新一轮的游戏。

“分工？”他不想再去看焰罗，转过身望向其他玩家。

朱语咬了咬牙：“行。”

和尚微笑道：“温馨提示一下，越到后面越容易被淘汰。”

话一挑明，自然谁都不愿意分配到最后一个去。从苏尔之前的经历不难看出，蒲团的攻击力会随着时间流逝成倍增加。没人主动挑大梁，只能僵持在这里，众人皱眉沉思，一时拿不定主意。

“灵气。”细弱的声音打断苏尔的思绪，再一低头，小泥人不知何时轻手轻脚爬出口袋，说，“我要电击器里所有的灵气。”

和尚瞟见突然蹿出的东西，愣了下：这是什么玩意儿？

另一边，苏尔则是眼前一亮。蒲团判定玩家是虚妄的，泥人却不一样，它勉强算是真实的魅物，或许不会受到攻击。

眼看这玩意儿就要爬上蒲团，和尚伸出一根细长的手指拦住它的路："你上去做什么？"

饿死胆小的，撑死胆大的。小泥人惦记着苏尔那里的灵气，一副视死如归的样子："替……替父从军。"

万物都在进化，虫子在进化，如今连泥人也在进化。

苏尔还记得捏出的第一个小泥人执着于整容，最新的这个竟然已经学会从自己身上薅羊毛了。

"道具？"

朱语问完便先一步摇头否定了自己的猜测，道具不可能拥有神智。

不过至少有一个疑问可以得到解答。

苏尔是如何调慢塔钟的？他本人做不到，泥人反倒正适合去做。

思忖间，蒲团弹开了想要爬上来的"不明物体"。小泥人摔在地上，掉了些泥土渣。

这一幕却让苏尔眼中多了份希冀，蒲团并未选择直接灭杀小泥人，而是驱赶，证明它也不好判断小泥人到底是什么属性。

"桃花源记……"苏尔望向外面，突然能体会到纪珩当初在树上刻下这几个字时的心情。现在的世界对于人类来说与桃花源无异，看似美好，可从后人的多重角度来解读……危机四伏。

小泥人没有那么多心思，越挫越勇，继续尝试着往蒲团上爬。

苏尔也不管这蒲团有没有可能听懂，张口便道："它是实打实的一只小魅物，体内的灵气又不源于这个世界。"

规则要求坐上蒲团的必须是真实的"远方来客"，玩家满足"来客"的定义，但不是"真实"的，苏尔甚至不知道自己原来的姓名是什么，小泥人则完美地符合了这两个条件。

为了得到全部灵气，泥人也是拼了命，落地鱼跃前滚翻再蹬腿接着侧手翻，向外转体 720 度，最后精准地落在蒲团上。

刹那间朱语甚至忘记去思考它的来历了，忍不住询问："如何才能拥有这样一只小魅物？"

苏尔没回答，注意力集中在蒲团那边："还有多久？"

朱语怔了下，正准备打开平板计时，纪珩已经做出回答："一分四十秒。"

蒲团暂时停止攻击，小泥人盘腿坐在上面，身子一抽一抽的，显然情况远没有它面部表情看上去的那般轻松。

"麻烦照看一下。"说完苏尔走到院中，在大树上摸索，"不是这棵。"

纪珩这时也走了出来："找树？"

苏尔点头："焰罗说你曾在树上刻字，《弄虚》里的自我剖析中也提到了树。"

"如今院子里的桃树就要枯萎了。"他还记得当时纪珩的独白中有这句话。

纪珩说："既然提到的是桃树枯萎而不是桃花败落，那棵树大约已经死了。"

闻言苏尔在原地站了几秒，寻思着之前有可能栽种的地点。

纪珩沉吟分析："院子朝南，桃树不适合栽种在屋前，可以去后面看看。"

苏尔挑眉："还有这种说法？"

纪珩点头，边绕往屋后边说："桃和逃同音，会有忌讳。"

联想到对方的经历，苏尔叹道："可惜即便没种在南边，曾经的你依旧是难逃一劫。"

纪珩笑着附和："这倒是。"

他们来到这里已有一段时间，却是第一次来到屋后。院子里杂草丛生，砖墙中间缝隙不少，经历风吹雨打，房子已摇摇欲坠。不远处有一个木桩，苏尔快步走了过去。

还没来得及伸手去刨坑，他便被纪珩从身后拉了一下："君子不立危墙之下，你该知道这点。"

苏尔抬头看向不结实的墙体，埋头继续："有事你叫我。"

别的不说，百米冲刺他很优秀。

"为什么在意一棵树？"

"荀宝菩给过我桃花枝，这个副本的一切都围绕桃花展开，这说明我最好不要放过有关桃树的一切。"

看他在树桩周围挖来挖去，纪珩失笑："我没有埋东西的癖好。"

苏尔手上的动作一滞，摆了摆食指："其实你挺伤春悲秋的。"

纪珩怔了一下。

"人在某个领域登峰造极，就容易空虚。"

纪珩无奈地半蹲下来，正色道："空虚不等同于无聊。"

耳畔的声音还在继续，苏尔不理会，专心挖。功夫不负有心人，挖到大约四十厘米深，手指终于触碰到一个光滑的东西的边缘。他连忙加快速度，没多久便取出一个尘封已久的酒坛。很轻，明显里面装的不是液体，开封后，苏尔挽起袖子，掏出一些枯萎的花瓣和一个小本子。

他偏过头："刚刚你说什么来着？"

纪珩这一刻的表情堪称精彩，精彩到苏尔遗憾于没能及时拍摄记录。

他嫌弃地看了眼本子，恰巧风起，花瓣被吹成细碎的粉末糊了他一脸。

苏尔好心递过去一张纸巾，纪珩接过来抹了把脸，开始翻阅。本子上记载了人脑移植手术并非一次成功，起初两次出现了明显的排异反应，到了第三次才勉强成功。然而后遗症很严重，术后他的大脑能正常思考，手却经常发生轻微的抖动，还会感觉到恶心，无法进食。

体检一切正常，医生给出的建议是转心理科。

"医生是对的。"苏尔说。

日记里还提到纪珩准备把三百年前的历史公之于众，让世人看清现实。

苏尔专注于文字内容时，纪珩突然开始撕日记。

虽然困惑，但苏尔没阻止，渐渐地，他发现纪珩只挑了其中几页来撕。

“这几张要略厚实些。”纪珩解释了一句，指腹摩挲了一下裂开的毛边，果真有夹层，小心地揭开，倒出一瓣干枯的花叶，上面写着“2”。

一共发现四片这样的花叶，按页面顺序排列是3、2、4、0。

苏尔说：“好像是个日期。”

纪珩笑了：“也可能是密码。”

“喂，你们……”徐洋洋跑出来叫人，看到他们手上拿着东西，后半句话咽了下去，“有发现？”

“一串数字。”

苏尔站起身的动作有些猛，眼冒金花：“蒲团游戏通过没有？”

提起这个，徐洋洋的神情便有些复杂，他拿出用布包好的一团东西，只见泥人已经四分五裂，只有头是完整的。

“电击……全部……我的……”都到了这个时候，小泥人还惦记着灵气。

苏尔伸手准备合上它的双目，泥人却死活不肯闭眼。

“我知道了。”

可惜在小泥人眼里，渣男的信用度为零，它要求苏尔立马兑付好处。

苏尔看了眼纪珩，后者点点头，迈步要进屋。临走前纪珩冲徐洋洋挑了下眉毛，徐洋洋本想留下看看，收到暗示只好遗憾地跟着回屋。

人都走完了，苏尔开始重新捏泥人的身子，灌注灵气。

前后屋不过十几米的距离，路上徐洋洋对纪珩说明情况。

“妥了，最后十秒钟蒲团放了个小杀招……”徐洋洋感叹，“魅物的生命力到底比人强，这样了都没事。”

苏尔动作飞快地和泥巴，进行到最后一个环节时，小泥人猛地睁开眼。

苏尔好气又好笑：“都给你。”

他一边用电击器给小泥人灌输灵气，一边寻思自己在其他人眼里究竟是什么形象。

“我才是真正的出淤泥而不染……”

在自我赞赏中，他带着小泥人回了屋。

屋里多出一个人，是李烁。

苏尔眼神闪烁了一下，不动声色地找了个地方站着，过了片刻才说：“现在外面很乱，你应该很忙。”

李烁：“给陆兰欣催生的老道士找到了，按照之前说好的，你们要出一份力。”

“好。”苏尔痛快地应下，而后却欲言又止地瞟了眼和尚那边，“我和大师还有些私密的事情要讨论。”

李烁识趣地出门，回车里等着。

“市里的博物馆。”李烁走后，和尚从容地站起身收好蒲团，“你们要找的东西在那里。”

他给出的提示让玩家重新看到了希望，如无意外，只要去博物馆毁掉外星探测器，就可以离开这个副本。

“宜早不宜迟，”徐洋洋激动地道，“趁寄居者还没多到不可控，得抓紧时间赶过去。”

大家的想法差不多，临跨出门槛前，苏尔突然回过头，看见和尚竟在除草。

察觉到他的视线，和尚把一株草连根拽出：“其实这些野草比我活得还久，我觉得碍眼就拔了，可这世上的野草是除不尽的。”

知道他这是在暗指这个副本里人类和虫子间的关系，苏尔没有立场说什么，最终一言不发地离开了。

玩家陆续走出来，李烁摇下窗户：“上车。”

苏尔说：“人太多坐不下，我们骑自行车。”

赶在被反驳前，他又道：“路上我们还要解决一些其他事情。”

李烁皱了皱眉，没有强求，望了眼出来关门的人，低声问：“哪里来的和尚？”

苏尔敷衍地回应：“一个圈子的旧相识。那老道士如今在哪里？”

“市博物馆。”

苏尔眼神一变，竟和焰罗给的地方一致。

确定他不准备上车，李烁便先开车离开：“到了给我打电话。”

眼看车子开出好一段距离，徐洋洋走到前面，呵呵一笑：“不可能是巧合。”

他说完望向苏尔：“你们接触过，他不是在正规的部门工作吗？”

苏尔说：“不被寄生的前提下，他确实是个好人。”

可全城虫卵肆虐，谁也无法保证李烁不被寄生。

“无论如何，博物馆都得去一趟。”朱语开好语音导航，已经骑上自行车。

苏尔和她的想法一致，余光留意到纪珩被茶花殿下拦住，他犹豫了一下，推着自行车过去。徐洋洋也准备凑个热闹，这时主持人轻飘飘的声音传过来：“知道得越多，死得越快。”

徐洋洋讪笑一声，赶忙骑车离开。

茶花殿下这才开口：“成功通过必死局后你有两种选择。”

苏尔警惕地眯了下眼睛，他突然说起这个，八成不怀好意。

茶花殿下微笑着伸出一根指头：“一、回归原来的身份当原住民；二、继续刷副本，直到攒够积分，被游戏封存记忆，去过全新的生活。”

纪珩眼神冰寒：“封存记忆？”

“是所有和游戏相关的记忆，包括你如今的经历，认识的伙伴……全部会被遗忘。”茶花殿下说到最后，看向苏尔，“当然也包括他。”

正如同桃花源，一旦离开，就再也找不到入口。

“同时，有关你的一切也会从其他人的脑海中被抹去。”

话音落下，苏尔和纪珩均是没有开口，一时间只能听见风卷落叶的声音。

茶花殿下仿佛能透过寂静感知到玩家的痛苦，他笑着问：“现在你还期待必死局吗？”

留下能记住一切，真实地活下去，不然就得清除记忆，抛弃现有的一切。

人的品质、性格是在无数的经历中慢慢打磨形成的，没了这些记忆，就像没了今生，这人就不是同一个人了。

苏尔看了眼保持缄默的纪珩。

在残酷的现实面前，苏尔嘴唇苍白，死死攥紧手指，最终下定决心望着茶花殿下：“请问，应聘主持人有什么要求？”

成为主持人，可以相对安全地经历一个个副本世界，应该也不用被封存记忆，综合下来，勉强可以接受。

茶花殿下脸色铁青，哪里还有刚刚的幸灾乐祸：“你说什么？”

苏尔耐心地重复了一遍。

茶花殿下：“你说什么？”

苏尔重复了第二遍。

茶花殿下：“你说什么？”

苏尔目光阴沉。

茶花殿下面无表情：“风太大。”

他听不清。

苏尔拿出平板电脑，准备录音循环播放，省得多费口舌。茶花殿下及时制止，迅速转移话题：“你就不好奇为什么你过了你的必死局，游戏却没有给你选择？”

“不好奇。”

眼下苏尔有着自己的坚持，执着于成为一名主持人。

见他软硬不吃，茶花殿下表情僵硬，一言不发地从原地消失了。

“算了，逼得太紧也不好。”纪珩摇了摇头。

听见这话，藏在暗处的茶花殿下心里生出些微妙的感动，没多久便听对方继续道：“回头从笑脸商人那里买信息，可信度要高很多。”

苏尔若有所思地点了点头，骑上自行车。

泥泞的地面留下一串痕迹，茶花殿下盯着那车辙看了片刻，觉得车轱辘实际是从自己的心瓣上轧过去的。

这里离图书馆和博物馆都不算太远。路过图书馆时，可以看见里面有一层楼的灯是亮着的。苏尔依稀看到一道身影游走在阅读室中。那道身影似乎也隐隐感觉到了什么，来到窗边，遥望这二人骑自行车夜游的画面。

苏尔摇着头说：“真是令人心酸。”

纪珩无奈地道：“我和冯鹏没多大关系。”

苏尔眨了眨眼："你若留下来，你们就有关系了。"

纪珩的嘴角微微有了些弧度，心想苏尔这是在侧面提醒自己，重新成为原住民会遇到些什么麻烦。

纪珩干脆利落地帮他把没说的话补完整了："你不希望我留下。"

口吻很笃定。

苏尔承认了。

纪珩问："为什么？"

"自然是因为……"苏尔眉头一拧，发现自己竟找不到一个确切的理由，便学着长辈的样子故作深沉道，"总之，我都是为了你好。"语毕，他加紧蹬脚踏，几个呼吸间已经骑出去了十来米。

被落下的纪珩微微一怔，无奈地失笑。

市博物馆的噱头挺大，被列为旅游必去景点，实际每年到访的游客并不多，日常主要是学校组织学生来游览。

朱语和徐洋洋等人在马路对面等着，暂时没有进去的意思。徐洋洋第一个看到苏尔和纪珩，招了招手，待苏尔走近方小声问："打电话不？"

李烁之前离开前让他们到达后电话通知，不过联系方式只有苏尔一个人有。

苏尔左右看了一圈，包括远处的制高点。

朱语看出他的心思，道："附近没有其他人。"

闻言苏尔有些头疼，这下李烁有问题的可能性瞬间飙升。当前副本里的社会秩序还没有完全崩溃，灾难第一天，其实反而是所谓的官方公信力最高的时候。老道士被定性为危险人物，官方没理由不在外围做布置。

苏尔轻叹一声，目光落在博物馆的大门上，面色冷凝，道："外面空荡荡的，少不得有猫腻。"

徐洋洋皱眉："那个人叫……"

"李烁。"

徐洋洋："他一旦被寄生，这里可就是龙潭虎穴。"

说不定对方此刻已经布置好陷阱在等着他们了。

朱语笑容阴森："不如一把火烧了这里！让阴谋诡计和藏在里面的探测器一并葬身火海。"

徐洋洋听着忍不住打了个寒战，这女人够狠！他还真没想过用这么简单暴力的破局法子。

一直不怎么发表见解的贾看花开口："我同意。"

朱语看向苏尔："你呢？"

苏尔正在看平板电脑，闻言抬起头："这家博物馆开了线上参观渠道，我已经看了，展品里没有探测器。"

"正常。那段历史不可能公开展示。"

"当时在图书馆，我和纪珩是在地底密室发现的冷冻舱，"苏尔缓缓道，"不排除这里有类似的地方。”

贸然烧了，万一破坏机关，他们如何能打开密室，找到探测器？

朱语经过权衡，暂时歇了放火的心思，转而强调：“直接硬闯太危险，保不齐会被团灭。”

大家各自思索对策，苏尔亦是如此，可惜一时半会儿也想不出太好的办法。

徐洋洋灵光一闪：“让你的泥人先去探路？”

苏尔摇头：“它不适合。”

放在口袋里还能有个掩护，一旦李烁成为寄生者，意味着博物馆内潜藏着不少虫卵，融合了桃花花瓣的泥人进去后恐怕连渣都剩不下。

徐洋洋擅长看人眼神，确定他没有说谎，不再强人所难。

平板电脑的屏幕突然亮了，李烁发来消息，询问他在哪里。

“快到了。”回复完这三个字，苏尔抬头看向前方，下了决心，“分两组，前后门同时进。”

干耗着也没用，没人提出异议。五个人，纪珩和苏尔进去后少不了要和李烁纠缠，便单独成一组，剩下三人一组。

其余玩家还要绕到楼体后面，得花点时间，苏尔准备晚两分钟再进去。等待的间隙他说：“泥人的脑袋始终是完整的，若是时间充裕，可以想办法检查一下它有没有‘抗体’。”

纪珩说：“别太相信主持人的话。”

这时茶花殿下幽怨的声音不知从哪里飘了过来：“说话注意些。”

苏尔看待事物还算公正，低声道：“他应该不会在这种事上说谎。”

“讲真话和放陷阱并不冲突。”纪珩淡淡道，“好比青莲智者的那张纸条，说是生死存亡之际可以使用，但如何确定什么时候才是生死存亡之际？”

假如遇到的危险达不到绝境的程度，却使用了纸条，默念“三次花开”的工夫将会要了人的命。

苏尔会意：“自己思考逃出生天的可能性反而大一些。”

纪珩点头：“同理，寄生者不知凡几，不排除研究员被感染的可能，去了或许是自寻死路。”

阴影中的主持人并未反驳。主持人赠予的好处和提示，往往是为了在无形中降低玩家的生存概率。苏尔感叹游戏套路太深，看时间差不多，他们迈步进入博物馆。

保安似乎离开得很匆忙，警棍和盾牌都没有锁起来，可见白天这里出现了动乱。

苏尔拾起警棍，突然被高处的采光顶吸引，上面的图案相当具有艺术气息，是一只色彩艳丽的孔雀。真正让他在意的是孔雀羽毛遍布伪眼。无论走到哪里，那些眼睛仿若活物，一直盯着他的行动轨迹。

眼睛是心灵的窗户。这句话突然浮现在苏尔的脑海中。

迄今为止，这条从《弄虚》得到的线索完全没有派上用场，看到孔雀的一刹那，苏尔没来由地将二者联系在一起。

纪珩抬头看了几秒，阻止他长时间盯着那些伪眼看："这些伪眼不对劲，看久了容易产生幻觉。"

苏尔已经感觉到一阵强烈的心悸，脑袋昏昏沉沉的，闻言闭眼深呼吸了几次。

等他好转一些，纪珩才说："联系李烁。"

博物馆太安静了，打电话会彻底暴露位置，苏尔把消息提示音改成振动，而后发信息给李烁，很快收到了回复。

纪珩："怎么说？"

苏尔："让我们去三楼展览馆会合……去吗？"

纪珩看着他，确切地说，是盯着他口袋里的泥人。

博物馆里有不少白絮，揣着泥人容易成为被攻击的靶子，正好现在有个需要它帮忙的地方。苏尔会意，低头交代道："你去馆外面，想办法爬上屋顶。"

自从进博物馆，小泥人便觉得浑身不自在，现下毫不犹豫地接下了这桩差事。

"对了，"苏尔沉吟后多说了一句，"上去后试着透过孔雀伪眼往里观察，看能不能发现什么。"

小泥人"嗯嗯"两声，迫不及待地离开了博物馆。

见苏尔没留后手，纪珩扬眉："你不怕泥人跑了？"

苏尔说："虫卵四处传播，这个世界对它来说没有安全的地方。"

但凡它聪明些，就知道配合苏尔才有出路。

"上去吧。"纪珩笑了笑，不再谈论这个话题，环顾一圈后道，"一楼有朱语他们检查。"

两人选择从扶梯上楼，苏尔走在前面："现在想来，哪怕之前没有和李烁接触过，我们也可能在博物馆碰面。"

他在追查老道士的下落，老道士出现在博物馆，他们肯定也会追过来。只是时间卡得这么好，刚好几拨人撞在一起，更像是游戏在暗中推动着一切。

半晌没听到回应，苏尔不由得转过身，却看到纪珩手上多出一把锋利的匕首。

"怎么了？"

纪珩做了个噤声的动作，暂时将匕首藏在口袋里，警惕地注视着两边。

采光顶上。

小泥人顺利地爬上去，按照苏尔的交代随便找了个伪眼，趴在上面朝博物馆内部窥视。

透过伪眼看，博物馆像是浸泡在水里，一切都有些模糊不清，而且不知道是不是因为伪眼颜色的缘故，一切东西的颜色都略微失真。

正当泥人瞪大了眼睛要进一步观察时，瞳孔中突然呈现出各种斑驳的色彩。只见孔雀竟然活了，周身膨胀了数丈，闪电般朝下冲去，一口将扶梯上的两人吞入肚中。一切发生在电光石火之间，它甚至来不及惊讶。

苏尔抬起头的瞬间，只看见一张血盆大口。这张嘴太大了，无论他往哪个方向跑，逃开的可能性都不大。

“闭眼。”

苏尔拿出电击器的瞬间，纪珩将他拉到身后。

迟疑了一瞬，苏尔收起道具，闭上眼睛。

黏湿的液体从头顶滴落，没过多久来自四面八方的液体以喷射状态打在脸上。他庆幸闭眼的时间够早，再晚一些，估计得溅进眼睛。

不知过了多久，他被人用袖子抹了一下脸。

纪珩说：“好了。”

苏尔连忙又擦了两下，才重新睁开眼。

身上是一股强烈的腥臭味道，像是口水，然而周围却没有任何魅物。

纪珩说：“是孔雀。”

苏尔愣了一下，仰起头看，屋顶上的孔雀图案还在，不过羽毛变得有些凌乱。

“活的？”

纪珩说：“一会儿目击证人下来，问问就知道了。”

知道他说的“目击证人”是指小泥人，等待的工夫苏尔打开双肩包检查平板电脑有没有进水。

小泥人来得比想象中要晚，胸前别着揉成一团的塑料袋。

苏尔皱眉：“你这是什么造型？”

“我……我以为你被吃了……”小泥人有些慌乱地解释，“我……我在守孝。”

其实它主要是因以为电击器一起被魅物吃了而伤心。

“……”苏尔揉了揉太阳穴，直奔主题，“你在上面都看到了什么？”

小泥人刚要开口，不远处突然传来一声尖锐的惨叫。

苏尔说：“好像是朱语。”

纪珩沉声道：“过去看看。”

才被暗袭过，两人都格外小心，一边关注着头顶的孔雀图，一边朝声源处行进。

“都到了这时候，还省什么？赶紧用治疗道具！”不远处说话的人口吻有些急。

苏尔和纪珩对视一眼，加快了步伐。

说话的人似乎是徐洋洋，听上去朱语应该没有大碍。尽管如此，苏尔和纪珩也不敢放松警惕，留意着四周。

为避免被误伤，苏尔轻咳了一声。

“苏尔？”徐洋洋有些不确定。

“是我。”

徐洋洋看到他们没有贸然走过来，似乎是在判断他们是不是魅物制造的幻觉。

片刻后，苏尔才去看朱语的情况。朱语很不好。

他叹了口气：“如果我没猜错，你想带出去的虫卵就被寄存在断臂里。”

朱语痛到极致反而麻木了，不顾重伤，惊讶地抬头看他：“你怎么知道？”

苏尔说：“三人一组，魅物偏偏选定一个目标，这和你试图伤害游戏脱不开关系。”

朱语额头全是冷汗，的确，适才她哪怕反应慢一点，绝对性命不保。

“其实没有游戏，我们也未必过得多好。”苏尔平静地道，“游戏，只是给了我们一个选择。所以我很感激，想尽可能真正地去回报游戏，就是不知道我有没有荣幸加入这个团结友爱的大家庭。”

朱语：“……”

苏尔这前半句说的还是人话，后半句怎么听着像是毛遂自荐？

徐洋洋吞咽了一下口水，实锤了！这绝对是苏尔本人，并非幻觉。

朱语实在听不下去，受伤导致她脑子的反应已经开始迟钝，她不得已用了治疗道具，顷刻间便长出一只全新的胳膊。

她站起身无奈地道：“可惜了。”

这道具原本是留着紧要关头用的。

苏尔打听起她的遭遇。

“我们从后门进来后，就碰到了鬼打墙，没多久我就被偷袭了。”朱语蹙眉，“不过现在看来并不是鬼打墙，而是着了道。”

徐洋洋：“当时我产生过明显的眩晕感。”

这就是他看到苏尔时第一反应是去辨别他是不是本人的原因。

采光顶上的图案在正厅才能看清楚，他们没道理刚进来就出事，苏尔重走了一遍他们走过的路线，最后目光聚焦在墙上一盏独特的孔雀灯上。

开屏的孔雀，伪眼实际是一个个小灯泡。

苏尔不敢多看，走回来问：“先前你们有没有注意到墙壁上的孔雀灯？”

朱语印象颇深地点头，那盏灯很漂亮，款式又少见，她情不自禁多看了两眼，其他人亦是如此。

都是游戏老手，几人很快反应过来：“灯有问题？”

“有问题的是孔雀。”苏尔想了想，“我个人建议，这里面凡是和孔雀有关的东西，都要小心。”正说着，突然想起什么，他用手掌托举起小泥人。

“眼睛。”小泥人绘声绘色地描述，“透……透过眼睛看，全部是眼睛。”

不了解内情的人自然听不懂。

面对投注在自己身上疑惑的目光，苏尔解释道：“我让它爬到了采光顶上，透过孔雀伪眼看博物馆内部。”

徐洋洋扯了下嘴角：“具体哪些地方有眼睛？”

小泥人板着脸，不理会他。

徐洋洋撇了撇嘴，心道这小东西还挺高冷。

苏尔轻轻戳了下泥人的肚子：“我也想知道。”

这回小泥人立刻手舞足蹈地比画起来：“墙、地板、天花板……反……反正有很多就对了！”

一句话让人脊椎骨都发凉，徐洋洋原本是靠着墙的，闻言立马直起身体，起了一身的鸡皮疙瘩。

朱语也是头皮发麻："抓紧时间找探测器吧。"

徐洋洋认同她的说法，不过多问了一句："分开还是组团？"

朱语想了想："先一起检查完一楼，二、三楼再分工。"

孔雀攻击人的规律还没找到，如今情况不明朗，集体行动要安全些。

大家从南侧的展厅开始搜查，探测器的体积不会太小，有些地方草草过目一遍足矣，他们真正要找的是密室。

徐洋洋趴在展柜下面伸手触碰木板找机关，被灰尘呛得咳嗽起来："计划永远赶不上变化。"

原先以为危险都是人为的，进博物馆前还畏畏缩缩，谁知道一楼根本没有陷阱。

他正想和苏尔交流两句，爬出来却见对方在跟纪珩说话。

"哪里不对劲吗？"苏尔问，"看你心不在焉的。"

徐洋洋连忙竖起耳朵去听。

纪珩说："任何魅物的出现都有缘由，同理，这些眼睛不可能无缘无故聚在这里。"

苏尔沉思片刻："那老道士在被追捕的途中还要冒险来博物馆，或许跟这事有关联。"

一旁偷听的徐洋洋忍不住道："这时候研究魅物的来历，是不是本末倒置了？"

等找到探测器通过副本，一切问题便迎刃而解。

"未必。"苏尔沉声道，"博物馆里的一切都在这些眼睛的监视之下，它们肯定知道探测器在哪里。"

徐洋洋听后摸了摸下巴，觉得这话挺对，能轻而易举靠人力找到东西，不符合游戏的恶趣味美学。

"风……"朱语打断他们的交谈，"有风声。"

她还没开口，苏尔已经先一步被纪珩拉到门后面。才刚刚贴墙站稳，疾风便从耳边呼啸而过，像是刀刮一样刺得人脸颊生疼。俯冲进来的孔雀最先看见的是朱语，张口就朝她咬去。

展厅里空间有限，朱语也不躲了，直接用道具，但逼退孔雀后她脸色极其难看。

"我这是被盯上了！"

再多的道具也经不起这样耗。

从苏尔的位置能清楚观察到整个过程，他发现孔雀不是实体，可以任意变幻大小，最大时一张嘴可以吞噬整个人。而那些长在羽毛上的伪眼，流露出的目光充满怨毒、讥讽。

"上楼。"纪珩走出展厅，望向采光顶上再次改变了姿态的孔雀图案，"看样子它每隔一段时间都会在大厅转悠一阵。"

朱语惊魂未定，呼吸急促地道："好。"

一行人以极快的速度往楼上跑。

其间徐洋洋不忘咒骂："人生果然没有捷径，终究得走游戏的套路！"

这是逼着他们和魅物对上，探究魅物背后的信息。

上到二楼，纪珩摆了下手，示意大家停下，低头开始计时。没过一会儿，采光顶爆发出强烈的色泽，孔雀拖着长长的尾翼在大厅里盘旋，一颗颗伪眼不停转动，其中隐约还夹杂着怪笑的声音。

"差不多是七分钟。"贾看花迟疑地说，"可以利用这段间隙去搜查。"

纪珩没说话，安静地站在原地等待。

孔雀再次现身，只用了六分四十秒。

"时间在缩短，"贾看花瞬间打消了先前的想法，看清现实，"它出现的频率越来越高。"

被连续针对两次，朱语接受现实的速度出乎意料地快："规则在阻止我们用地毯式搜索的办法。"

无意中看见苏尔一直仰着头，她咽下后面的话，跟着看过去，看见上一层楼的柱子旁，站着一位穿道袍的邋遢男子，看着约有五十岁，正盯着这边，神情有些不怀好意。

就在邋遢男子的正前方，缓缓走出来一人，面色冷峻如刀，冷笑道："怎么不跑了？"

"李烁。"苏尔的声音很小，对方还是听到了。

李烁停下脚步，看向苏尔时坚毅的表情变得柔和了一些："那么久没音信，我还以为你们出事了。"

再看向老道士时，李烁的神情重新变得冷酷："联手，弄死这害人的鼠辈！"

老道士的笑声十分刺耳："年轻人，你可要想好了，跟他们合作才是自寻死路，你知不知道这里是什么地方？"

苏尔想都不想地道："博物馆。"

"……"老道士无语地看了他一眼，"更早之前，这里是实验基地。"

苏尔皱眉，如果是正常实验室，他肯定不会特意提起，除非这里做的都是一些非法实验。

老道士没有废话，指着飞舞的孔雀："能来到这里证明你们有两把刷子，你们好好看看这玩意儿究竟是什么。"

苏尔迟疑了一瞬，到底是开启了体内的神秘眼睛，很快面上露出罕见的诧异神情。

徐洋洋第一个注意到他眼神的变化，忙问："都看见了什么？"

"魅物。"苏尔面色不大好看，"罪魁祸首不是孔雀，而是成百上千聚在一起的灵魅。"

它们单个的力量也许并不强，拧成一股绳后却可以轻易吞噬一只强大的同类。

"一群蠢货，研究来研究去也没能找出灭虫之策！"老道士大笑道，"这都是受实验迫害的灵魅，我来就是为了释放它们！"

笑完他指着李烁道："你们如果选择和这个道貌岸然的家伙合作，出去后为了掩盖这段秘辛，你们绝对会被处理掉。"

和老道士比，李烁的声音格外平静："非常时期，有特殊才能的人将受到组织招揽，而不是灭杀。"

苏尔似笑非笑，要论画大饼的能力，就没人能超越得了自己，其中门道他比谁都懂，因此他也知道，无论同谁合作，都不保险。

李烁可能已经被寄生，这老道士更不可能是菩萨心肠。这两人到现在还没有大打出手，更像是保存体力在等什么。

苏尔默默站在原地观察了一会儿，发现不管是李烁还是老道士，都在暗中留意着孔雀。

他忍不住再次动用体内的眼睛去观察，看久了头晕的不适感十分强烈。他深吸一口气保持住身体平衡，发现在无数只闪烁的眼睛中，孔雀心脏处的一只格外与众不同。

没有怨毒，没有愤恨。最重要的是那是一只竖瞳，浑浊暗淡，和自己体内的这只像是一对。那只眼睛似乎也注意到了苏尔这里，对视的刹那，苏尔感到体内的眼睛微微一颤。心思浮动间，他对纪珩低语了几句，暗自惊奇为什么另外一只眼睛会出现在他的必死局中。

纪珩若有所思："抢过来就知道了。"

苏尔说："那样我岂不是成了众矢之的？"

纪珩笑了："普通灵魅相互吞噬才正常，眼睛是它们会凝聚的关键。"

老道士特意来此，恐怕不是为了释放灵魅，而是想要将它们收为己用。等东西到了手中，他哪里还会有什么忌惮。

"只有一个问题需要解决，"纪珩眯了眯眼，"我摘取那只眼睛时，他们势必会联手攻击我。"

玩家终归是利益至上的，一旦知道眼睛是难得的好东西，不来抢夺已经算好的了，根本不可能帮忙阻挡。

苏尔拿出荀宝菩给的石头："还有一次机会没用。"

笑脸商人第一次送道具来时说过，一个副本里可以用这石头三次。

纪珩摇头："普通的道具送来也无用。"

"不普通，高级的。"

在他狐疑的目光中，苏尔的声音细若蚊吟："一会儿我们离近些，老道士和李烁出手时，我立马进行召唤，把笑脸商人当挡箭牌用。"

纪珩："……"

苏尔说："之前我观察过了，前两次他现身最多用时五秒，而且每次都出现在我正前方半米开外，只要卡好时间点，距离拉够，第一波攻击正好能打到他身上。"

纪珩："……"

福利场，漆黑的走廊中，玩家正在疯狂逃命，看到一道身影时面色倏地惨白。

“你是故意的。”他露出苦笑，“故意在拍卖会上压价，让我们争相花钱，导致今晚没法付房费。”

“我可从来没说过拍卖会结束你们就能立刻离开。”笑脸商人摸了摸头顶的小礼帽，“只能怪你们自己贪心不足。”

天花板上一只体形巨大的魅物以极快的速度出现，此时玩家体力已经耗尽了。

“啧啧……”笑脸商人看都不看他们一眼，径直朝走廊尽头的房间走去，直接推开门，“都淘汰了，真无趣。”

荀宝菩转着手腕上的红珠：“新的场次后天就会开。”

笑脸商人挑了挑眉正想说什么，突然连续打了好几个喷嚏，摸了摸鼻尖，连他自己都愣住了。

……已经记不清有多少年没有这样打过喷嚏了。

不知为何，他有种不祥的预感。

孔雀重新回到了采光顶上，距离它下一次出现还有些时间。

苏尔说：“不要尿，就是干！你考虑得怎么样？”

纪珩看他的目光一言难尽：“把一个主持人得罪狠了并不明智。”

月季绅士也就罢了，笑脸商人不知同多少人有过交易，人脉颇广，倘若他真心对付起一个玩家来，苏尔会很麻烦。

苏尔也知道这点：“我有分寸。”

了解完必死局后，困扰他的只剩三件事：电击器、体内的神秘眼睛、祝芸。

如今这双眼睛的另外一只出现了，苏尔志在必得。

纪珩颔首：“做好心理准备就行。”

他视力极好，看到采光顶上的孔雀尾巴动了一下，预测魅物即将再次起飞。

三楼，李烁和老道士依旧保持着对峙的状态。

徐洋洋最会看人眼神，发现了不对劲：“他们好像在等什么。”

“在等魅物彻底脱困。”

孔雀栖息的时间越来越短，照这个趋势发展，很快它就将彻底脱离采光顶。朱语隐隐察觉到一点问题，却不明白孔雀身上有什么可图谋的。

就在这时，半空中响起一道嘹亮的清啼，震得人头晕目眩，苏尔迅速用电击器电了一下自己以保持清醒。

耳边传来纪珩的声音：“下楼。”

仅仅是一层楼的距离，两人很快跑到。孔雀魅物本质上是灵魅凝聚而成的，嗅到他们的味道，猛地俯冲过来，这点正合纪珩心意，他不闪不避地握住匕首自上朝下一划——孔雀的腹部多了一道口子，它随之愤怒地怪叫了两声。

“偏了。”虽然知道一次性成功的可能性极低，纪珩仍是有些遗憾。

正如他先前的判断，第一轮攻击结束，老道士和李烁反应过来，暂时放弃对峙，联手猛攻而来。老道士最厉害，是从三楼直接跳下来的。

苏尔划破手指，就等着这一刻。

孔雀对纪珩有所忌惮，在他重新举起匕首时，腾空飞起准备绕到后方来一个背刺。看到这一幕，老道士露出幸灾乐祸的笑容："想要虎口夺食，也得掂量一下自己几斤几两。"

腹背受敌，苏尔和纪珩只能一个应付老道士和李烁，另一个和孔雀正面对上。但凡一道防线被攻破，另一个人将会同时迎来三波攻击。

老道士其实挺高兴他们出手，省得他和李烁一直僵持。但在心计上，李烁明显高于老道士，他开口对苏尔说："我们合作，先杀这道士。"

老道士大骂他无耻。

苏尔微微一笑，摇了摇头。

李烁双目一眯，掏出一把枪："那就只能抱歉了。"

早在几秒前，苏尔便用力捏紧了手中乳白色的石头，叹道："我也很抱歉。"

小泥人按照他的交代，抱紧治疗道具，一旦苏尔时间点没有卡准，它立马对渣男进行抢救。

遭到拒绝后李烁动作果决，毫不迟疑地扣动扳机。

苏尔竭力平复心跳，稍稍后退一小步，目光死死锁定枪口，心想只要不是被打到脑干，治疗道具就能派上用场。

子弹破空而来，半空中遭遇诡异的气流，竟是原地打了个转儿。

李烁瞳孔一颤，没想到会出现这种变故。

见状，苏尔目中的警惕被笑意代替，主持人每次现身前会伴随一阵轻微的空间扭曲，时间并不太难把握，只要能维持在一个相对安全的秒数区间即可。

跨越不同的空间维度，当暗处潜藏的杀机袭来，笑脸商人条件反射地动了下手指进行反击。子弹顺着来时的轨迹折返，射入李烁的胸膛，老道士避闪得快，仍旧被一股气团打中，吐了口血。但和李烁相比，他已经算是极其幸运地捡回一条命。

笑脸商人自出手起便拧起眉头，意识到不妙。现身的那一刻，他正好看到苏尔拿着治疗道具朝李烁冲去。因为救助及时，李烁没有死亡。

纪珩充满愠意的声音传来："你在想什么！把最后的治疗道具给敌人用？"

苏尔惨白着脸苦笑，没理会他，反而抬头看向笑脸商人："抱歉，我实在是……没办法了。"

在弄清楚对方的盘算后，笑脸商人脸上第一次笑意全无，然而发现苏尔去救李烁时，他心中的阴霾又少了些。

主持人不能无缘无故杀死副本里的原住民，否则将会受到严厉的惩戒。遇袭属于特殊情况，玩家可以进行反击，然而那道攻击本身是冲着玩家去的，他属于临时闯入，若是没有这一茬，苏尔不可能实现反击导致原住民重伤，所以他绝对会被问责。

综合下来，苏尔虽然算计了自己，但最终救了李烁也救了他，到底没有把事情做绝。

此刻罪魁祸首勾了下嘴角，转过身，竟是直接暴露出背部。

举起进门时拾来的警棍，苏尔用力在李烁身上砸了好几下。

“道具我不要了，当作赔偿。”发泄完他轻“嘁”一声，偏过头望向笑脸商人，“想报复也随你。”

旁观一切的茶花殿下简直被这番高端操作惊呆了！

苏尔先利用主持人挡刀，再在笑脸商人的愤怒值爆表时主动收拾残局，纪珩那句“最后的治疗道具”更是神来之笔，强调了为了不让笑脸商人受罚他们做出的牺牲。最后，苏尔还不忘主动示弱。

笑脸商人的注意力果然被成功转移，这会儿脸上写着“你也有今天”。

“也算是不虚此行。”他瞟着在孔雀的攻击下连连败退的纪珩，最后瞥了眼虚弱的苏尔，嗤笑一声，“祝你们能看到明天的太阳。”

语毕，消失得无影无踪。

确定主持人走了，苏尔和纪珩对视一眼，一扫适才的颓唐，神采奕奕地提着警棍朝老道士走去。

“让我掂量自己几斤几两？”苏尔高举警棍用力砸下去，“不好意思，我数学不好，你来帮我掂量一下。”

老道士惊恐地望着重重朝自己落下的警棍，发出一声惨叫。

“恶……恶魔！”

苏尔保持微笑：“说啊，我几斤几两？答对了就放过你。”

老道士手段颇多，唯独不擅长近身攻击，眼下被重伤两次，他根本没有再布阵施法的能力。

“快说！”

一声呵斥让老道士浑身一颤。

“一……一百五十斤。”

苏尔面色一变，又是一棍子：“眼瞎吗？”

老道士痛得眼泪都快飙出来了：“一百三十……啊！”

他被打得惨叫连连，纪珩也开始反攻。孔雀本以为取得了优势，想要一口把人吞进去，伪眼个个露出狰狞之色。这时纪珩的指尖突然弹出几个小圆粒，和孔雀羽毛接触的一刹那，发生了小规模的爆炸，接连数十枚伪眼被炸飞，孔雀起了怯战之意。

“它要跑！”苏尔教训老道士时，还不忘关注周围做提醒。

不久前为了配合对方的苦情戏，纪珩身上挂彩的地方不少，又使用了高级道具，投资很大，他哪能任煮熟的鸭子飞了。

靠着道具提速，他动作迅猛如鬼魅，几个呼吸间便出现在孔雀正上方，直接将匕首掷了出去。在孔雀的哀号声中，纪珩单手借助下降的力道重重压下匕首，另一只手掏出藏在孔雀心脏部位的眼睛，事后干净利落地抽出匕首，顺便一脚踹开孔雀。

没了这只眼睛，灵魅像是失去了主心骨，开始互相攻击吞噬，有的则向其他地方飘去。

朱语解决了一只朝她这里飘来的灵魅，望着纪珩："原来这才是他们的目的。"

不知道那只眼睛究竟有何神奇之处，居然让这两人不惜冒着生命危险去拿。

跨过烂泥一样的老道士，苏尔走到纪珩旁边，盯着想要逃脱的眼睛。

对比体内的神秘之眼，这只眼睛要柔和一些，不过看任何东西都像是在看食物。

——蛰伏的野兽。

苏尔下意识生出这个念头。

他割裂刚刚凝血的伤口，竖瞳快速吸收了滴落的血液。

苏尔："它们的特性一样。"

纪珩："试试看能不能收为己用。"

苏尔直接摇头，他能感觉到即使它们是一对，双方却在相互排斥。凝视了片刻，他带着不确定说："它好像怕你。"

纪珩点了点头，和孔雀正面交锋时他便有所察觉了。眼睛控制着灵魅，对他下手时似乎带有畏惧，否则一个强大的魅物，也不会因为暂时的失利轻易退缩。

时机和场合都不对，只能暂时不去探究。

纪珩命令道："带路，去找探测器。"

竖瞳动了两下，慢慢朝一个方向转去。

纪珩并未立刻迈步，而是冲苏尔轻挑了一下眉。

苏尔望向二楼的朱语等人："老道士既然知道博物馆的秘密，对其他方面也该知情，分开问。"说完先一步拖着李烁去了展厅。

李烁哪里会看不出苏尔这是想用囚徒困境的法子，他心中暗恨，偏偏无能为力。

关于老道士，关于自己，还有那只眼睛……他不可能全都守口如瓶。

苏尔关上展厅的门，对待敌人他向来慎之又慎。他拿着李烁的枪，淡淡开口："我才学会的，枪法不大准。"话虽如此，隔着这么近的距离，只要扣动扳机，就能立马送他去西天。

苏尔："你到底是人是虫？"

先前李烁差点被笑脸商人打死，如果是寄生者，他体内早就会出现白絮，可他没有，因此苏尔不好判断他的身份。

事到如今，李烁也没有再隐瞒："我一直负责跟老道士这一条线，派过去的探子带来消息，这老贼想要趁乱取走藏在博物馆的一只眼睛。"

能让老道士不顾安危取走的东西，他也想得到。

"至于种族问题……"李烁笑容诡异，"寄生只是虫子进化后的一种能力，在这之后还有同化。"

苏尔目光微沉："……你和虫子已经彻底融合成一体了？"

李烁颔首。

苏尔心下叹息，难怪二十多年前纪珩便预测这个世界没救了，虫卵的生命力和进化能力远远超乎人类的想象。他摇了摇头，直奔主题：“三百多年前人类发射的外星探测器在哪里？”

李烁不明白他为什么会执着于这个问题。苏尔懒得解释，撂出实际的好处：“提供正确的地点，我留你一条命。”

李烁的神情有了变化：“当真？”

苏尔说：“囚徒困境这种把戏两个人就够玩了，除掉你无碍大局。刚才我没下死手，现在也没必要。”

李烁锐利的视线在他的脸上来回移动，实在看不出更多的情绪。他垂了垂眼，终究选择信他一回：“三楼有个木乃伊厅，探测器被分散藏在木乃伊体内。”

“……”这是什么行为艺术？

“那些木乃伊是实验失败后的部分产物，上头曾要求连同探测器一并销毁，但研究员觉得有必要留下这段历史，试图通过这种法子把探测器运出去。可惜没多久他就出意外死了。”

苏尔面色不变：“你知道得还挺详细。”

“是这里的虫子告诉我的。”李烁费力地举起骨折的胳膊，一些白絮从空中游动到他的掌心跳跃。

确定问不出更多有用的信息，苏尔缓缓举起枪，在李烁要破口大骂前说：“我只是让你暂时失去行动能力。”说完，他朝对方腿上开了一枪，以防万一，又把人敲晕绑在了柜子上。

往外走的时候苏尔的眉头紧锁，正常情况下金属嵌入木乃伊体内这么久，必然会遭到一定程度的损坏，游戏没必要多此一举让玩家去销毁。除非这么多年过去，核心零件还保存完好。想到这里，苏尔下了狠心，决定毁了全部木乃伊，一劳永逸。

“通过必死局的曙光已经能看到了……”他摸了摸泥人的脑袋，“真正的麻烦才刚刚开始。”

游戏给出的两种选项，没一个合他心意的。成为主持人也是下策，一旦成为主持人，他和纪珩恐怕迟早会失去人性。

小泥人蹲在他口袋里不说话。苏尔继续自言自语：“……刚刚套路了笑脸商人，有必要再去套路一下绿茶殿下。”

“是茶花！”暗处传来一道气急败坏的声音。

苏尔手指一僵，神情中透出些许尴尬。他用力蹭了两下泥人的头：“你这孩子，发现有人在也不说一声。”

茶花殿下出现在他对面，寒声道：“我可不是笑脸那种蠢货，会被拙劣的演技欺骗。”

苏尔唇瓣动了动，忽然极为惊讶地看向他后方：“笑……”

茶花殿下面色一变，连忙转过身：“你听我说……”

然而身后空无一人。
“我的演技明明很好。”苏尔嘴角微掀，小泥人同样在口袋里乐得打滚儿。
茶花殿下：“……”
好想打死这两只牲口！
“别介意。”苏尔虚假地笑了笑，“聪明人都有一颗七窍玲珑心，精巧的设计不能让他上钩，简单的骗局反而对他有用，譬如背后有人这种……”说着他嘴角再次微微翘起。
“苏尔。”外面有人在叫他的名字。
“先走一步。”苏尔摆摆手，大步跨出。
茶花殿下的眼神微微一变，刚刚对方那种拐着弯的夸奖竟然让他感觉不错，毕竟对方话里话外都透露出他比笑脸商人聪明的意思。
套路，绝对是套路。

老道士瘫倒在阶梯上，口中吐出的白沫掺杂了血丝，十分恶心。朱语就站在楼梯口，鄙夷地扫了眼烂泥一样的老道士：“他说这里有密室，但不知道机关位置。”
苏尔不动声色地走到老道士面前，轻声质问：“木乃伊厅什么时候成了密室？”
老道士大惊失色：“你……”
从他的表情变化来看，苏尔便知道他和李烁的话谁真谁假了，当即冷笑一声。
朱语自知上当受骗，愤怒地踢了老道士一脚，顺便好奇苏尔是怎么问出来的真相。
“我答应李烁说实话就放他走。”
半昏迷状态的老道士打了一个激灵，清醒过来后怒斥道：“要是知道有活命的机会，我也说！”

纪珩正站在展厅平面图前，确定目的地在三楼。
这片区域他们至今没有踏足过，不久前在二楼观望了老道士和李烁的对峙，只瞧了个大概，真正上来才看清周围的布置，刚放下的心又一次提了起来。
不知道的人或许会以为这里是孔雀标本区，视觉死角处的一整面墙壁都是用孔雀开屏的图案装饰的。
目睹纪珩从孔雀魅物心脏处摘取了一颗眼珠，这会儿徐洋洋也有些蠢蠢欲动，不过他还没有被欲望冲昏头，行动前小心地望了眼纪珩：“那啥，兄弟，还有不？”
问得可谓十分隐晦。
纪珩说：“不怕死的话可以试试。”
徐洋洋面色一变。
“如果是只孔雀身上都有，那两个人又何必舍近求远？”
徐洋洋彻底清醒过来，转而关心起这些东西有没有杀伤力。
苏尔轻轻吸了口气，试着用魅力值去感受，确定上面附着灵魅。

徐洋洋灵值高，判断得更为精准："最多一到两只，而且比正厅的要容易对付。"

灵魅也有触发条件，根据先前的经验，对视的时间不长，可以暂时保证安全。

几人目的明确，朝木乃伊厅移动。路上，贾看花脸色铁青："这里究竟发生过什么？"

四周全是灵魅，数量快能和飘浮在空中的白絮媲美了。

纪珩停下脚步，抬头望着上方的几个字：木乃伊展厅。

苏尔偏过头说："先弄出一只剖开看看。"

谁也不能保证木乃伊没有危险，直接下手万一遭遇围攻则会前功尽弃。不过这种事一个人去足够，说完他便退到纪珩身后看天看地玩泥人，总之就是不再出声。

纪珩说："我才经历过一场战斗，体力没恢复。"

好歹是必死局，不得不多一分谨慎。

贾看花叹了口气："我来吧。"

就算投票决定，也会是一样的结果。

自进入游戏，他一直是只求自保，基本没做过什么贡献。

进去后，贾看花徘徊了片刻，数了数，确定共十二具木乃伊。他随便拖了一个出来，皮笑肉不笑地指着缠在上面的绷带道："介绍牌上注明这具木乃伊生前是女的，宽衣解带这种事我不太适合……"

其间他讪笑着朝朱语看去，被她一眼瞪了回来。

寻求帮助失败，贾看花无奈，十根手指间变魔法似的出现了飘浮的银线，它们像有自主意识一般主动缠绕到木乃伊身上。贾看花用力收紧银线，换成任何一个东西早就在这种力道下四分五裂了，然而木乃伊就像一块铁疙瘩，没有任何反应。

突然，一阵强烈的灵气化作气浪冲击而来，贾看花身形狼狈地避闪，身后的墙壁竟是直接被轰出一个窟窿。他吓了一跳，连忙收回银线。

苏尔眼神一变，贾看花也退回了安全区域，木乃伊停止了攻击。

"里面还有十一具。"贾看花苦笑道。

这场消耗战他打不起。

"3240。"纪珩看着木乃伊，突然出声。

"什么？"

纪珩说："在焰罗那里找到的一串数字。"

当时苏尔认为是日期，他认为是密码，现在看来，更有可能是一串编号。

贾看花意识到什么，猛地朝木乃伊望去。银线并非毫无用处，虽然没能让它爆体，却有一部分绷带被损毁，木乃伊的颈后露出的黄褐色瘪皮上隐约能看见一个"7"。

"这些木乃伊都有编号！"

苏尔若有所思，探测器最核心的部分应该就藏在那只编号为 3240 的木乃伊体内。

若要连续对付十二具木乃伊，他们中至少有一半人得折在这里，哪怕侥幸存活，道具肯定也烧得差不多了。不过如果只对付其中一个，众人合力，不算太困难。所有人的目光重新聚焦在贾看花身上。

贾看花沉声道："银线也是有使用次数的，我最多再对付五具木乃伊。"

现下已经排除了一个，他负责大部分，剩下四人只需要再解决六具。

苏尔看向朱语："我和纪珩三具，可以在你们之前验证。"

朱语和徐洋洋在顺序上占了便宜，自然没有意见。运气好的话，或许一开始就能找到，根本不需要他们出力了。

事实证明，这几人的运气都很一般，也或许是因为苏尔拉低了运气的平均值，贾看花也只是利用银线排除了错误答案。

"该不会真的要找到最后一个吧。"他头疼地说，"这些木乃伊的忍耐似乎快要到达极限了。"

贾看花完全能感觉到周围的阴森气息。

轮到苏尔，他没有亲自上阵，委派了小泥人。

"会……死。"小泥人升起强烈的危机感，表示拒绝。

苏尔并不强迫，站在门口细细观察。从外表上看，这些木乃伊差异不大，连身高都差不多。他在用脑子思考时，纪珩已经开始压榨新得到的眼睛了："哪一个？"

眼睛眨了一下，表示看不透。

纪珩也没抱太大希望，他早就见识过苏尔体内的那只眼睛，虽然能看穿事物本质，但和透视眼还是有本质的区别。

"左边第三个展览柜，右边倒数第二个。"苏尔忽然开口，过度使用魅力值让他有些站不稳，"这两个最难吸。"

纪珩："哪个更难吸一点？"

苏尔："嗯……右边的那个吧……"

一本正经的对话，其他人听见面色却都变得古怪。

没有一点预兆，纪珩如同一道闪电般掠出，一刀刺了过去。

谁都没想到他会突然发难，大概连木乃伊自己也没料到，反应过来的时候匕首已经朝它身体里插了一寸。刀尖刺入后纪珩却很难再前移半寸，他一眯眼，抽出匕首退开，心道：木乃伊比那只孔雀还难对付。

木乃伊终于意识到发生了什么，直接进入狂怒状态，周身绷带陡然变长。苏尔实力不强但反应极快，在绷带甩过来的刹那跳到了另外一边。

徐洋洋不知为何反应慢了半拍，被抽到的地方皮开肉绽，伤口处渗出的血液的气味相当难闻。

"有毒。"他表情难看，竟然抽了自己一巴掌，"都什么时候了！我竟然还去看木乃伊的眼神！"

天赋技能是好用，形成习惯后却也有可能致命。

苏尔突然道："心脏！刺心脏！"

制作木乃伊的过程中，五脏六腑都会被掏空，只留下心脏。

徐洋洋正在用道具疗伤，闻言道："这么多年过去，恐怕早就腐烂没了。"

苏尔冷笑："你面前的可是魅物。"

朱语最是果断，在苏尔开口的刹那直接用篆纸点燃了绷带。贾看花抓准时机，控制银丝钻入纪珩适才在木乃伊身上造成的伤口中。

苏尔看得有些羡慕，这道具太实用了！

双拳难敌四手同样适用于魅物和人之间，木乃伊被围攻，还没来得及处理埋入体内的线，就被纪珩又刺了一刀。这一次刀刃准确戳在了它早就萎缩的心脏上，木乃伊开始疯狂地颤抖，绷带内渗出黑色的液体。

纪珩皱了皱眉，退后一步。

"砰"的一声巨响，木乃伊倒地，彻底没了动静。

贾看花不敢贸然前进。纪珩却握紧匕首走过去，用力一划，腥臭的气味刺激得周围的人捂鼻。只见空荡荡的皮囊中，一块晶体格外醒目。晶体外面被黏液污染，勉强可以看到里面部分纵横交错的线路。

纪珩将晶体取出，对着灯光细细观摩，仿佛还能听到内部"嗡嗡"的震动声，这一刻他不得不感慨人类智慧的伟大。正当纪珩准备细品时，手上的东西竟被人直接拿走并用力砸在了地上。

能从他手上顺利抢夺东西的自然是苏尔，他重重摔了几次后，还不忘用脚去踩踏，小泥人同他一起，狠狠踩踏着细小的零件。

"别耽误时间……"苏尔抹了下额头的汗珠，"夜长梦多。"

这四个字他要强调多少遍？

纪珩："……"

空气安静了下来，一片静默中，荼花殿下现身。他斜眼注视着一片狼藉的展厅，缓缓吐出两个字："恭喜。"

闻言，徐洋洋露出狂喜的表情，还没来得及说什么，脑海中突然一阵疼痛，晕了过去。朱语惦念着虫卵，可惜没多久她和贾看花也先后晕了过去。

苏尔一直关注着主持人，确定对方没有出手。

"游戏封存了他们关于纪珩是原住民的记忆。"荼花殿下随口解释了一句。

苏尔也不惊讶，一旦知晓纪珩是副本里的原住民，其他玩家可以推导出很多事情，游戏不大可能坐视不管。荼花殿下挥了下手，传送朱语等人离开，而后视线落在纪珩身上："想好要怎么选了？"

问完话，他却根本没有给人回答的机会："其实你还有第三条路……"

苏尔忍不住插嘴："成为主持人？"

荼花殿下瞥了他一眼，冷漠地道："真相。"

纪珩目光一动："什么意思？"

"如果能窥得真相，哪怕选择去虚拟世界生活，也不会被清除关于游戏的记忆。"荼花殿下的表情让人有些看不透，"可一旦在这个过程中失败，你就会成为游戏中的魅物，永远受游戏束缚和奴役。"

说着他露出阴冷的笑容看向苏尔："这条路你也可以走，怕吗？"

"还好吧。"苏尔想了想，"如果我变成魅物，就去你手底下打工，你怕不怕？"

"……"茶花殿下的笑容凝固，放弃怼人，直接问，"要走哪条路？"

苏尔和纪珩都是果决的性格，不约而同选了探知真相。

"五分钟，站在原地什么也别干。"茶花殿下交代，"我现在要去和另一个主持人接洽，看对方是直接接引你们去那个副本，还是过段时间再让你们去。"

苏尔还算配合地点了点头。

茶花殿下狐疑地看了他一眼，打了个响指，自原地消失。

"我先拿到的。"少年利用道具先一步抢走了发现的东西。

身后的中年人面色铁青。

主持人坐在高脚凳上，欣赏着这一幕。

酒杯刚刚送到唇边，他突然放下，抬眼朝某个方向望去。

"你来做什么？"

他一开口，正在废弃酒吧里搜寻的玩家全都抬头望了过来。

男子轻挑了下眉梢，那些好奇的眼神顷刻间收敛，甚至有数名玩家朝门口处移动，尽可能与他保持一定距离。

茶花殿下本来准备说完正事就走，看到这些人畏惧主持人的反应，瞬间联想起自己这些天的遭遇。

他沉默了一会儿，忍不住用力吸了吸鼻子，一脸羡慕："……别人的玩家。"

木乃伊厅里没有人。

茶花殿下看了下时间，四分三十二秒，没有超时。那么问题来了，苏尔和纪珩哪儿去了？

还没等他开始定位，熟悉又可恶的声音由远及近传来："差不多够用两三次。"

在等待的时间里，苏尔去捕捉了一些弱小的灵魅，用来弥补电击器的灵气亏损。他抬头看见茶花殿下，分外从容地说："刚去了趟洗手间。"

茶花殿下无视他的谎言，态度冷淡地道："对方正在主持副本，眼下没办法接引你们。"

"必须接引？"苏尔皱眉。

先前他就想问，从来没听说过下副本还要主持人专门来接的。

"特殊副本，空间壁障很厚，必须由实力强的人带你们进去。"

苏尔明白过来："和螣蛇洞主一样，相当于交通工具？"

茶花殿下很想把这句话录下来发给螣蛇听听，有一说一，这个称呼还真挺合适。他翻出通讯录，把螣蛇洞主的备注改成了"交通工具"。

还是太笼统了。

茶花殿下眯着眼想了想，螣蛇最引以为傲的是那双翅膀，于是他又把备注更新为“小型客机”。

做完这一切，他抬头，正好对上苏尔一言难尽的表情。茶花殿下冷笑一声，视线转移到仗着苏尔作威作福的小泥人身上，佯装惊奇地“咦”了一声，语气却是十足残忍：“这小东西你带不走吧……”

他弯腰同它四目相对：“就凭你和苏尔这关系，说说看，我该怎么处理你？”

苏尔捏小泥人时细节捏得很到位，它的喉结肉眼可见地滚了滚。

小泥人表面镇定，断句却表明它有些慌张：“去父留……留子。”

语毕，它还特别坚定地点了点头：“没错，就该这样！”

这一次它甚至没有口吃。

茶花殿下：“……”

他的脑海里原本有很多冷嘲热讽的词汇，然而此刻一个字都憋不出来。

苏尔揉了揉眉心，低头警告：“不用别人动手，我现在就想捏死你。”

难得见他吃瘪，茶花殿下微怔后深深地看了一眼小泥人：“是个鬼才。”

他日未必没有成为“茶艺大师”的潜质。

苏尔掩下眼底的暗光，状似不经意地道：“可惜不能带走，否则它能成为我的一大助力。”

茶花殿下何尝看不出来苏尔这是在为泥人找下家，不过他承认这小东西养好了确实挺有用，于是他勾勾手指头：“过来。”

小泥人迅速留下一道决绝又潇洒的背影。

送走泥人，苏尔暂时减少了一个顾虑，等着主持人将他们传送出去。

纪珩忽然问：“通过必死局后的抉择是不是只能做一次？”

这是一个答案显而易见的问题，茶花殿下的面色却微微有了变化：“不然呢？”

纪珩嘴边掀起略微泛冷的弧度：“既然如此，当初苏尔过了他的必死局，游戏为什么没有给他提供选择？”

茶花殿下毫不犹豫地说：“他的顺序被打乱了。”

“那又如何？”纪珩说，“游戏运转讲究遵守规则，再者……”

茶花殿下心里已经开始疯狂咒骂了，准备立即送走这个人。

纪珩却抢先问：“不久前你对苏尔说‘这条路你也可以走’，而不是‘可以选’。”

苏尔也隐隐察觉出不对，感慨纪珩才是真正的阅读理解大师。

仔细一想，游戏似乎从来没有明确给过他选择，似乎默认了他就要集齐成就点，然后跳脱原住民的身份，活在虚拟世界。这一切，就好像……好像他很早以前便做过选择了。

茶花殿下面无表情，再无半点迟疑，一挥袖子将两个碍眼的人一并送走了。

苏尔和纪珩没有一点预兆地被强制送出了副本。中转站里，苏尔站在原地不动，保持四十五度角仰头望天的姿势。等了一会儿，还没等来成就点，他不由得纳闷：“游戏卡了？”

纪珩无奈：“它也要面子。”

这么眼巴巴地等着，就好像苏尔是来餐厅点菜的客人，游戏还得负责给他上菜。

大概明白了什么，苏尔的态度变得谦逊，乖乖低头踢石子玩。迟来的天雷终于响了起来，“轰轰轰”几声过后，除了新玩家，老玩家基本都是脚步一顿，便各自继续忙活手头的事情了。

一而再，再而三，这种事每个月至少会上演两次……他们习惯了。

苏尔同样对雷声免疫了，轻声道：“这些人，似乎根本不记得我们去了《弄虚》的事情。”

否则早就一窝蜂围上来询问了。

刚说完，远处走来一位和纪珩相熟的玩家，感慨道：“听说这次下《弄虚》的人全军覆没了，幸亏你没去凑热闹。”

纪珩没表现出异常，甚至点了下头：“队伍青黄不接，我走不了。”

玩家看了苏尔一眼：“谁叫你招人那么严苛？不过你眼光确实不错。”

苏尔很优秀，可惜离独挑大梁还差一步，归焚因行事风格犀利得罪过不少人，组织成员一个比一个有个性，如果纪珩出了事，团队容易人心涣散。

没聊多久，这名玩家便朝着鉴宝点走去。

就在这时，第九道闷雷声响彻天际，游戏提示音终于出现：“恭喜玩家苏尔获得成就‘绿茶王者’。恭喜玩家苏尔获得成就‘玩火小杜鹃’。”

第一个成就点苏尔大约知道缘由，但第二个未免让他有些莫名其妙：“杜鹃？”

纪珩说：“就是那种会偷偷把蛋下在其他鸟类窝里的鸟。”

“……”苏尔眼角抽搐，强调道，“我的泥人不需要孵化。”

纪珩平静地道：“可你基本没有参与它们的成长过程。”

苏尔无法反驳，远处传来不少议论声——

“什么是‘玩火小杜鹃’？”

“谁知道呢？可能副本和鸟有关。”

“那成就点该是‘玩火小鸟人’才对。”

后面的讨论实在叫人听不下去，苏尔以最快的速度离开了中转站。

90%

第九章

回溯度假村

对面是墨绿色的流苏窗帘，这间屋子的装修风格让人感到很陌生。

苏尔怔了一下，这才想起来自己现在是借住在纪珩家。情况特殊，这次进入副本的时间太久，回来时那种恍如隔世的感觉特别强烈。

纪珩的反应并不大，倒了两杯水，顺便把窗户打开透气。

苏尔喝了口水平复了一下，沉吟两秒，继续先前因为传送而被迫中断的话题。

“如果我已经做过选择，意味着……”

纪珩在他对面坐下：“意味着你不是第一次进游戏了。”

苏尔睫毛一颤，抬眸，确定没在对方脸上看到诧异。他不由得好奇，一个人要怎么样才能维持这般波澜不惊的心态。

知道他在想什么，纪珩摇头说：“我惊讶过，不过是在更早以前。”

苏尔试探着问：“多早？”

“你刚进游戏的时候。”

苏尔张了张口，半晌，疑惑地“嗯”了一声。

阳光照进来，正好晒到他的侧脸。他被晒得睁不开眼，索性站起身换了个地方待。其间他的心绪起伏强烈。现在想来，每次开场时主持人的那句“欢迎进入《七天七夜》的世界”，饱含着讽刺。

蹙眉思索间，苏尔闭了闭眼：“看来这推测实锤了。”

纪珩凝视杯中晃动的水波，缓缓道出同样的看法：“如果你从前进过游戏，一切问题便迎刃而解。”

一通操作猛如虎，过了必死局然后选择封存记忆，这种事发生在他身上不是没有可能。

“至于你的那位同学，我更倾向于你们之间达成了某种协议，她帮助你重新进入游戏，至于你要付出什么，暂时不得而知。”

说到这里，纪珩停顿了一下，定定望着他：“游戏能封存记忆，甚至制造记忆，可无法做到十全十美。”

苏尔抿了抿唇，仰着脸开始回顾自己往昔的人生。

三岁学会爬树，七岁上房揭瓦，十岁……

看出他已然神游在外，纪珩叹道：“你对父母的死并不感到悲伤。”

“是这样。”

“所以精神遭受重创休学两年的原因就不成立。”

苏尔猛地瞪大眼睛。

“人的承受能力是有限的。”纪珩淡淡道，“哪怕是我，刚开始也不得不放下手上的工作，调整状态。”

苏尔的手指微微颤抖，他放下杯子，双手垂在身体两侧。

如今所有的线索全部指向一个事实：他进过游戏，哪怕记忆没了，他的身体和大脑依旧能以最快速度适应游戏。

苏尔的失态有些明显，纪珩也不想他一下面对太大的压力，决定剩下的一部分留待日后交流。

他开始转移话题：“晚饭想吃什么？”

苏尔抬起头，没有回答，而是问：“你说我再次进入游戏的目的是什么？”

游戏既然承诺可以封存记忆，让通过必死局的玩家继续原来的生活，那它就不会出尔反尔，因此这件事十有八九是他自己在折腾。那么问题来了，好端端的，他折腾什么？

“想不通啊！”失神三秒后，苏尔浑身无力地倒在沙发上。

“别太勉强。”纪珩坐在沙发另一侧，“人生不过百年，你的人生才过了五分之一，已经足够波澜壮阔。”

苏尔眼皮一跳：“认真的吗？”

纪珩点头：“实话。”

苏尔眨了眨眼：“还有一个问题，主持人看到我都像是从来没有见过。”

纪珩说：“主持人数量庞大，你们没接触过很正常，倒是月季绅士你可以特别关注一下。”

“五百次的回眸”，也许不仅仅是游戏的玩笑。

闻言苏尔面色沉重：“月季绅士城府太深，不好打交道……”他坐直身体，“不过回头我可以找苟宝善，看能不能委托笑脸商人去小泥人那里探听点消息。”

纪珩说：“是个办法。”

脑海中积攒着太多困惑，苏尔无心做其他事，主动要求去做饭。

淘米、洗菜、下锅……有时候这是一种很好的放松方式。

纪珩其实背负的东西也不少，盯着厨房中忙碌的身影看了一会儿，他开始尝试转移注意力。起身走到窗边，他琢磨着要怎么才能劳逸结合，毕竟他自小便没太多的兴趣爱好。无意间看见楼下遛狗的一家三口，画面温馨有爱，纪珩开始考虑要不要养只小动物。

他看杜鹃鸟就挺不错。

对于纪珩脑中构思的杜鹃饲养计划，苏尔并不知情。他心无旁骛地忙活了一阵，端上桌四菜一汤，他擅长的几道拿手菜全部做了。

“尝尝。”

苏尔给纪珩夹了块排骨："如何？"

纪珩咬了一口，酸甜美味，平心而论真的很不错。

苏尔对白米饭情有独钟，咽下去一大口米饭后说："总吃外卖不好，所以我学了几道菜。"

纪珩失笑："很懂得养生。"

晚上，两人各自回房休息，这些天在副本中积攒的疲惫感排山倒海般压过来，他们没多久便都沉沉入睡了。

纪珩梦见了苏尔，梦见他站在图书馆塔钟下，头发被风吹得凌乱，露出的微笑讽刺又笃定。明明断了其他人的后路，他却还能温和地继续与他人周旋。

与此同时，苏尔睡得很熟，对前途的执念远超于逃生游戏，梦里都是美好未来。

大多数人在知道真相后少不得会纠结于眼前这个虚幻世界，长此以往容易丧失个体存在感，精神崩溃也不过是几年内的事情。

不过人只要有了梦想，就不会丧失活下去的动力。

几天后，正当苏尔沉浸在学习的乐趣中时，一道几乎闪瞎眼的强光突兀地出现，强行把他带入了中转站。不等苏尔站稳身体，又被神秘的力量推入水幕，自动进入了一个副本。

等他反应过来，脚底被绊了一下，险些来个倒栽葱。苏尔眼前模糊不清，以为是遭到了暗算，调动魅力值张口就准备吸，好在视野及时恢复，低头发现脚边是一个人。

左右环顾，他先看到了纪珩，继而扫见坐在吧台前的男子。

看对方的样子，不可能是游戏里的原住民，也没有佩戴胸牌，那便只能是主持人或者厉魅了。

男子看都不看他一眼，敲了敲吧台，两杯摆放在吧台上面的鸡尾酒荡起一圈涟漪："喝。"

苏尔看了下纪珩，见他毫不迟疑地喝了，便也端起自己的那杯来一饮而尽。

辛辣感在喉间久久无法散去，苏尔的身体越来越轻，他疑惑地低下头，发现自己的身体在地上躺着，意识在半空中飘着。周遭的环境跟着变化，两侧全部是闪烁的荧光。

"直接送你们过去可能会有危险，"男子淡淡地道，"要分两次。"

苏尔意外地发现纪珩一副接受良好的样子。

感受到他的震撼，纪珩开口："反正都是要去当砧板上的肉。"

苏尔想了想："有道理。"

再如何强势，游戏中玩家始终处于劣势，需要拼命完成任务。这么一想，苏尔淡定下来，任由神秘男子操作。

雾气越来越重，一个穿连帽卫衣的玩家戴上帽子，抵御寒风。

“怎么还不开始？”

这天最多再过半小时便会彻底黑下来，夜晚真正来临时，潜伏着的魅物说不准会倾巢而出。

迷雾中突然多出一道人影，抛出两个光团后就消失了。

卫衣玩家愣了一下，下意识上前想要研究光团，然而才稍稍接近一点，便被强烈的震感反弹后退数步。没过多久，那道身影再次出现，拎着毫无意识的两具人类躯壳，用力将光团拍入躯壳体内。

大约过去两三分钟，苏尔扭了扭僵硬的脖子。

透过雾气，他看见四道身影，于是主动打了声招呼：“大家好。”

说话的同时不忘用余光搜寻纪珩和神秘男子的身影。纪珩还在，送他们来的男子却消失得无影无踪。

“你们这出场方式……很独特啊！”穿卫衣的玩家自我介绍道，“我叫陈不弃。”

苏尔注意到陈不弃的肩膀上落了一层白霜，显然他已经在这里等了好一段时间，这么看来他和纪珩是临时加进来的玩家。

“有些人就喜欢搞特立独行出风头，白白耽误别人时间。”说话的人看样子二十岁出头，五官生得很好。

苏尔看了一眼他的胸牌：周雀。

不知为何，苏尔感觉对方似乎对自己隐隐抱有敌意。

苏尔并未立刻戗声，有一点周雀确实没说错，现在最重要的是在天黑前找到一处相对安全的庇护所。

众人站在山脚下，周围看不到任何人烟。侧面倒是有个售票厅似的地方，破破烂烂，里面的桌椅横七竖八地摆放着。所有的一切都在昭示着这里是一个荒废的景点。

有些地方因为泥石流等自然灾害，会在特定的季节封山。但从眼前的售票厅可以看出，这里是彻底废弃了，不仅如此，连一户住在山脚的人家都没有。

空气中传来一阵异响，大家不约而同顺着声音望过去，缆车突然自己动了。

纪珩说：“过去看看。”

不管别人怎么想，他直接拉着苏尔往那边走。

“我们也去。”一直没开过口的玩家叶笑岑终于说了第一句话。

周雀：“队长，我们没必要冒这个险。”

叶笑岑：“进山是早晚的事。”

周雀这才迈步跟上。

另一位玩家林乐乐看了一眼陈不弃：“我们也去吧。”

陈不弃点了点头。

要走一段山路才能搭乘缆车，苏尔边走边道：“这次的副本可能会是一场不愉快的旅程。”

不友善的玩家之前他也遇到过，但明面上对他表现出强烈敌意的屈指可数。

“我严重怀疑游戏是故意选了这么个人和我对上。”

纪珩笑了：“不是没可能。周雀一直站在叶笑岑身后，叶笑岑负责管理一个组织，实力不错。”

“难怪……”苏尔会意，“有靠山在，周雀才敢明面上针对我，也不用怕被报复。”

再者玩家又不能互相淘汰，怼了也就怼了。

苏尔稍作思考，快走几步到前面，转身把纪珩当挡箭牌，冲后面的周雀挑了下眉，呵呵一笑。谁在游戏里还没个靠山了？

周雀目光一冷：“贱……”

“人的舌头有几寸？”纪珩突然打断他，问道。

周雀皱起眉头。

纪珩自顾自道：“可惜我也不太了解，对于不了解的事情……”

他有意拖长语调。

苏尔瞥了周雀一眼，接话：“找个人割下来量一下不就知道了？”

纪珩微微颔首：“说得好。”

两人一唱一和，完事后重新专注于走脚下的路。

周雀死死握紧拳头，神情中有怨恨，有不甘。

叶笑岑虽然也不满纪珩口头上的威胁，还是对周雀说了一句：“你消停点，任务重要。”

周雀恨声道：“要不是因为苏尔，我早就拿到高级道具了。”

之前他参加福利场的副本，接了帮老婆婆缝制娃娃的任务。好巧不巧，当时有一个主持人跨副本帮苏尔做交易，老婆婆见到苏尔提供的皮肤，感叹白皙细腻，对周雀的皮肤起了嫌弃之意，虽然最后如约给了他一个娃娃，但远不如给苏尔的那个。

周雀可是亲眼看到老婆婆特地给那个道具多缝了一只眼睛。凭什么？

周雀从副本中出来后特地打听过，正常情况下，老婆婆给的道具是“会哭的娃娃”，据说能激发魅物的怜悯心。而自己得到的，叫“打补丁的娃娃”，效果不及前者的十分之一，属于中低端道具。

不久之后，苏尔因为不断得到成就点，在游戏里名声大噪，一来二去，周雀便彻底对他产生了嫉恨。

其中的缘由，苏尔自然不知情。当然，就算知情，他也只会说一句：碰瓷不得好死。

前方无人，孤零零运行的缆车上上下下，共有黑白两种颜色。

黑色的缆车很少见，苏尔还是头一回见到，雾气渲染下，车厢内弥漫着不祥的气息。

纪珩问：“喜欢哪种颜色？”

苏尔说：“黑。”

正好黑色的缆车经过，纪珩说："上去。"

长年无人坐的缆车运行速度很慢，今晚风又大，缆线偶尔会发出刺耳的奇怪声音，让人心中不安。苏尔看向窗外，树林黑漆漆的一片，仿佛万丈深渊，就等着他们掉下去。

过了片刻，苏尔出声问："黑色的缆车，是不是不吉利？"

"不是个好选择。"

苏尔"咦"了一声："那为什么还要上来？"

纪珩目中闪过异光："风向标。"

他们选了黑色的，很有可能会有人跟风选择。

苏尔愣了一下，没有质疑他的做法，而是问："这批玩家里，谁得罪过你了？"

"记忆中并没有。"纪珩侧过脸望向天边出现的几颗暗淡星辰，"但不知为何，我忍不住这么做。"尽管从刚刚起，他已经在尽力压抑负面情绪。

他回过头，望见苏尔，眼神严肃："你坐这边来，以防万一。"

情绪归情绪，和意气用事不同，他既然选了黑色缆车，就有脱身的把握。

在山里，天黑只是一瞬间的事情，黑夜降临不久，山林里传来乌鸦的叫声。苏尔眼尖，看见夜空下有几个黑点正在接近，竟是数只凶猛的老鹰。

猛禽似乎将缆车当成了敌人，疯狂撕扯着缆绳，其中一只飞到苏尔坐的缆车外，用力拍打玻璃。它的翅膀有别于寻常老鹰，充斥着强大的力量，转眼间玻璃便出现了裂痕。

苏尔的眼神微变，这绝对不是正常缆车玻璃该有的质量。看厚度和承受力，最多就是普通的双层玻璃。

缆车疯狂摇晃，他的身体也随着颠簸在狭小的空间内来回移动，有几次险些要滑到窗边，和凶残的老鹰隔着玻璃来一次亲密接触。

纪珩扶了他一把，苏尔顺势取出会哭的娃娃用于防身，借着天地间仅存的幽光仔细观察外面的情况。

"稍微后退一些。"纪珩低声提醒。

看清鹰爪和纪珩手里握着的匕首，苏尔有了推测，配合地朝后靠去。

纪珩用力朝玻璃刺去，内外冲击下，玻璃彻底粉碎。

山间的罡风和老鹰全都在一瞬间猛地冲入，纪珩没有再攻击，仅仅是将匕首横在身前，摆出防范的姿势。

老鹰奇迹般一改之前的凶残，飞过来停在了刀刃上，尖嘴张着，身体的重量全部压在匕首上。

苏尔主动朝老鹰靠拢，小心解下绑在锋利的鹰爪上的一个小竹筒，倒出两张皱巴巴的纸，上面有三个字：邀请函。

纸张出现的刹那，缆车猛地提速，短短几十秒的时间他们便抵达了目的地。苏尔抓紧时间跳下去，离开了危险的车体。先前情况紧急，直到现在他才发现邀请函的右下角还有一个倒计时。

40、39、38……秒数在逐渐减少。

危机暂时解除，苏尔说了句玩笑话：“这是霍格沃茨的送信方式？”

只是这老鹰可比猫头鹰凶残不少，而且容易混淆视听。

纪珩说：“这一局的关键在于老鹰。”

在高空中争斗，玩家完全不占优势，那么出路只可能在突然出现的猛禽身上。一切发生在电光石火之间，玩家在慌张下容易丧失基本的判断力，把老鹰当作敌方。

苏尔盯着手中皱巴巴的纸张，忽然问：“等到倒计时结束，还没有发现邀请函的玩家会如何？”

纪珩抬眼望向晃晃悠悠的缆绳，冷漠地道：“被淘汰。”

倒计时还剩二十秒时，叶笑岑带着周雀出现了。林乐乐和陈不弃也和他们差不多前后脚跳下缆车，模样一个比一个狼狈。

苏尔仰头望天：“找靠山是门技术活。”

周雀看他的眼神格外怨毒。

叶笑岑沉声道：“说话还请注意些。”

苏尔突然很能理解纪珩先前的说法，若在平时，遇到周雀这样的人，他最多就是一笑而过，现下他却主动将矛盾升级。环视阴森的崇山峻岭，他不禁思索究竟是周围环境的问题，还是自己心理上出现了问题。

就在这时，空中扑扇翅膀的声音越发剧烈，凶残的老鹰猛地朝这边俯冲而来。

猛禽少有成群结队的，这一幕堪称壮观。面对威力巨大的利爪，众人不约而同找掩体躲避。雄鹰速度极快，不等他们后退几步，已经冲到他们上空盘旋，几根硬邦邦的羽毛落下，被风吹落到山崖。

就在苏尔琢磨老鹰要干什么时，它们突然聚拢，垂首做出恭敬的姿态。顺着老鹰低头的方向望去，远处一个妩媚的女人撩了撩头发，走了过来。

林乐乐忍不住偷偷瞟向对方的胸口，再看了看自己的，然后目光又聚焦在女人雪白的大腿上。

陈不弃轻咳一声提醒她：“你比我们都要看得入神。”

林乐乐回过神，语气透露出疑惑：“主持人？”

“欢迎各位来到回溯度假村，我叫朱媚。”女人保持着职业微笑，“老板临时有事，由我负责接待大家。”

大家的注意力一开始都聚焦在女人火辣的身材上，但很快便意识到她的穿着和发饰更值得关注。

朱媚一身旗袍，上面用不同颜色的线绣着惟妙惟肖的牛，头上也戴了个小牛角发箍，也就是靠颜值撑着，才让人忽略了这不伦不类的穿搭。

“咦……”女人的目光流连在苏尔身上，做了个明显的吞咽口水的动作。

如今可以确定朱媚绝对不是主持人，这样的眼神活脱脱像是兽类看见了食物。

周雀幸灾乐祸地勾勾嘴角，心想：当初苏尔仗着好皮肤获得老婆婆的赏识，拿到高级道具，现在却被这个不知底细的怪女人觊觎，也算是现世报了。

朱媚越看越着迷，最后忍不住想要上手摸苏尔，半途被一把匕首阻拦。

纪珩冷声道："这样对待客人，是不是不太尊重？"

她遗憾地收回魔爪，望着苏尔说："你这身皮囊也是真好。"

"过奖。"

朱媚终于把注意力从他身上移开，开始为大家带路，走向山林深处。

前方石阶延伸的尽头是一道古老的石门，层层绿荫遮掩下露出房屋的一角。众人走近才发现石门一分为二，形成两个入口，左边门刻着"前世"，右边则是"今生"。字迹上都涂了红色染料，笔法张狂霸道。

朱媚是从右边门进的，纪珩则走了左边，苏尔亦然。

排在他们后面的林乐乐有些拿不定主意。照常理选择"今生"应该会更有利，毕竟人们都喜欢将前尘往事比作云烟。但看苏尔和纪珩选得那么坚定，她又有些不确定了。

周雀撇了撇嘴："也许他们就是在故意误导我们。"

林乐乐犹豫了一下，最终从写着"今生"的那道门进去了。

陈不弃也走了"今生"。

轮到周雀，他眼珠一转准备走左边的门。

只有傻子才会拿性命冒险，只为了误导别人。

叶笑岑拉了他一把："不对劲。那两人如果真的掌握了什么信息，绝对不会率先进门，亲身给他们做示范。走右边。"

周雀急道："可……"

叶笑岑直接打断："林乐乐他们也选了右边。"

周雀明白过来，真要有问题，有叶笑岑在，至少能让林乐乐和陈不弃给他们当挡箭牌。

高跟鞋踩在地上的声音很响亮，朱媚扭着腰主动介绍起回溯度假村的历史。

苏尔耐心听着，顺便观察度假村的内部结构，回过头发现其他玩家落下一段距离，显然是在选门那里耽搁了。

朱媚走在最前面，明明是背对着他们，却仿佛知晓后面发生的事情，神秘莫测地说了句："选择很重要。"

苏尔不以为然："都一样。"

朱媚脚步一滞，回过头深深地看了他一眼。

苏尔任其打量。

片刻后朱媚的脸上重新浮现笑容："看来你已经掌握了一部分让度假更愉快的窍门。"

对此苏尔不以为然，他和纪珩来这里是为了寻求真相，也就是"过去"，自然要选"前世"。至于其他人，选"今生"更加有利，他们兴许能从中得到关于《弄虚》或者必死局的信息。

朱媚继续迈步，叮嘱道：“现在来的客人只有你们，建议不要选太远的房子。”

左手边是一排二层小楼，外观上区别不大，唯一的不同在于外墙上雕刻的图案，有牛和羊两种。

纪珩突然问：“有没有人数限制？”

“当然没有，朋友聚在一起是度假的乐趣之一。”朱媚顿了顿，贴心补充道，“几个人住一栋楼你们自己决定，零点前觉得不满意，还可以更换。”

恰巧这时叶笑岑等人也赶了过来，朱媚娇俏地眨了眨眼，用暗示的口吻说：“晚上觉得孤单，欢迎你们随时来找我玩。”

林乐乐自动和陈不弃站在一起，准备住在一栋楼里。

见状苏尔眉梢一动，这两人的互动不像是男女朋友，不过又认识，大概率是用了组队道具。叶笑岑和周雀就更不用说，一个组织的，首领带着成员来刷副本。这样看来，从进入副本的那一刻起，六人便自动分成了三组。

朱媚手中多出一串钥匙，套在指尖转悠：“想好了没有？选哪栋楼？”

叶笑岑斜眼一瞥树上的老鹰，就近选了一栋有牛图案的小楼。钥匙才插进去一半，老鹰便落在房檐上，凶狠地注视着他们。

周雀小声道：“要不还是换一栋？”

无视他的提议，叶笑岑径直走了进去。

周雀只能咬牙跟上。

纪珩和苏尔对视一眼，同样选择了有牛图案的小楼。

推开门的一瞬间，苏尔眼神微变，站在门口沉吟两秒：“很有个性。”

朱媚还在小道上站着，似乎要确定每个人都走进了楼里。

苏尔没令她失望，粗略地看了一下，彻底跨过了门槛。

现在是晚上，苏尔进去后没立刻开灯。他转了一圈确定没有任何地方挂有窗帘，又因上下两层楼皆安装着巨大的落地窗，采光过分好，因此哪怕是在深夜，也能借助稀薄的月色看清屋子外面。

等他观察得差不多，纪珩才打开电源，仅仅是一瞬间，便再次关掉了。

太亮了。站在光圈下，还能感觉到温度，令人十分不适。

苏尔无奈：“这灯可以和浴霸媲美了。”

纪珩打开柜子翻找，不多时发现一个手电筒。借助手电筒的光芒，两人开始探索房间。

楼梯用的木材很薄，踩在上面会发出“咯吱咯吱”的响声，苏尔下意识减弱脚下的力道：“我们像不像做贼的？”

二楼只有一间客房，洗手间位于走道尽头。

纪珩把手电筒往上举了一点，对准卧房内的一角：“贼可不敢惦记这样的人家。”

光源对准的是一只张开双翅的雄鹰，仿佛下一秒便会扑过来。

苏尔没有躲，反而上前一步细看。遇到光也没反应，说明雄鹰很可能就是标本。他轻轻用手摸了下，没有温度，羽翼很干燥。

类似的标本不止一件，墙壁、玻璃罩上……随处可见。

纪珩走到落地窗前，忽然问：“如果让你选，你会选哪个住处？”

苏尔说：“一样，有牛图案的屋子。”

“原因？”

“我专门观察过，墙壁上绘制的可不是普通的羊，而是山羊。山羊在西方文化中常代表恶魔……还有，朱媚虽然打扮成半人半牛的样子，身上却有淡淡的羊膻味，所以还是选牛吉利些。”他瞟见纪珩的表情，耸耸肩，“哪里不对吗？”

“思路很清晰。”

纪珩指了下守在外面树干上的一只老鹰。

“所有有牛图案的小楼周围，都有老鹰盘旋。”

苏尔立马反应过来：“先前老鹰负责送邀请函，把玩家带到这里来，所以它们暂时可以看作是光明的一方。”

纪珩点头：“也别放心得太早。屋子里这么多老鹰标本，很可能是在镇压着什么。”

标本全部聚在卧房，意味着这里要么是最危险的地方，要么是最安全的。两人一合计，最终还是决定睡在卧房。就算真的有魅物，也不至于第一夜便毫无预兆地解开封印。

苏尔上床前仔细在房间中转悠了一圈，发现了第二个违和的地方——雕像。

床头柜上摆放着一个人头雕像，宽大的帽檐遮住全脸三分之二的面积，脸的方向正好对准床。不知道是不是他的错觉，刚刚帽子中央似乎动了一下，就像是雕像在透过帽子窥视着他们的一举一动。

苏尔动用魅力值吸了一下，没反应，借助体内的神秘之眼去看，只能瞧见模糊的马赛克。他不禁更加疑惑，道：“这东西有些古怪。”

纪珩考虑后说：“搬出去吧。”

毕竟贸然把雕像砸了的做法不可取。

苏尔同意，万一有东西封存在雕像中，砸烂它就是自寻死路。

他行动力极佳，立刻撸起袖子将雕像搬去了楼下。

雕像任由他搬运，整个过程中也不反击。

顺利搁置好，苏尔松了口气，只是他没有发现，他转身的瞬间，雕像的嘴角掀起一个诡异的弧度。

这次的副本开局并不轻松，在缆车上就耗损了不少体力，回到房间，苏尔简单洗漱了一下，倒头就睡。因为纪珩就在旁边，他不需要时刻保持高度警惕，睡得还挺沉。

蒙眬间似乎有风刮进来，苏尔觉得头皮发麻，猛地睁开眼，发现雕像正直勾勾地盯着他看。

苏尔：“……”

任谁夜半三更遭遇这么一出都得受到惊吓，苏尔一个激灵坐起来，连带着吵醒了纪珩。

“怎么了？”不等他解释，纪珩便看到了雕像。

苏尔连忙下床检查门锁，睡前他特意反锁了，如今依旧是反锁的状态。

这雕像就像是凭空出现的一样。

他不信邪地又把雕像搬去了楼下，之后安静地坐在房间里等着，许久也不见雕像出现。

时间一分一秒过去，苏尔忍不住打了个哈欠。

纪珩看了下时间：“睡吧。”

苏尔点了点头，放弃守株待兔。然而躺下闭眼不过五分钟，奇妙的风钻入耳朵，睁开眼，他再次看到了雕像。这次有了心理准备，他从容地起身，盘腿坐在床上和它对视。

纪珩叹道：“你跟我换。”

苏尔摇头：“没用，我感觉我被盯上了。”

不管他挪动到哪里去，雕像都会如影随形。

沉默片刻，他跟雕像杠上了，又一次把它往楼下搬。

黑暗中，一股强烈的危机感传来，与此同时一双手悄无声息地从地板缝隙间钻出，抓住了苏尔的脚腕。

纪珩察觉到危险，第一时间出手，然而魅物撤退的速度相当快，瞬间就不见了，只剩锋利的指甲在苏尔脚腕上留下的一道血痕。

顾不得刺眼，苏尔直接按开走廊的灯。脚腕的伤口不深，但有血在往外冒。他把雕像放在一边，还没等他弯腰，纪珩已经先一步卷起他的裤腿检查起了伤势。

苏尔不太好意思道：“我自己来就行。”

“别乱动。”

一道低沉又带着些严厉的声音传来，苏尔条件反射地停止动作。

纪珩快速蘸了点血用道具检测，确定没有毒。下一刻，伤口处闪过一道柔和的亮光，自动痊愈了。

苏尔愣了一下：“这么点小伤用道具太败家了。”

纪珩起身摇了摇头，举起手上的小瓶子，表示他根本没来得及用。

四目相对，苏尔突然看向雕像。他犹豫了一下，咬破指尖，伸手到它面前，伤口瞬间恢复如初。

苏尔：“这是道具？”

纪珩：“不大像。”

苏尔想了想，再次将雕像搬下了楼。

在他上楼后，雕像微微调整了一下帽檐，如果苏尔看到这张脸，一定会感到非常惊讶，因为这张面容和送他来的神秘男子如出一辙。事实上，雕像是主持人的一种伪装。

神秘男子拜托茶花殿下误导苏尔，而后用另外一种方式主导全场。这样一来，他可以随时观察玩家的所作所为，还能起到迷惑作用。苏尔的注意力集中在雕像上，便会耽误他对副本的探究，甚至让他产生错误判断。

眼下神秘男子已经完美地实现了一箭数雕：既影响了对方休息，又吸引了对方的注意力，让那两人一度忽略了房间里的其他细节，还营造了一种假象，让他们觉得自己可能是高级道具。

神秘男子猜测他们此刻肯定是在探讨雕像究竟是道具，还是魅物布置的陷阱。

事实和他猜测的一致。

房间里，苏尔揉了揉眉心，因为没休息好而有些头疼："事情有点奇怪。"

纪珩颔首："确实，一切过于巧合了。"

轻轻叹了口气，苏尔忽然道："我大概有一个想法。"

纪珩："……"

夜深人静，神秘男子目光深沉地望向窗外，自我赞美的同时感慨于同行的愚蠢——身为主持人，竟然会被玩家坑。要知道明枪易躲，暗箭难防，那些人为什么就学不会换种思维，躲在暗处？

就在这时，楼梯口传来动静，雕像迅速恢复一动不动的状态。

"我不希望再出现上次那样的事情。"这道声音听上去有些熟悉。

"当然。"苏尔的口吻带着讨好，"上次是意外，借我十个胆也不敢再拿你当挡箭牌。"

笑脸商人就事论事："根据评估，这次副本我只能来提供一次交易，多了容易破坏平衡。"

苏尔没意见。

笑脸商人把东西留下，离开之际却被叫住。

"等等，"苏尔扬声道，"我发现了一个珍稀道具，想尽快出手。"

一般道具主持人根本懒得看，但笑脸商人身份特殊，和荀宝菩共同经营拍卖场，于是问："什么道具？"

苏尔跑下楼梯打开客厅灯，指着雕像："就是这个！"

这东西绝对是个烫手山芋，不排除是封印厉魅的容器，砸不得，可又像是道具，毁和留都容易留下隐患。权衡再三，他决定交易给笑脸商人，如果对方拒绝，就能证明雕像不是道具。

毕竟任何一个道具，最次也是中级，对方没理由拒绝。

耀眼的灯光将屋内的一切照得清清楚楚。

看到雕像的一刹那，笑脸商人竟是少有地愣了下："你说的道具……指的是他？"

彼此的目光透过石帽交汇，雕像皱了下眉，心道：这做生意的怎么跑来了？

苏尔点头，碎碎念叨着雕像的神奇之处："别看它只是个平平无奇的人头雕像，实际上相当神奇！白光一闪，就能让伤口恢复。”

笑脸商人早就一眼窥破雕像的身份，嘴角微抽：“你准备怎么卖？”

苏尔只想把奇怪的东西赶紧处理了，放弃讨价还价：“好歹我也做过不少交易了，这次我吃个亏……贱卖！多少都成。”

如果换成苟宝菩在这里，指不定真的会恶意压价收购，私下再敲别人竹杠。但笑脸商人和神秘男子是同行，不好把事情做绝，于是有意用沉默拖延时间，等着对方做决定，他来配合。

许久，雕像没有动静，笑脸商人挑眉，心道：他这是准备装到最后？

一番折腾，早就过了凌晨两点，苏尔相当困倦，强撑着精神小心地催促：“估价多少？”

笑脸商人叹道：“不符合收购条件。”

苏尔眼一眯，困意去了一半。这就是说雕像不是正常道具。

他带着疑惑绕着人头雕像转了一圈：“原来是个邪物。”

神秘男子不计较自己差点被卖掉的事，反正能达到混淆视听的效果就好。

苏尔看向纪珩，摊了摊手，表示无能为力了。

“找个笼子关进去。”纪珩回忆了一番房间的布置，“老鹰标本下有铁链做装饰，一会儿拆下来拴在脖颈儿处，再贴几张篆纸，应该跑不掉。”

笑脸商人越听面色越古怪，心想：这和拴狗有什么区别？

雕像嘴角的弧度已经从上扬变成下抑，周身萦绕着一股阴郁的气息。笑脸商人实在看不下去了，假模假样地在雕像头顶轻轻拍了下：“不用那么麻烦，我替你处理好了。”

苏尔狐疑地望着他，心想：这么好心？

笑脸商人正色道：“顺手，不影响大局。”

苏尔摸摸下巴：“所以雕像既不是道具，也和副本无关，存在的意义大约只是为了误导玩家。”

得出结论，他再次打了个哈欠，摆摆手对纪珩说：“那行。没事了，洗洗睡吧。”

他们一前一后上楼，苏尔这次连卧房门都没关，卷起被子便沉沉入睡。

笑脸商人在原地站了会儿，摇摇头，无语地看了眼雕像：“你何苦？”

语毕，一人一雕像消失得无影无踪。

“咚咚，咚咚咚。”

天边泛起鱼肚白时，苏尔被噪声吵醒。再一看纪珩，他不知何时已经清醒，正盯着窗外看。老鹰用翅膀拍打着窗户，力道不大，比起昨日砸缆车玻璃时要好很多。

苏尔竖起耳朵仔细听，发现还有一部分敲击声来自楼下，连忙穿好鞋披了件外衣下去。

“早上好。”隔着厚重的门板，外面的人好像知道有人来了，娇笑几声，“需要特殊服务吗？”

苏尔轻轻按揉着眉心，缓解睡眠时间太短带来的痛苦，正要开口拒绝，身后传来一道声音。

“告诉她，需要。”

苏尔回过头，纪珩应该是刚洗了把脸，头发丝还沾着水珠，浑身散发着清冷的气息。

“可我们没有钱，而且这是违法的。”

纪珩说：“不付钱就不存在金钱交易。”

苏尔目光一动：“有道理。”

他俩讨论的声音丝毫没有收敛，朱媚听力极佳，声音不复之前的甜美：“开门。”

纪珩点了点头，苏尔从容地按下门把手。

朱媚穿着和昨天一样的衣服，手中端着托盘，白布遮盖住了上面的东西。进门后她主动掀开，露出数根银针和色料。

“这是……”

“文身的工具。”

苏尔皱眉：“你这技术太落后了。”

“……不过，因为古老反而显得别具一格。”苏尔仰头想了片刻，笑容爽朗，道，“这应该也算古法传承的一种。”

朱媚一分钟前还有些难看的脸色多出一丝笑意，谈到自己擅长的领域，她不免多说了两句。

被搁置在角落的雕像冷冷注视着这一幕，暗中“呸”了一声。先是故意制造说话不过脑子的形象，又委婉地将对方捧到一个高大上的高度，瞬间收获好感。

无耻的套路。

朱媚：“你想文什么？”

苏尔思忖后说：“鹰。”

朱媚看向纪珩，后者淡淡道：“一样。”

苏尔拉了把椅子坐下，主动挽起袖子，露出一截胳膊。他本身就是冷白皮，皮肤的细腻程度远超一般人，朱媚看得又羡慕又嫉妒。银针刺入皮肤时，苏尔的面色几乎没有多少变化。

并非强忍，他在经历过守墓忠仆用藤蔓钻入五脏六腑拿出那颗神秘之眼后，扛痛能力提升不少。

正常情况下，文出来的图案应该是一只青色的老鹰，然而朱媚的作品相当生动，色彩鲜明，文完敷上一层白纱，在上面喷了点药剂。一阵刺骨的冰凉感瞬间渗入体内。

苏尔打了个寒战，朱媚掀开纱布，先前的血痂已经消失不见，只剩一只栩栩如生的雄鹰。

纪珩递过来一张纸，苏尔擦了擦额头的汗珠，视线在文身处久久未移开。他很确定自己没有看错，朱媚取走纱布的同时，鹰的眼珠转动了一下。

之后纪珩在同样的位置也文了一只鹰，朱媚临走前冲苏尔眨了下眼睛：“早餐八点半开始供应，出门路口左拐就是用餐区域。”

“好在离开副本就能恢复如初。”苏尔有些嫌弃。

他用手指轻轻在文身的部分蹭了一下，指尖传来一阵刺痛，冒出血星：“活的？”

刚刚好像是老鹰的嘴啄了一下自己。

纪珩帮他把袖子放下来，无奈地道：“好奇心不是这么用的。”

从昨晚到现在，先是和雕像杠上，再是明知道文身有问题的情况下还伸手去触碰，路子过于野了。苏尔自知理亏，笑了笑连忙转换话题：“时间差不多，先去吃早饭吧。”

清晨，山里温度很低，苏尔连续吸了几口冷气，肌肉因为寒冷而有些紧绷，他不由得加快步伐。在他的鼻尖冻得隐隐发红时，前方出现一栋特别的红房子，挂在门口的木牌子上写着“农家乐餐厅”。

此刻说话都能哈出白气，苏尔边往里走边摇头：“深山老林，怎么会有个农家乐？”

餐厅里是清一色圆桌，适合聚餐，打饭窗口有三个，这倒让人生出些亲切感，仿佛回到了学校食堂。苏尔先去了一号窗口，确定供应的是牛排，再走到二号窗口，供应的是肥嫩多汁的烤全羊，厨师拿着刀比画：“要一块不？”

苏尔没立刻回答，又看了眼三号窗口，供应的是很正常的甜点，软糯糯的雪媚娘。

三种食物，没一个适合当早餐吃。

纪珩拿着餐盘站在他身后，也不催促。

苏尔利用神秘之眼去看，牛排变成了半生不熟的骨肉，厨师不断往上淋着酱汁，烤全羊也不是什么正常食物，雪媚娘的外层则是一层薄皮，不知道是什么动物的皮。

苏尔转身冲纪珩摇头，低语了几句。

一道声音突兀地插入：“不吃饭会饿死的。”

玻璃映出窈窕的身段，根本不用回头，就知道来的人是谁。

苏尔正想着朱媚为何这般阴魂不散，她就已经站在三号窗口前，点了一份雪媚娘。

适才那句话她不像是随便说说，苏尔问：“必须吃点什么吗？”

朱媚笑而不语。

苏尔走向供应烤全羊的窗口，轻轻咳嗽一声。

厨师笑的时候露出牙龈：“要哪一块肉？建议选腿上的，风味极佳。”

“好。”点头的同时，苏尔突然好奇地指向一处，“那是什么？”

厨师抻长脖子，并没看到有什么东西。待他一靠近，苏尔立刻抬手按下藏在袖子里的电击器，厨师浑身一颤，全身麻痹的同时被人拽住了头发。

锋锐的刀光闪过，一系列操作太快，厨师根本没有反应过来。

一号窗口的厨师喉头动了动，没有动作。倒是三号窗口的女厨师比较上道，勉强露出一丝笑容，递出来两份杧果捞：“吃点水果，消消火。”

苏尔用神秘之眼检查过，确定就是一份普通的水果捞。

“早这样多好。”苏尔端起杧果捞，“以和为贵，这才是正确的。”

朱媚坐在中央的圆桌上，目睹全程，神色有几分难看，不过很快平复下来。她一口咬下雪媚娘，中间流出的不是奶油，而是某种奇怪的脂肪。

苏尔挑了张靠边的桌子，说：“形势有些严峻。主持人不出现，我们至今也不知道任务是什么。”

值得庆幸的是，头一晚没有遇到太难缠的魅物。

纪珩说：“恶意不发布任务属于渎职，主持人不会为对付玩家而犯低级错误。”

苏尔若有所思：“所以这次的任务是中途发放？”

纪珩点头：“个别副本纯粹是生存战，厉魅难缠，玩家能坚持几天已经是本事，副本会在最后给出一个低难度任务……当然这只是其中的一种可能。”

正说着话，周雀和叶笑岑也来了。二号窗口摆放了“暂停营业”的牌子。

叶笑岑看完窗口的食物，余光留意着纪珩那边，问：“要怎样才能吃到杧果捞？”

厨师并不搭理他。

周雀对叶笑岑有着超乎寻常的信心，心想：既然苏尔和纪珩能对付得了，叶笑岑必然也能。

周雀：“敬酒不吃吃罚酒！队长，我们动手吧。”

叶笑岑的想法却更深一层，没有立刻动手。

苏尔也觉得奇怪，叶笑岑的武力值很高，在他见过的玩家中可以排到前三，对付区区一个厨师绝对不成问题。但女厨师此时的阴狠也不像是装出来的，哪里还有刚刚的讨好样。

苏尔挑了下眉：“什么情况？”

纪珩沉默片刻，不知想到了什么，眼神微变，缓缓道：“电击器。”

苏尔回顾了一下，纳闷地道：“厨师害怕电击器？”

纪珩敲了敲桌子：“如果是这样，那就麻烦了。”他停顿片刻，抬头沉声道，“道具只能让魅物忌惮，真正能令它们感到恐惧的，是更强大的同类。”

苏尔不禁头皮发麻：“可以前从来没出现过这种状况。”

纪珩嗤笑道：“你会害怕冬眠期的蛇吗？”

苏尔抿了抿唇，摇头。非但不怕，反而可以轻松地拿捏对方的生死。

“如果那条蛇醒了呢？”

闻言，苏尔握着叉子的手微微用力。想清楚这种可能，口袋里的电击器仿佛都在隐隐发烫，让他一时间有些坐立难安。

叶笑岑最终没有选择动用武力，平静地要了份雪媚娘。周雀心有不甘，却也无计可施，也跟着要了一份。女厨师目中重新浮现出笑意，快速帮他们装好盘："用餐愉快。"

叶笑岑转身走到临近门口的饭桌上坐下。

周雀实力一般，看不透制作雪媚娘的原材料，有些发怵地问："要吃吗？"

叶笑岑没回应，视线不时看向门外面，等到林乐乐和陈不弃进来时，故意弄出些声响，他不停揉着手腕，顺便望向朱媚："为什么文身的地方会痒？"

朱媚不怎么搭理他，刚走进来的林乐乐面色一变，忙问："你文身了？"

叶笑岑点头，主动提醒道："小心伙食。"

林乐乐低头望着他盘中的雪媚娘。

叶笑岑掏出一个瓶子，小心地往雪媚娘顶端滴了一滴瓶子里的液体，雪媚娘的表皮顷刻间融化，原本纯白的奶油变成黄色的脂肪斑块。林乐乐只看了一眼，便将头偏向一边。

叶笑岑继续道："一号窗口的牛排也不对劲。"

"多谢。"

强忍住干呕的冲动，林乐乐和陈不弃讨论了几句，也去三号窗口要了雪媚娘，却没有吃，全程都在喝白水。

苏尔把一切看在眼里，低声道："故意的？"

纪珩点头："按照朱媚的说法，不吃早餐肯定会出问题。"

恐怖来临前，受难也是有顺序的，林乐乐的反应表明她没有文身，叶笑岑是在故意引诱她打一样的食物，这样即便出问题，首当其冲的也是她。

朱媚还在一口一个雪媚娘，咀嚼的声音听得人十分不舒服。

苏尔不准备多待，站起身。见有人走了，其余玩家也立刻假装擦了擦嘴，先后离开。

三号窗口的女厨师盯着桌上的雪媚娘，眼神幽深莫测："浪费粮食的人，是会受到惩罚的。"

声音飘过来，走在最后面的林乐乐不禁打了个寒战，加快步伐离开这家恶心人的农家乐餐厅。

太阳初升，驱散了山间的一些寒气。

天空传来一声悠长的鹰叫，伴随着啼鸣，鹰嘴张开，原本叼在口中的信封纷纷扬扬飘往四面八方，其中一封正好挂在餐厅外的大树上。

纪珩捡起一块石子，一道完美的抛物线后，精准地砸下信封。

同一时间，叶笑岑也在临近的水潭边拾起一封信展开阅读——

勇敢的来客们：

作为著名的景点，回溯度假村已有五十年的历史。然而就在三年前，山庄的女主人被恶魔用《回溯之书》引诱，害死全家人后消失，回溯度假村因此成为令人闻风丧胆的地方。

我最亲爱的客人们，希望你们能在七天内找出《回溯之书》并将之焚毁，避免后来人重蹈覆辙。

纪珩主动和叶笑岑交换了信件，确定内容一致。

“落款日期是昨天，”叶笑岑把信封揉成一团扔进垃圾桶，讽刺地一笑，“也算是特别的优待。”

如此一算，他们来的当天未计入这七天之内。

“任务终于发布了。”陈不弃反倒松了口气，“最后一个接触《回溯之书》的是前一任山庄女主人，得想办法找到她的下落。”

眼下唯一的突破口便是朱媚。

周雀却突然叫道：“苏尔不见了！”

叶笑岑似乎意识到什么，连忙回到餐厅，一进门就看到苏尔正小鸡啄米式点头，乖乖坐在朱媚面前聆听过去的故事。

随后走来的周雀脸一沉：“你未免太自私了。”

朱媚被打断说话，看他的目光有些发冷。周雀连忙露出讨好的笑容，说了好几声抱歉。

“总之就是这样。”朱媚讲完故事，端着盘子走去三号窗口，抱怨今天的食材不新鲜。

三号窗口的女厨师做出一个“拜托”的手势：“千万别开除我，我保证，明天的一定新鲜！”

说话的同时用余光瞥了一眼玩家。

对于众人来说，此刻重要的不是来自厨师的威胁，而是苏尔从朱媚口中获取到的信息。

苏尔耸了耸肩：“想要，大可以自己去问。”

“就一条。”在他离开前，叶笑岑问，“山庄现任老板去了哪里？”

来的第一天，朱媚强调过她只是代替老板暂时管理山庄。

苏尔说：“不清楚。他们通过老鹰互通书信，形成一种特殊的雇佣关系。”

周雀不死心，狐疑地盯着他：“就这些？”

“你在质疑我？”苏尔嘴角勾了勾，眼神却是格外冰冷，仿佛在看一个死物。

一瞬间，周雀仿佛感到有无数的恶意笼罩过来，他下意识咽下了后面饯声的话。

“你少说两句，”叶笑岑凝视苏尔的背影，“他的状态不太对劲。”

这一次周雀没有反驳，那一刻他能清楚感觉到苏尔是真的想杀了自己。

人善被人欺，这也是周雀总是毫无忌惮地怼人的原因之一。苏尔在游戏里的口碑不错，跟他一起下过副本的玩家对他的评价很统一：只要不下杀手，他就不会理会其他玩家的种种小心思，甚至会主动分享线索。

然而在这个副本里，苏尔没有偏帮任何人的意思。

“说白了就是传闻有误。”周雀缓了缓，没好气道，“我看他是装久了，不想装了。”

林乐乐好奇：“你们有过节？”

周雀口吻发冷：“他害我失去一个高级道具。”

高级道具是诱因，嫉妒才是本质，当然后一点无论如何他也不愿意承认。

叶笑岑打断周雀的怨念，看向林乐乐和陈不弃：“那两人已经下定决心独善其身，我们只有联手才有出路。”

林乐乐几乎没犹豫，点了点头。陈不弃没说话，不过还站在这里已经说明了他的立场。

有关自身的异常，苏尔也感觉到了。走在山间小路上，他一直皱着眉头。半晌，他拿出电击器，如果之前只有五分猜想，现在他便是十分确定，电击器是某个强大魅物的化身。

他早该想到的，遇到魅物可以释放灵气，又能进行攻击……这又不是智能机器人！高级道具也不可能拥有这种能力。

纪珩沉吟道：“现在最好的办法就是丢了它，一劳永逸。”

话虽如此，但谁会为了还没确定的原因放弃巨大的依仗？何况真正的强者从来不畏惧任何挑战。

然而他一扭头，苏尔已经不见了，他左右环顾，最后在草坪处发现一道挥汗如雨的身影。苏尔正蹲在那里徒手挖坑，见深度差不多了，毫不犹豫地把电击器放进坑去，填完土还不忘用力踩两脚。

“……”打脸来得猝不及防。

做完这一切，苏尔长舒一口气，抬眸，他看见纪珩莫名其妙地摸了摸侧脸：“脸……牙疼。”

苏尔没多想，伸了个懒腰放松一下筋骨：“我也是没办法。”

其他的还能接受，这种能影响神志的东西他实在不敢留，他说：“你看过玄幻电视剧没？这玩意儿就像一把魔剑，赋予持剑人充沛的力量，代价是持剑人有朝一日会心神失守，变成嗜血大魔头。”

纪珩深深地看了他一眼：“考虑得很周到。”

解决完电击器，苏尔心头微松，开始探讨任务：“朱媚说从前经营回溯度假村的是一家四口，就住在竹楼里……”话音未落，他察觉自己身上多出轻微的重量。他连忙把手伸进口袋，摸到了熟悉的外壳。电击器回来了！

苏尔沉着脸将电击器拿出来，忽然想到一个事实，自己和电击器很早以前绑定过。

纪珩看出他的想法，摇头：“肯定还有别的缘由。”

一般绑定道具被遗弃后，顶多是旁人无法使用，不会出现这种自动回到主人身边的情况。

“算了。”苏尔只能暂时放弃处理电击器的心思，抬头看向不远处绿树环绕下的独特竹楼，“进去看看。”

竹楼分上下两层，下方单独隔开的空间里残留着曾经饲养动物的痕迹。山里的环境其实并不适合建竹楼，估计当时主人建造它是为了观赏。

苏尔从前只在课本上看过竹楼的图片，和面前这座差异不小。很多竹楼为了避蛇喜好用方柱，然而这座竹楼共使用了二十二根圆柱来支撑，每根柱子上面都雕刻着山羊图。

三年前的案发现场保留着最原始的状态，墙上有大量喷溅形成的暗红印记，地板上疑似血迹的痕迹一直延伸到楼梯，从这些痕迹不难脑补出当时现场的惨烈。

视线转了一圈，苏尔走到墙角的柜子边，拿起一张全家福。照片中一家四口笑得都很开心，小女孩和小男孩手拉着手，身后丈夫揽着妻子的肩膀，完全看不出日后会发生惨剧的征兆。不过若说这张照片中最吸引人的，绝对是女主人的长相。

有的人天生好看，可漂亮得没有灵魂，女主人则不同，她的五官其实很普通，但一颦一笑间透露着说不出的风情。媚骨天成，这句话在她身上得到了充分的体现。同样的妖娆气质，苏尔在朱媚身上也见过。

刚要放下相框，照片里女主人的笑容突然放大。

“来。”酥麻的声音顺着耳朵传来，仿佛能钻入人心，并不是单靠意志力可以抵抗的。

苏尔因为眩晕感身子微微一晃，文身处的老鹰突然掠出一道虚影，狠狠抓了照片一下，女主人心有不甘，无奈重新站回属于她的位置，同一时间，苏尔恢复清醒。

“零点时来找我。”

当他站稳，照片早已恢复如初。哪怕苏尔用魅力值吸了一下，也只能感觉到一丝残留的灵气，仿佛那一句话只是他产生的幻觉。

“这照片……”

“我知道。”纪珩走过来，显然已经清楚刚刚发生的一切。

他一面说话一面卷起苏尔的袖子，文身的颜色淡了些，老鹰远没有之前精神了。

苏尔立刻明了：“文身能护身，不过有次数限制。”

“准确说来是和魅物的力量有关，遇到真正的厉魅，最多能抵抗一次。”

正当苏尔纳闷他怎么这么清楚时，纪珩展示了自己的文身，只剩下淡淡的轮廓。

苏尔睁大眼睛，后知后觉对方的手远不如平时一般冰凉，温度高得烫手。行动快过理智，他下意识就用体内的眼睛去看，只见二十多只红眼黑角的山羊聚在纪珩身后，其中一只有所察觉，望向他这边，苏尔的呼吸开始不顺畅。

仅仅一个对视便有这么大的反应，更何况被众多羊缠身的纪珩。

“小心……”

话未说完，脑袋一阵刺痛，苏尔心里“咯噔”一下。

早在天机城时神秘之眼便显示出弊端：若是一次性对上太多魅物，会耗损他极大的力量。但这东西实在好用，苏尔抱着侥幸心理一直用到今天，现在可好，副作用来了。

只是不知为何，从前他顶多是头疼，这次却似乎连意识都要丧失了。

晕倒前的最后一刻，他还在疑惑自己什么时候变成了这种病弱体质。

纪珩及时接住了苏尔。

他自己的状态也算不上太好，尽管用了篆纸，效果却不明显。山羊和普通魅物不同，它不主动攻击，但会无限放大人心底的欲望，直至其彻底被欲望所支配。

细弱白皙的脖颈儿近在咫尺，耳边响起恶魔的蛊惑：“咬断它。”

纪珩的瞳孔渐渐失去焦距，几十只山羊的虚影组成一张女人的面孔，狰狞而又满含期待，用命令式的语气说：“咬断它！”

血溅三尺的画面并没有出现，仅仅是几个眨眼的工夫，纪珩眼中的迷醉荡然无存，他站直身体，手握匕首，一刀刺向山羊：“畜生！”

被割裂的山羊很快复原，但被攻击的滋味实在不好受。

虚影互相对视一眼，白天它们的力量会被大幅度削弱，很难讨到好处，终究选择退让一步，重新回到柱子中。

纪珩收起匕首，拖起苏尔往外走。

微弱的阳光洒在床上，本来这时该是一天中最热的时候，山间却依旧很凉快。

苏尔醒来时已经是午后，头疼欲裂。他坐起身揉着脑袋，下定决心近期不再去使用那只眼睛。

苏尔叫了两声，无人应答，纪珩不知去了哪里。不过醒来时身上盖着被子，想来是对方送自己回来的，目前自己处境安全。

那张照片被老鹰啄了一下，多半还处在虚弱状态。苏尔看向窗外，考虑要不要杀个回马枪，再去竹楼逛上一圈。

这个想法还没成熟，他的脸色陡然一变：电击器不知何时消失不见了，取而代之的是一张光滑的皮，包裹住他的脚踝，还顺着小腿往上爬。

残酷的现实证明，“趁他病要他命”的这种想法，无论是人还是魅物，都有。

从餐厅弄到一碗正常的吃食并不容易，纪珩费了一番功夫，好歹打包了一碗粥。

苏尔听到脚步声，主动过去开门，笑眼弯弯：“你回来了。”

纪珩盯着他看了片刻，平静地放下手上的粥。

“趁热喝。”

“好。”

然而下一刻，纪珩的拳头没有任何预兆地袭了过来。苏尔大惊失色，刚要躲开，拳头却在即将打到他脸的时候收住了。

“别开这种玩……”后面的话还没有说完，他低头发现自己胳膊上多了一道伤口，三张篆纸齐齐贴在周围，限制了他的行动。

纪珩的手段狠辣果决，他顺着裂痕处用力一撕，顷刻间一张完整的皮被扯了下来。

苏尔先前的意志一直被拘束着，这张皮想通过控制躯体的方式彻底吞噬他，双方一直僵持着，直到纪珩出手才分出胜负。

望着地面上的皮，苏尔的眉头不禁蹙起。箓纸的力量很强大，可强悍至此竟然也正在被皮慢慢消化。纪珩同样注意到这一点，目光一寒："电击器？"

苏尔点头，完全没想到一直带在身边的电击器竟然是一张皮变的。

"这不是普通的皮，"纪珩神情严肃，"是极为罕见的画皮魅，能变成各种形态引诱其他魅物，吞噬其灵气。"

闻言苏尔轻吸了口气，生出些后怕。缓了会儿他才收回视线偏过头："对了，你怎么看出我异样的？"

"胸牌还在，说明身体是你的。"纪珩对他没有防备，想也不想地开口，"但是你脖子上的伤不见了。"

苏尔："……"

沉默，令人窒息的沉默！

良久，苏尔眼神闪烁，双目眯起，透出危险的气息："你说什么？"

纪珩正要张口，苏尔忽然摆摆手："先等等，让我猜猜，你是想说因为被那群邪恶的山羊影响……"

纪珩摇头，面色沉重："归根到底是我缺乏克制力，怨不得别人。"

"……"站在落地窗前，苏尔望着镜中自己脖子上的伤口，还有身后静默垂首的纪珩，他轻轻叹了口气，主动揭过这个话题，不过目光在看向蠕动挣扎的画皮魅时，变得不那么友善。

"难怪我最近体质虚弱，情绪暴躁，原来罪魁祸首在这里。"不敢离得太近，苏尔站在半米外，眼神发冷。

兴师问罪到一半，忽然想起缆车上纪珩说过自己同样有克制不住的情绪："莫非你也受它影响？"

纪珩掌心出现了在必死局里得到的另一只蛇眼，他猜测："画皮魅相当于毒药，这只眼睛便是药引。"

先前光顾着后怕，闻言苏尔开始重新打量画皮魅。随着箓纸逐渐被消耗，画皮魅已经能勉强舒展开。靠近苏尔的这半截并不是完全的一张皮，上面有着凸起的一个小点，小点下方是一条极隐秘的缝隙。

鼻子和嘴全都具备，欠缺的只剩一双眼睛。

画皮魅试图朝纪珩扑过去。

纪珩没给它这个机会，匕首随意在手中一翻，画皮魅感受到威胁，重新退了回去。

苏尔目光微沉，纪珩没有趁机解决这只魅物已经说明一些问题，要么是有特殊考量，要么就是画皮魅极难弄死。

果然，下一秒不好的消息传来。

“它从前自愿释放灵气助你批量生产小泥人，如今只要小泥人活着，它受伤再重，也顶多是变虚弱。”

苏尔面色一变：“那它岂不是无敌了？”

纪珩摇头：“泥人成长到一定程度同样可以隔空攫取画皮魅的灵气。”

地板上，画皮魅像鸡蛋饼一样摊开，似乎笃定了他们无计可施。

苏尔确实无奈。

然而面子功夫还是要做的，他不怒反笑：“眼睛对你很重要？”

纪珩配合着捏了下手上的眼睛，画皮魅立刻一阵抽搐。

过了一会儿，苏尔半蹲下身主动揭走最后一张篆纸，仿佛要大度地放它自由。

“再敢搞事，他就会捏爆这颗眼睛。”

画皮魅愤怒地抖了抖，终究消停下来。

苏尔扯了扯它脸皮的部分，嫌弃道：“真厚。”

“你大爷！”冰寒的声音灌入耳，苏尔目中快速闪过一道异色——这东西不但能说话，而且除了语气，音色几乎和自己十成十的相似。

“你我本就是一体。”画皮魅的性格相当恶劣，“当年你和祝芸找到了一个老太婆，祝芸提供了异化成蛇人后的眼睛，至于你付出了什么，不用我说你应该也能猜到。”

老太婆？苏尔掏出会哭的娃娃，回想起在福利场和老婆婆见面时，对方表现出的态度不像是曾经见过他。

转念一想，他从《无渡》世界被游戏带出后，焰罗都不记得这段记忆，更何况是一只厉魅。

狠狠闭了闭眼，苏尔忍不住低头望着自己的双手，声线开始颤抖：“我……有意创造出了一只魅物？”

再一抬头，画皮魅弯折着“站”了起来。

纪珩倒说出了它的心声：“你在惊讶什么？”

言外之意：造魅物这种事，你苏尔不是一直都在做吗？

苏尔挠了挠头：“也对。”

有些大惊小怪了。

画皮魅：“祝芸进入游戏时，情况已经很不好。”

苏尔下过天机城的副本，百姓很早以前便都成了蛇人，而那个副本是祝芸的必死局，证明她原本便是天机城的原住民。

仔细想来，在学校里时祝芸一年四季都离不开护手霜，皮肤很容易干裂，并且大部分时间都穿着长袖长裤……

“在她预测的未来里，她自己会葬身必死局，而你则被封存记忆送出游戏。所以我们才有了福利场的那次合作，祝芸的眼睛在我身上，我没事她便没事。”

画皮魅几乎没有停顿地说着。疑团被解开的同时，苏尔的眉头反而有拧紧的迹象，最后竟主动打断：“为什么主动告诉我这些？”

画皮魅淡定地道："如果不交代，你会直接把我丢进马桶，然后面带微笑地询问——'我有抽水马桶，你有故事吗？'"

真相了。

纪珩挑了挑眉，当初苏尔在新手场，他曾在水幕外亲眼看到这一幕。

画皮魅说出重点："所以你不要想着捏爆眼珠，那样我元气大伤，祝芸也危险。"

苏尔皱眉："可她的眼睛明明没问……"

话没说完，他突然顿住——副本里受伤再重，出去后也能复原，他们明显是钻了这个漏洞。这样一来，他们岂不是可以无限制造画皮魅？

"别想得太美好。你当时全靠一件高级治疗道具，尽管如此，也差点在恢复时遇到危险。"

苏尔问出最想知道答案的问题："为什么你能被带出副本世界？"

"因为厉害！"哪怕看不出它的表情，也能感觉到它的口吻十分自得，"画皮魅本身擅长伪装，我伪装成死物，骗过了游戏。"

苏尔没有出言讽刺，这点它是真的厉害。

"日后我成长到一定境界，祝芸也会有机会成长为焰罗。"

想到辛苦积攒的灵气要用来帮他人作嫁衣，画皮魅不免有种想要暴走的冲动。

苏尔沉吟点头："原来如此。"

从某种程度上讲，画皮魅是不死的，它相当于母体，只要受灵气滋养诞生的泥人不死，它就能永存；但也是因此，画皮魅永远不可能真正强大起来，分裂体将无限汲取它体内的灵气，更何况祝芸在利用眼睛窃取灵气。

紧接着苏尔问起自己的过去。

有问必答的画皮魅这次却缄默了半晌才道："我不能说，说了会被游戏捕捉到。"

语毕它瞬间变回电击器的模样，主动藏进苏尔的口袋。

从前电击器是依仗，如今它的真实身份被揭穿，就这么堂而皇之地伴随身侧，苏尔不得不强打起十二分的精神。纪珩一时也没有更好的法子，递过去几张篆纸以备不时之需。

苏尔很快接受现实，专注副本任务："我想再去竹楼看看。"

纪珩瞥了眼桌子："先把粥喝了。"

温度刚刚好，苏尔大口喝完，满足地眯了眯眼："走吧。"

每隔几步，便能在屋檐上看到一只老鹰，鹰目锐利的视线扫过竹楼附近每一寸土地，如同严密的监控。竹楼里有人声传出，苏尔加快步伐上去，发现叶笑岑等人都在。

周雀冷嘲热讽："听说你身体不大舒服？"

苏尔视若无睹，晕过去前他虽然受了点轻伤，不过也是有收获的，全家福里的女魅让他零点来竹楼。

周雀讨了个没趣，撇撇嘴转身去到叶笑岑身边。苏尔觉得奇怪，这般不计较可不像是对方的性格。

纪珩拿起一个用来当装饰的盘子拉着他研究，其间瞟了眼林乐乐。

苏尔会意，暗地里偷偷打量她。林乐乐的皮肤算不上太好，额头和下巴有暗沉的痘印，这会儿那些瑕疵竟然全部消失不见，并且整个人白了一个度。

苏尔："大概率是受了魅物的影响。"

此时，林乐乐在研究全家福："妻子比丈夫瘦弱很多，除非丈夫在睡梦中，否则妻子很容易被夺刀反杀。"

陈不弃本来和她关系不错，然而现在却不露声色地和她保持着距离，敷衍着点头附和。

没注意到大家态度的变化，林乐乐继续寻找线索，走路时不自觉地一步三扭。

纪珩低声道："去主卧看看。"

门是坏的，床单上只有灰尘没有血迹，证明命案不是在受害人睡觉时发生的。角落里堆积着很多空酒瓶，苏尔打开衣柜，拿出几件男士外套看了下，上面有斑驳的污渍。

"丈夫酗酒。"

"不但酗酒，还家暴。"纪珩站在竹制的墙壁前，用手指蹭了下上面的血迹，"分布很零散，量不大，不是发生命案时留下的。"

苏尔松了口气："作案动机找到了。"

房间里没多少东西，很快就能检查完，一圈转下来再找不到更多线索。

苏尔叹气："看来只有等晚上了。"

楼下突然传来响动。两人赶下去的时候，林乐乐正抱着一根柱子，像蛇一样缠在上面扭动。

苏尔脚步顿住："怎么回事？"

这时候周雀也顾不得和他不对付了，脸色十分难看："跟疯了一样，抱着人就咬。"

苏尔诧异他为什么反应这么大，看到周雀脖子上的牙印，顿时明了，原来是差点成为受害者。

就在这时，林乐乐的身体突然像气球一样鼓起，她的皮肤越来越薄，越来越白，直至跟蝉翼一样透明。

"救……救……"最后一个音她怎么也发不出来，她的胸口不自然地鼓起，心脏在超负荷的内部气压下不堪重负。

纪珩忽然看向门口："有人来了。"

出现在众人面前的是餐厅三号窗口的女厨师，她单手扛起不省人事的林乐乐，没走几步忽然回头问："谁愿意来搭把手？"

"有好处吗？"叶笑岑问得很现实。

女厨师点头，咧了咧嘴："就两个名额，先到先得。"

"我去。"周雀迫不及待地说。

叶笑岑表达出同样的意愿。陈不弃在犹豫中错失了机会，咬了咬牙，迈步去主卧搜集线索。

周雀临走前挑衅般地轻“哼”了一声，苏尔皱眉，知道自己需要另想办法获取信息了。过了片刻他对纪珩说：“山间潮湿多蛇，我们去抓上几条。”

纪珩明白他的意思：“去南边。”

“酒意醉人，娇娘哭……”朱媚坐在农家乐餐厅里哼着歌，一边给文身用的银针消毒，一边等着新鲜出炉的雪媚娘。

一阵肉香味传来，朱媚放下手头的事情，黛眉轻蹙：不是雪媚娘的味道。

苏尔熄灭临时在外面生的火，和纪珩端着盘子出现。

朱媚瞳孔一颤：“这是……”

苏尔逐一介绍：“馄饨，薄皮包子，白皮酥。”

每一张皮都薄到极致，肉因为没煮熟，呈现出半粉嫩的色泽。

吸了口香味，朱媚享受地眯了眯眼。

她细细研究皮的纹理，细腻度和光滑程度同苏尔的皮肤如出一辙。朱媚愣了下，没多久便拍桌开怀大笑，称赞他上道。

苏尔没解释什么，实际上这些食物全是用画皮魅做的，反正它也不会死，不如让它发挥点价值。

三号窗口的女厨师和正在打下手的玩家齐齐看过来。周雀心急如焚地想知道发生了什么事，然而又脱不开身。叶笑岑目光一暗，什么都没说，加快了干活儿的速度。

“吃之前，能透露些关于上一任女主人的故事吗？”苏尔讨好地问道。

朱媚红唇一动，正欲开口，隐约间看见馄饨动了一下。

苏尔镇定地解释：“用的新鲜肉，才三分熟，这属于正常的死后神经跳动。”

朱媚信了解释，继续说：“她很漂亮，丈夫总疑神疑鬼……”

苏尔说：“麻烦小声一点。”

朱媚意味深长地看了他一眼，用只有他们两个人能听到的声音说：“丈夫让两个孩子偷偷监视，一旦发现女主人和度假村的客人走得近，要立刻汇报。两个孩子为了多拿零花钱，经常编造假消息打小报告。”

苏尔惊讶：“那可是他们的生母。”

朱媚“嘁”了一声：“你看丈夫干的事，便知道这家人的家庭教育够‘独特’。”

她舀起馄饨轻轻吹了口气，吃之前说：“女主人知道真相后很生气，想狠狠地教训孩子。可惜啊……”她眨了眨眼，“传说这两个孩子后来升级成魅物藏了起来。”

苏尔陷入沉思，知道晚上去竹屋前要做什么准备工作了。

鲜香的馄饨入口，不知道是不是错觉，朱媚总觉得它们好像进了胃里，却依旧在动。异常只是一瞬间，朱媚很快因为晶莹剔透的食物而顾不上其他，一口一个小馄饨，解决完一碗又开始吃包子。

苏尔露出慈母笑，主动帮她倒了碟醋，温柔地道："好吃你就多吃点。"

计划执行得很顺利，只是朱媚瞧着是个关键NPC，不知道如果画皮魅真的成功占据了她的身体，副本会不会崩。这么一想，苏尔的神情中流露出一丝沮丧，心道：那我会不会因此担责？

纪珩轻声道："孽是画皮魅造的，副本崩是主持人要担心的，和你苏尔有什么关系？"

……是这个理！

苏尔轻轻"嗯"了一声，顺便把装白皮酥的盘子往前推了推："光吃肉腻味，来块小点心。"

朱媚舔了舔嘴角，笑容魅惑："你是个贴心的。"

朱媚的胃像是一个无底洞，吃完苏尔带来的东西不说，还守在餐厅，等着之后的雪媚娘。

见她没有明显反应，表示画皮魅还没有开始行动，苏尔不再耽搁时间，去忙活另外的事情。离开农家乐餐厅，走出好一段距离，他才开口说："得找到那两个小魅物，减轻女主人的敌意。"

纪珩沉吟道："按照朱媚的说法，找到魅物的藏身处就行。"

苏尔问出更感兴趣的："女主人在哪里？"

纪珩摇头，不知想到了什么，忽然说："找到《回溯之书》，不要立刻焚毁。"

"好。"

两人重新站在竹楼外，这一次没有直接进去，单纯以仰视的角度打量这里。

纪珩说："魅物不会离这里太远。"

苏尔说："如果变成焰罗呢？"

纪珩微笑着问："你见哪个焰罗能毫无顾忌地自由活动？"

苏尔眼珠一转，想起周林均和荀宝菩，他们都算是相当厉害的，依旧无法离开棺材和古堡，荀宝菩全靠笑脸商人帮忙四处交易，就连他们在上个副本里碰到的和尚，也只能安分守着一处偏僻的院落。

纪珩言归正传，淡声道："无论人还是魅物，害怕的时候都喜欢抱团，两只魅物应该在一个地方。"

苏尔本想动用魅力值，不经意间对上纪珩似笑非笑的目光，怔了怔，唇瓣微动，半晌才发出声音："之前那些山羊……该不会是被我引出来的吧？"

犹记得那时他用魅力值去感受了一下全家福，想判断照片里共有几只魅物。

纪珩说："动用魅力值的时候，附近的魅物也会受到波及。"

意识到这点，苏尔不好意思地蹭了蹭鼻尖："是我考虑不周。"

纪珩摆手表示不碍事："你的思路没错。"

说到底两人的运气着实不好，谁能想到柱子上雕刻的山羊图案竟然全部都有问题！

他们一前一后先绕着竹屋外围检查，苏尔屏住呼吸去翻曾经圈养过家畜的地方的土，又黑又硬，找了半天，连根野草也没看见。没多久纪珩走到楼梯口，摇了摇头。

“看来还在屋子里。”

苏尔瞥向周围郁郁葱葱的树木，纪珩知道他想说什么，上楼梯的时候说：“如果他们藏在树林里，我能感觉到。”

闻言苏尔有些艳羡地看了眼他胸牌上的灵值。

纪珩好笑道：“别妄自菲薄，你的魅力值可是遥遥领先所有其他玩家。”

“……”苏尔无奈，同样是攻击魅物的手段，偏偏“魅力值”听上去就很不正经。

苏尔进去后站在靠近露台的区域，一动不动地盯着里屋看。换位思考，假设是自己，他会藏在哪里？在他思考的时候，纪珩已经大致转了一圈，把摆在明面上的物品全都检查了一遍。

朱媚讲的故事重新在脑海中浮现，苏尔拉住从面前走过的人。纪珩低头看了眼自己被握住的手腕，笑了。

“有想法？”

苏尔点头：“你有过女朋友吗？”

纪珩被他问得一怔，摇头。

“假如你结婚了，你会把私房钱藏在哪里？”

纪珩回过味来，说：“天花板。”

苏尔专注思考：“小孩子藏钱，会放在低一点的地方，比方说……”

“比方说小孩能够到的地方。”纪珩接着把话说完，走到酒柜那边，打开底下柜子的门，伸手在顶部板子上摸索，过了片刻脸上出现淡淡的笑意，他用力一拽。

透明胶带一端粘着不少木头渣，另一端固定着一个信封，打开封口，里面藏着几张皱巴巴的纸币。

苏尔恍然：“妻子常年被酗酒的丈夫家暴，对酒柜条件反射般有畏惧心理，会刻意避开这边。”

而小孩藏钱，必然要找妈妈打扫卫生时发现不了的地方。

纸币面额不大，背面原本是一个女孩撑杆划船的画面，现在却变成一男一女，杆子都比他们高出一截。

“得亏你能想到藏私房钱，”纪珩盯着被替换的图案，“要不还真不好找到。”

苏尔说：“朱媚专门提到被带偏了的小孩为了从父亲手中拿到零用钱，编造母亲和别人亲近的虚假消息。把钱看得比亲情还重要，这种人遇事后第一个想到的肯定也是钱。”

纪珩装好纸币：“可以交差了。”

苏尔说：“现在去？”

纪珩点头。

苏尔说：“但约好的时间是零点。”

“夜晚是魅物的主场，白天它们的力量不能完全发挥。”纪珩停顿了片刻，朝门口的方向看过去，“找了这么多年，迫不及待想要教训两个孩子，这种急迫感会让她忽略时间上的约定。”

苏尔想了想觉得有道理，唯一担心的是纪珩就这么把信封拿在手上，会不会被攻击。

正想说明这一点，就见他掌心处有黑气溢散，在完全包裹住整只手前，突然又消失不见。

纪珩主动抬高胳膊，方便苏尔看清。只见他指缝间露出浑浊蛇瞳的一部分，泛黄的眼球阴森森地盯着外面。苏尔心下一紧，很快恢复平常的面色：“原来还有这种妙用。”

这只眼睛能化身孔雀伪眼，凝聚灵魅攻击玩家，侧面说明它的力量在一般魅物之上。

纪珩说出弊端：“代价是消耗自身武力值，不建议你这么做。”

闻言苏尔不再耽搁，催促道：“那我们快点过去。”

周围窗户全部大开，他们走到外屋时意外地看见远处有两道不断靠近的身影，苏尔毫不犹豫地关窗锁门。纪珩头回见到他这般作态，觉得还挺有意思。

“周雀和叶笑岑……”苏尔微微撇了撇嘴，“这两个别想摘我们的桃子。”

纪珩面对着全家福，故意扬起信封：“找到他们了，晚上就交给你。”

一只手慢慢从照片中伸出，反握住相框边缘，女主人探出半边身子：“给我……现在就给我！”

信封鼓起，里面的纸币拼命想往外逃。恐惧到极致时发挥出的潜力也是无穷的，两只魅物联手逃脱，疯狂朝外窜逃。

女主人怪笑一声，一左一右的两只手牢牢抓紧纸币。

动静传到外面，叶笑岑面色一变，改走为跑，冲向竹屋。

周雀跟在他身后担忧地问：“万一有危险……”

“动一下你的脑子想想，”叶笑岑严厉地道，“有人完成了某个特殊任务。”

来的路上，他们碰到了没什么收获一脸失神的陈不弃，此刻完成任务的是谁不言而喻。

推了两下门没推开，叶笑岑冷声道：“开门！”

苏尔非但不如他所愿，反而对神情残酷的女主人说：“你可以慢慢来。”

此时女主人心情大好，连带着态度也宽容了几分，扔出来一截山羊角状的蜡烛：“月圆的时候点它，可以召唤出恶魔。”

砸门声不断，竹门本就不结实，坚持不了多久，苏尔抓紧时间问：“召唤出恶魔有什么用？”

“恶魔将赐予你《回溯之书》。”女主人嘴角的弧度扩大到一个夸张的地步。

苏尔迅速问了一些别的问题，对方并没有解答。

门即将被踹开的一刹那，苏尔死死地盯着她：“所以，你到底是谁？”

即便到现在，他依旧感受不到对方身上有任何灵气。

“我是……恶魔的仆人。”

吱呀响动的门板终于被踹倒砸向地面，整个竹楼因此颤动了一下。叶笑岑环视一圈，目光定格在全家福上——原本笑容满面手牵手的孩子此时眼中流着泪。女主人站在他们身后，改变了姿势，两只手分别搭在孩童的肩膀上。

收回视线，叶笑岑道："一个中级道具，换你们知道的信息。"

周雀想出声反对，又忍了下来。

苏尔摇头拒绝。

叶笑岑皱眉："如果是因为周雀，你们只是口舌之争，犯不着放弃眼前的利益。"

"焚毁《回溯之书》，无论谁来完成都一样，"苏尔摊手，"任务完成各回各家。不过天将降大任于是人也，所以我便主动承担了这个重任。"

叶笑岑冷声道："你就这么肯定你能成功？"

苏尔刻意整理了一下衣服，扳正胸牌展示上面的成就点："老老实实搭顺风车不好吗？你们为什么总想着奋斗？"

叶笑岑："……"

叶笑岑大摇大摆离开，纪珩沉默地走在苏尔身畔，用行动表示了两人是站在同一战线的。

见状周雀没好气地说："分明就没把我们放在眼里！"

"你倒是把他们放在眼里了。"

周雀语塞。

叶笑岑沉声道："苏尔的目的是《回溯之书》。"

周雀疑惑："大家的目标不都一样？"

找到指定物品销毁，然后过关。

"没猜错的话，第一个拿到《回溯之书》能有额外的好处。"叶笑岑有了推论，但没有完全告知周雀。

黄昏时山里下起了小雨，温度骤降。为避免感冒影响接下来的行动，玩家都先回了住处休息。

雨滴顺着屋檐砸落在青石板砖上，苏尔坐在落地窗前，忍不住多看了两眼。倘若不是副本有任务，这里的确是个度假的好地方。

"我记得昨晚月亮就挺圆。"

纪珩说："按照邀请函上的日期推导，明晚就是这个月的月圆夜。"

门口传来一阵奇异的声响，像是有什么东西在往里挤，苏尔的第一反应是蛇，好不容易找到声源，发现是一片片透明的皮肤组织，一同带进来的除了泥水，还有股辛辣刺鼻的味道。

所有的皮堆积在门口，没有立刻连接在一起，单纯地蠕动着找地方乱蹭，试图弄走身上的污秽物。

苏尔问："失败了？"

画皮魅的声音有几分虚弱："我毕竟才刚苏醒。"

苏尔对它失败的原因没兴趣，问:“朱媚有没有发现你的存在？”

画皮魅先说了另一件事:“她不是普通人。”

苏尔不觉得奇怪。

“她没有基本的排泄需要，”画皮魅很到位地进行解释，“所以我只能顺着食道重新往上爬。”

“……”想象了一下那个画面，苏尔头皮发麻，意识到他最好暂时不要出现在朱媚面前，对方现在估计杀了他的心都有。

画皮魅朝他身边挤来，苏尔开口制止，命令画皮魅在那里别动。他去找来一双筷子，然后捂住鼻子夹起地面上的薄片，搭在雕像的头顶，感慨:“别说，帽檐宽大，用来晾晒还挺方便。”

苏尔转身扔筷子的时候，雕像的帽子动了一下。

画皮魅的异味不断冲击着嗅觉，雕像甚至起了一换一的念头，哪怕被规则惩罚也想要先弄死这个杀千刀的玩意儿。

楼上传来的声音暂时打消了主持人的念头，纪珩站在楼梯口:“我找到了强效香水，需要吗？”

苏尔连忙点头。

纪珩从楼上走下来，晃了晃瓶身，拧开塞盖，黄绿色的液体从雕像头上浇了下去。

苏尔惊了:“不是香水吗？”

纪珩固执地道:“花露水就是香水。”

主持人:“……”

画皮魅似乎还挺喜欢这味道，可见先前在朱媚的胃里遭了多少罪。

苏尔说:“少倒一些，有点呛。”

“好。”答应得很好，纪珩却一滴不差地浇完，还不忘用力甩出最后一点残余液体，然后对苏尔说，“上去睡一会儿，今明两晚怕是很难休息好。”

花露水从帽檐流经雕像挺翘的鼻梁，再滴落到唇瓣上，提神醒脑的味道侵蚀着主持人最后的理智。

畜生。

雕像的嘴唇颤抖。

他要立刻恢复身份，让这两个胡作非为的浑蛋付出代价！转念一想，一旦这么做，自作聪明化身雕像的事情便会被拆穿，传出去岂不是要被耻笑？

忍。他深吸一口气，决定最后忍一次。

雕像闭上眼，在刺鼻的花露水味道中，竟然开始默念佛经寻求心理平衡。

已经上到二楼的纪珩忽然微微侧过身，面无表情地斜眼朝一楼雕像的方向看过去，嘴角小幅度地勾了勾。

“怎么不走了？”苏尔转头问。

纪珩说:“地板缝里有只讨人厌的小虫子。”

“是吗？”苏尔低头去看。

纪珩制止他：“大约是下雨返潮的原因。”

苏尔隐约间好像察觉到对方语气中的嘲弄，不过他没放在心上，回到房间很快调整了一个舒服的姿势开始补眠。

一觉睡到傍晚，苏尔因为口渴醒过来，睁开眼发现纪珩还躺着。因为姿势太板正，一时不好分辨他是在沉睡还是在闭目养神。

迟疑了一下，他没有开口叫醒对方，光脚下地找水喝。

眼看窗外的雨势没有丝毫减弱的趋势，反而越发剧烈，苏尔忧心翌日天气恶劣。届时圆月被乌云遮挡，点燃羊角蜡烛召唤恶魔的结果可能会有变数。

“救——”

远处好像传来人声，苏尔快步走到窗边，竖起耳朵仔细辨听，视线却不时被外面树上蹲守的老鹰吸引。此刻它正一动不动地注视着苏尔，生来就锐利的眼神完全看不出友善。

“救命！”求救的声音开始变得清晰。

跑过来的人极为狼狈，比寻常男子略长的头发湿漉漉地坠在额前，遮住了他的半边脸颊。

陈不弃？

苏尔挑了挑眉，往右站了些，方便看清楚。过了半分钟，几乎可以确定陈不弃身后空无一人，根本没有魅物在追他。

陈不弃似乎感觉到什么，猛地抬起头，过于黑白分明的眼睛望过来，看见苏尔后那双眼中的惊恐散去一些。他跑到落地窗前，抬起手猛拍，嘶哑着嗓子喊着救他。

苏尔看了他一会儿，指了指门的方向，陈不弃明白过来，忙跑到大门口。

“谢……谢谢。”

苏尔发现他进门时没有立刻反锁门，问：“有人追你？”

陈不弃惨白着一张脸气喘吁吁地说：“对！魅物！”

惊恐外加受凉，陈不弃竟连续打了好几个嗝，然后开始说自己的遭遇。原来当时他独自留在竹楼检查，身体却不太对劲，于是连忙离开。谁知就在刚才，他正躺在沙发上休息，朱媚不知怎么出现在房间里。

“我觉得奇怪，想也没想就跑了出来。”陈不弃还想再说几句，猝不及防看见雕像上面的皮肤组织，咽下口水，“那玩意儿……好像在动。”

苏尔面色不变：“你看错了。”

陈不弃很确定自己没有看错，不过人在屋檐下，听到对方否认，他只能僵笑着说：“是我眼花了。”接着迅速把话题拉回去，“朱媚八九不离十是只艳魅，我有预感，一旦和她牵扯上，必死无疑。”

“不是魅物，是恶魔。”

低沉的声音打断了他，陈不弃抬头，看见楼梯口多出一人，半边身子隐在阴影当中，就像是悄无声息的鬼魅。

他的心脏不由得猛地一跳，突然觉得眼下这小楼里面比外面更加诡异恐怖。

“恶魔？”苏尔对纪珩的出现并不意外，低头陷入沉思。

纪珩缓缓走下楼梯：“女主人心生怨恨，不知从哪里知道了召唤恶魔的法子。先前她自称是恶魔的仆人，朱媚应该就是她召唤出的那只恶魔。”

苏尔恍然：“难怪给的奖励是蜡烛，《回溯之书》更像是某种伴生物，每召唤出一只恶魔，就会出现一本新的《回溯之书》。”

“什么蜡烛？”陈不弃听得一头雾水。

“召唤恶魔的工具。”苏尔的唇畔带着浅浅的笑容，“当然你也可以用这个消息去换得叶笑岑的庇护。”

明明是很轻柔的声音，陈不弃却忍不住打了个寒战。

“绝对不会！”他举起双手保证。

纪珩坐下来说：“实话告诉你，得到《回溯之书》的人可以获得额外的好处，窥视过去或是看到未来的某个片段。”

未来？陈不弃睫毛一颤，眼神闪烁了一下，嘴上却道：“我只想成功通过副本。”

无视他的小算盘，纪珩继续道：“叶笑岑大约已经猜出一些，一旦知道全部，他必定会来争夺蜡烛。”

听明白纪珩话里的暗示，陈不弃忙道：“我想办法误导他们。”

纪珩从雕像上取下画皮魅，低声不知说了什么，画皮魅蠕动着爬过来。

陈不弃身子一抖，条件反射就要跑。

“别动。”

纪珩的声音不大，但很有威慑性。看清对方眸中的冷芒，陈不弃愣了一下。发怔的工夫，画皮魅已经钻入了他的口袋。

纪珩淡淡道：“别耍花招。”

陈不弃脸色难看，嘴硬道：“玩家间不能互相淘汰。”

才说完，滑腻腻的触感从胳膊上传来。陈不弃惊恐地发现自己手上覆盖了一整层皮，像是滑稽的鸭蹼，此时他连拿道具都做不到，只能眼睁睁地看着那张皮包裹全身。

画皮魅控制不住本性，想要趁机把陈不弃当作口粮，纪珩稍稍用力捏了下眼珠，它立马安分了，重新变成一张皮钻进口袋。陈不弃先是动了动手指，确定已经能自如掌控身体，下一秒浑身瘫软倒在地上。

过了好久，他恢复力气，收起先前的小心思，苦笑道：“有这种手段，为什么不直接用到叶笑岑身上？”

纪珩说：“叶笑岑灵值不低，有可能先一步察觉到。”

“我知道了。”

后怕让陈不弃根本没有心情去询问他们是怎么和魅物达成交易的。

纪珩说：“今晚你就住在这里，明天叶笑岑肯定会主动来找你。”

陈不弃识趣地说："那我睡客厅。"缓了片刻他担忧地问，"如果朱媚再进来该怎么办？"

"不会了。"

纪珩说得很笃定。陈不弃松了口气，又无比后悔。

要是知道特殊服务指的仅仅是文身，早上说什么他也不会将朱媚拒之门外。

没理会他的碎碎念，纪珩看向苏尔："时间还早，再睡一会儿。"

苏尔"哦"了一声，上楼躺回床上却没多少睡意，他辗转反侧了好久，终于在后半夜入眠。

100%

第十章

身份互换

第二天是个晴天。

地上铺的石砖很多已经断裂，凹陷处有积水。路不好走，一不留神就是一脚泥。

朱媚今天没有上门推销文身业务，陈不弃心下遗憾。

去餐厅的路上，如纪珩所料，叶笑岑果然亲自找过来，说是想聊聊。他对目的不加掩饰，直接提到了道具，陈不弃欲言又止地看了眼纪珩，最终选择跟着叶笑岑走。周雀见状露出得意的笑容。

苏尔有意放缓脚步，等这几人转身离开后，才恢复平常的步速。他偶尔扭一下脖子活动颈椎，余光瞥到树上的老鹰，动作僵了下："有没有觉得……它想啄……"

话没说完，老鹰已经冲了下来，速度奇快，双方间的距离不过几米，苏尔连忙弯腰避开。

一阵疾风从头顶扫过。老鹰没有攻击，单纯在他头上盘旋一圈，警告般地鸣叫一声，丢下一坨粪便。

关键时刻纪珩拉了苏尔一把，拯救了他的头发。

苏尔面无表情："我觉得这和运气无关。"

老鹰纯粹是看自己不顺眼。

纪珩说："羊角蜡烛在你身上，它沾染着恶魔的气息，而老鹰负责镇压恶魔。"

苏尔叹了口气，想明白了一些事："来的那天，朱媚出现时这些猛禽全部收翅摆出一个姿势，我以为是在表示恭敬，实际应该是在警戒。"

对于已经被释放出的恶魔，老鹰无可奈何，只能紧盯着她，做出些许威慑。这不禁让他多了一层担心，今晚零点一过，想要召唤恶魔，怕是会受到不小的阻拦。

路上一耽搁，他们最晚到达餐厅。

叶笑岑等人坐一桌，朱媚依旧守着中央区域的桌子，大口吃着雪媚娘。看到苏尔的一瞬间，她的一双美眸中涌起森然的杀意。

苏尔摇头，小声道："昨天这个时候她还当我是小甜甜。"

一夜之间，物是人非。

纪珩好笑地看了他一眼："没冲上来找你拼命算好的。"

二号窗口的厨师回来了，看到这两人，他又气又怒，抓了把调料狠狠撒在烤全羊上。

今天的烤全羊比昨天要小一些。

一只羊起码得薅三次毛，坚持这条做人的准则，苏尔又去了三号窗口。

女厨师正在做雪媚娘，面对不速之客，她停止搅拌，走到一边直接盛了盘水果捞。

盘子被递出来时，苏尔很惊讶。

女厨师的视线锁定他的口袋，幽幽道："我在你身上闻到了恶魔的气息。"

苏尔没多说，端着盘子随便挑了个位子坐下。

今天女厨师只给了一份水果捞，因为分量足，两人也没再找事，分着吃了一盘。最后一口杧果入肚，苏尔和纪珩直接原路回去。

叶笑岑："你确定今晚他们要去竹楼？"

陈不弃点头。

叶笑岑突然放下筷子，什么都不说，只盯着他看。

若是放在昨天之前，陈不弃或许会被这股气势镇住，但经历了画皮魅，自问没有比那更折磨人的东西了，他当即脸色一冷："信不信随你。"

叶笑岑语气稍缓："我随口一问，你别放在心上。"

早饭后，苏尔和纪珩再未出过门，耐心等着夜晚来临。聚在窗户外面的老鹰越来越多，个个虎视眈眈，恨不得扑过来将他们生吞了。苏尔卷起袖子，发现文身已经消散得差不多，忍不住问："恶魔被召唤出来，第一件事会做什么？"

"没有反转的话应该是淘汰召唤它的人。"说着纪珩似乎想到了什么有趣的事情，"恶魔的类型也许和个体性质有关。"

苏尔："个体性质？"

纪珩点头："和品性无关，好比山庄原来的女主人，你认为她长相如何？"

"很媚。"

就事论事，女主人的骨相是苏尔见过最妖的那种。

纪珩说："陈不弃险些被朱媚算计，所以她属于艳魅一类的恶魔。如果能推测出即将被召唤出的恶魔类型，可以事先做些准备。"

他又叹息一声，摇头："很难想象你召唤出的恶魔会是什么样。"

在召唤人选这件事上，双方未经商讨便达成了一致，苏尔身上的谜团太多，更加需要《回溯之书》。

纪珩突然低声说了两句话。

苏尔诧异："恶魔一出来，把雕像当暗器砸过去？"

纪珩做了个噤声的动作，仿佛担心隔墙有耳："小声点。"

"好。"

接下来的时间更加煎熬，临近傍晚，纪珩做了些布置，将大门反锁，又在窗户上贴了数道篆纸。点蜡烛的地点被选在一楼。不知道为什么，苏尔觉得他这么做的目的就是方便在关键时刻把雕像丢出去。

农历十五，晚上月亮格外圆，苏尔意识到昨晚担心月亮会被乌云遮住是在杞人忧天。

楼上楼下任何一个抽屉里都能翻到火柴，就好像专门为他们准备好的一般。零点快要来临之际，苏尔把蜡烛立在桌边，提前划了火柴，盯紧墙上的表，防止错过时间。

秒针走过最后一格，火柴靠近烛心。

眼看蜡烛要被点燃，老鹰的叫声格外刺耳，疯狂扑过来撞击窗户，幸亏纪珩早有准备，篆纸一定程度上起到了抵制的作用。

蜡烛滴落的蜡油是黑色的，臭味钻入鼻腔。苏尔开始怀疑这蜡烛的材质。中间他几次想要收回手，然而蜡烛离了火就有要熄灭的趋势。耗到手指快要被火焰灼烧时，他才以最快速度又划了一根火柴。

窗户在冲击下发出剧烈的颤动，苏尔不时看上一眼，难免有些心急，不过他的手很稳，火柴和烛心一直保持着亲密接触。

一分钟仿佛变得无限漫长，第七次换火柴时，外面的动静突然小了。老鹰愤怒地在半空中盘旋。先前流出的黑色蜡油不断流淌，汇合成一个完美的圆圈，中间还有些看不懂的神秘符号。

苏尔深吸一口气，知道恶魔 NPC 即将出现。

首先从阵法中冒出的是脑袋，恶魔拥有一头耀眼的金色长发，脸庞由于过于精致而分辨不出男女。渐渐地，他的上半身全部浮现，左手高举，托着古朴的书籍。

“趁现在！”纪珩突然开口。

苏尔早就憋着一口气，用了生平最快的速度一把夺过恶魔左手托着的书，另一边纪珩搬起雕像就用力朝恶魔的头顶砸去。

只露出半截身体的恶魔：“？？？”

雕像：“？？？”

纪珩提醒道：“抓紧时间翻书！”

说话的同时他用煤脸见人糊了自己满脸。

苏尔也迅速使用了会哭的娃娃，哀怨的啜泣声响起，恶魔的目光突然变得怜惜。危机暂时解除，他开始低头研究书，原本想招呼纪珩一起看，结果只要有第二个人的视线聚焦在上面，《回溯之书》上的字迹便会自动消失。

苏尔只得走到一边独自翻阅，发现书封上印着一行夸张的小字：《谜底之书》姊妹篇《回溯之书》，震撼上市！

“……”怪不得硬邦邦的质感这么熟悉。

第一页只有一个标题：前尘往事篇。

手指一拨，书页自动停顿了一下，上面多出几个字：

翻书人：周无暇。

“周无暇？”

猜测这大约是进游戏前自己的名字，苏尔也没太在意，直接朝后翻。

起初他还是一脸风轻云淡，看到后面眼神微沉，直至薄唇紧抿。就在这时外面突然传来有人砸门的声音，似乎是叶笑岑发现上当受骗，想要破门而入。喧嚣的声音一浪接着一浪，苏尔却仿佛游离在另一个世界，这些声音入耳后很快被自动过滤。

每页的字数不多，一目十行看完，他“啪”的一下合上书。

沉默了片刻，苏尔抬头看向纪珩：“我最初被招揽，是因为归焚有一个成员被淘汰了。”

停顿了一下，他问：“你还记得那个成员长什么样吗？”

纪珩点头，相处那么长时间的队友，自然是记得。不过知道对方不可能平白无故提问，他便又仔细回想了一番。不多时，他的面色微变……那张他自以为很熟悉的面容，实际早就变得无比模糊。

“在你们的记忆里，他在《弄虚》中被淘汰了，其实没有……”苏尔一字一顿地说，“其实他成功了，成功地过了必死局，集齐成就点，然后离开了游戏。”

祝芸一共预言了三个人的未来：一个是她自己的；一个是苏尔，也就是周无暇的：最后一个是苏尔付出一定代价请她预测的，有关纪珩的未来。

但在那个未来里，纪珩选择留在了必死局的世界。

“我想要改变某个故事的结局，”苏尔垂了垂眼，“所以……我回来了。”

最后一句话像是在解释，又像是在单纯地表态，最后他如释重负地微微勾起嘴角：“万幸，未来真的可以被改变。”

哪怕从头来过，经历生死关，只要还能像现在这样面对面站着说话，一切就都是值得的。

短短几句话听得人云里雾里，纪珩看着他，面色柔和，道：“谢谢你。”

四目相对，他的视线逐渐从苏尔身上转移到《回溯之书》上。

拿着书的手有些发烫，苏尔意识到现在有更为紧要的事情得做。

纪珩说：“不用太急，帮手就要来了。”

说着他转过头，差不多是在同一时间，门被猛地撞开。会哭的娃娃使用时间有限，布娃娃哭泣的声音又被木板破裂的响动覆盖，没了干扰，金发恶魔眼中的怜惜渐渐散去，周身散发着狂暴的气息：“你们……该死。”

危急时刻，纪珩一脸冷漠，对门口的人说：“来得正好！快来帮忙。”

叶笑岑的面色猛地一沉。

那边苏尔刻意晃了晃手中的《回溯之书》，叶笑岑拳头微微握紧，确定被人捷足先登了，再望着恶魔，他终于表情失控，狠狠地剜了眼陈不弃。若不是被这人骗去竹楼，叶笑岑原本有机会拿到《回溯之书》。

陈不弃也不知是麻木还是淡定，没什么表情地开口：“先阻止恶魔再说。”

反正实力不强谁都能踩他一脚，他索性说话直接些。

被当成傻子耍了一通，忍了很久的周雀语气恶劣：“好处他们拿，凭什么让我们出力？”

这种蠢话陈不弃懒得回应，相较而言，叶笑岑愠怒归愠怒，理智还在。恶魔出笼前没有按照任务要求焚毁《回溯之书》，怕是所有人都得交待在这里。

至于苏尔，这时已经开始放火烧书，一根火柴的火苗太微弱，纪珩砍下一截桌腿，包裹着桌布做了个临时火把递给他。

恶魔的力量具体有多强不得而知，但没有人选择近身攻击，就连纪珩也不敢托大，贸然上前用匕首展开较量。

任务只提到焚毁《回溯之书》，只字不提对付恶魔，足够说明恶魔的力量并非玩家可以抗衡的。

纪珩先后扔过去十几张篆纸，效果一般。叶笑岑趁恶魔分神的工夫吹了声口哨，一只精致的机械小鸟飞过去，口中吐出一串会爆炸的小钢珠。有几个弹到恶魔的肩胛骨处，灼烧出一个小洞。

“有用！”周雀目露得意，果然是自家首领厉害。

可惜好景不长，恶魔随手轻轻一捏，机械鸟的速度再快，也没能逃脱他的手掌心。“咔嚓”一声，零件七零八落，机械鸟不甘地叫了一声，化为一摊钢水。

金发恶魔盯着指尖出神两秒，嗤笑道：“没用的玩具。”

“快要出来了！”眼看恶魔只剩脚踝以下还在阵法里，陈不弃连忙去看苏尔，发现书才烧到一半，顿时目露绝望。

苏尔还算淡定，情况也不容他着急，他只能耐心烧书，顺便解释：“这不是普通的纸张。”

寻常书籍想要损毁不过半分钟的事情，《回溯之书》烧得却很慢，而且一离开火苗，书页上的火焰就会立刻熄灭。

纪珩瞥了眼基本没发挥作用的周雀：“你去帮他。”

周雀有点不情不愿。

“滚过去！”见他这做派，叶笑岑少有地厉声命令。

周雀浑身一抖，连忙跑过去帮忙。

苏尔挑了挑眉，抽空看了眼雕像。之前用雕像来当暗器砸了恶魔，起到拖延的作用后，它被反弹到后方的一处死角，想要二次利用，他就得冒着从恶魔身边绕过的风险，想想也只能作罢。

才点燃几根火柴，周雀意外地瞧见前方的情景，突然跳起来吼道：“出来了！”

彻底获得自由的恶魔微微一笑，像是看蝼蚁一样注视着在场的玩家。

金色的长发在半空中飞舞，纪珩躲得快，身后的书架受到波及，直接四分五裂。

情况发生转变，众人不约而同使用防身道具。苏尔用了最后一个煤脸见人，周雀也捏了下从老婆婆那里得来的打补丁的布娃娃。至于纪珩等人的状况，被恶魔乱舞的金色发丝遮挡住视线，苏尔眯了眯眼，实在是看不清。

一声惨叫传来，听着像是陈不弃。

苏尔轻声念道：“走好。”

陈不弃捂着伤口拼命爬到角落，虚弱地说：“托福，还活着。”

《回溯之书》只剩下最后三分之一。恶魔的攻击越发猛烈，到最后几乎是在无差别攻击。纪珩和叶笑岑不惜一切代价联手将他逼近阵法周围，限制他的活动区域。

见状苏尔心头微松。一根发丝毫无预兆地飘过来，苏尔没回过神，躲闪不及，胳膊上霎时没了一块肉。鲜血溅在火把上，火焰暗淡了一瞬间，重新灼烧时光亮弱了不少。

深吸一口气，苏尔试图通过调整呼吸缓解痛苦，感觉稍微好一些后忍痛伸长胳膊，朝就近的一侧够过去，扯下沙发垫当作新一轮的助燃物。

“还有多久？”

纪珩不知何时出现在附近。

苏尔望着烧焦的书壳和一点点缓慢消失的纸张，无奈地道：“三分钟左右。”

话没说完，几根发丝像是箭一样射过来。纪珩闪电般挡在他身前砍断。

恶魔也学聪明了，不再攻击玩家，而是集中力量把所有的输出都打在《回溯之书》周围。苏尔和周雀的武力值都很一般，哪怕有纪珩挡着，多少也吃了几次暗亏。

快点！再快一点！

苏尔将全部心神聚焦在《回溯之书》上。时间比他预计的还要久，烧到最后一页时，速度格外缓慢。就好比看视频时缓冲加载到 99%，小圆圈不停转动，但就是差最后那么一点。

煤脸见人的时效彻底过去，苏尔攥紧能抵御魅物攻击的吊坠，不确定能不能扛过去。

“找到你了。”恶魔低喃的声音飘到耳边，同一时间炸开的还有凛冽的杀意。

只见恶魔修长的手指微微弯曲，掌心包裹着光团，并且还在不断扩大。

纪珩在关键时刻反倒走开，给叶笑岑比画了一下，让他去吸引恶魔的注意。

这么危险的事情叶笑岑自然不愿意。

纪珩低声道：“五秒钟。”

叶笑岑到底还是同意了，眼下也没有第二条路，如果苏尔被淘汰了，再换一个人烧书，其他人只会承担更大的风险。

他出手的瞬间，纪珩绕到恶魔身后。叶笑岑以为他是想偷偷来一个背刺，就连恶魔也是这么认为的，冷笑着等待无用的攻击打在身上。千钧一发之际，纪珩竟然收起攻击的姿势，用了加速道具出现在雕像身边，并迅速举起雕像朝恶魔砸去。

雕像：“？？？”

恶魔像是看跳梁小丑一样，随意地一挥手。

双方距离太近，想要改变抛物线的方向已经迟了，除非是动用空间移动能力转移到另一处去，不过这样就意味着身份会暴露。雕像尚在思忖，就被一巴掌扇飞了出去。

雕像：“……”

他要弄死这个不知好歹敢打自己脸的恶魔！

“烧完了！”周雀惊喜的声音高了八度，一时间吸引了全部人的注意力。

苏尔眼皮一跳："瞎嚷嚷什么！"

说着果断远离了周雀几米。

这是个明智的决定，恶魔的注意力因为声音重新聚焦到这边，具有毁灭性的光团砸了过来。

玩家完成任务的情况下，一旦由于未被及时传送导致出局，事后游戏会严厉追究主持人的责任。雕像恢复理智，再也顾不得被打脸的愤慨，出手挡住光团的攻击，同时对这几人迅速进行了传送。

周雀本以为死定了，举起胳膊挡在面前，死死地闭着眼，没想到等来的不是疼痛，而是传送！

周雀一阵狂喜，尖叫着："任务完成了！天不亡我！"

苏尔摇了摇头，严重怀疑他是一只愚蠢的尖叫鸡转世。

眼前恶魔的身影逐渐模糊，或许是他的错觉，他感觉雕像身上传来的浓烈杀意远超恶魔。

传送结束，周围是无数光影的碎片，碎片内的人穿着各色的衣服，做着不同的事情，苏尔感觉自己像是站在密集的监控面前，窥视其他人的世界。

不是中转站，难免令人心生不安，好在纪珩就在身边，苏尔开口，担忧的却是另外一件事。

"这次同主持人没有交集，会不会没有成就点？"

纪珩看了他一眼，没说话。

很快，苏尔便发现他的担心是多余的，天空中响起熟悉的雷声，只不过这次四周没有普通玩家当看客，而游戏更像是用一种平淡叙事的语气在他耳边说话："恭喜玩家苏尔获得成就'可恶的商贩'。恭喜玩家苏尔获得成就'剥皮大师'。恭喜玩家苏尔获得成就'神憎鬼厌'。"

从臭名昭著上升到神憎鬼厌，说明什么？说明自己一直在进步。想到这里苏尔挑了挑眉，掰着手指数了一遍，确定自己刚刚好集齐了 24 个成就点。

不知道游戏是出于怎样一种考虑，面对二周目进来的玩家，游戏再度汇聚还未散去的乌云，雷声响过，竟然又颁发了两个成就点："恭喜玩家苏尔获得成就'天堂有路你不走'。恭喜玩家苏尔获得成就'地狱无门你自来'。"

苏尔敏锐地发现这时纪珩的胸牌闪烁了一下。

纪珩说："游戏补足了我差的积分。"

这次游戏给他结算的积分超出正常副本的几倍。按照正常情况，他本来还要再下两三个副本才能凑够离开的 10000 积分。

播报完成就点，游戏的声音重新恢复冰冷："别再来了。"

"……"没有加主语，但苏尔莫名觉得这句话只针对他。

赶在被扔出去前，他连忙问："游戏存在的意义是什么？"

空气安静了一瞬，过了会儿那道声音才回应说："创造出一个相对完美的世界，然后让它变成真实的。我需要不断校检人性，收集数据，完善虚拟世界，这是创造我的人留下的最高指令。”

是谁创造了游戏？

苏尔本想这么问，潜意识里却知道，即便问了，也不会有答案。

“走吧。”

游戏确实没心情过多地理会他。

周围的光影碎片变得虚幻，里面呈现的一切都是真实的，那是此刻正在发生的事情，而那些人并不知道自己每分每秒的生活都在被记录。快要彻底消失前，苏尔耳畔传来游戏最后的叮嘱：“其他玩家不会记得同你们在游戏里的交集，你们同样不能主动去攀扯。”

周身被黑暗吞没，苏尔和纪珩对视一眼，眼睁睁看着胸牌自动脱离身体，融入黑暗。

远处传来几声狗叫，眩晕感结束，苏尔低着头，盯着瓷砖看了几秒，确定自己已经出副本了。楼下小孩追逐嬉闹的声音很大，哪怕住在高层也能听见。

熟悉的世界，熟悉的一切。

“回来了。”这一声叹息包含的情绪太过复杂。

纪珩笑了笑：“是我们回来了。”

苏尔愣了一下，而后同样露出一个微笑：“对，是我们回来了。”

没有遗忘彼此，平平安安地归来。

生活回到正轨，苏尔也回归了正常生活，日常早出晚归。

如同游戏所说，除了他和纪珩，其余和他们在游戏里有交集的人，记忆都被抹去了。譬如在姚知眼里，苏尔只是自己曾经教过的一个学生；还有从前联系密切的赵三两，也没有再遇见过。

某天，苏尔熟睡中突然觉得冷，伸手想要扯一下被子，胳膊却像是被冻住了一样。他吸了吸冻得通红的鼻子，不情不愿地睁开眼，面前是一张熟悉的脸。

好久没有面对这种场景了，苏尔心里“咯噔”一下，拨开垂在耳边水藻一般的黏腻黑色长发：“……祝芸？”

一双手猝不及防地掐住苏尔细弱的脖颈儿，他呼吸困难，试图掰开对方的手指。

“抱……歉。”在这场噩梦中，祝芸似乎无法控制自己。

电击器从通关游戏的那一刻便自动消失不见，苏尔挣扎的同时忍不住好奇，自己为什么还会做这种梦。

不知过了多久，死死卡着脖子的手稍稍松了一些，祝芸用丧失焦距的瞳孔盯着他，半晌，费力地从喉咙里挤出几个字：“苏尔……”

她冷冰冰地叫了一遍他的名字，然后说：“祝你……祝你前程似锦。”

这句话说得完全没有感情，苏尔却莫名有些难受。

这时祝芸终于松开手，消失在他眼前。

苏尔清醒之后一身冷汗，心中的郁气还没有完全散开。

纪珩闻声过来看他，打开小夜灯，递来一杯温水："做噩梦了？"

苏尔摸了摸脖子，缓了缓才道："我梦见祝芸了。"

纪珩"哦"了一声，好像不是很惊讶。苏尔双手握着杯子，低头道："她祝我有一个光明的前程。"

纪珩用安抚的口吻说道："睡吧，别多想。"

经历了一场诡异的梦境，后半夜苏尔的睡眠竟然没有受到影响，再次睁眼是被闹铃唤醒的。吃了一顿丰盛的早餐，纪珩开车送他去考场。

顺利答题到最后，只剩下写作文，今年的命题很明确，直接给定文章主旨——生命中的奇迹。听着考场里"沙沙"的落笔声，苏尔沉默片刻，提笔写道：秋有木槿，冬开蜡梅，真正的花开与节气无关。人生百年，勇敢的少年人不乏奇遇；我走过四季轮转，看过日月交替，唯独没等来属于自己的奇迹。后来花开了，我长大了，笨拙地张开双臂想要保护身边的人。那一刻我才发现，与其渴望奇迹，不如成为奇迹本身……

对于游戏里的主持人来说，玩家不过是他们漫长生命里的过客。当然这都是抬高他们的说法，实际上在主持人眼里，玩家轻如尘埃。

不过后来有一个例外出现了，那个人叫苏尔，他不是过客，是游客，到此一游后还留下了手办纪念品。

每个月的十六号，会有新玩家被选择进入游戏，很多主持人不愿意接手新手场，月季绅士不然，这活儿他都是主动抢着接。新手场淘汰率高，他喜欢看玩家的痛苦和不甘心。

新手场的游戏通常规则很简单，这场也一样，叫"拼图"。找到房间里藏起来的拼图碎片，不过每隔半小时需要猜一次拳，输了的人会受到惩罚。

此刻月季绅士的肩膀上坐着苏尔留下的手办之一——小泥人，它对美有着独特的追求，耳边同样插着一朵月季花，可惜脸太小了，一朵花便可以遮住大半边脸颊。

"欢迎各位来到《七天七夜》的世界，我是本场主持人月季绅士。"介绍完基本的游戏规则，月季绅士退到阴影处，准备静心欣赏新玩家接下来的表现。

六名玩家，有歇斯底里的，有冷静的，也有眼珠乱转打坏主意的。月季绅士点了下小泥人眉心上的红点："你可以有新的染料用了。"

"是和他猜拳吗？"一个胆子稍微大些的玩家指了指客厅中央，鼓足勇气问。

地毯上坐着的小孩年纪不大，一双眼睛黑得吓人，正撸着蛇鳞玩。被他捏着的蛇颤颤巍巍地蜷缩着，连蛇芯子都不敢吐。

月季绅士点头，副本里的魅物无数，这小孩他也是头一次见，双方算是另类意义上的合作关系。

似乎感觉到大家在看着自己，小孩一改盘腿坐的姿势，站起来，把蛇团成一团砸了出去，"咯咯"笑着。

玩家中有两个女孩，天生害怕爬行动物，尖叫着后退。小孩拍了拍手，"嗞嗞"

的声音从四面八方传来，灯罩、花盆、马桶……数百条蛇纷纷冒出半个脑袋。

其中一名女玩家近乎崩溃地道：“全是蛇？这还怎么找拼图碎片！”

说完捂着脸控制不住地痛哭。哭声影响了其他人，大家虽然没有直接表现出来，身体却都在止不住地颤抖。

月季绅士眯了眯眼，开口温和地道：“蛇被规则制衡，除非你们触发了某个契机，否则不会被攻击。”

不是所有人都怕蛇，除了女孩子，稍微冷静点的玩家是在忧心玩蛇的小孩。

“至于他……”月季绅士走到小孩面前，微微一笑，“多可爱的孩子，让人心疼都来不及。放心，猜拳前他会很乖。”

小孩讨厌听到太多的声音，哪怕月季绅士说话的声音很动听，传进他耳朵里，也跟叽叽喳喳的鸟雀鸣叫没有区别。小孩“啊啊”叫了两声，挥舞着手里的蛇进行驱赶：“家父苏尔，在座的各位都是垃圾！”

这句话他如今已经烂熟于心，说起来毫不结巴！

众玩家：“……”

一股中二之气扑面而来，玩家还没反应过来，就见刚刚还和颜悦色的主持人突然面色阴沉地隔着虚空朝小孩一抓。小孩的身影逐渐变得透明，最后关头月季绅士陡然屈起手指，没有继续下去。

玩家面面相觑，根本不知道发生了什么。气氛越是沉默，越是加重了恐惧感。

唯独坐在月季绅士肩头的小泥人依旧是一副纯真无邪的样子，它拨动了一下鬓角的红花，声音清脆地问：“我们差点闯祸，对吧？”

月季绅士虽说还是冷着脸，却比刚刚好了一些。

至少小泥人表现出的立场是出了事，它愿意一起担责，不过其中的真假就不好判断了。

“主……主持人……”女玩家小声叫了一声。

月季绅士没心情听她说话：“游戏只有七天时间，你想继续站在那里，我没意见。”

女玩家这才发现身边的几名同伴正抓紧利用小孩被月季绅士攻击的时间迅速在周围寻找通关线索。她只好强忍着恐惧，加入翻找的队伍。

月季绅士并非单纯站在那里，实际上是在等待，等着被规则惩罚，然后等来新的主持人接班。

突然，他朝楼上看去。二楼传来了一阵异样的空间波动，上楼后他在墙角看到一个穿宽大袍子坐小马扎的人。

“既然来了，为什么不立马接手工作？”

神算子不是一个人来的，他左手边放着一个笼子，里面关押着灵魅。

月季绅士心中陡然生出一种不好的预感，神算子是来接替自己的，那灵魅呢？

很快，神算子便给出解答：“由它来担任接下来的猜拳工作，你带着楼下的小孩离开。”

在对方开口前，神算子淡声做了补充："这样可以抵消规则的惩罚。"

月季绅士："惩罚从来没有抵消一说。"

"现在有了。"神算子站起身，短暂离开了喜欢的小马扎，"在你之前，那孩子险些被几个主持人打死，相较而言，这次算轻伤。"

停顿了一下，他意味深长地道："你是个聪明人。"

那孩子若是重伤，让他恢复需要主持人付出超乎寻常的代价。

月季绅士没有答应，但也没直接拒绝："为什么是我？"

"那几位同僚担心自制力不够，半路下死手。"

月季绅士很快有了权衡，瞬间从原地消失，再出现时，旁边多了个玩蛇的孩子。

这个结果似乎在神算子的预料之中："别怪我没提醒你，他原本该成长为焰罗，因为个别原因屡遭磨难，这个恶果游戏也要承担一部分。"

言外之意在那孩子成长起来前，如果谁失手伤了他，会遭遇游戏的超强度惩罚。

小孩根本不了解外界情况，乐不思蜀地玩蛇，把"家父苏尔"当成口头禅挂在嘴边。

闻言，月季绅士面色阴沉不定，强行压抑住愤懑，提醒自己万一失去理智下重手，将要遭受的惩罚会是原来的数倍。

"苏尔。"月季绅士第一次咬牙切齿地念出一个人的名字。

神算子淡淡道："他现在挺好的。"

月季绅士："……"

神算子微微耸了下肩："我算出来的。"

月季绅士闭了闭眼，许久才恢复平静，而后离开新手场，决定去进食。

在游戏中，主持人和魅物最大的区别便是他们不需要依赖灵气生存，但适量吸取也是有好处的。游戏单独开辟了一块区域，主持人可以尽情在里面捕食。这片猎场生存着的都是异常凶猛的魅物，如果主持人的能力不够或者稍有不慎，猎人和猎物的位置就会互换。

月季绅士游刃有余地收割着猎物，突然，他看到一个特别的存在。

在尸山血海和魅物的咆哮声中，有人安静地站在一边，仔细地擦着眼镜，仿佛根本不怕有魅物趁机攻击。

那人的感知也是相当敏锐，隔着数百米，双方的目光在半空中错过，不约而同地停留在对方的小泥人身上。

主持人之间互不认识的也有很多，好比茶花殿下和月季绅士，二人在此之前从未有过交集。茶花殿下盯着月季绅士肩头的小泥人，眼皮猛跳，半晌后冷笑道："原来苏尔有逢人就送孩子的癖好。"

转而看向傻乎乎玩蛇的小孩，他面色古怪："你就这么喜欢带孩子？"

月季绅士被戳到痛处，不但不气，反而微笑着说："有没有听说一件事？苏尔现在过得很好。"

茶花殿下像是听见了什么天方夜谭："就凭他？"

月季绅士点头，微微一笑："就凭他。"

茶花殿下一口气差点没上来。

心情不好导致灵气外放，他旁边的泥人受到波及掉了些渣，不禁目光暗了暗。

泥人心想：这主持人连基本的情绪控制都做不到，怎么配养自己？

当初苏尔走得急，没把它送对人，如今看来它只能自己来找下家。泥人眼珠一转，变了副面孔，望向月季绅士身边的泥人，失神地说了句"好看"。

生平第一次有人夸自己的颜值，爱美如命的月季泥人霎时心花怒放，不过它依旧端着副清冷的样子，给月季绅士吹耳边风："它脑子很好使，抢过来教这小魅物头说话挺好。"

它边说边不忘瞥了眼玩蛇的小孩："免得开口闭口就会说家父苏尔，惹你心烦。"

月季绅士清楚这话里的虚情假意，本质上月季泥人就是想找个同类来吹捧它，然而这是件互惠互利的事情，蠢孩子是到该受教育的年纪了。

半小时后，月季绅士的肩膀上一左一右各坐了一个小泥人，临走前他捡起茶花殿下被打飞的眼镜，亲自给他戴上，轻声道："能力不够，就该学乖一些，以后见面还是好同事。"

注视着那道背影消失，茶花殿下表情阴沉地蹭掉了嘴角的血迹。

暗中盯着的妖兽想要乘人之危，露出锋利的牙齿扑过来。

"滚！"茶花殿下面色不善，细长的手直接拎起妖兽的皮囊，将它甩远。

教人说话需要极好的耐心，当初苏尔是用鸡蛋哄骗未来的焰罗，勉强教会了他那句口头禅。如今小孩脱离了饥饿状态，完全没耐心学习，而且他根本不把任何威胁放在眼里。

月季绅士这里光泥人就有几十个，除了初代泥人和末代泥人，其余的长相千奇百怪。

最后被创造出来的那个泥人十分聪明，见无法用正常方式教会小孩说话，便开始收集各种影视剧播放给他看。

小孩果然消停了不少，除了玩蛇，找到了新的爱好。可惜学习能力得看天赋，野性几乎占据了他的全部大脑，半个月下来他只从电视剧里学会了一句话。

某天，月季绅士路过，恰好他们三个正坐在院落里假装学习。

初代泥人："过两天我想把鼻子垫高一些。"

末代泥人："我的手脚不够灵活，准备加长。"

未来焰罗："俺也一样。"

初代泥人："马上要下雪了，美丽的东西总是值得期待。"

末代泥人："是啊！凛冬将至，枯败同样是一种美。"

未来焰罗："俺也一样。"

正前方摆着的学习机恰好在播放《三国演义》，视频里张飞把"俺也一样"说得掷地有声。

月季绅士面色微变，走过来没收了学习机，一脸冷漠地道：“不管你们用什么方法，月底前至少教会他十句话。”

语毕，他沉着脸转身离开。

确定他走远了，初代泥人摇了摇头，背着手叹道：“铁血酷吏。”

末代泥人长吁一口气，感慨说：“残忍暴君。”

未来焰罗面无表情：“更年期老男人。”

“……”两个泥人猛地偏过头，“你会说话？！”

然而小孩只是傻乎乎地玩蛇，一脸迷茫，就好像刚刚那句话不是他说的一样。不知过了多久，小孩突然变了副脸孔，摸着滑腻腻的蛇鳞，笑容冰冷：“世人笑我太疯癫，我笑世人看不穿。”

“……”初代泥人语塞了一下，“在过往的毒打中，他好像被打出了双重人格。”

末代泥人双手合十：“……生活不易，愿他被世界温柔以待。”

每个选择进入游戏的玩家都有明确的目的，有的是为了逃离现有的生存环境，有的是想要一段清白的过往，当然也不乏追求功名利禄的。理由千奇百怪。

祝芸是比较特殊的，她被游戏选中时，天机城里的百姓全部在疯狂的实验中转变为了蛇人。所以当冥冥之中有一道声音询问她愿不愿意加入游戏脱离目前的环境时，祝芸毫不犹豫地同意了。

对比其他玩家，她还有一个天然的优势——预言术。

哪怕被抹除记忆，本身就是蛇人的事实却无法改变，时不时就侵入脑袋的一段陌生未来，足够把一个正常人逼得精神崩溃。好在随着年龄增长，祝芸逐渐掌握了自身的能力。

预言能力分为主动和被动。

主动即亲自去测算某个人的未来，使用时身体负担极大；被动则是某个人的未来自动闪现在她的脑海中，这种相对要好一些，顶多让她虚弱一小段时间。

祝芸曾研究过被动预言的触发条件，可惜因为次数太少不好确定，只能勉强归结于羁绊。

日后可能跟她产生深厚羁绊的人，最有可能让她被动看到对方的某个片段。

随着不断过副本，祝芸预言的能力与日俱增，直至有一天，她看见了自己的未来——在天机城，数不清的蛇围绕在她周围。

她是蛇人，围攻她的也是蛇人，结合一些特殊副本的线索，祝芸推导出了必死局。为了能够改变既定的命运，她想尽办法进入特殊副本，试图寻找更多有用的信息。

一番谋划下，祝芸成功进入了焰罗荀宝菩所在的特殊副本。

在其他玩家为了生存犹豫着要不要用道具换钱时，祝芸却是直接进入办公室，拿出了全部身家：“买必死局的消息。”

预知的画面里只有出局时的片段，具体过程并不明朗。

听到“必死局”三个字从一个玩家口中说出，荀宝菩没有表现出丝毫惊讶，反而微笑着把道具推回到她面前。

祝芸蹙眉：“不够？”

荀宝菩站起身走到窗边，将枯败的花枝扔进垃圾桶，口吻罕见地带着微薄的怜悯：“这世上，唯死生不可逆转。”

祝芸沉默了一下，然后问：“不是未来不能改变，而是死生不可逆？”

荀宝菩颔首。

祝芸面色不变，继续冷静地分析：“和其他玩家不同，我进入游戏时是蛇人的状态。游戏虽然神通广大，但也无法做到大变活人？”

最后四个字听着有些黑色幽默，荀宝菩不由得对她高看一眼，转过头难得地多说了一句：“游戏可以用一串冰冷的数据制造出虚假繁荣的世界，但假的就是假的，它不可能创造生命。”

“我知道了。”祝芸收起道具，推门离开办公室。

她的表情依旧冰冷，只是眨眼的时候，眼眶微微泛红。

夜晚走廊很危险，多数玩家兑换钱币后立马刷卡要了一间相对安全的客房。祝芸压抑太久，需要宣泄情绪，便独自行走在走廊里。

不亮也不暗的光芒中，在拐角处她看到一位靠着墙角的玩家，潜意识将其归类为没凑够钱开客房的倒霉鬼。祝芸没理会，继续慢慢朝前走。即将擦肩而过的一刹那，她突然停下脚步……没记错的话，这是本次副本中当前总钱款排名第一的玩家。

“你，没要客房？”

苏尔摇头：“没，等着打怪呢。”

能拿到数个成就点的玩家脑子绝对灵光。

祝芸想了想：“一起？好处你拿。”

正说着话，走廊里的灯从那头一盏盏灭到这边，最后一盏灯灭，天花板上霎时多出一道影子。影子长着八条手臂，像是蜘蛛一样飞快地朝这里冲过来。

苏尔完全没有要逃跑的意思，取出道具的同时缓缓道：“李怀檬，男，原住民NPC，在校成绩极为优异，曾获国际数学奥林匹克竞赛金奖、计算机竞赛一等奖等高含金量奖项，毕业后利用自身才学进行诈骗，涉案金额高达九位数，后因意外升级成魅物……这是我从荀宝菩那里买来的资料。”

最后一个字刚念完，头顶多出一张血盆大口。苏尔面无表情地将一根钢棍戳了过去。

原本他一个人就能对付，更何况现在多了一个帮手，双方合力，轻轻松松就把对方从天花板上打了下来。

“留口气。”苏尔说。

他从袖子里拿出一本卷起来的习题册，打开手电筒：“这里我有些不明白，a的取值范围为什么最大可以到3？”

李怀檬满心迷茫：“啥玩意儿？”

苏尔目光一沉："回答我。"

做魅物太久，幸好这道题并不难，李怀檬忍着疼痛很快给出答案。

苏尔紧接着又问了几道题，然后才放他离开，顺便问："认不认识擅长化学的魅物？有的话介绍给我。"

和苟宝菩做交易实在是很不划算。

李怀檬条件反射般摇头。

考虑到还有剩余价值，苏尔不过多为难他："明晚我再来找你。"

"……"李怀檬觉得自己就像是做了场梦，身心受创地按原路逃走了。

苏尔收好习题册，看向祝芸："多谢你了，不然对付这种魅物，免不了要有消耗。"

祝芸勉强扯了扯嘴角。

林子大了，什么鸟都有。

她才刚生出些感慨，神情陡然一变，一幅画面猝不及防出现在脑海里。

"你……"被动的预言触发让她瞬间陷入虚弱状态。

顾不得这些，祝芸惊讶地瞪圆眼睛望着苏尔——她看到了，看到这个人活着出了必死局！

美人作西子捧心状，但苏尔非但没有顺势占个便宜扶起她，反而猛地后退一步，义正词严："我不接受任何性质的碰瓷！"

祝芸："我……"

"我知道，你是想先有肌肤之亲，再逼迫我负责！"

说完苏尔做出防御的姿态："我不接受。"

没有理会疯言疯语，祝芸目中闪过一抹晦色："你拿到了《弄虚》的入场券。"

语气几乎是笃定。

苏尔挑眉，摊了摊手："早说嘛。原来是劫财，我还以为是劫色。"

祝芸轻轻吸了口气，不禁沉思莫非只有活得足够疯癫，才可能离开游戏？强行屏蔽这些乱七八糟的想法，她垂下眼帘，突然做了什么决定，取出一颗眼球，递到苏尔面前："触摸它。"

适才的不正经一瞬间烟消云散，苏尔拿出防身用的道具，同时警惕地只放了一根手指在上面。

绝对不是普通的人眼，他迅速做出判断。被取出的刹那瞳孔自动变化为竖瞳，苏尔能感觉到有一股超凡的力量在其中。

祝芸用了一个疗伤道具，缓缓讲起关于自己的故事，担心被游戏抹杀，关于"必死局"等关键信息她没有明说。

苏尔本身就掌握了部分信息，从她隐晦的词句中，又理清了一些逻辑。

接下来的五分钟，谁都没有说话。

苏尔率先打破沉默，问："需要满足什么条件，你才能推演一个陌生人的未来？"

祝芸摇头："一张照片就行，但我不会帮你。"
付出的代价太大。
苏尔正色道："我可以帮你找到一条出路。"
都是聪明人，不见兔子不撒鹰，他给出方案："做不了人，不代表不能做魅物。古堡里有个老婆婆，特别喜欢我……"
祝芸是个狠人，没想到这人更狠，听他说完，问："原因呢？"
"我和……我和我朋友下过一个副本，见识过一种奇妙的物种，叫画皮魅。"
随着苏尔把画皮魅的特性说出，祝芸立刻会意："成为焰罗？"
苏尔点头："既然游戏不能让你实现愿望，那你就重新确定目标。"
这是个艰难的选择，祝芸指尖泛白，指甲几乎要把掌心抠破，在疼痛的刺激下，她最终决定采纳这个建议。按照约定，平复心情后，祝芸开始进行测算。
苏尔从口袋里掏出一张合照，指着个子高的一方："喏，就是这个人，他叫纪珩。"
祝芸费了一番功夫卜算完。
"他会留在游戏里。"祝芸虚弱地给出一个隐晦的答案。
本以为苏尔会很失落很痛苦，没想到他却一脸淡定。祝芸好奇："你不难过？"
苏尔轻"嘁"一声："游戏世界哪有什么大团圆结局。"
紧接着他的眼神幽深莫测，话题跳跃度很大："我们年纪看上去差不多。"他语速很快，说，"转校吧，和我做同桌，便于日后合作。"
祝芸想也不想地拒绝："我喜欢一个人活动，不加入任何组织。"
苏尔摆手："不是这种合作。"
唯恐说关键词被捕捉到，他在对方掌心写下几个字：以后帮助我回来。
祝芸手指一颤，诧异地抬头看他，苏尔则平静地站在原地，完全没有更改决定的意思。
过了许久，祝芸合拢手指，轻声道："好。"
夜色下，游戏里的一桩交易就此达成。

祝芸望着天空中的月亮，静默不语。已经很久没有回想从前的事情，那些曾经的记忆今晚却如同走马观花般主动在她脑海中过了一遍。
那个时候她是溺水的人，苏尔就是那根稻草，能救命的可能性太低，所以她根本没抱太大希望。不料他们的计划居然进行得如此顺利。
魅物可以以打工为借口，出现在不同的副本，她便去了《无渡》，通过召唤画皮魅的方式，将苏尔提前带入了必死局。
唯一和计划有出入的是，原本她需要促成苏尔和纪珩的相遇，谁承想那两人竟然奇迹般地再次自行组成了一个队伍。
突然，祝芸收回思绪，眉头微微蹙起……又来捣乱了吗？
清澈的湖水开始变得黏稠，搞这些小动作的正是新来的主持人——螣蛇洞主。

前段时间神算子不知何故去了新手场，《弄虚》又暂时关闭，不需要镇守迷宫，螣蛇洞主便主动接手了天机城的工作，自此三天两头来找麻烦。

“怪就怪你和苏尔有段渊源。”螣蛇洞主出现在半空中，一脸阴郁地道，“只要有我在，你就别想进化成焰罗。”

天机城本来有焰罗——天一卦，祝芸进游戏前，两人是一个家族的，是以天一卦没有对她下死手，愿意一山二虎。可这不是游戏愿意见到的，螣蛇洞主便是完美地利用了这点。

螣蛇洞主幸灾乐祸道：“给你个建议，现在就滚。”

早在它话音落下前，草丛里和房梁上，已经出现了许多条蛇的身影。

整个副本唯有这片湖灵气最足，没有灵气反哺，仅靠画皮魅的力量，祝芸几乎不可能成为焰罗。在残酷的现实面前，她只能赶在被蛇群围攻前，沉默地站起身，拖着重伤未愈的身体狼狈地离开。

见状，螣蛇洞主满意地抖了抖翅膀，顿感神清气爽。

祝芸被逼着离开天机城，没有四处流浪，而是去了《弄虚》。在外东躲西藏守了四个月，终于等到一年一度的报告日。

所谓报告日，说白了就是上报游戏漏洞的日子，无论是主持人还是魅物，如果发现规则漏洞上报，并且被游戏采纳，便能得到一定的好处。

今年来汇报的有几十个主持人，螣蛇洞主也在，为防止被它发现，最后一刻祝芸才进去。

一个小时过去，来汇报的主持人和魅物加起来数量有七八十，游戏却只认可了三条漏洞。

台下神算子和荀宝菩座位相邻，忽然皱了皱眉，生出一种危机感。还没等他卜算，报告台上多出一个蛇人。

祝芸平静地对着只呈现黑影的显示器开口：“没有人比苏尔更懂得规则的漏洞，可以雇用他来当一次主持人，主持人则去扮演玩家，必定能有意想不到的收获。”

原本肃静的大厅因为这一句话瞬间变得吵闹起来。

螣蛇洞主气得翅膀都不会抖了，咬牙道：“这女人是疯了吗？不怕被记恨？”

实则祝芸很理智，倘若建议被采纳，游戏会提供很大一笔灵气，利用这些灵气，她有把握晋级焰罗。而主持人不得无故对焰罗造成伤害，否则就会被规则惩处。

台下的荀宝菩笑容微僵，神算子闭了闭眼，总算知道那些危机感来自何处。

“这么扯的提议，游戏不可能同意。”坐在他们身后的主持人不停自我安慰。

游戏沉默的时间里，不少魅物和主持人的心都快提到了嗓子眼儿。然后就在他们眼皮底下，祝芸原先被螣蛇洞主腐蚀的鳞片变得光滑如初，她在大庭广众之下进化成了焰罗。

为防止获利者事后被截和，每逢报告日，游戏都是直接把好处打入被采纳了建议的主持人或者魅物体内。如今祝芸晋级为焰罗，已经表明游戏的态度。

没和苏尔接触过的主持人还好，那些跟他有过交集的，面色一个比一个难看。一只被苏尔害得失业的魅物，更是直接当场气晕了过去。

被抢救过来后，跟它熟识的魅物无语："你又不是主持人，激动个什么？"

"你不懂，万一我们得去苏尔主持的副本里打工呢？"

众魅物："……"

一时间，无数目光聚焦在祝芸身上，像是一把把刀子要将她千刀万剐了。对此祝芸十分冷静，面朝着一个方向深深地鞠了一躬，淡淡道："再造之恩，没齿难忘。"

详细的她没有多说，相信很快就有人会去打听缘由。一旦大家搞清楚了她是因为被赶出天机城，不得不借助这种方法赚灵气，螣蛇洞主势必要被迁怒。

她从容地走下台，路过螣蛇洞主身边时，她的声音没有任何情绪起伏，仿佛今天的一切均无法在她心中掀起波澜："有个词，叫场外援助。"

缓了下，她又道："代我向苏尔问好。"

不知过了多久，螣蛇洞主终于回过神，暴躁得鳞片都爹了起来："好你全家啊！给老子滚回来！"

要不是被神算子扯住了尾巴尖，它早就冲了上去。

可惜那道倩影早已走远，就如同从来没出现过。

祝芸走了，螣蛇洞主考虑要不要放弃报告先逃为妙。然而当它有所动作的时候，门已经被封死了，在无数怨恨的眼神中，螣蛇洞主尽全力保持冷静。它深吸一口气，飞到显示器面前："苏尔是很擅长钻漏洞，但那是作为玩家，如果变身主持人，这项能力能发挥出的作用寥寥。"

一句话得到了台下不少人的响应。

显示屏闪烁了一下。

眼看事情或许会有转圜的余地，螣蛇洞主心头微松。

"提高个人素质尤为重要，"一道清冽的声音传来，"只有设身处地去当一回玩家，才能知道他们都在想什么，才能提高业务能力。"

谁？

螣蛇洞主凌厉的眼神扫遍全场，最终停在月季绅士的肩头。望着泥人，它的语气相当不善："这里哪有你说话的份儿？"

闻言月季绅士抬眼，冰冷一笑："身为主持人，惧怕一个玩家，你是废物吗？"

"……"螣蛇洞主气得翅膀扇动的频率都出现了错误。

月季绅士站起身："以眼还眼，以牙还牙，做不到报复苏尔就闭嘴。"

到了《弄虚》入口处，月季绅士停步，虽然没说话，小泥人却能感受到危机。如果不能给出一个合理的解释，估计它今日性命堪忧。

初代泥人十分理智："为了保证苏尔的安危和副本的公正性，游戏肯定会封印主持人的实力，而我们会成为你的助力。再者，最终优胜者少不了会得到奖赏，别人倒霉你摘桃子，何乐而不为？”

末代泥人补充：“苏尔并非无敌，之后的情况或许有反转，无论如何不亏。”

未来焰罗：“家父苏尔，在座……”

赶在他说出更不利的话语前，初代泥人堵住了他的嘴。

有理有据，月季绅士低头思忖，目光叫人捉摸不定。

“假期终于来了。”

苏尔拖着行李箱走出校门，长叹一声。

上半年附近出了个连环杀人犯，为避免惨剧发生，学校几乎封闭管理了半个学期，哪怕家在本市也不能回家，必须住校。

此刻纪珩正在校门口等着，快步走来帮忙提行李。

纪珩晚一步上车，拿出几张计划表，上面罗列了不同的美食和餐厅环境：“看看想吃点什么。”

苏尔看表的同时心情良好，道：“我要好好利用这个假期出去旅游一趟。”

纪珩点头：“行。”

苏尔的脑海中浮现出好几个地名，正想上网搜一下旅游攻略，一张小卡片凭空出现在车内，在半空中飘了一圈落在他腿上。打开后上方有一行小字：主持人七日游。

下方是填写个人基本信息的表格。

他摇了摇头：“阴魂不散。”

纪珩也看到了那张卡片，问：“有没有其他说明？”

苏尔翻看了一下，最终在后面又找到一些文字：“游戏承诺会保障我的生命安全，临时主持人的奖励是一百张……”

“一百张什么？”

苏尔面色不变：“这个不重要，主持完毕，游戏会解决这附近的连环杀人犯。”

纪珩的关注点还在前者，凑过去瞟见他没念完的部分：一百张纪珩在游戏里的照片。

纪珩：“……”

苏尔开始填表格。

纪珩幽幽地道：“你要去？”

苏尔头也不抬地说：“这个杀人犯极其狡猾，藏匿起来后警方那边也很头疼。为了确保社会治安，学生能有一个健康的环境……”

纪珩打断道：“不是为了照片？”

苏尔摇头，皱眉反问：“你怎么会这么想？”

纪珩信了，然后猝不及防看到卡片上的报酬处多了一行字。

“两百张。”

“一百五。”

“一百八，不能再少了！”

…………

显然，某人正以卡片作为媒介，和游戏讨价还价。

“呵。”

苏尔附和着虚笑一声：“都是误会，误会。”

不管是真误会，还是假误会，这个主持人他最终还是做了。

苏尔负责参与了部分任务的编排，游戏临时挑了一个副本，并提前给出了世界大纲。

“请认真阅读，距离副本开启还剩三小时二分二十秒。”

游戏提示音结束，苏尔独自一人站在一块空荡荡的区域。从小练就的一目十行的本事还在，仅用了一半时长，他便将游戏给的内容全文背了下来。

剩下的时间只能在原地转悠着打发时间，就在他渐感无聊时，倒计时的声音传来——

“三……二……一，即将进行定点传送。”

苏尔出现在山脚，这条路通往坟地，背后的一整片山至少埋了上千具尸体。

作为主持人，他是最先到的，五分钟后本场玩家才逐一现身，都是一些熟悉的面孔，但没看见那个喜欢提灯笼的小女孩。

“《未成年主持人保护法》……”似乎知道苏尔在想什么，书海先生依旧手不释卷，解释道，“凤梧这场不会来。”

凤梧？

苏尔挑眉，这孩子的名字起得还挺讲究。然后他又看向最角落里站着的男人，好奇地问：“你是哪位？”

因为对方戴着帽子看不清脸，苏尔稍稍弯腰方能看清部分轮廓，好像是送自己和纪珩去最后一场副本的神秘男子。

一旁的茶花殿下一脸冷漠：“他就是那场的主持人，障眼法罢了。”

苏尔还是不太明白。

笑脸商人出声揭秘，缓缓吐出两个字：“雕像。”

“……”跳过这个令人尴尬的话题，苏尔看了眼他们的胸牌。

哪怕是大副本，最多也就十几人，所以游戏没有安排太多主持人进这个副本来，选择的全部是给苏尔主持过副本的，美其名曰重点培养。

主持人的实力被暂时封存，如今他们所能使用的力量，全部是精心核算过的。胸牌上除了名字，便是武力值和灵值，魅力值不包含在内，每个主持人的数值都一模一样，数据取自当前所有玩家综合下来的平均值。

换言之，在副本里，大家能使用的力量基本一致。

若说有例外，便是每个主持人进入副本时可以自带三个道具，游戏会适当削减道具能力，使其不超出副本所能承受的范围。

再者便是月季绅士，他的末代泥人并没有被没收。因为游戏无法对泥人的存在给出明确定义，末代泥人更像是画皮魅分裂后的一个产物，能力不强，不好判断是否属于独立个体。

“各位好，”将他们的情况收归眼底，苏尔展露出职业微笑，“我是本场主持人最强魁甲。”

众人：“……”

沉默中，笑脸商人忍不住质疑：“你，魁甲？”

没记错的话，这个词代表的是科举考试进士第一名。

苏尔脸不红心不跳：“我，苏尔，高素质人才，有意见你就提。”

虽然提了也不改。

笑脸商人叹道：“说通关任务吧。”

做生意有时候脸皮要厚，不过面对苏尔，这方面他自愧不如。

“生于天地间，葬于天地间，土葬有着极为悠久的历史。近年来，火葬逐渐普及，它的好处有很多，节约土地资源，方便祭拜，对环境也友好。”

苏尔抓住了主持人角色形象的精髓，嘴角勾起一道诡异的弧度：“请大家同心协力，在七天内帮助一位叫赵石楠的沉睡者合上双眼。当初他是睁着眼下葬的，已经几百年没睡过一个好觉了。”

山里的风又凉又烈，配合着这句话，渲染出了一种惊悚的氛围。

“特别要说明一点，副本中的死亡不会导致真正的死亡，但失败者会亲身体验死亡时的痛苦。”

主持人，也就是现在的玩家，纷纷发出不屑的声音，显然这点痛苦他们根本不放在心上。

苏尔似乎早就料到会这样，温和地补充：“后期各位的表现会被编入主持人教材，播放给其他主持人看，好汲取其中的经验。如果死得太惨，会被鄙视的。”

螣蛇洞主条件反射地想要拍打一下翅膀，可惜他现在是人身，这也是游戏促进公平的一种手段，他必须化形参加。没有办法用肢体表达愤怒，他只好张口宣泄情绪：“肯定是你这个浑蛋出的主意！”

苏尔微微一笑，之后面不改色地回应：“这个真是游戏的安排，我这个浑蛋出的主意还在后面。”

众人：“……”

“优胜者的奖励是三千缕灵气，一张调换券。”

螣蛇洞主：“调换券？”

苏尔说：“如果日后你们不想接某个副本的主持工作，利用调换券，可以更换副本。”

放在从前，没人会稀罕调换券，经历了苏尔后，他们发现以防万一，这种东西很有必要备上一张。

苏尔说：“坟前忌讳大喊大叫，为了方便大家交流，游戏给大家配备了通信器。”

“对不起，您拨打的电话不在服务区……”

正说着话，有声音断断续续传出。

这样的声音不止一道，而是层层叠叠交织在一起。

此消彼长，为免意外发生，游戏临时调高了苏尔的身体属性，超凡的五感很快让他锁定几个声源点，打电话的分别是东风居士、蒲柳先生还有神算子，且他们呼叫的号码是同一个。

“没用的。”苏尔微笑道，“这是特殊通信器，只能用于玩家间，不过你们能想到报警我很欣慰。特别是神算子，放弃玄学积极寻求外界救援，是一大进步。”

神算子：“……”

其他主持人顿时看这三人的目光不太对劲，报警这种行为他们是怎么想到的？

苏尔基本不说废话，拍了拍手：“如果没什么问题的话，我宣布游戏正式开始。”

山路崎岖难走，空间转移的能力被封印，以往神通广大的主持人如今只能依靠体力慢慢向上爬。

螣蛇洞主看苏尔极其不顺眼：“能不能别在前面晃悠？”

苏尔竟然真的虚心采纳了他的建议，改走到阴影处。

“口舌之争没有必要。”自进来后便很少发言的书海先生淡淡开口，“我们虽然失去了力量，不过利用道具团结起来，一天之内就能完成任务。”

这句话绝不夸张，对比普通玩家，主持人有一个天然的优势，他们熟悉游戏的各种套路。说白了很多副本并不难，通关率低的真正原因是玩家间的相互猜忌、争夺……甚至钻规则的漏洞进行互相淘汰。

作为老江湖，挑拨离间对他们而言并不管用。

墓园的入口处站着一位老太太，换作平时，主持人用一根指头就能碾死她，现在却不得不停下脚步。

作为新开辟出的副本，这里的魅物根本不认识主持人，更谈不上敬畏。老太太用拐杖重重敲了两下地：“亡灵的世界容不得谎言，想要进去的人必须有一颗真心。”

老太太人老了，眼神却透露着十足的精明：“你们需要先派出两个人来回答我的问题，记住，一定要真心。”

这批玩家里面最有学问的便是书海先生，但老妪强调真心，意味着有可能懂得越多反而越不利。权衡一番，螣蛇洞主首先走了过去，紧接着是蒲柳先生。

“想好了？”老太太怪笑一声。

螣蛇洞主自然不会被她吓到，平静地点头。

就在这时，老太太的拐杖突然像是一棵茁壮成长的树苗，不断蹿高朝两边分裂出单独的枝丫，其中一根上面掉下来蜘蛛丝一样的银线，缠住正下方蒲柳先生的手腕。

从远处看，拐杖化形的东西类似于天秤，只不过另一头吊着的是斧头，不是秤砣。螣蛇洞主被一股神秘的力量移形换位，站到了天秤另一端。

老太太：“二位正站在真相的天秤下，由一方来回答问题，如果有半句假话，另一端的斧头就会落下。”

也就是说一旦蒲柳先生说谎，螣蛇洞主就会被半空中落下的斧头砸死。

老太太手中出现一沓小卡片：“你的名字是什么？”

蒲柳先生看着那沓小卡片，心中生出些不好的预感，但还是如实回答了。

老太太点点头，只抽出其中一张，将其他的卡片重新收了回去：“还剩三个问题……请问你受过苏尔的迫害吗？”

蒲柳先生瞬间明白了这个游戏的真实用意：离间主持人间的关系。

这么恶毒的环节，设计者是谁不难猜出。

蒲柳先生看了眼不远处掩脸狂笑的苏尔，冷声道：“没有。”

在场的其他主持人，除了青莲智者，心态立马有几分微妙的失衡……他们中竟然出了一个没被糟蹋过的叛徒！

老太太望着天秤，舔了舔干涩的嘴唇：“很好，我喜欢诚实的孩子。”

又问：“请问你是否私下关注着苏尔迫害主持人的事迹？”

蒲柳先生眼皮一跳，最终缓缓点头。

老太太声音亢奋：“最后一个问题了！请问每当听到有主持人因此倒霉，你是否会开心得喜上眉梢，心花怒放，觉得生活无比美好，而自己就是万中无一的幸运儿？”

蒲柳先生嘴唇动了动，没出声。

天秤另一端的斧头隐隐有要落下的趋势。

“还有十秒钟，超时按撒谎计算。”

蒲柳先生闭上眼。谎言是没有任何意义的，哪怕现在否认，斧头落下来也足够说明真相，他只能咬了咬牙：“是。”

“畜生！”被苏尔举报两次的螣蛇洞主怒骂了一声。

其他人看蒲柳先生的眼神同样泛冷。

这是苏尔在挑拨离间，蒲柳先生清楚，他们当然也明了，但情绪上的愤怒有时候无法靠理智完全约束。

“好啊。”同样遭受过举报迫害的守墓忠仆冷笑，“原来你还有这种生活情趣？”

手腕上的银丝被收回，蒲柳先生黑着脸回到玩家队伍当中。

老太太无视他们间的争吵：“下一组。”

神算子皱眉：“每个人都要测？”

老太太神秘兮兮地道：“真相是残忍的，有时候也是让人恶心的，看多了会让我不舒服！再来一组，通过后放你们入园。”

回想她先前的动作，应该是通过名字来找到主持人需要回答的问题卡片，至于出题人，绝对是苏尔。

但关于名字又不能说谎，只能按对方的套路来。

这一次再没有主持人积极上前，天知道他们需要回答什么样的问题，得罪同行都是轻的。

一直老实站在阴影当中的苏尔看热闹不嫌事大，状似好心地道："别怕，大家平日里不都是好同事吗？"

众人："……"

选人就像排列组合，是个技术活儿。月季绅士和守墓忠仆这种死对头就绝对不能作为组合，否则一方势必要故意说谎话，开心地看着另一方遭罪。同样，东风居士也不能去，这货太过惫懒，万一消极怠工故意送死，也会给团队造成损失。

最终开口的是书海先生，他把目光放在茶花殿下身上："你算一个人选。"

茶花殿下的情绪有些压抑，眉梢似乎聚着化不开的忧愁："如果这是大家的选择，我义不容辞，只是……为什么是我？"

书海先生淡淡道："无论你心底里藏着什么秘密，我们也不会惊讶。"

茶花殿下眼皮一跳，当即冷笑道："那你也要去。"

书海先生："我有主持大局的能力，去了不利于之后的指挥。"

都不是什么好人，只不过有些话说出来和不说出来完全是两回事。

最终定下的人选是茶花殿下和螣蛇洞主，后者作为这次主持人和玩家身份交换的罪魁祸首，有责任多担当一些。

茶花殿下步伐稍快，特意站到了适才螣蛇洞主的位置，然而这一次银丝却是主动缠绕住他的手腕。

茶花殿下面色微变：这是指定必须让自己来作答？

老太太笑得越发开怀，笑够了才开口："你的名字？"

"……茶花殿下。"

老太太找到属于他的那张卡片，夸张地"啊"了一声："幸运儿！你只用回答一个问题！"

闻言茶花殿下非但没有生出庆幸，反而警惕地眯起眼。

"请问——"老太太像是在主持电视节目，故意将声调拖得很长，"在争取到纪珩必死局的主持资格前，你是否认为从前被苏尔坑过的同事们都是垃圾？"

老太太将最后两个字念得格外重。

短短一会儿工夫，众人已经记不清这是今天的第几次沉默。

不知过去多久，茶花殿下看向不远处的苏尔，一字一顿："你——够——狠！"

"请正面回答问题。"老太太不高兴了，"如果再说与答案无关的词汇，视为撒谎。"

头顶上悬着把斧头的感觉并不妙，螣蛇洞主催促："赶紧的。"

知道逃不掉，茶花殿下深吸一口气："是。"

众人："……"

苏尔笑了。

从这个回答开始，这个所谓的"玩家团伙"再也不能团结起来了。

想到这里，他一脸惆怅地四十五度角望天："我们，终将成长为从前自己最讨厌的那种人。”

好比自己此刻完全体会到了主持人挑拨离间的乐趣。

散发着淡淡哀伤的气息随风飘散开，其他人的表情相当难看。老太太也终于结束浮夸的表演，天秤重新化为拐杖，她侧过身让开道，微微垂首：“恭喜各位，通过了问心环节。”

茶花殿下脸色难看，第一个走了过去，紧接着是朧蛇洞主和蒲柳先生。

三人随机应变，知道已经不受待见，索性放下成见结为一个小团体。

山上的坟地建得很乱，有些坟长年无人拜祭，野草长了一堆，坟土都塌了，和旁边的几乎要连在一起。

看着满山的坟包，书海先生略一沉吟：“分开找。”

神算子：“我没意见。”

苏尔突然现身说教：“根据我当玩家时的经验，你们这是有内部分裂的前兆。”

没人理他，众人各自去寻找赵石楠的坟墓。

苏尔毫不在意被冷落，挑了棵大树，爬到高处观望一切。

树叶婆娑，压下了叹息声。

游戏已经开始一段时间，到现在都未曾有玩家发生意外，这是苏尔作为主持人的失职。不过很快笑容便重新浮现在苏尔的唇畔……他急，想必这些人更急。

失败并不可怕，可怕的是成为第一个失败的人，被编进教材，必定会被耻笑很久。

论揣测人心的本事，苏尔不逊色于任何人。

正如他的判断，大家都在避免做首当其冲的那个。

纵横交错的山间小路上，凸起的石块和蛇洞阻碍着众玩家的行动。

东风居士的速度更加缓慢，轮椅极大程度地限制了他的前行速度。当然性格不好动也是原因，直接导致过去了好长一段时间，他仍旧在入口处徘徊。

赶紧“死”一个吧。

他打心底里期盼，这样自己就可以再无顾虑地故意“死”在魅物手上，同时也不用遭到太多诟病。毕竟绝大多数情况下，只有最后一名和第一名会成为被讨论的热点。

就在东风居士摸鱼行进时，通信器突然响了一下。

笑脸商人：“我猜你的三个道具肯定都选了煤脸见人，要不要交换一个？”

东风居士仰面陷入沉思，煤脸见人属于防御型道具，来之前他没想那么多，光想混过去。可眼下情况有变，单纯依靠同一类道具，说不定他会沦为首个牺牲者。

有了决定后他回复道：“好，你在哪儿？”

笑脸商人：“一路朝前走就能看见。”

东风居士探头望了望，没瞧见人影，便稍微加快了点前行速度。

笑脸商人是个格外小心的人，此刻他正藏身土坑，坑很浅，像是预留的一个棺材位，后来因故被废弃。站在里面，既能隐藏身形，还能露出半个头随时观望外面的状况。

东风居士的行踪不难发现，隔着一段距离就能听见轮子轧过黄土地的声音。

就在笑脸商人准备出去时，又有一道人影跃入眼帘，他皱了皱眉，选择按兵不动。

另一边东风居士感觉自己走了很远，却还没看到人，低头发消息："你在哪儿？"

笑脸商人："有内鬼，终止交易。"

"……"东风居士面无表情地收起通信器，第一反应是笑脸商人的脑子让驴给踢了。

还没等他吐槽几句，他突然感受到几缕灵气。这股灵气不是来自魅物，而是来自某种弱小的个体。东风居士很快做出判断，没有再往前走，与此同时，有人从斜侧面绕过几座孤坟过来，来人肩膀上坐着的小泥人很引人瞩目。

深知泥人的来历，他陷入沉思，忽然明白了笑脸商人的担忧，因为向来懒得打哑谜，便直白地问："你是苏尔派来的吗？"

"你觉得呢？"

话虽如此，月季绅士的口吻更像是在问："你想死吗？"

东风居士懒，不代表没有脑子，撑着快要耷拉下来的眼皮，强忍着困意改口说："合作？"

有着相同目标的人容易产生冲突，譬如笑脸商人和月季绅士，都是为了获得最后的优胜，东风居士则完全不同，他仅仅是不想第一个被干掉。

月季绅士当然不会放过一大天然助力，点了点头。

他们走后，苏尔出现在笑脸商人面前："你错过了强强联合的机会。"

笑脸商人不以为意："我突然想到了一个更好的合作对象。"

苏尔似乎想到了什么。

笑脸商人佐证了他的想法，没有隐瞒目标人选："守墓忠仆。"

在苏尔被月季绅士一手安排进守墓忠仆的副本后，月季绅士和守墓忠仆之间的矛盾就更加不可调和。相较而言，守墓忠仆还要更加情绪化一点，他可以不取得胜利，但一定会去给月季绅士添堵。

笑脸商人从坑里爬出来，坐在杂草上用通信器呼叫守墓忠仆，后者刚好也在附近，两人一拍即合，狼狈为奸地离开了。

看到这一幕苏尔忍不住摇了摇头，这哪里是团战游戏，分明是大型互撕现场。

墓地忌讳大声喧哗。

先前苏尔只是随口一说，所有人却放在了心上，根据多年做主持人的经验，他们认为这绝对是一条出局触发规则。然而就在大家尽可能选择打字交流时，寂静终于被打破。

前方传来一阵喋喋不休的咒骂声，伴随着某种奇妙的响动。

茶花殿下离声源处最近，拿出道具极为谨慎地走过去。

离他四五米远的墓地上，臆蛇洞主的身体紧紧和碑贴合在一起，此刻他只剩下半截身子，背部的皮肤被一点点强行融入墓碑。

茶花殿下小心靠近，观察后得出结论："没救了。"

"不用你说我也知道。"臆蛇洞主疼得满头大汗。

即便不会真的死亡，但疼痛可是实打实的。

"真惨啊！"茶花殿下假模假样地揉揉眼，似乎很难过，然后趁对方还有意识，抓紧时间问，"刚刚发生了什么？"

如果能知道他触发了什么出局条件，便可以引以为戒提前避免。

臆蛇洞主哪里不知道对方这是在打什么主意，死死咬着嘴唇不说话。

茶花殿下连忙承诺说："我获得优胜，奖励分你一半。"

臆蛇洞主对他的实力并不信任。

茶花殿下："实力并不代表一切。"

这句话起到了一定作用，至少臆蛇洞主没有过分抵触，而是开始权衡利弊。茶花殿下的确够有心机！原本三人因为都不受待见而暂时抱团，进来后没多久茶花殿下先给了蒲柳先生一个道具，说服他去和别人合作，打听来的消息团体分享；之后又说动臆蛇洞主去探路，而他本人却留在安全区。

如今还装出一副为自己受伤红了眼眶的假象！臆蛇洞主立刻下了决定，决定把赌注押在他身上："不是所有的墓碑都有名字，是我自作聪明了。"

茶花殿下连忙绕到他身后，可惜臆蛇洞主的身体快要完全嵌入墓碑，看不清原先是否有字迹。这时臆蛇洞主终于坚持不住，彻底融入墓碑。

茶花殿下总结出一条淘汰规律：不可探查无字之碑。

其实臆蛇洞主的思路没有错，谁说赵石楠的墓一定要有碑或者碑文，只能说他太倒霉，刚好就触发了出局条件。

这里不好久留，茶花殿下继续向前走，发现了一道跌跌撞撞的巴掌大的身影。

野草对泥人十分不友好，它稍不留神就会被绊倒。每走一段距离，它便警惕地东张西望，很快看到了茶花殿下。

小泥人张大了嘴巴。

月季绅士此次只带了两个泥人，山头面积宽广，泥人体力也有限，所以都是轮班探寻。

"还真是冤家路窄。"茶花殿下走过去，"当初你跟月季跑掉的时候，有没有想过会有今天？"

末代泥人就事论事："是你没打过他。"

茶花殿下弯下腰，口吻很残酷："主持人死了可以复活，泥人就未必了。"

末代泥人转过身，背上贴了一张纂纸，上面写着"反弹"。

每个主持人来时可以带三件道具，月季绅士带来的东西里有两个都是篆纸，属于一次性消耗品，可以将敌方的攻击反弹 80%。

茶花殿下暂时压下来攻击它的想法。

逃过一劫，末代泥人认真探查墓碑，试图找到“赵石楠”三个字。

茶花殿下就跟在它后面，显然将泥人当成了探路石。

末代泥人也意识到了这点，知道哪怕有所发现，也只会被捷足先登。

“怎么不走了？”茶花殿下露出的笑容带着威胁，“别忘了篆纸只能救一次命。”

末代泥人无奈，暂时屈从于恶势力，边走边思考对策。

身后的茶花殿下冷笑道：“多少人因为苏尔的关系看泥人不顺眼，月季居然还敢放你出来。”

末代泥人诚实地道：“他给了我两个选择，要么成长起来独当一面，要么失败，那就只能……”

它的头垂下去，声音逐渐微弱。

茶花殿下把自己的快乐建立在泥人的痛苦上，幸灾乐祸地问：“是不是会被当成无用的垃圾扫地出门？”

“不是的。”末代泥人赶忙摇头，“一旦失败就要和其他泥人一样，回去继承家产。”

茶花殿下：“……”

说者有心，听者也有意。同样目睹了螣蛇洞主的死亡现场，私下尾随茶花殿下的苏尔若有所思……家产？

他当初也曾打下一片江山，不过离开游戏时连胸牌都被没收了，也不知那个收集魅物眼泪的瓶子还在不在。当初在《弄虚》，自己可是冒着生命危险在收取过路费呢。

这么一想，苏尔顿时觉得要去找守墓忠仆谈谈。

被游戏提升身体素质后，可以轻松实现望远镜程度的远眺。确定月季绅士和小泥人的距离不远，很快就可以会合，苏尔决定离开。哪怕之后茶花殿下丧心病狂对泥人下杀手，有反弹篆纸在，动静一大月季绅士完全可以赶过来。

能力被封印了，基本的感知还在，确定苏尔离开，茶花殿下微微勾起嘴角，准备对泥人出手。

一次性击杀成功的可能性极低，不过能浪费一张月季绅士的道具篆纸，有利于最终获胜。

他左手攥紧拳头准备对准泥人背部蓄力一击，没有看到泥人脸上同样浮现出笑意。

千钧一发之际，脚下的泥土突然变得无比松软，原本准备用来攻击泥人的力量瞬间直击地底。然而并没有任何魅物被击中的迹象，反倒是地面被轰出一个小坑。

茶花殿下蹙眉，来不及四处探查，脚踝便被一只细长的手骨抓住，用力向下拖拽。

这种情况下，除非一击砍断手骨，否则根本难以保证基本的平衡。

茶花殿下的理智在这些主持人中可以排前五。意识到越挣扎下沉速度越快，他索性放弃挣扎，认真观察周围。

“没用的。”在茶花殿下只剩下一个头在地面之上时，末代泥人以居高临下的姿态看着他，“你踩在了别人的坟堆上，不礼貌。”

茶花殿下一怔，这才意识到周围的土确实要比其他地方鼓起一些，适才他的注意力全部集中在泥人和苏尔身上，没有发现这一异常。

“该死！”

他觉得格外憋屈，这简直是巨坑！

正常人根本不会注意到这是个坟包，这里最多也就比地面高出三四厘米，想来死者生前是被草草埋了。

土已经上升到鼻尖，茶花殿下喘不上气来，脸色通红。

末代泥人无视他的痛苦，一脸冷酷地看向前方，开口说：“鱼钓到了。”

月季绅士小心避免踩到坟土，低头望着只剩下一双眼睛在地面上的茶花殿下：“泥人孤零零一个在外行走，你就没想过原因？”

茶花殿下想骂人，一张开嘴，土就往身体里灌。

东风居士坐着轮椅不太方便，稍晚一步才过来。

窒息感下，茶花殿下的大脑还在运转：为什么月季绅士非要盯着自己？若说死对头，他该去找守墓忠仆才对！

不，既然是钓鱼，钓到哪一条都无所谓，放弃任务对同事下手，难道……

茶花殿下终于明白对方在打什么主意，对方这是想要通过猎杀其余所有人让副本的难度降级。

怪不得他要选择和懒散的东风居士合作，后者就算知道全盘计划，也会乐意提供帮助。反正跟着月季绅士能多混一会儿，也不用动脑筋，完全符合咸鱼类型的人喜欢的人设。

没多久，茶花殿下彻底消失不见，与此同时地面的土震动了一下，地底传来一道沉闷的声音，像是合棺材盖发出来的。

“快看。”东风居士身子前倾，眯着眼望向地面突然出现的一条裂缝。

一阵轰隆隆的响动后，从缝隙间蹿出一块石碑，碑上印着茶花殿下的轮廓。

月季绅士注视着石碑，说：“不知道我们本场设定的身份是人，还是魅物。”

东风居士重新靠向轮椅的靠背，无心探索副本，随口给出一种最大的可能性：“这次的设定大家应该都是孤魂野鬼，不过忘了自己已死亡的事实，所以在墓园内要避免靠近无字之碑，或是一些根本没立碑的坟包。”

月季绅士颔首：“这些坟墓就是来抓我们的。”

在他说完这句话后，地底突然传来一声充满关怀的呼唤：“回家——快回家——”

月季绅士面色微变，推着东风居士迅速撤离。到了一片较为宽阔的区域，环顾四周后他陷入沉思。

山头面积太大，纵使有泥人探路，一座座找下去危险系数也不小，最稳妥的法子还是让难度降级。回顾本次来的所有人，容易淘汰的都已经结盟了。

“从谁下手比较好……”

东风居士竟然回答了他的自言自语：“就蒲柳吧。”

闻言月季绅士脸上浮现出一丝笑容：“不错的人选。”

可惜苏尔离开得早，错过了他们的讨论，不然可以免费看上一场“宫心计”。

利用游戏暂时给予的空间传送能力，苏尔很快找到了和笑脸商人组队的守墓忠仆，他们刚刚和一只魅物进行过猜拳游戏，获得了较为关键的信息。

然而笑脸商人没有直接去到魅物提供的地点，反而拦路堵截了同样获得信息的神算子。

和其他副本一样，这场游戏禁止玩家互相淘汰，但对于身经百战的主持人，利用规则漏洞淘汰其他人则很容易做到。

见他们毫无顾忌地拦自己的路，神算子轻叹：“看来我已经触发了某种出局条件。”

笑脸商人实话实说：“不一定。不过你脚下踩的土里埋有纸钱。”

这是通过守墓忠仆的道具“牛眼睛”看到的，想也知道踩上去会有不好的事情发生，所以他们特地算好距离站定，这样有人来会不自觉停下脚步，刚好踩在纸钱上方。

神算子带的道具全部和占卜有关，三件都用于测算，本来是想拼一把速度，在所有人之前找到赵石楠的坟，可还是慢了一步。

纸钱突破土地的限制开始燃烧，蹿出的火光足有四五丈高，温度足以化钢。毫无反转，神算子迅速消失了。

满意地望着这一幕，两人没有立刻离开，守墓忠仆继续使用道具寻找淘汰触发点。

苏尔就在这时出现：“你们俩在做什么？”

守墓忠仆忙活着手头上的事，对他的出现没多大反应：“如你所见，想办法坑人。”

本来刚才那个陷阱是要留给月季绅士的。

苏尔问出关心的问题：“先前集齐的眼泪瓶有没有回到你手上？”

守墓忠仆似乎有所发现，看向远处长着野草的坟堆，心情颇好，顺便回答了他的问题：“嗯。”

说起来，苏尔算是他遇到过的唯一有契约精神的玩家，按照约定收集够了魅物眼泪。

苏尔好奇：“那玩意儿满了有什么用？”

“召唤瓶，高级道具，能随瓶召唤一只恶魔。”

苏尔感觉听漏了什么：“然后帮助主人实现心愿？”

守墓忠仆惊讶地看着他，半晌后好笑道：“说什么傻话？它自然是会吃了召唤者。”

苏尔皱眉：“既然是道具，总该有用处。”

“用处就是同归于尽。”守墓忠仆淡淡道，“恶魔会吃掉首先看到的三个东西，无论人还是魅物。”

说着他手中多出一个瓶子。

苏尔眼皮一跳：“你该不会想……”

守墓忠仆用充满期待的语气说：“月季他死定了。”忽然他耳朵尖动了动，“说什么来什么。”

他转过头对笑脸商人说：“之前承诺的一千缕灵气记得打给我，还有，东南方向野草最高的坟墓去了会有危险。”

笑脸商人点头：“走好。”

苏尔望着守墓忠仆的背影，揉了揉眉心，想也知道很快会收到守墓忠仆、月季绅士和东风居士的淘汰提示。

留在原地的笑脸商人将有淘汰陷阱的位置发给了某个人，不多时书海先生和一个戴着帽子的男人走了过来。关键时候书海先生有意落后半步，走在前面的男人刚察觉出不对，就被铺天盖地的黄土掩埋了。

看到这一幕，苏尔感慨道：“说起来，我到现在都不知道他叫什么。”

作为最后接触过的主持人，神秘男子在那个副本中伪装成雕像，而这次主持人聚集而来，得知对方身份后苏尔因为心虚便有意避开了他。

不过眼下他更感兴趣的是另一件事。苏尔用一种很有深意的眼神望着笑脸商人。

起初笑脸商人还能若无其事地和他对视，后来用手比画了“二八”。有些东西苏尔肯定是用不上了，但不代表不能留给别人。

过了片刻，苏尔终于张口：“泥人，祝芸。”

笑脸商人明白他的暗示，做了个“OK”的手势。

快到正午，山上都是矮树，十分晒。

苏尔不准备在这片空地站太久，转身要寻片阴凉。正巧书海先生迎面走来准备和笑脸商人会合，擦肩而过时，苏尔意味深长地道：“读书人。”

书海先生看了他一眼：“你也是读书人。”

从前阴起魅物来可不见苏尔心软过。

满山的坟墓，环境却意外地不错，至少此处视野相当开阔。

苏尔坐下来靠在树上，准备小憩一会儿，感叹自己过去竟从未发现书海先生的狡诈。

笑脸商人得到信息却迟迟不去完成任务只有一种可能，他要利用这一点发财。如果没猜错，游戏开始前，荀宝菩已经利用外界的好奇心开了赌局，月季绅士这类型的人赢面大，押他的人肯定多。而笑脸商人决定帮助书海先生获胜，说明没有魅物押书海先生。

“想想也不奇怪……”苏尔有些困倦地闭目养神，像是梦呓一般低语，“东风居士和书海先生估计根本没魅物敢押。”

前者懒到死，后者常年一副淡泊读书人的状态游走在各个副本，让其他魅物连搏一把的赌徒心理都没办法产生。

如今东风居士已经和月季绅士组队，笑脸商人只能帮助书海先生取胜。

不过计划成功的前提是书海先生必须配合，笑脸商人的小动作那么多，他不可能没注意到，所以二者私下必然达成了另一种协议。

苏尔突然睁开眼，仰头看天：“只是他们要怎么对付青莲智者……”

作为高级智能人，青莲智者可不是好算计的。好奇心让他决定过去瞅上一眼。

全场只剩下三名主持人玩家存活，不久前守墓忠仆找准月季绅士坑死蒲柳先生后放松的瞬间，召唤恶魔带着东风居士一起上了路。

此刻在一个路口分岔处，笑脸商人、书海先生和青莲智者狭路相逢。

笑脸商人不知发了什么疯，见面后直接对青莲智者动手，而青莲智者在尚有余地的情况下选择了同归于尽。

“……”苏尔盯着青莲智者消失的地方挑眉，“打假赛？”

笑脸商人违规出手，规则会惩戒他，明明不还击便能保全自身，说白了是青莲智者在主动寻死。

只剩下一名玩家，游戏难度自动降级，书海先生平静地说：“仅存一人时，结算的奖励也会多出一倍，那一倍是青莲智者的报酬。”

苏尔：“……”

难怪会选择打假赛，原来一早便谈好了价钱。

难度降级的情况下，书海先生顺利找到赵石楠的墓，完成任务，最后竟然还对着一片坟堆发表了获胜感言：“无论做人做魅，都要多读书，读圣贤书。”

苏尔听不下去，摆了下手：“慢走不送。”

书海先生被传送离开后，半空中飘下一张小卡片落在苏尔手中——

> 主持人“最强魁甲”，本场主持成绩：A-。
>
> 评价：
>
> 1. 同流合污，纵容玩家间的私人交易。
>
> 2. 一流的挑拨离间水平，这点值得肯定。

苏尔耸耸肩：“比起同流合污，我更希望被形容为乐于助人。现在是不是可以告诉我连环杀手的身份了？”

卡片中央浮现出游戏给的信息：“刘无叶。”

这名字略耳熟，苏尔突然想到自己学校里有个怪老头，白天来来回回扫着一条道，哪怕有一点落叶都要去清理干净。

游戏系统："就是他。按照约定我会帮你处理。"

苏尔多问了一句："怎么处理？"

游戏系统："给警察局拨打匿名举报电话。"

"……干得漂亮。"

游戏的效率很高，警方接到匿名举报后暗地里展开搜查，很快便人赃俱获。同时，苏尔也收到了作为主持人的另外一件报酬—— 一个 U 盘。

插入电脑后，出现一行提示："阅后将启动自毁程序，观看过程中请保持电量充足，禁止录制。"

纪珩买菜回来，就看见苏尔坐在显示器前，手指轻轻敲击着桌子，耐心不是很足的样子，口中还念叨着"怎么加载这么久"。

听到关门声，他的手指下意识合拢，微笑着问出一句废话："回来了？"

纪珩说："查成绩？"

因为杀人犯的事情，学校封闭管理大半年后学生都迫不及待回了家，还有几门课没出成绩。

见他已经开始朝这边走，苏尔说出实情："游戏寄来的。"

当初谈好的价钱是一百八十张照片。

纪珩好笑地坐在他身边。

加载图标终于消失，不承想打开后不是照片，而是一段视频。视频里的主人公不仅仅是纪珩，苏尔还看到了自己，容貌基本和现在没差别，佩戴着胸牌，头发要略长一些……

如果让玩家来选择最讨厌的副本类型，逃杀游戏绝对能排到前三。

这是一个很大的范畴，有时候生存游戏也能勉强归类到其中，其中往往少不了一个关键词——饥饿。

视频里，海面上正晃晃悠悠行驶着一艘船。

副本要求玩家乘船到达指定地点—— 义庄，到达前他们还抱着微妙的侥幸心理。义庄有很多不同功能：宗祠、学堂、公田……临时停放棺材的地点。

只要不是最后一个就行。

傍晚时，船匆匆靠岸，片刻后很快离开。早前有人尝试过和船夫搭话，询问这地方什么时候再来船，结果发现一船的人全部不能说话，还手一拿笔就颤抖。

打听不到更有用的消息，众人只能虔诚祈祷不要是太平间，可惜事与愿违，下船后顺着副本提供的地图走，一行人到达了一处十分荒凉的地方。

"路没了。"

惊骇的事实很快被人发现，来时的小路变成了茂密的树林，每一棵树上都长满了色彩斑斓的蘑菇，地面也是一样。

天色太晚，不适合探索，加之游戏不出点幺蛾子就不叫游戏了，最初的惊讶过后，所有人快速进入义庄内部，内部的中央位置停着一口很醒目的棺木。

要不要开棺成了第一个需要考虑的问题。

这次的玩家总共有十五人，是个大型副本，意见不同的情况下，有两三人开始征询纪珩的意见。作为本场武力值最高的人，他所拥有的决定权比重较旁人高一些。

“开。”纪珩几乎没怎么犹豫，率先用匕首撬掉了几根钉子。

赵三两根本不在乎别人怎么想，直接执行他的命令，结果手刚挨到棺材板，感觉又黏又腻。低头一看，手指上沾着奇怪的绿色液体。

赵三两抬头看纪珩，后者环视四周：“来两个搭把手。”

众人都有些退缩，只有一个少年走过来。

纪珩瞟了眼对方的胸牌，很快收回视线说：“棺材板没有钉死，稍后我们三个同时用力撬，应该能打开。”

苏尔点头。

这时一道声音插入：“还不知道里面是什么，是不是太冒险了？”

纪珩懒得回应，倒是赵三两翻了个白眼：“不打开怎么知道？”

对方被问住了，讪讪笑了一下。

“大型副本，即便是开场杀，实力够了也能躲过，趁人多的时候开，团体的生存概率还能高一些。”

苏尔的突然开口让不少武力值低的玩家脸色难看，刚想开口骂人，一看说话的人武力值也不高，顿时发现没得怼。

离危险最近、干实事的人都没有意见，他们自然没资格置喙。

赵三两找来几根粗壮的树干，递给苏尔一根。

“不害怕？”

开棺前，纪珩难得多问了一句。

苏尔摇头：“义庄的棺材，千百年来似乎只盛产一个品种……”

话音落下，三人用力压了下树干另一端。实际过程比想象的还要顺利，轻轻松松就撬开了，仿佛这座棺材在这里就是等着被撬。

棺材里躺着一个皮肤呈铁青色的人，指甲很长，顶端是黑色的。

苏尔敢开棺自然有他的依仗，除了道具中有专门克这玩意儿的桃木小剑，再者便是他在其他副本里遇见过僵尸，比较有经验。

开棺的人没有表现出太多惊讶，反倒是围观的人几乎要退到门口，发现僵尸没有暴怒而起的征兆，才重新进门。

“唤醒方法……”苏尔注意到棺材侧面写着的一行血字，念了出来，“五滴血，九根头发丝，复活后僵尸每日清醒时长为三小时。”

“什么鬼东西。”玩家中一个光头走过来，摸了摸脑袋，“歧视我？”

他的同伴嘴角一抽：“跟你有什么关系？”

难不成谁还会去主动唤醒僵尸？

苏尔注意到纪珩听到这句话时，嘴角微微有了些弧度，不过这笑容更多是夹杂着嘲讽。

第一个夜晚大家过得相当警惕，没什么事发生。

第二天，主持人终于出现，它是一只乌鸦，停在稻草上，口吐人言："活下去，活够七天。"

开棺开出僵尸，大部分人倾向于任务和僵尸有关，不曾料到过关要求只字不提僵尸。在他们还在小心提防着僵尸的时候，一个更重要的问题出现：食物。

来时的小路莫名其妙消失，周围根本找不到其他人家。十五人不得已分成了三个小队在树林里搜索，除了遍地的毒蘑菇，连棵杂草都看不到。若是有水源也能勉强撑过几日，可惜走出很远，也没有发现任何湖泊。

"不可能一点水都没有，要不这些植物如何生长？"

副本里太多事都无法用常理推测，说这句话企图自我安慰的人到后面语气越来越弱，连自己都无法说服。全体无功而返，一天的搜寻已经让人精疲力竭，没有水源，也没人愿意开口说话。

第三天，终于有人坚持不下去，拔了个蘑菇，轻轻咬了一口，没多久便毒发身亡。

乌鸦低头轻啄梳理着羽毛，知道他们已经快要到达极限，以旁观者的姿态擅自篡改名人名言："世界上不是没有食物，只是缺乏发现食物的眼睛。"

坐在地上保持体力的人面面相觑，眼神皆有些躲闪。

纪珩和赵三两以上厕所为由出去，和其他人不同，他们有保命的筹码——一个能瞬间恢复20点武力值的道具，而提升武力值等同于恢复一定的身体机能。

确定周围无人，赵三两使用道具后状态好了很多。

他把纽扣含在嘴里，试图分泌出更多唾液，含糊不清地问："会下雨是真的吗？"

纪珩说："这种副本有两种通关方式，其一是熬到一个极限，便会有生路出现。"

"其二呢？"赵三两迫不及待地问。

纪珩冷笑："吃同胞的血肉。玩家不能互相淘汰，他们只能利用一点。"

赵三两瞳孔一缩："僵尸？"

迷雾倏地在眼前拨开，他终于明白为什么会有一口棺材，还特地标注了唤醒方法。

咽了下口水，赵三两心有余悸地问："要提前知会其他人吗？"

纪珩摇头："人太多，分歧也多。"

何况他也只是用道具占卜了一下，并不能确定哪天会下雨，没有人会把性命轻易交托到别人手中。

赵三两似乎想到了什么不好的事情："也对。人类的劣根性作祟，到时候坚持不下去，我们反而会成为众矢之的。"

濒临绝境的人大概率会先把屠刀举向自己人。

“还有一件事，”纪珩说，“那个孩子……”

“孩子？”赵三两回想了一番，没发现玩家里有儿童。

游戏在这方面比较地道，至少从来没有吸纳过未成年人。

不过赵三两很快想到了苏尔，在这些人中，那个少年无疑是年纪最小的。

纪珩正色道：“他在默默关注着棺材。”

赵三两第一反应是对方要唤醒僵尸，又觉得哪里不对劲。坦白说他对苏尔的第一印象还停留在愿意主动出来开棺，相当不错。

两人正说着话，纪珩突然转过身。苏尔不知何时从义庄出来，舔了下干裂流血的唇瓣，直接走到纪珩面前。

“你那把匕首能借我用一下吗？”

赵三两觉得这人疯了，然而更让他惊讶的是纪珩居然真的把匕首递了过去。

苏尔将匕首藏进袖子，入夜之前没有任何动作。

饥饿和干渴足以将一个正常人逼疯，一名年轻男子最先忍不住，悄悄准备好头发丝，划破手指，准备趁众人不备时唤醒僵尸。

按照棺材上的说明，僵尸就算被唤醒，每日清醒时间也不超过三小时。他自信能活着躲过，之后再靠其他人撑到最后一天。

就在年轻男子盘算时，有人先一步付诸行动。

苏尔以最快的速度奔跑到棺材旁，注视着里面的僵尸。

“你要干什么？”好几道质疑的声音同时发出，却没有人阻拦，甚至内心里是渴望他这么做的。

出乎意料，苏尔划破了僵尸的胳膊，蘸了点血放在唇畔舔了舔：“味道不好，但可以接受。”

年轻男子皱眉：“僵尸血有毒。”

苏尔冷静地道：“大家手中都有治疗道具，边吃边用，可以存活。”

说完手起刀落，削铁如泥的匕首瞬间割下了僵尸的一只胳膊，苏尔举起来问：“这个谁要？”

众人：“……”

空气安静得可怕。

年轻男子最先开口，咬牙道：“给我。”

苏尔微笑，号召众人：“柴火捡起来，火生起来！”

就在他拿着匕首在僵尸身上比画时，突然传来一声“小心”。

原先一直沉睡的僵尸突然清醒，朝苏尔的颈部咬来。

纪珩快速闪身到他身边。

“没事。”苏尔拒绝了这份好意，站在原地连躲的意思都没有，瞪着愤怒的僵尸陈述事实，“你违规了。”

根据游戏规则，没有唤醒仪式，它就该保持沉睡。

哪怕是在玩家眼里高高在上的主持人，也不敢轻易挑衅规则，更何况区区一只僵尸！尖锐的牙齿快要戳破细嫩的肌肤时，它被一股神秘的力量重重击打在地上。

僵尸委屈地捂着伤口，望向乌鸦。

正梳理羽毛的乌鸦不小心力道重了一些，啄断了一根羽毛，见状冷漠地回应："是游戏惩罚的你，与我无关。"

求助无门，面对虎视眈眈的玩家，僵尸打了个寒战，竟然开口说话："再坚持一阵就有雨了……"话音未落，它又因为泄露玄机被规则重伤。

没有人真正愿意吃僵尸肉，有了希望，大家便决定再耐心等一会儿。

度日如年，翌日依旧没有下雨，玩家看僵尸的眼神逐渐跟看食物差不多。

僵尸重伤未愈，不得不拖着虚弱的身子给他们灌输心灵鸡汤："不要轻易言弃，绝境中更要保持乐观的心态……相信自己！你们能行！"

违规苏醒的代价不小，游戏限制了它本体的大部分能力，让它根本没有办法对玩家出手。

这一瞬间，僵尸感觉自己比这些玩家更加绝望。

光头被饥饿冲没了理智："就一条腿，让我啃一条你的腿。"

僵尸扒开衣服解释："我有绿毛，真的不好吃……"

这天下午，终于下了一场瓢泼大雨，林中的毒蘑菇颜色全部变了，山林里还出现了奔跑的野兔。玩家美美地吃了一顿，靠着这顿饭扛过了最后几天，圆满完成任务被传送回中转站。

苏尔归还匕首："多谢。"

纪珩忽然问："要不要加入我们的组织？"

苏尔头也不回："我喜欢独自一人。"

纪珩说："新成员进入组织可以获得三件高级道具。"

脚步猛地停下，苏尔去而复返，主动伸出手和他握了下："合作愉快，以后请多多关照。"

一旁的赵三两张大嘴巴，不可思议地问："组织什么时候有这个福利了？"

纪珩淡定道："就在刚刚。"

赵三两："……"

签了协议，纪珩领着苏尔去认识其他组织成员，在这里，苏尔意外发现了一个熟人。

姚知看到他也很惊讶，推了推镜框。

注意到双方神情变化，纪珩挑眉："认识的？"

苏尔无奈："我以前的数学老师。"

纪珩说："好事。以后组队下副本，争取学习游戏两手抓。"

苏尔："……"

视频到此结束，U 盘顷刻间化为灰烬。

苏尔怔了一下："原来我们从前是这么认识的。"

半晌，苏尔冷笑一声说：“历史是何其相似。”

“都过去了。”纪珩面不改色关掉电脑。

苏尔支着脑袋，斜眼看他，突然提议：“晚上我要吃油焖大虾。”

纪珩点了点头，系上围裙去厨房忙活。

苏尔又上了会儿网，没多久主动过去帮忙，切洋葱时说：“我原谅你，毕竟补课也是为了我好。礼尚往来，你是不是可以原谅我高数要补考的事情？”

纪珩问：“考了多少？”

“58.5，”苏尔顿了一下，“我猜这应该还是老师努力后的成绩。”

上了50分这个线，一般大学老师能给分的地方绝不吝惜，会尽量把学生往及格线上推。

纪珩说：“补考有几分把握？”

苏尔沉默了一下才开口：“要看卷子难度。”

纪珩说：“说实话。”

苏尔说：“八分。”

纪珩突然走到外面拿手机。

苏尔生出不好的预感：“做什么？”

纪珩转过身幽幽道：“给你找补课老师。”

正巧天边飞过一群大雁，苏尔吸吸鼻子，感觉一个美好的假期即将离自己远去，不禁祈祷游戏能再来找他当一次主持人。

公费旅游可比补课好太多了。

——正文完——

番 外
一日测试员

若论变化，苏尔感觉不出大学生活和高中生活的太大差异。甚至因为住了一段时间校，生活反而规律不少。

他本就不太喜欢交际，以往在副本中认识的朋友也因为受游戏干扰，不再记得他和纪珩。哪怕两人主动去找，交流时同样受着一股无名力量的制约。

伴随时间流逝，游戏带给苏尔的感觉从恍然如梦变成了不知真假。

仿佛过去的一切只是臆想。

在逐渐遗忘游戏的第一百九十六天，苏尔正强忍困倦听清晨的第一堂课，刚打开书本，一张轻飘飘的小纸片掉了下来。

苏尔弯腰捡起，发现是一张邮票。

“守墓忠仆……”不知道为什么，苏尔下意识就想起了这位主持人，邮票是他的标志性物品。

台上的老师轻咳一声，提醒他集中注意力。

苏尔表面坐直，眼睛却还在瞟着邮票。邮票表面印有一辆旧火车，火车皮上似乎有字，因为太小，苏尔眯着眼辨认许久，终于看清几个关键词：梦境、现实、测试。

苏尔把邮票夹进书中，正要翻书，邮票的车窗里突然探出一个脑袋，脑袋旁边跳出一个椭圆气泡：为什么不理我？

一行字猝不及防映入眼帘。

苏尔：“……”

守墓忠仆的出场方式总是出人意料。

苏尔猜测他目前能动用的力量基本为零，为了印证这个猜测，他伸出细长的食指轻轻点了下小人的脑袋。

守墓忠仆骂骂咧咧，气泡冒出来一串乱码。

苏尔悄声道：“优雅一点。”

停顿了一下，又道：“仔细反省一下，是不是因为我太久没进游戏，你在舒适圈里待久了？”

守墓忠仆：“……”

又是一串乱码。

课上苏尔不好讲话，一直到下课，他才走出教室，道：“找我什么事？”

守墓忠仆：“测试。游戏最近要推出一个新副本，考验人性的。”

苏尔：“在我的世界流传着一句话——不要考验人性，因为它会比你想象的更加不可测。”

“所以才有趣。”

隔着气泡里的字，都能感受到守墓忠仆此刻的愉悦。

“这次只会入选一个副本，我和月季绅士同时提交了副本策划。”

苏尔顿时明白了他真正的意思，他和月季绅士是死对头，他可以不在乎结果，但不能让月季绅士赢。想到这里，苏尔不禁轻轻叹了口气，在这种小事上较劲，还是单方面的，守墓忠仆也不嫌累得慌。

“我向游戏申请，由你来当测试员。”

苏尔打断守墓忠仆的滔滔不绝：“好处是什么？”

守墓忠仆：“我可以赠送七日游，送你们去一个有着最美风景还无危险的世界，包往返交通费。”

利益动人心，苏尔觉得也没损失，为保险起见：“我要游戏亲自发的测试员邀请函。”

主持人说的话，他永远只信一半。

守墓忠仆没有犹豫：“好。”

游戏的邀请函苏尔是见过的，也没有主持人敢公然挑战游戏的权威来仿制。当天晚上，苏尔便收到了游戏给的小卡片。卡片背后还有六个金光闪闪的大字：测试员通行证。

出发时间定在午夜零点。苏尔提前两小时躺在床上，室友正在下面打游戏，见状用起了耳机。

“不用管我，我闭目养神。”苏尔说。

苏尔不禁去想此刻纪珩在做什么……纷乱的思绪间，转眼已经来到零点。枕头下的邀请函漫出奇异的光泽，整个宿舍都因此亮了一圈。

然而打游戏的室友根本没有察觉到异常，哪怕停留在阳台上的麻雀，陡然被光照到，也丝毫没有反应。时间在这一刻仿佛静止了。

《镜花水月》是守墓忠仆送去竞争的副本。论正面实力，比守墓忠仆强的主持人不少，但若论制造幻境，没有几个能凌驾守墓忠仆之上。这种实力在《镜花水月》的改造上，可谓运用到了极致。

来到这里的玩家，会忘记自己原有的身份，他们的亲人哪怕已经逝去，都能在幻境里出现。

痛苦和美好，是幻境固有的两种走向。

守墓忠仆这次不在痛苦上做文章，而是热衷于制造极致的美满，只有在七天七夜内觉醒自我意识，发现副本世界的本质是镜花水月才算通关。

再睁开眼时，苏尔正躺着，不远处纪珩也在。

门外有人敲门："先生，该用餐了。"

说话的人正是守墓忠仆。副本会自动提取玩家的记忆制造幻境，自动生成新的记忆，主持人也会在其中扮演角色。因为是测试，为了就近观察，守墓忠仆将自己的身份设置成了管家。

苏尔打了个哈欠，起身洗漱，潜意识里他知道自己是这栋豪宅的主人，有一位挚友叫纪珩。

守墓忠仆很好奇副本会自动给苏尔生成什么"镜花水月"，哪怕是之后苏尔和纪珩用餐，他也是就近站着观察。

在这栋豪宅里每多待一日，思维的反应能力就会下降，尤其是摄入食物后。

论设计副本的恶劣程度，守墓忠仆无出其右。哪怕是测试员，失败后也要经历在游戏中出局的痛苦，他已经迫不及待想要看见苏尔品尝痛苦的画面。

吃完早餐，苏尔说："孩子们还没吃饭。"

纪珩点头。

孩子们？

守墓忠仆一怔，跟着上楼。

"父亲。"

"父亲。"

"父亲。"

…………

守墓忠仆刚走到门口，脑袋就开始嗡嗡响，这可不是一两声，而是几十道声音重合在一起。

房间里根本没有可以落脚的地方，一地的小泥人。

苏尔竟然习以为常，小心翼翼迈步打开一边的箱子，冲泡好奶粉，纪珩则负责一一装瓶派发给小泥人。

苏尔欣慰地看着不吵不闹的小泥人们，一道不合时宜的声音插进来。

"家父苏尔，在座的各位都是垃圾。"

苏尔抬头，一个三四岁的孩子正露出怪异的微笑。

"把老大忘了。"苏尔连忙走过去，递给他鸡蛋。

收拾鸡蛋壳时，他突然皱了皱眉。定定地在原地站了一分钟，苏尔偏过头问纪珩："为什么孩子们物种不一样？"

一类是人，一类是泥人？

纪珩似乎也被这个问题难住了，看向守墓忠仆："管家，你说这是为什么！"

"……"守墓忠仆嘴角一抽，更加不明白为什么会出现这种状况。

很快，他就想到了原因，人家的美好记忆、亲朋好友都是真实存在过的，但苏尔很特殊，他没什么朋友，更别提通关后已经知道有一部分记忆是虚假的。

若说比较深刻的真实记忆，只能和游戏联系上。而副本在抽取苏尔的记忆时，无论怎么组合，都是建立在 NPC 被祸害的基础上。

这些泥人也是苏尔一手创造的，苏尔算是它们的父亲。

苏尔眉间的沟壑越来越深，少顷轻轻“嗞”了一声。

生怕他继续深思会看破副本的真面目，守墓忠仆连忙补救：“泥人是亲生的，小孩是领养的。”

苏尔一拍手：“原来是这样。”

“……”即便比谁都了解这个副本会有降智作用，亲眼见识一番后，守墓忠仆也不免发出感慨：降了智的苏尔确实很好糊弄。如果从前也是如此，那该多好。

确保每个孩子都吃到了东西，苏尔和纪珩商量下午带他们去晒太阳。

“砰”！“砰”！楼下突然传来一阵猛烈的撞击，苏尔面色一变：“是他！”

说着连忙跑下去。门一开，是一个魅物。

周林均手里竟然拿着一截骨头，用力朝他们砸来：“浑蛋！”

守墓忠仆才反应过来，没错，苏尔曾经和一位焰罗结缘。

他终于意识到副本的漏洞。

形如一个智能机器人，《镜花水月》副本自动生成每个玩家的幻境时，是根据记忆中的关键词检索，寻找与他们关系密切的人，串联虚幻故事。

“孩子”“结缘”这些是苏尔的关键词。

周林均的手骨猛地伸长，苏尔连忙关上门。

指甲划过木板的声音十分刺耳，过去许久，恼人的响动终于消失。

“终于走了。”苏尔松了口气，坐在沙发上准备喝茶。

纪珩帮他拿出杯子，门铃响起。

两人对视一眼，苏尔起身走到门边：“希望你停止暴力恐吓行为。”

“是我。”门外边响起一道平静的声音。

苏尔这次从猫眼看了下，确定不是周林均才打开门。

“书海，好久不见。”他说。

守墓忠仆一脸错愕。

为什么书海也能跟苏尔扯上关系？

顾不上暴露的危险，守墓忠仆拿出一个绿色的电子屏，开始重新推算，想要弄清楚幻境生出“书海”这个人物，是不是因为源代码出现了错误。

很快，除两人关系外，屏幕上跳出一行关键字：床、夜晚、挡箭牌。

守墓忠仆：“……”

这时苏尔很有礼貌地邀请书海先生进屋，连续喊了两声“管家”，想让他准备茶点。

守墓忠仆回过神，听到苏尔问：“想什么呢？”

守墓忠仆语气复杂：“想你放浪形骸。”

“……”设定里，苏尔和书海只是普通的朋友关系。

作为许久不见的友人，他们从诗词歌赋聊到人生理想，纪珩全程平静地坐在一边，甚至中途还批评了守墓忠仆，让他不要妄议主人的私事。

守墓忠仆面无表情地想，这个纪珩也不过是根据苏尔的关键词生成的假数据，没必要去计较。

书海先生一直聊到黄昏才离开，太阳快要真正落下地平线时，第三位访客降临。

月季绅士今天穿着黑色的外衣，仿佛提前到来的黑夜。

“孩子呢？”

话音落下，不等苏尔回答，月季绅士径直与他擦身而过走去了楼上。他招了招手，小泥人便陆续跳到了他肩膀上。儿童床上的小孩望着这一幕，开口说：“家父苏尔，在座的各位都是垃圾。”

准备离开的月季绅士面色一冷，指尖突然冒出荆条，笔直地朝声源处刺去。

床板被一分为二，小孩吓得打了个饱嗝：“家，家……”

苏尔赶来：“他还是个孩子！”

说完自己先怔了一下：管家曾经说过小孩才是领养来的，为什么月季绅士会更偏爱泥人？

副本捏造的记忆里，月季绅士曾经是育幼院院长，原本一直养育着小泥人，直到抛弃它们的父亲苏尔有一天突然出现，无情地带走了这些小泥人。

苏尔狐疑地望向守墓忠仆，哪怕被极度降智，他也感觉出了不对劲。

经历了一系列的不可思议，守墓忠仆目前是一种诡异的心如止水状态。

“口误。”他仅仅这么解释。

苏尔却从抽屉里掏出一个小本子，一分钟后摇了摇头：“我的脑子出了问题。”

“……我想写一篇作文，但没有灵感。”

做梦也能用梦话写作文，可是他引以为豪的天赋。

眼看漏洞越来越多，守墓忠仆突然收到来自游戏的提示音：“因玩家人际关系过于复杂，副本无法在短时间内生成完美剧本。请尽快修正！请尽快修正！！”

守墓忠仆当时设计副本时也考虑过这点，所以才会给自己设置NPC身份，必要时人为圆谎。然而就苏尔的人际关系，只有他化身女娲，才有可能给补上。

同一时间，苏尔的目光中恢复一丝光亮：“不对劲，我不对劲，都不对劲……”

他突然看向月季绅士，用力按了按眉心，无意识地吐出三个字：“电击器。”

他想起，自己该有一个电击器才对。

不知过去多久，混乱的思绪终于理清楚，蒙在苏尔眼前的那层迷雾彻底散开，小泥人开始崩塌，纪珩逐渐化成斑驳的光点消失……一切事物皆是如此，最终只剩下他和守墓忠仆面对面站着。

副本崩溃，苏尔恢复原来的记忆，挑眉问：“就这？”

他甚至不需要再去检测月季绅士的作品，哪怕后者的副本也崩溃了，他俩最多就是打个平手。

守墓忠仆沉默许久，只憋出了一个字：“呸。”

苏尔一脸无辜。

好端端的，他为什么骂自己？

——全文完——

图书在版编目（CIP）数据

七天七夜. 完结篇 / 春风遥著. — 成都 : 天地出版社, 2023.10
ISBN 978-7-5455-7789-1

Ⅰ. ①七… Ⅱ. ①春… Ⅲ. ①长篇小说—中国—当代
Ⅳ. ①I247.5

中国国家版本馆CIP数据核字(2023)第103008号

QITIANQIYE WANJIEPIAN

七天七夜·完结篇

出品人 杨　政
作　　者 春风遥
责任编辑 王鸢竹
特邀编辑 孙昭月　张开远
责任校对 曾孝莉
封面设计 Recns
责任印制 白　雪

出版发行 天地出版社
（成都市锦江区三色路238号　邮政编码：610023）
（北京市方庄芳群园3区3号　邮政编码：100078）
网　　址 http://www.tiandiph.com
电子邮箱 tianditg@163.com
经　　销 新华文轩出版传媒股份有限公司

印　　刷 天津鑫旭阳印刷有限公司
版　　次 2023年10月第1版
印　　次 2023年10月第1次印刷
开　　本 680mm×970mm 1/16
印　　张 24.25
字　　数 531千字
定　　价 49.80元
书　　号 ISBN 978-7-5455-7789-1

咨询电话：（028）86361282（总编室）
购书热线：（010）67693207（营销中心）

如有印装错误，请与本社联系调换。